SANDRA LESSMANN

DIE SÜNDENTOCHTER

ROMAN

Knaur Taschenbuch Verlag

Besuchen Sie uns im Internet:
www.knaur.de

Originalausgabe Mai 2006
Copyright © 2006 by Knaur Taschenbuch.
Ein Unternehmen der Droemerschen Verlagsanstalt
Th. Knaur Nachf. GmbH & Co. KG, München
Alle Rechte vorbehalten. Das Werk darf – auch teilweise –
nur mit Genehmigung des Verlags wiedergegeben werden.
Redaktion: Ilse Wagner
Umschlaggestaltung: ZERO Werbeagentur, München
Umschlagabbildung: Mauritius Images, Mittenwald
Satz: Ventura Publisher im Verlag
Druck und Bindung: Nørhaven Paperback A/S
Printed in Denmark
ISBN-13: 978-3-426-62969-7
ISBN-10: 3-426-62969-0

2 4 5 3

Erstes Kapitel

Dezember 1665

Alle Farbe war aus ihrem Gesicht gewichen. Nun, da es vorbei war, verließen sie schlagartig die Kräfte. Ihre Knie gaben nach, und sie glitt an der Wand des Schuppens zu Boden. Die eisige Kälte, die in die nackte Haut ihrer Schenkel biss, erreichte ebenso wenig ihr Bewusstsein wie der Schmerz, der ihren Körper durchbohrte. Wie gelähmt saß sie da, ohne sich zu rühren, ohne etwas zu fühlen ...

Ein fernes Geräusch ließ sie zusammenfahren. Er kommt zurück! Ihr Herz begann wild zu schlagen. Mit fahrigen Händen raffte sie ihr Hemd über der Brust zusammen, um ihre Blöße zu bedecken, und zog hastig ihr Mieder zurecht. Sie wollte aufspringen und weglaufen, doch ihre Beine bewegten sich nicht. Wie ein in die Enge getriebenes Tier presste sie sich in eine Ecke des Schuppens, den Blick wie gebannt auf die Tür gerichtet. Doch nichts geschah. Er kam nicht zurück. Er hatte bekommen, was er wollte. Aber morgen oder übermorgen würde er ihr wieder auflauern ... und er würde es wieder und wieder tun!

Allmählich begann sie die Kälte zu spüren, die aus der Erde in ihre Haut drang. Sie versuchte, die verrutschten Wollstrümpfe über ihre Knie zu ziehen und die Strumpfbänder zu befestigen, doch ihre klammen Finger waren wie Fremdkörper an ihren Händen und wollten ihr nicht gehorchen.

»Anne! Anne!« Es war die Stimme ihrer Mutter. »Anne, wo bist du?«

Die Tür des Schuppens öffnete sich knarrend. »Anne, warum antwortest du nicht?«, fragte ihre Mutter und trat mit besorgter Miene zu ihr. Das Gesicht ihrer Tochter sagte mehr als alle Worte. »Was ist passiert? Hat er dich wieder angefasst? Hat er ...?«

Da brach sich der Schrecken des Mädchens endlich in einem tiefen Schluchzen und einer Flut von Tränen Bahn. Ihre Mutter nahm sie in die Arme, presste sie an sich und versuchte, sie zu beruhigen. Immer wieder strich ihre Hand zärtlich über den Kopf ihrer Tochter.

»Ich werde ihn zur Rede stellen!«, versprach sie. »Ich werde dafür sorgen, dass er dich in Ruhe lässt. Er wird es nie wieder wagen, dich anzurühren!«

Der Schleier des Todes, der so lange über der Stadt London gelegen hatte, begann sich endlich zu lüften. Den ganzen Sommer über hatte die Pest verheerend gewütet, hatte Tausende und Abertausende unerbittlich hinweggerafft, bis sie nun mit Eintritt des Winters allmählich ihren Würgegriff lockerte. Innerhalb weniger Wochen erwachte die Geisterstadt zu neuem Leben. Viele der Bürger, die bei Ausbruch der Seuche in Panik aufs Land geflohen waren, kehrten zurück, begierig, ihre Geschäfte wieder aufzunehmen und nach ihrem Besitz zu sehen, den sie zurückgelassen hatten. Die Läden der Handwerker und Kaufleute öffneten ihre Türen, die ausgestorbenen Straßen, auf denen das Gras zwischen den Pflastersteinen gesprossen war, belebten sich neu. Die Menschen wichen einander nicht mehr aus Angst vor Ansteckung aus, sondern grüßten sich, wenn sie sich begegneten, blieben stehen und plauderten fröhlich miteinander.

Der starke Schneefall, der im Februar einsetzte, bedeckte

schließlich auch die Gräber der Toten auf den Kirchhöfen und entzog sie so den Blicken der Lebenden, die die schreckliche Heimsuchung vergessen und ihr Leben neu ordnen wollten. Man wagte wieder, in die Zukunft zu sehen und auf die Gnade Gottes zu hoffen.

Zwei Gestalten in wollenen Umhängen eilten durch die weißen Schleier herabfallender Schneeflocken. Ein kleiner Junge, der eine Fackel trug, ging ihnen voraus, um ihnen zu leuchten, denn es war bereits später Abend. Wohl dem, der bei diesem ungemütlichen Wetter in seinen schützenden vier Wänden vor der wärmenden Feuerstelle saß und keinen Fuß vor die Tür zu setzen brauchte. Doch Margaret Laxton konnte sich als Hebamme einen derartigen Luxus nicht leisten. Wenn man sie rief, musste sie zur Stelle sein, egal, zu welcher Tageszeit, ob bei Regen oder Schnee. Kinder richteten sich nun einmal nach keiner Uhr, sie bestimmten selbst den Zeitpunkt, zu dem sie zur Welt kommen wollten. Margaret Laxton verlangsamte ihre Schritte und blickte sich besorgt nach ihrer Tochter Anne um, die immer wieder zurückfiel. Anne war zugleich ihr Lehrmädchen und erlernte bei ihr das Handwerk der Hebamme.

»Komm, mein Kind«, rief Margaret Laxton ihr zu. »Wir dürfen den Burschen nicht aus den Augen verlieren. Dieser Lümmel hat offenbar die Absicht, uns durch halb Smithfield zu hetzen.«

Unter der Kapuze des Wollumhangs richteten sich Annes gerötete Augen mit einem gequälten Ausdruck auf sie.

»Es wird alles gut«, sagte ihre Mutter tröstend. »Vertrau mir. Eins meiner Rezepte bringt alles wieder ins Lot. Nur ein bisschen Geduld, dann ist es vorbei. Und Vater wird nichts merken.«

Sie nahm die Hand ihrer Tochter und setzte sich wieder in Bewegung. Am Pie Corner wartete der Fackelträger und mahnte sie ungeduldig zur Eile.

»Wie weit ist es denn noch, Junge?«, fragte Margaret Laxton.

»Nur noch rechts in die Cock Lane, dann sind wir da«, erklärte er und lief ihnen wieder voraus. Die Schneeflocken fielen so dicht, dass sie seine kleine schlanke Gestalt augenblicklich verschluckten. Nur das Licht seiner Pechfackel, das wie ein Leuchtkäfer in der Luft tanzte, war noch sichtbar. Die Hebamme versuchte zu ihm aufzuschließen und zog ihre Tochter energisch hinter sich her. Doch der Junge bewegte sich bedeutend leichtfüßiger über den gefrorenen Boden als die beiden Frauen, deren Rocksäume den Schnee aufwirbelten. Durch die schwere Tasche mit den Utensilien ihrer Zunft, die Margaret Laxton über der Schulter trug, wurde es für sie noch beschwerlicher, mit dem Knaben mitzuhalten, der flink wie ein Wiesel in die Cock Lane einbog. Der Leuchtkäfer verschwand aus dem Blickfeld der Frauen. Wieder trieb die Hebamme ihre Tochter zur Eile an.

Als sie die Ecke erreichten, verlangsamte Margaret Laxton verdutzt ihre Schritte und versuchte, das Schneegestöber mit den Augen zu durchdringen. Wo war der Bengel geblieben?

»He, Bursche, wo bist du?«, rief sie, und als keine Antwort kam, begann sie, Anne an der Hand, zu laufen, um ihren Führer einzuholen. In ihrer Hast übersah sie einen Misthaufen, den einer der Hühner haltenden Anwohner in der schmalen Gasse aufgeschüttet hatte. Sie geriet ins Stolpern und wäre beinahe gefallen. Es gelang ihr gerade noch, sich zu fangen. Keuchend blieb sie stehen und sah sich erneut verwirrt um. Dabei fiel ihr Blick auf das Ende eines Stocks, der aus dem Unrathaufen herausragte. Sie zog ihn heraus und berührte mit der Hand vorsichtig das andere Ende. Es war warm und klebrig und roch stark nach verbranntem Pech.

»Was hat das zu bedeuten?«, murmelte sie verständnislos. Warum hatte der Junge seine Fackel gelöscht? Und wohin war er verschwunden?

»Mum, was ist denn?«, fragte Anne beunruhigt.

»Ich weiß es nicht, mein Liebes. Ich weiß es nicht ...«

Irgendwo schnaubte ein Pferd. Margaret Laxton wandte den Kopf und spitzte die Ohren, um festzustellen, aus welcher Richtung der Laut kam.

»Ich glaube, da ist jemand hinter uns«, sagte sie leise und zog ihre Tochter mit sich fort. »Gehen wir weiter. Das Ganze ist mir nicht geheuer.«

Anne folgte ihr stumm, während die Hebamme sich immer wieder umdrehte und zurückblickte. Und mit einem Mal sah sie etwas: Eine dunkle Gestalt trat aus der Finsternis der Häuserreihe in die Gasse hinein, ein Mann in einem Umhang mit einem tief ins Gesicht gezogenen Hut. Sein Anblick war so unheimlich, dass Margaret Laxton innehielt und wie gebannt zu ihm hinüberstarrte.

»Der Teufel ...«, hauchte sie.

Die Gestalt bewegte sich, ein Arm verschwand unter dem Umhang und wurde kurz darauf wieder sichtbar, streckte sich ihnen entgegen ... ein Funke blitzte auf, ein lauter Knall ertönte ... Margaret Laxton brach zusammen, zu überrascht, um einen Laut von sich zu geben. Sie war tot, bevor ihr Körper auf dem Boden aufschlug ...

Als sie fiel, löste sich ihre Hand aus der ihrer Tochter. Anne starrte ungläubig auf ihre Mutter hinab, die sich nicht mehr rührte. Sie wirbelte entsetzt herum, ihr Blick richtete sich auf die erschreckende Gestalt, registrierte noch einmal dieselbe Bewegung des Arms, der unter dem Umhang verschwand und nach etwas tastete ... nach einer zweiten Waffe, wie sie instinktiv begriff ...

Schreiend warf sich Anne herum und begann zu laufen, rannte, was ihre Beine hergaben, blind und ziellos. Immer wieder glitt sie auf der gefrorenen Erde aus, raffte sich verzweifelt auf und rannte weiter. Sie konnte nicht aufhören zu schreien, erst als ihr vor Erschöpfung und Angst die Luft wegblieb, versagte ihr die Stimme.

Sir Orlando Trelawney bewegte sich auf Freiersfüßen. Anderthalb Jahre war es nun her, dass des Richters erste Frau Elizabeth bei einer Fehlgeburt gestorben war. Fünfzehn Jahre lang hatte sie Freud und Leid mit ihm geteilt und mit derselben Inbrunst wie er darum gebetet, dass wenigstens eines ihrer schwächlichen Kinder das Säuglingsalter überleben möge. Aber Gott hatte anders entschieden. Eines nach dem anderen hatte er die winzigen, zerbrechlichen Wesen zu sich geholt, die Elizabeth alle zwei Jahre zur Welt brachte. Die ständigen Schwangerschaften und die anstrengenden Geburten hatten die zierliche Frau allmählich ausgezehrt. Doch sie hatte sich niemals beklagt. Das letzte Kind, das in ihr herangewachsen war, hatte sie schließlich das Leben gekostet. Und Sir Orlando verlor nicht nur eine liebende und geduldige Gefährtin, mit ihr starb auch die Hoffnung auf ein Kind von seinem Fleisch und Blut, die Erfüllung seines sehnlichsten Wunsches.

Die Zeit der Witwerschaft war Trelawney unerträglich geworden. Allein in seinem großen Haus in der Chancery Lane, nur von Dienstboten umgeben, empfand er die Einsamkeit wie eine göttliche Strafe. Der Wunsch, ihr zu entkommen, hatte ihn das Erlöschen der Pest und die Rückkehr der bürgerlichen Familien in die Stadt mit steigender Ungeduld erwarten lassen. Es dauerte nicht lange, bis sich herumsprach, dass einer der Richter des Königlichen Gerichtshofs auf Brautschau war. Und da er überdies für einen Mann in seiner Position relativ jung war – er hatte vor wenigen Monaten sein dreiundvierzigstes Jahr vollendet –, durfte er hoffen, eine Gemahlin zu finden, die ihren ehelichen Pflichten nicht mit Widerwillen nachkommen würde. Bald konnte sich Sir Orlando vor Einladungen zum Mittagsmahl bei den besten Familien Londons kaum mehr retten. Einige nahm er an, andere lehnte er taktvoll ab. Schließlich ließ er einem reichen Landbesitzer namens George Draper gegenüber ein vorsichtiges Interesse an dessen Tochter Sarah durchblicken. Der Vater war ein flammender Royalist und hatte wie Trelawney im Bürgerkrieg auf der Seite des Königs gegen die Parlamentarier unter Oliver Cromwell gekämpft. Nach der Hinrichtung des Königs Charles I. hatte Draper während des Commonwealth einige seiner Ländereien durch Requirierung an Cromwells Anhänger verloren und sie auch nach der Thronbesteigung des neuen Königs Charles II. vor fünf Jahren nicht zurückerhalten. Doch er war noch immer reich genug, um seine einzige Tochter mit einer ansehnlichen Mitgift auszustatten.

Auch wenn noch keine konkreten Verhandlungen aufgenommen worden waren, bestand inzwischen ein unausgesprochenes Einverständnis beider Parteien. Sir Orlando erhielt eine Einladung, zu Lichtmess das Wochenende auf dem Landsitz der Drapers in Essex nicht weit von London zu verbringen. Man vertrieb sich die düsteren Wintertage mit Schach, Billard und Cribbage, einem beliebten Kartenspiel. Abends wurde musiziert. Sarah Draper spielte Spinett und sang dazu, begleitet von ihrer jüngeren Base Jane Ryder, die eine herrliche Singstimme besaß. Trelawney genoss den Aufenthalt sehr, fühlte sich aber bedrängt durch die wachsende Ungeduld des Familienvaters, der zweifellos damit gerechnet hatte, dass sein Gast das Wochenende nutzen würde, um die Eheverhandlungen zu eröffnen. Doch Sir Orlando zögerte. Er wollte sicher sein, dass Sarah Draper die richtige Frau für ihn war, und noch war er davon nicht völlig überzeugt.

Während er nun an diesem Montagabend in seiner Kutsche vom Landsitz der Drapers nach London zurückfuhr, beschäftigten sich seine Gedanken unablässig mit seiner zukünftigen Braut. Die Unsicherheit, die ihn vor dem letzten Schritt zurückschrecken ließ, wollte nicht vergehen. Er verspürte das starke Bedürfnis, mit einem anderen über seine Zweifel zu reden und sich Rat zu holen, am besten bei jemandem, der sich mit Menschen auskannte, hinter ihre Fassade blickte und sie nüchtern und unvoreingenommen einschätzen konnte. Für diese Aufgabe kam nur sein Freund Dr. Fauconer in Frage. Ja, er würde ihn sobald wie möglich aufsuchen und mit ihm über die Angelegenheit sprechen.

Sir Orlandos Gedankengang wurde jäh unterbrochen, als sein Kutscher ohne Vorwarnung in die Zügel griff und die Pferde zum Stehen brachte. Der Richter wurde auf seiner Sitzbank durchgerüttelt und holte schon Luft, um dem Bediensteten gehörig den Kopf zu waschen, als die gellenden Schreie einer Frau an sein Ohr drangen. Sofort begriff er, weshalb der Kutscher angehalten hatte. Jemand war in Not.

Trelawney öffnete den Schlag und stieg aus. Dicke weiche Schneeflocken wehten unter seine Hutkrempe in sein Gesicht und blieben in seinen Wimpern hängen. Sein Kammerdiener Malory war von dem hinteren Fußbrett gesprungen, auf dem er mit einem Lakaien während der Fahrt gestanden hatte, und trat neben den Richter. Ein zweiter Lakai, der der Kutsche mit einer Fackel vorangegangen war, eilte herbei, um ihnen zu leuchten.

»Wer hat geschrien?«, fragte Sir Orlando. »Hast du etwas gesehen, Malory?«

Der Kammerdiener ließ suchend den Blick schweifen. Dann hob er plötzlich den Arm und deutete in eine Seitenstraße.

»Dort, Sir!«

Trelawney folgte seinem ausgestreckten Finger und blinzelte, um seine Wimpern vom Schnee zu befreien. Da sah er sie auch: eine junge Frau, die durch den weißen Vorhang stürzte und schreiend in ihre Richtung stolperte, als werde sie von Dämonen verfolgt.

Ohne zu zögern lief Malory ihr entgegen. In diesem Moment tauchte hinter ihr eine zweite Gestalt auf, ein Mann in einem schwarzen Umhang, dessen Gesicht ein breitkrempiger Hut verbarg.

Trelawneys Hand schnellte an seine Seite und schloss sich um den Griff seines Degens. »Malory!«, schrie er warnend. »Komm zurück!«

Doch der Diener gehorchte nicht, sondern beschleunigte seine Schritte, soweit ihm dies auf dem hart gefrorenen Untergrund möglich war. Als er sie fast erreicht hatte, stolperte die junge Frau und fiel auf die Knie. Ihr Verfolger hob seine Pistole und legte auf sie an.

»Nein! Nein!«, schrie Malory, ohne anzuhalten.

Der Fremde zögerte, die Mündung seiner Waffe zielte noch immer auf das Mädchen, doch als er sah, dass der Diener direkt auf ihn zukam, richtete er die Pistole auf ihn und drückte kaltblütig ab. Der Schuss dröhnte in Malorys Ohren. Im nächsten Moment spürte er, wie ihm die Beine weggerissen wurden. Mit einem Aufschrei ging er zu Boden. Der Fremde wandte sich um und verschwand wie ein Geist in der Nacht.

Den Lakaien mit der Fackel an seiner Seite, näherte sich Sir Orlando mit gezücktem Degen seinem Diener, der sich, vor Schmerzen schreiend, am Boden wand. Als Trelawney sah, dass der Schütze fort war, steckte er den Degen weg und beugte sich über Malory, während sein Lakai das schluchzende Mädchen zu beruhigen versuchte.

Malorys Hände hatten sich um seinen linken Schenkel gekrampft, oberhalb des Knies, von dem das Blut über seine weißen Strümpfe rann und den frischen Schnee unter ihm rot färbte. Es war unmöglich, zu sagen, wie schwer er verletzt war, doch wie es schien, hatte die Kugel ihm das Knie zerschmettert. Malorys Schmerzensschreie gingen in ein gequältes Wimmern über. Sein Magen drehte sich um, er wandte den Kopf zur Seite und erbrach sich.

Trelawneys Hand drückte besänftigend seine Schulter. »Schon gut, mein Junge. Ich bringe dich so schnell wie möglich zu einem Wundarzt.«

Da Sir Orlando nichts anderes zur Hand hatte, nahm er seinen Spitzenkragen ab und wickelte ihn um das verletzte Knie seines Dieners, um die Blutung zu stillen. Malory stöhnte vor Schmerzen und biss knirschend die Zähne zusammen.

»Mädchen, was wollte dieser Kerl von dir?«, fragte der Richter schließlich die junge Frau, die ihn verschreckt ansah.

»Er hat meine Mutter getötet«, presste sie mühsam hervor, und diese wenigen Worte schienen bereits eine ungeheuerliche Kraftanstrengung für sie zu bedeuten.

»Wo ist das passiert?«

Anne Laxton hob nur stumm die Hand und zeigte in die Richtung, aus der sie gekommen war.

»Jack, gib mir die Fackel und bleib bei Malory und dem Mädchen«, befahl Trelawney, zog seinen Degen und ging mit angespannten Sinnen die schmale dunkle Gasse entlang. Nach etwa fünfzig Yards entdeckte er vor sich einen kleinen Hügel von der Größe eines menschlichen Körpers. Der dichte Pulverschnee hatte die Frau bereits mit einem weißen Leichentuch zugedeckt. Als Sir Orlando sich über sie beugte und nach einem Herzschlag tastete, versanken seine Finger in einem warmen klebrigen Loch. Die Kugel musste direkt ins Herz gedrungen sein. Hier war nichts mehr zu machen.

Eilig kehrte der Richter zu seinen Dienern und dem Mädchen zurück. »Bring sie zur Kutsche«, befahl er Jack. Dem zweiten Lakaien, Tom, gab er die Anweisung, ihm mit Malory zu helfen. Gemeinsam knien sie sich neben den Verletzten. Malory war seit vielen Jahren in Trelawneys Diensten und ihm stets treu ergeben gewesen. Es war tragisch, dass er durch eine freilich tollkühne und selbstlose, aber leichtsinnige Tat zum Krüppel wurde. Der junge Mann schien sich seines traurigen Schicksals bewusst zu sein, denn seine tränenerfüllten Augen richteten sich mit einem verzweifelten Ausdruck auf Sir Orlando.

»Mein Bein …«, stammelte er. »Ich will mein Bein nicht verlieren … bitte, lasst nicht zu, dass sie mir das Bein abschneiden …«

Trelawney verspürte aufrichtiges Mitleid für ihn, wusste aber nicht, wie er ihn trösten sollte. »Egal, was passiert, du wirst immer einen Platz in meinem Haus haben«, erklärte er unbeholfen. Er meinte, was er sagte. Malory hatte sich nie etwas zuschulden kommen lassen. Er hatte seinen Herrn hingebungsvoll gepflegt, als dieser krank gewesen war, und er hatte mit einer Waffe neben seinem Bett geschlafen, um ihn zu beschützen, als Trelawney bedroht wurde. Ein treuer Diener war eine Seltenheit und verdiente Pflege und Obdach, auch wenn er nicht mehr in der Lage war, seine Arbeit zu tun.

Behutsam hoben Sir Orlando und Tom den Verwundeten hoch und trugen ihn zur Kutsche. Als sie seine Beine beugen mussten, um ihn durch die schmale Tür ins Innere zu befördern, hörten sie ein knöchernes Knacken. Malory schrie gequält auf. Und als er endlich auf der hinteren Bank saß, war sein Gesicht kalkweiß und seine Hände zitterten wie Espenlaub.

Sir Orlando wandte sich an seinen Kutscher: »Wo sind wir hier?«

»Am Holborn-Brunnen, Mylord.«

»Gut, fahr zum Newgate und von dort weiter in die Paternoster Row zur Chirurgenstube von Meister Ridgeway.«

Zweites Kapitel

Die Fahrt über die unebenen Fahrrinnen der gefrorenen Straßen wurde für den Verletzten zu einer grausamen Tortur. Tränen liefen ihm über die Wangen, und er schluchzte unaufhörlich. Trelawney sprach beruhigend auf ihn ein, obwohl er wusste, dass nichts von dem, was er sagte, Malorys Schmerzen zu lindern vermochte. Das Mädchen, das sich auf der vorderen Sitzbank zusammengekauert hatte, gab keinen Ton von sich.

Das Newgate war zugleich ein Gefängnis und eines der sieben Stadttore, durch die man in den alten Londoner Stadtkern gelangte. Zu dieser späten Stunde waren die Pforten des gewaltigen Torhauses jedoch bereits verschlossen. Der Lakai, der mit der Fackel vorausging, brauchte eine Weile, bis er einen der Wächter dazu bewegen konnte, die gemütliche Wachstube zu verlassen und sich in das unwirtliche Wetter hinauszuwagen. Doch als dieser die Kutsche des Richters erkannte, änderte sich seine Haltung.

»Ich habe ein Verbrechen zu melden«, berichtete Trelawney. »Geht zum Konstabler von Farringdon Without, der für Smithfield zuständig ist, und sagt ihm, dass es in der Cock Lane einen Mord gegeben hat. Eine Frau wurde erschossen. Er soll sich sofort dorthin begeben und auf mich warten. Ich komme so bald wie möglich zu ihm.«

»Jawohl, Mylord«, antwortete der Torwächter gehorsam, obgleich es ihm ganz und gar nicht behagte, in diesem Schneetreiben einen Botengang zu erledigen, ebenso wenig wie der Konstabler des Bezirks sehr erbaut sein würde, in dieser Höllennacht aus dem Haus beordert zu werden und neben einer Leiche Wache halten zu müssen.

Des Richters Kutsche setzte sich wieder in Bewegung und passierte den Torbogen. Malorys Martyrium nahm seinen Fortgang, während das schlecht gefederte Gefährt die Warwick Lane entlangrumpelte, in die Paternoster Row einbog und endlich vor der Chirurgenstube zum Stehen kam. Jack hämmerte sogleich mit aller Kraft an die Tür. Obwohl die Fensterläden bereits geschlossen waren und es still im Haus war, dauerte es nicht lange, bis die Tür geöffnet wurde und ein junger Bursche die Ankömmlinge begrüßte.

»Wir haben einen Verletzten, der sofort behandelt werden muss«, erklärte der Lakai atemlos.

Der Bursche nickte und rief lautstark ins Innere des Ladens: »Meister, kommt schnell!«

Kurz darauf hastete Alan Ridgeway, Meister der Barbier- und Chirurgengilde, die Stiege aus dem ersten Stock herunter und folgte dem Lakaien ohne Zögern in die Winternacht hinaus zur Kutsche des Richters.

»Mylord, Ihr seid es«, rief Alan aus, als der Schlag geöffnet wurde und er Trelawney erkannte. Als sein Blick auf den Kammerdiener fiel, der noch immer vor Schmerzen wimmerte, sog er betroffen die Luft ein.

Mit Hilfe seines Gesellen Nicholas hob er den Verwundeten behutsam aus der Kutsche und trug ihn ins Haus. In der chirurgischen Offizin, die den vorderen Bereich des Erdgeschosses einnahm, legten sie ihn auf einen mächtigen hölzernen Operationstisch, der in der Mitte des dunkel getäfelten Raumes stand. An der Rückwand befand sich ein Eichenschrank mit vielen kleinen Schubladen, in denen Kräuter und andere Arzneimittel aufbewahrt wurden. In einem Regal auf der anderen Seite waren bauchige Salbentiegel und Flaschen aufgestellt.

Während der Geselle geschäftig mehrere Öllampen entzündete, deren Licht sich in den unter der Decke hängenden Aderlassbecken spiegelte, entfernte Alan Ridgeway den blutgetränkten Spitzenkragen von Malorys verletztem Knie und begann dann, vorsichtig die Kniehose mit einer Schere aufzuschneiden.

Sir Orlando, der ihnen ins Haus gefolgt war, klopfte seine Kleider vom Schnee frei, warf seinen Hut auf einen Schemel und rückte seine blonde Perücke zurecht. Aufmerksam beobachtete er Meister Ridgeway bei der Arbeit. Der Richter kannte ihn seit Jahren und schätzte ihn als geschickten und fingerfertigen Wundarzt. Alan war ein hoch gewachsener, schlanker Mann von Ende dreißig, mit langen Armen und Beinen, die ihm etwas Schlaksiges gaben. Sein Haar, das ihm bis auf die Schultern fiel, war pechschwarz und begann nur an den Schläfen leicht zu ergrauen. Seine graublauen Augen verloren nur selten ihren typischen schelmischen Ausdruck, und das Lächeln seines beweglichen Mundes war so breit, dass es wahrlich von Ohr zu Ohr reichte und sogar auf den griesgrämigsten Menschen ansteckend wirkte. Seine schmale gerade Nase schließlich bog sich an der Spitze ganz leicht nach oben, als habe sie sich im letzten Moment entschlossen, die Richtung zu ändern. Sir Orlando mochte den Wundarzt nicht allein deshalb, weil er seine Kunst so vorzüglich beherrschte, sondern auch, weil er anständig, hilfsbereit und mitfühlend war. Man konnte sich in der Not stets auf ihn verlassen. Dass er einer anderen Religion, dem römisch-katholischen Glauben, angehörte, machte für den protestantischen Richter keinen Unterschied. Er hatte gelernt, einen Menschen nach seinen Tugenden zu beurteilen, nicht nach der Religion, zu der er sich bekannte.

Meister Ridgeway hatte inzwischen den zerschossenen Stoff der Kniehose entfernt und Malorys verletztes Bein bis zum Schenkel entblößt. Da noch immer Blut aus der Wunde floss, band er es oberhalb des Knies ab. Dann wandte er sich zu seinem Gesellen, der ihm eine mit Branntwein gefüllte Schüssel entgegenhielt, und wusch sich die Hände darin. Nachdem Nicholas die Schüssel weggestellt hatte, machte er sich mit Hilfe des Lehrjungen daran, das chirurgische Besteck zurechtzulegen, das sein Meister bei der Operation benötigen würde.

Als Malorys Blick auf die verschiedenen Messer, Zangen, Bohrer, Lanzetten, Sonden, Brenneisen und vor allem die Knochensäge fiel, stöhnte er laut auf. Seine Hand tastete zitternd nach Alans Wams, und seine Finger vergruben sich krampfhaft in seinem Schoßzipfel.

»Bitte nicht ...«, flehte er. »Nehmt mir nicht das Bein ab ... bitte ... ich will mein Bein nicht verlieren ... ich will nicht zum Krüppel werden ... lieber würde ich sterben.«

Alan lächelte ihm beruhigend zu. »Ganz ruhig, mein Freund. Lass mich erst einmal sehen, wie schlimm es ist.«

Er wollte keine voreiligen Schlüsse ziehen, dem Verletzten aber auch keine unberechtigten Hoffnungen machen. Während des Bürgerkriegs hatte Alan als Feldscher gearbeitet und damals auf dem Schlachtfeld leider nur zu oft gesehen, welche Zerstörungen die leicht verformbaren Bleikugeln anrichteten, wenn sie in den menschlichen Körper eindrangen. Wenn zu viel an Muskeln und Sehnen zerrissen oder gequetscht war oder Knochen zerschmettert worden waren, blieb meist nichts anderes übrig, als das betroffene Glied zu amputieren, um den Patienten vor einem qualvollen Tod durch Wundbrand zu bewahren.

Auch Sir Orlando hatte nach mancher Schlacht mit ansehen müssen, wie tapfere Soldaten unter dem Messer des Feldschers Arme und Beine verloren. Und obwohl er Meister Ridgeways Kunstfertigkeit nicht bezweifelte, wäre ihm wohler gewesen, Malory in den Händen des besten Arztes zu wissen, den er kannte.

»Wo ist Dr. Fauconer?«, fragte er. »Ist er nicht da?«

»Ich bin hier, Mylord«, antwortete ihm eine ruhige Stimme von der Treppe her.

Trelawney wandte sich um und begrüßte den hageren Mann, der sich ihnen näherte, mit einem erleichterten Lächeln. Er war in ein schwarzes Wams, schwarze Kniehosen und Wollstrümpfe in derselben Farbe gekleidet. Um seinen Hals lag ein einfacher weißer Leinenkragen ohne jegliche Verzierung. Seine Füße steckten in schwarzen, mit schmucklosen Metallspangen versehenen Lederschuhen. Auch er trug sein dichtes dunkelbraunes Haar bis auf die Schultern. Sein Gesicht war lang und schmal, mit einer hohen Stirn, einer knochigen, spitz vorspringenden Nase und eingefallenen Wangen. Er war im selben Alter wie Alan Ridgeway, wirkte aber älter, da sich bereits einige kleine Fältchen um seine Augen zogen und in seine Stirn kerbten. Das Auffälligste an ihm waren zweifellos seine hellen grauen Augen: Ihr Blick war scharf und ging unter die Haut wie der eines Falken.

Dr. Fauconers Auftauchen übte sogleich eine entspannende Wirkung auf Sir Orlando aus. Der Richter konnte es sich selbst manchmal nicht erklären. Sicher, er verdankte diesem eher ernsten, schweigsamen Mann viel. Er hatte Trelawney in seiner schwersten Stunde den Lebensmut zurückgegeben, als dieser sich bereits dem Tode ausgeliefert sah. Ohne ihn wäre er heute nicht mehr am Leben. Sir Orlando würde ihn, ohne zu zögern, als seinen besten Freund bezeichnen, dem er uneingeschränkt vertraute – obwohl er nicht einmal seinen richtigen Namen kannte. Trelawney hatte zuweilen gehört, wie Alan Ridgeway seinen Freund mit »Jeremy« ansprach, und er vermutete, dass er tatsächlich auf diesen Namen getauft worden war, aber sein Familienname war ihm unbekannt. Er hatte auch nie danach gefragt, aus Respekt vor seinem Freund, der den Decknamen Fauconer führte, um seine Familie vor Repressalien zu schützen, denn er hielt sich entgegen der herrschenden Gesetze in England auf und lebte streng genommen ständig im Schatten des Schafotts. Er war römischer Priester und Jesuit, und wirkte im Geheimen als Missionar unter den englischen Katholiken, die in dem protestantischen Königreich eine unterdrückte Minderheit darstellten. Die Ausübung ihres Glaubens stand unter Strafe, und die Priester, die aus den katholischen Ländern des Kontinents nach England geschmuggelt wurden, waren dem Gesetz nach allein durch ihre Anwesenheit des Hochverrats schuldig. Seit der Thronbesteigung Charles' II. wurden die Strafgesetze gegen die Katholiken zwar nicht mehr angewendet, blieben jedoch weiterhin in Kraft. Der Einfluss des Königs, der Glaubensfreiheit anstrebte, schützte sie, wenn auch sehr zum Unwillen des protestantischen Parlaments. Auch wenn Sir Orlando Trelawney die Vorurteile der Anglikaner gegenüber dem römischen Glauben teilte und wie die meisten Engländer die Jesuiten für machthungrige Verschwörer hielt, betrachtete er doch seinen Freund als rühmliche Ausnahme. Es war Dr. Fauconer gelungen, sich die Tugenden eines ehrlichen, bescheidenen Mannes zu bewahren, der den Menschen Liebe und Mitgefühl entgegenbrachte. Damals, als sie sich kennen lernten, hatte Fauconer ihm freimütig gestanden, dass er Priester war, nur weil Trelawney sich ihm anvertraut hatte und er ihn nicht hatte belügen wollen, obwohl der Richter ihn aufgrund dieses Geständnisses aufs Schafott hätte bringen können. Darüber hinaus hatte er nie versucht, Sir Orlando zu bekehren. Auf diese Weise waren die beiden so verschiedenen Männer Freunde geworden: Der protestantische Richter und der Jesuit, die aufgrund der äußeren Umstände, die ihrer beider Dasein bestimmten, Feinde hätten sein müssen.

Der Priester trat an den Operationstisch und sah auf den stöhnenden Malory hinab.

»Was ist passiert?«

»Ein Straßenräuber hat ihm das Knie zerschossen«, berichtete Sir Orlando. »Der Kerl hatte bereits eine Frau ermordet und wollte gerade auch noch dieses arme Mädchen töten, als Malory dazwischenging.«

Trelawney machte eine Kopfbewegung in Richtung des Mädchens, das Jack inzwischen ins Haus gebracht und auf eine Holzbank gesetzt hatte. Alan Ridgeway legte erstaunt die Stirn in Falten. »Ich kenne sie. Ihr Name ist Anne Laxton. Ihr Vater ist Meister der Chirurgengilde. Ihre Mutter ist Hebamme.«

»Sie sagte, die Frau, die erschossen wurde, sei ihre Mutter gewesen. Eine Kugel traf sie genau ins Herz«, fügte der Richter hinzu.

»Bei Christi Blut, das ist schrecklich«, murmelte Alan voller Mitleid und machte seinem Lehrknaben Christopher ein Zeichen. »Kit, hol Molly und sag ihr, sie soll einen Teller Suppe warm machen und dem Mädchen bringen.«

Dann wandte sich Alan mit ernster Miene an seinen Freund. »Jeremy, ich glaube, Seine Lordschaft wünscht, dass Ihr mir bei Malorys Behandlung zur Hand geht.«

Der Angesprochene nickte verständnisvoll und trat an die Seite des Wundarztes. Dieser fühlte sich durch das Anliegen des Richters nicht beleidigt. Auch Alan erkannte ohne Neid an, dass Jeremy ein begnadeter Arzt war. Dieser hatte wie sein Freund als Feldscher begonnen. Während des Bürgerkriegs hatten sie sich kennen gelernt und einige Zeit zusammen auf den Schlachtfeldern die Verwundeten versorgt. Später war Jeremy, dem das Dasein als Handwerkschirurg nicht genügte, nach Italien gegangen und hatte Medizin studiert. Aber auch die Arbeit als gelehrter Medikus hatte ihn nicht befriedigt, und so war er stattdessen Priester geworden, um auch denen beistehen zu können, die sein beschränktes medizinisches Wissen nicht vor dem Tod bewahren konnte. Sein Interesse an der Heilkunst war jedoch nie erloschen, und sein Bedürfnis zu helfen machte es ihm schwer, einen Kranken abzuweisen.

Jeremys geübter Blick erfasste sofort den Grund für den Ausdruck der Panik, der in Malorys Gesicht stand. Beruhigend legte er dem Verletzten die Hand auf die Stirn und ließ sie dann sanft über seine Augen gleiten. Malorys Zittern legte sich ein wenig.

»Alan, habt Ihr einen Schwamm vorbereitet?«, fragte Jeremy.

»Ja, aber er ist noch nicht lang genug eingeweicht.«

»Das lässt sich jetzt nicht ändern. Der arme Bursche hat genug gelitten.«

Alan reichte dem Priester ein mit Wasser gefülltes Becken und dieser nahm den Schwamm heraus, der darin lag. Ein seltsamer Geruch ging von ihm aus. Jeremy ließ das Wasser abtropfen und hielt den Schwamm unter Malorys Nase.

»Atme tief ein, mein Junge«, sagte er auffordernd, und als der Diener ihn ängstlich ansah, fügte er hinzu: »Vertrau mir. Bald wirst du keinen Schmerz mehr spüren.«

Jeremy ließ ihn ein paarmal die Dämpfe einatmen, die aus dem feuchten Schwamm aufstiegen, und beobachtete Malory dann aufmerksam. Nach einer Weile begann sich sein verkrampfter Körper zu entspannen, und sein schmerzverzerrtes Gesicht glättete sich. Seine Augen wurden glasig, seine Lider sanken herab, und sein angestrengtes Stöhnen verstummte.

»Wie habt Ihr das gemacht?«, fragte Sir Orlando entgeistert.

»Ich habe ihn die Dämpfe eines *Spongia somnifera* einatmen lassen, der zuvor mit einem Gemisch von Pflanzensäften der Mandragora, des Mohns und des Bilsenkrauts getränkt wurde«, erklärte Jeremy bereitwillig. »Man lässt ihn trocknen, bis man ihn braucht, und befeuchtet ihn dann wieder. Eigentlich soll der Schlafschwamm etwa ein Stunde einweichen, aber ich möchte mit der Operation lieber nicht länger warten.«

»Ich habe noch nie von diesen Schlafschwämmen gehört«, warf Trelawney erstaunt ein.

»Dennoch sind sie bereits seit Hunderten von Jahren im Gebrauch«, belehrte ihn Jeremy. »Schon in den Büchern Theoderichs von Bologna findet Ihr sie beschrieben.«

»Aber wenn es so einfach ist, einen Menschen zu betäuben und ihm so den Schmerz zu nehmen, warum operieren die meisten Wundärzte ihre Patienten dann, während sie wach sind, so dass sie vor Schmerzen halb wahnsinnig werden?«

»So einfach, wie es aussieht, ist es nicht. Die verwendeten Pflanzensäfte sind giftig und können in der falschen Dosierung tödlich wirken. Die meisten Chirurgen schrecken vor dem Risiko zurück. Sie nehmen lieber in Kauf, dass ein Patient an einem Übermaß an Schmerzen stirbt als an einer falsch angewendeten Droge. Dann ist es nicht ihre Schuld, wenn der Patient zu schwach ist, um die Qualen zu ertragen, die das Zerschneiden von Muskeln und Zersägen von Knochen verursachen. Ich bestreite nicht, dass tatsächlich die Gefahr besteht, den Patienten durch einen dieser Schwämme in einen Schlaf zu versetzen, aus dem er nicht mehr erwacht. Daher verwende ich einen solchen nur, wenn es absolut nötig ist, dass der Patient sich bei der Operation nicht bewegt. Und ich achte darauf, nicht zu viel von den Substanzen zu verwenden und eher zuzulassen, dass er nicht völlig betäubt ist. Ein Patient im Halbschlaf ist immer noch besser als einer, der vor Angst zittert. Außerdem muss man natürlich wissen, wie man einen Bewusstlosen wieder aufweckt, falls er zu lange schläft. Man hält ihm ein Tuch unter die Nase, das mit starkem Essig getränkt ist. Dann kann man ihm noch Wein oder Kaffee einflößen, wenn er sehr unter den Nachwirkungen der Droge leidet.«

Sir Orlando lächelte, wie so oft beeindruckt durch das Wissen seines gelehrten Freundes. »Ich bin froh, dass ich das Wohl meines geschätzten Dieners in Eure Hände legen kann.«

Alan Ridgeway hatte sich von seinem Gesellen eine Flasche Branntwein geben lassen und spülte die Wunde an Malorys Knie gründlich aus. Der Kammerdiener war inzwischen so benommen, dass er die Schmerzen der Prozedur zwar noch spürte, aber nur noch leicht zusammenzuckte.

Jeremy wählte ein schmales Messer aus dem vor ihm liegenden Besteck aus und säuberte die Wunde von zerschossenem Fleisch und Stofffasern, die von der eindringenden Kugel aus der Kniehose gerissen und nach innen gedrückt worden waren. Schließlich tastete er über Malorys Kniekehle, bis er eine zweite Wunde im Fleisch fühlte.

»Werdet Ihr ihm das Bein abnehmen müssen?«, fragte Trelawney.

»Nein, Euer Diener hatte Glück im Unglück. Die Kugel ist auf der Rückseite wieder ausgetreten«, erklärte der Priester befriedigt. »Sie hat keinen größeren Schaden angerichtet. Die Kniescheibe ist unversehrt und der Unterschenkelknochen scheint nicht gebrochen zu sein. Die Kugel hat lediglich an der Seite einige Splitter vom Knochen abgesprengt. Das Scheuern dieser spitzen Teile gegen das wunde Fleisch dürfte die Schmerzen verursacht haben.«

Jeremy überließ nun seinem Freund die weitere Behandlung der Wunde. »Die Entfernung der Splitter ist eine knifflige Feinarbeit. Und Meister Ridgeway hat entschieden geschicktere Finger als ich«, fügte er bescheiden hinzu.

Sir Orlando hatte sichtlich aufgeatmet. »Er wird also wieder laufen können?«

»Ich denke schon.«

»Welch ein Glück, dass der Schurke ein so schlechter Schütze war!«

»Oh, ich glaube, da irrt Ihr Euch, Mylord. Wenn ich mich recht erinnere, sagtet Ihr doch, der Unbekannte habe die Frau direkt ins Herz geschossen. Und da sollte es ihm nicht gelungen sein, Malory in die Brust oder den Bauch zu treffen, was ihn zweifellos getötet hätte? Nein, ich denke, er ist ein sehr guter Schütze. Er wollte Malory nicht umbringen, sondern nur aufhalten, um ungehindert fliehen zu können. Was uns zu der Frage bringt, weshalb er die Frau getötet hat.«

»Und das Mädchen töten wollte«, ergänzte Trelawney. »Er hatte auf sie angelegt, als Malory sich einmischte. Erst als er sah, dass Malory unmittelbar auf ihn zulief, hat er sein Ziel geändert.«

Jeremy warf einen nachdenklichen Blick auf die junge Frau, die schweigend die Suppe löffelte, die ihr die Magd gebracht hatte.

»Ich glaube, es wird Zeit, dass wir der Kleinen ein paar Fragen stellen.«

Als sich die beiden Männer näherten, hob das Mädchen den Kopf und sah sie mit großen blauen Augen an, in denen noch immer Furcht stand. Jeremy lächelte ihr freundlich zu.

»Mistress Laxton, ich bin Dr. Fauconer und dies ist Sir Orlando Trelawney, Richter des Königlichen Gerichtshofs. Wie fühlt Ihr Euch? Ich hoffe, Ihr seid nicht verletzt.«

Sie schüttelte stumm den Kopf.

»Die Frau, die getötet wurde, war Eure Mutter?«

Das Mädchen nickte.

»Könnt Ihr uns sagen, was passiert ist? Wer war der Mann, der auf Eure Mutter geschossen hat?«

Anne Laxton öffnete den Mund, um etwas zu sagen, brachte jedoch kein Wort heraus. Der Jesuit und der Richter warteten geduldig, bis sie sich einigermaßen gefangen hatte. »Ich weiß es nicht ...«, stammelte sie. »Er tauchte plötzlich auf ...«

»Hat er etwas gesagt?«

»Nein, er hat gleich geschossen, einfach so ...«

»Hattet Ihr den Eindruck, dass Eure Mutter ihn erkannte?«, bohrte Jeremy weiter.

»Nein ... sie sagte nur: *der Teufel* ...«

»Der Teufel? Habt Ihr eine Ahnung, warum sie ihn so nannte?«

Wieder schüttelte das Mädchen den Kopf.

Jeremy setzte sich zu ihr auf die Bank. »Was habt Ihr bei diesem Wetter allein außer Haus getan? Hatte man nach Eurer Mutter geschickt?«

Doch mehr brachte er nicht aus ihr heraus. Annes Augen füllten sich mit Tränen, und sie begann zu schluchzen. Der Schrecken saß noch zu tief.

»Es hat keinen Zweck. Lassen wir sie«, entschied Jeremy seufzend.

Trelawney stimmte ihm zu. »Ich habe einen der Konstabler von Farringdon Without angewiesen, bei der Leiche zu wachen, bis ich zurückkehre.«

»Dann solltet Ihr den armen Mann nicht länger warten lassen.«

Sir Orlando zog verlegen die Augenbrauen zusammen. »Ich hatte eigentlich gehofft, dass Ihr mich begleiten würdet.«

»Um nach Spuren zu suchen, die das Schneetreiben inzwischen zweifellos vernichtet hat?«, spöttelte Jeremy. »Ihr beliebt zu scherzen, Mylord.«

»Nun, ich nahm an, dass dieser seltsame Überfall Euch interessieren würde«, verteidigte sich der Richter mit einem deutlichen Unterton der Enttäuschung.

»Freilich interessiert er mich«, erwiderte Jeremy lächelnd, der seinen Freund nur hatte necken wollen. »Sehen wir uns also den Ort des Verbrechens an. Vielleicht wird die Angelegenheit dann klarer.«

Jeremy stieg in seine Kammer hinauf, schlüpfte in kniehohe Stiefel und warf sich einen dicken, wollenen Umhang über. Schließlich zog er sich noch lederne Handschuhe an und stülpte sich einen hohen steifen Hut auf den Kopf.

»In der Aufmachung könnte man Euch für einen Quäker halten«, witzelte Trelawney, während er sich seinen eigenen federbesetzten Hut aufsetzte.

»Ihr schätzt die ›Gesellschaft der Freunde‹ wohl nicht sehr, Mylord.«

»Nein, die ›Freunde‹, wie sich diese Sektierer nennen, sind eine Plage und machen vor Gericht nur Ärger. Sie verstehen es vorzüglich, einem das Wort im Munde zu verdrehen, und halten sich nicht an die einfachsten Regeln des Anstands. Sie haben keinen Respekt vor der Obrigkeit. Sie weigern sich sogar, vor Gericht ihre Hüte abzunehmen, und erdreisten sich, jeden mit *du* anzureden.«

»Weil sie glauben, dass vor Gott alle Menschen gleich sind.«

»Das mag schon sein, doch was das irdische Leben betrifft, so sind sie es nicht. Anstandsregeln müssen gewahrt werden. Wo kämen wir sonst hin?«

Der Richter wandte sich zur Tür, und Jeremy folgte ihm mit einem nachsichtigen Lächeln auf den Lippen. Er wusste nur zu gut, dass Trelawney sich des Öfteren vor Gericht mit so genannten Dissenters, Anhängern protestantischer Sekten, die die Riten der anglikanischen Staatskirche kritisierten, herumschlagen musste. Diese unterstanden ähnlichen Strafgesetzen wie die Katholiken, wurden in den letzten Jahren jedoch schärfer verfolgt, da sie als Aufwiegler galten und deshalb eine Gefahr für den Frieden des Königreichs darstellten. Die Anhänger Cromwells, die Charles I. hingerichtet hatten, waren Dissenters gewesen. Doch auch unter den Sekten bestanden bedeutende Unterschiede in der Lehre. Die Quäker beispielsweise waren friedliche Leute, die jegliche Art von Gewalt ablehnten.

Der Schneefall ließ allmählich nach. Trelawneys Kutscher hatte sich mit den Lakaien beim Halten der Pferde abgewechselt, war aber trotzdem bis auf die Knochen durchgefroren und deshalb ganz und gar nicht erbaut, als der Richter ihn anwies, zur Cock Lane zurückzufahren.

»Merkwürdige Sache«, murmelte Sir Orlando. »Weshalb hat dieser Unbekannte eine wehrlose Frau erschossen?«

»Und dann noch so ganz ohne Vorwarnung, wenn man dem Mädchen glauben darf«, fügte Jeremy hinzu, der dem Richter in der Kutsche gegenübersaß.

»Ob er sie berauben wollte?«

»In dem Fall hätte es genügt, die Frauen mit der Waffe zu bedrohen. Außerdem begibt sich kein gescheiter Straßenräuber bei diesem Wetter auf Beutezug. Er müsste damit rechnen, sich stundenlang die Beine in den Bauch zu stehen, bevor ihm ein geeignetes Opfer über den Weg läuft. Ich fürchte, hinter diesem Überfall steckt mehr. Und ich bin mir nicht sicher, ob das Mädchen uns tatsächlich alles gesagt hat, was es weiß.«

Die Kutsche durchquerte das Newgate und hielt einige Zeit später in der Cock Lane an der Stelle, an der Margaret Laxton zu Tode gekommen war.

In einen Hauseingang gezwängt warteten zwei Männer mit zutiefst griesgrämigen Mienen, die den Richter und seinen Begleiter mit gezwungener Höflichkeit begrüßten. Der Konstabler trug eine Perücke und einen breitkrempigen Hut. Sein wollener Umhang ließ nur einen flüchtigen Blick auf seinen Spitzenkragen und das Wams aus feinem Tuch zu, das mit Silberknöpfen besetzt war. In der Hand trug er seinen langen Amtsstab. Der Büttel, der ihn begleitete und die Fackel hielt, war dagegen weit weniger fein gekleidet. Auf seinem natürlichen Haar, das ihm auf die Schultern herabfiel, saß ein verbeulter Hut, sein Wams war aus robustem Leder, und der Mantel, den er darüber trug, wirkte schmutzig und von langem Gebrauch mitgenommen.

»Mylord, war es wirklich notwendig, uns zu so später Stunde

herzubeordern und im Schnee stehen zu lassen?«, beschwerte sich der Konstabler. »Das Weib ist schließlich tot und dürfte sich kaum davonstehlen.«

»Immerhin geht es um einen Mord«, erwiderte Sir Orlando eisig. »Der Schurke muss zur Strecke gebracht werden, bevor er wieder zuschlägt.«

»Was hat das Weibsbild auch zu so unchristlicher Zeit auf der Straße zu suchen? Kein Wunder, dass sie irgendeinem Strolch in die Arme gelaufen ist.«

»Die Tote war Hebamme. Sie konnte es sich leider nicht aussuchen, wann sie das Haus verließ. Es ist Eure Aufgabe, dafür zu sorgen, dass die Straßen Eures Bezirks auch des Nachts sicher sind und nicht von Diebesgesindel wimmeln.«

Während Trelawney seinem Ärger über die Pflichtvergessenheit des Konstablers Luft machte, beugte sich Jeremy mit einer Fackel in der Hand über die Leiche und befreite sie vom Schnee. Sir Orlandos Beobachtung war zutreffend gewesen, die Kugel war in Margaret Laxtons Brust eingedrungen und hatte sich in ihr Herz gebohrt. Ein hervorragender Schuss!, dachte der Priester anerkennend. Und ein gefährlicher Schütze!

Ohne sich um das Streitgespräch zwischen dem Richter und dem Konstabler zu kümmern, das seinen Lauf nahm, sah sich Jeremy in der unmittelbaren Umgebung um. Er entdeckte den Misthaufen, umrundete ihn interessiert und hob schließlich die erloschene Fackel auf, die daneben auf dem Boden lag. Prüfend roch er an dem nun kalten Pech. Neugier begann sich in ihm zu regen, und so ging er noch ein paar Schritte die Gasse entlang bis zu einer Hofeinfahrt. Hier blieb er nachdenklich stehen, betrachtete die Häuser um sich herum und suchte in gebeugter Haltung den Boden der Einfahrt ab.

»Dr. Fauconer, wo seid Ihr?«, rief Sir Orlando, der das Verschwinden seines Freundes bemerkt hatte. Und da der Vermisste nicht antwortete, sahen sich der Richter und die beiden Ordnungshüter genötigt, ihm die Gasse entlang zu folgen.

»Doktor, was macht Ihr denn da?«, fragte Trelawney entgeistert, als er den Jesuiten auf allen vieren in der Hofeinfahrt herumkriechen sah.

Jeremy erhob sich und klopfte sich den Schnee von den Handschuhen. »Schade, der Boden ist zu hart. Es sind keine Spuren zurückgeblieben.«

»Glaubt Ihr, dass der Mörder hier gelauert hat?«

»Zweifellos. Mylord, erinnert Ihr Euch, Hufschlag gehört zu haben, als der Unbekannte floh?«

Sir Orlando krauste grübelnd die Stirn. »Jetzt, wo Ihr mich fragt, kann ich mich tatsächlich erinnern, ein Pferd gehört zu haben. Es war mir völlig entfallen. Ich hatte nicht so genau darauf geachtet, denn ich lief zu Malory, der vor Schmerz schrie.«

»Nun, es spricht für Euch, dass das Wohl Eures Dieners Euch so sehr am Herzen lag, aber es wäre hilfreicher gewesen, wenn Ihr Augen und Ohren offen gehalten hättet. Der Mörder war also beritten und wartete hier auf sein Opfer. Deshalb schoss er auch auf Malory. Er brauchte Zeit, um zu seinem Pferd zurückzukommen.«

»Aber das hieße ja, dass wir es hier nicht mit einem gemeinen Straßenräuber zu tun haben«, schloss Trelawney.

»Oh, das habe ich von Anfang an bezweifelt, Sir«, betonte Jeremy. »Der Mörder war für einen einfachen Straßenräuber viel zu gut bewaffnet. Er hatte immerhin mindestens zwei Pistolen bei sich. Nicht gerade die Ausstattung eines kleinen Strauchdiebs, meint Ihr nicht?«

»Ihr habt Recht! Die Sache wird immer mysteriöser.«

»Allerdings. Zumal ich der Ansicht bin, dass der Unbekannte die beiden Frauen absichtlich hierher lockte, um sie zu töten.«

»Ihr glaubt nicht, dass es ein zufälliges Zusammentreffen war?«

»Nein, er kam zu Pferd und wartete in dieser Hofeinfahrt darauf, dass jemand, vermutlich ein Komplize, die Frauen hierher führte.«

»Wie wollt Ihr das wissen?«, fragte der Richter erstaunt. »Das Mädchen hat nichts dergleichen erwähnt.«

»Margaret Laxton war Wehmutter. Es war ein Leichtes, sie unter dem Vorwand, dass ihr Beistand gebraucht würde, aus dem Haus zu locken. Jemand geht ihr und ihrer Tochter mit der Fackel voraus, führt sie bis hierher, löscht die Fackel und verschwindet in der Nacht. Dieser Misthaufen scheint der verabredete Punkt gewesen zu sein. Seht hier, Mylord, eine Fackel, die vor kurzem noch brannte und an der noch genug Pech klebt, dass sie vermutlich nicht von allein ausgegangen ist. Nein, der Mörder lauerte Margaret und Anne Laxton auf, um beide kaltblütig zu töten. Seine Bewaffnung beweist es. Er hatte zwei Pistolen dabei. Eine für die Mutter, eine für die Tochter. Malory hat den Plan jedoch vereitelt, als er dazwischenging. Der Mörder sah sich gezwungen, die zweite Kugel für ihn zu verwenden, um seine Flucht zu decken.«

»Nun, das leuchtet mir ein, Doktor«, stimmte Trelawney zu. »Das heißt, wir müssen unbedingt noch einmal mit dem Mädchen sprechen.«

Alan wusch sich das Blut von den Händen und nahm das Leintuch entgegen, das Kit ihm reichte. Malory hatte sich während der Behandlung nicht gerührt und lag noch immer in erlösender Betäubung da. Nach Entfernung der Splitter hatte Alan den betroffenen Knochen mit einer Feile geglättet, die Wunde verbunden und dann das Bein auf eine Weise geschient, die eine Beugung des Knies verhinderte. Die Heilung musste er nun der Natur überlassen.

»Sag Molly, sie soll das Bett in der Kammer im zweiten Stock herrichten«, wies Alan den Lehrknaben an. »Wenn sie fertig ist, tragen wir ihn nach oben.«

Sein Blick fiel auf das Mädchen, das noch immer verloren auf der Bank hockte, und er schämte sich, dass er sie während der Operation völlig vergessen hatte. Ihr Gesicht unter der verrutschten Leinenhaube war sehr blass, sie wirkte wie entrückt in eine andere, weniger grausame Welt, in der sie vor der Wirklichkeit Schutz suchte.

Mit leiser Stimme, um sie nicht zu erschrecken, sprach Alan sie an: »Ich weiß, das ist alles sehr schwer für Euch. Ihr müsst erschöpft sein. Bei diesem Wetter könnt Ihr unmöglich nach Hause gehen. Ich biete Euch gerne meine Schlafkammer für die Nacht an, wenn Ihr wollt.«

Der erschrockene Blick, den Anne ihm zuwarf, machte ihn zutiefst verlegen. »Ich meine natürlich ... ich wollte sagen, ich schlafe derweil bei meinem Freund. Ihr werdet ganz ungestört sein«, fügte er eilig hinzu.

Verdammt!, dachte er. Ich trete doch immer ins Fettnäpfchen!

Anne senkte den Blick und nickte, ohne ein Wort zu sagen.

Alan räusperte sich und rief nach der Magd: »Molly, bring Mistress Laxton in meine Schlafkammer und sieh zu, dass sie es bequem hat.«

Hoffentlich findet sie in dieser Nacht wenigstens ein bisschen Schlaf, überlegte er, während er dem Mädchen nachblickte.

Wenig später kehrten der Richter und der Priester zurück.

»Wie geht es Malory?«, fragte Trelawney, während er seinen schlafenden Diener begutachtete.

»Es wird eine Weile dauern, bis er wieder zu sich kommt«, erklärte Alan. »Ich möchte ihn gerne einige Tage hierbehalten, Mylord, er sollte so ruhig wie möglich liegen. Wenn die Wunde gut heilt, könnt Ihr ihn abholen, am besten in einer Sänfte.«

»Das werde ich tun, Meister Ridgeway. Und danke für Eure Mühe. Was schulde ich Euch für die Behandlung?«

Alan nannte ihm seinen Lohn, und Sir Orlando bezahlte ihn.

»Wo ist das Mädchen?«, fragte der Richter dann.

»Ich habe sie in meiner Kammer untergebracht.«

»Das ist gut«, bemerkte Jeremy. »Heute hätten wir ohnehin nichts mehr aus ihr herausbekommen. Wir werden morgen noch einmal mit ihr reden.«

Richter Trelawney stimmte ihm zu. Bevor er sich verabschiedete, nahm er seinen Freund zur Seite und sagte verlegen: »Ich weiß, dies ist eigentlich nicht der passende Augenblick, aber ich wollte Euch noch um einen Gefallen bitten, Pater.«

»Jederzeit, Mylord«, erbot sich Jeremy bereitwillig. »Worum geht es?«

»Nun, ich habe mich entschlossen, wieder zu heiraten.«

»Sehr lobenswert. Es wird Euch gut tun. Wer ist denn die Glückliche?«

»Ihr Name ist Sarah Draper. Ihr Vater ist ein Gutsbesitzer aus Essex, der im Bürgerkrieg für den König gekämpft hat. Die Familie siedelt in einigen Tagen von ihrem Landsitz nach London über. Ich bin zu Sankt Valentin in ihrem Stadthaus zum Mittagsmahl eingeladen und wäre Euch sehr dankbar, wenn Ihr mich begleiten würdet.«

Jeremy zog erstaunt die Augenbrauen hoch. »Ihr wollt mich zu einem Essen mit der Familie Eurer Verlobten mitnehmen?«

»Nun, noch sind wir nicht verlobt. Bevor ich mich zu Eheverhandlungen bereit erkläre, hätte ich gerne Eure Meinung über das Mädchen gehört.«

»Mylord, das ist nicht Euer Ernst!«

»Durchaus. Ihr seid der beste Menschenkenner, der mir je begegnet ist. Deshalb möchte ich Euch die Familie vorstellen.«

»Sir, wenn Ihr Euch nicht sicher seid, ob Ihr dieses Mädchen ehelichen wollt, so kann ich Euch auch nicht weiterhelfen. Ihr müsst selbst zu einer Entscheidung kommen.«

»Ich bitte Euch lediglich, mir zu sagen, was Ihr von ihr haltet«, beharrte Trelawney. »Also abgemacht, Pater. Noch eine gute Nacht wünsche ich!« Und er war zur Tür hinaus, bevor Jeremy auch nur den Mund öffnen konnte, um Einspruch zu erheben.

Alan, der das Gespräch mit angehört hatte, grinste breit. »Da seid Ihr aber schwer in der Bredouille, mein Freund. Wie kommt unser guter Richter nur darauf, Ihr könntet ihm bei seinem Problem weiterhelfen? Schließlich versteht Ihr doch überhaupt nichts von Frauen.«

»Ich weiß das, aber er anscheinend nicht«, spöttelte Jeremy. Trelawneys Anliegen war ihm denkbar peinlich, doch zugleich fiel es ihm schwer, seinem Freund eine Abfuhr zu erteilen. Er würde noch einmal mit Engelszungen auf Sir Orlando einreden müssen, um ihn zu überzeugen, dass er etwas Unmögliches verlangte.

Drittes Kapitel

Nachdem sich Alan in der Zinnschüssel gewaschen hatte, die auf einer Truhe stand, öffnete er das Fenster der Kammer und schüttete das Schmutzwasser auf die Straße. Unten brach jemand in Verwünschungen aus. Schuldbewusst streckte Alan den Kopf aus dem Fenster und entschuldigte sich höflich.

»Ihr hättet vorher rufen sollen«, sagte Jeremy lachend. »Wo seid Ihr nur mit Euren Gedanken?«

Alan zog sich sein langes Leinennachthemd über und schlüpfte zu seinem Freund ins Bett. »Ich dachte an das arme Ding da unten in meiner Kammer«, sagte er, während er die Kerze ausblies und die Vorhänge des Baldachinbetts zuzog. Das Feuer im Kamin war erloschen, und es war empfindlich kalt. »Sie hat Furchtbares durchgemacht. Mit ansehen zu müssen, wie die Mutter erschossen wird! Schrecklich!«

»Ich glaube, sie ahnt, wer der Täter ist«, bemerkte Jeremy nachdenklich. »Hoffentlich ringt sie sich dazu durch, uns zu sagen, was sie weiß. Schließlich könnte sie immer noch in Gefahr sein.«

»Dann sollten wir vielleicht ihre Familie befragen«, schlug Alan eifrig vor.

»Wir?«

»Ja, warum nicht? Ich werde das Mädchen morgen doch nicht allein nach Hause gehen lassen. Und wenn ich schon einmal dort bin, kann ich doch gut Erkundigungen einziehen.«

»Wie Ihr wollt«, lenkte Jeremy mit einem verschlafenen Seufzer ein. »Gehen wir morgen also alle gemeinsam zu den Laxtons.«

Befriedigt rollte sich Alan unter der warmen Decke zusammen und schloss die Augen. Das Baldachinbett war gerade lang genug für Jeremy, der um wenige Zoll kleiner war als sein Freund, doch Alans Zehen reichten über den Rand der Matratze hinaus, wenn er sich ausstreckte. So war er gezwungen, mit angezogenen Beinen zu schlafen, wollte er sich keine kalten Füße holen.

In den frühen Morgenstunden wurden sie von einem gellenden Schrei aus dem Schlaf gerissen.

»Was ... was ist passiert?«, stammelte Alan und rieb sich die Augen.

»Das kommt aus Eurer Kammer«, klärte Jeremy ihn auf. »Die Kleine hat Albträume.«

Pflichtbewusst schälte sich Alan aus der Decke und schlüpfte in seine Kniehose. »Ich sehe mal nach.«

Noch mit dem Verschluss seiner Hose beschäftigt, glitt er mit den Füßen in seine Pantoffeln und hastete die Stiege in den ersten Stock hinunter. Als er die Tür zu seiner Schlafkammer öffnete, setzte sein Herz für einen Moment aus. Nur mit einem dünnen Leinenhemd bekleidet, stand Anne vor dem geöffneten Fensterflügel, das rechte Bein angewinkelt, den Fuß schon auf dem schmalen Sims.

»Nein, tut das nicht!«, schrie Alan und stürzte auf sie zu. Seine Hände ergriffen ihre Taille, gerade als sie sich mit dem anderen Bein abstieß und aus dem Fenster springen wollte. Alan riss sie zurück und wollte sie zum Bett zerren, doch sie entwand sich ihm und versuchte, wieder zum Fenster zu kommen. Da schlang er die Arme um sie und zog sie mit Gewalt auf die andere Seite der Kammer. Anne begann zu schreien und um sich zu schlagen, doch er ließ sie nicht los.

»Lasst mich! Lasst mich!«, kreischte sie wie von Sinnen. Sie holte aus und schlug nach ihm. Alan spürte einen scharfen Schmerz an der linken Wange, als sich ihre Fingernägel hineingruben. Erst als es ihm gelang, ihre Arme an ihren Körper zu pressen und festzuhalten, verließen sie allmählich die Kräfte, und sie hörte auf zu toben.

Jeremy, Nick und Molly waren inzwischen in der Tür zur Kammer aufgetaucht und blieben angesichts des seltsamen Schauspiels entgeistert stehen. Jeremy fing sich als Erster.

»Molly, kümmere du dich um das Mädchen«, gebot er.

Als Alan sie losließ, brach Anne in Schluchzen aus und sackte auf dem Bett zu einem bemitleidenswerten Häufchen Elend zusammen. Die Magd tätschelte ihr tröstend die Schultern und zog das Mädchen dann an ihre Brust. Jegliche Gegenwehr war erstorben.

Jeremy schlug das Fenster zu und nahm Alan energisch beim Arm. »Offenbar lässt sie sich nicht gern von Männern anfassen. Lassen wir sie in Ruhe. Molly, es wird besser sein, wenn du den Rest der Nacht bei ihr bleibst. Nick, geh zu Malory, und falls er wach ist, sag ihm, dass alles wieder in Ordnung ist. Er soll versuchen weiterzuschlafen.«

Jeremy nötigte Alan, ihn nach unten in die Offizin zu begleiten, damit er die Wunde an seiner Wange versorgen konnte.

»Das ›arme Ding‹ ist eine ziemliche Kratzbürste«, kommentierte der Jesuit, während er die Abschürfungen mit Salbe bestrich. »Ihr könnt froh sein, wenn keine Narbe zurückbleibt.«

»Sie wollte sich umbringen. Sie wollte einfach aus dem Fenster springen!«, murmelte Alan fassungslos.

»In den frühen Morgenstunden ist der Mensch den Versuchungen des Teufels gegenüber am wehrlosesten. Wenn es erst Tag ist, wird sie schon wieder zur Vernunft kommen, glaubt mir.«

»Ich weiß, sie hat Schreckliches mit ansehen müssen. Aber reicht das aus, um seinem Leben ein Ende machen zu wollen? Sie hat doch noch ihren Vater und einen Bruder, soweit mir bekannt ist.«

»Vielleicht gibt es noch etwas anderes, das ihr auf der Seele liegt«, mutmaßte Jeremy.

»Ich würde ihr gerne helfen.«

»Na, dann viel Glück. Sie sieht mir nicht aus wie jemand, der gerne über seine Gefühle spricht. Und nun kommt, gehen wir wieder ins Bett und versuchen, ein wenig zu schlafen.«

Es war noch dunkel, als Jeremy am Morgen das Bett verließ und im Nachthemd vor dem Kruzifix niederkniete, das an der Wand hing, um in der Stille des noch schlafenden Hauses zu beten. Die Kälte der Winternacht biss in das Fleisch seiner nackten Beine, ohne dass er es wahrnahm. Erst als er sich wieder erhob, spürte er den Schmerz seiner steif gewordenen Muskeln, die gegen die plötzliche Bewegung rebellierten.

Ohne Alan zu wecken, warf sich Jeremy einen dicken Schlafrock über und steckte seine taub gewordenen Füße in warme Schafsfellpantoffeln. Da sie keine Haushälterin hatten und Molly mit Anne Laxtons Aufsicht betraut war, übernahm der Jesuit an diesem Morgen die Pflichten des Haushalts. Bevor er in die Küche ging, öffnete er leise die Tür zu Alans Schlafkammer und sah hinein. Das Mädchen schlief noch. Die Magd hatte sich zu ihr ins Bett gelegt, um sich vor der Kälte zu schützen, und wandte den Kopf, als sie Jeremy bemerkte.

»Bemüh dich nicht, Molly«, sagte er abwehrend, als sie sich anschickte, das Bett zu verlassen. »Ich kümmere mich unten um das Feuer.«

Er schloss leise die Tür und stieg ins Erdgeschoss hinab. Nachdem er das Feuer in der Feuerstelle geschürt und Kohlen aufgelegt hatte, füllte er den Zinnkrug aus seiner Kammer an der Wasserpumpe, die von einer unterirdischen Zisterne gespeist wurde, und stellte ihn auf einen Rost über der Glut. Mit dem erhitzten Wasser kehrte er nach oben zurück, wusch sich in der Zinnschüssel, säuberte seine Zähne mit Salz und rasierte sich schließlich vor einem kleinen Spiegel, den er auf dem Tisch gegen einen Kerzenständer lehnte. Als er sich fertig angekleidet hatte, schlief Alan noch immer den Schlaf des Gerechten. Jeremy rüttelte ihn unsanft an der Schulter, doch der Wundarzt murmelte lediglich etwas Unverständliches und rollte sich auf die andere Seite.

»Alan, wacht auf!«, forderte der Priester ungeduldig. »Ich habe Euch heißes Wasser gebracht. Steht auf, bevor es kalt wird.«

»Ist es denn schon Zeit?«, brummte Alan verschlafen. »Wir sind doch gerade erst ins Bett gegangen.«

»Jeden Morgen dasselbe mit Euch!«, schalt Jeremy ihn in freundschaftlichem Ton. »Nun macht schon. Wir müssen das Mädchen nach Hause bringen.«

Alan blinzelte seinen Quälgeist missmutig an, die Arme um das Kissen geklammert, als wollte er mit dem behaglichen Bett verwachsen. Es war ihm schon immer schwer gefallen, früh aufzustehen, und er hatte stets einen erbitterten Kampf mit seiner morgendlichen Trägheit auszufechten. Diesmal kam ihm Jeremy zu Hilfe. Er tauchte seine Finger in das Waschwasser und spritzte es seinem Freund gnadenlos ins Gesicht. Mit einem Schrei fuhr Alan aus dem Bett.

»Ihr seid ein Sklaventreiber!«, schimpfte er, während er sich das Nachthemd auszog.

»Beeilt Euch lieber«, sagte Jeremy lachend. »Ich bereite inzwischen das Frühmahl vor.«

Er tischte ein wenig kaltes Fleisch, Brot und Butter und dazu Warmbier auf. Bald fanden sich Alan, der Geselle Nicholas und der Lehrknabe Christopher in der Küche ein und ließen sich an dem groben Eichentisch nieder.

»Ist Molly mit dem Mädchen noch nicht unten?«, fragte Alan.

»Nein, ich habe ihnen heißes Wasser zum Waschen hochgebracht, aber sie müssten inzwischen fertig sein«, antwortete Jeremy, während er das Brot in Scheiben schnitt und auf einem Rost über dem Feuer aufreihte. »Ihr solltet sie holen gehen.«

Alan kam der Aufforderung gerne nach und klopfte vernehmlich an seine Kammertür, bevor er eintrat. Die beiden Frauen waren fertig angekleidet, und Molly half Anne nur noch dabei, ihr braunes Haar unter ihrer Leinenhaube zu verbergen.

Als das Mädchen Alan in der Tür stehen sah, die Kratzer auf seiner Wange drei leuchtend rote Streifen, senkte es schuldbewusst den Blick. Auf dem Weg nach unten sagte Anne leise zu ihm: »Es tut mir Leid, dass ich Euch verletzt habe, Meister Ridgeway. Ich weiß nicht, was letzte Nacht in mich gefahren ist.«

»Macht Euch keine Vorwürfe. Ihr hattet Furchtbares erlebt«, wehrte Alan galant ab. Zugegeben, das Rasieren war an diesem Morgen recht schmerzhaft gewesen, immer wieder war er mit der Messerklinge an die Striemen gekommen und hatte den Schorf abgerissen, so dass er sich schließlich auch mit einem unordentlichen Ergebnis zufrieden gegeben hatte.

Jeremy legte ihnen das fertige Röstbrot vor, und jeder nahm sich von der Butter und dem kalten Fleisch vom Vortag. Bevor er sich zu ihnen setzte, sah der Jesuit nach Malory, der jedoch noch schlief. Molly würde ihm sein Morgenmahl später bringen.

»Wenn Ihr erlaubt, geleiten wir Euch nun nach Hause«, wandte sich Jeremy nach dem Essen an Anne Laxton. »Der Konstabler hat Eure Mutter sicher schon in das Haus Eures Vaters bringen lassen. Man wird sich Sorgen um Euch machen.«

Für einen winzigen Moment trat ein seltsamer Ausdruck in Annes Augen, der fast höhnisch wirkte. Doch sie senkte sofort den Blick, so dass sich Jeremy seines Eindrucks nicht ganz sicher war.

Draußen präsentierte sich der Himmel in einem klaren Blau, und die Sonne schien, doch es war immer noch sehr kalt. Der Schnee lag hoch und wirbelte vor ihren Füßen auf, als Jeremy, Alan und das Mädchen die Paternoster Row entlanggingen. Trotz der frühen Stunde waren bereits viele Fuhrwerke unterwegs, und Lehrlinge standen in den Türen zur Werkstatt ihrer Meister und priesen deren Dienste an. Es war kaum zu glauben, dass diese geschäftige Stadt vor wenigen Monaten noch wie ausgestorben gewirkt hatte. Die Pest war nicht vergessen, doch das Verlangen nach Leben, nach Glück und Zufriedenheit war stärker und verdrängte die Angst.

Als sie in die St. Martin le Grand einbogen, die auf das Aldersgate zuführte, brach Jeremy das Schweigen. »Mistress Laxton, ich würde gerne helfen, den Mörder Eurer Mutter zu verhaften. Dazu muss ich Euch aber noch einige Fragen stellen. Bitte sagt mir, warum Ihr gestern Abend das Haus verlassen habt.«

Anne blickte ihn unsicher an. »Ein Fackelträger kam an die Tür und sagte, dass jemand dringend eine Hebamme brauchte. Wir sollten sofort mitkommen.«

»Könnt Ihr den Fackelträger beschreiben?«

»Es war ein Junge mit blonden Haaren, vielleicht zwölf Jahre alt.«

»Sagte er ausdrücklich, dass Ihr Eure Mutter begleiten solltet?«

»Ich weiß nicht genau. Mein Vater sprach mit ihm. Aber ich habe meine Mutter immer begleitet.«

»Nun, ich werde Euren Vater danach fragen.«

»Ich möchte Euch bitten ... sagt ihm nichts von dem, was ich letzte Nacht tun wollte!«, flehte Anne auf einmal. »Bitte, versprecht es mir!«

»Das werde ich, aber nur unter einer Bedingung«, erwiderte Jeremy streng. »Ihr müsst mir auch etwas versprechen!«

»Ich werde keine Dummheit begehen, das versichere ich Euch«, sagte Anne bestimmt.

Als sie sich dem Haus von Meister Laxton auf der Duck Lane näherten, sahen sie schon von weitem einen Menschenauflauf vor der Tür. Offenbar war bereits die gesamte Nachbarschaft auf den Beinen, um mit eigenen Augen die Leiche der ermordeten Wehmutter zu sehen, die der Konstabler des Bezirks auf einer Trage gebracht hatte. Alan und Jeremy mussten sich ihrer Ellbogen bedienen, um sich einen Weg durch die dicht gedrängten Menschen zu erzwingen. In Meister Laxtons Offizin lag der Leichnam auf dem Operationstisch aufgebahrt. An seiner Seite standen der Konstabler und zwei Männer, ein älterer und ein jüngerer. Als sie die Ankömmlinge bemerkten, unterbrachen sie ihre erregte Diskussion und sahen ihnen entgegen. Über das Gesicht des älteren Mannes glitt ein Ausdruck der Erleichterung, der jedoch sehr schnell eiserner Strenge wich.

»Anne, wo zum Teufel warst du?«, brummte er ungehalten.

Alan trat neben das Mädchen und wandte sich beschwichtigend an seinen Zunftgenossen: »Meister Laxton, Richter Trelawney, der Zeuge des Mordes an Eurer Frau wurde, brachte Eure Tochter zu mir. Da das Wetter sehr schlecht war, habe ich ihr meine Gastfreundschaft angeboten.«

Der Blick des älteren Wundarztes wanderte erbost zwischen Alan und Anne hin und her. »Du hast die Nacht allein unter dem Dach dieses Schürzenjägers verbracht … dieses berüchtigten Windhundes …«, brauste Laxton auf. »Geh nach oben, Anne! Sofort!«

Das Mädchen gehorchte ohne Widerspruch.

»Und was Euch betrifft, Sir, wie konntet Ihr es wagen, meine Tochter in Eurem Haus zu behalten? Bei dem Ruf, den Ihr genießt, habt Ihr sie damit entehrt.«

»Ich schwöre Euch, es ist nichts passiert«, wehrte Alan entgeistert ab. Er hatte nicht damit gerechnet, mit Vorwürfen überschüttet zu werden, nur weil er zu helfen versucht hatte. »Eure Tochter hat mit meiner Magd zusammen geschlafen. Niemand hat ihre Keuschheit angetastet.«

»Das soll ich Euch glauben?«, schnaubte der Vater. »Wo Ihr doch dafür bekannt seid, dass Ihr jedem Weiberrock nachlauft.«

Wenn Ihr wüsstet, dachte Alan zerknirscht. Dabei habe ich seit über einem Jahr keine Frau mehr umarmt.

Jeremy, der den unsinnigen Streit nicht länger mit anhören wollte, schaltete sich energisch ein. »Gentlemen, bitte! Ich denke, es gibt im Moment Wichtigeres als grundlose Verdächtigungen. Eure Gattin wurde ermordet. Und Eure Tochter verdankt es nur dem Eingreifen Richter Trelawneys, dass ihr dasselbe Schicksal erspart blieb. Sagt mir, Meister Laxton, der Fackelträger, der gestern an Eure Tür kam und nach einer Hebamme verlangte, kanntet Ihr ihn?«

Jeremy fing den missbilligenden Blick des Konstablers auf, der sich in den Hintergrund gedrängt fühlte. Doch da es offensichtlich war, dass Jeremy im Auftrag des Richters handelte, erhob er keinen Einspruch.

»Nein, ich hatte den Burschen nie zuvor gesehen«, antwortete der Wundarzt. »Er war nicht aus unserem Sprengel.«

»Noch etwas, Sir. Könnt Ihr Euch an die Worte des Jungen erinnern?«

»Wie meint Ihr das?«

»Nun, fragte er nur nach einer Hebamme oder verlangte er ausdrücklich, dass Eure Tochter ihre Mutter begleiten sollte?«

»Ich weiß nicht, worauf Ihr hinauswollt, Sir. Soweit ich mich erinnere, sagte er, dass ihm meine Frau und ihr Lehrmädchen empfohlen worden waren und dass beide kommen sollten. Aber weshalb interessiert Euch das?«

»Diese Einzelheit ist äußerst wichtig, Meister Laxton. Es

bedeutet nämlich, dass jemand Eure Gattin *und* Eure Tochter ermorden wollte. Anne könnte also noch immer in Gefahr sein.«

Laxton warf zuerst dem Konstabler und dann seinem Sohn Martin, der neben ihm stand, einen verständnislosen Blick zu. »Wer, zum Teufel, ist dieser Kerl, der hier so große Reden schwingt?«

»Dr. Fauconer ist Arzt und ein langjähriger Freund von mir«, beeilte sich Alan zu erklären.

Der Konstabler nickte widerwillig. »Seine Lordschaft hat ihn gebeten, den Überfall zu untersuchen. Offenbar glauben diese hohen Tiere immer gleich an eine Verschwörung.«

Jeremy verkniff sich eine spitze Bemerkung. Trotz Sir Orlandos Schutz konnte er es sich nicht leisten, diesen engstirnigen Ordnungshüter gegen sich aufzubringen. »Ihr habt mir bereits sehr geholfen«, versicherte er daher höflich, zupfte Alan am Ärmel und zog ihn mit sich aus der Werkstatt. Sie hatten die gaffende Menschenmenge gerade hinter sich gelassen, als ein Ruf sie zurückhielt: »Ridgeway! Wartet!«

Martin, der Sohn des Wundarztes, war ihnen gefolgt. In der Erwartung, dass er ihnen etwas mitteilen wollte, blieben sie stehen und ließen ihn herankommen. Doch kaum hatte er sie erreicht, als er auf Alan losging und ihn drohend am Kragen packte. »Wenn ich herausfinde, dass Ihr sie angefasst habt, breche ich Euch jeden einzelnen Knochen im Leib, das schwöre ich Euch!«

Noch ehe Jeremy dazwischengehen konnte, hatte Martin Laxton den verdutzten Alan von sich gestoßen, spuckte ihm vor die Füße und verschwand in der Menge.

»Allmählich verstehe ich, weshalb dieses arme Mädchen so verzweifelt ist«, sagte Jeremy betroffen. »Eine wahrhaft herzliche Familie!«

Alan stand vor Überraschung noch wie versteinert da. Jeremy klopfte ihm beschwichtigend auf die Schulter. »Nun kommt schon, vergesst diesen Rüpel. Gehen wir nach Hause.«

In der Ferne läuteten die Glocken von St. Bartholomew für die tote Margaret Laxton.

Viertes Kapitel

Es war ein ruhiger Vormittag. Alan nutzte die Gelegenheit, dass gerade kein Kunde seine Dienste in Anspruch nehmen wollte, um seinem Lehrling zu zeigen, wie man einen Klebeverband herstellte.

»Du nimmst Eiklar, Weihrauch, Harz und feines Mehl und rührst alles gründlich zusammen. Dann bestreichst du die Leinenbinden damit. Hast du alles begriffen, Kit?«

Der blonde Knabe nickte und machte sich an die Arbeit. Kit war vierzehn Jahre alt und erst seit drei Monaten bei Alan. Er hatte es in seinem jungen Leben nicht leicht gehabt, denn er stammte aus einem der Elendsviertel von St. Giles-in-the-Fields, in dem viele Katholiken lebten und oft ganze Familien dicht gedrängt in einer Kammer hausten. Einer von Jeremys Ordensbrüdern hatte Alan auf Wunsch des Jungen angesprochen, und der Chirurg hatte sich aus Barmherzigkeit bereit erklärt, Kit als Lehrknaben zu nehmen, obgleich dessen Eltern ihm kein Lehrgeld bezahlen konnten. Als der Junge in die Paternoster Row gekommen war, konnte er weder lesen noch schreiben, und zählen konnte er allenfalls bis fünf. Während ihm nun Alan sein Handwerk beibrachte, unterrichtete Jeremy Kit im Lesen, Schreiben und Rechnen, so dass er später zumindest in der Lage sein würde, ein Rechnungsbuch zu führen. Der Junge war dankbar für die Chance, die man ihm gab, lernte fleißig und ging Jeremy zur Hand, wenn dieser in seiner Kammer für die Katholiken der Umgebung die Messe las.

Alan nahm Kits Unterweisung sehr ernst, doch als an diesem Tag die Tür zur Chirurgenstube geöffnet wurde und eine maskierte Gestalt im Kapuzenmantel eintrat, bat er Nick, für ihn zu übernehmen, und ging dem Ankömmling erfreut entgegen.

»Wie schön, Euch zu sehen, Madam!«, rief er aus und strahlte dabei über das ganze Gesicht. »Ihr habt einen günstigen Zeitpunkt gewählt, ich habe gerade keinen Kunden. Somit gehört meine Aufmerksamkeit ganz Euch.«

Die Besucherin schob die Kapuze ihres Mantels zurück und nahm die Samtmaske ab, die sie an einem Knopf zwischen den Zähnen getragen hatte.

»Ihr seid ein Schelm, Meister Ridgeway«, lachte sie, und ihre schwarzen Augen funkelten amüsiert. »Aber ein liebenswerter«, fügte sie herzlich hinzu.

»Stets zu Euren Diensten, Mylady St. Clair.«

Ihre Brauen zogen sich betroffen zusammen, als sie die roten Kratzer auf seiner Wange bemerkte. »Wer hat Euch denn so übel zugerichtet?«

»Ein Missverständnis«, wehrte der Wundarzt verlegen ab. »Die Katze hat es im Nachhinein bedauert.«

»Ihr solltet in Zukunft vorsichtiger sein, Meister Ridgeway.«

Alan sog ihren Anblick voller Genuss in sich auf, wie immer bezaubert von ihrer Schönheit. Wie gern hätte er einmal ihre helle seidige Haut gestreichelt und ihre leicht geröteten, vollen Lippen geküsst. Gierig atmete er den Duft ihres Parfüms ein, als sie ihren warmen Umhang öffnete und darauf wartete, dass er ihn ihr abnehmen würde. Dabei streiften seine Hände ihre schweren pechschwarzen Locken, die zu beiden Seiten des Kopfes aufgesteckt waren, aber trotzdem bis zu den Schultern reichten, während der Nacken frei blieb. Alan konnte sich nicht beherrschen, diesen schlanken Hals wie zufällig mit den Fingerspitzen flüchtig zu berühren. Sie bemerkte es und lächelte, sagte jedoch nichts.

So kühn Alan gewöhnlich im Umgang mit Frauen war, mehr konnte er sich bei ihr nicht erlauben. Amoret St. Clair war Hofdame der Königin und Mätresse König Charles' II. Sie und Jeremy kannten sich, seit sie ein Kind gewesen war. Das Schicksal hatte sie während des Bürgerkriegs zusammengeführt. Damals war Jeremy für das kleine Waisenmädchen eine Art Vaterersatz geworden, und Amoret hing seitdem mit besonderer Zuneigung an ihm. Als sie vor einigen Jahren aus Frankreich, wo die Familie ihrer Mutter lebte, an den englischen Hof gekommen war, hatte Amoret darauf bestanden, ihren alten Freund zum Beichtvater zu haben. Dafür nahm sie auch die Unannehmlichkeit in Kauf, heimlich in das Haus eines Handwerkers zu kommen, wenn sie die Beichte ablegen wollte, denn Jeremy zog es vor, sich nicht allzu oft am Hof zu zeigen und damit zu viel Aufmerksamkeit auf sich zu ziehen.

Alan legte Lady St. Clairs Maske und ihren Mantel auf einen Stuhl nahe dem Kaminfeuer. Darunter trug Amoret ein Kleid aus grünem Samt mit schmaler Taille und einem tiefen Halsausschnitt, der die Ansätze der durch das eng geschnürte Mieder nach oben gepressten Brüste sehen ließ. Die gebauschten Ärmel reichten nur bis zu den Ellbogen und ließen so die feine Spitze des Hemdes, das sie unter dem Kleid trug, zur Geltung kommen. Der Rock war vorn offen und zu beiden Seiten nach hinten umgeschlagen. Der so enthüllte untere Rock war mit schwarzer Spitze besetzt.

»Ihr habt uns eine ganze Weile nicht mehr beehrt, Mylady St. Clair«, sagte Alan, wobei er den Ton der Enttäuschung in seiner Stimme so sehr übertrieb, dass sie lachen musste.

»Dieses elende Wetter macht es mir nicht leicht, unerkannt herzukommen«, erklärte sie. »Zu Fuß wage ich mich nicht auf die Straße. Deshalb habe ich heute meine Kutsche vor einem der Seidenwarenhändler in der Nachbarschaft halten lassen und bin schnell herübergekommen. Ist Pater Blackshaw da?«

»Ja, Ihr habt Glück. Er ist in seiner Kammer«, antwortete Alan. »Er würde es nicht zugeben, aber auch er hat Euch vermisst. Wenn Ihr erlaubt, geleite ich Euch nach oben.«

Amoret folgte dem Wundarzt die Treppe hinauf in den zweiten Stock. Vor Jeremys Kammer hielt Alan inne und wandte sich zu ihr um. »Es bricht mir das Herz, Euch nun verlassen zu müssen, Mylady«, sagte er theatralisch und nahm ihre Hand, um einen Kuss anzudeuten. »Oh, Eure Finger sind ja eiskalt!«, rief er betroffen aus.

»Ja, ich habe dummerweise meinen Muff in der Kutsche vergessen. Und draußen herrscht ein beißender Frost.«

Unwillkürlich nahm Alan ihre Hände und behielt sie einen Moment in den seinen, um sie zu wärmen. Amoret ließ ihn gewähren, obwohl er damit eine unsichtbare Grenze überschritt und sie ihn eigentlich hätte zur Ordnung rufen sollen. Doch im Grunde hatte sie ihn gern, denn er besaß mehr Charme als der geistreichste Höfling, und seine Unterhaltung hatte sie schon immer amüsiert. Bevor er ihre Hände freigab, sah er sie mit einem Blick voller Verlangen an. Das Blut kreiste schneller durch seine Adern. Leichtfüßig sprang er schließlich die Stufen hinab, beschwingt wie ein junger Hirsch, der spürte, dass der Frühling nicht mehr fern war.

Amoret sah ihm belustigt nach. Dieser Schwerenöter würde sich nie ändern, trotz aller guten Vorsätze.

Sie kratzte mit den Fingernägeln an der Kammertür und trat ein. Jeremy, der an einem Tisch saß und schrieb, wandte sich um und legte mit einem erfreuten Lächeln die Feder nieder. »Madam, welch unerwartete Ehre!« Er stand auf und kam ihr entgegen, um ihr seinen Stuhl anzubieten, als sich plötzlich seine Stirn krauste. »Ihr wart so lange nicht hier, Mylady, dass ich glaubte, Ihr hättet keinen Bedarf mehr für einen Beichtvater…«

»Und nun befürchtet Ihr, mein Auftauchen bedeutet, dass ich

zu meinem sündigen Leben zurückgekehrt bin«, unterbrach ihn Amoret. »Ich versichere Euch, Pater, das ist nicht der Fall. Ich habe nur ein paar lässliche Sünden zu beichten. Aber Ihr habt mir gefehlt. Leider habe ich nur noch wenig Abwechslung. Ich vermisse das Hofleben, die Feste, die großen und kleinen Zerstreuungen, ja sogar die Intrigen. Ich langweile mich schrecklich.«

»Ist es nicht besser, sich ein wenig zu langweilen, wenn man dabei ein gottgefälliges Leben führt?«, erwiderte der Priester tadelnd.

»Ich kann nicht den ganzen Tag allein in meinem Haus sitzen und sticken! Dafür bin ich nicht geschaffen.«

»Heißt das, Ihr werdet an den Hof zurückkehren?«, fragte Jeremy sichtlich enttäuscht.

Amoret verschränkte ärgerlich die Finger ineinander. »Ihr wisst sehr gut, dass ich das nicht kann. Als der Hof damals wegen der Pest London verließ und nach Salisbury und dann nach Oxford ging, hat der König mich aufgefordert, ihn zu begleiten. Doch ich bin geblieben – Euretwegen. Ihr wart krank und brauchtet Pflege. Ich habe einen direkten Befehl des Königs verweigert. Das wird er mir nicht ohne weiteres verzeihen. Vielleicht verbietet er mir, an den Hof zurückzukehren.«

»Ihr habt also noch nicht mit ihm gesprochen?«

»Nein. Charles ist zwar inzwischen wieder in Whitehall, aber die Königin und die Hofdamen sind in Hampton Court zurückgeblieben.«

»Nun, Ihr werdet mir verzeihen, wenn ich Euch für dieses Vorhaben kein Glück wünsche«, meinte Jeremy trocken.

»Was bleibt mir denn anderes übrig, Pater?«, begehrte Amoret auf. »Ich sagte doch, dass ich in meinem Haus vor Trübsinn umkomme.«

»Niemand verlangt, dass Ihr allein bleibt. Heiratet einen Mann, der Euch gefällt, und gründet eine Familie.«

»Ach, ich weiß schon, Glück und Zufriedenheit darf man nur in der Ehe suchen, sonst ist es Sünde!«

»So ist es nun einmal!«

»Aber ich will nicht irgendeinen Earl oder Baron heiraten, der mich mit seinen Mätressen betrügt. Wünscht Ihr mir das?«

»Natürlich nicht. Ihr werdet einen netten Gatten finden, der Euch anbetet.«

»Und der alle Rechte über mich haben wird, ob es mir gefällt oder nicht!«, rief sie entrüstet.

Jeremy schwieg. Er war von jeher ein reiner Geistesmensch gewesen, für den die Fleischeslust keinerlei Versuchung darstellte. Daher vergaß er leider oft, dass es den meisten Männern anders ging.

»Verzeiht mir, Mylady«, bat er leise. »Natürlich wünsche ich Euch nicht, einem Mann ausgeliefert zu sein, den Ihr nicht mögt. Glaubt mir, wenn ich Euch sage, dass ich diesen Gedanken nicht ertragen könnte. Ich liebe Euch wie eine Tochter und möchte Euch glücklich sehen.«

»Es gibt nur einen Mann, mit dem ich glücklich sein könnte!«, erklärte sie bestimmt.

»Breandán!«

»Ja.«

»Habt Ihr von ihm gehört?«

Sie senkte bedrückt den Kopf. »Nein.«

»Mylady, Breandán ist jetzt seit neun Monaten fort. Ihr müsst die Möglichkeit in Betracht ziehen, dass er nicht zurückkehren wird. Vielleicht ist er in seine Heimat gereist, nach Irland, zu seiner Familie. Er hat nie einen Hehl daraus gemacht, dass er unter Heimweh litt und dass er England hasste.«

»Ihr wart immer gegen unsere Liebschaft, Pater. Obwohl Ihr Euch seiner angenommen hattet, als er in Not war«, erwiderte Amoret vorwurfsvoll.

»Ihr sagt es selbst, Mylady, es war nur eine Liebschaft, eine sündhafte Liaison, die nie durch eine Eheschließung hätte legitimiert werden können. Breandán Mac Mathúna ist nur ein besitzloser Landsknecht, ein mit einem Brandmal gezeichneter Straftäter. Der König würde Euch nie erlauben, ihn zu heiraten, und das wisst Ihr! Mylady, ich möchte ganz offen mit Euch sein. Ich sähe es lieber, wenn Breandán nicht nach England zurückkehren würde. Es wäre besser für Euch und auch für ihn!«

»Wie könnt Ihr so etwas sagen! Ich dachte, Ihr wärt sein Freund!«

»Glaubt mir, ich wünsche dem Burschen nur das Beste. Und er wird zufriedener sein, wenn er sich Euch aus dem Kopf geschlagen hat. Vielleicht war er so klug, das selbst zu erkennen. Er und Ihr könnt nie zusammenkommen.«

Amoret spürte, wie Ärger in ihr aufstieg, doch sie schluckte ihn hinunter, auch wenn er sie innerlich verbrannte. Sie wollte nicht mit ihrem alten Freund streiten, dazu liebte sie ihn zu sehr. Um die Spannung zu lösen, die sich zwischen ihnen aufgebaut hatte, bemühte sie sich, das Thema zu wechseln.

»Habt Ihr gehört, dass Frankreich uns den Krieg erklärt hat?«

Jeremys Gesicht verdüsterte sich. »Ja, man erzählt es sich auf der Straße und in den Läden. Aber es überrascht mich nicht. Es war abzusehen, dass es so weit kommen würde. König Louis war durch seinen Vertrag mit den Holländern verpflichtet, seinen Verbündeten zu Hilfe zu kommen.«

»Ich erinnere mich noch genau, wie er vor dem Ausbruch der Pest drei außerordentliche Gesandte schickte, die Charles überzeugen sollten, mit den Holländern Frieden zu schließen«, berichtete Amoret. »Und da die Franzosen meinten, Charles lasse sich von Frauen beeinflussen, versuchten sie Frances Stewart für ihre Sache zu gewinnen, diese prüde, kindische Gans.«

Diesmal musste Jeremy lachen, als er den deutlich abfälligen

Ton in ihrer Stimme hörte. »Ist Mistress Stewart nicht gerade erst siebzehn Jahre alt? Wie kann ein so junges Mädchen nicht kindisch sein? Außerdem scheint sie mir für ihr Alter doch eher reif. Sie ist die einzige tugendhafte Person am königlichen Hof.«

»Nur weil sie sich Charles seit Jahren verweigert und ihn so am Gängelband zu führen versucht?«, höhnte Amoret.

»Leider gehört unser guter König zu den Männern, die sich von anmaßenden Frauen beherrschen lassen. Wie man sich erzählt, kann Lady Castlemaine ihn durch ihre schrecklichen Wutanfälle stets dazu bewegen, ihr nachzugeben, ganz egal, wie unverschämt die Forderungen dieser gierigen Person auch sein mögen.«

»Sie weiß, dass ihr Stern sinkt. Inzwischen gibt es jüngere Frauen am Hof, die Charles' Aufmerksamkeit erregen, wie Frances Stewart.«

»Und Ihr wollt wirklich in diesen Sündenpfuhl zurückkehren, meine Tochter?«, wiederholte Jeremy missbilligend.

»Wenn Charles es mir gestattet«, erwiderte Amoret entschlossen.

Sie schwiegen eine Weile, wohl wissend, dass alles gesagt war. Schließlich bat Amoret den Jesuiten, ihr die Beichte abzunehmen. Bevor sie sich verabschiedete, gab sie ihm Geld für seinen Unterhalt und für Almosen, denn als Missionar besaß er keine Einkünfte und war auf die Unterstützung der katholischen Laien angewiesen.

»Seht es doch einmal von der guten Seite, Pater«, sagte sie beim Aufbruch. »Wenn ich in die Dienste der Königin zurückkehre, kann ich Euch endlich wieder etwas von dem chinesischen Tee mitbringen, den Ihr so schätzt und den man in London nirgendwo mehr besorgen kann, seit der Handel aufgrund der Pest zum Erliegen gekommen ist.«

Sie wartete seine Antwort nicht ab, sondern verließ die Kammer und stieg die Treppe hinunter. In der Offizin angekommen, suchte sie Meister Ridgeways Blick und lächelte ihm zu. Einer der Gründe, weshalb sie seine Freundschaft schätzte, waren sein Verständnis und seine Unterstützung, die er ihr und Breandán bei ihren heimlichen Treffen geleistet hatte. Anders als Pater Blackshaw hatte er das Glück der Liebenden über die Moral gestellt, und dafür war sie ihm noch heute dankbar. Jeremys Verhältnis zu dem ehemaligen Landsknecht und armen Tagelöhner war zwiespältig gewesen. Er hatte damals Alan überredet, Breandán in sein Haus aufzunehmen, um diesen davor zu bewahren, als Vagabund ins Zuchthaus gesperrt zu werden. Und als der Ire des Mordes beschuldigt wurde, hatte der Jesuit alles getan, um seine Unschuld zu beweisen und ihn vor dem Galgen zu retten. Als er jedoch herausfand, dass sich Amoret und Breandán ineinander verliebt hatten, war er über diese Entdeckung alles andere als glücklich gewesen. Er wusste nur zu gut, dass sie beide unter dieser Liebschaft nur leiden würden. Amoret hatte Verständnis für die Bedenken ihres alten Freundes und nahm ihm seine Offenheit nicht übel. Doch es beunruhigte sie, dass Breandán so lange nichts von sich hören ließ.

Auf der Rückfahrt in ihr Haus zerbrach sich Amoret den Kopf darüber, wie sie ihre Rückkehr an den Hof in die Wege leiten sollte. Es würde nicht einfach werden, dessen war sie sich nur allzu deutlich bewusst. Denn Charles konnte sehr nachtragend sein, wenn er sich betrogen fühlte.

Als ihre Kutsche vom Strand, der Verbindungsstraße zwischen London und Westminster, in die Auffahrt zum Hartford House einbog, sah Amoret eine herrschaftliche Kutsche im Hof warten. Wer mochte sie so unverhofft besuchen? Zu ihrer Verblüffung erkannte sie das Wappen der Castlemaines auf dem Wagenschlag. Barbara Palmer, die Erste Mätresse des Königs, machte einer Rivalin ihre Aufwartung? Höchst ungewöhnlich!

Brennend vor Ungeduld trieb sie den Lakaien, der ihr die Tür öffnen sollte, zur Eile. Rowland, ihr Haushofmeister, empfing seine Herrin in der Eingangshalle. »Madam, Mylady Castlemaine wartet bereits seit einer halben Stunde auf Eure Rückkehr«, gab er mit stoischer Miene Auskunft. »Sie ist ein wenig ungehalten, wenn ich das so sagen darf.«

»Kann ich mir vorstellen«, erwiderte Amoret amüsiert. »Nun, ein wenig muss sie sich noch gedulden. Ich muss mich erst umkleiden. Bringt Mylady, was immer sie wünscht.«

Amoret eilte die Treppe hinauf in ihre Gemächer, warf ihren Mantel und ihren Muff achtlos aufs Bett und rief nach ihren Zofen. Als die beiden Mädchen erschienen, gab sie ihnen Anweisung, ihr honigfarbenes Satinkleid zurechtzulegen und ihr Haar neu zu frisieren. Auch wenn sie lange nicht bei Hof gewesen war, sollte Barbara doch nicht glauben, dass sie in den vergangenen Monaten ihr Äußeres vernachlässigt hätte. Während die Zofen mit ihrem Haar beschäftigt waren, legte sich Amoret selbst ein Kollier und Ohrringe an, die der König ihr geschenkt hatte, betrachtete sich schließlich noch ein letztes Mal im Spiegel und fand zu ihrer Genugtuung, dass sie sich vor Lady Castlemaine nicht zu verstecken brauchte.

Als Amoret den Salon betrat, sah sie ihren Gast mit ausgestreckten Händen vor dem Kamin stehen. »Ihr habt wohl nicht oft Besuch, meine Liebe, da Ihr es offenbar nicht für nötig haltet, Eure Empfangsräume anständig zu heizen«, sagte Barbara spitz. »Euer Haushofmeister musste erst einmal nach Holz schicken. Und dann lasst Ihr mich noch hier in der Kälte warten, bis ich steif gefroren bin.«

»Ihr hättet Euren Besuch ankündigen sollen, Barbara«, antwortete Amoret mit einem entschuldigenden Lächeln. »Immerhin seid Ihr die Letzte, die ich hier erwartet hätte.«

Barbara erwiderte das Lächeln mit unerwarteter Freundlichkeit. »Ihr wisst doch, wie impulsiv ich bin. Da bleibt keine Zeit für eine Ankündigung.«

Beide Frauen musterten einander mit abschätzenden Blicken. Barbara Palmer, geborene Villiers, seit vier Jahren Countess of Castlemaine, war eine Persönlichkeit. Sie war feurig und unbeherrscht und strahlte unbändige Lebenskraft aus. Ihre Habsucht und Lüsternheit kannten keine Grenzen, und sie konnte boshafte Rache nehmen, wenn man sich mit ihr anlegte. Als junges Mädchen hatte sie sich bereits von einem erfahrenen Liebhaber in die Liebeskünste Aretinos einweihen lassen, mit denen sie nun Charles' Fleischeslust beherrschte. Dabei war sie nicht wirklich schön. Ihr langes Gesicht wurde von einer kräftigen Nase dominiert. Schwere Lider senkten sich über ihre blauen Augen, und unter ihrem fleischigen Kinn begann sich ein Fettpolster zu bilden. Aber ihre makellos weiße Haut, ihr kastanienbraunes Haar, dem das Licht rötliche Reflexe entlockte, und ihr Körper mit den üppigen Rundungen waren prachtvoll. Auch die strengsten Puritaner, die sie eine Hure schimpften, konnten ihre Ausstrahlungskraft nicht leugnen. Lady Castlemaine hatte dem König fünf Kinder geboren, die er widerspruchslos anerkannt hatte, obwohl er nicht wirklich sicher sein konnte, dass er der Vater war. Barbaras unersättlicher Appetit ließ sie Befriedigung in den Armen von mehr als einem Liebhaber suchen, was sie nicht hinderte, Charles lautstark Vorwürfe zu machen, wenn er sich dieselbe Freiheit nahm.

Amoret war väterlicherseits mit den Villiers verwandt, und das machte Barbara und sie zu entfernten Cousinen. Auch wenn es zwischen den beiden königlichen Mätressen keine Freundschaft gab, so betrachtete Lady Castlemaine die fast gleichaltrige Lady St. Clair doch als weniger gefährliche Rivalin als die acht Jahre jüngere Frances Stewart.

»Ich wusste nicht, dass die Königin bereits nach Whitehall zurückgekehrt ist«, begann Amoret schließlich. »Ich dachte, Ihre Majestät sei noch in Hampton Court.«

»Das ist sie auch«, bestätigte Barbara. »Aber sie wird bald mit ihrem Gefolge nach Whitehall übersiedeln. Ich bin dem Hof vorausgeeilt, um Euch aufzusuchen. Um ehrlich zu sein, es ist die Neugier, die mich herführt. Weshalb, in Gottes Namen, habt Ihr die Aufforderung des Königs missachtet und seid im pestverseuchten London geblieben? Charles ist nicht gut auf Euch zu sprechen, wisst Ihr! Er glaubt, Ihr hättet Euer Versprechen, nach der Geburt Eures Kindes an den Hof zurückzukehren, wie er es wünschte, gebrochen, um mit Eurem Liebhaber zusammen zu sein, diesem irischen Landsknecht, mit dem Ihr Euch im letzten Jahr eingelassen hattet.«

Ein zynisches Lächeln wanderte über ihre rot geschminkten Lippen. »Übrigens kann ich nicht umhin, Euch meine Bewunderung auszusprechen, meine Liebe. Ihr wart immer so brav, fast langweilig. Und plötzlich überbietet Ihr sogar meine Eskapaden und lauft mir bei den Pamphletisten den Rang ab.«

»Ich bitte Euch, Barbara, erinnert mich nicht an diese Schmähschriften«, rief Amoret inbrünstig aus.

»Aber Ihr wusstet doch, dass diese Liebschaft nicht geheim bleiben würde. Als unser lieber Cousin Buckingham erst einmal dahintergekommen war, wusste es bald die ganze Stadt.«

»Dieser verdammte Schwätzer, dieser Ausbund an Boshaftigkeit!«, schimpfte Amoret.

»Ich widerspreche Euch nicht. Aber nun verratet mir doch, ob es wahr ist! Seid Ihr in London geblieben, um bei Eurem Liebhaber zu sein?«

Amoret sah die Neugierde auf Barbaras Gesicht und zögerte, zu antworten. Was ging es sie überhaupt an? Lady Castlemaine suchte sicher nur nach Nahrung für den Hofklatsch. Es war stets besser, über die eigenen Angelegenheiten zu schweigen. Doch nach kurzer Überlegung entschied sich Amoret dagegen. Sie hatte nichts zu verbergen, und das wollte sie auch deutlich machen.

»Ich blieb in London, um den armen Menschen zu helfen, die an dieser grausamen Pest litten«, erwiderte sie schließlich mit kalter Würde. »Zu viele reiche Bürger waren geflohen, und dem Stadtrat fehlte es deshalb an den erforderlichen Mitteln, um die Not der Kranken zu lindern.«

Barbaras blaue Augen weiteten sich erstaunt. »Ihr wollt mich auf den Arm nehmen!«

»Durchaus nicht. Da Ihr Katholikin seid wie ich, wenn auch erst seit drei Jahren, solltet Ihr verstehen, dass es meine Pflicht war, meinen Glaubensgenossen mit Almosen beizustehen. Schließlich erhielten sie überhaupt keine Unterstützung durch das ohnehin knappe Armengeld.«

»Nun, wenn das so ist, umso besser«, sagte Lady Castlemaine, noch immer das sarkastische Lächeln auf den Lippen. »Es wird Charles versöhnen, dass Ihr ihm aus Barmherzigkeit gegenüber seinem gepeinigten Volk den Gehorsam verweigert habt. Ohne Zweifel wird er Euch verzeihen und Euch wieder in allen Ehren bei Hof aufnehmen.«

Amoret sah sie verdutzt an. Für den Moment war sie sprachlos.

»Oh, Ihr wundert Euch sicher, weshalb mich dieser Umstand freuen sollte«, fuhr Barbara fort. »Glaubt mir, ich sähe nichts lieber, als dass Ihr an den Hof zurückkehrt. Ich bin heute hergekommen, um Euch zu versichern, dass ich Euch den Weg ebnen werde. Sobald die Königin nach Whitehall übergesiedelt ist, werde ich bei Charles ein gutes Wort für Euch einlegen.«

»Warum solltet Ihr das tun?«, erkundigte sich Amoret misstrauisch, obgleich sie den Grund sehr wohl ahnte.

Barbara Palmer erhob sich von dem Lehnstuhl, auf dem sie gesessen hatte, und begann erregt vor dem Kamin auf und ab zu gehen. »Ihr könnt es Euch sicher denken! Frances Stewart, dieses einfältige Milchgesicht, diese unerträgliche Göre, hat den König fester denn je in ihren Krallen. Und zu meiner Schande muss ich gestehen, dass ich allein mit ihr nicht fertig werde. Ihr müsst an den Hof zurückkehren, Amoret!«

»Aber der König liebt mich nicht. Ich war von jeher nur eine Zerstreuung für ihn«, widersprach Amoret nüchtern.

»Nichtsdestotrotz verbrachte Charles gerne die Abende bei Euch, wenn er schlechter Laune war. Ihr versteht es, ihn abzulenken und auf andere Gedanken zu bringen. Seine Besessenheit von dieser prüden Jungfrau wird immer schlimmer. Und da sie sich nach wie vor verweigert, wird auch seine Stimmung von Tag zu Tag schlechter. Ihr könnt mit seiner Launenhaftigkeit umgehen, ich nicht! Wir streiten uns nur noch. Ich befürchte, er könnte irgendwann so verzweifelt sein, dass er die Scheidung von der Königin durchsetzt und Frances die Ehe anbietet. Dann hätte sie erreicht, was sie wollte. Das darf nicht geschehen! Wenn wir zusammenhalten, können wir es verhindern.«

Amoret verfiel in nachdenkliches Schweigen. Das war es also, was Lady Castlemaine quälte. Sie hatte Angst, ihr königlicher Liebhaber könnte die Frau, die er voller Leidenschaft begehrte, zu seiner Gemahlin machen und die Mätresse ablegen wie einen alten Schuh. Die Aussicht auf diese Demütigung hatte die Stolze bewogen, zu Kreuze zu kriechen und eine Rivalin um Hilfe zu bitten.

»Nun, werdet Ihr an den Hof zurückkehren?«, fragte Barbara ungeduldig.

»Natürlich«, stimmte Amoret zu. »Und ich bin Euch für Eure Hilfe sehr dankbar.«

Erleichtert ließ sich Lady Castlemaine wieder auf den Polsterstuhl sinken. »Gut, ich werde Charles die Beweggründe für

Euer Zurückbleiben in London diskret zur Kenntnis gelangen lassen. Und nun erzählt mir von Eurem irischen Landsknecht. War er ein stürmischer Liebhaber?«

Amoret unterdrückte ein Frösteln. Sie hatte das Gefühl, einen Pakt mit dem Teufel geschlossen zu haben.

Fünftes Kapitel

Alan quälte sich wie jeden Morgen mit einem schicksalsergebenen Seufzen aus dem Bett, die Augen noch fest verschlossen, damit das Licht der Kerze sie nicht belästigte. Nachdem er die Fensterläden geöffnet und einen Blick nach draußen auf die noch dunkle Straße geworfen hatte, gähnte er genüsslich, als wollte er ein Pferd verschlingen, und machte sich eben daran, das Nachthemd auszuziehen, als Molly seine Kammer betrat.

»Guten Morgen, Sir«, grüßte sie gut gelaunt. »Ich bringe Euch heißes Wasser. Dr. Fauconer hat gesagt, ich soll nicht warten, bis Ihr danach verlangt, sonst kommt Ihr nie aus dem Bett.«

»Wie liebenswürdig von ihm«, spöttelte Alan. Der Anblick der jungen Magd machte ihn mit einem Mal munter. In seinem Schoß begann sich etwas zu regen, als er die Rundungen ihrer Brüste aus dem Mieder quellen sah.

»Molly, stell den Krug ab und komm her«, bat er sanft.

Die Magd gehorchte und trat zum Bett, auf dessen Rand er saß. Alan legte die Hände um ihre Taille und zog sie ganz nah zu sich heran. Dann raffte er ihren schweren Wollrock und tastete sich durch das Gewirr der leinenen Unterröcke zu der weichen Haut ihrer Schenkel vor.

Molly kicherte und sagte neckend: »Aber, Meister Ridgeway. So früh am Morgen schon!«

»Man muss die Gelegenheit ergreifen, wann immer sie sich bietet!«, grinste er.

Sie ließ ihn gewähren, solange er sich damit begnügte, sie mit den Händen zu liebkosen. Doch als er die Röcke über ihre Knie hochraffte und sie auf seinen Schoß zog, schlug sie ihm auf die Finger und riss sich los.

»Ihr wisst genau, dass das nicht geht!«, entrüstete sie sich. »Oder wollt Ihr, dass ich mit einem Kind dastehe?«

Alan schnitt eine ergebene Grimasse. »Natürlich nicht. Na, geh schon, Grausame, und lass mich in meinem Elend allein.«

Molly huschte hinaus und musste sich dabei an Jeremy vorbeidrücken, der in der Tür stand.

»Ihr seid einfach unverbesserlich!«, tadelte der Jesuit streng. »Offenbar habt Ihr all Eure guten Vorsätze vergessen.«

»Das könnt Ihr nicht verstehen! Ihr seid ein Bücherwurm, kein Mann aus Fleisch und Blut. Das war schon immer so. Aber *ich* brauche eben ab und zu die Nähe eines warmen, weiblichen Körpers.«

»Wenn Ihr ohne Frauen nicht auskommt, dann heiratet! Aber gefährdet nicht ständig Euer Seelenheil.«

»Ich bin nicht für die Ehe geschaffen, das wisst Ihr doch!«, begehrte Alan auf. »Ich liebe nichts so sehr wie meine Arbeit als Chirurg. Eine Frau und Kinder würden mich daran hindern, mich ganz meiner Arbeit zu widmen. Nein, ich werde niemals heiraten. Um keinen Preis!«

»Ich mache mir ernstlich Sorgen um Euch, versteht Ihr das nicht?«, beharrte Jeremy.

»Doch, das weiß ich. Aber Ihr gebt Euch keine Mühe, mich zu verstehen. Vielleicht könnt Ihr das auch gar nicht.«

Jeremy musterte seinen Freund ärgerlich, bevor er das Thema wechselte. »Ich habe die Absicht, den Laxtons einen Besuch abzustatten, um nach dem Mädchen zu sehen und noch ein paar Fragen zu stellen. Wollt Ihr mitkommen?«

»Ja, gerne«, stimmte Alan zu und begann, sich zu waschen.

Als sie Meister Laxtons Chirurgenstube in der Duck Lane erreichten, öffnete ihnen eine Frau in mittlerem Alter, die eine auffällige Ähnlichkeit mit der toten Hebamme aufwies. Es war ihre Schwester Elizabeth, eine alte Jungfer, die keinen Gemahl gefunden hatte und die von ihrem Schwager nur widerwillig in seinem Haus geduldet wurde. Doch da seine Gattin Elizabeths einzige Verwandte war, blieb ihm nichts anderes übrig, als ihr Kost und Obdach zu gewähren. Es stellte sich heraus, dass weder Meister Laxton noch sein Sohn anwesend waren, was Alan insgeheim erleichterte.

»Wir würden gerne mit Eurer Nichte sprechen, wenn das möglich ist, Madam«, bat Jeremy höflich.

Die Schwägerin des Wundarztes musterte die Besucher misstrauisch. »Euch kenne ich, Meister Ridgeway, aber wer ist Euer Begleiter?«

»Dr. Fauconer ist Arzt«, klärte Alan sie auf.

»Arzt? Dann mache ich eine Ausnahme. Obwohl es ungehörig ist, zwei Männer in die Schlafkammer einer Jungfrau zu führen.«

»Ist Eure Nichte krank?«, erkundigte sich Jeremy alarmiert.

»Ja, seit gestern. Sie hat sich übergeben und klagte über Bauchschmerzen und Schwindel.«

Anne lag unter einer Decke ausgestreckt im Bett. Ihr Gesicht wirkte sehr blass und müde. Jeremy setzte sich zu ihr.

»Wie fühlt Ihr Euch, Mistress Laxton?«, fragte er sanft.

Sie sah ihn zwischen halb geschlossenen Lidern hindurch an. »Weshalb seid Ihr hier?«

»Eigentlich wollte ich Euch noch einige Fragen über Eure Mutter stellen«, erklärte Jeremy. »Aber nun, da ich höre, dass Ihr krank seid, möchte ich Euch gerne untersuchen, wenn Ihr erlaubt.«

Da sie nicht antwortete und nur schicksalsergeben den Kopf

zur Seite wandte, schloss er, dass sie keine Einwände hatte. Unter dem wachsamen Auge der Tante legte er die Hand auf Annes Stirn, lüftete dann die Decke und tastete behutsam über den Bauch des Mädchens. Anne zuckte ein paarmal zusammen, sagte aber nichts.

»Ihr habt kein Fieber«, konstatierte der Jesuit. »Offenbar habt Ihr etwas Verdorbenes zu Euch genommen. Was habt Ihr in den letzten Stunden getrunken oder gegessen?«

»Sie hat gestern Abend den Rest der Suppe vom Vortag gegessen«, sagte Elizabeth.

»Hat sonst noch jemand davon gegessen?«

»Nein, wir anderen hatten eine Pastete als Abendmahlzeit.«

»Und wann setzten die Beschwerden ein, Mistress Laxton?«, wandte sich Jeremy wieder an das Mädchen.

»In der Nacht«, antwortete Anne kurz angebunden.

»Aber jetzt fühlt Ihr Euch besser?«

»Ja«, versicherte sie mit zitternder Stimme, als sei sie nahe daran, in Tränen auszubrechen.

Mit einem ärgerlichen Schnauben erhob sich Jeremy und trat mit gereizter Miene an das kleine Fenster der Kammer. Obwohl er selbst schweigsam und verschlossen war, hatte er nur wenig Geduld mit Menschen, die sich jedes Wort einzeln aus der Nase ziehen ließen. Er war sich sicher, dass Anne etwas über den Tod ihrer Mutter wusste und dass sie sich ebenfalls in Gefahr befand. Doch er verstand einfach nicht, weshalb sie so hartnäckig schwieg.

»Ich kann Euch nicht helfen, wenn Ihr nicht mit mir reden wollt«, sagte Jeremy vorwurfsvoll.

»Was meint Ihr damit, Doktor?«, mischte sich Elizabeth ein.

»Ich befürchte, dass der Mörder Eurer Schwester es auch auf Eure Nichte abgesehen hat, Madam. Dieses plötzliche Unwohlsein so kurz nach dem Überfall erscheint mir sehr verdächtig. Ist es möglich, dass jemand aus diesem Haus Eurer Nichte schaden will?«

Die Tante sah den hageren Mann mit dem ernsten Gesicht entgeistert an. »Aber das ist doch absurd!«

»Weshalb hat nur Eure Nichte von der Suppe gegessen, und die anderen nicht?«

»Ich mochte die Pastete nicht«, warf Anne mit fester Stimme ein.

Jeremy schloss ergeben die Augen. Gegen diesen Felsen weiblichen Starrsinns kam er nicht an.

Alan, der das Gespräch stumm verfolgt hatte, teilte die Sorge seines Freundes um die Sicherheit des Mädchens. Mitleidig setzte er sich zu Anne aufs Bett und sprach tröstend auf sie ein. »Wir meinen es doch nur gut mit Euch. Warum lasst Ihr Euch nicht helfen? Wenn es jemanden gibt, der Euch Angst macht, dann sagt es uns. Eure Mutter würde es doch auch wollen, dass Ihr Hilfe annehmt, jetzt, da sie Euch nicht mehr beschützen kann.«

Seine sanften Worte begannen sie tatsächlich zu erreichen, das sah er, als sich ihre Augen mit erwachendem Interesse auf ihn richteten.

Meister Ridgeway mag einen schlechten Ruf haben, aber in Wirklichkeit scheint er ganz nett zu sein, dachte Anne, während sie ihm ins Gesicht sah.

Sein herzliches Lächeln tat ihr gut. Und als er ihre Hand nahm und sie leicht drückte, zuckte sie nicht zurück. Er war freundlich und mitfühlend, nicht herrisch und brutal wie ihr Vater und ... Meister Ridgeway flößte ihr nicht im selben Maße Widerwillen ein. Vielleicht konnte er ihr wirklich helfen, überlegte sie. Ja, er mochte der Einzige sein, der ihr jetzt noch helfen konnte.

Jeremy hatte eine Weile gedankenverloren ins Leere gestarrt.

Schließlich hob er den Kopf und richtete den Blick auf Elizabeth. »Hat Eure Schwester über ihre Arbeit Buch geführt?«

»Ja, sie hielt sehr genau fest, wer ihre Dienste in Anspruch nahm und wie viel man ihr bezahlte«, antwortete die Frau bereitwillig und nicht ohne Stolz. »Margaret war sehr tüchtig in diesen Dingen.«

»Kann ich diese Aufzeichnungen sehen?«, bat Jeremy.

»Aus welchem Grund?«

»Es ist möglich, dass der Mord an Eurer Schwester im Zusammenhang mit ihrer Tätigkeit als Hebamme stand.«

»Na schön, ich hole sie Euch.«

Kurz darauf kehrte Annes Tante mit einem in Rindsleder gebundenen Buch zurück. Jeremy blätterte darin und war beeindruckt. »Sie hat wirklich jeden Besuch sorgfältig aufgeführt. Diese Aufzeichnungen könnten eine große Hilfe sein. Ich wäre Euch sehr dankbar, wenn ich das Buch für ein paar Tage ausleihen dürfte.«

»Meinetwegen. Solange Ihr es nur wiederbringt.«

Jeremy versprach es und gab dann Alan einen Wink, dass es Zeit war, aufzubrechen. Sein Freund drückte noch einmal Annes Hand, die er die ganze Zeit über in der seinen gehalten hatte. Bevor er dem Jesuiten folgte, lächelte er ihr noch einmal aufmunternd zu.

Als sie die Paternoster Row erreichten, bemerkte Jeremy: »Ich wollte mich noch auf dem Kirchhof von St. Paul's umsehen. Habt Ihr Lust, mich zu begleiten?«

Alan nickte, ein breites Grinsen auf dem Gesicht. Der St. Paul's Kirchhof war die Domäne der Buchhändler und folglich ein unwiderstehlicher Anziehungspunkt für jeden Buchliebhaber. Jeremy konnte nie daran vorbeigehen, ohne an den Ständen nach interessanten Werken zu stöbern.

Wie jedes Mal, wenn Alan vor der riesigen, von den Normannen erbauten Kathedrale stand, bewegte ihn ihr großartiger Anblick. Gen Westen erstreckte sich das Hauptschiff mit seinen zwei Seitenschiffen, die nur durch eine Reihe von Rundbogenfenstern Licht erhielten. Der Chor im Osten wirkte dagegen sehr viel leichter mit seinen großen Spitzbogenfenstern, die mit feinem Maßwerk verziert waren. Über der Vierung erhob sich der von Strebebögen gestützte Turm. Einst hatte der höchste Turmhelm der Christenheit das Ganze gekrönt, doch dieser war vor hundert Jahren vom Blitz getroffen worden, und seither hatte man ihn nicht wieder aufgebaut. Ihrer schlanken Turmspitze beraubt, wirkte die Kathedrale nun gedrungener und weniger elegant, sehr zu Alans Bedauern, der das Gotteshaus in seinem ursprünglichen Zustand nur von alten Stichen her kannte. Überall lagen größere und kleinere Steinbrocken herum, die die Zeit und die Unbilden des Wetters aus den Außenmauern und ihren Verzierungen gebrochen hatten. Alan stolperte über die Fragmente einer Kreuzblume, die von einem der Spitztürmchen gestürzt und am Boden zersplittert war. Bei starkem Wind war es mitunter gefährlich, zu nah an den Mauern der Kathedrale entlangzugehen.

»Sollen wir die Abkürzung durch das Querschiff nehmen?«, schlug Jeremy vor und ging voraus, ohne die Antwort seines Freundes abzuwarten.

Im Inneren von St. Paul's herrschte ein reges Treiben wie auf einem Marktplatz. Alan und Jeremy drängten sich durch einen Strom von Menschen, die das Hauptschiff der Kathedrale, Paulsweg genannt, als Durchgangspassage zwischen der Paternoster Row und der Carter Lane benutzten. Träger schleppten Wassereimer, Kohlensäcke oder Körbe mit Brot oder Fisch durch die geweihte Stätte, Bier- und Weinfässer wurden ratternd über den Steinboden gerollt und sogar Pferde auf dem Weg zum Smithfield-Markt zwischen den erhabenen Stützpfeilern hindurchgeführt. Überall an den Säulen oder auf den Grabmälern hatten Händler ihre Läden aufgestellt und verkauften Bücher, Früchte, Tabak oder Pasteten. An einer Säule lümmelten sich Diener herum, die auf der Suche nach Arbeit waren, an einer anderen warteten Anwälte auf neue Klienten. Bettler in abgerissenen Lumpen, auf Krücken gestützt, wiesen Mitleid heischend auf echte oder falsche Geschwüre an ihrem Körper und baten um Almosen. Alan tastete unwillkürlich nach der Geldbörse an seinem Gürtel, denn der Paulsweg diente auch einigen Taschendieben als bevorzugtes Betätigungsfeld.

»Habt Ihr Hunger?«, fragte Jeremy mit einer bezeichnenden Kopfbewegung in Richtung eines Pastetenstands.

»Ja, gute Idee«, nickte Alan, der einem schmackhaften Essen nie abgeneigt war.

Während sie genüsslich die Pasteten verzehrten, ließen sie schwermütige Blicke über den traurigen Zustand der mehr und mehr verfallenden Kathedrale schweifen. Während des Bürgerkriegs hatten Cromwells Truppen das Hauptschiff als Pferdestall missbraucht, nachdem sie die Fenster eingeschlagen und die Statuen zertrümmert hatten. Ein Teil des Daches des südlichen Querschiffs war eingestürzt, als man die Baugerüste, die es stützten, mutwillig abriss. Seitdem war St. Paul's der zerstörenden Witterung ungeschützt ausgesetzt, was zu ihrem Verfall beitrug.

»Der Dekan soll einen Architekten namens Christopher Wren beauftragt haben, die Kathedrale wieder herzurichten«, bemerkte Jeremy.

»Ja, ich habe davon gehört«, erinnerte sich Alan. »Wren soll vorgeschlagen haben, sie abzureißen und neu zu bauen, aber das hat man wohl abgelehnt.«

Gerade als die beiden Freunde ihren Weg fortsetzen wollten, wurden sie von einem kleinen alten Mann angesprochen, der sich als der Küster von St. Paul's entpuppte.

»Hätten die Herren Lust, auf den Turm zu steigen und die großartige Aussicht auf unsere schöne Stadt zu genießen?«, fragte er freundlich. »Gegen eine kleine Gebühr bin ich gerne bereit, Euch zu führen.«

In Jeremys Augen blitzte Interesse auf. »Warum nicht? Was meint Ihr, Alan?«

Der Wundarzt war einverstanden. Er war zwar vor einigen Jahren schon einmal auf dem Turm der Kathedrale gewesen, doch der Blick, den man von dort über London hatte, machte auch einen weiteren Besuch durchaus lohnenswert.

Zusammen mit einigen anderen Neugierigen folgten sie dem Küster die steinerne Wendeltreppe in den Vierungsturm hinauf, bis sie oben auf einen schmalen Rundgang ins Freie gelangten. Unter ihnen erstreckte sich London, der alte, von einer Mauer umgebene Stadtkern mit seinen engen, gewundenen Gassen und den meist schwarz-weißen Fachwerkhäusern, deren obere Geschosse über die Straßen kragten. Jenseits der Stadtmauern, die von sieben Torhäusern durchbrochen waren, breitete sich London unaufhaltsam aus und nahm inzwischen schon die umliegenden Felder und Wiesen von Clerkenwell und Moorfields ein. Es war eine Stadt der Kirchen. Überall erhoben sich schlanke, spitz zulaufende Turmhelme über die Dächer der Häuser, ragten weit in den blauen Himmel hinein. Im Osten markierten die grauen massiven Mauern des Tower die Stadtgrenze. Die Themse, an deren Ufer er stand, war wie stets von unzähligen Booten und Frachtseglern bevölkert, die Lasten transportierten oder Passagiere von einer Anlegestelle zur anderen brachten. Die einzige Brücke über den Fluss war eng mit Häusern bebaut und führte nach Southwark, das berüchtigt war für seine unzähligen Schenken, Hurenhäuser und die Bärhatzen und Boxkämpfe, die dort veranstaltet wurden.

Im Westen schließlich lag der Temple-Bezirk, in dem die

Rechtsschulen des Inner Temple und des Middle Temple untergebracht waren. Von dort führte eine lange, mit den Stadthäusern des Adels gesäumte Straße, der Strand, nach Westminster. Der Whitehall-Palast, in dem der König residierte, war gerade noch in der Ferne zu erkennen.

Jeremy und Alan ließen die Aussicht auf sich wirken, doch der Wind blies ihnen recht kräftig um die Nase, und so stiegen sie nach einer Weile wieder nach unten und verließen die Kathedrale durch den von Inigo Jones an der Westfassade angebauten Portikus, dessen griechische Säulen nicht so recht zu dem Rest des Gebäudes passen wollten.

Mit leuchtenden Augen wandte sich der Jesuit nun den Ständen der Buchhändler zu, während Alans Aufmerksamkeit sich eher auf die Leute richtete, die sich um sie drängten. Erst als sie an einen Stand kamen, an dem Bilder und Stiche angeboten wurden, regte sich Alans Neugier.

»Sir, ich habe hier eine Kopie der Miniatur, die Samuel Cooper kürzlich von Lady Castlemaine anfertigte«, pries der Händler eifrig seine Ware an. »Ich habe schon ein Dutzend davon verkauft. Sie ist wirklich sehr gelungen, Sir, meint Ihr nicht?«

Alan stimmte zu. »Habt Ihr zufällig auch ein Bild von Lady St. Clair?«

»Ah, die Französin gefällt Euch besser«, rief der Händler. »Na, jedem das seine. Hier habe ich genau das Richtige für Euch.« Er kramte in einer Kiste und legte Alan eine Miniatur in die Hand, die ein gut getroffenes Porträt von Amoret zeigte.

»Es ist wirklich sehr ähnlich«, meinte der Chirurg anerkennend und zeigte das Bild dem Jesuiten.

»Ja, Ihr habt Recht«, musste auch Jeremy zugeben.

Alan hätte die Miniatur gerne als Andenken gekauft, doch er genierte sich vor seinem Freund und gab das Kleinod bedauernd zurück.

Als sich Jeremy jedoch an einem anderen Stand mit einem genüsslichen Brummen in ein medizinisches Werk vertiefte, stahl sich Alan unauffällig davon, erstand die Miniatur und ließ sie heimlich in seiner Geldbörse verschwinden, bevor er zu dem Jesuiten zurückkehrte.

Abends vor dem Zubettgehen holte Alan die Miniatur hervor und betrachtete sie lange. Sie zeigte Amoret mit einer Taube in der Hand, das schwarze Haar offen, in ein spitzenbesetztes fließendes Gewand gekleidet, das eine Brust unbedeckt ließ. Der Anblick erregte Alan und ließ Sehnsüchte in ihm wach werden, die immer stärker wurden. Schließlich konnte er sich nicht mehr beherrschen, öffnete seine Hose und »legte Hand an sich«, wie der Priester es ausgedrückt hätte.

Sechstes Kapitel

Am folgenden Tag kam Sir Orlando Trelawney vorbei, zum einen, um Dr. Fauconer von seinen Untersuchungen bezüglich des Mordes an der Hebamme zu unterrichten, zum anderen, um nach Malory zu sehen.

»Die Wunde heilt gut«, versicherte Jeremy dem Richter am Bett des Kammerdieners. »Ihr könnt ihn in den nächsten Tagen abholen lassen.«

»Ich werde morgen eine Sänfte schicken«, erwiderte Sir Orlando erleichtert.

»Meister Ridgeway wird regelmäßig nach Malory sehen, bis er wieder aufstehen kann. Es ist wichtig, dass er seine Beine bewegt, auch wenn es schmerzhaft ist, sonst wird das Knie steif werden.«

Alan hatte einen Krug mit Rotwein gebracht und füllte dem Richter einen Becher.

»Haben Eure Nachforschungen etwas Neues ergeben, Mylord?«, fragte Jeremy interessiert.

»Nicht wirklich«, bedauerte Trelawney, während er an seinem Wein nippte. »Ich habe den Konstabler angewiesen, in der Nachbarschaft, in der der Mord geschah, herumzufragen, ob jemand etwas Verdächtiges bemerkt hat. Einige Anwohner haben zwar die Schüsse gehört, aber nichts gesehen, was uns weiterhilft. Auch die Suche nach dem Fackelträger blieb bisher erfolglos. Es gibt Dutzende von Burschen mit blondem Haar im entsprechenden Alter, die sich auf diese Weise ein Zubrot verdienen. Vielleicht stammt er auch gar nicht aus der Gegend. Was ist mit Euch, Pater, habt Ihr etwas herausfinden können?«

Jeremy berichtete von seinem gestrigen Besuch bei den Laxtons und Annes plötzlicher Krankheit. »Es ist durchaus möglich, dass die Suppe tatsächlich verdorben war und das Mädchen nur zufällig als Einzige davon aß. Aber merkwürdig ist es schon. Bedauerlicherweise ist sie verstockt und will nicht mit mir reden. Das macht die ganze Angelegenheit nicht gerade einfacher.«

»Könnte es jemand aus dem Haushalt auf sie abgesehen haben?«, spekulierte Sir Orlando.

»Ist nicht auszuschließen. In diesem Fall spielt sie freilich mit ihrem Leben. Meister Ridgeway hat ihr gut zugeredet. Vielleicht kommt sie ja doch noch zur Vernunft. Ich habe mir das Rechnungsbuch ihrer Mutter geborgt und werde es in den nächsten Tagen durchsehen. Es könnte uns weitere Anhaltspunkte liefern.«

Der Richter trank einen großen Schluck Wein und stellte den Becher auf den Tisch zurück, an dem sie saßen. »Übermorgen ist St. Valentin. Ich hole Euch um elf Uhr mit meiner Kutsche ab, Pater.«

Er wollte sich von seinem Stuhl erheben und sich verabschieden, doch Jeremy hielt ihn mit ernster Miene zurück. »Mylord, ich sagte Euch schon, dass ich Euch in Bezug auf Eure Heiratspläne nicht beraten kann.«

»Aber Ihr wisst doch, dass ich sehr viel auf Eure Meinung gebe.«

»Gerade deshalb möchte ich Euch ungern in Eurer Entscheidung beeinflussen. Ihr bürdet mir damit eine Verantwortung auf, die ich lieber nicht tragen will.«

Trelawney gab sich mit einem enttäuschten Seufzer geschlagen. »Na gut, ich verlange nicht, dass Ihr mir Eure Ansicht über das Mädchen mitteilt. Aber ich habe den Drapers bereits angekündigt, dass ich einen Gast mitbringen werde. Ich bitte Euch also, mich zu begleiten, nur um Euch die Familie vorzustellen. Ihr braucht nichts über sie zu sagen, wenn Ihr nicht wollt. Seid Ihr einverstanden?«

Jeremy zögerte, bevor er antwortete. Unter diesen Umständen konnte er die Einladung nicht ausschlagen, ohne seinen Freund vor den Kopf zu stoßen. Andererseits spürte er genau, dass Sir Orlando nur deshalb nachgegeben hatte, weil er hoffte, ihn im Nachhinein doch noch zur Äußerung seiner Ansichten bewegen zu können. Zweifellos spekulierte der Richter darauf, dass Dr. Fauconer ihn nicht in sein Unglück rennen lassen würde, falls er der Meinung war, dass Sarah Draper die falsche Frau für ihn sei. Jeremy konnte ein Gefühl des Ärgers nicht unterdrücken. Er hatte sich in eine Falle manövrieren lassen.

Als Trelawneys Kutsche am St.-Valentins-Tag vor der Chirurgenstube hielt, um ihn abzuholen, grollte Jeremy dem Richter noch immer. Gleichwohl bemerkte der Jesuit beim Einsteigen anerkennend, dass Sir Orlando sich sehr geschmackvoll in Schale geworfen hatte. Er trug ein mit Goldstickereien verziertes Wams aus dunkelbraunem Samt und Beinkleider aus demselben Stoff, dazu eine Halsbinde aus feinen Spitzen, weiße Strümpfe und braune Schuhe mit goldenen Schnallen. Seine hellblonde Perücke fiel in schweren Locken über Brust und Rücken, und sein breitkrempiger Hut war mit sandfarbenen Straußenfedern besetzt.

»Ihr seht sehr gut aus, Mylord«, musste Jeremy gestehen. Normalerweise hatte er für derlei modische Einzelheiten keinen Blick, es sei denn, sie waren wichtig für die Lösung eines Rätsels, das ihn gerade beschäftigte.

»Da wir nun einmal so weit gekommen sind, Sir, erzählt mir von den Drapers«, forderte Jeremy Trelawney mit einem leicht bissigen Unterton auf.

Sir Orlando lächelte, die Spitze mit Würde hinnehmend. »Die Drapers sind seit zwei Generationen in Essex ansässig. Sie sind eng verwandt mit den Forbes', einer sehr reichen Londoner Kaufmannsfamilie, die aber auch über einigen Landbesitz in Sussex verfügt. Die beiden Familien sind allerdings seit dem Bürgerkrieg tief zerstritten, da George Draper, Sarahs Vater, für den König kämpfte, der alte Puritaner Isaac Forbes jedoch für Oliver Cromwell.«

»Ich nehme an, dass Sarah Draper Euch eine beträchtliche Mitgift einbringen würde«, bemerkte Jeremy.

»Ich rechne mit etwa viertausend Pfund. Dafür biete ich ihr ein Wittum von sechshundert Pfund jährlich.«

»Das klingt nach einem guten Geschäft. Es spricht für Euch, dass es Euch offenbar nicht allein darauf ankommt.«

»Wisst Ihr, Pater, ich war sehr glücklich mit meiner ersten Frau«, seufzte Sir Orlando schwermütig. »Sie war eine mitfühlende und auch sehr geduldige Gefährtin und hat mich stets in allem unterstützt. Und nun möchte ich mich nicht mit weniger zufrieden geben. Es bedrückt mich, allein leben zu müssen. Deshalb möchte ich wieder jemanden an meiner Seite haben, der meine Sorgen mit mir teilt.«

Vor dem Haus der Drapers auf der Throgmorton Street wurde die Kutsche des Richters schon von einem Lakaien erwartet. Er half den Besuchern beim Aussteigen und führte sie durch die Eingangshalle in den Salon, in dem die Familie bereits zusammengekommen war. George Draper, ein stämmiger Mann in den Fünfzigern mit einem fröhlichen Gesicht, begrüßte Sir Orlando herzlich und wandte sich dann neugierig dem Begleiter des Richters zu.

»Es ist mir eine große Ehre, Euch kennen zu lernen, Dr. Fauconer. Seine Lordschaft hat bereits Eure Gelehrsamkeit gepriesen. Seid Ihr vielleicht Mitglied dieser erst kürzlich von Seiner

Majestät gegründeten Königlichen Gesellschaft, in der sich die klugen Köpfe unseres Landes zusammenfinden, um wissenschaftliche Experimente durchzuführen?«

»Leider nein«, antwortete Jeremy ausweichend, im Geheimen Trelawney für seine übertriebenen Lobpreisungen verwünschend. »Aber ich habe sehr interessante Dinge über diese Experimente gehört.«

»Wie schön«, freute sich Draper. »Dann können wir beim Essen darüber diskutieren.«

Daraufhin stellte der Hausherr seinem gelehrten Gast seine vielköpfige Familie vor. Da war sein ältester Sohn David, der jüngere Sohn James und die Tochter Sarah. Jeremy musterte die junge Frau eindringlich. Sie war sehr hübsch, mit blauen Augen und goldblonden Locken, die nach der Mode zu beiden Seiten des Kopfes festgesteckt waren. Ihre Haut war rosig, ihre Wangen voll, doch ihre rot geschminkten, schmalen Lippen wirkten hart. Sie machte einen vollendeten Knicks vor dem Richter und lächelte ihm zu, doch dieses wohl einstudierte Lächeln erreichte nicht ihre Augen, in denen Jeremy ein Zeichen leichten Überdrusses las. Während George Draper ihn noch mit seiner Schwester, einem Vetter und dessen Ehefrau bekannt machte, die gerade zu Besuch waren, blieb Jeremys Aufmerksamkeit weiter auf Sarah gerichtet, die sich deutlich um Sir Orlando bemühte. Offenbar hatte man ihr aufgetragen, ihr Bestes zu tun, um den Richter endlich zu einer Aufnahme der Eheverhandlungen zu bewegen.

»Und dies ist Jane Ryder, die Tochter eines meiner Vettern, die seit dem Tod ihres Vaters unter meiner Vormundschaft steht und das Haus für mich führt«, sagte Draper abschließend.

Jeremys Blick streifte die Letztgenannte freundlich, aber flüchtig, nur um im nächsten Moment fasziniert zu ihr zurückzukehren. Jane Ryder war ein junges Mädchen, kaum älter als achtzehn Jahre, mit einem schmalen blassen Gesicht, das zerbrechlich wirkte. Man hätte sie unscheinbar nennen können, denn ihre Züge waren nicht regelmäßig, ihr Mund war zu klein und ihre Nase ein wenig zu spitz. Doch ihr Haar war von einem ungewöhnlich fahlen Blond und ihre Augen erstrahlten in einem seltenen Smaragdgrün, das den Betrachter unwillkürlich in ihren Bann schlug. Ihr Lächeln war herzlich und zugleich bescheiden. Dieses Mädchen hatte Charakter, das sah man auf den ersten Blick.

Während des Mittagsmahls gab sich Jeremy die größte Mühe, die Wissbegierde des Gastgebers zu befriedigen, der sich über die Experimente der Königlichen Gesellschaft unterhalten wollte. Sie diskutierten unter anderem einen Versuch, den die Mitglieder kürzlich mit einem eigens dafür hergestellten Apparat durchgeführt hatten. Das Experiment hatte gezeigt, dass Feuer nur an einem Ort brennen konnte, an dem es Luft gab. Jeremy steuerte seine eigenen Theorien über dieses Phänomen bei, ließ dabei aber die beiden Mädchen nicht aus den Augen. Er konnte in ihnen lesen wie in einem Buch. Sarah Draper war sich ihrer Stellung in der Familie bewusst und ließ sich von allen Seiten umschmeicheln und bedienen. Jane Ryder, der die Aufsicht über die Dienerschaft anvertraut war, sorgte unermüdlich dafür, dass jeder Bedienstete seinen Pflichten nachkam, und korrigierte rasch einen Fehler oder eine Unachtsamkeit, noch bevor es jemand bemerkte. Sie war zweifellos sehr tüchtig. Doch da war noch etwas, das Jeremy vom ersten Moment an auffiel. Was immer Jane Ryder tat, egal, mit wem sie sprach, ihr Blick folgte Trelawney wie eine Motte dem Licht. Obwohl sie sichtlich bemüht war, sich zu beherrschen, und sofort die Augen niederschlug, wenn sie den Blick eines anderen auf sich gerichtet sah, kehrte ihre Aufmerksamkeit doch immer wieder zu dem Richter zurück. Dieser schien nicht zu bemerken, dass er beobachtet wurde. Es fiel Jeremy nicht schwer, in den grünen Augen zu lesen, denn sie gaben die Gefühle des Mädchens offen und unverschleiert preis. Es lag so tiefe Zuneigung darin, dass sich der Jesuit wunderte, dass es noch niemand am Tisch bemerkt hatte. Allerdings waren die einzelnen Familienmitglieder zu sehr mit sich selbst oder mit ihrem Gesprächspartner beschäftigt, um auf die kleine Base zu achten, die in diesem Haus wie eine Außenseiterin wirkte.

Nach dem Essen forderte George Draper seine Tochter auf, zu singen, und Jane Ryder setzte sich an das Spinett, um ihre Cousine zu begleiten. Erst als der Nachmittag fortschritt und die Stimmung aufgrund des genossenen Weines weniger förmlich wurde, gab Jeremy dem stetig wachsenden Drang nach, seine Beobachtungen zu überprüfen. Sir Orlando war in ein Gespräch mit dem Hausherrn vertieft, der zweifellos darauf brannte, seinen Gast endlich zu einer Zusage zu ermuntern, und Sarah hatte am Spinett Platz genommen, allerdings spielte sie mit weit weniger Begabung als ihre Base. Jeremy nutzte die Gelegenheit, als er Jane allein in einer Fensternische sitzen sah, und trat ungeniert an ihre Seite.

»Mistress Ryder, erlaubt, dass ich mich ein wenig zu Euch setze«, sagte er lächelnd. Er war sich bewusst, dass er sie mit seiner Direktheit geradezu überfiel, doch er musste damit rechnen, dass sie sich nicht lange vertraulich unterhalten konnten, ohne gestört zu werden. Und er wollte nun unbedingt Gewissheit haben.

»Ihr habt sicher gehört, dass Euer Onkel sich bemüht, Eure Base mit Richter Trelawney zu vermählen«, begann der Jesuit ohne Überleitung. »Was haltet Ihr von einer solchen Verbindung?«

Das junge Mädchen sah ihn über alle Maßen erstaunt an. Offenbar hatte sie nicht erwartet, in dieser Sache um ihre Meinung gefragt zu werden, und noch dazu von einem völlig Fremden.

»Ich bin sicher, dass Sarah Seiner Lordschaft eine gute Ehefrau sein würde«, sagte sie, die Augen niederschlagend.

»Hm, glaubt Ihr, dass sie ihn liebt?«

Die Überraschung auf dem schmalen Gesicht des Mädchens wurde noch größer. »Ich ... ich weiß nicht ... Würde er denn Wert darauf legen?«

»Nun, natürlich ist die Mitgift, mit der Sarahs Vater sie ausstatten wird, recht ansehnlich, doch der Richter ist ein feinfühliger Mann, der lange einsam war und die Zuneigung einer Frau keineswegs gering schätzt.«

Jane senkte den Kopf, doch Jeremy bemerkte, wie sie gequält die Augenbrauen zusammenzog. Freilich war sie zu gut erzogen, um etwas gegen ihre Base zu sagen.

»Wie denkt Ihr über Seine Lordschaft?«, bohrte Jeremy beharrlich weiter. »Meint Ihr, er würde einen guten Ehegatten abgeben?«

Sie wandte gegen ihren Willen den Kopf und sah ihn mit einem schmerzlichen Lächeln an. »Wie könnte er nicht? Er ist gütig und gerecht.«

»Er ist doppelt so alt wie Ihr«, warf Jeremy ein. »Würde Euch das etwas ausmachen, wenn Ihr die Braut wärt?«

Erneut wanderten Erstaunen und Verwirrung über Jane Ryders Züge. »Nein, mir würde es nichts ausmachen. Er ist doch kein Greis. Und selbst wenn ...« In ihrer Stimme schwang für einen Moment tiefe Leidenschaft. Sie bemerkte es und schwieg beschämt.

»Ich danke Euch für Eure Aufrichtigkeit«, sagte Jeremy und erhob sich. Er war sehr nachdenklich geworden.

Auf dem Heimweg in Trelawneys Kutsche hüllte sich der Priester so beharrlich in Schweigen, dass dem Richter auf halber Strecke vor Ungeduld der Kragen platzte. »Pater, nun lasst mich doch nicht so zappeln wie einen Fisch am Haken. Ihr habt Eure

Weigerung, mir Eure Ansicht über Mistress Draper mitzuteilen, doch wohl nicht ernst gemeint. Nachdem Ihr sie nun kennen gelernt habt, was haltet Ihr von ihr?«

Jeremy fuhr aus seinen Gedanken auf und sah sein Gegenüber missvergnügt an. Auf der Hinfahrt hatte er sich fest vorgenommen, sich auf keinen Fall in diese Heiratsangelegenheit einzumischen. Und obwohl er nun den Drang verspürte, Sir Orlando von einer Verbindung mit diesem arroganten und verwöhnten Frauenzimmer abzuraten, schreckte er vor der Verantwortung zurück.

»Mylord, darf ich Euch daran erinnern, dass wir eine Abmachung hatten!«, antwortete er leicht gereizt.

»Nun ziert Euch doch nicht so«, brauste Trelawney auf. »Ihr habt Euch Eure Gedanken gemacht, ich hab's genau gesehen. Was spricht dagegen, sie mit mir zu teilen?«

»Ich kann und will Euch nicht eine Entscheidung abnehmen, die Ihr selbst treffen müsst!«

»Das sollt Ihr auch nicht. Zum Donnerwetter noch mal, ich will doch nur Eure persönliche Meinung hören!«

Die Hartnäckigkeit des Richters begann Jeremy zu belustigen. Vielleicht war es seine Pflicht, seinen Freund wenigstens in die richtige Richtung zu stoßen. Als die Kutsche in der Paternoster Row hielt und der Priester sich von der Sitzbank erhob, zupfte Sir Orlando ihn noch einmal auffordernd am Ärmel.

»Nun sagt schon, um unserer Freundschaft willen, wenn Ihr an meiner Stelle wärt, würdet Ihr Sarah Draper heiraten?«

Jeremy seufzte tief und antwortete in ernstem Ton: »Nein!« Und nach kurzem Zögern fügte er hinzu: »Ich würde ihre Base heiraten.«

Bevor sich Trelawney von seiner Überraschung erholen konnte, war Jeremy ausgestiegen und hatte den Kutschenschlag hinter sich geschlossen.

Siebtes Kapitel

Alan Ridgeway wanderte unschlüssig den Saffron Hill entlang, eine lange Straße, die parallel zum Fleet-Fluss von Holborn aus nach Norden führte. Es lag noch immer ein wenig Schnee, der gleichwohl kaum noch als solcher zu erkennen war, nachdem unzählige Pferdehufe und Wagenräder ihn durchpflügt hatten. Bei jedem Schritt spritzte grauer Matsch unter Alans Stiefeln auf. Ohne sich dessen bewusst zu sein, war der Wundarzt auf dem Rückweg von einem Krankenbesuch in das berüchtigte Hurenviertel abgeirrt. Dabei war er sich nicht recht im Klaren darüber, was er zu tun beabsichtigte. Wie ein Bettler, den der nagende Hunger unwiderstehlich zu den Läden der Bäcker und Fleischer trieb, so war Alan dem immer quälender werdenden Verlangen nach einer Frau zum Ort der Sünde gefolgt.

Während er die von Hurenhäusern gesäumte Straße entlangstapfte, stritten unablässig Lust und Abscheu in ihm. Die letzten Monate hatte es ihn befriedigt, mit Molly zu tändeln oder ein williges Schankmädchen zu umarmen und sich einige Küsse zu rauben, doch jetzt genügte das nicht mehr. Es war über ein Jahr her, dass er bei einer Frau gelegen und in einem heißen Schoß Erfüllung gefunden hatte. Zu lange! Immer öfter ertappte er sich dabei, dass seine Gedanken um die fleischliche Vereinigung kreisten. Es gelang ihm nicht mehr, sich auf seine Arbeit zu konzentrieren. Das Schlimmste waren jedoch die vorwurfsvollen Blicke seines Freundes, des Priesters, dem Alan seine sündhaften Wünsche beichten musste, bei dem er jedoch kein Verständnis erntete. Ach, so gern er Jeremy mochte und seine Gesellschaft schätzte, zum gegebenen Zeitpunkt war dessen Anwesenheit im Haus des Wundarztes eine recht aufdringliche Mahnung an Alans schlechtes Gewissen. Dabei hatte er sich ernsthaft Mühe gegeben, seinen guten Vorsätzen gerecht zu werden und ein gottesfürchtiges Leben zu führen. Doch die Natur erwies sich als stärker, besonders jetzt, da der Frühling nahe war.

In der Tür zu einem der Hurenhäuser stand eine rothaarige Dirne und grinste ihn herausfordernd an. Alan warf ihr einen verstohlenen Blick zu, uneins mit sich, was er tun sollte. Die Rothaarige bemerkte, dass er mit sich stritt. Um ihn zu ermuntern, wiegte sie sich verführerisch in den Hüften und rief: »Na, mein Süßer, warum so schüchtern? Ihr seht aus, als wenn Ihr Euch nach ein paar festen Brüsten und strammen Schenkeln sehnt. Und bei einem so gut aussehenden Burschen wie Euch lasse ich mir gerne noch etwas zusätzlich einfallen, um Euch zu verwöhnen.«

Als er immer noch zögerte, ließ sie den Umhang, in den sie sich der Kälte wegen gewickelt hatte, von ihren Schultern sinken. Der Anblick ihrer prallen weißen Brüste, die das nachlässig geschlossene Mieder offenbarte, tat seine beabsichtigte Wirkung. Alan spürte prompt ein Ziehen in den Lenden. Ohne noch weiter nachzudenken, folgte er der Hure in das windschiefe Fachwerkhaus. Sie führte ihn eine schmale Stiege hinauf in eine kleine Kammer, deren Fensterläden verschlossen waren und die nur durch ein Binsenlicht erhellt wurde. Durch das dünne Flechtwerk der Wände waren Kichern und Stöhnen zu hören, untermalt von einem rhythmischen hölzernen Knarren. Offenbar war das Hurenhaus selbst zu dieser nachmittäglichen Stunde gut besucht. Die Rothaarige setzte sich auf die mit Stroh gefüllte Matratze der einfachen Bettstatt und hob mit einer anzüglichen Bewegung ihre Röcke und Unterröcke über ihre Knie, so dass Alan ihre unbedeckte Scham sehen konnte. Er schluckte schwer, seine Hose spannte sich schmerzhaft um sein anschwellendes Glied. Während er mit einer Hand an den Haken und Ösen nestelte, ließ er sich zu der Hure aufs Bett sinken, nahm sie in die Arme und küsste sie. Es dauerte eine Weile, bevor der erste Rausch verflog und er den unangenehmen Geruch wahrnahm, der von ihr ausging. Etwas in ihm schlug Alarm und brachte ihn augenblicklich wieder zur Besinnung. Es war der Geruch nach Krankheit. Energisch befreite er sich aus der Umarmung der Rothaarigen und musterte sie misstrauisch. Vielleicht war sie schwindsüchtig ... oder Schlimmeres. Sein Blick wanderte zwischen ihre Beine. Da bemerkte er das kleine unscheinbare Geschwür an ihrer Scham. Eiswasser rieselte sein Rückgrat entlang. Die Dirne hatte die französischen Pocken! Mit einem panikartigen Satz sprang Alan vom Bett und schloss mit fahrigen Händen seine Hose.

»Es tut mir Leid ...«, stammelte er, fischte einen Shilling aus seinem Geldbeutel und warf ihn der Rothaarigen zu. Dann verließ er fluchtartig das Haus.

Während Alan den Saffron Hill entlanghastete, machte er sich bittere Vorwürfe. Wie hatte er nur so leichtsinnig, so närrisch sein können, sich mit einer Hure einzulassen. Zum Glück waren ihm als Wundarzt die Zeichen dieser scheußlichen Seuche vertraut, die den Körper und letztendlich auch den Geist zerstörte. Nicht auszudenken, wenn er sie übersehen und sich angesteckt hätte. Bei der Vorstellung begannen ihm die Knie zu zittern und sein Magen rebellierte, so dass er stehen bleiben und sich an eine Hauswand lehnen musste. Gegen diese Krankheit, der einst Girolamo Fracastoro das Gedicht »Syphilidis« gewidmet hatte, gab es kein Heilmittel. Sie endete tödlich, begleitet von eitrigen Geschwüren, Lähmungen und Wahnsinn. Die Quecksilberkuren, die man zur Behandlung anwendete, waren fast ebenso schädlich wie die Pocken selbst. Alan atmete einige Male tief durch und wischte sich mit der Hand den Schweiß ab, der trotz der Kälte auf seiner Stirn stand. Er hatte noch einmal Glück gehabt! Dieses Erlebnis würde ihm eine Lehre sein. Doch das drängende Pochen in seinen Lenden blieb. Man hatte es wahrlich nicht leicht als eingefleischter Junggeselle! Unbefriedigt schlug er den Weg in die Paternoster Row ein. Also wieder an die Arbeit. Schließlich gab es keine bessere Ablenkung. Er musste sich sowieso noch um seine Bücher kümmern.

In der Chirurgenstube angekommen, wurde Alan von Kit an der Tür empfangen. »Gut, dass Ihr kommt, Meister. Da ist eine Dame für Euch. Sie wartet schon eine ganze Weile.«

Alans erster Gedanke galt Lady St. Clair, und er begann unwillkürlich zu strahlen. »Wo ist sie, Junge?«

»Dort, bei den Regalen.«

Der Wundarzt blickte sich um, erkannte jedoch zu seiner Enttäuschung, dass es Anne Laxton war, die ihn erwartete.

»Ah, wie schön, dass es Euch besser geht«, begrüßte Alan sie und trat auf sie zu. »Habt Ihr Euch nun doch entschlossen, mit meinem Freund Dr. Fauconer über den Tod Eurer Mutter zu sprechen?«

»Nein«, antwortete Anne mit ernster Miene. »Ich komme, um Euch zu sehen.«

»Zu Euren Diensten, Mistress Laxton«, sagte Alan aufmunternd. »Was kann ich für Euch tun?«

»Nun, in der Zunft preist man Eure Kunstfertigkeit. Daher wollte ich Euch bitten, eine kleine Wunde zu behandeln, die mir seit einiger Zeit Beschwerden macht.«

»Aber Euer Vater ist doch selbst ein guter Wundarzt, warum lasst Ihr ihn das nicht machen?«, wandte Alan überrascht ein.

Anne senkte den Blick und verschränkte die Finger ineinander. »Er hat mir eine Salbe gegeben, doch ich habe das Gefühl, es wird dadurch schlimmer.«

»Nun gut, ich tue Euch gern den Gefallen. Bitte zeigt mir die Wunde.«

»Sie … sie ist an einer Stelle, die ich hier nicht entblößen kann«, stammelte Anne und errötete schamvoll. »Können wir nicht in Eure Kammer gehen?«

»Natürlich, wenn Ihr das wollt.« Alan suchte ein paar Utensilien zusammen, die er vielleicht brauchen würde, und führte das Mädchen in seine Kammer. Die abschätzenden Blicke, die sie ihm zuwarf, bemerkte er nicht.

»Setzt Euch doch, Mistress Laxton«, forderte er sie auf.

Anne legte ihren warmen Wollumhang ab und ließ sich auf die Kante des Baldachinbetts sinken.

»Ihr braucht keine Angst zu haben. Ich tue Euch bestimmt nicht weh«, versuchte Alan sie zu beruhigen, als er ihren nervösen Gesichtsausdruck bemerkte. »Nun, wo ist die Wunde?«

»Gebt mir Eure Hand«, bat das Mädchen, und als er sie ihr folgsam entgegenstreckte, hob sie ihre Röcke und zog seine Hand darunter. Seine Finger berührten die warme weiche Haut ihrer Schenkel. Anne schob seine Handfläche höher, bis seine Fingerkuppen ihre Schamhaare spürten. Verdutzt sah Alan ihr ins Gesicht. Das Verlangen, das nur kurze Zeit vorher so schmählich unterdrückt worden war, flammte erneut in ihm auf. In ihren blauen Augen stand keine Schüchternheit mehr, sondern eine deutliche Herausforderung und fast so etwas wie Verachtung. Sie wusste, dass sie ihn am Haken hatte wie einen hilflos zappelnden Karpfen, dass die Gier nach Befriedigung seiner Lust es ihm unmöglich machte, ihr zu widerstehen. Sein Blick wanderte zu ihrem Hals, ihren Brüsten, deren fleischige Knospen sichtbar wurden, als sie das locker geschnürte Mieder über ihre Schulter nach unten schob.

»Was tut Ihr?«, stammelte Alan verwirrt, machte jedoch keine Anstalten, sich ihr zu entziehen. Seine Hände bewegten sich ganz von selbst, von seinem Willen losgelöst, streichelten die weichen Schenkel, die sich so willig vor ihm öffneten. Er schob ihre Röcke höher, um dieses gesunde junge Fleisch mit den Lippen erreichen zu können und es sanft zu liebkosen. Schließlich ließ er sich zu ihr aufs Bett sinken, nahm sie in die Arme und küsste ausgiebig ihre Schultern, den Hals, die kleinen straffen Brüste. Seine Erregung wuchs und machte ihn fast schwindeln. Er nahm nichts mehr um sich herum wahr, und er vergaß auch, wem der Frauenkörper gehörte, der ihm die lang ersehnte Lust schenkte. Als Alan seine Lippen auf ihren Mund presste, registrierte er deshalb auch nicht, wie hart und widerspenstig dieser Mund war. Und als er mit instinktiver Fingerfertigkeit seine Hose öffnete und sein Glied zwischen ihre Schenkel presste, bemerkte er nicht, wie sich der Körper unter ihm verkrampfte, als bäumte er sich gegen eine Vergewaltigung auf. Blind in seiner Leidenschaft ergoss er sich in sie, viel zu schnell, um wirklich befriedigt zu sein, und beschämt, weil er nicht aufgepasst und sich nicht rechtzeitig aus ihr zurückgezogen hatte.

Allmählich kam Alan wieder zu Verstand und rollte sich vom Körper des Mädchens herunter, das steif wie ein Brett dalag.

»Anne, es tut mir Leid, das wollte ich nicht, ich habe völlig den Kopf verloren.«

Kaum war sie von seinem Gewicht befreit, als Anne sich aufrichtete, vom Bett sprang und ihr Mieder zurechtzerrte. Mit einem Blick, den Alan nicht deuten konnte, nahm sie ihren Umhang und hastete überstürzt zur Tür hinaus.

»Anne, bleib stehen! Anne!«, rief Alan hinter ihr her. Er eilte ihr nach, doch sie rannte aus dem Haus, ohne sich umzusehen. Bevor es ihm gelang, seine Beinkleider in Ordnung zu bringen und ihr auf die Straße zu folgen, war sie zwischen den Passanten verschwunden.

Als sie bei der Abendmahlzeit zusammensaßen, wunderte sich Jeremy über die ungewöhnliche Schweigsamkeit seines Freundes. Normalerweise gelang es Alan nicht einmal für kurze Zeit, seinen Redeschwall einzudämmen und den Mund zu halten, doch an diesem Tag war er so tief in Gedanken versunken, dass Jeremy sich Sorgen zu machen begann.

»Alan, stimmt etwas nicht?«, fragte er nach einer Weile. »Ich habe Euch noch nie so wortkarg erlebt.«

Der Wundarzt fuhr erschrocken zusammen und sah seinen Freund verwirrt an. »Ich habe nur über etwas nachgedacht«, wehrte er ab.

»Kit sagte, dass Anne Laxton heute Nachmittag hier war. Hat sie Euch irgendetwas zum Tod ihrer Mutter mitgeteilt?«

Alan öffnete den Mund, um zu antworten, wusste aber nicht, was er sagen sollte. Schließlich räusperte er sich und stammelte: »Sie kam nur ... um mich um eine Salbe zu bitten.«

Jeremy blickte sein Gegenüber mit gerunzelter Stirn an, überzeugt, dass mit seinem Freund irgendetwas nicht stimmte.

»Was ist passiert, Alan?«

»Nichts. Was soll denn passiert sein?«

»Alan, Ihr seid dem Mädchen doch hoffentlich nicht zu nahe getreten!«

»Einer Jungfrau? Ich bin doch nicht verrückt!«, rief der Wundarzt empört, leerte seinen Becher Wein und erhob sich unter den verdutzten Blicken der Anwesenden vom Tisch. Den anderen eine Gute Nacht wünschend, zog er sich in seine Kammer zurück.

Die halbe Nacht lag Alan wach und grübelte. Zum zweiten Mal an diesem Tag machte er sich heftige Vorwürfe. Was hatte er getan? Einer Jungfrau die Unschuld zu rauben war so ziemlich das Törichteste, was ein Mann tun konnte, der den festen Vorsatz hatte, sein Leben als Junggeselle zu beschließen. Was war nur über ihn gekommen? Es war erschreckend, wie wenig er sich in der Gewalt hatte, sobald sich sein elfter Finger zu Wort meldete, ja, es war geradezu beschämend. Allerdings hatte ihn Anne Laxton auch regelrecht überrumpelt! Doch was ihn am meisten beunruhigte, war die Frage nach dem Warum. Weshalb hatte sie sich ihm wie eine abgefeimte Hure angeboten? Hatte sie sich etwa in ihn verliebt? Die Heilige Jungfrau bewahre ihn davor! Er musste mit ihr sprechen und ihr diese Torheit ausreden.

Am nächsten Morgen verließ Alan gleich nach Jeremy das Haus und begab sich zur Duck Lane. Freilich traute er sich nicht, Anne unter den Augen ihres Vaters oder, noch schlimmer, ihres Bruders zur Rede zu stellen. Und so wartete er in einiger Entfernung von Laxtons Chirurgenstube und hielt nach dem Mädchen Ausschau. Seine Geduld wurde auf eine harte Probe gestellt, doch gegen Mittag sah er Anne das Haus verlassen, offenbar, um eine Besorgung zu erledigen, und folgte ihr. Als sie weit genug entfernt waren, holte Alan sie ein und rief sie beim Namen, um sie zum Anhalten zu bewegen.

»Anne, ich muss mit Euch sprechen!«

Doch das Mädchen drehte sich nur flüchtig zu ihm um, ohne ihre Schritte zu verlangsamen.

»Wartet doch! Anne, es ist wichtig.«

Und da sie noch immer nicht stehen blieb, hastete er hinter ihr her und hielt sie am Arm fest. »Anne, wir müssen über gestern reden«, beschwor er sie. »Ihr seid einfach weggelaufen, bevor ich mich bei Euch entschuldigen konnte.«

Sie sah ihn hochmütig an und sagte dann kalt: »Kommt mit.«

Entgeistert folgte er ihr die Straße entlang zu einem öffentlichen Stall. Ohne sich nach ihm umzusehen, betrat sie das Stallgebäude, das nach Pferden und Heu duftete, und durchquerte es. Vor einem aufgeschütteten Haufen Stroh blieb Anne stehen und wandte sich zu ihm um. Langsam ließ sie den Wollumhang von ihren Schultern gleiten.

Alan starrte sie überrascht an. Entgegen all seiner guten Vorsätze verspürte er den Drang, seine Hände über ihre weiße Haut gleiten zu lassen und ... Ärgerlich über sich selbst presste er die Zähne zusammen und versuchte, seine Erregung zu unterdrücken.

»Anne, deswegen bin ich nicht gekommen«, sagte er vorwurfsvoll.

In den Augen des Mädchens flammte mit einem Mal Wut auf. »Ach nein?«, rief sie höhnisch. »Heuchler! Natürlich wollt Ihr es! Ihr alle wollt doch immer nur das Eine!«

Ehe er antworten konnte, stieß sie ihn zur Seite und rannte davon. Diesmal folgte ihr Alan nicht.

Achtes Kapitel

Jeremy hörte eine Kutsche vor der Chirurgenstube vorfahren und öffnete neugierig das Fenster, um zu sehen, wer der Ankömmling war. Als er das Wappen des Richters auf dem Wagenschlag erkannte, legte er die Feder beiseite, verschloss das Tintenfass und eilte die Treppe hinab, noch ehe Alan nach ihm rief. Unten in der Offizin erwartete ihn Trelawneys Kutscher.

»Ist jemand krank?«, fragte Jeremy besorgt.

»Nein, Sir, Seine Lordschaft hat mich geschickt, um Euch abzuholen und sofort zu ihm zu bringen.«

»Geht es um den Mord an der Wehmutter?«

»Das weiß ich nicht, Sir. Ich soll Euch nur zum Fleet-Fluss bringen.«

»Zum Fleet-Fluss?«, wiederholte Jeremy verwundert. »Also gut, ich hole nur meinen Umhang.«

Der Jesuit bestieg die Kutsche und ließ sich auf der hinteren Sitzbank nieder. Trotz der Glasscheibe, die das Türfenster verschloss, war es empfindlich kalt. Jeremy zog sich den Umhang fester um den Hals und sah hinaus. Das Gefährt rumpelte im Gefolge unzähliger anderer Kutschen und Karren die Paternoster Row entlang, bog zunächst in die Warwick Lane und dann in die Newgate Street ein. An den Stadttoren staute sich stets der Verkehr, und so dauerte es eine Weile, bis die Kutsche den Bogen des Newgate passiert hatte und, an der Kirche von St. Sepulchre vorbei, den Snow Hill hinauffuhr. Am Holborn-Brunnen bog sie links ab und hielt schließlich an der Holborn-Brücke, die über den Fleet führte.

Beim Aussteigen sah Jeremy eine Gruppe von Männern am Ufer des Wasserlaufs stehen, der die Bezeichnung »Fluss« schon lange nicht mehr verdiente. Er entsprang in Kenwood und Hampstead und floss in die Themse, doch die Zeiten, als er von Frachtbooten genutzt werden konnte, lagen weit zurück. Schon vor vier Jahrhunderten hatten sich die Mönche von Whitefriars beschwert, dass selbst der in ihrer nahe gelegenen Kirche reichlich verbrannte Weihrauch nicht genügte, den Gestank des völlig verschmutzten Gewässers zu überdecken. Ungehindert warfen die in der Newgate Street ansässigen Fleischer die Innereien der geschlachteten Tiere ins Wasser und ließen sie dort verrotten. In am Ufer ausgehobenen Gruben beizten die Gerber nach dem Ausscheren die Tierhäute in lauwarmen Aufgüssen aus Hunde- oder Hühnerkot. Und die Leimsieder kochten die Abfälle, die sie von den Gerbern und Schlachtern bezogen, in ihren riesigen Leimkesseln Seite an Seite mit Färbern, Seifensiedern und Kerzenmachern. Aber es gab auch einige heruntergekommene Hütten, in denen sich die Armen zusammendrängten und deren Abtritte sich in den Fluss entleerten.

Der anhaltende Frost hatte den Übelkeit erregenden Gestank zumindest in gewissen Grenzen gehalten. Doch das einsetzende Tauwetter legte den faulenden Unrat allmählich wieder frei. Obwohl Jeremy von seinen Besuchen in den schmutzigen Kerkern des Newgate-Gefängnisses üble Gerüche gewöhnt war, verspürte er den unwiderstehlichen Drang, den Atem anzuhalten und so der verpesteten Luft den Zugang zu seinen Lungen zu verwehren.

Sir Orlando Trelawney hatte die Rückkehr seiner Kutsche bemerkt und kam dem Priester entgegen.

»Es tut mir Leid, Doktor, dass ich Euch so eilig herbestellt habe«, sagte er entschuldigend. »Aber wir haben hier etwas entdeckt, das Ihr Euch unbedingt ansehen müsst.«

Jeremy lächelte belustigt, da Trelawney es offensichtlich genoss, seinen Freund auf die Folter zu spannen. Doch seine Neugier war geweckt. Es musste schon etwas Außergewöhnliches zu sehen sein, wenn der Richter die Unannehmlichkeit auf sich nahm, mit seinen feinen Stiefeln knöcheltief durch Kot und Unrat zu waten. In Begleitung des Konstablers und des Büttels, die Sir Orlando damals auch zur Leiche der Hebamme gerufen hatte, staksten sie vorsichtig das Steilufer zum Flusslauf hinunter. Der strenge Frost der letzten Wochen hatte das verschmutzte Rinnsal in einen Eispanzer gezwungen und alles festgehalten, was die Anwohner in der schwachen Hoffnung hineingeworfen hatten, dass es in die Themse gespült werden würde.

Jeremy folgte dem Richter zu einer Stelle, an der die Knechte eines Gerbers, der in unmittelbarer Nähe Beizgruben unterhielt, mit spitzen Hacken das Eis des gefrorenen Wasserlaufs aufrissen.

»Die Männer legen ihn gerade frei. Es wird aber wohl noch eine Weile dauern, bis sie fertig sind«, erklärte Trelawney.

Jeremy bemühte sich, in dem schmutzig braunen Eis etwas zu erkennen – und schließlich sah er es. Zuerst glaubte er, es sei nur ein abgebrochener Ast, doch dann wurde ihm klar, dass es eine menschliche Hand war, die aus dem Eis ragte, eine bleiche, verkrümmte Kinderhand. Das Tauwetter hatte sie freigelegt. Fasziniert trat der Jesuit näher heran. Unter der dünnen Eisschicht, die es bedeckte, war ein schmales Knabengesicht zu erkennen, das ihn mit starr geöffneten Augen ansah, wie durch die Glasscheiben eines Fensters.

Jeremy spürte, wie sich sein Herz zusammenkrampfte. Es war ein unheimlicher Anblick, als hätte eine teuflische Macht die Zeit angehalten, gerade in dem Moment, als der Tod den Knaben ereilt hatte. Ohne den Frost wäre der Leichnam vermutlich von der Strömung in die Themse gespült oder von den überall umherstreifenden Hunden und Schweinen gefressen worden. Doch das Eis hatte ihn bewahrt, hatte die Verwesung aufgehalten, der alles Vergängliche zum Opfer fiel.

»Wer hat die Leiche entdeckt?«, fragte Jeremy, ohne den Blick von dem starren Gesicht lösen zu können.

»Einer der Knechte hat die Hand bemerkt und es einem zufällig vorbeikommenden Büttel gemeldet, der wiederum dem Konstabler Bescheid gab«, berichtete Sir Orlando. »Normalerweise hätte man um einen namenlosen Bettlerjungen kein Aufhebens gemacht, doch Mr. Langley hier« – er deutete auf den Konstabler – »erinnerte sich, dass wir im Zusammenhang mit dem Mord an Margaret Laxton einen etwa zwölfjährigen Knaben suchten, und er hielt es für möglich, dass es sich bei dem Toten um den Fackelträger handeln könnte. Ich bin seiner Meinung.«

»Da habt Ihr Recht«, stimmte Jeremy zu. »Wenn die Leiche freigelegt ist, sollte man Anne Laxton herholen. Abgesehen von ihrem Vater ist sie die Einzige, die weiß, wie der Junge aussah.«

»Ich werde sie sofort herbringen lassen«, antwortete der Konstabler und gab dem Büttel entsprechende Anweisungen.

Die Knechte hackten noch immer auf das Eis ein, das den Leichnam umschloss, doch der dichte Rauch, der aus den Schornsteinen der Färber und Seifensieder zu ihnen herüberwehte und sie in Ekel erregenden Gestank hüllte, nahm ihnen zuweilen die Sicht auf die Umrisse des Körpers. Einer der Knechte ließ sein Werkzeug blind auf den Boden niedersausen und zerschmetterte dabei die im Matsch verborgene linke Hand des Toten.

»Passt doch auf, ihr Tölpel!«, schimpfte der Konstabler erbost. »Ihr sollt die Leiche nicht zu Hackfleisch verarbeiten.«

Die Knechte bemühten sich daraufhin, sorgfältiger zu zielen, kamen dadurch aber noch langsamer voran. Jeremy spürte, wie seine Hände und Füße vor Kälte taub wurden, und verschaffte sich ein wenig Bewegung. Dabei ließ er den Blick prüfend über den Untergrund schweifen. Freilich war es sinnlos, nach Spuren des Mörders zu suchen. Sicher hatte er den Leichnam des Kindes von der Brücke in den Fleet geworfen.

»Habt Ihr etwas entdeckt?«, fragte Sir Orlando, als er Jeremys spähende Blicke bemerkte.

»Ich wünschte, es wäre so«, antwortete der Jesuit mit einem Seufzen. »Aber wenn wir annehmen, dass der Junge am selben Abend starb wie die Hebamme, habe ich keine Hoffnung, noch Spuren zu finden. Außer an der Leiche, wenn wir Glück haben.«

Trelawney nickte zustimmend. »Wenn der Knabe tatsächlich der Fackelträger ist, der die beiden Frauen in die Falle lockte, haben wir es mit einem skrupellosen Mörder zu tun, der einen festen Plan verfolgte.«

»Das denke ich auch.«

»Wir sind so weit!«, rief einer der Knechte und winkte ihnen zu. Zwei der Männer hoben den noch immer im Eis gefangenen Leichnam hoch, luden ihn sich auf die Schultern und trugen ihn das Steilufer hinauf.

»Das ›Königshaupt‹ ist die nächstgelegene Schenke«, bemerkte der Konstabler. »Bringt ihn dorthin.«

Der Wirt der Schankstube stellte ihnen eine rückwärtige Kammer zur Verfügung. Die Knechte legten den gefrorenen Körper auf einen Tisch nahe dem Kamin, in dem ein Schankmädchen eifrig das Feuer schürte. Nun mussten sie warten, bis die Leiche aufgetaut war.

Bald rann das Wasser über die Tischplatte und tropfte von allen vier Seiten auf den Boden, wo es übel riechende Pfützen bildete. Das Gesicht, das nur von einer dünnen Eisschicht überzogen war, kam als Erstes zum Vorschein, nacheinander tauchten die kleine schief stehende Stupsnase, die Brauenbögen, die Stirn, die Wangenknochen, der Mund und das Kinn aus dem Eis auf.

Jeremy bat das Schankmädchen um eine Schüssel mit Wasser und einen sauberen Lappen und wusch behutsam den Schmutz vom Gesicht des Knaben.

»Blaue Augen«, stellte er fest, »und blonde Haare, denke ich, aber das wird sich erst eindeutig zeigen, wenn das Haar getrocknet ist.«

»Es könnte sich also um unseren Fackelträger handeln«, mutmaßte Trelawney.

»Vieles spricht dafür, Mylord.«

Der Körper des Jungen war bereits zur Hälfte freigelegt, als der Büttel mit Anne Laxton zurückkehrte. Sie warf Jeremy einen unsicheren Blick zu, als erwarte sie, dass er eine Bemerkung machen würde, und schien erleichtert, als er ihr nur freundlich zulächelte.

Sir Orlando richtete das Wort an sie: »Es tut mir Leid, Euch diesen Anblick zumuten zu müssen, aber es ist sehr wichtig, dass Ihr Euch das Gesicht des Toten anseht. Könnte er der Fackelträger sein, der Euch und Eure Mutter damals in die Irre führte?«

Anne trat nur zögernd an den Tisch heran und betrachtete mit unbewegter Miene das Knabengesicht, dessen Augen Jeremy mittlerweile geschlossen hatte. Wie erstarrt stand sie da, als nähme sie den Körper, der vor ihr lag, nicht wahr, doch nach einer Weile bemerkte der Jesuit, dass Tränen über ihre Wangen rannen.

»Ist das der Junge?«, fragte Trelawney, um sie aus ihrer Versunkenheit zu reißen.

Anne zuckte zusammen und nickte. »Ja, das ist er«, erwiderte sie mit belegter Stimme.

»Ich danke Euch. Ihr könnt wieder gehen, wenn Ihr wollt. Wir brauchen Euch nicht mehr.«

Der Konstabler begann, ungeduldig von einem Fuß auf den anderen zu treten.

»Nun, das wäre also geklärt. Ich werde dem Kirchenvorsteher Bescheid geben, dass er die Leiche abholen und begraben lassen soll.«

Sir Orlando sah den pflichtvergessenen Ordnungshüter streng an.

»Nichts ist geklärt, Sir. Noch wissen wir nicht, wie der Junge gestorben ist, noch, wer er war. Ihr werdet mit uns hier warten, bis der Leichenbeschauer eingetroffen ist und die Todesursache festgestellt hat.«

»Aber, Mylord. Der Leichenbeschauer hat weiß Gott Wichtigeres zu tun, als einen Betteljungen zu untersuchen ...«

»Was könnte wichtiger sein, als einen Mörder zu entlarven, ganz gleich, wen er umgebracht hat!«, wies Trelawney den Konstabler zurecht.

Jeremy hörte dem Streit schweigend zu. So sehr er den Eifer des Richters bewunderte, wusste er doch, dass es Sir Orlando nicht um Gerechtigkeit für ein Bettelkind ging, sondern vielmehr um die Bestrafung eines Verbrechers, der Recht und Ordnung gefährdet hatte.

Während das Eis nun Zoll für Zoll des Leichnams freigab, wusch Jeremy den Schmutz ab, den es auf der Haut hinterließ. Mit einer Schere entfernte er nach und nach die Kleider und untersuchte sie gründlich. In einer Hosentasche wurde er schließlich fündig.

»Was habt Ihr da, Doktor?«, fragte Trelawney neugierig.

»Eine Münze«, erwiderte Jeremy.

»Das ist doch nur ein alter Penny«, warf der Konstabler abfällig ein.

Jeremy hielt die Münze in die Wasserschüssel und spülte den Schlamm ab, der daran klebte. Dann hob er sie ins Licht. Der Schein des Kaminfeuers ließ das Metall silbern aufglänzen.

»Eine Krone«, verkündete er. »Ein nicht unbeachtliches Vermögen für einen armen Bettelknaben.«

»Vielleicht hat er sie gestohlen«, überlegte der Konstabler.

»Ich denke eher, das ist die Bezahlung für den Dienst, den er dem Mörder erwiesen hat«, widersprach Jeremy.

Die Pfütze schmutzigen Wassers um den Tisch herum hatte sich vergrößert und verbreitete einen Gestank, der den Schankwirt immer vorwurfsvoller dreinblicken ließ. Doch der Richter kümmerte sich nicht um ihn. Als das Eis, das die Leiche eingeschlossen hatte, endlich geschmolzen war, wusch Jeremy den Körper von Kopf bis Fuß und begann dann, ihn zu untersuchen.

»Der Körper ist sehr mager. Er muss Hunger gelitten haben«, erklärte der Priester. »Seine Nase war mal gebrochen. Das muss schon eine Weile her sein, denn sie ist wieder geheilt. Auch an zwei Rippen kann ich verheilte Brüche fühlen ... und am rechten Unterarm. Dieser Junge ist zeit seines Lebens schwer misshandelt worden. Vermutlich ist er von zu Hause weggelaufen ... sofern er je ein Heim hatte und nicht selbst das Kind einer Bettlerin ist. Er hat nur eine frische Verletzung, Mylord, eine Stichwunde in der Brust.«

»Die Todesursache?«, fragte Trelawney.

»Zweifellos. Die Klinge dürfte das Herz getroffen haben.«

»Warum hat der Mörder den Knaben getötet? Er hatte ihn doch schon bezahlt.«

»Ich vermute, die Silberkrone war die Anzahlung. Nachdem der Junge seinen Auftrag erfüllt hatte, traf er sich wohl mit dem Mörder an einem vereinbarten Ort, vermutlich auf der Fleet-Brücke, um sich den Rest der versprochenen Belohnung abzuholen. Er muss den Mörder nahe genug an sich herangelassen haben, dass dieser ihn erstechen konnte. So vermied der Täter das Risiko, dass ihn jemand schießen hörte.«

»Aber weshalb den Jungen töten?«, wunderte sich Sir Orlando. »Es hätte doch genügt, ihn zu bezahlen.«

»Nun, der Unbekannte hatte immerhin einen Mord begangen. Wenn der Junge sein Gesicht gesehen hat, hätte er ihn verraten können.«

»Wer hätte einem Bettelknaben schon Glauben geschenkt?«

»Wahrscheinlich niemand. Aber manchmal reicht schon der Keim eines Verdachts, um jemanden hellhörig zu machen. Der Mörder wollte ganz sichergehen, dass ihn niemand mit dem Verbrechen in Verbindung bringen kann. Das Leben eines Menschen bedeutet ihm offensichtlich nichts.«

»Das macht es umso dringlicher, ihn zu finden!«, sagte Sir Orlando entschlossen. »Es ist tragisch, dass wir den Jungen nicht mehr befragen können. Auch wenn er den Namen des Mörders nicht kannte, so hätte er uns sicher einen wertvollen Hinweis geben können.«

»Das kann er immer noch, Mylord«, erwiderte Jeremy. In seiner Stimme schwang deutliche Erregung.

»In welcher Hinsicht?«

»Seht Euch die Wunde genau an, Sir. Man kann gut erkennen, wie breit die Klinge war, die sie verursacht hat, und auch welche Form sie hatte. Es handelt sich um einen zweischneidigen Dolch mit einer in der Mitte der Klinge verlaufenden Hohlkehle. Doch das ist noch nicht alles, was uns die Wunde über die Waffe verrät«, fuhr Jeremy fort und deutete auf einen kleinen punktförmigen Bluterguss links neben der Stichwunde. »Was, meint Ihr, könnte diese Verletzung verursacht haben?«

Trelawney besah sich den Bluterguss genau und schüttelte dann ratlos den Kopf. »Ich habe keine Ahnung.«

»Mylord, ich verstehe nicht viel von Waffen, aber ich habe

während meiner Laufbahn als Feldscher die eigentümlichsten Wunden gesehen, unter anderem auch solche wie diese hier. Ich glaube, sie wurde von der s-förmig gekrümmten Parierstange eines Linkhanddolchs verursacht, wie er bei Duellen benutzt wird. Aus diesem Grund ist auch nur links neben der Stichwunde ein Abdruck, denn rechts ist die Parierstange zur Hand hin gebogen, die den Dolch hält, um sie vor der Klinge des Gegners zu schützen.«

»Bei Christi Blut, Ihr habt Recht«, entfuhr es Sir Orlando. »Wie dumm von mir, dass ich nicht selbst darauf gekommen bin. Aber jetzt sehe ich es auch. Und dieser längliche Bluterguss oberhalb der Wunde stammt vermutlich von einem Parierring. Ein ungewöhnlicher Dolch!«

»Vielleicht sogar einzigartig«, fügte der Jesuit hinzu. »Es dürfte ein Leichtes sein, die Waffe wiederzuerkennen.«

»Der Linkhanddolch ist die Paarwaffe des Degens oder des Rapiers. Das würde ja bedeuten, dass der Mörder ein Gentleman ist, der den Degen trägt!«

»Nicht unbedingt. Der Mörder könnte den Dolch gestohlen haben. Leider ist die Art der Waffe kein eindeutiger Hinweis auf seinen Stand. Aber ich bin sicher, dass sich der Dolch noch in seinem Besitz befindet, denn freiwillig würde er sich bestimmt nicht davon trennen. Dieses Wissen könnte uns helfen, wenn wir erst jemanden unter Verdacht haben.«

»Bisher kennen wir nicht einmal den Grund, aus dem die Hebamme umgebracht wurde«, seufzte Trelawney.

»Nein, leider nicht. Aber es ist doch möglich, dass der Fackelträger Freunde hatte, die etwas wissen. Es könnte doch sein, dass er dem Mörder schon öfter einen Dienst erwiesen hat. Die Schwierigkeit ist, jemanden zu finden, der mit ihm Umgang hatte. Schließlich kennen wir nicht einmal den Namen des armen Jungen.«

»Nun, bei unbekannten Leichen stellt man zuweilen den Kopf auf einem Pfahl an einem belebten Ort in der Nähe der Fundstelle zur Schau«, erklärte Sir Orlando. »Wir könnten auch in diesem Fall einen Versuch machen. Wenn der Leichenbeschauer da ist, werde ich ihm auftragen, einen Wundarzt kommen zu lassen, der den Kopf der Leiche abtrennt und auf dem Marktplatz von Smithfield ausstellt. Wenn wir Glück haben, erkennt jemand den Jungen.«

Der Leichenbeschauer murrte zwar über die Kosten für den Holzpfahl, tat aber wie geheißen. Unglücklicherweise ging der Kopf, der im Eis zwei Wochen unbeschadet überstanden hatte, nun, da er aufgetaut war, innerhalb kürzester Zeit so stark in Verwesung über, dass seine Züge bald nicht mehr zu erkennen waren. Und so fand sich niemand, der sich erinnern konnte, den armen Bettelknaben je gesehen zu haben.

Neuntes Kapitel

Der königliche Hof war nach Whitehall zurückgekehrt. Aus Respekt vor den Opfern der Pest verzichtete man eine Weile auf allzu üppige Feste, doch im Grunde ging jeder seinen Vergnügungen nach, als hätte es die Seuche nie gegeben. Die Höflinge lebten in ihrer eigenen Welt, die erfüllt war von Banketten, Zerstreuungen aller Art und hinterhältigen Intrigen. Für das Leid des gemeinen Volkes war da kein Platz.

Amoret sah Lady Castlemaine beim Kartenspiel mit dem Herzog von Buckingham zu. Barbara hatte ihr Versprechen gehalten und ihrer Rivalin den Weg zurück an den Hof geebnet. Noch hatte Amoret keine Gelegenheit gehabt, mit dem König allein zu sprechen und ihr Handeln zu erklären. Doch das schelmische Augenzwinkern, das er ihr zuwarf, als sie ihm ihre offizielle Aufwartung machte, verriet ihr, dass er sie willkommen hieß und ihren Ungehorsam verziehen hatte. Zweifellos hatte Lady Castlemaine Charles sehr geschickt zu ihren Gunsten beeinflusst. Unerfreulicherweise bedeutete dies allerdings für Amoret, dass sie nun in Barbaras Schuld stand.

Auch die Königin hatte sie wieder als ihre Hofdame aufgenommen und sich von den Erfahrungen erzählen lassen, die Lady St. Clair im pestverseuchten London gemacht hatte. Katharina, die portugiesische Infantin, war jetzt seit vier Jahren mit Charles verheiratet, hatte ihm aber zur Beunruhigung des ganzen Landes noch keinen Erben geschenkt. Man begann, sich Sorgen zu machen. Zwar hatte der König einen Thronfolger, seinen jüngeren

Bruder James, doch obwohl dieser als Großadmiral der Flotte im Krieg gegen die Holländer Mut und Kühnheit bewiesen hatte, wollte ihn niemand so recht auf dem Thron sehen. James hatte sich in die Ehe mit der bürgerlichen Anne Hyde, Tochter des verhassten Lord Chancellor Sir Edward Hyde, manövrieren lassen. Aus diesem Grund traute man ihm kein gesundes Urteilsvermögen zu. Alle Hoffnungen lagen auf Katharina, die sich nichts sehnlicher wünschte, als Charles einen Sohn zu schenken. Doch bisher hatte sie in der wichtigsten Aufgabe, die sie als Königin zu erfüllen hatte, versagt. Gott hatte ihre flehentlichen Gebete nicht erhört, eine Last, an der die kleine Portugiesin schwer zu tragen hatte. So wie die Sache stand, machte sich Lady Castlemaine nicht zu Unrecht Sorgen. Sollte sich herausstellen, dass die Königin unfruchtbar war, bestand tatsächlich die Möglichkeit, dass sich Charles nach einem Weg umsehen würde, die Ehe mit Katharina zu beenden und stattdessen eine andere zur Königin zu machen. Immerhin hatte er schon einen ganzen Stall voll königlicher Bastarde gezeugt, nicht zuletzt Amorets Sohn Charles Fitzjames, den sie ihm vor neun Monaten geschenkt hatte. Sie hatte den Säugling nach langer Trennung erst bei ihrer Rückkehr an den Hof wiedergesehen, denn bei Ausbruch der Pest hatte sie ihn der Obhut seines königlichen Vaters anvertraut, nicht ahnend, dass das Schicksal sie davon abhalten würde, dem Hof nach Oxford zu folgen. Der Kleine hatte sich jedoch auch ohne seine Mutter prächtig entwickelt.

Während Amoret mit dem jungen Earl of Rochester plauderte, der sich trotz seiner Jugend bereits auf eine schlüpfrige Sprache verstand, die sogar einem Fischweib vom Billingsgate-Markt die Schamesröte ins Gesicht getrieben hätte, folgte sie mit dem Blick dem König und Frances Stewart, die sich in eine entfernte Ecke des Saals zurückgezogen hatten. Unternahm Charles einen erneuten Versuch, in der spröden Jungfrau ein wenig Leidenschaft zu wecken? Eine Weile sah es so aus, als sei er erfolgreich, denn Frances bog den Kopf zurück und ließ sich küssen, nur um sich Charles im nächsten Moment wieder zu entziehen. Amoret wurde neugierig. Eine Ausrede vorschiebend, ließ sie Rochester stehen und näherte sich unauffällig dem König und Frances. Die Nische, in die die beiden sich geflüchtet hatten, war durch einen gerafften Brokatvorhang ein wenig geschützt. Dadurch war es für Amoret ein Leichtes, sich unauffällig zu nähern. Sie hörte den König flehen:

»Frances, ich habe unendliche Geduld bewiesen, über zwei Jahre lang. Spielt nicht länger mit mir, ich bitte Euch!«

Amoret spürte, wie sich ihr vor Verlegenheit der Magen zusammenzog. Charles' Verhalten war eines Monarchen unwürdig, doch er selbst schien das nicht zu bemerken.

»Euer Majestät, versteht doch«, antwortete Frances ebenso flehentlich. »Mein guter Ruf ist das kostbarste Gut, das ich besitze. Wenn ich ihn verlieren würde, indem ich mich Euch hingebe, würde man mich auf dieselbe Weise schmähen wie Lady Castlemaine, und das zu Recht.«

»Wen interessiert schon, was die biederen Londoner Bürger sagen«, widersprach der König hitzig. »Ich würde Euch mit Beweisen meiner Gunst überschütten, das wisst Ihr, denn ich habe es Euch oft genug versprochen. Wenn Ihr jedoch darauf spekuliert, dass ich Euch zur Königin mache, so muss ich Euch enttäuschen. Das ist unmöglich.«

»Dann solltet Ihr Euch wieder Euren Mätressen zuwenden, Sire, denn ich werde niemals eine von ihnen sein. Ich kann nicht, begreift das doch, ich kann mich Euch nicht hingeben.«

In Frances Stewarts Stimme hatte ein deutlicher Widerwille gelegen, fast Abscheu. Sie wusste, dass sie Charles tief gekränkt hatte, war jedoch unfähig, sich zu einer Entschuldigung zu überwinden. Hastig wandte sie sich ab und schritt davon. Amoret drückte sich gegen die Wandtäfelung in ihrem Rücken und ließ sie an sich vorbeieilen. Vielleicht stimmte es ja, was man in letzter Zeit immer häufiger am Hof über Frances sagte: dass sie einfach eine tiefe Abneigung gegen die fleischliche Vereinigung mit einem Mann empfand, dass sie kalt und unerregbar war. Armer Charles, dachte Amoret, warum musste er seine Leidenschaft ausgerechnet an eine zwar makellos schöne, aber gefühlskalte Statue verschwenden?

Sie ließ einige Augenblicke verstreichen, bevor sie aus ihrer Deckung hervortauchte und leise in die Fensternische trat. Der König stand mit finsterem Gesichtsausdruck unbeweglich da und starrte durch die bleigefassten Scheiben in die Nacht hinaus. Amoret näherte sich ihm, blieb an seiner rechten Seite stehen und legte wortlos die Hand auf seinen Arm. Durch die geschlitzten Ärmel seines mit Silberstickereien besetzten Wamses quoll das Leinenhemd hervor, das Charles darunter trug. Der feine Stoff war so dünn, dass die Wärme seiner Haut hindurchdrang und auf ihre Fingerspitzen überging. Aus seinem verärgerten Grübeln gerissen, wandte Charles den Kopf zu ihr. Dabei streiften die seidigen Locken seiner schwarzen Perücke Amorets Hand.

»Habt Ihr gelauscht, Madam?«, fragte er leicht gereizt. Ohne ihre Antwort abzuwarten, fügte er bitter hinzu: »Freut es Euch, Euren König gedemütigt zu sehen?«

»Nein, Euer Majestät«, erwiderte Amoret ernst. »Ich wollte Euch immer nur glücklich sehen.«

Er zögerte, verwirrt über ihre mitfühlenden Worte, als habe er stattdessen eine zynische Bemerkung erwartet. Dann lachte er kurz auf. »Euch glaube ich das sogar! Ihr seht, ich habe noch immer eine hohe Meinung von Euch, trotz Eurer Verfehlungen.« Charles wandte sich ihr zu und musterte sie neugierig. »Ist es wahr, was man sich erzählt, dass Ihr damals meinen Befehl, dem

Hof nach Hampton Court zu folgen, missachtet habt, um der von der Seuche heimgesuchten Stadt London beizustehen?«

»Nun, Sire, es entspricht nicht ganz der Wahrheit«, räumte Amoret ein. »Mein Beichtvater, Pater Blackshaw, hatte sich der Pflege der Kranken angenommen, und ich blieb, um ihm zu helfen.«

»Ich verstehe, Ihr habt Euch Sorgen um Euren Jesuiten gemacht«, sagte der König verständnisvoll. Er kannte Jeremy, seit dieser während des Bürgerkriegs im königlichen Heer als Feldscher gedient und einmal Charles' völlig zerschundene Füße behandelt hatte. Und er wusste auch, wie sehr Amoret an dem Jesuiten hing. »Eure Selbstlosigkeit könnte zu der Vermutung Anlass geben, dass Ihr Pater Blackshaw doch mehr liebt als einen Freund, wie Ihr immer sagt. Aber ich will diesbezüglich nicht weiter in Euch dringen. Er hat also Pestkranke gepflegt – und er hat überlebt! Sicher hat er dabei einige aufschlussreiche Erkenntnisse über die Seuche gewonnen. Würdet Ihr ihm ausrichten, dass ich einen Bericht über seine Erfahrungen wünsche. Ich lasse Euch noch wissen, wann er mich aufsuchen soll.«

»Euer Interesse wird ihn freuen, Sire«, versicherte Amoret.

Sie stand ganz nah neben ihm, so dass er den Duft ihres Parfüms wahrnahm, der sich mit dem ihrer Haut verband. Der Rest der inneren Spannung, die von seinem Streit mit Frances zurückgeblieben war, löste sich, er atmete tief durch und schenkte der Frau vor ihm ein herzliches Lächeln.

»Ich muss zugeben, ich habe Euch vermisst, Madam«, sagte Charles leise. »Von einem einzigen Mal abgesehen, habt Ihr mir nie Kummer bereitet. Ihr wart immer da, ein ruhender Pol im Sturm der Eifersüchteleien und Intrigen. Und nun seid Ihr also an den Hof zurückgekehrt, um Euren König zu zerstreuen und zu unterstützen, wie ich hoffe.«

»Was immer Ihr wünscht, Sire«, hauchte sie, und ihre schwarzen Augen glänzten herausfordernd.

Der König lächelte. In der Liebe war er ein zurückhaltender Mann, der nicht gerne einer Frau nachlief, sondern lieber wartete, bis sie sich ihm an den Hals warf oder seine Höflinge sie ihm ins Bett legten. Amoret hatte dies vom ersten Moment an erkannt und es ihm stets so einfach wie möglich gemacht. An diesem Abend tat sie dies nicht allein, um seine Gunst zurückzugewinnen, sondern auch, um ihn wie sooft von seinen Sorgen abzulenken.

»Ich würde Euch gerne noch so vieles berichten, Sire«, sagte sie mit einem verführerischen Lächeln, »aber Ihr wisst ja, dass ich leicht zum Frösteln neige, und leider habe ich vergessen, mir einen seidenen Schal mitzubringen.«

Die sinnlichen Lippen des Königs kräuselten sich amüsiert. »Natürlich möchte ich nicht, dass Ihr Euch verkühlt, Madam. Erlaubt mir, dass ich Euch zu Euren Gemächern begleite, damit Ihr Euch einen Schal holen könnt.«

Sie nickte und hängte sich mit einer koketten Bewegung bei ihm ein. Bevor sie mit Charles den Saal verließ, warf Amoret noch einen flüchtigen Blick zurück und sah Lady Castlemaines blaue Augen auf sich gerichtet. In Barbaras Gesicht stritten Triumph und Eifersucht miteinander. Lange würde die Freundschaft zwischen den beiden Mätressen sicher nicht währen.

Amorets Zofen verschwanden unauffällig, als sie den König in Begleitung ihrer Herrin bemerkten.

Vor dem Kamin, in dem ein flackerndes Feuer brannte, blieben Charles und Amoret stehen. Stumm betrachtete der König die junge Frau, die ihr von den Ausschweifungen des Hoflebens noch unberührtes Gesicht mit den schwarzen Augen und den vollen Lippen zu ihm hob. Ihr pechschwarzes Haar, das sie ihrer französischen Mutter verdankte, war straff aus der Stirn gezogen und ein Teil am Hinterkopf zu einem Knoten zusammengedreht und mit einem Perlenschmuck festgesteckt. Die Masse des reichen Haares fiel jedoch in schweren Locken über den Rücken bis zu ihrer Taille hinab. Eine Reihe winziger Löckchen schmückte die Stirn und nahm ihr die Strenge. Aus Achtung vor den Pestopfern hatte Amoret ein schwarzes Kleid gewählt, das über und über mit schwarzer Spitze besetzt war. Der untere Rock, den der geschlitzte und über den Hüften geraffte obere Rock sehen ließ, war scharlachrot und mit aufwendigen Goldstickereien verziert. Der tiefe Halsausschnitt umrahmte Amorets Brust und Schultern mit schwarzer Spitze.

»Ich hatte vergessen, wie schön Ihr seid, meine süße Amoret«, flüsterte Charles und begann, ihren Hals und die Rundungen ihrer Brüste zu küssen. »Ihr habt den entzückendsten Busen, den ich je gesehen habe«, schmeichelte er, und als er sie bei der Berührung seiner Lippen erschauern spürte, legte er die Hände auf ihre Hüften und zog sie ganz nah zu sich heran.

»Ihr fröstelt ja wirklich, meine Liebe«, spöttelte er. »Lasst mich Euch wärmen.«

Das Wams aus dunkelbraunem Samt, das der König trug, reichte nicht einmal bis zu seiner Taille und blieb vorn offen, um so das feine Linnen des Hemdes zur Geltung zu bringen. Amoret vergrub die Hände in der wolkigen Stofffülle, suchte darunter die Wärme seiner Haut. Sie hörte ihn aufstöhnen, als ihre Hand zwischen die gerafften Falten seiner Rhingrave tauchte, die man auch »Unterrockhosen« nannte. Obwohl sein Glied bereits steif war, wusste sich Charles zu beherrschen. Er war ein Genießer und wollte jeden Moment bis zur Neige auskosten. Seine Finger glitten über Amorets Rücken und zupften energisch an den Schnürbändern, bis er das Mieder weit genug gelockert hatte, dass sie es abstreifen konnte. Röcke, Unterröcke, Hemd und Strümpfe fielen nacheinander zu Boden und enthüllten dem genussvollen Blick des Königs einen schlanken Frauenkörper mit makelloser Haut. Nachdem er sich ebenfalls entkleidet hatte, legte er sich zu ihr aufs Bett und ließ seine Hände mit der Wissbegierde eines Forschers, der Neuland entdeckt hatte, über Amorets Rücken, Hüften und Schenkel gleiten, bevor er sie erneut an sich zog und schließlich keuchend in sie eindrang. Charles war ein rücksichtsvoller Liebhaber, der sich die Zeit nahm, seine Geliebte zu verwöhnen, und sich bemühte, sie nicht unbefriedigt aus seinen Armen zu entlassen. Das Liebesspiel zerstreute ihn und ließ ihn die Probleme der Staatsgeschäfte vergessen.

Als der Morgen dämmerte, hatten die beiden kaum ein Auge zugetan. Der König erhob sich und las seine Kleider vom Boden auf. Amoret, die unter der Decke ausgestreckt liegen blieb, sah ihm beim Ankleiden zu.

»Was sagt eigentlich Euer irischer Landsknecht dazu, dass Ihr wieder das Bett mit Eurem König teilt?«, fragte er unvermittelt.

Amoret zuckte zusammen und sah ihn schmerzlich an. »Ich glaube nicht, dass es ihn noch interessiert. Ich habe ihn seit Monaten nicht gesehen.«

»Er hat Euch also verlassen? Der Bursche muss ein rechter Narr sein«, erklärte Charles verwundert. »Aber Ihr liebt ihn noch immer?«

»Ja. Wie Ihr seht, bin auch ich eine Närrin«, erwiderte Amoret mit zugeschnürter Kehle.

Charles beugte sich über sie und streifte mit den Lippen sanft die ihren. »So haben wir also beide unser Kreuz zu tragen!«

Seine Anteilnahme war aufrichtig, denn er machte selbst gerade ähnliche Erfahrungen durch. Amoret schluckte ihre Tränen hinunter und grub ihre Finger in die Schultern des Königs.

»Bleibt!«, bat sie. »Bleibt bei mir. Wir brauchen beide Trost. Lasst uns diejenigen vergessen, die uns Schmerz bereitet haben.«

Er widersetzte sich nicht. Halb angezogen ließ er sich neben sie aufs Bett sinken und drückte sie an sich. Ihre Hände zogen ihm die Perücke vom Kopf und fuhren durch sein kurz geschnittenes Haar. Ihre Lippen suchten gierig seinen Mund in dem verzweifelten Verlangen, die Erinnerung an diese anderen Männerlippen zu verdrängen, nach deren Berührung sie sich so lange vergeblich gesehnt hatte. Sie musste sich damit abfinden, dass Breandán nicht zurückkehren würde, dass er nicht mehr an sie dachte.

An diesem Morgen kam der König zu spät zum Gottesdienst in der königlichen Kapelle, und kaum hatte er sich auf seinem Armlehnstuhl niedergelassen, als er auch schon, übermüdet wie er war, einnickte und die Predigt des Bischofs von London wider die Vergnügungssucht verschlief.

Zehntes Kapitel

Sir Orlando Trelawney rieb sich mit einem unterdrückten Stöhnen zum wiederholten Mal den steifen Nacken. Es half nichts. Der Schmerz wanderte unerbittlich in seinen Kopf hinauf und legte sich wie ein Eisenring um seine Stirn. Seine Aufmerksamkeit ließ nach, und bald konnte er den verwickelten Ausführungen des Advokaten nicht mehr folgen. Nicht, dass es für den Ablauf des Prozesses einen Unterschied gemacht hätte. Der vor wenigen Monaten zum neuen Lord Chief Justice of the King's Bench ernannte Sir John Kelyng führte den Vorsitz und ließ in seinem Pflichteifer seine Brüder, die mit ihm auf der Richterbank saßen, ohnehin nicht zu Wort kommen. Offenbar lag ihm daran, Seiner Majestät zu beweisen, dass er dieser ehrenvollen Ernennung würdig war. Nun tagten sie schon seit dem frühen Morgen in der ehrwürdigen Westminster Hall, die sie sich mit den anderen Gerichtshöfen des Gemeinen Rechts, dem Hauptzivilgerichtshof und dem Finanzgericht, teilten. Dabei konnten sich die vier Richter des Königlichen Gerichtshofs allerdings nicht gerade über zu viel Arbeit beklagen. Für das höchste Gericht, das in erster Linie Verbrechen gegen die Krone verhandelte, gab es nur in Zeiten des Krieges oder des inneren Unfriedens genug zu tun. Um der erzwungenen Untätigkeit der Richter in Friedenszeiten entgegenzuwirken, hatte man im letzten Jahrhundert einen Weg gefunden, auch zivile Fälle an sich zu ziehen, die eigentlich vor dem Hauptzivilgerichtshof verhandelt wurden. Ein vor wenigen Jahren erlassenes Statut hatte dem jedoch ein Ende gesetzt, und inzwischen hatte der Königliche Gerichtshof wieder einen Großteil der zivilen Fälle an das Zivilgericht verloren. Die Rechtsgelehrten mussten sich erneut zusammensetzen und nach einem Weg suchen, das neue Statut zu umgehen. Bis sie fündig wurden, drehten die Richter des Königlichen Gerichtshofs die Hälfte ihrer Sitzungszeit über Däumchen.

Sir Orlando spürte, wie seine Kopfschmerzen Wurzeln schlugen, und machte keinen Versuch mehr, dem Ablauf der Schadenersatzklage wegen Besitzstörung zu folgen. Sein Pflichtbewusstsein hinderte ihn daran, sich zurückzuziehen, wie er es gerne getan hätte. So blieb er tapfer an seinem Platz und unterdrückte das Verlangen, sich die schmerzenden Schläfen zu reiben.

Als das Ende des Verfahrens ihn endlich erlöste, verabschiedete sich Trelawney eilig von seinen Brüdern, kleidete sich um und schob sich durch die dicht gedrängte Menschenmenge, die die Westminster Hall ständig bevölkerte, in Richtung Ausgang. Es waren nicht allein Advokaten, Kläger oder Zeugen, die in einem der drei Gerichte gehört wurden, auch Schaulustige liefen neugierig von einem Prozess zum anderen. Händler hatten neben den Gerichtshöfen, die nur durch niedrige Holzwände von dem Trubel getrennt waren, ihre Buden aufgestellt und verkauften Bücher, Schreibwerkzeug, Papier, Landkarten und Stiche. Zuweilen kläfften sich auch schon mal zwei wütende Hunde an, die von den Zuschauern mitgebracht worden waren.

Sir Orlando war den lärmenden Menschenauflauf gewöhnt und störte sich nicht daran. Das Rumpeln seiner Kutsche über die unebenen Londoner Straßen bereitete ihm dagegen besonders heute weitaus mehr Unannehmlichkeiten. Und als ihn der Lakai, der ihm die Tür seines Hauses an der Chancery Lane öffnete, von der Tatsache in Kenntnis setzte, dass er einen Gast habe, entfuhr Trelawney ein Stöhnen.

»Wer ist es? Nun sprich schon, du maulfauler Geselle«, bellte der Richter gereizt.

»Es ist Dr. Fauconer, Mylord«, antwortete der Bursche eingeschüchtert. »Er ist gekommen, um nach Malory zu sehen.«

Sir Orlandos Gesicht erhellte sich. Er warf dem Lakaien seinen Mantel zu und stieg die drei Stockwerke zu den Dachkammern hinauf, wo das Gesinde untergebracht war. In Malorys Mansarde war Jeremy gerade dabei, den Diener in den Umgang mit Krücken einzuweisen.

»Du musst täglich Gehübungen machen, auch wenn es wehtut«, ermahnte Jeremy den jungen Mann. »Vom Liegen sind deine Beine schwach geworden. Nur wenn du sie bewegst, werden sie ihre Kraft zurückgewinnen.«

Trelawney beobachtete den Priester von der Tür aus, ein anerkennendes Lächeln auf den Lippen. »Wie ich sehe, macht Malory gute Fortschritte«, sagte er befriedigt.

»Ja, Mylord, bald wird er Euch wieder zu Diensten sein können«, bestätigte Jeremy.

Er gab dem Kammerdiener noch einige Ratschläge und wandte sich dann dem Richter zu.

»Dr. Fauconer, Euch schickt der Himmel«, sagte Trelawney mit leidendem Gesicht. »Ich habe furchtbare Kopfschmerzen, und der Nacken tut mir schon den ganzen Tag weh. Habt Ihr etwas, das mir helfen könnte?«

»Hm, lasst uns in Euer Schlafgemach gehen, Mylord«, schlug Jeremy vor. »Versprechen kann ich Euch allerdings nichts.«

In der Schlafkammer des Richters gebot der Jesuit Trelawney, sich auf einen Hocker zu setzen. »Habt Ihr auch Rückenschmerzen, Sir?«

»Ja«, stöhnte Sir Orlando.

Jeremy legte seine Hände auf die Schultern des Richters und ließ sie prüfend seinen Nacken hinaufwandern.

»Eure Muskeln sind steif wie ein Brett. Kein Wunder, dass Ihr Kopfschmerzen habt. Ihr solltet eine Badestube aufsuchen und ein Schwitzbad nehmen.«

»Eine öffentliche Badestube, in dem sich das gemeine Volk tummelt? Das kann nicht Euer Ernst sein!«

»Königin Elizabeths Badestube am Charing Cross ist recht anständig und leidlich sauber. Aber wenn Euch der Gedanke so wenig zusagt, kann ich Euch nur noch empfehlen, öfter mal ein heißes Bad zu nehmen.«

Sir Orlando sah den Priester mit zweifelndem Gesichtsausdruck an, als glaubte er, sich verhört zu haben. »Ein Bad in heißem Wasser? Öfter mal ...? Pater, ist denn eine solche Rosskur wirklich nötig? Immerhin handelt es sich nur um Kopfschmerzen.«

»Das warme Wasser wird Euch helfen, Euch zu entspannen, Mylord«, belehrte Jeremy den Richter.

»Ihr meint das tatsächlich ernst, was? Dabei ist doch allgemein bekannt, dass besonders heißes Wasser die Poren der Haut öffnet, so dass sie für schädliche Stoffe durchlässig wird, die die Organe des Körpers schwächen können.«

»So glauben zumindest die Ärzte«, meinte Jeremy ironisch.

»Hat nicht Ambroise Paré gesagt, dass Bäder das Fleisch verweichlichen und so den Pesthauch durch die Poren ungehindert eindringen lassen?«

»Nun, er hat sich, wie die meisten Gelehrten, die Haut als eine durchlässige Schicht vorgestellt, durch die das Wasser beim Baden eindringt und sich mit den Körpersäften vermischt.«

»Ihr seid offenbar wie üblich anderer Meinung«, spöttelte Trelawney.

»Allerdings. Entspräche diese Vorstellung den Tatsachen, so müsste sich der menschliche Körper bei einem Bad wie ein Schwamm voll saugen.«

»Nun, führen manche Ärzte nicht die Wassersucht auf zu häufiges Baden zurück?«

»Mylord, Ihr wisst, ich habe einige Jahre als Missionar in Indien verbracht. Bei den Menschen dort gehört die Reinigung des Körpers durch Baden zu den religiösen Pflichten. Und die Bevölkerung erschien mir nicht kränklicher als hier, wo man das Baden meidet wie der Teufel das Weihwasser. Auch die Griechen und Römer nahmen regelmäßig Schwitzbäder.«

»Aber das waren doch Heiden!«

»Basiert nicht all unser heilkundiges Wissen letztendlich auf den Erkenntnissen von Heiden wie Hippokrates und Galen?«

»Schon gut, Ihr habt gewonnen, Pater«, seufzte Sir Orlando und hob ergeben die Hände. »Ihr seid also überzeugt, dass es ungefährlich ist, ein heißes Bad zu nehmen?«

»Mylord, vertraut mir! Ich bade auch regelmäßig, und es hat mir noch nie geschadet.«

»Aber holt man sich dabei nicht leicht eine Erkältung?«, fragte der Richter noch immer zweifelnd.

»Nicht wenn Ihr Euch nach dem Bad eine Weile in einem geheizten Raum aufhaltet. Am besten gebt Ihr eine Hand voll Rosmarin ins Badewasser. Außerdem solltet Ihr Euch etwas mehr Ruhe gönnen, dann werden sich Eure Rückenschmerzen bald bessern. Was Euer Kopfweh betrifft, so könnte ich einen Versuch mit Pfefferminzöl machen.«

Jeremy schickte einen der Lakaien zum Apotheker. Als der Laufbursche kurze Zeit später zurückkehrte, rieb der Priester Sir Orlandos Stirn und Schläfen vorsichtig mit dem Öl ein.

»Wenn Ihr Euch jetzt lieber ausruhen wollt, Sir, erzähle ich Euch ein andermal von meinen Nachforschungen bezüglich der toten Hebamme.«

Trelawney, der sich in einem gepolsterten Armlehnstuhl zurückgelehnt und die Augen geschlossen hatte, war sofort wieder hellwach.

»Habt Ihr etwas herausgefunden?«, fragte er neugierig.

»Es gibt da tatsächlich einige interessante Punkte, Mylord.«

»Lasst hören, Pater.«

»Nun, ich habe Margaret Laxtons Rechnungsbuch durchgesehen und die darin für die letzten Wochen vor ihrem Tod aufgeführten Namen überprüft. Die meisten habe ich bereits aufgesucht und befragt. Die Frau eines Schneiders steht kurz vor der Niederkunft, sie wird nach einer anderen Hebamme schicken müssen, wenn ihre Zeit gekommen ist. Die Frau eines Totengräbers hat Margaret Laxton eine Woche vor ihrer Ermordung von einem Knaben entbunden. Da die Familie auf Armengeld angewiesen ist, hat sie ihr nichts berechnet. Das Kind ist wenige Tage nach der Geburt gestorben. Da die Mutter aber schon vier Kinder hat, hatte ich den Eindruck, dass sie ihm nicht sonderlich nachtrauert. Folglich wird sie die Hebamme kaum für den Tod des Kindes verantwortlich gemacht haben.

Margaret Laxton hat noch ein weiteres Kind entbunden, allerdings ist es mir nicht gelungen, die Mutter ausfindig zu machen. Im Rechnungsbuch taucht sie nur als ›verrückte Mary‹ auf. Ich habe herumgefragt, doch niemand scheint zu wissen, wo sie wohnt. Es kann noch eine Weile dauern, bis ich sie aufgespürt habe.«

»Glaubt Ihr, dass dieser ›verrückten Mary‹ im Zusammenhang mit Mistress Laxtons Tod irgendeine Bedeutung zukommt?«, zweifelte Trelawney.

»Man kann nie wissen«, antwortete Jeremy vage. Nach einer kurzen Pause fuhr er fort: »Unsere Hebamme hat in ihrem Rechnungsbuch außerdem zwei Frauen aufgeführt, denen sie offenbar einen Dienst erwiesen hat, der gerne hinter beschönigenden Umschreibungen verborgen wird. Sie hat ihnen verschiedene

Kräutermischungen zur Lösung ›verstockter Menses‹ berechnet, deren Zusammensetzung nur einen Schluss zulässt.«

»Die Hebamme hat den Frauen Kräuter zur Austreibung der Frucht verabreicht?«, fragte der Richter betroffen. Überrascht war er jedoch nicht. Selbst die Damen des Hofes begaben sich zuweilen zu einer weisen Frau, um eine lästige Leibesfrucht austreiben zu lassen. Doch in den meisten Fällen war es unmöglich, ihnen etwas nachzuweisen.

»Eine der beiden Frauen erfreut sich guter Gesundheit«, setzte Jeremy seinen Bericht fort, »ebenso wie ihr Kind. Das Mittel hat nicht gewirkt, vermutlich war es zu schwach dosiert. Die andere hat weniger Glück gehabt. Die Kräutermischung hat die Frucht ausgetrieben, bei der Mutter allerdings zu schweren Blutungen geführt. Die Frau ist in ihrer Lebenskraft erheblich beeinträchtigt.«

»Könnte sie sich an der Hebamme gerächt haben?«

»Schon möglich. Grund genug hatte sie. Aber sie selbst kann nicht die Mörderin sein. Sie wäre körperlich nicht in der Lage gewesen, auf ein Pferd zu steigen und Margaret Laxton im Schneetreiben aufzulauern. Außerdem war die Tochter sicher, dass der Schütze ein Mann war.«

»Ein Freund oder Verwandter?«, spekulierte Sir Orlando.

»Das überprüfe ich noch.«

»Gebt mir den Namen der Frau. Ich werde Erkundigungen über ihre Familie einziehen.«

»Sie heißt Alice Finch und wohnt im Haus zur ›Weißen Feder‹ im Three Pigeon Court.«

Sir Orlando erhob sich von seinem Armlehnstuhl und trat an einen kleinen Tisch, auf dem Feder und Tintenfass bereitstanden, um sich ein paar Notizen zu machen.

»Waren das alle Frauen, die in Margaret Laxtons Rechnungsbuch vorkommen?«

»Nur die, die ich bisher aufgesucht habe. Die meisten Frauen, die ihre Dienste in Anspruch nahmen, waren mit Handwerkern oder Tagelöhnern verheiratet oder arbeiteten als Näherinnen, Wäscherinnen oder Ähnliches. Doch sie hatte einen guten Ruf und suchte auch hin und wieder eine Bürgersfamilie auf. Ihr versteht, Mylord, dass es mir nicht möglich war, in diesen Fällen Nachforschungen anzustellen. Zumal eine dieser Familien den Namen Draper trägt.«

Sir Orlando sah den Priester entgeistert an. »Seid Ihr sicher?«

»Kein Zweifel, Mistress Laxton hat das Haus der Drapers in der Throgmorton Street zwei Wochen vor ihrem Tod aufgesucht und dort ein Kind entbunden.«

»Aber ... aber«, stammelte der Richter völlig verwirrt. »Ich wüsste nicht, wer ...«

»Vielleicht eine Verwandte, die zu Besuch war«, schlug Jeremy beschwichtigend vor.

»Nein, Pater!« Trelawney schüttelte entschieden den Kopf. »Davon hätte ich gehört. Irgendetwas stimmt da nicht.«

Auf einmal verdüsterte sich sein Gesicht, und er fragte zögernd: »Könnte es sich vielleicht auch hier um eine Fruchtaustreibung handeln?«

»Die Hebamme hat in ihrem Buch eine Entbindung berechnet.«

»Man kann sie doch dafür bezahlt haben, ihre Bücher zu fälschen«, brauste der Richter auf. »Wollt Ihr bestreiten, dass Euch nicht auch dieser Gedanke gekommen ist?«

»Mylord, es gibt keinen Hinweis darauf, dass Mistress Laxton Sarah Draper aufsuchte«, wandte Jeremy ein. »Das Einfachste ist, George Draper zu fragen, weshalb er oder ein Mitglied seiner Familie nach einer Hebamme schickte. Sicher gibt es eine einleuchtende Erklärung.«

Sir Orlando schnaubte abfällig. Die Hände auf dem Rücken ineinander gelegt, ging er sichtlich gereizt vor dem Baldachinbett auf und ab.

»Nun gut«, lenkte er schließlich ein. »Ich werde die Drapers morgen aufsuchen. Werdet Ihr mich begleiten, Pater?«

»Wenn Ihr das wünscht, Sir.«

»Ihr sagtet, in Mistress Laxtons Buch tauchen noch andere bürgerliche Familien auf.«

»Ja, die Johnsons auf der Cheapside ...«

»Ich kenne sie. Thomas Johnson, das Familienoberhaupt, ist ein angesehener Goldschmied.«

»... und die Forbesens auf der Leadenhall Street. Ich erinnere mich, dass Ihr den Namen Isaac Forbes im Zusammenhang mit den Drapers erwähntet. Ihr sagtet, die beiden Familien seien verwandt.«

»Aber zerstritten«, ergänzte Sir Orlando.

»Wir sollten herausfinden, wie diese Familien zu Margaret Laxton standen«, schlug Jeremy vor.

»Ich bin mit den Johnsons und den Forbes bekannt. Wenn Ihr wollt, suchen wir sie gemeinsam auf und stellen ihnen ein paar Fragen.«

Mit einem Seufzen ließ sich der Richter wieder in seinen Armlehnstuhl sinken. »Ich hätte nicht gedacht, dass der Tod einer Hebamme so schwer aufzuklären sein würde.«

Jeremy lächelte mitleidslos. Für seinen Geschmack konnte ein Rätsel nicht verwickelt genug sein.

Elftes Kapitel

Als der Richter Jeremy am nächsten Morgen in seiner Kutsche in der Paternoster Row abholte, war ihm sein Unbehagen angesichts der Aufgabe, die ihm bevorstand, deutlich anzusehen.

»Ich mag nicht glauben, dass man mich auf so hinterhältige Weise zu täuschen versucht hat«, murmelte Sir Orlando missmutig.

»Wartet doch erst einmal ab, Sir«, entgegnete der Jesuit ruhig.

Doch Trelawneys Empörung ließ sich nicht beschwichtigen. »Man wird uns bestimmt mit Lügen und Ausreden abspeisen«, prophezeite er.

Ein Lakai öffnete ihnen. »Wir möchten den Hausherrn sprechen, wenn das möglich ist«, forderte der Richter und ließ dabei seine gewohnte Höflichkeit vermissen.

Bevor der Bedienstete antworten konnte, erklangen Schritte in der mit schwarz-weißem Marmor gefliesten Halle und eine weibliche Stimme sagte mit unüberhörbarer Freude: »Mylord, wie schön, dass Ihr uns so bald wieder beehrt.«

Entwaffnet von der herzlichen Begrüßung sah Sir Orlando der jungen Frau entgegen, die sich ihnen durch die Halle näherte. Jane Ryder trug ein schlichtes schwarzes Seidenkleid, das ihr Gesicht mit der hellen Haut etwas blass erscheinen ließ, ihren grünen Augen jedoch zusätzliche Leuchtkraft verlieh. Zum ersten Mal bemerkte Sir Orlando, dass sie dieselbe Farbe wie Smaragde hatten. An diesem Morgen, da sie mit der Aufsicht über den Haushalt beschäftigt war, trug das Mädchen ihr blondes Haar der Bequemlichkeit halber unter einer eng anliegenden Leinenhaube verborgen, was der Richter unwillkürlich bedauerte. Eigentlich hätte er die Begrüßung erwidern sollen, doch der Gedanke kam ihm nicht. Die Freude und Herzlichkeit, die ihm aus Jane Ryders Gesicht entgegenstrahlten, machten ihn fast benommen. Seine Gereiztheit verflog wie Rauch im Wind, und trotz der Kälte, die ihm die Zehen und Finger hinaufkroch – sie standen noch immer in der geöffneten Tür –, breitete sich ein wohliges Gefühl von Wärme in seinem Innern aus. Trelawney wurde sich mit einem Mal bewusst, dass das Mädchen vor ihm der Grund für sein Wohlbehagen war. Alles an ihr sagte so deutlich, wie willkommen er war, dass er plötzlich verlegen wurde. Und in diesem Moment verstand er auch den Grund für Fauconers unerwartete Bemerkung, die er damals nach ihrem Besuch bei den Drapers gemacht hatte. Der alte Fuchs hatte der jungen Frau natürlich sofort die Gefühle vom Gesicht abgelesen! Hatte er sich an jenem Abend nicht auch eine Weile mit Jane Ryder unterhalten? Warum war es ihm selbst bisher nie aufgefallen?, fragte sich Sir Orlando. Weshalb war er so blind gewesen? Vermutlich hatte er ihre sehnsüchtigen Blicke nicht bemerkt, weil sie ihm so jung erschienen war und er sie noch nicht als Frau wahrgenommen hatte.

Jeremy beobachtete den Richter und das Mädchen amüsiert. Also war seinem Freund nun doch endlich ein Licht aufgegangen! Geduldig wartete der Jesuit, bis Sir Orlando sich wieder gefangen hatte, auch wenn ihm der winterliche Wind unangenehm in den Nacken pfiff.

Schließlich räusperte sich Trelawney, um seine Stimme wiederzufinden, und erklärte: »Ich freue mich auch, Euch zu sehen, Madam.«

»Werdet Ihr zum Mittagsmahl bleiben, Mylord?«, fragte Jane Ryder hoffnungsvoll.

»Leider nein, Madam. Eigentlich bin ich nur gekommen, um mit Eurem Onkel zu sprechen.«

Trelawney sah einen Anflug von Bedauern über ihr schmales Gesicht huschen und erriet, was sie dachte. Sogleich überkam ihn der Impuls, ihr zu versichern, dass es keineswegs um seine Hochzeitspläne mit ihrer Base ging.

»Ich muss ihm einige Fragen bezüglich eines Verbrechens stellen, das ich gerade untersuche«, erklärte er ihr. »Dr. Fauconer unterstützt mich dabei.«

»Ich verstehe, Mylord. Mein Onkel ist in seiner Studierstube. Ich werde ihn holen lassen. Aber wollt Ihr nicht hereinkommen? Im Salon brennt ein Feuer. Dort könnt Ihr Euch aufwärmen. Ich bringe Euch heißen Würzwein.«

Der Lakai machte sich auf, den Hausherrn zu holen, und Mistress Ryder führte die Gäste in den Salon. Während sie warteten, stellten sich Sir Orlando und Jeremy so nah wie möglich vor den Kamin, um sich am Feuer zu wärmen, und nahmen schließlich dankend den heißen Würzwein entgegen, den Jane Ryder ihnen fürsorglich brachte. Kurz darauf erschien ein strahlender George Draper, der sich bereits erwartungsvoll die Hände rieb. Sein fröhliches Lächeln erstarb jedoch sogleich, als Trelawney ihm den Grund seines Besuches nannte.

»Ihr untersucht den Mord an einer Wehmutter?«, wiederholte Draper überrascht. »Und was hat das mit mir zu tun?«

»Nun, Margaret Laxton hat in ihren Abrechnungen vermerkt, dass sie am achtzehnten Januar in diesem Haus eine Entbindung durchgeführt hat.«

»Aber das ist doch absurd«, wehrte George Draper empört ab.

»Es entspricht nicht der Wahrheit?«

»Nein, natürlich nicht. Ich habe diese Hebamme nie gesehen, und auch der Name ist mir völlig unbekannt.«

»Seid Ihr sicher?«

»Aber ja, Mylord. Zweifelt Ihr etwa an meiner Aufrichtigkeit?«

»Vielleicht hat Margaret Laxton jemandem aus diesem Haus auch einen anderen Dienst erwiesen«, bohrte Trelawney weiter. »Es hat sich nämlich herausgestellt, dass sie heimlich Kräuter zur Fruchtaustreibung verkauft hat.«

George Drapers Gesicht rötete sich vor Entrüstung, als er den Sinn der Andeutung begriff. »Mylord, Ihr glaubt doch nicht etwa, dass meine Tochter ... Wie könnt Ihr es wagen, eine solche Anschuldigung zu erheben?«

»Ich habe niemanden beschuldigt, Sir. Ich versuche lediglich, einen Mord aufzuklären. Und jeder, der mich mit Ausreden abzuspeisen versucht, macht sich damit zwangsläufig verdächtig.«

»Ihr beschuldigt mich ...?«

»Nein, Sir, ich habe lediglich nachgefragt, weshalb die ermordete Hebamme in Eurem Haus war. Ist es möglich, dass ein anderer aus Eurer Familie nach ihr geschickt hat? Einer Eurer Söhne vielleicht?«

»Das kann ich mir nicht vorstellen, Mylord. Aber Ihr könnt sie ja fragen. Ich schicke sie zu Euch.«

Sichtlich verärgert stapfte der Hausherr davon.

»Er hat Eure Fragen nicht besonders gut aufgenommen«, bemerkte Jeremy. »Ich bin mir nicht sicher, aber ich habe das Gefühl, dass nicht allein Empörung aus seiner gereizten Reaktion sprach.«

»Glaubt Ihr, er lügt?«, fragte Trelawney nachdenklich.

»Auf jeden Fall weiß er mehr, als er uns sagt.«

Es dauerte eine Weile, bevor sich die Söhne des Hauses, David, der ältere, und James, der jüngere, im Salon einfanden. Beide waren blond und blauäugig wie ihre Schwester. David, seines Vaters Erbe, wirkte reif und verantwortungsbewusst, ganz das Gegenteil von seinem jüngeren Bruder, der den Eindruck eines fröhlichen Leichtfußes machte.

David begrüßte den Richter und seinen Begleiter höflich. »Ihr erkundigt Euch nach einer Hebamme namens Margaret Laxton, Mylord?«

»So ist es«, bestätigte Sir Orlando. »Sie hat jemandem aus diesem Haus eine Entbindung berechnet. Habt Ihr eine Idee, wer das gewesen sein könnte?«

»Tut mir Leid, Sir, aber in diesem Haus ist seit der Geburt meines Bruders hier kein Kind mehr zur Welt gekommen. Und dieses Ereignis liegt, wie Ihr seht, bereits achtzehn Jahre zurück.« Mit einem strengen Seitenblick auf James fügte der Ältere spitz hinzu: »Auch wenn sich mein lieber Bruder manchmal benimmt wie ein Zehnjähriger!«

Weit davon entfernt, sich beleidigt zu fühlen, brach James in ein charmantes Lachen aus. »David missbilligt meine Vorliebe für den Wein und die Karten«, erklärte er ohne das geringste Anzeichen eines schlechten Gewissens.

»Du würdest das Familienvermögen in kürzester Zeit durchbringen, wenn man dich ließe!«, gab David vorwurfsvoll zurück.

»Und wie gedenkst du, mich daran zu hindern, Brüderchen?«, flachste der Jüngere. »Indem du mir eine Kugel durchs Herz jagst, wenn ich wieder mal über die Stränge schlage?«

Mit einem boshaften Lächeln wandte sich James an die Besucher. »Dieser Hebamme ist doch ins Herz geschossen worden, nicht wahr? Das heißt, der Mörder muss ein guter Schütze gewesen sein. Folglich scheide ich als Täter aus. Die meiste Zeit über ist meine Hand so unsicher, dass ich nicht einmal ein Scheunentor treffen würde!«

»Ihr habt also von dem Mord gehört«, konstatierte Jeremy.

»Ich gebe es zu, die Geschichte ist mir zu Ohren gekommen. Immerhin passierte es nicht allzu weit von hier.«

»Wisst Ihr, wer aus diesem Haus nach der Hebamme geschickt hat?«

»Nein, Ihr versteht, dass ich für die Dienste einer Wehmutter keine Verwendung hätte«, antwortete der junge Mann sarkastisch. »Warum fragt Ihr nicht unsere liebe Schwester oder unsere Base Jane. Vielleicht hat eine der beiden heimlich gesündigt und versuchte, die unangenehmen Folgen zu vertuschen.«

»James, halt endlich dein verdammtes Schandmaul!«, befahl der ältere Bruder erbost.

»Schon gut, ich habe nur zu helfen versucht«, versicherte der Jüngere ironisch.

David wandte sich mit ernster Miene an den Richter: »Hört nicht auf meinen Bruder, Mylord. Er hat getrunken, wie üblich. Ich versichere Euch, dass sich meine Schwester nie etwas zuschulden hat kommen lassen, ebenso wenig wie Jane. Diese Hebamme war niemals hier! Darauf gebe ich Euch mein Wort.«

»Nun, dann müssen wir uns damit begnügen«, sagte Trelawney abschließend.

»Die Wehmutter wird doch sicher einige Frauen in der Nachbarschaft aufgesucht haben. Warum befragt Ihr sie nicht?«

»Das tun wir. Übrigens tauchen auch Verwandte von Euch, die Forbes' auf der Leadenhall Street, in Margaret Laxtons Rechnungsbuch auf. Wisst Ihr, ob die Familie kürzlich Zuwachs bekommen hat?«

»In diesem Fall liegt Ihr richtig, Mylord«, bestätigte David. »Ende Januar hat Temperance, die zweite Frau von Samuel Forbes, ihrem Gatten endlich den ersehnten Erben geschenkt. Der alte Forbes wird wahrscheinlich überglücklich sein, denn ohne diesen Enkel würde seine Linie aussterben. Er hatte in dieser Hinsicht viel Pech, müsst Ihr wissen. Zwei seiner Kinder sind bereits früh gestorben, und Samuel, der Älteste, wurde im Bürgerkrieg schwer verwundet. Der alte Forbes, der es in Cromwells Heer immerhin bis zum Lieutenant-Colonel gebracht hatte, verließ die Armee, obwohl es ihm schwer fiel, und zog sich mit seinem Sohn auf den Familiensitz zurück, um ihn gesund zu pflegen. Samuel blieb am Leben, aber der Alte muss trotzdem gedacht haben, dass ein Fluch auf seiner Familie liegt, denn Samuels erste Gemahlin hatte eine Fehlgeburt nach der anderen. Nach ihrem Tod heiratete Samuel schließlich Temperance. Und jetzt, nach zwei missglückten Versuchen, hat sie ihre Aufgabe erfüllt.«

»Das Kind ist also gesund?«, erkundigte sich Jeremy.

»Soweit ich gehört habe, ja.«

»Von den Forbes hat also niemand einen Grund, der Hebamme, die es zur Welt gebracht hat, zu schaden?«

»Ich denke nicht.«

»Wie kommt es eigentlich, dass Ihr über die Vorgänge im Haus der Forbes so gut Bescheid wisst?«, fragte der Richter erstaunt. »Ich dachte, Euer Vater und Isaac Forbes seien zerstritten.«

»Das sind sie auch. Was nicht heißt, dass ihre Söhne genauso engstirnig sind. Hin und wieder treffe ich mich mit Samuel in einer Schenke, und wir unterhalten uns bei einigen Bechern Ale – ohne das Wissen unserer Väter selbstverständlich.«

»Ich verstehe.«

»Wenn Ihr die Familie aufsuchen wollt, haltet Euch an Samuel. Wenn der Alte hört, dass Ihr ein Royalist seid, wirft er Euch wahrscheinlich aus dem Haus.«

»Danke für die Warnung«, erwiderte Trelawney. »Aber ich habe bereits mit Isaac Forbes Bekanntschaft gemacht.«

»Trotzdem viel Glück«, meinte James mit einem Grinsen. »Und nehmt Euch vor seinem Gehstock in Acht. Er prügelt immer noch gerne auf Royalisten ein. Aber weil ihn alle für närrisch halten, lässt seine Familie ihn gewähren.«

»Ich glaube, das wird eine interessante Begegnung!«, prophezeite Jeremy.

Die Familie Forbes bewohnte ein stattliches Fachwerkhaus auf der Leadenhall Street, in der Nachbarschaft anderer reicher Kaufleute. Auf dem Weg dorthin berichtete Trelawney dem Jesuiten alles, was er über die Forbes wusste.

»Als einziger Sohn erbte Isaac Forbes' Vater damals den Landbesitz der Familie, während die Tochter George Drapers Vater heiratete. Vor dem Bürgerkrieg machte Forbes ein Vermögen im Handel mit der Levante. Er exportierte englische Wollstoffe und andere Dinge wie Blei und kaufte dafür türkische und syrische Seide und Baumwolle ein. Mit der Zeit weitete er seine Handelsgeschäfte nach Italien, Spanien und Nordafrika und schließlich auch nach Hamburg aus. Inzwischen kauft er Tabak und Zucker in den amerikanischen Kolonien und liefert dafür Stoffe, Wein, Bier, Möbel, Metallwerkzeuge und Negersklaven aus Afrika. Ich habe gehört, dass Isaac Forbes mittlerweile fünfundvierzigtausend Pfund schwer ist.«

»Das ist wahrlich ein Vermögen!«, meinte Jeremy.

»Allerdings. Er ist damit noch um einiges wohlhabender als George Draper, der ja auch nicht gerade arm zu nennen ist.«

»Nun, im Handel steckt mehr Geld als im Landbesitz. Kein Wunder, dass die reichen Kaufleute auf ein Mitspracherecht in Regierungsangelegenheiten drängen.«

Zwei Diener in roter Livree empfingen die ankommende Kutsche im Hof des prächtigen Hauses. Jeremy fühlte sich bei ihrem Anblick sogleich an die roten Uniformröcke von Cromwells Soldaten erinnert und vermutete, dass dies auch beabsichtigt war. Ein ziemlicher Querkopf, der alte Forbes!, dachte er. Die Unterhaltung mit ihm würde bestimmt nicht einfach werden.

Einer der rot berockten Lakaien führte die beiden Ankömmlinge in einen düster getäfelten Empfangsraum, in dem einige schwere Eichenmöbel standen. Die Gemälde an den Wänden zeigten Porträts von Familienmitgliedern in altmodischen Halskrausen und strengen Gewändern, aber auch von einigen glühenden Verfechtern des Commonwealth, darunter auch zwei der Königsmörder, die ihren Namen unter den Hinrichtungsbefehl gesetzt hatten. Ihre Platzierung in ebendiesem Raum, in den jeder Besucher zuerst geführt wurde, war eine kühne und unmissverständliche Herausforderung.

»Bisher ist es mir leider noch nicht gelungen, meinen Vater dazu zu bewegen, sie abnehmen zu lassen«, sagte eine Stimme entschuldigend.

Sir Orlando und Jeremy wandten sich von den Gemälden ab und betrachteten den Sprecher, der eben in der Tür aufgetaucht war und seine Gäste mit gemessener Höflichkeit begrüßte. Samuel Forbes war ein kräftig gebauter Mann von Mitte dreißig mit sanguinischer Gesichtsfarbe, braunem Haar und blauen Augen.

Sir Orlando stellte ihm seinen Begleiter vor und kam ohne Überleitung zum Anlass ihres Besuches.

»Ja, ich habe von dem Mord an der Hebamme gehört«, bestätigte der junge Forbes. »Tragisch. Es treibt sich zu viel Gesindel in den Straßen herum. Ein bedauerlicher Zustand. Ihr solltet wirklich mehr von diesen Strolchen hängen lassen, Mylord.«

»Mistress Laxton hat am neunzehnten Januar Euren Sohn entbunden, ist das richtig, Sir?«, fragte der Richter.

»Ja, das stimmt.«

»Ich hoffe, das Kind ist gesund.«

»Dem Herrn sei Dank«, erwiderte der Vater mit einem Nicken. »Möchtet Ihr ihn sehen? Er wurde auf den Namen Richard getauft.«

»Gerne, Sir«, antworteten Jeremy und Trelawney wie aus einem Mund.

Sie folgten Samuel Forbes eine reich geschnitzte Eichenholztreppe in den ersten Stock hinauf. An unzähligen Türen vorbei gelangten sie schließlich in eine ebenfalls dunkel getäfelte Kammer, in der neben einem Bett, einigen Wäschetruhen und zwei Schemeln eine alte Wiege stand. Vermutlich befand sich das mit Schnitzereien verzierte, ehrwürdige Möbel bereits seit Generationen im Gebrauch, auch wenn es der Familie Forbes wenig Glück gebracht hatte. Die Mutter hatte den Säugling gerade in die Wiege zurückgelegt und brachte hastig ihr Mieder in Ordnung, als ihr Gatte mit seinen Gästen die Kammer betrat. Das Ehepaar errötete ebenso wie die Besucher, und nach kurzem peinlichen Schweigen erklärte Samuel Forbes: »Wir haben uns entschieden, unseren Sohn nicht zu einer Amme zu geben, sondern ihn lieber von seiner Mutter stillen zu lassen. Er würde mit der Ammenmilch nur die schlechten Eigenschaften eines Weibes aus dem Volk einsaugen. Außerdem sterben so viele Kinder in den Händen von unfähigen Ammen.«

Jeremy nickte anerkennend. Er hatte schon des Öfteren gehört, dass die Puritaner ihre Frauen dazu anhielten, ihre Kinder selbst zu stillen, anstatt diese Verantwortung auf eine Fremde abzuwälzen. Dies sei ein Zeichen von Demut, sagten sie. Außerdem halte diese Pflicht die Frauen davon ab, sich mit eitlem Putz abzugeben und anderen Lastern zu frönen, zumindest bis das Kind abgestillt war. Jeremy befürwortete den Bruch mit der Unsitte des Ammenwesens vor allem deshalb, weil er die Erfahrung gemacht hatte, dass Säuglinge, die von ihren Müttern genährt wurden, eine größere Chance hatten, die gefährlichen ersten Monate zu überleben.

Neugierig beugte sich der Jesuit über die Wiege und betrachtete den Knaben, der wie ein gut verschnürtes Paket darin lag. Bereits kurz nach der Geburt wurde der Säugling, die Beine ausgestreckt, die Arme seitlich an den Körper gelegt, in Leinenbinden gewickelt, bis er mehr einer erstarrten Raupe glich als einem

Menschenkind. Da er in diesem Zustand nicht in der Lage war, sich zu rühren, konnte man ihn gefahrlos allein lassen. Wickelkinder schrien auch nicht so häufig und machten weniger Arbeit, zugleich wurden ihre Mütter jedoch daran gehindert, ihre Kleinen zu liebkosen und zu herzen.

Jeremy strich dem Knaben über die Stirn. Er hatte kein Fieber und schien auch sonst gesund zu sein. »Ich gratuliere Euch zu diesem prächtigen Sohn, Mr. Forbes«, sagte er befriedigt. Offenbar hatte Mistress Laxton gute Arbeit geleistet.

»Samuel, Samuel!«, grollte plötzlich eine gereizte Stimme.

»Das ist mein Vater«, erklärte der junge Forbes. »Sicher will er mich daran erinnern, dass er immer noch der Herr des Hauses ist und es allein ihm zukommt, Besucher zu empfangen.«

»Das ist uns nur recht«, versicherte Sir Orlando. »Wir wollten ohnehin mit Eurem Herrn Vater sprechen.«

»Er wird Euch in seinem Schlafgemach empfangen, Mylord, denn er leidet an Podagra und kann nur unter Schmerzen laufen.«

Samuel Forbes führte seine Gäste ein paar Türen weiter in ein geräumiges Gemach, das ebenso altmodisch und düster eingerichtet war wie der Rest des Hauses. Einige der Möbel waren Familienerbstücke und stammten noch aus der Regierungszeit Elizabeths.

In einem gepolsterten Armlehnstuhl saß der alte Forbes, den gichtigen rechten Fuß auf einen Hocker gelegt, und scheuchte mit erhobenem Gehstock einen bedauernswerten Lakaien durch das Zimmer: »Leg Holz nach! Los, beweg dich, du Faulpelz.«

Als sein Sohn mit Sir Orlando und Jeremy in der Tür erschien, befahl Isaac Forbes in demselben herrischen Ton, den er zuvor dem Diener gegenüber gebraucht hatte: »Haltet keine Maulaffen feil, Gentlemen. Tretet schon ein!« Und als er Trelawney erkannte, fügte er respektlos hinzu: »Ach, Ihr seid das, Richter, williges Werkzeug des jungen Tarquinius, der uns alle an die römische Bestie verkaufen wird.«

»Sir, Eure Äußerung ist Majestätsbeleidigung!«, ermahnte ihn Sir Orlando. »Allein dafür könnte ich Euch verhaften lassen.«

»Versucht es nur!«, wetterte der grauhaarige Alte, und seine blauen Augen blitzten kampflustig. »Die meisten Kaufleute in dieser Stadt denken wie ich, und sie repräsentieren eine Macht, vor der Euer König sich in Acht nehmen sollte.«

»Ich bin nicht gekommen, um mit Euch zu streiten, Sir«, erwiderte Trelawney mit unerschütterlicher Ruhe.

Isaac Forbes' Aufmerksamkeit richtete sich auf Jeremy, der schweigend neben Sir Orlando stand. In den Augen des Alten flackerte Interesse auf, zweifellos aufgrund von Jeremys bescheidener Aufmachung.

»Und wer seid Ihr, Sir?«, fragte Forbes mit einer gewissen Höflichkeit. »Eurer Kleidung nach zu urteilen, scheint Ihr ein frommer Mann zu sein. Allerdings ist es für einen frommen Mann eine Schande, die Haare lang zu tragen, wie Ihr es tut.«

»So sagt zumindest Paulus im ersten Korintherbrief«, ergänzte Jeremy mit einem Lächeln.

»Sieh an, Ihr kennt Euch also in der Heiligen Schrift aus. Wie heißt Ihr, Sir?«

»Mein Name ist Fauconer.«

»Habt Ihr im Bürgerkrieg gekämpft?«

»Ich war Feldscher im königlichen Heer. Es lag mir mehr daran, die Wunden der Verletzten zu versorgen und sie so am Leben zu erhalten, als zu töten.«

»Noch ein verdammter Royalist!«, höhnte Forbes abfällig. »Was wollt Ihr in meinem Haus?«

»Den Tod der Hebamme aufklären, die Euren Enkel entbunden hat«, entgegnete Jeremy.

»Sie ist tot? Wie ist das passiert?«

»Sie wurde einen Tag nach Lichtmess spätabends auf die Straße gelockt und erschossen. Ihr Lehrmädchen kam nur mit dem Leben davon, weil Richter Trelawneys Diener ihr zu Hilfe eilte.«

»Das ist allerdings ein ungewöhnliches Verbrechen«, kommentierte der Alte. »Offenbar geht Ihr davon aus, dass es kein Raubüberfall war.«

»Die Umstände sprechen dagegen. Die Hebamme und ihre Tochter wurden von einem Fackelträger zu dem Ort gelockt, an dem der Mörder wartete. Wir befragen nun jeden, dem Mistress Laxton einen Dienst erwiesen hat, um festzustellen, ob jemand einen Groll gegen sie gehegt haben könnte.«

»Nun, Ihr habt meinen Enkel gesehen. Er ist kräftig und gesund. Es gab nichts an Mistress Laxtons Arbeit zu beanstanden, und ich habe sie großzügig bezahlt.«

»Wer hat sie gedungen, Ihr oder Euer Sohn?«

»Samuel hat sie sich empfehlen lassen.«

Aller Augen richteten sich auf den jungen Forbes.

»Darf ich fragen, wer sie Euch empfohlen hat, Sir?«, erkundigte sich Jeremy.

Sichtlich überrumpelt, blieb Samuel einen Moment stumm und schien dann angestrengt nachzudenken. »Ich glaube, es war Henry Taylor. Er hat wohl gute Erfahrungen mit ihr gemacht.«

Jeremy gab sich mit der Antwort zufrieden und wandte sich wieder dem Vater zu. »Vielen Dank, dass Ihr uns Eure kostbare Zeit geopfert habt. Übrigens, ich bin Arzt und kenne eine wirkungsvolle Arznei gegen das Reißen. Wenn Ihr mir erlauben würdet, Euch zu untersuchen ...«

Jeremy meinte es gut, doch die Reaktion des Alten überraschte ihn nicht. Aufgebracht hob Isaac Forbes seinen Gehstock und fuchtelte damit gefährlich nahe vor den Nasen der Besucher herum. »Das fehlt noch, dass ich einen verfluchten Royalisten an mich heranlasse, der mich mit irgendwelchen Mittelchen vergiften will. Bleibt mir vom Leib! Ich habe meinen eigenen Arzt!«

Jeremy hatte instinktiv den Kopf eingezogen, um dem Ende des Stocks auszuweichen. »Wie Ihr wollt. Aber wenn Ihr es Euch anders überlegt, lasst es mich wissen.«

»Ihr haltet Euch wohl für einen Wunderheiler, was?«, knurrte der Alte.

»Und Ihr nehmt nicht gern die Hilfe anderer an, Sir«, erwiderte Jeremy mit unverminderter Höflichkeit.

»Jetzt muss ich mich schon in meinem eigenen Haus verhöhnen lassen. Samuel, schaff mir diese unverschämten Kavaliere vom Hals!« Um seinen Worten Nachdruck zu verleihen, rammte Isaac Forbes seinen Gehstock ein paarmal heftig in die Holzbohlen des Fußbodens, der bereits arg mitgenommen aussah.

Sir Orlando und Jeremy verabschiedeten sich und folgten dann dem Sohn die Treppe ins Erdgeschoss hinab.

»Ihr dürft ihm seine Art nicht übel nehmen, Doktor«, sagte Samuel. »Ihr wisst ja, was man Gichtbrüchigen vorwirft, dass ihr Leiden die Folge von Trunksucht und einem Übermaß an Tafelfreuden oder gar von sündigen Ausschweifungen sei. Tatsächlich hat er bei der Taufe meines Sohnes aus Freude über seinen Enkel ein wenig über die Stränge geschlagen, und das hat den Gichtanfall ausgelöst. Aber natürlich will er nicht, dass jemand davon erfährt. Ich finde, er sieht das zu eng, trotzdem möchte ich Euch bitten, es für Euch zu behalten.«

»Er ist ein sehr misstrauischer Mann«, erklärte Jeremy.

»Wer kann es ihm verdenken? Sein Vermögen hat schon immer Neider auf den Plan gerufen. Das hat ihn vorsichtig gemacht.«

Da muss man dem Alten allerdings Recht geben, dachte Jeremy bei sich. 45 000 Pfund stellen selbst für einen reichen Mann eine unwiderstehliche Versuchung dar.

Zwölftes Kapitel

Die Abendmahlzeit war in den hungrigen Mägen verschwunden und wurde noch mit ein paar Bechern Dünnbier begossen. Als der Nachtwächter draußen vor der Tür die zehnte Stunde ausrief, schickte Meister Ridgeway seinen Gesellen und den Lehrjungen ins Bett. Die Magd folgte ihnen, nachdem sie das Zinngeschirr abgeräumt und es in einem Holzbottich gespült hatte. Alan blieb mit Jeremy allein zurück.

Es war Fastenzeit. Und da es im Haus des Chirurgen nach wie vor keine Wirtschafterin gab, hatte sich Jeremy auf den Fischmarkt von Billingsgate begeben und dort frische Lachse eingekauft, die in der Themse gefangen wurden, und Alan hatte die Fische sehr schmackhaft zubereitet. Der Wundarzt besaß ein gewisses Talent zum Kochen, und so kamen sie auch ohne Haushälterin ganz gut zurecht.

Als die beiden Männer nun beim Kerzenlicht zusammensaßen, wurde sich Jeremy bewusst, dass er in den letzten Tagen für ihre Freundschaft nur wenig Zeit gehabt hatte. Er war zu sehr mit seinen seelsorgerischen Pflichten und dem Mord an der Hebamme beschäftigt gewesen. Es beschämte Jeremy, dass er Alan vernachlässigte, zumal seinem Freund schon seit längerem etwas auf der Seele zu liegen schien. Und so entschloss er sich, dieses abendliche Zusammensein zu nutzen und das Problem direkt anzusprechen.

»Alan, wir haben uns lange nicht mehr in Ruhe unterhalten«, begann der Jesuit nach einem tiefen Schluck Bier.

Der Chirurg schreckte aus der Grübelei auf, in die er versunken gewesen war. »Ja, ganz recht«, stimmte er zu, ohne zu wissen, worauf sein Freund anspielte.

»Verzeiht mir, wenn ich mal wieder den Priester heraushängen lasse, aber Ihr habt seit Wochen das heilige Sakrament nicht mehr empfangen – und auch nicht mehr gebeichtet.«

Alan sah ihn stumm an, weil er nicht wusste, was er sagen sollte.

»Ihr wisst doch, dass Euch Eure Sünden vergeben werden, wenn Ihr sie nur bereut«, fuhr Jeremy ermunternd fort.

»Ja, ich weiß«, murmelte Alan. »Aber ich möchte nicht darüber sprechen.«

»Glaubt Ihr, Ihr könntet mich mit Eurer Beichte schockieren, mein Freund?«, fragte der Priester sanft. »Ich kenne Euch gut genug, um zu ahnen, welche Sünde Ihr begangen habt.«

Alan senkte den Blick und blieb stumm.

»Habt Ihr wieder eine Geliebte?«, bohrte Jeremy weiter.

Sein Freund schüttelte den Kopf. »Nein, habe ich nicht ...« Seine graublauen Augen sahen den Jesuiten verstohlen an. »... aber man kann auch sündigen, wenn man allein ist.«

Jeremy ging ein Licht auf. »Ich verstehe«, sagte er lächelnd.

Doch wenn Alan eine gesalzene Strafpredigt über die abscheuliche Sünde der Selbstbefleckung erwartet hatte, wurde er angenehm überrascht.

»Ihr sagt gar nichts dazu?«, fragte er verwundert. »Ich dachte, Ihr würdet mir das verdiente Schicksal Onans warnend vor Augen halten, dem Gott bekanntlich wegen ebendieser Sünde das Leben nahm.«

»Natürlich ist es eine Sünde«, gab Jeremy zu. »Aber als Arzt kann ich Euch dafür nicht verdammen. Schließlich ist es wichtig für die Gesundheit, die Körpersäfte im Gleichgewicht zu halten und überschüssige Säfte abzuleiten. Das gilt für Blut und Galle ebenso wie für Samen, solange es nicht im Übermaß geschieht. Und Eure Gesundheit liegt mir sehr am Herzen, das wisst Ihr, Alan.«

»In Eurem Innern streiten also wieder der Arzt und der Priester«, bemerkte der Chirurg mit einem Lächeln.

»So ist es. Wenn Ihr Euch also entschließen solltet, zu beichten, sagt mir Bescheid.«

»Das werde ich«, versprach Alan.

Doch er wusste, dass er es nicht übers Herz bringen würde. Bei der Beichte durfte er nichts verschweigen, und er trug noch eine weitaus größere Sünde mit sich herum. Er hatte Angst, dass er Jeremys Freundschaft und Respekt verlieren könnte, wenn er ihm gestand, was er Anne Laxton angetan hatte.

Wie gewöhnlich begannen sich die Bewohner des Hauses in der Duck Lane beim ersten Hahnenschrei zu regen. Der Wundarzt John Laxton war stets der Erste, der das Bett verließ und seinen Sohn und die Lehrknaben auf Trab brachte.

»Wo ist Anne?«, fragte der Vater nach einem Blick in die Küche, in der der ganze Haushalt bereits versammelt war.

»Noch oben«, antwortete sein Sohn Martin.

»Sie hat sich schon vor einer Weile Wasser zum Waschen geholt«, berichtete die Schwägerin. »Soll ich nachsehen?«

»Nein, diesmal gehe ich selbst«, wetterte Laxton. »Die Göre wird mit jedem Tag fauler. Es wird Zeit, dass ich ihr die Leviten lese.«

In Gewitterstimmung erklomm der Wundarzt die Stiege in den zweiten Stock, wo seine Tochter eine eigene kleine Kammer bewohnte. Ohne anzuklopfen, öffnete er die Tür und blieb verdutzt auf der Schwelle stehen, als er sah, wie sich Anne in die Waschschüssel erbrach. Für einen flüchtigen Moment überkam ihn die Sorge, sie sei krank, doch dann breitete sich langsam, aber unwiderstehlich die Erkenntnis in ihm aus, dass es eine ganz andere Erklärung für diese morgendliche Übelkeit geben musste.

Augenblicklich stieg heiße Wut in John Laxton auf. Mit drei langen Schritten war er bei seiner Tochter, packte sie bei den Schultern und schüttelte sie roh.

»Du trägst ein Kind!«, brüllte er. »Du Schlampe! Du trägst ein Kind!«

Anne sah ihn fassungslos an. Tränen sprangen ihr in die Augen. Sie machte keinen Versuch, zu leugnen.

»Wer war das?«, schrie ihr Vater, noch erboster durch ihr schuldbewusstes Schweigen, das einem Geständnis gleichkam. »Mit wem hast du dich im Dreck gesuhlt, du Hure? Sag mir seinen Namen!«

Er schlug sie ins Gesicht, und sie fiel auf den harten Holzboden. Angstvoll sah sie zu ihm auf. »Ich wollte es nicht ...«, stammelte sie. »Bitte ... er hat mich gezwungen ... ich schwöre, dass ich es nicht wollte ...«

»Wer war es?«, donnerte Laxton.

»Meister Ridgeway«, rief Anne und barg schluchzend das Gesicht in den Händen.

»Was ist passiert?«, fragte ihr Bruder Martin, den das Gebrüll des Vaters nach oben gelockt hatte.

»Dieser Hundesohn hat deiner Schwester Gewalt angetan«, grollte Laxton.

»Wer?«

»Ridgeway.«

»Dieser verdammte Bastard! Das wird er büßen!«, knurrte Martin und stürmte wutentbrannt aus der Kammer.

Alan verabschiedete den Schmiedelehrling, nachdem er die Brandwunde an dessen Arm versorgt hatte, mit einigen tröstenden Worten, die dem noch immer vor Schmerz blassen Burschen ein schwaches Lächeln entlockten. In diesen Augenblicken, da seine Handwerkskunst Menschen Erleichterung brachte, fand der Wundarzt die größte Befriedigung. Sie halfen ihm ein wenig über jene anderen Momente hinweg, da er schweren Verletzungen oder Krankheiten hilflos gegenüberstand und sich nichts sehnlicher wünschte, als sein Wissen über den menschlichen Körper zu mehren, um ihn besser erhalten zu können.

Alan nahm den Tiegel mit der Brandsalbe, die er auf die Verbrennung des Lehrlings aufgetragen hatte, und stellte ihn an seinen Platz im Regal zurück.

Plötzlich wurde die Tür zur Chirurgenstube aufgestoßen, und drei junge Männer stürmten herein. Alan fuhr alarmiert herum. Ein solch lärmender Überfall verhieß nichts Gutes. Als er das wutverzerrte Gesicht Martin Laxtons erkannte, spürte Alan, wie sein Herz vor Schreck einen Schlag aussetzte. Seine Hände wurden eiskalt.

»Du hast dich an meiner Schwester vergangen, du Bastard!«, schrie Martin.

Alan machte instinktiv einen Schritt rückwärts, doch der andere hatte ihn bereits erreicht und schlug ihm ohne Vorwarnung die Faust ins Gesicht. Der Hieb war so unbeherrscht, dass er Alan ohne Gegenwehr von den Beinen riss. Ein zweiter Schlag traf ihn in den Magen und ließ ihn hilflos nach Luft schnappen. In einem Reflex rollte er sich am Boden zusammen, die Arme vor dem Bauch verschränkt, die Stirn gegen die Holzbohlen gepresst, um sich vor schwereren Verletzungen zu schützen.

Nicholas, der bei einem der hinteren Regale gestanden hatte, versuchte, seinem Meister zu Hilfe zu kommen, doch einer der Eindringlinge empfing den Burschen mit einem Fausthieb, der ihn augenblicklich außer Gefecht setzte. Kit, der Lehrknabe, stand vor Furcht wie gelähmt da und konnte nicht einmal um Hilfe rufen.

»Los, Jungs, packt mit an!«, befahl Martin grimmig. »Zum Tisch!«

Von überall her griffen rohe Fäuste nach Alan und hoben ihn hoch. Es gelang ihm, ein wenig Atem zu schöpfen und zu schreien: »Lasst mich los! Was wollt Ihr von mir?«

»Halt dein Maul, verdammter Schweinehund!«, brüllte Martin außer sich. »Du hast meiner Schwester Gewalt angetan. Dafür wirst du bezahlen.«

Sie warfen ihn wie ein totes Stück Fleisch auf den Operationstisch. Alan bäumte sich mit aller Kraft gegen sie auf und versuchte, ihnen zu entschlüpfen, doch sie packten ihn an Armen und Beinen und zerrten ihn mit Gewalt zurück. Wieder traf ihn ein Schlag ins Gesicht. Sein Hinterkopf prallte mit Wucht auf die Oberfläche des Tisches. Benommen wand sich Alan unter den Händen, die ihn hielten, versuchte zu begreifen, was mit ihm geschah.

»Was habt ihr vor? Lasst mich los! Bitte!«

»Sieh an, jetzt fängt der Feigling auch noch an zu betteln«, höhnte Martin Laxton. »Hat es dich etwa gekümmert, als meine Schwester dich anflehte, sie in Ruhe zu lassen?«

»Ich habe sie nicht vergewaltigt!«, beteuerte Alan verzweifelt.

Er schmeckte Blut im Mund. Aus dem Augenwinkel sah er, wie Martin in den chirurgischen Instrumenten wühlte, die auf einem Schrank lagen. Der junge Laxton wählte eins davon aus und hielt es seinem hilflosen Opfer vor die Nase. Es war eine Lanzette mit einer scharfen Klinge.

»Du wirst dich an keiner Frau mehr vergehen, wenn ich mit dir fertig bin, Mistkerl! Du weißt doch, wie es dem geilen Mönch Abaelard ergangen ist, oder?«

Das wusste Alan nur zu genau. In wilder Panik kämpfte er gegen die Männer an, die seinen Körper auf dem Tisch festhielten, doch sie packten seine Arme und Beine nur noch fester.

»Nein, lasst mich! Ihr seid verrückt! Ich habe nichts getan!«

Er zappelte in kopfloser Angst hin und her wie ein Fisch im Netz, während sich Martin mit einem grausamen Lächeln über ihn beugte. Im nächsten Moment fuhr die scharfe Klinge des Messers mit einem schrecklichen Geräusch durch den groben Stoff seiner Hose, schlitzte sie vom Bund bis zum Schritt auf. Eine raue Hand legte sich um sein Geschlecht und presste es brutal zusammen, bis Alan vor Schmerz schrie.

»Bitte …«, flehte er mit einem erstickten Schluchzen. »Das könnt Ihr nicht tun …«

Die Schmerzen waren so überwältigend, dass er nicht einmal wusste, ob sie von der rohen Faust oder dem Messer herrührten. Halb ohnmächtig vor Angst und Entsetzen, hörte Alan plötzlich wie durch einen Nebel eine Stimme einen Befehl rufen: »William!«

Die Männer um ihn herum erstarrten, die brutale Hand gab ihn frei, und der grausame Schmerz ließ ein wenig nach.

»Wenn Ihr nicht augenblicklich dieses Haus verlasst, lasse ich Euch wie tolle Hunde niederschießen!«, sagte eine schneidende Frauenstimme.

Das Knacken zweier Pistolenschlösser machte den Eindringlingen klar, dass es sich keineswegs um eine leere Drohung handelte. Eingeschüchtert schlichen Laxton und seine Begleiter aus der Chirurgenstube.

Alan lag noch immer wie gelähmt auf dem Operationstisch, unfähig, sich zu rühren. Sein ganzer Körper schmerzte. Es gelang ihm nicht einmal, den Kopf zu wenden und um sich zu blicken. Jemand berührte sanft seinen Arm, doch Alan zuckte in Panik zusammen und bäumte sich gegen den vermeintlichen Angreifer auf.

»Meister Ridgeway, beruhigt Euch. Die Strolche sind weg«, sagte die Frauenstimme.

Alan richtete seinen Blick auf ihr Gesicht. Es gehörte Lady St. Clair. Sofort legte sich seine Angst. Wie ein verwundetes Tier raffte er sich auf, ließ sich von der Kante des Tisches gleiten und schleppte sich mit letzter Kraft zu einer Holzbank, die an der Rückseite der Werkstatt stand. Er ließ sich darauf sinken, zog die Beine an den Körper, wie um sich zu schützen, und schlang die Arme um die Knie. Noch wagte er es nicht, an sich hinabzublicken, um festzustellen, ob er verletzt war, zu groß war die Angst vor dem, was er sehen würde.

Amoret war am Tisch stehen geblieben und beobachtete ihn besorgt. Sie war gerade noch zur rechten Zeit gekommen. Die Frage nach dem Grund für diesen brutalen Überfall brannte ihr auf der Zunge, doch zugleich schnürte ihr der Zorn über die Gemeinheit der Tat die Kehle zu, so dass sie ebenso wenig wie er ein Wort herausgebracht hätte.

Ihr Diener hatte mit Kits Hilfe den Gesellen wieder auf die Beine gebracht, der von dem Schlag, den er erhalten hatte, noch recht benommen war. Nun stellte sich William mit noch immer gespannten Pistolen erneut an die Tür zur Chirurgenstube, für den Fall, dass die Kerle es wagen sollten, zurückzukehren.

Am ganzen Körper zitternd, brachte Alan es endlich über sich, den Blick auf seine zerschnittene Hose zu senken. Die Messerklinge hatte ihn nicht verstümmelt, nur an einer Stelle leicht seine Haut geritzt. Die Erleichterung ließ Tränen in seine Augen steigen.

Amoret trat an seine Seite und strich ihm tröstend mit der Hand durchs Haar. Da schloss er die Augen und ließ die Stirn gegen ihr steifes Mieder sinken. Die Spannung in seinem Innern löste sich in wohltuenden Schluchzern. Amoret legte die Hand um seinen Nacken und streichelte sein Haar. Die Falten des Umhangs, den sie trug, fielen schützend um ihn, und er fühlte sich geborgen wie unter dem Mantel der Gottesmutter Maria. Er verspürte das starke Bedürfnis, sich darunter zu verkriechen und nie wieder aufzutauchen.

Amoret hielt ihn an sich gedrückt und sprach sanft auf ihn ein, bis das unkontrollierte Zittern seines Körpers nachließ und seine Zähne nicht mehr krampfhaft aufeinander schlugen. Gerade als sie sich von ihm löste, wurde die Tür zur Chirurgenstube geöffnet. Alan zuckte erschrocken zusammen, und William brachte seine Pistolen in Anschlag. Doch es war nur Jeremy, der von einer seiner Schutzbefohlenen zurückkehrte. Mit einem wachsamen Blick in die Runde erfasste er den bewaffneten Diener, den stöhnenden Gesellen und das Paar im hinteren Bereich der Werkstatt.

»Was ist hier vorgefallen?«, fragte er alarmiert.

Amoret wandte sich zu ihm um. Erst jetzt sah Jeremy das blau geschlagene Gesicht seines Freundes und eilte voller Sorge an seine Seite.

»Heilige Jungfrau! Wer hat Euch das angetan, Alan?« Vorsichtig legte er seine Hand unter Alans Kinn und drehte seinen Kopf. »Das Auge sieht böse aus. Es muss sofort versorgt werden!«

Während er sprach, fiel Jeremys Blick auf Alans Hand, die in seinem Schoß lag und die zerschnittenen Fetzen seiner Beinkleider zusammenzuhalten versuchte. Rücksichtsvoll verkniff er sich jedoch jegliche Bemerkung. Zuerst musste er sich um die Verletzungen seines Freundes kümmern. Der Jesuit trug eine kühlende Salbe auf das bereits halb zugeschwollene linke Auge auf. Alan ließ die Behandlung stumm über sich ergehen. Und als Jeremy ein weiteres Mal fragte, was passiert war, antwortete ihm Amoret: »Als ich kam, hielten drei Kerle Meister Ridgeway auf dem Operationstisch fest. Einer von ihnen hatte ein Messer in der Hand. Mein Diener konnte die Schurken gerade noch vertreiben.«

»Wer waren die drei?«, fragte Jeremy an Alan gewandt.

Der Chirurg schluckte schwer und erklärte schließlich widerstrebend: »Der Anführer war Martin Laxton.«

»Laxton? Aber weshalb hat er Euch angegriffen?«

»Er hat mich beschuldigt, seine Schwester vergewaltigt zu haben. Aber das ist nicht wahr! Ich schwöre es, Jeremy!«

»Das würde ich niemals glauben, mein Freund«, versicherte der Priester. »Aber aus welchem Grund sollte er eine solche Anschuldigung erheben?«

»Ich weiß es nicht.«

»Dafür kann es eigentlich nur eine Erklärung geben«, mutmaßte Jeremy. »Anne Laxton muss Euch verleumdet haben. Gott weiß, warum! Doch ich fürchte, die Sache ist noch nicht ausgestanden. Wir müssen damit rechnen, dass sie Euch auch vor ihrem Vater beschuldigt hat. Und ich traue Meister Laxton durchaus zu, dass er sehr bald mit einem Konstabler hier erscheinen und Euch vor einen Magistrat schleifen wird. Wir müssen schnellstens juristischen Rat einholen, was wir dagegen tun können. Am besten gehen wir gleich zu Richter Trelawney.«

»Nein«, protestierte Alan. »Nicht zu Seiner Lordschaft.«

»Sir Orlando weiß am besten, was Ihr in dieser Situation tun könnt.«

Der Wundarzt senkte unbehaglich den Kopf. »Ich kann ihm nicht unter die Augen treten.«

»Alan, er wird Euch ebenso wenig für schuldig halten wie ich«, sagte Jeremy beschwörend. »Ihr dürft die Angelegenheit nicht auf die leichte Schulter nehmen. Auf Vergewaltigung steht der Galgen.«

Über Alans Gesicht breitete sich Entsetzen aus. »Bei allen Heiligen, Ihr habt Recht. Das hatte ich ganz vergessen.«

»Kommt, wir dürfen keine Zeit verlieren. Wir müssen Meister Laxton zuvorkommen. Ich will Euch nicht im Kerker sehen.«

Während Alan in seine Kammer hinaufging, um seine Beinkleider zu wechseln, entschuldigte sich Jeremy bei Amoret, dass er im Augenblick keine Zeit für sie habe. Doch sie war nicht in Eile und wollte auf seine Rückkehr warten.

Auf dem Weg zum Haus des Richters auf der Chancery Lane rasten tausend Gedanken durch Alans Gehirn. Wie hatte das passieren können? Weshalb bezichtigte Anne ihn der Vergewaltigung? Sie war doch von selbst zu ihm gekommen und hatte sich ihm angeboten. Oder täuschten ihn seine Erinnerungen? Sie waren ohnehin etwas verwirrt, was jenen Nachmittag betraf. Nun, er war sich sicher, dass das Mädchen ihn in seine Kammer hinaufgelockt hatte, um ihn zu verführen, doch was danach geschehen war, verschwand hinter einem Schleier des Zweifels und der Beschämung. Er glaubte, sich dunkel zu erinnern, dass sie, als er in sie eingedrungen war, nicht mehr ganz so willig schien wie zu Anfang. Und eine vorwurfsvolle Stimme in seinem Innern sagte immer wieder, dass er es hätte spüren und von ihr hätte ablassen müssen. Aber er hatte es nicht getan. Sein Trieb war stärker gewesen, hatte jegliche Hemmung in ihm verschlungen. Hatte er sich also nicht tatsächlich der Vergewaltigung schuldig gemacht? Beschämt verdrängte er den Gedanken. Es war unmöglich! Es durfte nicht sein! Allein schon der Gedanke, einem anderen Menschen Gewalt anzutun, egal, auf welche Weise, erschien ihm abscheulich. Es war etwas, das er mit seiner Persönlichkeit nicht vereinbaren konnte. Er redete sich ein, dass Anne Laxton es ebenso gewollt hatte wie er. Doch eine Spur von Zweifel blieb.

Auf der Chancery Lane teilte man Jeremy und Alan mit, dass Trelawney sich im Serjeants' Inn aufhalte, und so machten sie sich auf den Weg zur Fleet Street. Als sie dort vorsprachen, ließ der Richter ohne Zögern seine Schreibarbeit liegen und empfing den Priester und den Wundarzt in seiner Studierstube.

»Bei Christi Blut, wer hat Euch denn so zugerichtet?«, rief

Sir Orlando betroffen aus, als er Alans wund geschlagenes Gesicht sah.

Jeremy erzählte dem Richter in kurzen Worten, was vorgefallen war. »Könnt Ihr Meister Ridgeway einen Rat geben, was er gegen die falsche Anschuldigung unternehmen kann, Mylord?«

Sir Orlando hatte ihm aufmerksam zugehört. Nun streifte er das sichtlich besorgte Gesicht des Wundarztes mit teilnahmsvollem Blick.

»Das ist wirklich keine erfreuliche Angelegenheit. Betrachten wir das Ganze also einmal von der juristischen Seite. Streng genommen steht Vergewaltigung unter Todesstrafe« – Alan entfuhr ein Stöhnen –, und es wird auch hin und wieder ein Mann für dieses Verbrechen gehängt, doch das geschieht eher selten, eigentlich nur dann, wenn es Zeugen für die Vergewaltigung gibt, der Mann also auf frischer Tat ertappt wurde. Dies ist in Eurem Fall nicht gegeben. Sollte man Euch tatsächlich vor Gericht bringen, so würde Euch keine Jury allein aufgrund der Aussage des Mädchens für schuldig befinden.«

Alan atmete ein wenig auf.

»Es gibt allerdings noch eine andere Möglichkeit, wie man gegen Euch vorgehen könnte«, fuhr der Richter fort. »Fälle von Vergewaltigung kommen nur selten vor Gericht – vielleicht einer im Jahr –, weil es für das Opfer so schwierig ist, den Tatbestand zu beweisen, wenn es keine Zeugen gibt. Die meisten begnügen sich deshalb damit, den Mann nur wegen versuchter Vergewaltigung anzuzeigen, die nicht bewiesen werden muss. Auch handelt es sich hierbei nur um ein Vergehen, das mit einer milderen Strafe geahndet wird. Das wiederum bedeutet, dass eine Jury eher geneigt ist, einen Angeklagten schuldig zu sprechen. Diese Fälle werden auch oft bei einem Quartalsgericht vor einem Friedensrichter verhandelt, anstatt vor einem höheren Gerichtshof, was wesentlich weniger Kosten für den Kläger mit sich bringt. Es ist durchaus denkbar, dass die Familie des Mädchens auf diese Weise versuchen wird, Euch zur Rechenschaft zu ziehen.«

»Und wenn ich tatsächlich schuldig gesprochen würde, welche Strafe würde mich dann erwarten?«, fragte Alan mit gepresster Stimme.

»Das hängt vom Richter ab. Vielleicht ein paar Monate Gefängnis, möglicherweise sogar ein Aufenthalt am Pranger.«

»Am Pranger!«, rief Jeremy entsetzt. »Das könnte einem Todesurteil gleichkommen.«

»Da habt Ihr allerdings Recht, Pater«, räumte Trelawney ein. »Der Pöbel ist unberechenbar. Wenn er sich in einer Laune entschließt, den Verurteilten statt mit faulem Gemüse mit Steinen zu bewerfen, bleiben gefährliche Verletzungen oft nicht aus. Aber auch hier entscheidet die Autorität des Richters, der Büttel zum Schutz des Verurteilten abstellen kann, wenn er das will. Macht Euch nicht allzu viele Sorgen, Meister Ridgeway. Wenn es tatsächlich zum Schlimmsten kommen sollte, werde ich meinen Einfluss geltend machen, um Euch zu helfen. Das verspreche ich.«

Ein wenig beruhigt machten sich die beiden Freunde auf den Heimweg. Als sie die Paternoster Row erreichten, mussten sie feststellen, dass sie nicht allein von Lady St. Clair erwartet wurden. Bei Alans und Jeremys Eintreten fuhr ein sichtlich kampfbereiter Meister Laxton von einem Stuhl auf und trat ihnen entgegen. Amoret hatte ihm bei seinem Eintreffen zuvorkommend einen Sitzplatz angeboten und dafür gesorgt, dass er mit dem besten Wein bewirtet wurde, der im Haus war, alles in dem Versuch, ihn wenigstens ein bisschen zu besänftigen.

Als Laxton Alans Verletzungen sah, bemerkte er zynisch: »Offenbar hat mein Sohn Euch die Abreibung zukommen lassen, die Ihr verdientet, Lumpenkerl. Trotzdem hoffe ich, dass er Euch keinen ernstlichen Schaden zugefügt hat.«

Jeremy und Alan hoben gleichzeitig verwundert die Brauen.

»Bei Christi Blut, ich wollte Euch vor Gericht bringen dafür, dass Ihr meiner Tochter Gewalt angetan habt«, fuhr Meister Laxton fort. »Aber als ich mit Anne einen Magistrat aufsuchte und sie begriff, dass ihre Anschuldigung Euch an den Galgen bringen könnte, gab sie zu, dass es keine Vergewaltigung war, sondern dass sie sich von Eurem aufdringlichen Charme hat einwickeln lassen. Das entschuldigt Eure schändliche Tat nicht, aber es spricht Euch zumindest von einem abscheulichen Verbrechen frei.«

Alan fiel ein wahrer Steinschlag vom Herzen. Doch seine Erleichterung währte nur kurz.

»Ich bin noch nicht fertig, Meister Ridgeway«, sagte Laxton scharf. »Da Ihr die Frechheit besessen habt, meine Tochter zu entehren und ihr einen Balg zu machen, erwarte ich, dass Ihr das in dieser Situation einzig Ehrenhafte tut und sie zur Frau nehmt.«

»Sie ist schwanger?«, fragte Alan entgeistert.

»Sie trägt Euer Kind, und Ihr werdet sie ehelichen, wie es sich gehört!«, wetterte Laxton.

Alan traute seinen Ohren nicht. War er denn so vom Pech verfolgt, dass dieser eine Fehltritt gleich Früchte tragen musste? Andere Frauen warteten jahrelang sehnsüchtig auf ein Kind. Aber er konnte die Möglichkeit nicht leugnen, und so schwieg er beschämt.

Als sein Freund keinen Versuch machte, sich zu verteidigen, sah Jeremy ihn fassungslos an. Einen Moment lang wehrte er sich gegen die Erkenntnis, die sich ihm aufzwang, doch dann begriff er, dass Meister Laxtons Anschuldigung der Wahrheit entsprach.

»Ich gebe Euch drei Tage, um Euch mit dem Gedanken anzufreunden«, sagte Laxton abschließend. »Wenn Ihr bis dahin nicht Eurer Pflicht nachgekommen seid, werde ich Mittel und Wege finden, Euch zu zwingen. Verlasst Euch darauf!«

Mit diesen Worten, die eine unmissverständliche Drohung beinhalteten, verließ er das Haus.

Alan wandte sich unbehaglich zu seinem Freund, dem Priester, um.

»Warum habt Ihr mir verschwiegen, dass Ihr dem Mädchen beigewohnt habt?«, fragte Jeremy trocken. »Weil Ihr wusstet, dass ich Euch tüchtig den Kopf gewaschen hätte! Wie konntet Ihr nur, Alan, eine sechzehnjährige Jungfrau, ein halbes Kind!«

»Bitte, lasst es mich erklären. Es war nicht so, wie Ihr denkt«, verteidigte sich der Wundarzt.

»Habt Ihr bei ihr gelegen oder nicht?«, donnerte der Jesuit, erbost über Alans Versuch, sich herauszureden.

»Ja, aber –«

»Spart Euch Eure Ausflüchte. Ihr macht alles nur noch schlimmer!«

Jeremy spürte, wie ihm der Zorn siedend heiß in die Kehle stieg und die Worte, die ihm auf der Zunge lagen, zu vergiften drohte. Und um sich daran zu hindern, sie auszusprechen, wandte er sich ab und stieg in seine Kammer hinauf. Alan ließ sich mit einem verzweifelten Stöhnen auf einen Schemel sinken.

Während des Streits hatte er Lady St. Clairs Anwesenheit ganz vergessen. Sie hatte sich nicht eingemischt, sondern nur schweigend zugehört. Jetzt trat sie zu ihm und blieb vor ihm stehen. Alan hob sein wundes Gesicht zu ihr und sagte zerknirscht: »Sicher verachtet Ihr mich jetzt auch, Mylady.«

Sie schüttelte leicht den Kopf. »Er verachtet Euch nicht. Er ist nur wütend, weil Ihr ihn belogen habt.«

»Wie hätte ich ihm die Wahrheit sagen können? Ich habe ja selbst versucht, es zu vergessen.«

»Wollt Ihr mir nicht erzählen, wie es passiert ist?«

Verwundert blickte er mit seinem unverletzten rechten Auge

in das Gesicht der Frau vor ihm. »Interessiert Euch das denn wirklich?«

»Ich kenne Euch mittlerweile ganz gut, Meister Ridgeway«, sagte Amoret lächelnd, um ihn ein wenig zu trösten. »Und ich weiß, dass Ihr ein guter Mensch seid, der einem anderen nicht absichtlich ein Unrecht zufügen würde. Hinter dieser Sache muss also mehr stecken. Erzählt mir, wie es dazu gekommen ist.«

Alan begann zu berichten, erst stockend, dann immer flüssiger, bis schließlich alles aus ihm hervorsprudelte.

»Weshalb, glaubt Ihr, ist dieses Mädchen zu Euch gekommen?«, hakte Amoret nach, als er geendet hatte. »Ist sie in Euch verliebt?«

»Hätte sie mich dann der Vergewaltigung bezichtigt?«, höhnte Alan.

»Frauen tun seltsame Dinge, wenn sie verliebt sind. Anne Laxton kannte Euren Ruf. Sie rechnete also damit, dass Ihr auf ihre Annäherung eingehen würdet. Ich bin sicher, dass sie eine bestimmte Absicht verfolgte, als sie zu Euch kam. Möglicherweise legte sie es sogar darauf an, schwanger zu werden.«

»Warum sollte sie?«

»Um Euch zu verpflichten, sie zu heiraten. Aus welchem Grund auch immer. Ich glaube nicht, das es in ihrer Absicht lag, Euch der Vergewaltigung zu beschuldigen. Das war vielleicht nur ein Missverständnis.«

»Aber soll ich mich denn in die Knechtschaft der Ehe zwingen lassen?«

»Wäre das denn so schlimm?«, fragte Amoret mit einem nachsichtigen Lächeln.

»Das könnt Ihr nicht verstehen, Madam«, antwortete der Wundarzt. Ihr seid eine Frau, fügte er in Gedanken hinzu.

Er konnte ihr nicht erklären, warum er allein bei dem Gedanken an Heirat das Gefühl hatte, zu ersticken. »Es gibt kein kostbareres Gut als die Freiheit!«, sagte er inbrünstig. »Die Freiheit, sich Tag und Nacht in seine Arbeit zu versenken, Neues zu lernen, Erfahrungen zu sammeln, ohne sich Gedanken über Frau und Kinder machen zu müssen. Ich will nicht, dass sich jemand in mein Leben einmischt, mir vielleicht vorzuschreiben versucht, wie ich meinen Tagesablauf einteilen soll ...«

»Und Euch eine Strafpredigt hält, wenn Ihr der fleischlichen Lust mit einer anderen Frau huldigt«, ergänzte Amoret neckend.

Alan senkte den Kopf. »Ich sagte doch, das könnt Ihr nicht verstehen.«

»Ich kann es verstehen, mein Freund«, sagte sie noch immer lächelnd. »Obwohl ich eine Frau bin!«

Erstaunt über dieses unerwartete Bekenntnis, starrte Alan sie sprachlos an.

»Auch eine Frau weiß die Freiheit zu schätzen, sofern sie das Glück hat, sie zu besitzen«, fuhr Amoret sanft fort. »Glaubt Ihr, jede Frau sei nur darauf aus, unter der Fuchtel eines Ehegatten zu stehen und die besten Jahre ihres Lebens damit zu verbringen, Kinder zu gebären? Nein, ich verstehe Euch sehr gut, glaubt mir, und ich beneide Euch nicht um die heikle Lage, in der Ihr Euch befindet. Was werdet Ihr jetzt tun? Wenn Ihr Euch weigert zu heiraten, wird man gewiss Druck auf Euch ausüben.«

»Ich weiß. Aber ich muss es darauf ankommen lassen«, sagte er entschlossen.

»Dieser Kerl, der Euch angegriffen hat, glaubt Ihr, dass er noch einmal zurückkommen könnte?«, fragte Amoret mit unüberhörbarer Sorge. »Soll ich William bei Euch lassen?«

Alan lächelte gerührt. »Nein, ich denke, das wird nicht nötig sein. Meister Laxton hat seinem Sohn inzwischen sicher gesagt, dass Anne gelogen hat. Er kommt bestimmt nicht zurück. Außerdem kann ich doch seinetwegen nicht in ständiger Angst leben.«

Der Chirurg versuchte, so viel Überzeugung wie möglich in seine Stimme zu legen, doch Amoret war feinfühlig genug, um zu erraten, dass er sich und ihr etwas vormachte. Er würde von jetzt an bei dem kleinsten Geräusch stets den Drang verspüren, ängstlich über die Schulter zu sehen, ob Martin Laxton ihm nicht auflauerte.

Dreizehntes Kapitel

Sir Orlando Trelawney fuhr in seiner Kutsche durch das Ludgate in den Stadtkern, die Cheapside und die Poultry entlang bis zum Cornhill. Hier stand die Königliche Börse, das Herz des Londoner Handels, die von dem reichen Kaufmann Sir Thomas Gresham in den sechziger Jahren des vergangenen Jahrhunderts nach dem Vorbild der Börse in Antwerpen erbaut worden war. Hier trafen sich einheimische und ausländische Handelsleute, um ihre Geschäfte abzuschließen.

Die Kutsche des Richters kam in dem Gewühl von Fuhrwerken, Reitern und Fußgängern, die die Straße verstopften, kaum noch voran, und so entschloss sich Trelawney, auszusteigen und sich mit seinem Lakaien den Weg zum Eingang der Börse zu erkämpfen. Ein hoher doppelter Rundbogen entließ den Besucher in einen gewaltigen Innenhof, der von den vier Flügeln des Gebäudes eingefasst wurde. Hier begegneten sich Kaufleute, Händler, Adelige und einfache Hausfrauen. Die einen, um Handel zu treiben, die anderen, um in den Läden der Tuchhändler, Putzmacher, Goldschmiede und Seidenwarenhändler einzukaufen. Das Ganze wurde von einem hohen Glockenturm überragt, in den eine Uhr eingelassen war und der von einem goldenen Grashüpfer gekrönt wurde, dem Wappentier der Greshams.

Sir Orlando hielt sich unter den Kolonnaden, die um das Viereck herumliefen, um sich vor dem leichten Sprühregen zu schützen, der seit dem Morgen immer wieder einsetzte. Zu seinem Unwillen taten es ihm die anderen Leute gleich, und so war in dem drängenden Menschengewühl bald kein Durchkommen mehr. Die Statuen der englischen Könige seit Edward dem Bekenner sahen ungerührt aus ihren Nischen im ersten Geschoss auf die brodelnde Menge hinab. Auch der Erbauer der Börse war auf diese Weise in Stein verewigt worden.

Mit zunehmend schlechter werdender Laune bemühte sich Trelawney, zum Laden seines Uhrmachers vorzudringen, und verwünschte seinen Entschluss, diesen Botengang selbst unternommen zu haben, anstatt einen Diener zu schicken. Doch für den Fall, dass die Taschenuhr, die er vor einiger Zeit zur Reparatur gegeben hatte, nicht mehr zu retten war, wollte er sich gleich eine neue aussuchen. Sein steigender Ärger wich plötzlich freudiger Erregung, als sein Blick auf ein Gesicht in der Menge fiel. Ein reizendes schmales Gesicht mit grünen Augen und einem kleinen süßen Mund, umrahmt von zu beiden Seiten des Kopfes aufgesteckten Locken mondblonden Haares!

Einen Moment lang stand Trelawney wie angewurzelt da, unfähig, seine Beine zum Weitergehen zu zwingen. Zum Glück bewegte sich Mistress Jane Ryder, begleitet von einem Lakaien und einer Magd, in seine Richtung und blieb kurz darauf mit einem strahlenden Lächeln vor ihm stehen.

»Welch ein glückliches Zusammentreffen, Mylord«, sagte sie erfreut. »Was führt Euch denn in die Königliche Börse?«

»Ich bin auf dem Weg zu Mr. Ames, dem Goldschmied, um meine Taschenuhr abzuholen, die er reparieren sollte«, antwortete Sir Orlando verlegen. Er wusste selbst nicht, weshalb er sich in Jane Ryders Nähe stets wie ein unbeholfener Narr vorkam. »Und Ihr, Madam, macht Ihr Einkäufe?«

»Ihr kennt ja meinen Vetter James, Mylord«, erklärte sie mit einem spöttischen Glitzern in den Augen. »Er ist viel zu beschäftigt mit seinen Vergnügungen, um sich selbst eine neue Halsbinde zu kaufen.«

»Ich bin sicher, dass er auf Euren guten Geschmack zählt, Madam. Darf ich Euch ein Stück des Weges begleiten? Es wird nicht einfach für Euch sein, Euch allein einen Weg durch dieses Gewühl zu bahnen. Und ich wäre untröstlich, wenn Euch etwas zustoßen sollte.«

»Eure Gesellschaft wäre mir eine Ehre, Mylord.«

Das Mädchen hielt sich neben dem Richter, der sie resolut durch die Menge führte. Vor einem Händler, der Seide und Spitze verkaufte, blieben sie stehen, und Jane Ryder prüfte mit geschultem Blick einige spitzenbesetzte Halsbinden, bevor sie zwei sehr hübsche auswählte.

»James wird zufrieden sein, Madam«, sagte Trelawney anerkennend. »Vielleicht könntet Ihr auch mich bei der Auswahl einer neuen Uhr beraten, falls es nötig sein wird.«

Wie sich herausstellte, war die Uhr des Richters tatsächlich nicht mehr zu reparieren. Der Goldschmied zeigte eifrig seine prächtigsten Stücke vor, und Sir Orlando bat die junge Frau, ihm die schönste auszusuchen. Sie zögerte nicht lange. Die Uhr, die sie wählte, war von edler, ausgewogener Form ohne übermäßige Verzierung und entsprach genau Trelawneys Geschmack. Er war zutiefst beeindruckt. Dieses Mädchen war nicht nur hübsch und wohlerzogen, sie vermochte sogar seine Gedanken zu lesen.

Als der Richter die Uhr bezahlt hatte, begaben sie sich in Richtung Ausgang. Auf der Treppe ins Erdgeschoss entstand plötzlich ein heftiges Drängen und Schieben, als zu viele Leute zur gleichen Zeit aufwärts und abwärts strömten. Sir Orlando breitete instinktiv die Arme aus, um das Mädchen abzuschirmen, als sie von dem Andrang gegen ihn gepresst wurde. Er spürte die Berührung ihrer Hände, die sich Halt suchend um seine Taille legten, und bemerkte, dass ihm diese Nähe wohl tat. Als das Geschiebe nachließ, löste er sich jedoch rasch von ihr und ging wieder auf Abstand.

Verlegen erklärte er: »Dies ist wahrlich nicht der rechte Aufenthaltsort für ein braves Bürgermädchen. Ihr solltet jetzt lieber nach Hause fahren, Madam. Habt Ihr eine Kutsche hier, sonst bringe ich Euch gerne heim.«

»Sie steht draußen vor dem Eingang«, antwortete Jane Ryder mit einem leichten Bedauern in der Stimme.

Sir Orlando geleitete sie fürsorglich zur Kutsche der Drapers und reichte ihr die Hand, um ihr beim Einsteigen zu helfen. Bevor sie den Schlag zuzog, wandte sie sich ihm noch einmal zu. Das Strahlen war aus ihrem Gesicht verschwunden, und ihre Augen blickten enttäuscht. Trelawney verspürte auf einmal den Wunsch, sich in diese grünen Seen hinabsinken zu lassen bis auf den Grund ihrer Seele. Die Kutsche setzte sich langsam in Bewegung und entzog ihm schließlich das Gesicht der jungen Frau. Etwas schnürte ihm die Brust zusammen: die Enttäuschung, sie gehen lassen zu müssen und nicht zu wissen, wann er sie wiedersehen würde. Irritiert presste er die Zähne aufeinander. Er war dabei, sich zum Narren zu machen.

Nach einer schlaflosen Nacht entschied sich Sir Orlando zu einem Besuch bei Dr. Fauconer. Er brauchte dringend seinen Rat. Als der Richter in der Chirurgenstube eintraf, wurde er von Meister Ridgeway begrüßt. Der Wundarzt wirkte blass und bekümmert.

»Ihr seht aus, als wenn Ihr Sorgen hättet«, bemerkte Trelawney. »Hat sich bezüglich der Anschuldigung, die die Tochter der Hebamme gegen Euch vorbrachte, etwas Neues ergeben?«

»Sie hat die Beschuldigung zurückgenommen«, erwiderte Alan kurz angebunden.

»Dann ist ja alles in Ordnung, wie es scheint.«

»Ja, Mylord«, sagte Alan gepresst.

Sir Orlando wunderte sich, dass der Chirurg trotzdem ein Gesicht machte, als ginge es zum Galgen, doch da er nichts hinzufügte, fragte der Richter nicht weiter nach.

Jeremy sah erfreut von einer Schreibarbeit auf, als Trelawney seine Kammer betrat.

»Störe ich Euch, Pater?«, fragte Sir Orlando mit einem interessierten Blick auf die eng beschriebenen Seiten.

»Nein, Mylord. Ich schreibe gerade an meiner Sonntagspredigt, aber ich bin fast fertig.«

»Ich habe mich immer noch nicht so recht an den Gedanken gewöhnt, dass Ihr römischer Priester und Jesuit seid«, gestand Trelawney. »Ich sehe Euch eigentlich viel mehr als Arzt.«

»Glaubt mir, Sir, die Jesuiten sind besser als ihr Ruf.«

»Das sagtet Ihr schon. Aber trotzdem bereitet mir dieser Ruf eine Gänsehaut. Doch lassen wir das. Ich wollte Euch nicht beleidigen, das wisst Ihr.«

»Ihr scheint mir ein wenig angespannt, Mylord«, bemerkte Jeremy mit einem Stirnrunzeln. »Liegt Euch etwas auf der Seele?«

»Nun ja, es gibt da schon etwas. Es geht um Mistress Jane Ryder. Ich denke ernsthaft daran, Euren Rat zu befolgen und um ihre Hand anzuhalten. Sie ist ein gut erzogenes und tüchtiges Mädchen. Außerdem ... Ihr wisst ja, wie sehr ich mir wünsche, dass meine zukünftige Gattin mir zumindest Freundschaft entgegenbringt. Und Jane Ryder scheint meine Gesellschaft als recht angenehm zu empfinden.«

»Ihr seid zu bescheiden, Mylord«, lachte Jeremy. »Es ist ganz offensichtlich, dass Euch dieses Mädchen anbetet. Trotzdem scheint Ihr noch Zweifel zu haben. Warum?«

»Sie ist so jung.«

»Wie alt ist sie? Achtzehn?«, fragte der Priester mit einem Schulterzucken. »Damit ist sie nicht jünger als andere Frauen, die in den Stand der Ehe eintreten.«

»Neben ihr komme ich mir vor wie ein Greis«, murmelte der Richter verlegen.

»Das hat andere Männer vor Euch auch nicht davon abgehalten, eine bedeutend jüngere Frau zu ehelichen. Nein, ich glaube nicht, dass es Mistress Ryder etwas ausmacht, dass Ihr älter seid als sie. Sie liebt Euch um Eurer guten Eigenschaften willen. Ihr seid gerecht und rücksichtsvoll. Ihr habt keine Laster, Ihr trinkt nicht, Ihr spielt nicht, und Ihr werdet Eurer Gemahlin keinen Grund geben, an Eurer Treue zu zweifeln. Das weiß sie!«

»Da ist noch etwas«, gestand der Richter mit einer Grimasse des Unmuts.

»Ah, nun kommen wir zum eigentlichen Grund für Euren Besuch, nicht wahr?«, konstatierte Jeremy belustigt. »Nun, worum geht es, Mylord?«

»Ich habe das Gefühl, ich bin nicht mehr ich selbst. Ich denke die ganze Zeit nur an sie. Am liebsten möchte ich jeden Tag zu den Drapers fahren, nur um sie zu sehen.«

»Das beweist nur, dass Ihr das Mädchen ebenfalls lieb gewonnen habt.«

»Aber ich habe so etwas noch nie bei mir erlebt. Und es beunruhigt mich.«

»Ach was«, winkte Jeremy ab. »Genießt es.«

»Genießen? Es ist schrecklich. Ich kann nicht mehr schlafen, nicht mehr essen, und wenn mir jemand etwas mitteilt, weiß ich einen Moment darauf nicht mehr, was er gesagt hat.«

Jeremy musterte sein Gegenüber eine Weile schweigend. Offenbar war Trelawney schwer verliebt. Und der Jesuit verstand sehr wohl, weshalb der Richter beunruhigt war. Es war gefährlich, sich zu sehr von Gefühlen leiten zu lassen.

»Ich weiß nicht, ob es gut wäre, unter diesen Umständen ein Ehegelöbnis zu leisten«, zweifelte Sir Orlando. »Wie kann ein so flüchtiger Zustand wie Liebe, die nichts anderes ist als ein närrischer Rausch, eine Störung des inneren Gleichgewichts, die jegliche Vernunft verdrängt, eine Grundlage für eine Ehe sein? Zuneigung und Kameradschaft, ja, aber Liebe? Was ist, wenn sie erlischt, was zweifellos früher oder später der Fall sein wird?«

»Aber das gilt doch nur für diese Schwarmgeister, die sich wahrhaft blind vor Liebe in eine Ehe stürzen, und dann eines Tages feststellen, dass die Frau, die sie geheiratet haben, faul und geistlos ist«, widersprach Jeremy. »Ihr dagegen habt eine gute Wahl getroffen. Ich denke, Ihr solltet Mr. Draper aufsuchen und um Jane Ryders Hand anhalten. Als jüngerer Sohn, der sein eigener Herr ist und nicht unter dem Zwang steht, das Familienvermögen vergrößern zu müssen, könnt Ihr es Euch doch im Gegensatz zu vielen anderen Gentlemen leisten, aus Liebe zu heiraten.«

Sir Orlando sah den Priester nachdenklich an und stieß schließlich ein tiefes Seufzen aus.

»Ich danke Euch für den Rat, Pater. Aber es ist nicht leicht, eine so schwerwiegende Entscheidung zu fällen, deshalb werde ich sie noch einmal überschlafen. Und nun möchte ich Euch nicht länger von der Fertigstellung Eurer Predigt abhalten.«

Der Richter erhob sich von seinem Stuhl.

»Ach, Mylord, wenn Ihr die Drapers aufsucht, fragt doch die Söhne, ob einer von ihnen Samuel Forbes die Hebamme empfohlen hat«, bat Jeremy.

Trelawney zog erstaunt die Brauen hoch. »Wie kommt Ihr darauf, dass es einer der Drapersöhne war?«

»Nun, es war offenkundig, dass Mr. Forbes in Anwesenheit seines Vaters nicht die Wahrheit sagen wollte.«

»Stimmt, das ist mir auch aufgefallen. Eure Frage hat ihn sichtlich überrumpelt, und er suchte angestrengt nach einer Antwort. Ihr meint also, er wollte nicht zugeben, dass ihm David oder James Draper die Hebamme empfahl?«

»Der alte Forbes wäre damit sicher nicht einverstanden gewesen. Schließlich wollte er sich nicht einmal von einem Royalisten wie mir untersuchen lassen.«

»Gut, Pater, ich werde die beiden befragen.«

Trelawney wandte sich zur Tür, als Jeremy ihn noch einmal zurückhielt. »Wie geht es eigentlich Euren Rückenschmerzen, Mylord?«, erkundigte er sich neugierig.

»Oh, viel besser«, erwiderte Sir Orlando. »Ich habe Euren Rat befolgt und es mit heißen Bädern versucht. Und ich muss zugeben, es gefällt mir.«

Jeremy wandte sich lächelnd wieder seiner Predigt zu.

Nach einer weiteren schlaflosen Nacht beschloss Trelawney, seiner Qual ein Ende zu machen und das Wagnis seines Lebens einzugehen. Aufgeregt wie ein kleiner Junge, der zum ersten Mal seine Kinderröcke gegen Männerhosen eintauschen durfte, begab er sich in die Throgmorton Street und ließ sich dem Hausherrn melden.

George Draper empfing den Richter mit vorsichtiger Zurückhaltung. »Was kann ich für Euch tun, Mylord?«, fragte er.

Trelawney fiel gleich mit der Tür ins Haus. »Ich bin gekommen, um Euch um die Hand Eurer Nichte zu bitten, Sir.«

George Draper klappte der Unterkiefer herunter, so überrascht war er.

»Wie? Jane? Ihr wollt ... Das ist nicht Euer Ernst.«

»Mein voller Ernst. Ich habe den Wunsch, Mistress Jane Ryder zu ehelichen, wenn sie mich will«, bekräftigte Sir Orlando.

»Aber ... was ist mit unserer Abmachung? Ihr wart doch an meiner Tochter Sarah interessiert. Weshalb der Sinneswandel? Hat Jane sich Euch etwa aufgedrängt?«

»Nein, Sir, sie war stets zurückhaltend, wie es sich für ein junges Mädchen ihres Standes geziemt.«

Draper zupfte gereizt an den Locken seiner Perücke.

»Ich verstehe Euch nicht, Mylord. Weshalb Jane? Sie ist nicht einmal hübsch. Ihre Augen haben diese unschöne Farbe. Sie ist tüchtig, was die Besorgung der Wirtschaft angeht, aber sie besitzt keinerlei Grazie und wird Euch in Eurer Position keine Ehre machen.«

»Da bin ich anderer Meinung. Jane ist ein reizendes Mädchen«, entgegnete Trelawney bestimmt. Es war offensichtlich, dass Draper seine Nichte in ein schlechtes Licht zu setzen versuchte, um diese Ehe, die er sich für seine Tochter wünschte, zu verhindern.

»Trotzdem liegt es in meiner Pflicht, Euch zu warnen, Mylord«, beharrte Draper. »Jane war immer schon ein bisschen kränklich, und Ihr wünscht Euch doch gesunde und kräftige Kinder. Sie wird diese eheliche Pflicht kaum erfüllen können.«

Das Gesicht des Richters verfinsterte sich mehr und mehr. »Ich glaube kein Wort von dem, was Ihr mir da erzählt, Sir. Jane scheint mir völlig gesund. Ich möchte sie heiraten und bitte Euch um Eure Zustimmung. Werdet Ihr sie geben oder nicht?«

Draper wandte sich verärgert ab und sah zum Fenster hinaus. »Wie Ihr wisst, Mylord, hat mein Vermögen während des Commonwealth erhebliche Einbußen erlitten. Ich kann Euch daher keine hohe Mitgift anbieten«, brummte er.

»Darüber werden wir uns schon einig werden«, versicherte Sir Orlando leichthin. In diesem Moment, da er so unvermutet um Jane Ryder kämpfen musste, war ihm die Geldseite völlig gleichgültig geworden. Er musste tatsächlich über beide Ohren verliebt sein! Doch auch diese Erkenntnis beunruhigte ihn in diesem Augenblick nicht mehr.

George Draper drehte sich wieder seinem Gast zu und erklärte: »Ich werde Jane sagen, dass Ihr um sie angehalten habt, und Euch dann ihre Antwort mitteilen.«

»Gut, ich warte so lange«, erwiderte Sir Orlando entschlossen.

Er sah seinem Gegenüber an, dass ihm dies gar nicht recht war. Doch der Richter wollte die Angelegenheit so schnell wie möglich über die Bühne bringen. Noch eine schlaflose Nacht könnte er nicht ertragen.

Seinen Ärger nur mühsam beherrschend, verließ der Hausherr das Studierzimmer, in dem er seinen Gast empfangen hatte, und machte sich auf die Suche nach seiner Nichte. Sir Orlando nutzte seine Abwesenheit, um den Auftrag zu erfüllen, den sein Freund, der Jesuit, ihm gegeben hatte. Ein Lakai teilte ihm mit, dass der ältere Sohn David außer Haus sei, der jüngere sich jedoch in seinem Gemach aufhalte. Trelawney wies den Diener an, James Draper zu ihm zu schicken, doch es dauerte eine Weile, bevor der junge Mann erschien. Sein Gesicht war blass, die Augen wirkten verquollen, und er hielt sich mit beiden Händen den Kopf, als habe er Schmerzen. Die unverkennbaren Zeichen eines furchtbaren Katers, dachte Trelawney abfällig.

»Guten Morgen, Mylord«, krächzte James und rang sich ein höfliches Lächeln ab. »Was führt Euch denn zu so früher Stunde hierher?«

»Früh? Es ist halb elf.«

»Ach, schon? Habe ich gar nicht bemerkt«, spottete der junge Mann.

»Was für ein Teufelszeug habt Ihr in Euch hineingeschüttet, Sir?«

»Ein wenig hiervon, ein wenig davon. So genau weiß ich das nicht mehr. Wie kann ich Euch behilflich sein, Mylord?«

»Ich habe vor kurzem mit Samuel Forbes gesprochen«, berichtete Trelawney.

»Dann hat er Euch sicher seinen lang ersehnten Sohn vorgeführt.«

»Das hat er.«

»Ist der Kleine gesund?«

»Soweit ich sehen konnte, ja. Warum sollte er nicht?«

»Nun, Samuels Gemahlin hat bereits mehrere Kinder verloren.«

»Das passiert leider häufig«, seufzte der Richter. Er hatte selbst oft genug diese Erfahrung gemacht. Der Gedanke an seine früh verstorbenen Kinder ließ wie stets einen Kloß in seinem Hals anschwellen. Energisch riss sich Sir Orlando zusammen und wechselte das Thema.

»Eigentlich wollte ich Euch fragen, ob Ihr oder Euer Bruder Samuel Forbes die Hebamme empfohlen hat.«

»Diese Margaret Laxton?«, erwiderte James Draper mit fast übertriebener Überraschung. »Ich sagte Euch doch schon, dass sie nie hier im Haus war.«

»Was nicht heißen muss, dass Ihr sie nicht gekannt habt.«

»Ihr seid aber verdammt hartnäckig, Mylord.« James ließ sich mit einem Seufzen auf einen Stuhl sinken und schüttelte langsam den Kopf. »Ich hatte weder etwas mit Mistress Laxton zu tun noch mit ihrer Tochter!«, versicherte er.

»Immerhin wisst Ihr, dass sie eine Tochter hatte«, gab Sir Orlando herausfordernd zurück.

Zum ersten Mal zeigte sich ein Riss in der glatten Fassade aus Charme und Selbstsicherheit. James begriff, dass er zu viel gesagt hatte, und presste ärgerlich die Lippen aufeinander. Doch bevor Trelawney die Gelegenheit ergreifen konnte, ihm weiter auf den Zahn zu fühlen, kehrte der Hausherr zurück.

»James, würdest du Seine Lordschaft und mich bitte allein lassen«, bat George Draper seinen Sohn. »Wir haben etwas Wichtiges zu besprechen.«

Erleichtert erhob sich der junge Mann von seinem Stuhl und verschwand ohne ein Wort.

»Mylord, ich habe mit Jane gesprochen und Eure Absichten dargelegt. Sie fühlt sich über alle Maßen geehrt, bedauert es jedoch außerordentlich, Euer Angebot ablehnen zu müssen.«

Für einen Augenblick war Sir Orlando wie vor den Kopf geschlagen. Das war doch nicht möglich! Er war sich so sicher gewesen, dass Jane Ryder ihn als Gemahl akzeptieren würde, dass er eine Ablehnung ihrerseits überhaupt nicht in Betracht gezogen hatte. Konnte er sich denn dermaßen geirrt haben? Hatte er sich die Zuneigung, die aus jedem Blick, jedem Lächeln des Mädchens sprach, nur eingebildet? Nein, das konnte nicht sein! Das hieße ja, dass auch Dr. Fauconer sich geirrt haben musste, und das erschien ihm unmöglich. Irgendetwas war hier faul!

Seine Fassung zurückgewinnend, sah Sir Orlando sein Gegenüber scharf an und sagte entschlossen: »Vergebt mir meine Hartnäckigkeit, Sir, aber wenn Mistress Ryder mich tatsächlich nicht will, so möchte ich das gerne von ihr selbst hören!«

»Ich versichere Euch, Mylord ...«

»Bitte, Sir. Ich bestehe darauf.«

George Draper sah ein, dass er es sich mit dem Richter endgültig verderben würde, wenn er ihm diese Bitte verweigerte.

»Ich hole sie«, gab er nach.

Während er wartete, ging Trelawney erregt in der Studierstube auf und ab. Die Zeit verstrich. Er wollte schon ungeduldig nach dem Rechten sehen, als der Hausherr endlich mit seiner Nichte zurückkehrte. Jane hielt den Kopf gesenkt und blickte den Richter nicht an, doch Sir Orlando sah, dass sie sehr blass wirkte und dass ihre Augen gerötet waren, als habe sie geweint.

»Ich möchte allein mit ihr reden, wenn Ihr erlaubt, Sir«, bat Trelawney entgegen aller Anstandsregeln.

»Aber, Mylord, das geht nun wirklich nicht«, widersprach Draper entrüstet.

»Macht eine Ausnahme! Es wird nur ein paar Minuten dauern.«

»Mylord, Ihr überspannt den Bogen.«

»Lasst mich allein mit Eurer Nichte sprechen, Sir, sonst muss ich annehmen, dass Ihr Druck auf sie ausgeübt habt, um sie zum Verzicht zugunsten Eurer Tochter zu bewegen. In diesem Fall lasst mich Euch versichern, dass ich sämtliche Eheverhandlungen mit Euch abbrechen und mich mit anderen Familien in Verbindung setzen werde, die ebenfalls sehr erpicht darauf sind, einen Richter des Königs zu ihrer Verwandtschaft zu zählen.«

Alle Farbe war aus George Drapers Gesicht gewichen. Verlegen wandte er sich ab und ließ seinen Gast und seine Nichte allein. Jane hielt noch immer den Kopf gesenkt. Sir Orlando holte tief Luft, um seinen Ärger niederzukämpfen, und fragte schließlich sanft: »Hat Euer Onkel Euch mitgeteilt, dass ich um Eure Hand angehalten habe, Madam?«

»Ja, Sir.«

»Ist es wahr, dass Ihr abgelehnt habt?«

»Ja.«

»Darf ich fragen, warum?«

Ihr Kinn sank noch tiefer auf ihre Brust, damit er ihr nicht ins Gesicht sehen konnte.

»Ich bin Eurer nicht würdig, Mylord.«

»Unsinn!«, entfuhr es dem Richter empört. »Was hat Euch Euer Onkel einzureden versucht? Dass Ihr Eurer Base nicht die Partie verderben dürft? Dass man Euch braucht, um weiterhin so vorbildlich das Haus zu führen, und dass man ohne Euch nicht zurechtkommen wird? Ihr seid kein Dienstbote und schon gar nicht eine Sklavin, die kein Recht auf ein eigenes Leben hat. Ich biete Euch die Möglichkeit, selbst Hausherrin zu sein und eine eigene Familie zu haben.«

»Das steht mir nicht zu«, presste Jane gequält hervor.

»Denkt Ihr an Eure Base?«

»Ja.«

»Es stimmt schon, zuerst hatte ich vor, Sarah zu heiraten«, gestand Trelawney. »Aber inzwischen hat sich einiges geändert. Ich will *Euch* zur Frau. Euch allein. Wenn Ihr mich nicht akzeptiert, werde ich überhaupt nicht heiraten, auch nicht Eure Base.«

Jane Ryder hob den Kopf und sah ihn erstaunt an. Ihre grünen Augen funkelten vor Tränen. »Ist das wahr?«

»Ja, Madam, es ist wahr. Ich wünsche mir nichts sehnlicher, als dass Ihr meine Frau werdet. Ich möchte Euch an meiner Seite haben, und ich verspreche, dass ich alles tun werde, um Euch glücklich zu machen.«

Tränen der Freude liefen ihr über die Wangen und brachten ihn noch mehr in Verlegenheit. Er konnte es nicht ertragen, sie weinen zu sehen, und verspürte den Drang, sie in die Arme zu nehmen und zu trösten, brachte es aber nicht über sich. Stattdessen holte er ein spitzenbesetztes Taschentuch hervor und trocknete mit ein paar linkischen Gesten ihr Gesicht. Da rang sie sich ein schüchternes Lächeln ab.

»Weint nicht mehr, Madam«, bat Sir Orlando. »Und erweist mir die Ehre, mein Angebot noch einmal zu überdenken, bevor Ihr es ablehnt. Ich werde warten.«

»Das braucht Ihr nicht«, sagte sie, all ihren Mut zusammenraffend. »Ich werde es nicht ablehnen.«

»Dann seid Ihr bereit, mich zu heiraten?«

»Ja.« Ihr Blick wurde unsicher. »Aber mein Onkel. Wenn er nicht zustimmt.«

»Er wird. Vertraut mir«, versicherte Sir Orlando. »Ich werde ihm klar machen, dass es das Beste für ihn ist.«

Ihre grünen Augen strahlten ihn an. Er war glücklich über den Sieg, den er errungen hatte, doch zugleich verspürte er einen Anflug von Angst, ohne sich den Grund dafür erklären zu können.

Vierzehntes Kapitel

»Ihr seid eine Schande für die Gilde, Meister Ridgeway«, schimpfte Thomas Calveley, der diesjährige Zunftmeister der Barbier-Chirurgen. »Eine Schande, hört Ihr! Wenn es nach mir ginge, würdet Ihr der Mitgliedschaft in der Zunft verlustig gehen. Nicht nur, dass Ihr die Tochter eines Eurer Zunftgenossen entehrt habt, nun weigert Ihr Euch auch noch, das arme Mädchen zur Frau zu nehmen.«

Calveley marschierte wie ein gereizter Bulle in Alans Chirurgenstube auf und ab und machte seinem heiligen Zorn lauthals Luft.

»Meister Laxton wird bei der nächsten Versammlung der Assistenten Beschwerde gegen Euch einlegen«, fuhr der Zunftmeister in vernichtendem Ton fort. »Auch wenn man Euch nicht aus der Gilde ausschließt, wird man Euch eine gehörige Geldstrafe aufbrummen, verlasst Euch darauf.«

Alan ließ die Tirade ohne Widerworte über sich ergehen. Seit sich vor mehr als hundert Jahren die Gilden der Barbiere und der Chirurgen zusammengeschlossen hatten, war den Barbieren die Ausübung der Wundarzneikunst untersagt. Viele von ihnen neideten den Chirurgen dieses Privileg, denn der Aderlass allein brachte gute Einnahmen. Auch der diesjährige Zunftmeister Calveley war Barbier und nutzte ohne Zögern die seltene Gelegenheit, einen der arroganten Wundärzte in seine Schranken zu verweisen.

Alan atmete auf, als dem tobenden Zunftmeister endlich die

Puste ausging und er sich mit ein paar abschließenden Ermahnungen entfernte. Doch die Verschnaufpause währte nicht lange. Wenige Stunden später bekam Alan Besuch von dem Kirchenvorsteher von St. Faith, des Sprengels, in dem er lebte. Meister Laxton ließ wirklich kein Mittel aus, um seinen widerspenstigen Zunftgenossen unter Druck zu setzen.

»Ich hätte Euch schon viel eher einmal aufsuchen und ins Gebet nehmen sollen, Meister Ridgeway«, begann der Kirchenvorsteher streng. »Ihr habt schon seit Jahren nicht mehr am Gottesdienst teilgenommen, geschweige denn das Sakrament nach dem Ritus der anglikanischen Kirche empfangen. Ich muss also annehmen, dass Ihr Euch wieder der alten Religion zugewandt habt.«

Alan wurde hellhörig. Also daher wehte der Wind! Nun versuchte man, seinen Glauben als Vorwand zu benutzen, um ihn in die Enge zu treiben.

»Ihr wisst, dass es meine Pflicht wäre, Eure Abwesenheit vom Gottesdienst dem Bischof zu melden. Nach dem Uniformitätserlass von 1559 müsst Ihr für jedes Fernbleiben an einem Sonn- oder Feiertag eine Strafe von einem Shilling zahlen. Man könnte Euch auch eine Strafgebühr von zwanzig Pfund für jeden Monat auferlegen, den Ihr Euch weigert, am anglikanischen Gottesdienst teilzunehmen.«

»Das kann nicht Euer Ernst sein!«, protestierte Alan entrüstet. »Wie soll ich eine solche Summe aufbringen? So viel Geld verdiene ich in Wochen nicht.«

»Ihr seid Junggeselle und braucht nicht viel zum Leben, Sir«, erinnerte ihn der Kirchenvorsteher.

»Trotzdem muss ich die Miete für das Haus bezahlen.«

»Für Euch allein ist dieses Haus ohnehin zu groß. Sofern Ihr jedoch Frau und Kinder hättet, läge die Sache natürlich anders. Es liegt nicht im Interesse des Kirchspiels, einen tüchtigen Handwerker und seine Familie zu ruinieren, egal, welchem Irrglauben er auch anhängen mag. Er würde nur zu einer Bürde für die Gemeinde werden. Überlegt es Euch, Meister Ridgeway! Die Entscheidung liegt allein bei Euch.«

Die unerbittliche Miene des Kirchenvorstehers machte Alan klar, dass die Drohung ernst gemeint war. Entweder er heiratete, oder man würde ihn wegen seines Fernbleibens vom Gottesdienst anzeigen und als Rekusanten verurteilen, ihn vielleicht sogar exkommunizieren. In diesem Fall verlor er jede Rechtsfähigkeit und damit die Möglichkeit, im Falle eines erlittenen Unrechts vor Gericht zu gehen. Es war zum Verzweifeln! Blieb ihm überhaupt noch eine Wahl? Als der Kirchenvorsteher gegangen war, ließ sich Alan auf einen Stuhl sinken und raufte sich die Haare.

»Hört endlich auf, Euch stur zu stellen wie ein Maulesel«, sagte eine mahnende Stimme in seinem Rücken.

Alan fuhr erschrocken herum und sah Jeremy hinter sich stehen. Er hatte ihn nicht kommen hören.

»Nicht Ihr auch noch«, maulte er.

»Ich habe lange genug geschwiegen«, gab Jeremy streng zurück. »Um unserer Freundschaft willen. Und weil ich hoffte, Ihr würdet von selbst zur Vernunft kommen. Aber jetzt sage ich Euch – nicht als Euer Beichtvater, sondern als Euer Freund –, Ihr seid verantwortlich für dieses Mädchen und für das Kind, das sie erwartet, und es ist Eure Pflicht, sie zur Frau zu nehmen.«

»Es muss eine andere Möglichkeit geben ...«

»Verdammt, Alan, es gibt keinen Ausweg!«, widersprach Jeremy schroff. »Wie könnt Ihr nur so selbstsüchtig sein? Denkt an das arme Mädchen.«

Der Wundarzt senkte schmollend den Kopf.

»Ihr habt leicht reden«, grollte er. »Dabei solltet Ihr mich eigentlich verstehen. Wenn man Euch zur Heirat zu zwingen versuchte, würdet Ihr Euch ebenso erbittert weigern.«

Der Vorwurf verärgerte Jeremy, besonders da er der Wahrheit entsprach. »Das ist nicht dasselbe.«

»Ach, und weshalb nicht?«, empörte sich Alan. »In meiner Situation wäre Euch auch jedes Mittel recht, eine Heirat zu vermeiden. Ihr seid ebenso wenig für die Ehe geschaffen wie ich.«

»Im Gegensatz zu Euch laufe ich aber nicht jedem Weiberrock nach!«, rief Jeremy erbost. »Ihr habt Euch selbst in diese missliche Lage gebracht. Ich habe Euch mehr als einmal beschworen, Euren Lebenswandel zu ändern, aber Ihr wolltet ja nicht hören. Jetzt ist es eben passiert, und Ihr müsst für Euren Fehltritt geradestehen. Seht das endlich ein. Ihr seid selbst schuld, Narr, weil Ihr Euren Schwanz nicht bei Euch behalten könnt!«

»Geht doch zum Teufel!«, schrie Alan und stürmte wutentbrannt in den Garten, der hinter dem Haus lag, um seinen Zorn an einem Stoß Holzscheite auszulassen.

Die Galgenfrist des Wundarztes lief unerbittlich ab. Am Abend erschien erneut Meister Laxton in der Chirurgenstube und verlangte Alans Zustimmung zur Heirat mit seiner Tochter.

»Bevor Ihr antwortet, noch ein Wort der Warnung«, sagte Laxton drohend. »Wenn Ihr Euch weiterhin weigert, Anne zur Frau zu nehmen, werde ich nicht zögern, Euch bei einem Friedensrichter wegen Unzucht und der Zeugung eines Bastards anzuzeigen. Ihr wisst, welche Strafe darauf steht. Man wird Euch wie einen gemeinen Verbrecher durch die Straßen peitschen und dann in den Stock setzen.«

Alan wurde leichenblass.

»Damit kommt Ihr nicht durch«, stieß er hervor. »Diese Strafe ist hier in London schon seit Jahren nicht mehr vollstreckt worden. Außerdem würde man dann auch Eure Tochter bestrafen. Das könnt Ihr nicht wollen.«

»Annes Zustand würde sie von der Strafe ausnehmen. Ihr dagegen ...«

»Das würdet Ihr nicht tun!«

»Wollt Ihr es darauf ankommen lassen?«, gab Laxton unnachgiebig zurück.

Alan spürte, wie Übelkeit in ihm aufstieg. Vor nicht allzu langer Zeit hatte er einmal aus nächster Nähe mit angesehen, wie ein Mann ausgepeitscht worden war. Diesen schrecklichen Anblick würde er nie vergessen. Um nichts in der Welt wollte er diese grausame Züchtigung am eigenen Leib erfahren. Wie gering die Wahrscheinlichkeit auch war, dass man ihn dieser Strafe unterziehen mochte, er konnte nicht völlig ausschließen, dass die Möglichkeit bestand. Nein, das könnte er nicht ertragen. Verzweifelt schloss Alan für einen Moment die Augen. Er saß in der Falle!

»Nun, Meister Ridgeway, wie lautet Eure Antwort?«, fragte Laxton mit unverhohlener Genugtuung angesichts der schreckerfüllten Miene seines Gegenübers.

»Ich werde Eure Tochter heiraten«, antwortete Alan ergeben.

Meister Laxton verlor keine Zeit, die nötigen Vorbereitungen in die Wege zu leiten. Er wollte seine Tochter aus dem Haus haben, bevor ihr Zustand offensichtlich wurde. Er besorgte eine Sondergenehmigung zur Eheschließung, um das Aufgebot zu vermeiden, und setzte seinem Zunftgenossen dann die Kosten in Rechnung. Und so wurden Alan Ridgeway und Anne Laxton kurz nach Ostern in der Pfarrkirche von St. Faith in aller Stille getraut.

Jeremy war bei der Zeremonie in der Kirche nicht anwesend, denn als katholischer Priester war es ihm untersagt, an einem protestantischen Gottesdienst teilzunehmen. Und so fühlte sich Alan, umgeben von seiner ungeliebten neuen Familie, so allein und verlassen wie noch nie in seinem Leben.

Nach der Trauung begaben sie sich alle in das Haus des Wundarztes, und Alan war gezwungen, seine ungebetenen Gäste großzügig zu bewirten, bis sie genug hatten und endlich das Feld räumten.

Bevor er sich auf den Heimweg machte, klopfte Meister Laxton seinem frisch gebackenen Schwiegersohn kräftig auf die Schulter, dass Alan die Luft wegblieb.

»Na, nichts für ungut, mein Freund«, grölte Laxton, berauscht vom reichlich genossenen Wein. »Ihr mögt zwar ein Hurenbock sein, aber ich zweifle nicht daran, dass Ihr gut für meine Tochter sorgen werdet – und für meine Schwägerin.«

»Für Eure Schwägerin?«, fragte Alan verständnislos.

»Natürlich! Anne ist Elizabeths einzige lebende Blutsverwandte. Außerdem werdet Ihr eine Wirtschafterin brauchen. In ihrem Zustand schafft Anne die Hausarbeit nicht allein.«

»Aber ...«, stammelte Alan. »Es war nie die Rede davon, dass Eure Schwägerin in mein Haus ziehen sollte.«

»Nun habt Euch nicht so«, winkte Laxton lachend ab. »Ihr habt in die Familie eingeheiratet, und jetzt müsst auch Ihr Euer Scherflein beitragen. In Eurem Haus ist mehr Platz als in meinem. Ich werde morgen einen Wagen mit Elizabeths Habseligkeiten vorbeischicken. Wenn das Kleine erst da ist, werdet Ihr für die Hilfe dankbar sein.«

Sichtlich zufrieden bei dem Gedanken, Tochter und Schwägerin endlich aus dem Haus zu haben, zog Meister Laxton seinen Sohn mit sich aus der Chirurgenstube. Martin warf Alan noch einen boshaften Blick zu, um ihm klar zu machen, dass er die Angelegenheit keineswegs als erledigt betrachtete.

Es gelang Alan nur mit Mühe, seinen Ärger zu beherrschen. Zum Glück verhinderte der starke Weinrausch, der seinen Kopf benebelte, dass ihm die Bedeutung von Meister Laxtons Ankündigung allzu deutlich ins Bewusstsein drang. Er kehrte zu Jeremy, Nicholas, Kit, Molly und den beiden Frauen in die Küche zurück und gab der Magd die Anweisung, die freie Kammer im zweiten Stock für Elizabeth herzurichten und dann seine Gattin in ihre gemeinsame Schlafkammer zu führen. Dann schickte er den Gesellen und den Lehrjungen ins Bett.

»Der alte Fuchs hat Euch also die unliebsame Verwandte aufgehalst«, sagte Jeremy mitfühlend.

»So sieht es aus«, murmelte Alan verdrossen.

»Aber es hat doch auch etwas Gutes«, versuchte der Priester seinen Freund aufzuheitern. »Über kurz oder lang hätten wir ohnehin wieder eine Haushälterin gebraucht.«

»Mag sein«, seufzte Alan.

»Nun nehmt es doch nicht so schwer. Ihr könnt es nicht mehr ändern. Versucht also, das Beste daraus zu machen.«

Alan brummte nur etwas Unverständliches.

Jeremy schwieg eine Weile, bevor er das Thema wechselte: »Ich möchte Euch nicht drängen, aber Ihr solltet Euch so bald wie möglich von mir trauen lassen.«

»Das hat keine Eile«, wehrte der Chirurg ab, ohne seinen Freund anzusehen.

»Alan, Ihr wisst doch, dass Eure Ehe in den Augen der katholischen Kirche nicht gültig ist«, erinnerte Jeremy ihn. »Wenn Ihr Euch nicht von mir trauen lasst, lebt Ihr mit dem Mädchen in Sünde.«

Doch Alan schüttelte störrisch den Kopf. Er hätte das Gefühl, endgültig in der Falle zu sitzen, wenn er nun auch nach katholischem Ritus heiratete. So konnte er sich zumindest die Illusion bewahren, sich einen Teil seiner Freiheit erhalten zu haben.

»Nun seid doch nicht so starrköpfig!«, ermahnte ihn Jeremy, der allmählich mit seiner Geduld am Ende war. »Kommt endlich zur Vernunft. Ihr seid für den Rest Eures Lebens mit Anne verbunden – bis dass der Tod euch scheidet!«

»Ja«, sagte Alan nur. »Bis dass der Tod uns scheidet.«

Dann wandte er sich ohne ein weiteres Wort ab und stieg in seine Kammer hinauf. Anne lag bereits in dem großen Baldachinbett und schien zu schlafen. Doch Alan merkte ihren unruhigen Atemzügen an, dass sie ihn zu täuschen versuchte. Ohne Zögern trat er an ihre Seite des Bettes, riss die Vorhänge auf und sagte: »Ich weiß, dass Ihr nicht schlaft, Anne.«

Sie öffnete die Augen und setzte sich auf, zog dabei die Decke jedoch bis unter das Kinn.

»Seid Ihr nun zufrieden?«, fragte Alan zynisch. »Ihr habt erreicht, was Ihr wolltet. Ihr seid meine Frau geworden. Auch wenn ich noch immer nicht verstehe, weshalb Ihr so versessen darauf wart.«

Als sie nicht antwortete, redete er sich mehr und mehr in Rage. »Ihr habt es von Anfang an darauf angelegt, nicht wahr? Ihr seid zu mir gekommen und habt Euch mir angeboten, in der Hoffnung, mir dann ein Kind anhängen zu können. Und ich verdammter Narr falle auch noch darauf herein!«

Sie sah ihn nur stumm an.

»Warum gerade ich?«, fragte er gereizt. »Warum habt Ihr mich als Opfer gewählt?«

Ein Anflug von Verachtung trat in Annes Blick. »Weil ich wusste, dass Ihr einer solchen Gelegenheit nicht widerstehen könnt.«

Alan ließ sich auf einen Schemel sinken und fuhr sich mit der Hand über die Augen. Sie hatte Recht. Sie alle hatten Recht. Er war selbst schuld.

»Wollt Ihr mir nicht erklären, warum Ihr es so eilig hattet, unter die Haube zu kommen? Es gibt doch bestimmt noch andere, wesentlich jüngere Männer als mich, die Euch gerne zur Frau genommen hätten.«

Sie wandte den Kopf und sah ihn mit zornigem Blick an. »Ihr

habt meine Familie kennen gelernt. Wie könnt Ihr da noch fragen? Ich wollte fort, lieber früher als später. Jeder Tag war eine Qual für mich. Ihr wart eben da!« Und Ihr wart der einzige unverheiratete Meister unter einer Schar von armen Schluckern, fügte sie in Gedanken hinzu.

Der vorwurfsvolle Ton in ihrer Stimme nahm Alans verletztem Stolz den Wind aus den Segeln. Er, der ihre Familie von ihrer schlimmsten Seite kennen gelernt hatte, konnte sie mit einem Mal verstehen. Er wusste nicht, wie sie von Vater und Bruder behandelt worden war, aber viel Liebe und Verständnis hatte sie von ihnen bestimmt nicht erhalten. War sie deshalb so verzweifelt gewesen, als sie ihre Mutter verloren hatte, den einzigen Menschen, dem sie sich hatte anvertrauen können? Angesichts der Umstände fiel es Alan schwer, ihr weiterhin Vorhaltungen zu machen. Jeremy hatte es schon in die treffenden Worte gefasst: Er musste sich mit seinem Schicksal abfinden.

Fünfzehntes Kapitel

»Ich habe Meister Ridgeway zur Hochzeit gratuliert. Er schien mir allerdings alles andere als glücklich«, wunderte sich Sir Orlando, als er den Jesuiten einige Tage später in der Paternoster Row aufsuchte.

Jeremy lächelte gezwungen. »Er braucht noch etwas Zeit, um sich an sein neues Leben zu gewöhnen.«

»Nun, ich wünsche ihm auf jeden Fall alles Gute, zumal ich sehr bald seinem Beispiel folgen werde«, verkündete der Richter strahlend.

»Ihr habt Euch also endlich entschieden, Mylord?«

»So ist es. Ich habe um Jane Ryders Hand angehalten, und George Draper hat nach einigem Hin und Her zähneknirschend zugestimmt«, bestätigte Trelawney triumphierend. »Die Trauung findet am Sonntag nach dem Festtag des Evangelisten Markus auf meinem Landsitz in Sevenoaks statt. Ich würde mich sehr freuen, wenn Ihr dabei wärt, Pater.«

»Ich fühle mich natürlich geehrt, Sir, aber leider ist es mir nicht erlaubt, einem protestantischen Gottesdienst beizuwohnen«, erklärte Jeremy mit ehrlichem Bedauern. Er hätte sehr gerne an der Hochzeit teilgenommen, zumal es eine glückliche Ehe zu werden versprach.

»Ach ja, das hatte ich vergessen«, erwiderte Sir Orlando betroffen. »Aber Ihr werdet doch bei den Festlichkeiten mein Gast sein. Ich lasse Euch mit meiner Kutsche abholen.«

Doch Jeremy schüttelte entschieden den Kopf. »Glaubt Ihr

nicht, dass es auffallen würde, wenn ich bei dem Fest, aber nicht beim Gottesdienst anwesend wäre?«, gab er zu bedenken. »Man würde sofort den Grund dafür erraten und mich für einen Katholiken oder Dissenter halten. Das würde Euch nur schaden, Mylord.«

»Verzeiht meine Uneinsichtigkeit, Pater. Ihr habt Recht. So traurig es ist«, stellte Sir Orlando mit enttäuschter Miene fest. Es ärgerte ihn, dass die Umstände es nicht erlaubten, dass sein bester Freund an seiner Hochzeit teilnahm, und er grollte auch Fauconer ein wenig, weil dieser so hartnäckig darauf bestand, das Dasein eines Außenseiters zu führen.

»Aber Ihr werdet doch eine Einladung zum Mittagsmahl annehmen, wenn ich nach der Hochzeit wieder in London bin, Pater?«, bat der Richter hoffnungsvoll.

»Gerne, Mylord«, erwiderte Jeremy lächelnd. »Ihr müsst mir dann unbedingt von den Festlichkeiten erzählen.« Der Priester freute sich sehr für den Richter. Nach dem Tod seiner Gattin nach einer Fehlgeburt war Trelawney, der die Gesellschaft anderer Menschen brauchte, lange genug allein gewesen. Und Jane Ryder war zweifellos die richtige Frau für ihn. Nun musste sich nur noch Sir Orlandos sehnlicher Wunsch nach Kindern erfüllen. Doch auch das würde sich einstellen, daran glaubte Jeremy fest.

Nachdem der Richter noch von seinem Streit mit George Draper berichtet hatte, fiel ihm seine kurze Unterredung mit dessen Sohn James wieder ein.

»Dieser Trunkenbold hatte einen mächtigen Kater. Das machte ihn unvorsichtig, und er ließ durchblicken, dass er doch mehr über Margaret Laxton weiß, als er bisher zugeben wollte, zum Beispiel, dass sie eine Tochter hatte.«

»Tatsächlich? Das ist allerdings interessant.«

»Mehr konnte ich leider nicht aus ihm herausbringen.«

»Dann solltet Ihr die Hochzeitsfeierlichkeiten dazu nutzen, James und seinen Bruder David ein wenig auszuhorchen. Vielleicht löst der Wein ihre Zunge.«

»Darauf könnt Ihr Euch verlassen, Pater«, versicherte Trelawney, in dem der Jagdinstinkt erwacht war.

Jeremy war nach dem Frühstück allein in der Küche zurückgeblieben, während die anderen an ihre Arbeit gingen, als er Elizabeths aufgebrachte Stimme vernahm.

»Was fällt dir ein, du Frechdachs! Los, tummel dich! Und verschone mich mit deinen Ausreden.«

Verwundert, wem diese Tirade wohl gelten mochte, betrat Jeremy die Chirurgenstube und sah zu seinem Erstaunen, wie Annes Tante mit in die Hüften gestemmten Armen Kit ausschalt und dem Jungen schließlich eine schallende Ohrfeige verabreichte.

»Was geht hier vor, Madam?«, fragte Jeremy ruhig, aber bestimmt.

»Dieser Nichtsnutz will nicht gehorchen und gibt noch freche Antworten«, schimpfte Elizabeth ungehalten.

»Worum geht es denn?«, erkundigte sich der Jesuit geduldig.

»Ich muss auf dem Markt einkaufen, und der Einfaltspinsel soll mir tragen helfen. Aber er weigert sich. Sagt, er muss mit Nicholas eine Salbe anrühren. Als wenn der Geselle das nicht auch ohne ihn hinbekommt. Das ist doch nur eine unverschämte Ausrede«, wetterte die neue Haushälterin. »Ich verstehe sowieso nicht, weshalb Meister Ridgeway nur einen Gesellen und einen Lehrknaben hat, da die Zunft doch drei Lehrjungen erlaubt. Außer Molly ist niemand da, um mir bei der Arbeit zu helfen. Soll ich denn die Einkäufe allein tragen?«

»Ich verstehe Euer Dilemma«, lenkte Jeremy gutmütig ein. »Wenn Ihr erlaubt, werde ich Euch zum Markt begleiten, Madam. Aber lasst den Jungen in Ruhe. Schließlich ist er bei Meister

Ridgeway in der Lehre, um die Wundarzneikunst zu lernen, und nicht, um Hausarbeit zu verrichten.«

Obwohl leicht verletzt durch seine Zurechtweisung, nahm Elizabeth sein Angebot an. Um sie zu versöhnen, trug Jeremy ihr den großen Weidenkorb und plauderte unterwegs mit ihr. Seine Bemühungen ließen sie ein wenig auftauen. Bis zum Newgate-Markt war es nicht weit. Als sie am Torhaus vorbeikamen, griff Jeremy in die Tasche, holte einige Münzen hervor und legte sie in die schmutzstarrenden knochigen Hände, die sich ihnen durch ein vergittertes Fenster entgegenstreckten. Diese Öffnung erlaubte es den armen Gefangenen, von den Vorübergehenden Almosen zu erbetteln, ohne die sie unweigerlich verhungern mussten, denn in den Kerkern gab es außer Prügel, sei es von den anderen Häftlingen oder den Schließern, nichts umsonst.

»Ihr seid närrisch, diesem Abschaum Geld zu geben«, höhnte Elizabeth. »Die gehören allesamt an den Galgen.«

»Auch Sünder sind Menschen«, widersprach Jeremy. »Und nicht alle Gefängnisinsassen sind hartgesottene Verbrecher. Es sind genug Unschuldige darunter.«

»Wenn sie unschuldig sind, wird sich der Herr ihrer schon annehmen.«

Jeremy verbiss sich jegliche weitere Bemerkung und folgte der Frau zu den Marktständen. Traditionell besaßen Hausfrauen das Privileg, sich während der ersten beiden Stunden nach Eröffnung des Marktes die besten Stücke auszusuchen. Erst dann kamen die Ladenbesitzer und Straßenverkäufer zu ihrem Recht. Auf dem Markt herrschte lärmendes Treiben. Die Lehrlinge der Fleischer zerrten Rinder, Schafe und Schweine heran, die unter den Beilen und Schlachtmessern ihrer Meister den Tod fanden. Es stank nach Blut, das überall auf den Boden spritzte und im Sommer dichte Schwärme von Fliegen anzog. Elizabeth kaufte

Rindfleisch und Schweinespeck, dazu Käse und Butter sowie braunen Zucker und schließlich noch etwas Salz und ein Bündel Kerzen von den Straßenhändlern, die zwischen den Marktständen umhergingen und ihre Waren anpriesen. Jeremy nutzte die Gelegenheit, um Tinte und zwei Gänsekiele zu erstehen. Ein Bänkelsänger drückte Elizabeth eine Ballade in die Hand und verlangte einen Penny, doch sie klatschte ihm das Stück Papier um die Ohren und jagte ihn fort. Eine alte Frau pries Zunderbüchsen an, eine andere Besen, eine dritte Talglichter. Überall traf man auf Bettler, die auf ein paar Abfälle hofften.

Auf dem Rückweg brachte Jeremy das Gespräch auf Margaret Laxton.

»Ihr habt doch bestimmt viele der Leute gekannt, die Eure Schwester aufsuchten, Madam«, begann er. »Könnt Ihr Euch vielleicht an jemanden namens Draper erinnern?«

»Draper … Draper …?«, überlegte Elizabeth. »Ja, sicher, es war einmal ein Mann namens Draper da, der ihre Dienste in Anspruch nehmen wollte. Das war einige Wochen vor ihrem Tod.«

»Wisst Ihr, worum es ging?«

»Um eine Entbindung.«

»Seid Ihr sicher, Madam?«

»Natürlich, ich habe es doch selbst gehört«, versicherte Elizabeth. »Der Mann verlangte, meine Schwester solle darauf achten, dass niemand sie ins Haus gehen sah. Offenbar wollte man die Geburt geheim halten.«

»Aber Ihr kennt nicht zufällig den Namen der Frau, die entbinden sollte?«, fragte Jeremy hoffnungsvoll.

»Nein, soweit ich mich erinnere, erwähnte er ihn nicht.«

»War es ein junger oder ein älterer Mann, der Eure Schwester aufsuchte?«

»Ein junger.«

»Nannte er seinen Namen?«

»Ich denke schon. Lasst mich nachdenken …«

»War es vielleicht ›James‹?«

»Nein, ich glaube, es war ›David‹.«

Jeremy machte ein erstauntes Gesicht, sagte aber nichts.

Also hatte der junge Draper gelogen. Es hatte eine Entbindung gegeben. Aber wer war die Mutter und was war aus dem Kind geworden? Auf jeden Fall gab es hier eine Spur, die er unbedingt weiterverfolgen musste.

»Was heißt das, Ihr geht nicht mit zur Kirche?«, fragte Elizabeth entgeistert.

Es war der Tag des Herrn, und Anne und ihre Tante hatten für den Besuch des Gottesdienstes ihre Sonntagskleider angelegt und ihr Haar unter eng anliegenden Leinenhauben versteckt. Auch Alan hatte statt seiner groben Arbeitskleidung ein Wams und Kniehosen aus schwarzem Tuch übergezogen. Allerdings offenbarte er den beiden Frauen völlig überraschend, dass er nicht gedachte, sie zum Gottesdienst zu begleiten.

»Also ist es wahr, was man sich über Euch erzählt, Sir. Ihr hängt tatsächlich der alten Religion an«, stieß Elizabeth missbilligend hervor.

»Ja«, erwiderte Alan kurz angebunden.

Mit einem ungutem Gefühl im Bauch sah er den Frauen nach. Er ahnte, dass ihm noch einiges an Ärger bevorstand.

Nach und nach trafen die ersten Katholiken ein, die vor der Messe noch beichten wollten. Alan kannte sie alle, und sie kannten ihn. Während Jeremy in seiner Kammer Beichten hörte und Kit ihm danach bei den Vorbereitungen für die Messe zur Hand ging, wachte Alan unten in der Chirurgenstube darüber, dass kein Unbefugter sein Haus betrat. Dabei brauchte er sich allerdings nicht allzu große Sorgen um Spitzel zu machen, die sie verraten könnten. In diesen Zeiten machte die Obrigkeit Jagd auf

Baptisten und Quäker und ließ die Katholiken auf Wunsch des Königs weitgehend in Ruhe.

Als alle erwarteten Teilnehmer an der geheimen Messe eingetroffen waren, schloss Alan seine Offizin ab und begab sich ebenfalls nach oben in die Kammer seines Freundes. Jeremy hatte inzwischen die Messgewänder angelegt und den Tisch, den er sonst zum Schreiben benutzte, mit einfachen Mitteln in einen Altar verwandelt, wie es die Priester in England seit nun fast hundert Jahren taten. Dazu wurde ein Korporale auf der Tischplatte ausgebreitet und ein so genannter Altarstein aus Schiefer darauf gelegt, der mit fünf Kreuzen versehen war, die die Wunden Christi symbolisierten. Man konnte ihn bequem in der Tasche mit sich herumtragen. So war ein herumreisender Priester an jedem Ort, an dem er sich gerade befand, in der Lage, die Messe zu lesen.

Nach der Zeremonie verließen die Besucher das Haus ebenso unauffällig, wie sie gekommen waren. Alan schloss die Haustür auf und verabschiedete seine Glaubensgenossen. Sie waren fast alle gegangen, als Anne und Elizabeth vom Gottesdienst in der anglikanischen Pfarrkirche zurückkehrten. Das Misstrauen der Tante war sofort geweckt, und ehe Alan sie aufhalten konnte, war sie mit Anne in den zweiten Stock hinaufgestiegen, um zu sehen, woher all diese fremden Leute kamen. Auf der Schwelle zu Jeremys Kammer blieben sie abrupt stehen und starrten voller Entsetzen den römischen Priester in seinen weißen Messgewändern an, der gerade die Werkzeuge des Antichristen in Form von silbernen Kerzenständern, Messkelch und Patene in einer Truhe verstaute. Alan, der den beiden Frauen auf dem Fuß gefolgt war, schob sie energisch in die gegenüberliegende Kammer und schloss die Tür hinter ihnen.

»Euer Freund ist ein römischer Priester?«, rief Elizabeth ungläubig.

»Ja«, gab Alan zu. Es war ihm von Anfang an klar gewesen, dass er Jeremys Geheimnis weder vor seiner Frau noch vor ihrer Tante lange würde verbergen können.

»Aber ... seid Ihr verrückt?«, stammelte Elizabeth. »Auf die Beherbergung eines katholischen Priesters steht die Todesstrafe. Ihr setzt Euer Leben aufs Spiel.«

»Dieses unrühmliche Gesetz ist seit über fünfzig Jahren nicht mehr angewendet worden«, widersprach Alan kaltblütig.

»Ihr seid wahrhaft nicht bei Trost.«

»Das ist meine Sache.«

»Jetzt nicht mehr. Ihr bringt nicht nur Euch selbst in Gefahr, sondern auch Eure Familie. Das solltet Ihr nicht vergessen, Sir.«

Elizabeth ließ ihn stehen und begab sich in die Küche. Anne, die dem Streit stumm zugehört hatte, folgte ihr.

Alan seufzte tief. Er hatte gewusst, dass es Ärger geben würde, wenn die Frauen herausfanden, dass er einen Priester beherbergte. Schweren Herzens ging er in das Zimmer seines Freundes hinüber, um ihn von der unerfreulichen Entwicklung in Kenntnis zu setzen.

Zwei Tage später war Jeremy gerade dabei, in einem seiner medizinischen Bücher zu lesen, als er Anne in der Tür zu seiner Kammer stehen sah.

»Kommt nur herein, Madam«, bat er höflich, obwohl die entschlossene Miene des Mädchens ihn nichts Gutes ahnen ließ. »Wie kann ich Euch zu Diensten sein?«

Sie sah ihn unverwandt an und sagte, ohne mit der Wimper zu zucken: »Ihr könnt es, indem Ihr so bald wie möglich dieses Haus verlasst.«

Jeremy war zu überrascht, um auf diese unerwartete Forderung zu antworten. Noch ehe er sich gefangen hatte, fuhr sie fort: »Ihr seid ein römischer Priester und dem Gesetz unseres Königreichs nach ein Hochverräter, der sich unerlaubt im Lande aufhält. Jedem, der Euresgleichen Unterschlupf gewährt, droht die Todesstrafe. Um das Wohl meines Gatten willen, muss ich Euch bitten, Euch eine andere Bleibe zu suchen.«

»Denkt Ihr nicht, dass Alan das zu entscheiden hat?«, antwortete Jeremy mit gezwungener Ruhe.

»Mein Gatte ist ein leichtsinniger Mensch, der sich und seine Familie ohne nachzudenken in Gefahr bringt«, widersprach Anne. »Als seine Frau ist es meine Pflicht, ihn vor Torheiten zu schützen.«

»Hat Eure Tante Euch dazu angestiftet?«

»Beleidigt meine Tante nicht. Sie ist eine gottesfürchtige Frau, die jeglichen Aberglauben wie den Euren verdammt. Ihr seid ein Bote des Antichristen, der meinen Gatten vom wahren Glauben entfremdet hat. Ihr seid eine Bedrohung für ihn und für die Familie, die er bald haben wird. Ich will nicht in der ständigen Angst leben, dass eines Tages die Büttel vor der Tür stehen und Alan in den Kerker werfen, ja vielleicht sogar mich zur Witwe und seine Kinder zu Waisen machen. Wollt Ihr etwa leugnen, dass diese Möglichkeit besteht?«

Jeremy konnte es nicht leugnen, und deshalb schwieg er.

»Mag sein, dass mein Gatte zu entscheiden hat, ob Ihr geht oder bleibt«, fuhr sie unbeirrt fort. »Ich kann ihn nicht zwingen, Euch fortzuschicken. Aber ich kann Euch zwingen zu gehen.«

Jeremy ahnte, worauf sie hinauswollte, und sah sie ungläubig an.

»Ich werde nicht zögern, Euch bei dem hiesigen Ratsherrn anzuzeigen, wenn Ihr dieses Haus nicht freiwillig verlasst«, sagte Anne hart.

Einen Moment herrschte Schweigen. Jeremy war völlig sprachlos. Er versuchte abzuschätzen, ob es sich nur um eine leere Drohung handelte oder ob sie es tatsächlich ernst meinte.

Doch sein Instinkt sagte ihm, dass sie vor nichts zurückschrecken würde, um ihr neues Heim zu verteidigen. Von ihrer Tante aufgehetzt, war sie zweifellos der Meinung, im Recht zu sein.

»Ich habe nichts gegen Euch, Sir«, sagte Anne in milderem Ton. »Aber ich will, dass Ihr geht und fortan meinen Gatten in Ruhe lasst, damit er auf den rechten Weg zurückfinden kann.«

Sechzehntes Kapitel

»Was fällt diesem verdammten Weibsbild ein! Wie kann sie es wagen, Euch zu erpressen!« Amorets schwarze Augen funkelten vor Zorn. »Ich hätte nicht übel Lust, dieser frechen Göre ein paar Ohrfeigen zu verabreichen.«

»Mylady, ich bitte Euch, haltet Eure Zunge im Zaum. Sonst muss ich Euch gleich noch einmal die Beichte abnehmen«, tadelte Jeremy sie streng.

Der Jesuit hatte Lady St. Clair in ihren Gemächern im Whitehall-Palast aufgesucht, um sie von seinem Entschluss in Kenntnis zu setzen, aus Alans Haus auszuziehen.

»Es tut mir Leid, Pater«, entschuldigte sich Amoret. »Aber es macht mich wütend, wenn Euch jemand so leichtfertig in Gefahr bringt. Was denkt sich dieses kleine Miststück –«

»Mylady!«

»Verzeiht, Pater. Es kommt nicht wieder vor.«

Jeremy stieß einen inbrünstigen Seufzer aus. »Mylady, sagte ich schon, wie sehr ich es bedaure, dass Ihr an den Hof zurückgekehrt seid?«

Amoret schnitt eine Grimasse. Dabei konnte er sie und die anderen Damen des Hofes in dieser Zeit zumindest nicht für ihre Putzsucht tadeln, denn der englische Hof war in Trauer um die Königin von Portugal, die Mutter von Königin Katharina. Und den meisten Damen stand ein schmuckloses schwarzes Kleid bei weitem nicht so gut wie Amoret, die dank ihrer makellosen Haut auch ohne Murren auf Puder und Schminkpflästerchen verzichten konnte.

»Sie hat also tatsächlich gedroht, Euch als katholischen Priester anzuzeigen? Hat dieses dumme Mädchen überhaupt eine Vorstellung, was es Euch damit antun könnte?«

»Da bin ich mir nicht sicher«, antwortete Jeremy vorsichtig.

Er dachte an seinen Ordensbruder Robert Southwell, den Dichter, der damals in der Zeit härtester Unterdrückung unter Königin Elizabeth von einer Frau namens Anne Bellamy an die Obrigkeit verraten worden war und daraufhin die Folter und das Martyrium erlitten hatte. Der Verrat hatte Anne Bellamy jedoch kein Glück gebracht, im Gegenteil. Nachdem sie von dem Priesterjäger Topcliffe, der auch Pater Southwell gefoltert hatte, vergewaltigt worden war und schwanger wurde, verheiratete Topcliffe sie kurzerhand mit einem seiner Dienstboten.

»Ihr denkt an Pater Southwell«, sagte Amoret leise.

Jeremy zuckte zusammen, wie stets überrascht, wie leicht es ihr fiel, seine Gedanken zu erraten.

»Zum Glück haben sich die Zeiten geändert«, fuhr Amoret erleichtert fort. »Seine Majestät würde es nicht zulassen, dass heute noch ein Priester aufgrund der alten Gesetze hingerichtet wird. Und er würde auch nie einen Folterbefehl unterschreiben.«

»Leider kann ein übereifriger Friedensrichter einem verdächtigen Priester noch immer die Eide abverlangen und ihn in den Kerker werfen lassen, wenn er sie verweigert«, fügte Jeremy nachdenklich hinzu.

»Euer Freund, der Richter, würde Euch doch schützen. Und wenn nicht er, dann würde ich es tun, das wisst Ihr doch«, versicherte Amoret.

»Daran zweifle ich nicht. Ich habe auch keine Angst um mich selbst, sondern um meine Schutzbefohlenen. Alans Haus ist nicht mehr sicher. Ich kann ihnen nicht zumuten, mich an einem Ort aufzusuchen, an dem sie nicht erwünscht sind und möglicherweise verraten werden.«

»Und was sagt Meister Ridgeway dazu, dass Ihr ausziehen wollt?«

»Er hat mich gedrängt, zu bleiben. Aber auch er sieht ein, dass es zu gefährlich ist. Es tut mir Leid, ihn verlassen zu müssen, denn ich habe mich in seinem Haus sehr wohl gefühlt. Mir bleibt jedoch keine andere Wahl.«

»Dann zieht doch in mein Haus«, schlug Amoret vor.

»Ihr wisst, dass das nicht geht. Wenn ich in Eurem Haus ein und aus ginge und dort die Messe abhielte, wäre es mir nicht mehr möglich, mich unerkannt in London zu bewegen. Jeder würde wissen, dass ich Priester bin. Nein, mir liegt zu viel daran, mich unter die Menschen zu mischen und sie ungehindert in ihren Häusern aufzusuchen. Das möchte ich nicht aufs Spiel setzen.«

»Und wo werdet Ihr fortan wohnen?«, fragte Amoret enttäuscht.

»Das muss mein Superior entscheiden«, antwortete Jeremy mit einem Schulterzucken. »Ich werde ihn morgen aufsuchen.«

Ein besorgter Ausdruck trat auf Amorets Gesicht. »Aber er wird Euch doch nicht aus London fortschicken, oder?«

»Das weiß ich nicht, Mylady.«

»Pater, ich will Euch nicht verlieren!«, rief sie flehentlich, auf einmal voller Angst, er könnte in die Provinz geschickt werden. »Sagt Eurem Superior, dass ich es nicht zulassen werde, dass Ihr London verlasst.«

»Was wollt Ihr denn tun, um ihn daran zu hindern?«, fragte Jeremy belustigt.

»Ich werde ihm klar machen, dass Ihr immerhin der einzige Jesuit seid, der Zugang zum Hof und damit zum König hat«, entgegnete Amoret entschlossen. »Euer Superior wird einsehen, dass Ihr hier bessere Dienste leisten könnt als auf dem Land.«

Jeremy musste lächeln. Wie soooft war er überrascht über die Zuneigung, die sie ihm entgegenbrachte. Auch wenn es immer wieder Meinungsverschiedenheiten zwischen ihnen gab, blieb ihre langjährige Freundschaft doch ungetrübt. Er wusste, dass er niemandem so vollkommen vertrauen konnte wie ihr.

Amoret warf einen Blick auf die vergoldete Uhr, die auf einem Beistelltischchen stand, und erhob sich von ihrem Armlehnstuhl.

»Es wird Zeit, Pater. Der König erwartet uns in seinem Laboratorium. Er möchte, dass Ihr ihm von Euren Erfahrungen bei der Behandlung der Pest berichtet.«

Jeremys Unterredung mit seinem Superior währte nicht lange. Er richtete Lady St. Clairs Bitte aus, ihn seine Mission in London weiterführen zu lassen, und schilderte die von ihr vorgebrachten Argumente. Doch er rannte bereits offene Türen ein. Der Superior wusste sehr wohl, dass sein Ordensbruder in Lady St. Clairs Nähe am besten aufgehoben war. Schließlich wollten die Gerüchte, der König sei dem katholischen Glauben durchaus zugetan, nicht versiegen. Jeremy sollte fortan im Haus eines Herstellers von chirurgischen Instrumenten auf der London Bridge Quartier beziehen, der darum gebeten hatte, ihm einen Priester zu schicken. Obwohl dies bedeutete, dass Jeremy seine Gemeinde verlor, nahm er die Entscheidung mit Erleichterung hin. Ein anderer Priester würde die Sorge um seine Schutzbefohlenen übernehmen.

Nun, da er wusste, wo er in Zukunft erreichbar sein würde, machte er sich zum Haus des Richters auf, um ihn von seinem bevorstehenden Umzug zu unterrichten.

Sir Orlando zeigte sich deutlich betroffen von den Schwierigkeiten des Jesuiten.

»Ihr tut recht daran, in ein sicheres Haus umzuziehen, Pater«, stimmte Trelawney ihm zu. »Auch wenn ich es bedaure, dass ich von nun an weiter fahren muss, wenn ich Euch aufsuchen will.« Sir Orlando goss seinem Gast ein Glas Rheinwein ein und reichte es ihm. »Nehmt einen kräftigen Schluck, mein Freund. Es dürfte nicht leicht für Euch sein, Meister Ridgeways Haus zu verlassen, in dem Ihr immerhin anderthalb Jahre gewohnt habt.«

»Ja, ich werde ihn vermissen«, seufzte Jeremy melancholisch. »Es ist bedauerlich, dass es so weit kommen musste.«

Trelawney leerte sein Glas Wein und stellte es auf den Tisch zurück, an dem sie saßen.

»Übrigens, ich habe heute Morgen versucht, Euch zu erreichen, Pater«, sagte der Richter nach einem Moment zögernden Abwägens. »Es geht um das Kind der Forbes'. Es ist krank. Ein Diener suchte mich in aller Frühe auf und wollte wissen, wo Ihr zu erreichen seid.«

»Und wer hatte ihn geschickt? Doch nicht der alte Forbes!«, fragte Jeremy erstaunt.

»Nein, es war Samuel. Ich bin auch nicht sicher, ob der Alte überhaupt davon weiß. Aber das Kind ist wohl sehr krank, und es ist möglich, dass Samuel einfach über den Kopf seines Vaters hinweg entschieden hat.«

»Dann werde ich Mr. Forbes wohl aufsuchen müssen«, entschied Jeremy.

Trelawney sah seinen Freund eindringlich an. »Ehrlich gesagt, ich würde Euch davon abraten. Isaac Forbes ist ein Puritaner vom alten Schlag. Er lehnt nicht nur den König und die anglikanische Kirche ab, er hasst auch alles, was nur entfernt nach Papismus riecht. Wenn er herausfinden sollte, dass Ihr Jesuit seid, wird er nicht zögern, Euch anzuzeigen.«

»Wenn das Kind wirklich so krank ist, muss ich versuchen, ihm zu helfen«, widersprach Jeremy.

»Nichts verpflichtet Euch, ein solches Risiko einzugehen. Sollen die Forbes nach einem anderen Arzt schicken.«

»Mylord, wenn mich jemand um Hilfe bittet, kann ich sie ihm nicht verweigern.«

»Pater, Ihr seid zu leichtsinnig!«

»Ich verspreche Euch, vorsichtig zu sein, Sir.«

»Dann viel Glück!«, brummte der Richter mit einem ergebenen Blick zum Himmel. »Und schickt mir Nachricht, wenn es Schwierigkeiten geben sollte.«

Das hohe Portal öffnete sich knarrend vor ihm, kaum dass sein Klopfen verhallt war. Ein Lakai in roter Livree lauschte mit ungerührtem Gesicht dem Anliegen des Besuchers und trat schließlich ohne ein Wort zur Seite, um ihn eintreten zu lassen. Jeremy folgte dem Diener in den Empfangssaal und wartete. Kurz darauf erklangen eilige Schritte auf der Eichenholztreppe, und Samuel Forbes erschien mit einem erleichterten Lächeln im Türrahmen.

»Dr. Fauconer, wie gut, dass Ihr gekommen seid. Meinem Sohn geht es sehr schlecht. Ich mache mir große Sorgen.«

»Seit wann ist er krank, Sir?«

»Heute ist der dritte Tag. Er leidet an Erbrechen und Durchfall.«

Noch während er sprach, führte Samuel seinen Gast in die Kammer, in der die Wiege stand. Temperance, die Mutter, saß mit leidender Miene an ihrer Seite, die Hände gefaltet, den Blick starr auf das leise wimmernde Kind gerichtet.

Jeremy grüßte sie freundlich und beugte sich über den Säugling. Seine Stirn war kühl, er hatte kein Fieber.

»Würdet Ihr Eurem Sohn die Windeln abnehmen, Madam, damit ich ihn untersuchen kann«, bat er die Mutter.

Sie nickte stumm, nahm das Kind aus der Wiege und löste die Wickelschnur, die die Windeln zusammenhielt. Aus seinem leinenen Panzer befreit, begann sich der Säugling unruhig zu bewegen. Jeremy setzte ihn sich auf den Schoß und begutachtete ihn mit prüfendem Blick. Ihm fiel sofort auf, dass der Knabe weniger gut genährt wirkte als bei seinem letzten Besuch. Das zuvor runde Gesicht war schmaler geworden, und mit Ausnahme des unnatürlich aufgetriebenen Leibes schien der ganze Körper recht mager. Das Kind konnte unmöglich in den wenigen Tagen dermaßen abgemagert sein. Es sei denn, es war vor Ausbruch der Krankheit schon schmächtig gewesen.

»Hat er sich heute schon erbrochen?«, fragte Jeremy, während er den Bauch des Säuglings abtastete.

»Ja, es ist noch nicht lange her«, antwortete Temperance gepresst.

Jeremy beugte sich über das Gesicht des Kindes. Sein Atem roch sauer.

»Er hat auch Durchfall, sagt Ihr?«

»Ja«, bestätigte die Mutter. »Sehr wässrigen Durchfall mit viel Schleim.«

Vor der Tür der Kammer erklangen plötzlich hinkende Schritte und ein begleitendes Klopfen.

»Was geht hier vor?«, fragte eine unfreundliche Stimme. »Was tut dieser verdammte Royalist mit meinem Enkel?«

Alle Anwesenden wandten sich zu Isaac Forbes um, der auf seinen Gehstock gestützt in der Tür erschienen war.

»Ich habe ihn rufen lassen, Vater«, ergriff Samuel das Wort. »Da Dr. Thomson keine anderen Vorschläge hat, als dieses ohnehin geschwächte Kind zur Ader zu lassen, habe ich gehofft, dass Dr. Fauconer ihm vielleicht helfen kann. Immerhin hat er Richter Trelawney erfolgreich behandelt, als sein Arzt ihn bereits aufgegeben hatte.«

Der Alte näherte sich mit misstrauischer Miene.

Jeremy grüßte ihn und fügte dann mit einem Blick auf Forbes' unbandagierten rechten Fuß hinzu: »Wie ich sehe, habt Ihr Euren Gichtanfall überwunden, Sir. Ich hoffe, dass sich Euer Zustand weiterhin bessert, damit Ihr auch bald auf Euren Stock verzichten könnt.«

Damit spreche ich den Dienstboten bestimmt aus der Seele, dachte Jeremy, der sich noch gut daran erinnerte, wie der Alte bei seinem letzten Besuch einen Lakaien mit dem Stock angetrieben hatte.

»Warum sollte ich einem wie Euch das Leben meines Enkels anvertrauen?«, knurrte Isaac Forbes.

»Euer Enkel weiß nichts von den Zwistigkeiten der Erwachsenen. Er ist ein unschuldiges Kind. Und ich würde gerne versuchen, ihm zu helfen, wenn Ihr gestattet.«

Der Alte warf einen sorgenvollen Blick auf den Säugling. »Wie steht es um ihn?«

»Er ist sehr krank, aber ich halte seinen Zustand nicht für hoffnungslos«, erwiderte Jeremy vorsichtig.

»Was hat die Krankheit des Kindes ausgelöst?«

»Das kann ich noch nicht sagen.«

»Ist es möglich, dass es vergiftet wurde?«

Jeremy zog erstaunt die Augenbrauen zusammen. »Habt Ihr einen Grund, dies zu vermuten?«

»Ein Mann in meiner Position hat viele Feinde, Doktor. Also antwortet! Ist es möglich?«

»Ich kann es nicht ausschließen.«

»Na gut, Ihr habt die Erlaubnis, meinen Enkel zu behandeln. Doch seid gewarnt! Wenn Ihr irgendetwas tut, was ihm schadet, werdet Ihr es bereuen. Ich werde einen vertrauenswürdigen Diener vor dieser Tür postieren, damit kein Unbefugter in die Nähe des Kindes kommt. Wenn Ihr etwas braucht, wendet Euch an ihn.«

Jeremy blickte dem Alten mit einem ungutem Gefühl im Magen nach, als er aus der Kammer hinkte. Ihm war durchaus bewusst, dass der Diener auch ihn im Auge behalten sollte. Er konnte nur beten, dass seine Vorhersage eintreffen und das Kind am Leben bleiben würde.

Zuerst musste er dafür sorgen, dass der Kleine genügend Flüssigkeit zu sich nahm, damit sein Körper nicht austrocknete. Der Jesuit bat den Diener, der mit gewichtiger Miene vor der Tür Wache hielt, einen Lakaien zum Apotheker zu schicken und Kamillenblüten und Kümmel zu besorgen. Daraus bereitete Jeremy einen Sud und flößte ihn dem Kind ein, um seine gestörte Verdauung zu beruhigen.

Während er neben der Wiege saß und auf die Atemzüge des Kindes lauschte, dachte er an Isaac Forbes' Worte zurück. War es möglich, dass der Alte Recht hatte? Versuchte jemand, seinen Enkel zu vergiften? Aber wer würde sich an einem unschuldigen Kind vergreifen? Einer der Dienstboten? Aber aus welchem Grund?

Am Abend erschien eine Magd mit einem Krug Wein und einem Teller mit Brot, Käse und Schinken.

»Meine Herrin hat mich gebeten, Euch etwas zu essen zu bringen, Sir. Ihr müsst sehr hungrig sein.«

Die Magd war im mittleren Alter und machte einen freundlichen Eindruck, ganz anders als die Dienstboten, die der Jesuit bisher gesehen hatte.

»Der süße Kleine«, murmelte sie, während sie sich mit gefalteten Händen über die Wiege beugte. »Ach, sie hat so lange auf dieses Kind gewartet, die arme Herrin. Zwei hat sie schon verloren, und wenn ihr dieses jetzt auch noch wegstirbt, nicht auszudenken! Wer weiß, ob sie noch eines bekommt.«

»Woran sind ihre ersten Kinder gestorben?«, fragte Jeremy interessiert.

»Es waren Totgeburten«, seufzte die Magd. »Wir waren ja alle so glücklich, dass der Kleine am Leben blieb. Die Herrin hat sich immer so schwer getan bei der Entbindung, dass ihr Gatte diesmal dafür sorgte, dass sie ihre Ruhe hatte. Nur die Hebamme war bei ihr. Und das war auch gut so, wie sich herausstellte, auch wenn's nicht der Tradition entspricht. Ich hoffe doch, dass Ihr dem kleinen Wurm helfen könnt, Doktor.«

»Ich werde mein Bestes tun«, versicherte Jeremy. »Es wäre jedoch hilfreich, wenn ich wüsste, ob jemand dem Kind etwas gegeben haben könnte, das ihm nicht bekommen ist.«

Die Magd sah ihn groß an. »Glaubt Ihr etwa auch, dass das arme Ding vergiftet wurde? Na, überraschen würde es mich nicht. Es geschehen nämlich merkwürdige Dinge in dieser Familie. Beunruhigende Dinge, sollte ich wohl eher sagen.«

Jeremy horchte auf. »Was meint Ihr damit?«

»Ach, eigentlich sollte ich nicht klatschen ...«, zögerte die Magd, obwohl sie offensichtlich darauf brannte, ihre Geschichte zum Besten zu geben.

»Ich bitte Euch ... hm, wie ist Euer Name?«

»Hannah.«

»Hannah, es könnte mir helfen, das Kind vor weiterem Schaden zu bewahren. Bitte erzählt mir von diesen seltsamen Vorkommnissen.«

»Oh, Sir, es sind schlimme Dinge passiert.«

»Was für Dinge?«, drängte Jeremy gespannt.

»Todesfälle, Doktor. Meiner Meinung nach gab es über die Jahre zu viele Todesfälle in dieser Familie.«

Es war unübersehbar, welchen Genuss die Magd aus seiner Aufmerksamkeit zog. Um sie zu ermuntern, lud Jeremy sie mit einer Handbewegung ein, sich zu ihm zu setzen. »Kommt, trinkt einen Becher Wein mit mir, Hannah.«

Zufrieden nahm sie einen Schluck. »Wo soll ich anfangen?«

»Wie lange seid Ihr schon in den Diensten der Familie?«

»Seit kurz vor dem Bürgerkrieg. Ich kam als junges Mädchen nach London und arbeite seitdem hier im Haus. Mr. Isaac Forbes war die meiste Zeit in London wegen seiner Geschäfte, während seine Familie auf dem Landsitz blieb. Seine Gattin hat die Ländereien sehr tüchtig verwaltet und schenkte ihm dazu noch drei Kinder, zwei Söhne und eine Tochter. Samuel, den Ältesten, kennt Ihr ja.«

»Was passierte mit seinen Geschwistern?«

»Der Bruder starb bei einem Reitunfall, als er zehn war, die Schwester erkrankte an den Pocken. Sehr tragisch! Aber das war vor meiner Zeit. Ich erfuhr diese Dinge von den anderen Dienstboten. Schließlich starb auch Mr. Forbes' Gemahlin. Es brach ihm das Herz. Seitdem hat er sich verändert. Ihr müsst nämlich wissen, dass er früher nicht so streng war wie heute, so erzählten mir die anderen zumindest. Er wusste einen guten Schluck Wein und ein schmackhaftes Essen durchaus zu schätzen. Heute gönnt er sich nur noch zu besonderen Gelegenheiten etwas Gutes. Man erzählte sich damals auch, er habe ein Auge für die Reize des weiblichen Geschlechts gehabt. Aber das ist lange her. Die schweren Prüfungen, die er über die Zeit durchmachen musste, haben ihn wohl mehr und mehr verbittert. Dann brach der Bürgerkrieg aus, und Mr. Forbes trat in die Parlamentsarmee ein. Samuel folgte seinem Beispiel und zeichnete sich durch große Tapferkeit aus, doch in der Schlacht von Naseby wurde er schwer verwundet. Sein Vater kümmerte sich aufopfernd um ihn und wich nicht von seiner Seite. Er tat gut daran, wie sich herausstellte. Andernfalls wäre Samuel heute vielleicht nicht mehr am Leben.«

Die Magd holte tief Luft und fuhr dann mit erregter Stimme fort: »Mr. Forbes hatte einen Kammerdiener, dem er sehr vertraute. Eines Tages stürzte der arme Bursche aus einem Fenster des Herrenhauses zu Tode. Niemand sah, wie es passierte.«

»Es könnte ein Unfall gewesen sein«, mutmaßte Jeremy.

»Vielleicht«, gab Hannah zu. »Aber der Kammerdiener galt stets als umsichtig und verlässlich, nicht die Sorte, die sich leichtsinnig aus einem Fenster beugt. Mr. Forbes jedenfalls muss geglaubt haben, dass er ermordet wurde, denn er entließ danach ausnahmslos alle Dienstboten, die auf dem Landsitz arbeiteten. Offenbar hielt er sie nicht mehr für vertrauenswürdig.«

»Hat Mr. Forbes je einen Verdacht geäußert, wer den Kammerdiener ermordet haben könnte?«

»Nein.«

»Aber wenn er alle Dienstboten entlassen hat, wer tat dann die Arbeit? Er muss doch neue eingestellt haben.«

»Er ließ einige von denen, die in seinem Londoner Haus arbeiteten, auf den Familiensitz kommen, auch mich. Ich erinnere mich noch genau, wie verbissen er um das Leben seines verwundeten Sohnes kämpfte. Niemand durfte in Samuels Nähe kommen.«

»Wovor hatte er Angst?«

»Ich glaube, er fürchtete, jemand könnte seinem Sohn etwas antun.«

»Sagte er, wer?«

»Nein, aber ich hörte ihn oft seine Verwandtschaft verfluchen, die auf der Seite des Königs kämpfte. Ich kann Euch sagen, wir haben alle aufgeatmet, als es Samuel endlich besser ging und Mr. Forbes wieder umgänglicher wurde.«

»Das kann ich gut verstehen.«

»Aber das ist noch nicht alles, Doktor«, fuhr die Magd fort. »Nach dem Bürgerkrieg heiratete Samuel ein Mädchen mit ansehnlicher Mitgift. Nur der Kindersegen wollte sich nicht einstellen. Es war wie ein Fluch. Jedes Mal wenn die junge Mistress Forbes ein Kind erwartete, ging es ihr mit der Zeit schlechter und schlechter, bis sie es dann verlor. Als wenn man sie vergiftet hätte. Die Hebamme gab ihr irgendwelche Kräuter, um einen Abort zu verhindern, doch es hat nie gewirkt. Beim dritten Mal ist das arme Mädchen gestorben. Ein schwerer Schlag für Samuel.«

»Hatte seine Gattin stets dieselbe Hebamme?«

»Soweit ich mich erinnere, ja.«

»Wisst Ihr ihren Namen?«

»Isabella Craven.«

»War sie bei allen Entbindungen zugegen?«

»Ja, auch bei denen meiner jetzigen Herrin. Das heißt, bei der Letzten, der Geburt des Kleinen hier, war sie nicht dabei. Samuel bestand darauf, die Dienste einer anderen Hebamme in Anspruch zu nehmen. Eine vernünftige Entscheidung, wie Ihr seht. Ich glaube, er traute Isabella Craven nicht mehr. Schließlich hatte sie keines seiner Kinder retten können … oder wollen.«

»Glaubt Ihr, die Hebamme hat Schuld, dass die beiden Frauen ihre Kinder verloren?«, fragte Jeremy nachdenklich.

»Nun ja, beschwören kann ich es nicht«, räumte Hannah ein. »Aber Ihr müsst zugeben, dass Isabella Craven ihre Sache schon sehr schlecht gemacht haben muss. Auf jeden Fall war es klug, diesmal nach einer anderen Hebamme zu schicken.«

Der letzten Äußerung der Magd musste Jeremy uneingeschränkt zustimmen. Margaret Laxton hatte der Familie Forbes gute Dienste geleistet. Vielleicht hatte sie sich aber mit dieser Tüchtigkeit andere Feinde gemacht.

Als die Magd gegangen war, kehrte die Mutter, die mit ihrem Gatten und ihrem Schwiegervater zu Abend gegessen hatte, an die Wiege ihres Sohnes zurück. Als sie bemerkte, dass sich Jeremy zum Aufbruch bereit machte, sah sie ihn ängstlich an.

»Ihr wollt gehen, Doktor? Aber der Kleine ist doch noch nicht außer Gefahr.«

»Er schläft friedlich, Madam. Macht Euch keine Sorgen. Gebt ihm in regelmäßigen Abständen von dem Kräutersud. Ich komme morgen in aller Frühe wieder her, das verspreche ich Euch.«

Über Temperance Forbes' Gesicht huschte ein Ausdruck der Panik, der Jeremy erstaunt innehalten ließ.

»Nein«, entfuhr es ihr. »Ich bitte Euch, bleibt! Ich habe so große Angst, dass ihm etwas zustößt.«

»Bitte, Madam, erregt Euch nicht.«

Doch die Frau verlor völlig die Fassung. Mit schreckgeweiteten Augen warf sie sich vor Jeremy auf die Knie und vergrub die Hände in seinem Wams.

»Bitte, er darf nicht sterben!«, flehte sie wie von Sinnen. »Ihr müsst ihn retten. Sonst bringt er mich auch um –«

Sie brach ab. Ein Schluchzen entrang sich ihrer Kehle. Jeremy stand wie vom Donner gerührt.

»Was meint Ihr damit, Madam? Wer will Euch umbringen?«

Er nahm sie beim Arm, um ihr aufzuhelfen, doch sie riss sich von ihm los, noch immer Angst und Schrecken im Blick.

»Madam, sagt mir doch, wovor habt Ihr Angst?«

Sie schüttelte den Kopf, wandte sich ab und verließ die Kammer. Jeremy spürte, wie sich eine Gänsehaut über seinen Körper ausbreitete.

Erst am Morgen sah er Temperance wieder. Unter dem Eindruck ihres Gefühlsausbruchs hatte er sich entschieden, die Nacht über zu bleiben, und sich auf dem Bett zusammengerollt, das in einer Ecke der Kammer stand. Das Kind hatte sich nicht mehr erbrochen, litt aber noch unter wässrigem, mit Schleim versetztem Durchfall. Jeremy flößte ihm immer wieder ein wenig von dem Kräutersud ein, auf dessen Heilwirkung der Säugling gut ansprach.

»Ihr seht, Madam, es geht Eurem Sohn besser«, sagte er aufmunternd zu der Mutter. »Ich bin guter Hoffnung, dass er gesund werden wird. Ängstigt Euch also nicht mehr.«

»Verzeiht mein Benehmen von gestern Abend«, bat Temperance gefasst. »Es war die Sorge um den Kleinen. Ich habe schon zwei verloren.«

»Das ist mir bekannt, Madam. Und Ihr habt mein Beileid. Aber Ihr sagtet gestern, dass Ihr um Euer eigenes Leben fürchtet.«

Sie wandte das Gesicht ab. »Ich weiß nicht, weshalb ich das gesagt habe. Ich war nicht mehr ich selbst.«

Jeremy trat auf sie zu und sah sie eindringlich an. »Ihr könnt mir vertrauen«, versicherte er mit gesenkter Stimme. »Wenn es jemanden gibt, der Euch bedroht, so sagt es mir. Vielleicht kann ich Euch helfen.«

Sie hielt seinem Blick ungerührt stand. Die Schwäche des gestrigen Abends war vergessen. Sie hatte sich wieder völlig in der Gewalt.

»Doktor, vergesst, was ich gestern sagte. Es hat keine Bedeutung. Das Einzige, was zählt, ist das Kind. Macht es gesund.«

Mit einem ergebenen Seufzen ließ sich Jeremy auf einen Stuhl sinken.

»Ich hoffe, Ihr wisst, was Ihr tut, Madam.«

»Habt Ihr inzwischen herausgefunden, was meinen Sohn so krank gemacht hat?«, versuchte Temperance abzulenken.

Jeremy schüttelte den Kopf. »Nein, das ist im Nachhinein unmöglich. Wenn Ihr mich entbehren könnt, würde ich jetzt gerne nach Hause gehen.«

»Aber Ihr werdet doch wiederkommen?«, bat sie. In ihrer Stimme schwang ein deutlicher Ton der Sorge.

»Natürlich. Ich bleibe nicht lange weg.«

Jeremy verließ das Haus in der Leadenhall Street in sehr nachdenklicher Stimmung. Während er in die Gracious Street einbog und in Richtung Themse ging, versuchte er, all die kleinen Einzelheiten, die er am vergangenen Tag über die Familie Forbes erfahren hatte, in seinem Kopf zu ordnen. Kurz vor der London Bridge bog er in die Thames Street, ließ das Gildehaus der Fischhändler hinter sich und nahm am »Alten Schwan« ein Boot zur Anlegestelle Blackfriars. Wenig später betrat er die Chirurgenstube und stieg in seine Kammer hinauf, um sich zu waschen und ein frisches Hemd überzuziehen. Als er sich in der Küche Wasser holte, sprach ihn Anne an, die gerade das Mittagsmahl vorbereitete.

»Habt Ihr Euch nach einer neuen Bleibe umgesehen?« Ihr Gesicht verriet ihre nur mühsam beherrschte Ungeduld.

»Nur keine Sorge, Madam«, antwortete Jeremy sarkastisch. »In ein paar Tagen bin ich weg. Ihr mögt dann erreicht haben, was Ihr wolltet, aber lieben wird man Euch dafür nicht.«

Anne kniff die Lippen zusammen und reckte hochmütig das Kinn. Doch Jeremy gab ihr keine Gelegenheit zu einer weiteren Äußerung.

Da Alan gerade einen Krankenbesuch machte, hielt sich Jeremy nicht lange im Haus auf, sondern zog sich nur um und machte sich dann gleich wieder auf den Weg. Er nahm ein Boot zum »Alten Schwan« und kehrte in der Schenke ein, um seinen knurrenden Magen zu beruhigen, bevor er erneut das Haus der Forbes aufsuchte.

Bei seinem Eintreffen herrschte Aufregung. Samuel kam ihm händeringend entgegen, als er den Arzt zurückkehren sah.

»Da seid Ihr ja endlich«, schimpfte er. »Wie konntet Ihr Euch davonstehlen, obwohl es meinem Sohn so schlecht geht.«

»Als ich ging, war er bereits auf dem Weg der Besserung, Sir«, verteidigte sich Jeremy verblüfft.

»Nun, jetzt geht es ihm jedenfalls wieder schlechter. Seit Stunden erbricht er sich schon. Und er schreit, dass es einem das Herz zerreißt.«

Diese unerwartete Wendung erschien Jeremy höchst beunruhigend. Hatte der Übeltäter seine Abwesenheit genutzt, um dem Kind erneut Gift zu verabreichen? Aber wie war er an dem Diener vorbeigekommen, der die Tür bewachen sollte?

Aus dem Augenwinkel sah Jeremy zwei Männer auf der Treppe stehen. Als er den Kopf in ihre Richtung wandte, erkannte er in einem von ihnen Isaac Forbes. Der andere war ebenso schlicht gekleidet wie er und schien auch ungefähr im selben Alter zu sein wie der Hausherr. Die beiden unterhielten sich mit gesenkter Stimme, der Unbekannte wirkte besorgt. Da legte ihm der alte Forbes mit einer beschwichtigenden Geste die Hand auf den Arm und sprach eindringlich auf sein Gegenüber ein. In diesem Moment erschien Jeremy der alte Puritaner geradezu menschlich. Der andere Mann musste ein guter Freund sein, um den er sich offensichtlich sorgte. Als Isaac Forbes sich von seinem Gesprächspartner trennte und die Treppe herunterkam, verwandelte er sich jedoch gleich wieder in den tyrannischen Patriarchen.

»Doktor, was ist mit meinem Enkel?«, fragte er gereizt. »Warum wart Ihr nicht bei ihm und habt versucht, seine Krankheit zu lindern?«

»Wie ich Eurem Sohn schon versichert habe, Sir, ging es Eurem Enkel heute Morgen besser. Ich sah kein Risiko darin, mich für eine kurze Weile zu entfernen.«

»Warum hat sich sein Zustand dann wieder verschlechtert?«

»Das weiß ich nicht, Sir. Es war die Aufgabe Eures Dieners, darauf zu achten, dass niemand die Kinderstube betritt, nicht meine. Wir sollten ihn daher befragen, ob er seiner Pflicht auch nachgekommen ist.«

»Nun gut, befragen wir ihn«, lenkte Isaac Forbes ein und forderte Jeremy mit einer Handbewegung auf, ihm ins Obergeschoss zu folgen. Vor der Kinderstube blieben sie stehen und verhörten den Diener, der sich keiner Schuld bewusst zu sein schien.

»Hast du seit heute Morgen jemals deinen Posten verlassen?«, fragte der alte Forbes streng.

»Nein, Sir.«

»Auch nicht für einen Moment?«

»Nein, Sir.«

»Da seht Ihr es, Doktor«, wandte sich Forbes an Jeremy.

Doch der Jesuit war noch nicht zufrieden. »Hat man dir etwas zu essen gebracht oder hast du dir selbst etwas geholt?«

»Ich habe nichts gegessen, Sir, und nichts getrunken.«

»Er ist der verlässlichste Diener, den ich habe«, bekräftigte der Patriarch.

»Na gut, ich will es glauben«, gab Jeremy nach. »Wer hat diese Kammer während meiner Abwesenheit betreten?«, fragte er den Diener.

»Niemand, Sir.«

»Niemand?«

»Nur Mistress Forbes, Sir.«

»Allein?«

»Nein, Sir, mit ihrer Magd.«

»Der Magd Hannah?«

»Ja, Sir.«

Jeremy hob ratlos die Hände. »Ich muss zugeben, Gentlemen, ich stehe vor einem Rätsel.«

»Ihr wisst also nicht, woran mein Enkel leidet?«, stellte Isaac Forbes besorgt fest.

»Wenn Ihr erlaubt, werde ich ihn nochmals untersuchen.«

Die Mutter des Kleinen saß mit gefalteten Händen neben der Wiege und sagte Psalmen auf. Als sie Jeremy eintreten sah, stürzte sie ihm mit Tränen in den Augen entgegen.

»Bitte, Ihr müsst ihm helfen! Er kann nichts bei sich behalten. Er verhungert vor unseren Augen.«

Jeremy nickte der aufgelösten Frau beruhigend zu und beugte sich über die Wiege, in der sich der greinende Säugling unruhig hin und her wälzte.

»Habt Ihr noch etwas von den Kräutern, die ich ihm gestern verabreichte? Wenn nicht, besorgt welche beim Apotheker«, bat Jeremy. Er wartete, bis die Männer ihn mit Temperance allein gelassen hatten, und fragte dann: »Habt Ihr das Kind gestillt, nachdem ich weg war, Madam?«

»Ja, aber er hat alles wieder erbrochen. Und er hat immer noch Durchfall.«

»Habt Ihr ihm sonst noch irgendetwas gegeben?«

»Nur den Kräutersud. Wie Ihr mir aufgetragen hattet.«

»Wer hat ihn zubereitet? Eure Magd?«

»Ja, aber sie ist absolut vertrauenswürdig.«

Diesen Eindruck hatte auch Jeremy gewonnen. Es musste eine Erklärung für das erneute Unwohlsein des Kindes geben, aber im Augenblick war er nicht in der Lage, sie zu finden. Es blieb ihm nichts anderes übrig, als dem Kleinen den Kräutersud zu trinken zu geben und darauf zu hoffen, dass er ebenso gut wirken würde wie das erste Mal.

Diesmal blieb Jeremy freiwillig über Nacht. Und als es dem Kind im Laufe des folgenden Tages allmählich besser ging, atmete das ganze Haus auf. Doch der Priester war nicht zufrieden, bevor er nicht den Auslöser für die Krankheit gefunden hatte. Auf seinen Rat hin hatte die Mutter bis zum Nachmittag mit dem Stillen gewartet, und da zu diesem Zeitpunkt das Befinden des Säuglings deutlich besser geworden war, erlaubte er ihr, ihn zu füttern.

Der Anstand gebot es, dass er sie allein ließ, und so trat Jeremy durch eine Verbindungstür in die anliegende Kammer, zog die Tür jedoch nicht ins Schloss, sondern ließ sie einen Spaltbreit offen. Ein Verdacht war in ihm aufgekeimt, den er überprüfen wollte, auch wenn dies ein ungehöriges Verhalten mit sich brachte. Leise näherte sich der Priester dem Spalt und sah hindurch. Temperance nahm den Säugling auf den Schoß, machte aber keine Anstalten, ihr Mieder zu lockern, sondern sah zu der Magd auf, die neben ihr stand und ihr etwas reichte, das Jeremy nicht erkennen konnte. Seine Ahnung bestätigte sich. Ohne Zögern zog Jeremy die Tür auf und trat zu den Frauen, die beide im gleichen Moment erschraken. Etwas fiel aus Temperance' Hand und klirrte auf den Holzboden. Es war ein Löffel. Die Magd hielt eine Schale Milchbrei in den Händen.

»Madam, warum habt Ihr mir nicht gesagt, dass Ihr keine Milch mehr habt?«, fragte Jeremy ohne Strenge.

Der jungen Frau traten Tränen in die Augen, und sie begann am ganzen Körper zu zittern. Hannah stellte die Schale auf den Tisch und nahm ihr das Kind ab.

»Ich konnte nicht«, schluchzte Temperance. »Ihr wisst doch, wie mein Gatte über Ammen denkt. Sie verderben den Charakter des Kindes. Es ist meine Pflicht, unser Kind selbst zu nähren. Ich konnte ihm doch nicht gestehen, dass ich nicht einmal dafür gut bin. Ich habe mich so nutzlos gefühlt.«

»Und da dachtet Ihr, Ihr könntet den Kleinen mit Milchbrei aufziehen.«

»Ja. Ich hatte immer weniger Milch und bekam das Kind nicht mehr satt. Er verlor an Gewicht und schrie ständig. Da habe ich Hannah Milchbrei zubereiten lassen.«

»Woher kommt die Milch für den Brei?«

»Ich kaufe sie von den Milchmägden, die sie von Finsbury in die Stadt bringen«, antwortete Hannah.

»Ich weiß, dass Ihr in guter Absicht gehandelt habt«, sagte Jeremy sanft. »Aber diese Milch hat eine weite Reise hinter sich und ist daher nicht mehr allzu frisch. Auch wenn sie nicht verdorben riecht, vertragen viele Säuglinge sie nicht. Euer Sohn gehört zu denen, die besonders empfindlich reagieren. Der einzige Weg, ihn aufzuziehen, ist durch eine Amme. Ihr müsst Eurem Gatten die Wahrheit sagen, Madam.«

Sie sah ihn angstvoll an. »Gibt es denn keine andere Möglichkeit?«

Jeremy schüttelte den Kopf. »Ich fürchte, nein. Sagt es ihm lieber sofort, bevor er es selbst herausfindet. Sein Zorn darüber, dass Ihr seinen Sohn in Gefahr gebracht habt, dürfte größer sein als seine Enttäuschung, dass Ihr nicht genug Milch habt. Sagt ihm, das Kind habe einen kräftigen Appetit. Ihr seid eine zierliche Frau, Madam. Er wird es verstehen.«

Temperance schluckte ihre Tränen herunter und nickte. »Ich werde noch heute mit ihm sprechen.« Ihr Blick heftete sich flehentlich auf ihn. »Werdet Ihr ihm sagen, dass es meine Schuld war?«

»Nein, Madam. Es kommt schon einmal vor, dass sich ein Säugling aus unerfindlichem Grund erbricht. Das werde ich ihm klar machen. Wenn Ihr fortan auf den Milchbrei verzichtet, wird es dem Kind schnell wieder besser gehen. Gebt ihm von dem Kräutersud und dazu Kalbsknochenbrühe, bis Ihr eine Amme für ihn gefunden habt.«

Sie schenkte ihm einen dankbaren Blick. Dann wandte sie sich der Magd zu, die ihr das Kind reichte.

Siebzehntes Kapitel

»Wollt Ihr es Euch wirklich nicht noch mal überlegen, Jeremy?« Alans Miene war düster wie diejenige eines Totengräbers. »Ich habe mich sosehr an Eure Gesellschaft gewöhnt. Ihr werdet mir fehlen.«

Jeremy legte seinem Freund die Hand auf die Schulter und drückte sie herzlich. »Ihr mir auch! Aber Ihr wisst, dass ich keine andere Wahl habe. Ich muss an die Sicherheit meiner Schützlinge denken.«

Alan senkte den Blick und scharrte mit dem Fuß im Straßenschmutz. Sie standen vor seiner Chirurgenstube. Der Wundarzt hatte den Jesuiten vor die Tür begleitet, doch der Abschied fiel beiden so schwer, dass keiner den ersten Schritt tun wollte.

Alan verschränkte die Arme vor der Brust. Sein Blick wanderte an der schwarz-weißen Fassade des Fachwerkhauses hinauf und blieb an einer der mit prachtvollen Schnitzereien verzierten Knaggen hängen, die die Balkenköpfe der hervorragenden oberen Stockwerke stützten.

»Ich wünschte, das alles wäre nicht passiert«, sagte er inbrünstig. »Hoffentlich fühlt Ihr Euch bei diesem Meister Hubbart wohl. Zumindest habe ich eine gute Entschuldigung, Euch aufzusuchen. Niemand wird sich über die Besuche eines Chirurgen in der Werkstatt eines Instrumentenmachers wundern.« Er lachte freudlos und wurde sofort wieder ernst. »Wer hätte gedacht, dass ein kleiner Fehltritt so weitreichende Folgen haben würde.«

Alan legte die Hand auf den Türgriff, um ins Haus zurückzukehren, zögerte jedoch, die Tür zu öffnen.

»Würdet Ihr Lady St. Clair meine herzlichen Grüße bestellen«, bat er noch. »Ich habe ihre Besuche stets sehr genossen. Und jetzt, da Ihr nicht mehr hier wohnt, werde ich sie wohl nicht wiedersehen.«

Jeremy sah seinen Freund verwundert an. Alan hatte sich doch hoffentlich nicht in Amoret verliebt? Doch dann verwarf er den Gedanken wieder. Alan schätzte seine Freiheit zu sehr, um sich zu verlieben, egal, in wen. Deshalb litt er auch so unter dieser erzwungenen Ehe mit Anne Laxton.

»Wir sehen uns spätestens am Sonntag zur Messe«, sagte Alan abschließend. »Möge Gott Euch schützen.«

Jeremy nickte ihm zu und entfernte sich langsam. Amoret hatte zwei Diener beauftragt, mit einem Fuhrwerk Jeremys Kleidertruhe und seine Bücher abzuholen und zur London Bridge zu bringen, und so hatte der Jesuit nur eine Tasche mit ein paar Kleinigkeiten zu tragen, als er Alans Haus an diesem Morgen endgültig verließ.

Nachdem er ein paar Schritte gegangen war, wandte er sich noch einmal um und sah zurück. Der Chirurg stand noch immer vor der Tür, seine Hand ruhte auf dem eisernen Griff, doch er machte keine Anstalten, ins Haus zurückzukehren. Jeremy hob die Hand und winkte ihm zu.

Die Frühlingssonne überzog die Front des Hauses mit ihrem Leuchten, und ihre Strahlen fingen sich in den in Blei gefassten Glasscheiben der Erkerfenster. Es war ein prachtvolles Gebäude mit seinen aufwendigen Schnitzereien, die groteske Tierköpfe oder Dämonenfratzen darstellten. Wie die meisten Häuser des Stadtkerns war es hundert oder mehr Jahre alt. Die vorkragenden oberen Stockwerke verfügten über mehr Grundfläche als die unteren, eine Bauweise, die dem eingeschränkten Raum in den engen Gassen ein wenig mehr Platz abrang. Das Dach war mit roten Ziegeln gedeckt und wurde von einem hohen Schornstein gekrönt. Die Schönheit des Fachwerkbaus barg jedoch auch Gefahren. Die Zeit und die Witterung hatten das Holz dermaßen ausgetrocknet, dass sich immer wieder Risse in den Wänden bildeten, die dann mit Pech abgedichtet wurden. Geriet ein Haus wie dieses in Brand, war es kaum noch zu löschen. Über die Jahrhunderte hatte es so in London immer wieder verheerende Feuer gegeben.

Schweren Herzens riss sich Jeremy vom Anblick des Hauses los, das er eine Zeit lang als sein Heim betrachtet hatte. Eine unerklärliche Ahnung sagte ihm, dass er nicht zurückkehren würde.

Im nächsten Augenblick duckte er sich, um einen Zusammenstoß mit dem niedrig hängenden Schild eines Apothekers zu vermeiden. Mehr als einmal hatte Alan ein Opfer dieser morschen Ladenschilder in seiner Chirurgenstube behandeln müssen, denn wenn die Eisenstangen, an denen sie hingen, durchgerostet waren, genügte eine starke Windböe, um das Schild in ein tödliches Geschoss zu verwandeln. Dies galt auch für die oft schlecht befestigten Dachziegel oder die vom Zahn der Zeit angegriffenen Schornsteine.

Als über ihm der Ruf »Vorsicht, Wasser!« erklang, sprang Jeremy in einem Reflex unter das vorkragende Stockwerk des Hauses, an dem er gerade entlangging, und stieß dabei mit einem anderen Passanten zusammen, der auf die gleiche Weise reagiert hatte. Zum Glück verfehlte der Inhalt des Nachtgeschirrs sie beide und verband sich stattdessen mit den Abfällen, die auf dem Steinpflaster festgetreten waren. Pferdemist, Essensreste und Asche aus den Feuerstellen wurden einfach auf die Straße gekippt und blieben dort liegen, bis die Müllkutscher den Unrat zusammenfegten und aus der Stadt schafften.

Jeremy ging gedankenverloren zur Anlegestelle Blackfriars hinunter und winkte einen Fährmann heran. Während er wartete, dass das Boot anlegte, um ihn aufzunehmen, sah er sich noch einmal um. Wie oft hatte er hier in den vergangenen anderthalb Jahren ein Boot genommen, sei es, um Amoret in Whitehall zu besuchen oder um in einem anderen Teil Londons eine Erledigung zu machen. Nicht weit flussaufwärts, wo der Fleet in die Themse mündete, erhoben sich die aus roten Ziegeln errichteten Mauern des Bridewell, eines ehemaligen Palastes König Henrys VIII., der nun als Zuchthaus für Vagabunden, Diebe und Huren diente, aber auch Waisenkinder beherbergte. Trotz des Lärms der geschäftigen Stadt meinte Jeremy für einen Moment, das Klatschen einer Peitsche zu vernehmen, die auf den nackten Rücken eines der bedauernswerten Häftlinge niederfuhr. Zweimal die Woche fanden in einem der Höfe des Bridewell öffentliche Auspeitschungen statt, dem viele Schaulustige beiwohnten.

Im geöffneten Eingangstor sah Jeremy eine Gruppe von Knaben in blauen Uniformen auftauchen, die in Reih und Glied am Themseufer entlangmarschierten, offenbar auf dem Weg zur Kirche. Gesittet schritten sie an dem vor dem Zuchthaus aufgestellten Stock und dem Tauchstuhl vorbei, mit dem widerspenstige Frauen im Flusswasser untergetaucht wurden.

»Wohin soll's gehen?«, fragte der Fährmann.

»Zum ›Alten Schwan‹«, antwortete Jeremy und stieg in das Boot.

Der Flussschiffer legte sich in die Riemen, ohne sich jedoch besonders anstrengen zu müssen, denn es ging flussabwärts. Es war ein warmer Aprilmorgen, ein Umstand, der den Gestank des schmutzigen Flusswassers nicht erträglicher machte. Die Rückstände der verschiedensten Gewerbe wurden in die Themse geleitet, von dem Inhalt der häuslichen Aborte ganz zu schweigen. Man hoffte vergeblich darauf, dass die Strömung den Unrat ins

Meer hinausschwemmen würde. Was bei Ebbe aus der Stadt gespült wurde, kam durch die Flut zum Großteil wieder in die Flussmündung zurück.

Das Boot glitt an Baynard's Castle vorbei, einem burgähnlichen Herrenhaus, in dem einst nacheinander drei der sechs Gemahlinnen Henrys VIII. gewohnt hatten. Die Flussseite mit ihren drei mächtigen Haupttürmen und den sieben kleineren Türmen ließ das alte Gemäuer wie eine Trutzburg erscheinen.

Unzählige Boote befuhren Londons Wasserstraße, Leichter, Skiffs und kleinere Frachtsegler, die an den Kais anlegten, um ihre Waren zu löschen. Am Queenhithe-Dock herrschte besonders viel Gedränge, so dass Jeremys Fährmann zur Mitte des Stroms ausweichen musste, um an den Frachtschiffen vorbeizukommen. Wenig später passierten sie die Drei Kräne, die von Tretmühlen angetrieben wurden und dazu dienten, schwere Fässer zu entladen. Nachdem sie schließlich den Stahlhof und Coldharbour, die Residenz des Earl of Shrewsbury, hinter sich gelassen hatten, ruderte der Fährmann näher ans Ufer, achtete jedoch sorgfältig darauf, den Pfählen nicht zu nahe zu kommen, die die weit in den Uferbereich hineingebauten Häuser stützten.

Als sie am »Alten Schwan« angelegt hatten, erhob sich Jeremy vorsichtig von der hinteren Bank, übergab dem Fährmann ein Sixpencestück und kletterte aus dem schwankenden Boot auf die Stufen der Mole. Zu seiner Rechten, ein kurzes Stück flussabwärts, erhob sich die prächtigste Brücke der Christenheit, auf der sich sein neuer Wohnsitz befand. Sie war auf neunzehn Pfeilern erbaut, die jeweils auf bootsförmigen Eisbrechern standen. Bei Flut staute sich das Wasser der Themse an den mächtigen Pfeilerköpfen und bildete schäumende Kaskaden, deren Rauschen über den Lärm der Stadt hinweg hörbar war. Die Brücke selbst war dicht mit Fachwerkhäusern bebaut, von denen sich manche über der schmalen Straße trafen und Fuhrwerken, Reitern und Passanten nur einen tunnelartigen Durchgang ließen. Die Häuser waren bis zu sechs Stockwerke hoch und ragten, auf stabile Holzpfähle gestützt, über die Außenkante der Brücke hinaus. Das ganze Bauwerk bot einen imposanten Anblick.

Während Jeremy der Old Swan Lane zur Thames Street folgte, entzogen ihm die Lagerhäuser an den Kais und das hohe Gildehaus der Fischhändler vorübergehend die Sicht auf die Brücke. Erst als er in den Fish Street Hill einbog, der direkt auf sie zuführte, trat sie wieder in sein Blickfeld. Es war nicht das erste Mal, dass Jeremy die nur zwölf Fuß breite Straße betrat, die auf die andere Seite des Flusses nach Southwark führte, doch an diesem Morgen sah er sich mit neu erwachtem Interesse um. Der Häuserblock am Nordende der Brücke war erst vor fünfzehn Jahren erbaut worden, nachdem 1633 ein Feuer eine ganze Reihe von Gebäuden vernichtet hatte. Jeremy ging an den Läden der Kaufleute vorbei, die die verschiedensten Waren anboten: Tuche, Handschuhe, Goldschmiedekunst, Stiche, Bücher. Unter seinen Schuhsohlen spürte er das Vibrieren der Wasserräder, die sich unter den ersten beiden Bögen drehten, angetrieben von der Strömung des Flusses. Sie waren vor fast hundert Jahren von dem Holländer Peter Morris gebaut worden und dienten dazu, Wasser in die oberen Bereiche der Stadt zu pumpen. Auf der anderen Seite der Brücke hatte man dagegen Kornmühlen eingerichtet.

Im letzten Haus auf der linken Seite des neuen Blocks hatte Meister Hubbart, der Instrumentenmacher, seine Werkstatt. Dann folgte eine breite Lücke bis zu den Gebäuden, die die Brücke bis nach Southwark einnahmen. Zwar gab es Pläne, auch die restlichen Häuser, die vom Feuer zerstört worden waren, wieder aufzubauen, doch bisher war es nicht dazu gekommen. Eine Palisade aus Holzlatten säumte hier die Straße, damit bei stürmischem Wetter die Fußgänger nicht in die Themse geweht wurden.

Über der Tür zur Werkstatt des Instrumentenmachers quietschte ein verblichenes Ladenschild, auf dem drei goldene Kugeln zu sehen waren. Als Jeremy eintrat, kam ihm Meister Hubbart mit einem Lächeln entgegen.

»Ich kann Euch gar nicht sagen, was für eine Freude es für mich ist, Euch hier bei mir zu haben, Pater«, sagte er. Er war ein hagerer Mann mit grauen Augen und schütterem braunem Haar. Nachdem er eine Weile als Waffenschmied gearbeitet hatte, war ihm die Idee gekommen, sich auf chirurgische Instrumente zu verlegen, und da er geschickte Hände besaß, hatte er sich schnell einen Namen gemacht.

»Mary, komm her«, rief Meister Hubbart in den rückwärtigen Teil des Hauses hinein. Kurz darauf erschien seine Frau, fast ebenso dürr wie er, aber weniger leutselig. »Führ unseren Gast in seine Kammer unter dem Dach und zeig ihm dann das Haus, damit er weiß, wo alles ist.«

Die Frau ging Jeremy voraus. Es gab nur drei Stockwerke. Die Mansarde war geräumig genug, um dem Jesuiten sowohl als Wohnstatt wie als Kapelle zu dienen. Die Kleidertruhe mit seinen geistlichen Gewändern und dem Messgerät befand sich ebenso wie seine Bücher bereits in der Kammer. Nachdem er seine Tasche abgelegt hatte, zeigte ihm Mistress Hubbart die übrigen Räumlichkeiten. Die Küche war hinter der Werkstatt im Erdgeschoss, und dahinter gab es ein heimliches Gemach, einen kleinen Vorbau, der über den Fluss hing. Ein Abort dieser Art war bequem für die Hausbewohner, aber ein Ärgernis für die Fährleute, die stets höllisch aufpassen mussten, wenn sie unter der Brücke hindurchfuhren.

Am Abend, als Meister Hubbart seinen Laden geschlossen hatte, baten die Eheleute ihren Gast, ihnen die Beichte abzunehmen. Nach dem Essen saßen sie noch eine ganze Weile zusammen und sprachen über die anderen Katholiken der Umgebung.

Jeremy nahm sich vor, gleich morgen früh einen nach dem anderen aufzusuchen und festzustellen, wie viele von ihnen auf Almosen angewiesen waren.

Die Nacht über schlief Jeremy friedlich, trotz des nie verstummenden Wasserrauschens und des Dröhnens und Knirschens der Wasserräder einige Stockwerke unter ihm. Doch obwohl er es gewöhnt war, früh aufzustehen, riss ihn der ohrenbetäubende Lärm, der gegen fünf Uhr auf der Brückenstraße einsetzte, unsanft aus dem Schlaf. Dabei war das Räderrattern der Fuhrwerke, die Handelsgüter in die Stadt beförderten, noch nicht einmal das Schlimmste. Herden von Schweinen und Rindern wurden über die Brücke getrieben und stießen zuweilen Schreie aus wie verlorene Seelen. Die Rufe der Straßenhändler, die ihre Waren anpriesen, verbanden sich mit den schlüpfrigen Scherzen der Fährschiffer, dem Krächzen der Seemöwen, dem Getöse der Handwerker, dem Bellen der Hunde und dem Klappern unzähliger Pferdehufe zu einem Höllenspektakel, das bis zum Abend anhielt.

Jeremy öffnete das Fenster und sah auf den Fluss hinaus, auf dem es von Booten nur so wimmelte. Kleinere Leichter drängten sich zwischen mächtigeren Frachtseglern hindurch, die ihre Waren an den Kais löschten. Nicht weit entfernt erhoben sich die zinnenbewehrten grauen Mauern des Tower, der über die Stadt wachte. Die vier Zwiebeldächer der Ecktürme des White Tower in der Mitte der Festung reckten sich in einen wolkenlosen Himmel. Ein leichter Wind wehte die schrillen Stimmen der Fischweiber vom Billingsgate-Markt zur Brücke herüber. Jeremy seufzte tief. Offenbar hatte der Herr ihn an diesen Ort geschickt, um ihn Demut zu lehren. Nach einem inbrünstigen Gebet begab er sich nach unten zu seinen neuen Gastgebern, um mit ihnen das Frühmahl einzunehmen.

Achtzehntes Kapitel

Alan ging in nachdenklicher Stimmung die Paternoster Row entlang.

»Glaubt Ihr, Mistress Milton wird wieder gesund, Meister?«, fragte Kit, der sich bisher stumm an seiner Seite gehalten hatte.

Alan wandte den Kopf und sah auf den blonden Knaben hinab, der ihn auffordernd anblickte.

»Ehrlich gesagt, ich weiß es nicht, Junge«, antwortete er. »Sie ist nicht mehr die Jüngste.«

Mistress Milton war die Witwe eines Schankwirts, der im letzten Jahr an der Pest gestorben war und nur Schulden hinterlassen hatte. Vor zwei Tagen hatte ein Fuhrwerk die alte Frau auf der Straße gestreift und einige Yards mitgerissen. Der Sturz hatte ihren linken Arm zertrümmert. Alan hatte die Brüche behandelt, befürchtete aber, dass der Arm steif bleiben würde, denn es waren auch Sehnen und Bänder gerissen. Nun suchte er Mistress Milton regelmäßig auf, um die Heilung zu überwachen. Und da die Alte auf Armengeld angewiesen war, verzichtete Alan auf seine Bezahlung.

Er und Kit befanden sich auf dem Rückweg zur Chirurgenstube, in der Nicholas allein die Stellung hielt, solange sein Meister Krankenbesuche machte. Sie waren nur noch wenige Schritte von seinem Haus entfernt, als Alan instinktiv stehen blieb. Trat da nicht Martin Laxton aus seiner Tür? Was hatte der Streithammel in seiner Chirurgenstube zu suchen? Zum Glück entfernte sich der junge Laxton in entgegengesetzter Richtung, ohne Alan zu sehen. Erleichtert setzte dieser seinen Weg fort. In seiner Werkstatt war es ruhig. Alan winkte Nick zu sich und fragte besorgt:

»Was wollte Martin Laxton hier? Er hat doch hoffentlich keinen Ärger gemacht?«

Nick schüttelte den Kopf. »Ich hab ihn gar nicht kommen sehen, Meister. Ich war im Garten und habe nach den Kräutern geschaut. Aber ich denke, er wollte seine Schwester besuchen. Jedenfalls hörte ich die beiden in Eurer Kammer streiten. Ihr solltet besser nach ihr sehen. Es ging recht laut zu.«

Alan klopfte seinem Gesellen auf die Schulter und stieg in den ersten Stock hinauf. In seiner Schlafkammer fand er Anne in den Armen ihrer Tante, die sie tröstend wiegte. Über Annes bleiche Wangen strömten Tränen, doch sie gab keinen Ton von sich, nicht einmal ein Schluchzen. Sie war wie gelähmt.

»Was ist passiert?«, fragte Alan betroffen.

Elizabeth antwortete, ohne ihn anzusehen: »Martin war hier.«

»Das habe ich gesehen. Was wollte er?«

»Geld! Er war schon immer ein Verschwender. Er trinkt und besucht gewisse Häuser …«

»Er hat Anne um Geld gebeten?«

»Er hat es gefordert«, grollte die Tante, und in ihrer Stimme schwang ein deutlicher Ton von Wut und Verachtung. »Und als sie es ihm verweigerte, hat er sie geschlagen. Leider kam ich zu spät dazu, um es zu verhindern.«

Alan setzte sich zu den beiden Frauen auf den Rand des Bettes und streckte mitfühlend die Hand nach Anne aus. Doch als er ihre Schulter berührte, erwachte sie aus ihrer Erstarrung und zuckte in Panik vor ihm zurück.

»Fasst mich nicht an!«, schrie sie und drückte sich fester an ihre Tante.

Alan ließ die Hand sinken. »Es tut mir Leid. Ich wollte Euch nicht erschrecken. Ich werde Euren Vater aufsuchen und ihn auffordern, mit Martin zu sprechen. Er hat kein Recht, Hand an Euch zu legen.«

Beide Frauen hoben die Köpfe und sahen ihn entsetzt an.

»Nein!«, rief Elizabeth abwehrend. »Tut das nicht. Mein Schwager vergöttert seinen Sohn. Er würde ihn nicht zur Ordnung rufen. Es ist besser, über das, was geschehen ist, zu schweigen.«

Mit einem verwunderten Stirnrunzeln erhob sich Alan vom Bett. »Wenn Ihr meint. Aber Martin wird bestimmt wiederkommen. Was dann?«

Elizabeth presste hilflos die Lippen aufeinander, ohne zu antworten. Sie wusste ebenso wie er, dass es keine Hilfe von außen gab, die eine Frau vor der Gewalt eines Familienmitglieds schützte, sei es der Ehegatte, der Vater oder der Bruder. Sie besaßen das Recht, eine widerspenstige Frau zu züchtigen, sofern dies in Maßen geschah, so wie der Herr den Diener prügeln durfte.

»Es ist an Euch, sie zu beschützen«, sagte Elizabeth vorwurfsvoll. »Aber Ihr seid ja kaum noch zu Hause. Den halben Tag verbringt Ihr mit Krankenbesuchen.«

»Das gehört zu meinen Pflichten, Madam«, verteidigte sich Alan, obwohl ihn die Anschuldigung traf.

»Eure Pflicht ist es, Euch um Eure Gemahlin und Euer Kind zu kümmern, Sir!«

»Darüber kann ich aber nicht meine Arbeit vernachlässigen.«

»Wenn Ihr mit Eurer Arbeit wenigstens Geld verdienen würdet«, höhnte Elizabeth. »Aber wie oft verschwendet Ihr Eure Zeit mit armen Schluckern, die Euch keinen Penny zahlen können. Die Zunft preist Eure Kunstfertigkeit. Ihr könntet gut betuchte Bürger wie Richter Trelawney zu Euren Kunden zählen, wenn Ihr Euch ein wenig bemühen würdet.«

»Und ich würde den ganzen Tag nichts anderes tun, als wohlgenährte Bürgersleute zur Ader zu lassen und Klistiere zu setzen. Nein, danke!«

»Ihr seid ein Narr!«

»Vielleicht. Aber mir gefällt, was ich tue. Findet Euch damit ab.«

Mit einer Wut im Bauch, die ihm selbst fremd war, verließ Alan die Kammer und stieg in die Chirurgenstube hinab.

Nach der Abendmahlzeit zogen sich die beiden Frauen früh zurück. Alan blieb noch mit Nick, Kit und Molly in der Küche sitzen. In diesen Momenten abendlichen Zusammenseins wurde sich Alan besonders stark bewusst, wie sehr er Jeremys Gesellschaft vermisste. Er wandte den Blick zum Fenster. Die Dämmerung hatte noch nicht eingesetzt. Wenn er sich beeilte, konnte er es noch zur London Bridge schaffen, bevor es dunkel wurde, und dort über Nacht bleiben. Ja, es wäre schön, eine Weile mit seinem alten Freund zusammenzusitzen und zu plaudern. Kurz entschlossen erhob sich Alan von seinem Schemel und erklärte:

»Ich gehe noch einmal aus. Begebt euch ruhig zu Bett. Sagt meiner Frau, dass sie nicht auf meine Rückkehr zu warten braucht.«

In der Chirurgenstube warf er sich seinen Umhang über die Schultern und verließ das Haus. Die Sonne war gerade hinter den Dächern versunken, verbreitete aber noch genug Licht, dass man sich ohne Lampe zurechtfinden konnte. Alan ließ seine Gedanken schweifen, während seine Füße wie von selbst den Weg zum Fluss einschlugen. Als er das Ende der Paternoster Row erreicht hatte und in die Ave Maria Lane einbog, warf er einen Blick zurück, ohne im Nachhinein zu wissen, was ihn dazu veranlasst hatte. Was er sah, ließ ihn in der Bewegung erstarren. Zwei Männer folgten ihm. Alan erkannte sie sofort. Es waren Martin Laxton und einer der Knechte, die ihn damals auf dem Operationstisch festgehalten hatten. Unschlüssig blieb der Wundarzt stehen und sah den beiden entgegen. Was hatte Laxton vor? Hatte er seinem Schwager aufgelauert, um nun von ihm Geld zu fordern, nachdem seine Schwester sich geweigert hatte, ihm welches zu geben? Oder hatte er nur darauf gewartet, Alan allein auf der Straße anzutreffen, um das zu Ende zu führen, woran Lady St. Clair ihn damals gehindert hatte?

Alan überlegte nervös, was er tun sollte. Hatte es Sinn, mit Martin zu reden? Schließlich konnte er nicht sein Leben lang vor diesem Mistkerl davonlaufen. Ein Blick auf Laxtons kampflustigen Gesichtsausdruck belehrte Alan eines Besseren. Und als er den dicken Knüppel in der Hand des Knechts bemerkte, begriff er, dass es klüger war, die Beine in die Hand zu nehmen.

Alan wirbelte herum und spurtete los, die Ave Maria Lane entlang. Ein Blick zurück verriet ihm, dass seine Verfolger es ihm nachtaten. Alan hatte keine Ahnung, wie er sie abhängen sollte. Es war immer noch hell genug, dass sie ihn mühelos im Auge behalten konnten. Es würde noch eine Weile dauern, bis sich ihm die Möglichkeit bot, in der Dunkelheit unterzutauchen. So lange würde er nicht durchhalten. Was tun? Die Gassen waren bereits verlassen. Weit und breit war kein Nachtwächter zu sehen. Hier und da rührte sich ein Bettler in einem Hauseingang, oder ein Lehrling trabte auf einem letzten Botengang vorbei, doch keiner von ihnen würde ihm gegen ein paar entschlossene Raufbolde beistehen. Wenn er Glück hatte, mochte er unten an der Anlegestelle auf einen Fährmann treffen, der auf einen Fahrgast wartete. Wenn er Glück hatte!

Alan fiel kein anderer Ausweg ein. Hastig blickte er sich um und sah, dass Laxton und sein Begleiter leicht aufgeholt hatten. Angst stieg in ihm auf und verlieh ihm neue Kräfte. Seine Lungen pumpten sich voll Luft, und seine Beine griffen weiter aus.

Bei der Überquerung der Ludgate Street wäre er beinahe mit einer alten Frau zusammengestoßen, die sich schwerfällig die Straße entlangschleppte. Alan geriet aus dem Rhythmus, stolperte ein paarmal und raffte sich mit zusammengebissenen Zähnen wieder auf. Ohne nachzudenken rannte er weiter, die Greed Lane entlang in Richtung Themse. Im nächsten Moment schalt er sich einen Dummkopf. Es wäre weitaus sinnvoller gewesen, an der Ludgate Street abzubiegen, zum Stadttor zu laufen und die dort Dienst habenden Wachleute um Hilfe zu bitten. Jetzt war es zu spät zum Umkehren. Seine Verfolger waren ihm so hart auf den Fersen, dass er ihre rasselnden Atemzüge zu hören meinte.

Alans Seite begann zu schmerzen. Sein Körper war eine solche Kraftanstrengung nicht gewohnt. Sein Atem ging keuchend. Der Weg zur Anlegestelle Blackfriars war ihm noch nie so lang erschienen. Mit zu Fäusten geballten Händen rannte Alan weiter in die New Street, eine enge Gasse, in der sich die oberen Stockwerke der windschiefen Häuser so weit über die Straße neigten, dass kaum ein Sonnenstrahl bis auf den Boden aus festgetretener Erde drang. Plötzlich traf die Gasse auf eine Querstraße. Alan wandte sich nach rechts, folgte der Straße, die kurz darauf nach links bog, und stand wenige Schritte später wieder vor einem Häuserblock. Musste er nach rechts oder nach links, um zum Flussufer zu kommen? Zu seinem Schrecken stellte Alan fest, dass er es nicht wusste. Er hatte die Orientierung verloren.

Hinter ihm näherten sich die schnellen Schritte der Verfolger. Er hatte keine Zeit zum Überlegen. Aufs Geratewohl bog Alan nach rechts, kurz darauf knickte die Gasse nach links ab. Er war in das unübersichtliche Labyrinth des Armenviertels am Puddle Dock geraten. Hier waren die Gassen, oder was man so nannte, zu eng, um ein Fuhrwerk durchzulassen, und selbst mit einem Handkarren kam man nur mit Mühe um die Ecke. Blindlings rannte Alan weiter, die Hand fest auf seine linke Seite gepresst, um das schmerzhafte Stechen zu lindern, das wie eine Messerklinge durch seinen Leib fuhr. Wieder stand er vor der Wahl, in welche Richtung er sich wenden sollte. Er bog nach links ab und hielt mit einem Fluch inne. Er war in eine Sackgasse geraten.

Sein Herz hämmerte so stark in seiner Brust, dass er glaubte, im nächsten Moment ersticken zu müssen. Seine Beine zitterten, und für einen Augenblick überkam ihn der Drang, aufzugeben und sich einfach auf den Boden sinken zu lassen. Doch nach ein paar tiefen Atemzügen spürte er wieder die Angst vor dem, was sie mit ihm machen würden, wenn er in ihre Hände fiele, und so nahm er all seine verbliebene Kraft zusammen und rannte ans andere Ende des Hofes, in dem er sich befand. Irgendwo musste es doch einen Durchgang geben, der hier herausführte, egal, wohin!

Wild sah er sich um, entdeckte eine Pforte und rüttelte daran, in dem Bemühen, sie zu öffnen. Mit zitternden Händen suchte er nach einem Riegel, doch sie war von innen verschlossen. Mit aller Kraft warf sich Alan gegen das Holz, aber die Pforte hielt stand. Im nächsten Moment spürte er einen kräftigen Stoß in den Rücken, der ihn mit Wucht gegen die Tür prallen ließ. Eine Faust packte ihn an der Schulter und wirbelte ihn herum.

»Weiter kommst du nicht, Ridgeway«, triumphierte Martin Laxton. Sein Knecht stand in einiger Entfernung hinter ihm, den Knüppel in der Hand wiegend.

Alan sah seinem Feind in das verschwitzte Gesicht. »Was wollt Ihr von mir? Ich habe Euch nichts getan!«

»Du hast meine Schwester vergewaltigt!«

»Das ist nicht wahr. Frag sie doch selbst. Hätte sie mich geheiratet, wenn ich ihr Gewalt angetan hätte?«

Martin lachte höhnisch. »Ich soll glauben, dass sich Anne dir freiwillig an den Hals geworfen hat? Das hat sie nur gesagt, um dir den Strick zu ersparen. Du hast dich ihr aufgezwungen! Niemals hätte sie sich mit dir abgegeben. Wenn ich daran denke, dass du jetzt auch noch das Recht hast, jede Nacht das Lager mit ihr zu teilen, wird mir speiübel! Anne ist zu gut für dich, hörst du! Sie gehört mir, mir allein!«

Laxton hatte sich so sehr in Rage geredet, dass Alan das Beben seiner Hand spüren konnte, die noch immer seine Schulter gegen die Pforte in seinem Rücken presste. Ihm wurde klar, dass Martin ein unberechenbarer, jähzorniger Mensch war, dem er mit vernünftigen Argumenten nicht beikommen konnte. Er hatte sich auf die Überzeugung versteift, dass Alan seine Schwester vergewaltigt hatte, und nichts würde ihn davon abbringen. Er musste weg hier! Jetzt oder nie!

Ohne Vorwarnung holte Alan aus und hieb seinem Gegenüber die Faust ins Gesicht. Völlig überrascht taumelte Martin ein paar Schritte rückwärts. Alan sprang ihm nach und schlug noch einmal zu. Martin verlor das Gleichgewicht und stürzte zu Boden. Alan wandte sich zur Flucht, bemerkte dabei jedoch, dass der Knecht aus seinem Blickfeld verschwunden war. Hastig fuhr er herum, aber da war es bereits zu spät. Ein wuchtiger Schlag traf seine Schulter und riss ihn augenblicklich von den Beinen. Stöhnend wälzte sich Alan am Boden, halb betäubt von den Schmerzen, die durch seinen ganzen Körper rasten. Er sah nicht, wie Martin sich neben ihm mit einem Fluch hochrappelte.

»Verdammter Hurensohn! Ich bring dich um!«

Er grub die Hände in Alans Wams, zog ihn auf die Beine und stieß ihn gegen eine Hauswand. Wieder durchfuhr ein unerträglicher Schmerz Alans Schulter und ließ ihn aufschreien. Vor seinen Augen stieg eine schwarze Wand auf. Mit eisernem Willen kämpfte er gegen die Ohnmacht an, die mit Sicherheit sein Ende bedeutet hätte. Als sich sein Blick wieder klärte, sah er in den Lauf einer Steinschlosspistole.

Er hatte nicht bemerkt, wie Martin die Waffe aus seinem Wams gezogen und den Hahn gespannt hatte. Nun richtete er sie auf Alans Brust.

Woher hat ein Handwerksbursche wie Laxton eine Pistole?, durchfuhr es Alan.

Erbärmliche Angst lähmte seine Glieder, als sich der Pistolenlauf schmerzhaft gegen sein Brustbein presste. War es möglich, dass dieser Raufbold verrückt genug war, um ihn kaltblütig zu erschießen, oder wollte er dem Mann, von dem er glaubte, er habe seine Schwester vergewaltigt, nur eine Lektion erteilen, indem er ihn zu Tode erschreckte?

Martin schien seine Gedanken gelesen zu haben. Mit einem süffisanten Lächeln sagte er: »Nur ein paar Gassen von hier fließt die Themse. Wenn die Leichenfledderer dich an der Brücke aus dem Wasser fischen, wird man denken, du bist auf dem Weg zu einem der Hurenhäuser von einem Straßenräuber kaltgemacht worden.«

Alan schickte ein Gebet zum Himmel und schloss die Augen. Im nächsten Moment riss er sie wieder auf und starrte ungläubig auf den kurzen wilden Kampf, der sich vor ihm abspielte. Ein Mann hatte sich Martin von hinten genähert, ihn am Arm gepackt und mit einem dermaßen kraftvollen Schwung herumgerissen, dass Laxton wie ein hilflos zappelnder Käfer auf dem Rücken zu liegen kam. Seine Finger umklammerten noch immer die Pistole. Die Faust des Angreifers lag wie ein Schraubstock um Martins Handgelenk, und als dieser die Waffe noch immer nicht losließ, stemmte der Fremde den Fuß gegen den Unterarm seines Opfers und riss dessen Handgelenk mit Gewalt nach oben. Ein trockenes Krachen ertönte, als der Knochen brach. Martin heulte auf wie ein Tier. Die Pistole fiel zu Boden.

Alan spürte Übelkeit in sich aufsteigen. Ein zweiter Angreifer hatte den Knecht mit ein paar Fausthieben außer Gefecht gesetzt. Nun würde er an die Reihe kommen, dachte sich Alan. Doch er war nicht fähig, sich zu rühren. Da wandte ihm der vermeintliche Straßenräuber, der Martin den Arm gebrochen hatte, das Gesicht zu. Alan traute seinen Augen nicht.

»William!«

Lady St. Clairs Diener trat auf ihn zu und musterte ihn besorgt. »Seid Ihr in Ordnung, Sir?«

Alan taumelte ihm entgegen. Seine Hand tastete vorsichtig nach seiner rechten Schulter. Zumindest schien sie nicht gebrochen zu sein.

»Es geht schon«, stammelte er, während seine Knie vor Erleichterung weich wurden. »Aber ... aber wie konntet Ihr wissen, dass ich Hilfe brauchte?«

»Erklär ich Euch auf dem Weg zu Eurem Haus. Vorher sorge ich allerdings dafür, dass Ihr in Zukunft vor diesem Dreckskerl sicher seid!«

Mit der Pistole in der Hand trat William zu dem noch immer vor Schmerz wimmernden Laxton und hielt ihm den Lauf an die Stirn. Entsetzt fiel Alan dem Diener in den Arm.

»Ihr wollt ihn doch nicht umbringen! Das wäre kaltblütiger Mord!«

»Das Schwein wollte Euch eine Kugel durch die Brust jagen!«

»Das glaube ich nicht«, widersprach Alan. »Er wollte mir nur gehörig Angst machen.«

»Ihr seid töricht, Sir. Wenn Ihr ihn diesmal laufen lasst, werdet Ihr keine Ruhe mehr vor ihm haben.«

»Ihr habt ihm den Arm gebrochen. Das wird ihm eine Lektion sein.«

Mit einem Seufzen, das deutlich verriet, was der Diener von Alans Entscheidung hielt, ließ William die Pistole sinken.

»Ich warne dich, du feige Sau«, sagte er drohend. »Wenn du es noch einmal wagen solltest, Meister Ridgeway Schaden zuzufügen, kommst du nicht so glimpflich davon!«

Um seinen Worten Nachdruck zu verleihen, versetzte er dem am Boden Liegenden noch einen kräftigen Tritt zwischen die Rippen.

Alan zog den Diener energisch von seinem Opfer weg, das sich vor Schmerz zusammenkrümmte.

»War das nötig?«, fragte der Wundarzt angewidert.

»Sir, wir leben in einer gewalttätigen Welt«, widersprach William. »Ihr müsst lernen, Euch zu verteidigen, wenn Ihr überleben wollt.«

Alan antwortete nicht. Er wusste nur zu gut, dass der Diener Recht hatte. Und der musste es wissen. Es war keine Seltenheit, dass die Dienerschaft der Adligen bei einem Zusammentreffen auf der Straße aneinander geriet und sich gegenseitig die Köpfe einschlug. Vor ein paar Jahren hatte es auf dem Strand einen Streit zwischen den Leuten des französischen und des spanischen Gesandten gegeben. Die Kämpfe zwischen beiden Parteien hatte mehreren Menschen und auch einigen Kutschpferden das Leben gekostet. Zum Schutz der Londoner Bürger mussten schließlich die Milizen herbeigerufen werden.

»Ihr habt mir immer noch nicht erklärt, weshalb Ihr so prompt zur Stelle wart«, erinnerte Alan den Diener, den er im letzten Jahr während einer Reise nach Wales als verlässlichen Begleiter schätzen gelernt hatte.

»Nach dem gemeinen Überfall in Eurem Haus war Ihre Ladyschaft davon überzeugt, das Laxton nur auf eine günstige Gelegenheit warten würde, um Euch erneut zu überfallen. Daher hat sie uns angewiesen, über Eure Sicherheit zu wachen. Jim und ich wechseln uns regelmäßig mit zwei anderen Dienern ab.«

Alan starrte William verblüfft an. »Lady St. Clair hat Euch abgestellt, um auf mich aufzupassen? Wie lange geht das schon so?«

»Seit dem Tag, als Euch diese Burschen in Eurer Chirurgenstube angriffen.«

»Aber das sind ja Wochen.«

»Och, uns hat das nichts ausgemacht. Es war eine willkommene Abwechslung von unseren üblichen langweiligen Pflichten. Nichts für ungut, Sir, aber wir brannten darauf, dass endlich etwas passieren würde. Tut uns nur Leid, dass wir so spät kamen. Aber Ihr seid recht leichtfüßig, und in dem Labyrinth von Gassen haben wir Euch und Eure Verfolger vorübergehend aus den Augen verloren.«

»Das braucht Euch nicht Leid zu tun«, winkte Alan ab. »Ich bin schon froh, dass Ihr überhaupt da wart. Irgendwie hatte ich bereits mit dem Leben abgeschlossen.«

Sie waren vor der Chirurgenstube angekommen. William übergab Alan die Steinschlosspistole, die er Laxton abgenommen hatte. Der Wundarzt verabschiedete sich herzlich von dem stämmigen Diener und seinem Begleiter und fügte noch hinzu: »Bitte bestellt Ihrer Ladyschaft, wie dankbar ich ihr bin.«

Tief gerührt betrat er seine Werkstatt. Eine Weile stand er nur da und versuchte, die Ereignisse der letzten Stunde zu verarbeiten. Erst als der Schmerz in seiner angeschlagenen Schulter wieder in sein Bewusstsein drang, stieg er zu den Dachkammern hinauf und weckte Nick, um sich von ihm behandeln zu lassen.

Am nächsten Morgen kehrte Elizabeth vom Markt mit der Neuigkeit zurück, dass Martin in der vergangenen Nacht bei einem Überfall schwer zusammengeschlagen worden war. Sein rechter Unterarm und mehrere Rippen waren gebrochen. Es würde einige Zeit dauern, bis er wieder auf den Beinen sein würde.

Als sie die Nachricht vernahm, atmete Anne erleichtert auf. Sie und Elizabeth warfen Alan, der mit dem Arm in der Schlinge am Tisch saß, verwunderte Blicke zu, stellten aber keine Fragen. Zur Überraschung des Wundarztes schenkte ihm seine Gemahlin ein dankbares Lächeln.

Neunzehntes Kapitel

Es war der glücklichste Tag ihres Lebens! In nur wenigen Stunden würde sich ihr so lange im Geheimen gehegter Traum erfüllen. Sie würde als Braut vor den Altar treten und mit dem Mann vermählt werden, den sie liebte. Lange saß sie da, zu aufgeregt, um sich zu rühren und auch nur einen sinnvollen Handschlag zu tun. Stumm lauschte sie auf das Hämmern ihres Herzens, das sich nicht beruhigen wollte, sondern so rasch schlug wie das eines gehetzten Wildes. Doch es war keine Angst, die ihr ganzes Sein in Aufruhr versetzte, es war Glück. Sicher, sie fürchtete sich ein wenig davor, dass etwas schief gehen und die Hochzeitszeremonie verderben könnte, dass ein plötzlicher Wolkenbruch die Anwesenden durchnässen oder dass sie auf dem Weg zum Altar stolpern könnte. Aber sie verspürte keinerlei Angst vor diesem gewaltigen Schritt, der ihr junges Leben völlig verändern würde. Sie würde einen wundervollen Mann heiraten, dem sie uneingeschränktes Vertrauen entgegenbrachte. Auch mit der Verantwortung für den Haushalt eines Richters des Königs würde sie ohne Mühe fertig werden. Im Haus ihrer Verwandten hatte sie genug Erfahrung gesammelt. Dort hatte sie sich immerhin um einen größeren Haushalt gekümmert, dagegen hatte sie in ihrer neuen Rolle als Sir Orlando Trelawneys Gemahlin nur für ihren Mann zu sorgen – und eines Tages hoffentlich für ihre gemeinsamen Kinder.

Das Glück schwoll in ihrer Brust. Sie trat an das Fenster der Schlafkammer und öffnete den Flügel mit den in Blei gefassten

Glasscheiben. Unten im Park herrschte emsiges Treiben. Unzählige Diener und Lieferanten waren mit den Vorbereitungen für die Festlichkeiten beschäftigt.

Jane Ryder ließ den Blick über die Weite der Ländereien schweifen, die Oakleigh Hall umgaben, den Landsitz des Richters bei Sevenoaks in Kent. Die Trauung würde in der kleinen Dorfkirche stattfinden, gefolgt von einem großen Hochzeitsfest im Park des Anwesens. Obgleich es erst Ende April war, schien die Morgensonne warm von einem reinen blauen Himmel, an dem sich kein Wölkchen zeigte. Es sah ganz danach aus, als stünde ihnen ein heißer und trockener Sommer bevor. Die allmählich eintreffenden Hochzeitsgäste waren natürlich eingeladen, die Nacht im Herrenhaus zu verbringen, doch es waren so viele, dass einige in einer Herberge im Dorf absteigen mussten. Jane war mit ihrer Familie am Tag zuvor eingetroffen. Der Hausherr hatte sie herzlich begrüßt und ihr dann eines der Gästezimmer für die Nacht angewiesen. Damit hatte die junge Frau zu ihrer großen Erleichterung das Haus ihrer Verwandtschaft nun endgültig verlassen. Jeder Einzelne von ihnen, sowohl ihr Onkel als auch ihre Base Sarah und ihre beiden Vettern David und James, hatten ihr die vergangenen Wochen regelrecht zur Hölle gemacht. Keiner von ihnen war bereit zu verzeihen, dass sie, die arme Verwandte, der Tochter des Hauses eine vortreffliche Partie weggeschnappt hatte. Es machte sie traurig, dass selbst James, den sie stets als Verbündeten betrachtet hatte, sich gegen sie wandte und ihr vorhielt, sie habe die Familie um die Vorteile gebracht, die sie zweifellos aus Sarahs Vermählung mit dem Richter hätte ziehen können. Allerdings war Jane geneigt, ihm seine scharfen Worte zu vergeben, denn wie üblich befand er sich in Geldnot, da sein Vater nicht bereit war, für seinen ausschweifenden Lebenswandel aufzukommen.

Mit dem heutigen Tag ließ Jane Ryder ihr altes Leben endgültig hinter sich. Sie nahm so gut wie nichts mit. Nur ihre Mitgift und ihre Brauttruhe. Nicht einmal eine eigene Kammerzofe hatte sie gehabt, sondern hatte stets um die Dienste von Sarahs Mädchen bitten müssen. Bei ihrer Ankunft hatte Sir Orlando ihr daher die Zofe seiner verstorbenen Frau überlassen, ein gutmütiges, aber wenig gesprächiges Wesen namens Ruth.

Die Kammerfrau hatte der jungen Braut bereits das Frühmahl gebracht, das diese jedoch in ihrer Aufregung kaum angerührt hatte. Nun würde sie bald zurückkehren, um ihr beim Ankleiden zu helfen.

Jane nahm ein reich besticktes Stofffutteral vom Tisch neben dem Bett und zog die beiden Messer heraus, die sich darin befanden. Die Griffe waren aus geschnitztem Horn. Sir Orlando hatte sie ihr zur Hochzeit geschenkt. In manchen Haushalten wurde noch immer erwartet, dass die Gäste ihre eigenen Messer mitbrachten, wenn sie zum Essen geladen waren. Gabeln, eine Neuerung aus Italien, waren in England zwar bekannt, aber noch kaum verbreitet.

Wie so oft in den vergangenen drei Wochen begannen ihre Finger mit dem Ring an ihrer rechten Hand zu spielen. Als sie sich dessen bewusst wurde, hielt sie ihn bewundernd ins Licht. Es war ein mit Emaille verzierter Goldring. Sir Orlando hatte ihn seiner zukünftigen Braut beim offiziellen Verlöbnis geschenkt. Ein Verlöbnis *in verbis de praesenti* war ein bindender Ehekontrakt, der auch vor der Trauungszeremonie von der Kirche als unauflösbar angesehen wurde. Jane zog den Ring ab und las zum hundertsten Mal die eingravierte Inschrift: »Zwei vereint durch Gott allein«. Sie lächelte.

»Madam, Ihr seht so glücklich aus«, rief Ruth gerührt, als sie die Kammer betrat. »Wie schön, dass Seine Lordschaft wieder heiratet. Seine verstorbene Frau hätte es so gewollt. Sie war herzensgut.«

Mit einem Mal spürte Jane, wie sich ein Schatten über ihr Glück legte. »Es tut mir sehr Leid. Er muss sie sehr geliebt haben.«

»Oh ja, das hat er. Als sie starb, brach es ihm das Herz.«

»Sie starb im Kindbett?«

»Bei einer Fehlgeburt. Es war ihr sehnlichster Wunsch, Ihrem Gatten Kinder zu schenken. Aber es hat nicht sollen sein. Gott hat anders entschieden.«

Während die Kammerzofe sprach, öffnete sie eine große Eichentruhe und holte das Kleid hervor, das Jane bei der Hochzeit tragen sollte. Es war aus kostbarem Silberbrokat gefertigt und mit silberner Spitze verziert. Überall, an Mieder, Ärmeln und Rock, waren bunte Schleifchen angeheftet.

Jane schlüpfte in ein frisches Hemd und ihre zahlreichen Unterröcke, bevor die Kammerfrau ihr in das Kleid half. Die silbernen Stickereien wogen schwer, und die junge Braut fragte sich unwillkürlich, wie sie mit einem solchen Gewicht auf den Schultern die Strecke zum Altar, so kurz sie sein mochte, bewältigen sollte, ohne zusammenzubrechen. Als Letztes folgten die aufwendig bestickten Handschuhe, denen die alten Sitten an diesem Tag eine besondere Rolle zuwiesen. Der Bräutigam hatte mehrere Dutzend mit Fransen besetzte Handschuhe anfertigen lassen, die er als Geschenk an seine Gäste verteilen würde.

»Wie hübsch Ihr seid, Madam«, schwärmte die Kammerfrau, während sie eine Bürste Strich für Strich durch Janes mondblondes Haar zog, das ihr bis zur Hüfte reichte. Als Zeichen der Jungfernschaft trug die Braut ihr Haar bei der Trauung offen.

»Kommt jetzt, Madam, es ist Zeit. Ich höre bereits Eure Brautjungfern kommen.«

Das Kichern, das sich der Kammertür näherte, ließ allerdings keinen Zweifel daran. Janes Wangen begannen zu glühen. Vorsichtig erhob sie sich von dem Schemel, auf dem sie gesessen hatte, in dem Bemühen, sich an das Gewicht des Kleides zu gewöhnen. Sechs fröhliche Mädchen stürmten zur Tür herein und umringten sie. Sie alle trugen vergoldete Rosmarinzweige in den Händen, die als Sinnbild von Liebe und Treue galten. Eine der Jungfern hatte einen aus Blumen geflochtenen Kranz mitgebracht, den sie der Braut auf den Kopf setzte. Der Duft der Blüten streifte flüchtig Janes Nase. Sie ließ sich von den Brautjungfern nach draußen zu den Kutschen führen, die bereits auf sie warteten. David und James, ihre Brautritter, die sie zum Altar führen würden, nahmen mit ihr in der ersten Kutsche Platz. Jane fühlte sich trotz ihrer Fröhlichkeit in der Gegenwart ihrer Vettern ein wenig unwohl. Würde man sie selbst jetzt noch, auf dem Weg zur Kirche, mit Vorwürfen überschütten? Es wäre ohnehin längst zu spät für sie, einen Rückzieher zu machen. Das Ehegelöbnis war so bindend wie die kirchliche Zeremonie selbst.

»So hast du es also geschafft, kleine Base«, spöttelte James. »Du hast dir wahrhaft einen großen Fisch geangelt. Werde glücklich mit ihm. Aber vergiss deine Familie nicht, hörst du!«

Jane erriet, dass ihr Vetter trotz der frühen Stunde getrunken hatte, und antwortete nicht, um ihn nicht zu reizen. Sie hatte das Gefühl, er wurde von Tag zu Tag unberechenbarer. Wo war der fröhliche, immer zu Scherzen aufgelegte Junge geblieben, mit dem sie aufgewachsen war? Sie kannte ihn nicht mehr. Er war ihr fremd geworden.

»Hast du auch daran gedacht, die Strumpfbänder zu tragen, die Vater dir geschenkt hat?«, fragte James mit einem schelmischen Lächeln. »Deine Brautritter wollen doch heute Abend ihren Spaß haben, bevor du dich in das eheliche Bett begibst.«

Der Sitte nach zogen die Brautritter oder Pagen, wie man sie auch nannte, der Braut die Strumpfbänder herunter und behielten sie als Andenken.

David, dem James' Ton nicht gefiel, warf seinem Bruder einen strafenden Blick zu. »Nimm dich zusammen«, zischte er. »Wie viele Gläser Wein hast du so früh schon in dich hineingeschüttet?«

James zuckte die Schultern und wandte sich dem Kutschfenster zu.

Der mit Zinnen gekrönte Turm der von den Normannen erbauten Dorfkirche kam in Sicht. Die Kutsche hielt vor dem Hauptportal, und David reichte seiner Base die Hand, um ihr beim Aussteigen zu helfen. Kurz darauf trafen auch die Brautjungfern ein. Die Gäste waren bereits versammelt, darunter auch die Nichte des Richters mit ihrem Gatten. Jane kannte die meisten Anwesenden nicht, doch sie wusste, dass viele von ihnen Juristen waren. Musikanten spielten auf ihren Lauten, Geigen, Flöten, Zimbeln und Trompeten.

Janes Blick suchte den Bräutigam, der seinen Gästen die Wartezeit verkürzt hatte. Auch Sir Orlando war in ein prächtiges, mit Goldstickereien verziertes Wams und passende Kniehosen gekleidet. Goldene Spitzen fielen von den Handgelenken über seine jasminfarbenen Handschuhe. Er sah ihre Augen auf sich gerichtet und lächelte ihr zu, doch schon hatten ihn die Brautjungfern umringt und führten ihn durch das Portal ins Innere der kleinen Kirche. Jane folgte ihren beiden Brautrittern über den mit Binsen bestreuten Brautpfad.

In der Kirche war es so kühl, dass sie fröstelte. Noch zur Zeit Königin Elizabeths hatte die Trauung an der Kirchenpforte stattgefunden. Janes Großmutter hatte ihr davon erzählt, doch die Traditionen hatten sich seitdem geändert. Ihr zukünftiger Gatte erwartete sie vor dem Altar. Jane trat an seine linke Seite und legte ihre Hand in die seine. Beide hatten ihre Handschuhe für die Zeremonie abgelegt. Seine warmen Finger schlossen sich um die ihren, und ihr Herz machte unwillkürlich einen Sprung. Jetzt konnte nichts mehr sie trennen.

Die Zeremonie nahm ihren Lauf. Sir Orlando sah in die grünen Augen der Braut und sprach mit warmer Stimme die vorgeschriebene Formel: »Ich, Orlando Amyas Trelawney, nehme dich, Jane Mary Ryder, zu meinem angetrauten Weibe, und verspreche, dich zu lieben und zu ehren, von diesem Tag an, in guten wie in schlechten Zeiten, in Reichtum und in Armut, in Krankheit und Gesundheit, bis dass der Tod uns scheidet; wenn die heilige Kirche es so bestimmt, und so schwöre ich dir Treue.«

Die Hände der Brautleute lösten sich für einen Moment, dann nahm Jane die Hand des Bräutigams und sagte ihrerseits die Formel, zu ihrer Erleichterung, ohne sich zu versprechen. Nun holte Sir Orlando zehn Shillinge für die zu zahlende Gebühr hervor und legte die Münzen zusammen mit dem Ring, den Jane vom Finger ihrer rechten Hand zog, auf das aufgeschlagene Gebetbuch, das der Priester in der Hand hielt. Dieser ließ das Geld in seine Tasche gleiten, segnete den Ring und streckte dem Bräutigam das Buch hin. Sir Orlando nahm den Ring wieder an sich, hob Janes linke Hand sanft an und hielt den Goldreif über ihren vierten Finger.

»Mit diesem Ring nehme ich dich zur Frau, und dieses Gold und Silber gebe ich dir, und mit meinem Leib huldige ich dir, und all meinen weltlichen Besitz biete ich dir dar.«

Für einen Moment ließ Sir Orlando den Ring über Janes Daumen schweben und sagte: »Im Namen des Vaters« – dann hielt er ihn über den Zeigefinger – »und des Sohnes« – über den Mittelfinger – »und des Heiligen Geistes« – und ließ ihn schließlich über den Ringfinger gleiten. »Amen.«

Der Priester segnete das Brautpaar und begann seine Predigt über die Pflichten des Ehestandes. Nach dem Gottesdienst tranken alle Anwesenden Wein, in den man zuvor Rosmarinzweige oder Brotstückchen getunkt hatte. Zu diesem Zweck standen stets Becher in der Kirche bereit.

Seite an Seite verließ das Brautpaar die kleine Kirche und wurde von den jubelnden Gästen mit den Krümeln eines vorher in Stücke gebrochenen Haferkuchens überschüttet. Sir Orlando half Jane beim Einsteigen in die Kutsche und wischte ein paar Brösel von ihrem Kleid.

»Sie rutschen in jede Falte und verhaken sich in den Haaren«, lachte er, während er versuchte, einige der größeren Stücke aus seiner Perücke zu zupfen. Dann nahm er ihre Hand und sah sie zärtlich an. »Meine Frau!«, verkündete er stolz. »Worte können nicht ausdrücken, wie glücklich ich bin, dass Ihr meine Frau geworden seid.«

Janes grüne Augen strahlten. »Auch ich bin überglücklich. Denn ich liebe Euch mehr, als ich sagen kann.«

Sie erwartete, dass er sie küssen würde, doch er streichelte nur sanft ihre Wange. Die ganze Fahrt über ließ seine Hand die ihre nicht los. Sie schmiegte sich eng an ihn und lehnte den Kopf an seine Schulter. Doch die traute Zweisamkeit währte nur kurz. Die Ankunft vor Oakleigh Hall riss sie allzu rasch wieder auseinander. Die Feierlichkeiten würden bis spät in die Nacht andauern. Erst wenn sie sich in die Abgeschlossenheit des ehelichen Gemachs zurückziehen konnten, würden sie endlich allein sein.

Im Park hinter dem Haus waren lange Tafeln für das Bankett aufgestellt worden, die sich unter den verschiedensten Speisen bogen. Dazu wurde Wein und Ale getrunken, für jeden Geschmack gab es genug zur Auswahl. Man tanzte zu den bäuerlichen Weisen der Musikanten. Die jungen Männer umringten die Braut, rissen die bunten Schleifchen von ihrem Kleid und steckten sie sich an die Hüte. Sie würden sie noch mehrere Wochen nach der Hochzeit als Andenken tragen.

Die Gäste überreichten den Brautleuten kostbare Geschenke: Kelche aus Bleiglas, eine Uhr aus Messing, eine mit schwarzem Lack überzogene Kassette aus dem fernen Japan, silberne Behälter zur Aufbewahrung von Waschzeug und Gegenständen zur Haarpflege, mit Spitzen besetztes Weißzeug, eine aus Silberdraht gewebte Geldbörse, einen silbernen Spiegel, ein Dutzend Zinnteller, einen Krug aus glasiertem Steingut und schließlich einen von außen wie innen mit Perlen bestickten Korb, auf dem Adam und Eva dargestellt waren, die sich bei den Händen hielten. Er sollte den Vermählten Glück bringen und ihnen den ersehnten Kindersegen bescheren.

Als Jane das Kinderkörbchen entgegennahm, erstarb Sir Orlandos Lächeln, und sein Gesicht wurde ernst. Wie stets schmerzte es ihn, an seine verstorbenen Kinder erinnert zu werden. Es dauerte eine ganze Weile, bis sich seine Gedanken aus den bedrückenden Schatten der Vergangenheit lösen und wieder den Lustbarkeiten zuwenden konnten.

Die Dämmerung brach herein. Die Dienerschaft entzündete überall im Park Fackeln und Laternen, denn die Luft blieb mild genug, um sich auch weiterhin im Freien aufhalten zu können. Jane begann, ihre Erschöpfung zu spüren. Um sich ein wenig Erholung zu gönnen, sonderte sie sich von den Gästen ab und schlenderte den kiesbestreuten Weg entlang, der vom Haus wegführte und sich zwischen den Buchsbaumhecken und Büschen des Parks verlor. Sie ließ das flackernde Leuchten der Pechfackeln hinter sich und fand sich mit einem Mal von Dunkelheit umgeben. Das lärmende Stimmengewirr drang nur noch gedämpft an ihr Ohr, denn es wehte ein leichter Wind, der die Geräusche forttrug.

Eine Weile blieb Jane unbeweglich stehen und genoss die erlösende Ruhe, den sternenübersäten Himmel über ihr und die samtene Dunkelheit. Vor einem kräuterumsäumten Blumenbeet stand eine marmorne Bank. Mit einem Seufzen ließ sich Jane darauf sinken, legte den Kopf in den Nacken und schloss die Augen. Nur einen Moment ausruhen, dachte sie. Dann gehe ich zurück zu den Gästen und erfülle wieder meine Pflichten als Braut eines Richters. Sie spürte die Müdigkeit in Wellen durch ihren Körper fluten. Dieser Tag, so sehr sie ihn herbeigesehnt hatte, war doch anstrengender gewesen, als sie gedacht hatte. Wenn die Festlichkeiten doch endlich vorüber wären und sie sich mit ihrem Gatten in das gemeinsame Gemach zurückziehen könnte. Sie wollte nicht länger warten müssen, sie wollte mit ihm allein sein und von ihm in die Arme genommen werden.

»Na, liebste Base, träumst du von deiner Hochzeitsnacht?«, sagte James spöttisch.

Erschrocken riss Jane die Augen auf. Ihr Vetter stand unmittelbar vor ihr. Sie war so tief in Gedanken versunken gewesen, dass sie ihn nicht hatte kommen hören. Oder hatte er sich an sie herangepirscht, um sie zu erschrecken? Bei James musste man auf jeden Streich gefasst sein.

Ohne sie um Erlaubnis zu fragen, setzte sich ihr Vetter neben sie und rückte so nah an sie heran, dass sich ihre Beine berührten.

»Sag mal, hast du gar keine Angst?«, fragte James mit einem Grinsen.

»Wovor?«

»Vor dem, was dir heute Nacht bevorsteht. Schließlich bist du eine brave Jungfrau, die noch nichts über die ehelichen Pflichten weiß.«

»Ich vertraue meinem Gemahl!«, antwortete sie abweisend. Die Richtung, die das Gespräch nahm, begann sie zu beunruhigen.

James fixierte sie mit einem lauernden Blick. »Im Bett verwandeln sich die meisten Männer in wilde Tiere, weißt du!«

Sie wandte ihm entsetzt das Gesicht zu. Seine Augen glänzten. Auf einmal verspürte sie Angst. »Wir sollten zu den anderen zurückgehen«, stieß sie hastig hervor.

Ehe sie sich erheben konnte, legten sich seine Finger um ihr Handgelenk und drückten es schmerzhaft zusammen. Energisch versuchte sie, sich ihm zu entwinden.

»Was tust du denn? Lass mich los!«

James lächelte nur boshaft. »Ich werde dir einen kleinen Vorgeschmack auf heute Nacht geben. Ich habe nämlich schon immer eine Schwäche für Jungfrauen gehabt.«

Dies war nur wieder einer seiner geschmacklosen Scherze!, dachte Jane, obwohl sie fühlte, wie sich ihre Nackenhaare aufstellten und ein Schauder über ihren Körper lief. Er ist wie immer betrunken! Und der Wein brachte das Schlimmste in ihm an die Oberfläche.

Mit aller Kraft, die sie aufbringen konnte, versuchte sie, ihr Handgelenk aus seinem Griff zu befreien, doch seine Finger gruben sich nur noch fester in ihre bereits gerötete Haut. Plötzlich legte er die andere Hand in ihren Nacken, zog sie zu sich heran und küsste sie auf den Mund. Empört schob sie ihn von sich und verabreichte ihm eine Ohrfeige. Da riss er sie erneut an sich und biss ihr in den Hals, nicht fest genug, um ihr ernsthaft wehzutun, doch an einer Stelle, an der die verräterische Spur für jeden sichtbar war.

»Schuft!«, schrie Jane. Sie stieß ihn zurück und rannte davon. James' schadenfrohes Lachen schallte hinter ihr her.

Mit schamrotem Gesicht lief Jane zum Haus zurück, die Hand auf ihren Hals gepresst. Tränen der Wut brannten in ihren Augen. Wie konnte er das tun? Wie sollte sie so ihrem Gatten unter die Augen treten? Was würde er von ihr denken?

Den Blick gesenkt, schob sie sich an den fröhlich plaudernden Gästen vorbei und erreichte die Tür zum Küchentrakt. Sie entzündete eine Kerze und huschte in die Eingangshalle, stieg die Haupttreppe hinauf und flüchtete sich in die Kammer, in der sie die letzte Nacht verbracht hatte. Mit der Kerze in der Hand trat sie ganz nah an den Spiegel, der an der Wand hing, und begutachtete ihren malträtierten Hals. Der dunkle Bluterguss war unübersehbar. Wieder traten ihr Tränen in die Augen. Dieser gemeine Schuft! Wie sollte sie ihrem Mann erklären, wie sie zu diesem Schandmal gekommen war? Er würde sie für frivol halten, für ein leichtfertiges Ding, das sich von jedem küssen ließ.

Sie erschrak, als die Kammertür geöffnet wurde und Sir Orlando auf der Schwelle erschien.

»Ist alles in Ordnung, meine Liebste?«, fragte er besorgt. Sein Blick fiel auf ihr tränennasses Gesicht, und seine Miene verdüsterte sich.

»Was ist passiert? Hat man Euch beleidigt?«

Er trat zu ihr und schob ihre Hand zur Seite, die sich instinktiv auf ihren Hals gelegt hatte.

»Wer hat Euch das angetan, meine Arme?« Es lag kein Vorwurf in seiner Stimme, nur Zärtlichkeit und der Wunsch, zu trösten. Janes Angst verflüchtigte sich.

»Es war James ...«, stammelte sie. »Einer seiner schlechten Scherze.«

»Dieser Trunkenbold verdient eine Lektion! Bleibt hier, meine Liebe. Ich schicke Euch Ruth her.«

Von Zorn erfüllt verließ der Richter das Haus. Dem ersten Diener, der ihm über den Weg lief, gab er Anweisung, die Zofe zu suchen und in die Kammer seiner Gemahlin zu schicken. Dann hielt er Ausschau nach James Draper. Nach einer Weile fand er ihn im Park auf der Marmorbank am Rande des Blumenbeets. Bei Trelawneys Erscheinen erhob sich James und grinste den

Richter frech an. Die Unverschämtheit des Burschen brachte das Fass zum Überlaufen. Sir Orlando packte ihn am Wams und schüttelte ihn kräftig.

»Was fällt Euch ein, Sir, meine Frau so schändlich zu beleidigen! Damit habt Ihr auch meine Ehre verletzt.«

Über James' Gesicht huschte ein Anflug von Furcht. »Ihr werdet mich doch nicht fordern wollen!«, stammelte er. »Es war doch nur ein Scherz!«

»Ein übler Scherz, wie ich ihn in meinem Haus nicht dulden werde!«, donnerte Trelawney. »Aber nur keine Angst. Ich werde Euch nicht zum Duell fordern und Euretwegen mein Richteramt aufs Spiel setzen. Das seid Ihr nicht wert.«

Er ließ James los und ohrfeigte ihn so kräftig, dass er gegen die Bank taumelte.

»Das wird Euch hoffentlich eine Lehre sein! Und nun verlasst augenblicklich mein Haus. Wenn ich Euch in einigen Minuten noch auf meinem Land sehe, lasse ich Euch von meinen Dienern rauswerfen!«

Noch immer wütend, kehrte Sir Orlando in die Kammer seiner Gemahlin zurück. Ruth hatte inzwischen die Tränenspuren von Janes Gesicht verschwinden lassen und ein breites Spitzenband um ihren schlanken Hals gebunden, um den hässlichen Bluterguss zu verbergen.

»Fühlt Ihr Euch in der Lage, zu unseren Gästen zurückzukehren, Madam?«, fragte der Richter sanft.

Jane nickte stumm und legte ihre Hand in die seine, die er ihr entgegenhielt.

»Dann lasst uns gehen. Es ist ohnehin allmählich an der Zeit, uns zurückzuziehen. Ihr müsst erschöpft sein.«

Die Gäste fanden sich zusammen, um mit dem Brautpaar einen heißen Molketrank aus Weißwein, Milch, Eigelb, Zucker, Zimt und Muskat zu trinken. Jane hatte ihre spitzenbesetzten

Strumpfbänder gelöst, damit David, ihr Brautritter, sie ihr ausziehen konnte. Unter dem Jubel der Anwesenden steckte er sich ein Strumpfband an den Hut, das andere, das eigentlich James hätte tragen sollen, warf er einem seiner Freunde zu. Erneut fand sich Jane von den kichernden Brautjungfern umringt, die sie ins Brautgemach geleiteten und sie zu entkleiden begannen. Von allen Seiten zupften Mädchenhände an Janes Kleid, bis sie jede Nadel entfernt hatten, die es in Form hielt, denn es brachte den Brautjungfern Unglück, wenn sie eine vergaßen. Jane ließ alles mit sich geschehen. Sie konnte den Blick nicht von dem gewaltigen Baldachinbett abwenden, das aus Eiche gefertigt war und trotz der aufwendigen Schnitzereien so massiv wirkte, dass es den ganzen Raum beherrschte. Säulenartige Pfosten stützten den mit einem breiten Fries versehenen Baldachin, der dem Bett etwas Gedrungenes gab. Es musste mehr als hundert Jahre alt sein und war sicherlich ein kostbares Familienerbstück. Das Kopfbrett war mit Einlegearbeiten verziert, die fantastisch anzusehende Palastbauten zeigten. Sie wurden von geschnitzten grotesken Satyrn umrahmt.

In den Anblick des Bettes versunken, nahm Jane kaum wahr, wie die Brautjungfern ihr das Kleid, die Unterröcke und schließlich das Hemd auszogen. Nur die bestickten Handschuhe behielt sie an. Gehorsam senkte sie den Kopf, schlüpfte in das Leinennachthemd und legte sich in das prächtige Bett. Während die Mädchen ihr noch die Kissen in ihrem Rücken zurechtschüttelten, brachten die männlichen Gäste den Bräutigam, den sie in einer Kammer nebenan entkleidet hatten, ins Brautgemach und halfen ihm neben seine Gemahlin ins Bett.

Die Brautjungfern nahmen die Strümpfe des Bräutigams, die Brautritter – David und einer seiner Freunde, der James' Platz eingenommen hatte – die der Braut, wirbelten sie über ihre Köpfe und versuchten, damit das Paar im Bett zu treffen. Die

Gäste jubelten, als der von David geworfene Brautstrumpf auf der Schulter der Braut zu liegen kam, denn dies bedeutete, dass er selbst bald heiraten würde. Die Brautjungfern besaßen weniger Geschick und verfehlten den Bräutigam, der daraufhin schummelte, indem er rasch den Strumpf über seinen Arm legte. Allgemeines Gelächter war die Folge. Als letztes Ritual der Hochzeitsnacht zog Jane ihre Handschuhe aus, was den Verlust ihrer Jungfernschaft symbolisierte. Schließlich schlossen die Gäste mit einigen zweideutigen Scherzen die Vorhänge des Bettes und verließen das Brautgemach. Sir Orlando und Jane waren endlich allein.

Die junge Braut lehnte sich erleichtert in die Kissen zurück und lächelte ihrem Gemahl zu, der sie mit zärtlichem Blick betrachtete. Sie hatte ihn noch nie ohne Perücke gesehen. Das kurz geschnittene blonde Haar ließ sein Gesicht ernster erscheinen. Jane verspürte das Verlangen, mit den Händen hindurchzufahren. Voller Erwartung sah sie ihn an. Sie hatte keine Angst vor dem, was jetzt kommen würde. Egal, was James sagte, sie vertraute ihrem Gatten. Er würde ihr gewiss nicht wehtun.

Endlich brach Sir Orlando das Schweigen: »Der heutige Tag war sehr anstrengend für Euch, meine Liebe. Ihr müsst müde sein. Schlaft jetzt.«

Ein Ausdruck des Erstaunens huschte über Janes Gesicht. Bevor sie etwas erwidern konnte, sagte er sanft, aber bestimmt: »Gewöhnt Euch erst einmal an Euer neues Leben. Für alles andere ist später noch Zeit.«

Er erhob sich und blies die Kerze aus, die auf einer Truhe neben dem Bett stand. Dunkelheit hüllte sie ein. Jane spürte, wie er neben ihr unter die Decke schlüpfte, ohne sie jedoch zu berühren. Verwirrt lag sie da. Tränen der Enttäuschung stiegen ihr in die Augen und rannen über ihre Schläfen. Sie wagte nicht, die Hand nach ihm auszustrecken und ihn zu streicheln, wie sie es sich wünschte. Es war nicht Sache der Frau, den ersten Schritt zu tun. Er bestimmte den Zeitpunkt. Ergeben schloss sie die Augen, fand jedoch keinen Schlaf. Heimlich lauschte sie auf die Atemzüge ihres Gatten neben ihr und bemerkte, dass auch er nicht schlief. Irgendwann übermannte sie schließlich die Erschöpfung, und sie fiel in einen unruhigen Schlummer.

Zwanzigstes Kapitel

Jeremy hielt die Steinschlosspistole hoch und betrachtete sie eingehend. Alan hatte seinen Freund im neuen Heim aufgesucht, um ihm von seinem Zusammenstoß mit Martin Laxton zu berichten.

»Hm, einfach gefertigt, ohne Verzierungen, vielleicht die Waffe eines Soldaten«, mutmaßte er. »Man braucht nicht reich zu sein, um an eine Pistole wie diese zu kommen. Martin Laxton könnte sie bei einem Pfandleiher gekauft haben.«

Der Jesuit reichte Alan die Pistole zurück, doch dieser hob abwehrend beide Hände.

»Behaltet sie! Ich will sie nicht.«

»Also gut. Ich werde sie Richter Trelawney zeigen. Ihr habt schon Recht, es ist ungewöhnlich, dass sich ein Handwerksbursche mit einer Pistole bewaffnet. Er hat Euch also tatsächlich damit bedroht?«

»Ja«, bestätigte Alan. »Ich weiß nicht, ob er wirklich ernst gemacht hätte, aber ich möchte es doch lieber nicht darauf ankommen lassen.« Nach kurzem Zögern fügte er hinzu: »Ist es nicht möglich, dass Martin seine Mutter erschossen hat?«

Jeremy legte nachdenklich die Stirn in Falten. »Möglich ist alles. Aber aus welchem Grund sollte er eine so abscheuliche Tat begangen haben?«

»Wer kann sagen, was im Kopf eines Verrückten vor sich geht!«, höhnte Alan.

Jeremy warf ihm einen skeptischen Blick zu.

»Er ist äußerst jähzornig, da stimme ich Euch zu, aber in Eurem Fall hat er aus einem bestimmten Grund gehandelt. Er glaubt fest, dass Ihr seine Schwester vergewaltigt habt. Was aber sollte Margaret Laxton ihm getan haben, dass er sie tot sehen wollte?«

Ratlos ließ Alan die Hände auf seine Knie fallen. »Ich weiß es nicht.«

»Sollte er aber tatsächlich der Mörder der Hebamme sein, besitzt er noch eine zweite Waffe. Nehmt Euch also bitte in Acht, Alan!«

»Meine Beschützer passen schon auf mich auf!«

Jeremy lächelte. »Lady St. Clairs Weitsicht ist wirklich bemerkenswert.«

Alan erhob sich von dem Schemel, auf dem er gesessen hatte, und trat zu dem kleinen Fenster, dessen Flügel offen standen. Unter ihm rauschte das Wasser durch die Bögen der Brücke.

»Wie gefällt es Euch hier?«

Jeremy zuckte die Schultern. »Es ist schon ein Erlebnis, hier auf der Brücke zu wohnen«, gab er zu. »Aber es ist auch sehr laut. Von früh bis spät rumpeln Fuhrwerke vorbei. In Eurem Haus habe ich mich wohler gefühlt.«

Sie schwiegen eine Weile. Schließlich wandte sich Alan zum Gehen.

»Ich werde in den nächsten Tagen wieder vorbeischauen«, sagte er und verabschiedete sich.

Bevor er am »Alten Schwan« ein Boot zurück nach Blackfriars nahm, trank er in der Schenke noch ein paar Becher Ale. Zu Hause erwarteten ihn ohnehin nur Vorwürfe, da konnte er seine Rückkehr ruhig noch etwas hinauszögern. Immer öfter ging es dabei um Geld. Alan weigerte sich, seine Krankenbesuche bei den Armen aufzugeben, weil er es nicht übers Herz brachte, einen leidenden Menschen abzuweisen, auch wenn dieser ihn nicht entlohnen konnte. Darüber hinaus war Elizabeth dahintergekommen, dass Kits Eltern ihm kein Lehrgeld entrichteten, und hatte gefordert, dass er den Jungen entlassen und dafür zahlende Lehrlinge aufnehmen sollte. Auch das hatte Alan abgelehnt. Nun bekam er ständig zu hören, dass das Geld, das er verdiente, nicht ausreichte, alle Haushaltskosten zu begleichen. Darauf konnte er nur antworten, dass sie eben sparsamer sein mussten, schließlich war er vorher auch ausgekommen. Doch er wusste nur zu gut, dass die beiden Frauen sich gerne neue Kleider und andere Dinge gegönnt hätten und ihm grollten, weil er dafür nicht aufkommen wollte. Da sei es ihr ja bei ihrem Schwager besser ergangen, hatte Elizabeth beleidigt erwidert. Alan hätte ihr am liebsten gesagt, dass sie doch zu ihm zurückgehen solle. Er werde sie bestimmt nicht aufhalten! Stattdessen hatte er sich schweigend abgewandt. Streit war ihm zuwider, besonders wenn er ohnehin zu nichts führte.

Als sich Alan seinem Haus näherte, sah er Anne vor der Tür mit einer Frau sprechen, die in Lumpen gekleidet war – offensichtlich eine Bettlerin. Überrascht verhielt er im Schritt. Die beiden Frauen unterhielten sich erregt. Das Bettelweib gestikulierte wild, ihr schmutziges Gesicht war gerötet, die Augen weit aufgerissen. Anne dagegen wirkte abweisend und schüttelte mehrmals den Kopf. Als sie ins Haus zurückkehren wollte, ergriff die Unbekannte sie am Arm, um sie zurückzuhalten. Sie schien Anne um irgendetwas zu bitten.

Neugierig setzte sich Alan wieder in Bewegung, um herauszufinden, was da vor sich ging. Als er die beiden erreichte, riss sich Anne aus dem Griff der Bettlerin los und zischte: »Lass mich endlich in Ruhe, Weib! Verschwinde von meiner Tür!«

Die Frau hob flehend die Hände. »Ich bitte Euch, sagt mir, wo Leslie ist! Ihr wart dabei, als sie ihn mir fortnahm.«

»Mach, dass du wegkommst!«, schrie Anne, schlüpfte ins Haus und schlug die Tür zu.

Für einen Moment stand die Bettlerin nur da und starrte auf die Tür. Erst als ein unachtsamer Fußgänger sie anrempelte, erwachte sie aus ihrer Erstarrung, wandte sich ab und erschrak, als sie unvermutet Alan gegenüberstand.

Der Wundarzt hob beschwichtigend die Hände, als er die Angst in den Augen der Frau sah. Doch da war noch etwas anderes in ihrem Blick, etwas Entrücktes, Unzugängliches, das ihn stutzen ließ.

»Habt keine Angst«, sagte er freundlich. »Ich tue Euch nichts.«

Ihr Blick irrte ab, wie auf der Suche nach einem Fluchtweg, während sie langsam Schritt für Schritt zurückwich. Alan folgte ihr.

»Was wolltet Ihr von meiner Frau? Wer ist Leslie?«

»Ich habe nichts getan!«, entfuhr es der Bettlerin.

»Ich beschuldige Euch nicht. Aber ich möchte wissen, worüber Ihr mit meiner Frau gesprochen habt«, beharrte Alan.

Das Gesicht der Bettlerin verzerrte sich in einem unerklärlichen Anflug von Panik. Sie wich weiter vor ihm zurück und stieß dabei mit einem Vorübergehenden zusammen.

»Pass doch auf, Weib«, empörte sich dieser und hob drohend die Faust.

Die Frau erschrak und lief davon.

»Wartet doch!«, rief Alan hinter ihr her, doch das Gedränge aus Menschen, Pferden und Fuhrwerken hatte sie schon verschluckt. Mit einem Fluch auf den Lippen betrat Alan seine Chirurgenstube. Nick kam ihm neugierig entgegen.

»Was war denn los, Meister? Gab es Ärger mit dieser Bettlerin?«

Alan sah seinen Gesellen erstaunt an. »Du kennst sie?«

»Nein, eigentlich nicht. Aber ich hab sie schon einige Male vor unserer Tür herumlungern sehen, manchmal auch auf der anderen Straßenseite.«

»Und du bist sicher, dass es dieselbe Frau war?«

»Ja, ganz bestimmt.«

»Hast du mit ihr gesprochen?«

»Nein, einmal bin ich zu ihr gegangen, um sie zu fragen, was sie will. Da lief sie fort.«

Nachdenklich ging Alan in die Küche, um sich einen Becher Wein zu holen. Was hatte es mit dieser seltsamen Frau auf sich? Wer war sie und was wollte sie? Es konnte doch kein Zufall sein, dass sie sich gerade vor seiner Tür aufhielt! Offenbar hatte sie auf eine Gelegenheit gewartet, mit Anne zu sprechen. Worum mochte es bei dem Streit gegangen sein?

Alan hatte keine Muße, sich über die Unbekannte den Kopf zu zerbrechen. Ein Straßenhändler, der von einem Hund gebissen worden war, betrat die Chirurgenstube. Die Wunde war tief und musste gründlich gesäubert und verbunden werden. Erst nach der Abendmahlzeit, als sich Anne bereits in die eheliche Kammer zurückgezogen hatte, fiel Alan der Zusammenstoß mit dem Bettelweib wieder ein. Seine Neugier regte sich. War es nicht möglich, dass diese Frau etwas mit dem Tod von Annes Mutter zu tun hatte? Er würde sie fragen. Vielleicht gelang es ihm, sie zum Reden zu bringen.

Entschlossen stieg Alan zu ihrer gemeinsamen Schlafkammer in den ersten Stock hinauf und vergaß in seinem Elan, anzuklopfen, bevor er die Tür öffnete.

»Anne, ich wollte Euch fra...«

Wie vom Blitz getroffen blieb er stehen und starrte seine Frau an. Anne stand vor ihrer Kleidertruhe, um sich für die Nacht umzukleiden. Röcke und Mieder lagen über dem Rand der Truhe, und sie war eben dabei gewesen, sich das Leinenhemd über den

Kopf zu ziehen, als Alan die Kammer betrat. Hastig hielt sie sich das Hemd vor den Körper, doch es war zu spät.

Es dauerte eine Weile, bis Alan klar wurde, was er gesehen hatte. Fassungslos trat er zu ihr und riss ihr das Hemd aus der Hand. Ihr Bauch zeigte eine unübersehbare Rundung.

»Das ist doch nicht möglich«, stammelte Alan.

Es gab keinen Zweifel daran, dass Anne bereits mindestens im fünften Monat schwanger war, obwohl sie erst im dritten hätte sein dürfen. Unter der Fülle an Kleidern, die sie auch beim Einsetzen des wärmeren Frühlingswetters nicht abgelegt hatte, war es ihm nicht aufgefallen. Und da er seit ihrer Eheschließung nicht das geringste Verlangen verspürt hatte, ihr näher zu kommen, hatte er sie bis jetzt auch nicht nackt gesehen.

»Ihr habt mich getäuscht!«, stieß er hervor. »Ihr wart bereits schwanger.«

Er fuhr sich mit beiden Händen durchs Haar, den Blick ins Leere gerichtet.

»Deshalb seid Ihr zu mir gekommen und habt Euch mir angeboten. Ihr wolltet, dass ich glaube, es sei mein Kind … und ich verdammter Narr bin Euch auf den Leim gegangen!«

Anne griff nach ihrem Nachthemd und schlüpfte hinein. Als sie zur Tür gehen wollte, stellte Alan sich ihr in den Weg und packte sie bei den Schultern.

»Nein, Ihr werdet Euch nicht davonstehlen! Erst steht Ihr mir Rede und Antwort. Von wem ist das Kind, das Ihr mir untergeschoben habt?«

Energisch wehrte sie sich gegen ihn. »Lasst mich los!«

Zorn wallte in ihm auf und schnürte ihm die Kehle zusammen. Plötzlich verspürte er das starke Verlangen, sie zu schlagen. Entsetzt ließ er sie los und wich vor ihr zurück. Er erkannte sich selbst nicht mehr. Noch nie in seinem Leben war es ihm in den Sinn gekommen, eine Frau zu schlagen. Es erschreckte ihn, dass sie Gefühle in ihm weckte, die ihm bisher fremd gewesen waren und die er nicht akzeptieren konnte.

Anne nutzte die Gelegenheit, aus der Kammer zu huschen und sich zu ihrer Tante zu flüchten.

Alan blieb reglos stehen, innerlich verbrannt von seinem Zorn, der nur langsam verebbte. Zurück blieb Bitterkeit. Er brauchte frische Luft. Wenn er nur einen Moment länger in diesem Haus blieb, würde er ersticken. Er stolperte die Treppe hinunter und trat auf die Paternoster Row hinaus. Ziellos wanderte er durch die Gassen, durchquerte das Ludgate und ging die Fleet Street entlang. Als er an einer Weinstube vorbeikam, kehrte er ein, setzte sich in die hinterste Ecke und begann, sich zu betrinken.

Lady St. Clairs Kutsche ließ die Königliche Börse hinter sich und fuhr in gemächlichem Tempo den Cornhill entlang. Erschöpft lehnte sich Amoret in die Kissen zurück, mit denen die Sitzbank gepolstert war, und stieß einen Seufzer aus. Dabei hatte sie aus Langeweile nur einen kleinen Abstecher zur Börse machen wollen, um ein wenig einzukaufen. Zu dumm, dass Lady Castlemaine, ihr gemeinsamer Cousin Buckingham und einige seiner Freunde zufällig dieselbe Idee gehabt hatten und ihr vor dem Laden eines Goldschmieds über den Weg gelaufen waren. Natürlich waren sie ins Plaudern gekommen und hatten sich zusammen noch eine Reihe von Läden angesehen. Und so war es recht spät geworden, bevor es Amoret endlich gelang, sich von der fröhlichen Gruppe loszueisen, ohne die Mächtigen und Einflussreichen am königlichen Hof zu verärgern.

Es war bereits dunkel, als Lady St. Clairs Kutsche die Fleet Street erreichte. Die Fahrt ging nur langsam voran, denn die Straßen waren schlecht, und trotz der vorgerückten Stunde waren noch einige Hackneys und Fuhrwerke unterwegs. Amoret vertrieb sich die Zeit, indem sie durch das Kutschfenster die Leute beobachtete, die auf dem Weg nach Hause waren oder noch eine Schenke aufsuchten.

Die Kutschpferde fielen in Schritt und blieben schnaubend stehen. Vor ihnen war ein Streit zwischen zwei Hackneyfahrern entbrannt, als die eine Mietkutsche beim Wenden auf der Straße die andere gestreift hatte. Amoret, die neugierig aus dem Fenster sah, bemerkte mit einem Mal vor einer Weinstube zwei Männer, die sich damit abmühten, einen dritten vor dem Umfallen zu bewahren. Das Licht einer Laterne hob ihre Gesichter aus der Dunkelheit, und Amoret erkannte zu ihrer Verblüffung ihre Diener William und Jim. Der Mann, den sie in ihre Mitte genommen hatten, um ihn zu stützen, war kein anderer als Meister Ridgeway.

Alarmiert öffnete Amoret den Schlag und rief nach ihnen. William hatte sie erkannt und gab Jim ein Zeichen. Die beiden Diener legten sich Alans Arme um den Nacken und schleppten ihn zur Kutsche ihrer Herrin.

»Was ist mit ihm?«, fragte Amoret besorgt. »Ist er verletzt?«

William schüttelte grinsend den Kopf. »Nein, Mylady, es geht ihm gut. Er ist nur voll wie eine Haubitze. Hat sich seit Stunden Wein durch die Kehle rinnen lassen. Wir haben versucht, ihn zur Vernunft zu bringen, aber er wollte nicht hören. Macht Euch keine Sorgen, Mylady, wir geleiten ihn nach Hause.«

Amoret musterte den Wundarzt mit kritischem Blick.

»Er sieht mir nicht so aus, als könnte er noch gehen. Ihr müsstet ihn den ganzen Weg tragen. Helft ihm zu mir in die Kutsche. Ich fahre ihn heim.«

Benommen ließ Alan den Kopf kreisen und öffnete schließlich die Augen. Sein verschleierter Blick blieb an Amoret haften, doch es dauerte eine Weile, bis er sie erkannte.

»Ah, Mylady, wie nett von Euch, dass Ihr ein Schlückchen mit mir trinken wollt«, lallte er.

Lächelnd ergriff sie seine Hand, um ihn zu sich ins Innere der Kutsche zu ziehen. »Kommt, steigt ein!«

William und Jim schoben von hinten, bis Alan die Trittstufen erklommen und, von Lady St. Clair gestützt, zur vorderen Sitzbank gefunden hatte. William nahm vorn beim Kutscher Platz, während Jim sich auf das hintere Trittbrett stellte.

»Wollt Ihr wirklich nicht mit mir auf das Wohl des Königs trinken, Mylady? Und auf das aller Männer, denen ein Bastard untergeschoben wurde ...«

»Ihr habt für heute genug getrunken, Meister Ridgeway«, tadelte ihn Amoret. »Ich bringe Euch nach Hause, damit Ihr Euren Rausch ausschlafen könnt.«

Sein Gesicht verzerrte sich in einem Ausdruck der Abwehr. »Nein ... nicht nach Hause«, protestierte er, bereits von Müdigkeit übermannt. Seine Lider schlossen sich. Im Halbschlaf murmelte er noch einmal: »Nicht nach Hause ... ich will nicht nach Hause.«

Amoret betrachtete ihn nachdenklich. Ein nervöses Zucken lief über seine rechte Wange, ein Zeichen der Anspannung, die selbst im Schlaf anhielt. Weshalb hatte er sich nur bis zur Besinnungslosigkeit betrunken?

Die Stimme des Kutschers ließ sich vernehmen: »Mylady, soll ich in die Paternoster Row fahren?«

Amoret zögerte einen Moment, dann öffnete sie den Schlag einen Spalt und rief: »Nein, Robert, fahr weiter zum Hartford House!«

Die Fahrt über schwankte Alan zwischen Schlafen und Wachen, warf unruhig den Kopf hin und her und stieß immer wieder unverständliche Worte hervor. Im Hof von Hartford House angekommen, halfen William und Jim dem Wundarzt aus der Kutsche und legten sich erneut seine Arme um die Schultern. Amoret führte sie in ein Gemach, das stets für unangemeldete Gäste hergerichtet war, und hieß die Diener, den Betrunkenen auf das Baldachinbett zu legen.

»Entkleidet ihn und gebt einer der Wäscherinnen die Anweisung, seine Kleider zu waschen. Sie riechen nach Tabakrauch und Weindunst.«

Während William und Jim Meister Ridgeway Schuhe, Strümpfe, Hose, Wams und Hemd auszogen, blieb Amoret neben dem Bett stehen und sah ungeniert zu. Auch nackt fand sie den nicht mehr ganz jungen Mann gut aussehend. Sein Körper war groß, ein wenig schlaksig, mit langen Gliedmaßen und einer hellen, kaum behaarten Haut. Da er gutes Essen liebte, begannen sich die ersten Anzeichen von Fettpolstern an Taille und Bauch zu zeigen, doch er wirkte immer noch schlank. Sein schulterlanges, glattes Haar war bis auf wenige silberne Fäden an den Schläfen so pechschwarz wie das Amorets. Kinn und Wangen waren von Bartstoppeln übersät, die seit mindestens zwei Tagen kein Rasiermesser mehr gesehen hatten. Seit sie ihn kannte, hatte sie ihn in seinem Äußeren noch nie so nachlässig gesehen – oder so betrunken. Es musste ihm etwas Schwerwiegendes auf der Seele liegen. Amoret vermutete, dass der Grund in der unfreiwillig eingegangenen Ehe lag. Warum sonst hätte er sich so dagegen sträuben sollen, nach Hause gebracht zu werden, wo ihn seine Frau erwartete?

Alan rührte sich nicht mehr. Er war eingeschlafen und begann zu schnarchen. William drehte ihn auf die Seite, damit er es bequemer hatte.

»Geht es ihm gut?«, fragte Amoret fürsorglich.

Der Diener nickte. »Meister Ridgeway verträgt einiges. Würde mich nicht wundern, wenn er morgen nicht mal einen Kater hat.«

William schloss die Fensterläden, nahm die Kerze vom Tisch und folgte seiner Herrin aus dem Gemach.

Als Alan die Augen öffnete, hatte er das Gefühl, aus tiefer Betäubung zu erwachen. Seine Gedanken bewegten sich nur schleppend durch ein Gespinst undurchdringlicher Verwirrung. Was war mit ihm geschehen? Angestrengt suchte er nach einer Antwort. Der widerliche Geschmack auf seiner Zunge brachte schließlich die Erinnerung zurück. Der in der Weinstube ausgeschenkte Wein war ein übler Rachenputzer gewesen, doch selbst das hatte ihn nicht davon abhalten können, ihn becherweise in sich hineinzukippen.

Allmählich klärte sich sein Blick und nahm die seltsame Umgebung auf, in der er sich befand. Durch die Ritzen der geschlossenen Fensterläden fielen einzelne Sonnenstrahlen wie glühende Speere in das Gemach und spendeten genug Licht, dass er Einzelheiten der Einrichtung erkennen konnte. Er lag in einem Bett mit rot-goldenen Brokatvorhängen. Die Wände waren mit einem passenden Damast bespannt. Überall hingen Gemälde in prachtvollen Rahmen. Verblüfft setzte sich Alan auf und versuchte zu begreifen, an welch erstaunlichen Ort es ihn verschlagen hatte. Und dann fiel es ihm wieder ein: Lady St. Clair hatte ihn in ihrer Kutsche mitgenommen. Er musste sich in ihrem Haus befinden. Bei dem Gedanken, dass sie ihn in diesem erbärmlichen Zustand der Volltrunkenheit gesehen hatte, schoss ihm die Schamesröte ins Gesicht. Wie hatte er sich nur so gehen lassen können?

Als er die Laken zurückschlug, um aus dem Bett zu steigen, stellte Alan überrascht fest, dass er nackt war. Wer mochte ihn wohl entkleidet haben? Sicher ein Diener, alles andere war Wunschdenken!

Er erleichterte sich in dem bereitstehenden Nachtgeschirr. Dann ging er zu einem der Fenster und öffnete die Läden. Die Sonne stand hoch am Himmel, es musste also um die Mittagszeit sein. Alan kehrte zu dem riesigen Baldachinbett zurück und blickte sich suchend um. Wo waren seine Kleider? Er sah überall nach, sogar unter dem Bett, doch sie blieben verschwunden. Schon wollte er sich in eines der Laken wickeln und sich auf die Suche nach einem Diener machen, als die Tür geöffnet wurde und eine junge Frau eintrat. Mit hochrotem Kopf machte Alan einen Satz zurück ins Bett und bedeckte hastig seine Blöße.

»Guten Morgen, Monsieur«, sagte sie höflich. Angesichts seiner Schamhaftigkeit konnte sie sich ein amüsiertes Lächeln nicht verkneifen. »Ich bin Armande, Lady St. Clairs Zofe. Ich bringe Euch heißes Wasser zum Waschen und Eure Kleider.«

Sie füllte den Krug auf dem Waschtisch mit Wasser aus der Zinnkanne, die sie mitgebracht hatte, und legte Rasiermesser und Seife dazu.

»Ihre Ladyschaft erwartet Euch in ihren Gemächern, sobald Ihr fertig seid, Monsieur.«

Der französische Akzent der Kammerfrau verlieh ihrer Stimme etwas Verführerisches. Sie war eine hübsche junge Frau mit lockigem braunem Haar und haselnussbraunen Augen.

Alan räusperte sich verlegen. »Würdet Ihr mir wohl sagen, wo sich die Gemächer Eurer Herrin befinden?«

»Ich werde Euch hinführen«, versprach sie und ließ ihn allein.

Alan wusch sich und rieb sich die Zähne mit Salz ab, das in einem verzierten Gefäß auf dem Waschtisch stand. Dann seifte er sich Kinn und Wangen ein und rasierte sich gründlich. Schließlich schlüpfte er in seine frisch gewaschenen Kleider und versuchte, mit einem Kamm sein wirres Haar zu bändigen.

Die Kammerfrau kehrte zurück und führte ihn einen Gang entlang vor eine Tür. Bevor sie ging, warf sie ihm noch ein kokettes Lächeln zu.

Alan klopfte. Im nächsten Moment verwünschte er seine Ungehörigkeit, als ihm einfiel, dass es am Hof üblich war, nur leicht am Holz zu kratzen. Verlegen trat er ein und fand sich zu seiner Verblüffung in Lady St. Clairs Schlafgemach wieder. Ein hohes

Baldachinbett mit grün-goldenen Brokatvorhängen beherrschte den Raum. Amoret, die an einem der Fenster stand, wandte sich um und kam ihm mit einem begrüßenden Lächeln entgegen.

»Da seid Ihr ja endlich, Meister Ridgeway. Ich hatte schon fast die Hoffnung aufgegeben«, sagte sie scherzhaft.

Sie war in einen Schlafrock aus mitternachtsblauem Taft gekleidet. Alan bemerkte, dass sie darunter nur ein mit Spitzen besetztes langes Hemd mit gebauschten Ärmeln und Seidenstrümpfe trug. Ihr schwarzes Haar fiel in dichten Locken bis zu ihrer Hüfte hinab.

Er wollte sich entschuldigen, dass er ihre Gastfreundschaft so lange in Anspruch nahm, und sich bedanken, dass sie ihm ihre Diener geschickt hatte, um über ihn zu wachen, doch er wusste nicht, wo er anfangen sollte. Die Folge war, dass er sich zu seinem Unwillen auch noch verhaspelte.

Amoret lächelte ihm nachsichtig zu. »Warum setzt Ihr Euch nicht erst einmal? Ihr müsst Hunger haben. Würdet Ihr mir die Ehre erweisen, mit mir zu dinieren?«

Sie wartete seine Antwort nicht ab, sondern ging zur Tür, öffnete sie und gab dem draußen auf einer Bank sitzenden Lakaien den Auftrag, für das Auftragen des Mittagsmahls zu sorgen.

Inzwischen hatte Alan seine Stimme wiedergefunden. »Es tut mir Leid, Euch so viele Umstände bereitet zu haben, Mylady. Ich stehe tief in Eurer Schuld.«

Sie schenkte ihm ein warmes Lächeln, das ihm gut tat und seine Verlegenheit verscheuchte.

»Vergesst es, mein Lieber. Ihr habt einen Feind, der sich hinterhältiger Methoden bedient und Euch zu Unrecht schaden will. William hat mir alles erzählt. Dieser Laxton wollte Euch umbringen.«

»Aber …«

»Ihr mögt es bestreiten, doch ich bin davon überzeugt, dass er Euch ohne Skrupel über die Klinge springen lassen würde, wenn er die Gewissheit hätte, ungeschoren davonzukommen. Lasst mich also auch weiterhin für Euren Schutz sorgen, Meister Ridgeway. Und was Eure Anwesenheit hier betrifft, so seid versichert, dass Ihr mir keine Unannehmlichkeiten bereitet. Im Gegenteil, Eure Gesellschaft macht mir Freude. Ich habe Euch hierher zu mir bringen lassen, weil Ihr gestern Abend nicht nach Hause wolltet. Möchtet Ihr mir vielleicht erzählen, warum?«

Alan zog eine Grimasse und stieß einen tiefen Seufzer aus. Nach kurzem Zögern antwortete er: »Ich habe herausgefunden, dass Anne mich getäuscht hat. Das Kind, das sie erwartet, ist nicht von mir.«

Eine Weile blieb es still. Amoret sah den Mann, der ihr gegenübersaß, mitfühlend an.

»Also deshalb hat sie Euch damals verführt. Sie wollte, dass Ihr glaubt, es sei Euer Kind. Und Ihr wart zu ehrlich, es abzustreiten. Wie seid Ihr dahintergekommen?«

»Inzwischen ist es offensichtlich, dass ihre Schwangerschaft schon so weit fortgeschritten ist, dass ich unmöglich der Vater des Kindes sein kann.«

»Und wer ist der wirkliche Vater?«

Alan zuckte die Schultern.

»Ich weiß es nicht. Sie wollte es mir nicht sagen. Aber was macht das noch für einen Unterschied?«

»Könntet Ihr unter diesen Umständen nicht versuchen, die Ehe für ungültig erklären zu lassen?«

Alan schüttelte niedergeschlagen den Kopf.

»Wie sollte ich beweisen, dass ich nicht schon ein paar Monate früher das Lager mit ihr geteilt habe? Mein Wort steht gegen ihres. Nein, es gibt nichts, was ich jetzt noch tun kann. Das Gesetz erkennt ein in der Ehe geborenes Kind als ehelich an, egal, wer der Vater ist.«

In ihrem Blick stand aufrichtiges Bedauern.

»Es tut mir sehr Leid, Alan!«

Es war das erste Mal, dass sie ihn mit seinem Vornamen ansprach. Er hatte auf einmal das Gefühl, als gebe es keine Grenzen mehr zwischen ihnen, als könne er sich ihr wie einer guten Freundin anvertrauen. Die Gefühle, die er die ganze Zeit über in sich verschlossen hatte, drängten an die Oberfläche, brachen aus ihm hervor: Ernüchterung, Bitterkeit und sehr viel Wut.

»Es ärgert mich besonders, dass ich so dumm war, ihr auf den Leim zu gehen.« Mit fahrigen Bewegungen raufte sich Alan das Haar. »Dieses Mädchen bietet sich mir an, und ich falle über sie her wie ein geiler Bock. Wie konnte ich nur? Ich muss verrückt gewesen sein!«

»Es ist zu spät, Euch Vorwürfe zu machen«, meinte Amoret beschwichtigend. »Ihr seid ganz einfach an die Falsche geraten.«

Die Tür öffnete sich, und zwei Lakaien trugen das Essen auf: Austern, eine gesottene Wildbretkeule, frische Erbsen – die ersten des Jahres – und Rosinenkuchen, dazu Wein aus Burgund.

»Nun esst erst einmal«, sagte Amoret einladend. »Danach werdet Ihr Euch besser fühlen.«

Sie hatte Recht. Nach ein paar Bissen beruhigte sich Alans knurrender Magen, und seine Gereiztheit legte sich. Der Wein war hervorragend.

»Viel besser als das Gesöff, mit dem ich gestern meine Kehle malträtiert habe«, bemerkte er lächelnd.

Die Diener hatten außer Messern und Löffeln auch Gabeln aufgelegt, die Jeremy damals bei seinem Einzug auch im Haushalt seines Freundes eingeführt hatte. Der Jesuit hatte die zierlichen zweizinkigen Essgeräte bei einem Aufenthalt in Italien kennen gelernt. Daher war Alan mit dem Gebrauch der Gabel vertraut, im Gegensatz zu Anne und ihrer Tante, die es bisher ablehnten, die »papistische« Neuerung zu benutzen, wie sie sich ausgedrückt hatten.

Die missliche Lage, in der sich Alan befand, begann angesichts der bezaubernden Gesellschaft und des köstlichen Essens an Bedeutung zu verlieren. Er wollte nicht länger daran denken, dazu war der Augenblick zu schön. Er verspürte nur noch das Verlangen, das so unerwartet vertraute Mahl mit dieser ungewöhnlichen Frau zu genießen. Es gab keinen Grund, anzunehmen, dass er noch einmal das Glück haben würde.

»Ich kann gar nicht sagen, wie sehr ich es bedaure, Euch nicht mehr in meinem Haus zu sehen, Mylady«, gestand Alan, nachdem die Lakaien das Geschirr abgeräumt hatten. »Wie schade, dass Breandán nicht mehr bei mir wohnt. Auch wenn Eure Besuche nicht mir galten, habe ich sie sehr genossen.«

Ein Schatten legte sich über Amorets Züge. Es fiel Alan nicht schwer, die Veränderung zu deuten.

»Ihr habt noch immer keine Nachricht von ihm«, konstatierte er.

Sie schüttelte den Kopf, unfähig, ihre Enttäuschung zu verbergen.

»Glaubt Ihr, dass er nach Irland zurückgekehrt ist?«, fragte Alan.

»Ich weiß es nicht.«

»Ihr habt ihn damals nach Frankreich geschickt?«

»Ja, nach Paris.«

»Warum nach Frankreich?«

Sie sah ihn mit einem seltsamen Ausdruck in den Augen an. Alan hatte auf einmal das Gefühl, als wäge sie vorsichtig ab, was sie ihm antworten solle. Sie griff nach ihrem Weinglas, erhob sich vom Stuhl und wandte sich zum Fenster.

»Ich habe noch ein paar Freunde aus meiner Zeit am französischen Hof«, sagte sie schließlich vage. »Ich dachte, sie könnten ihm helfen, dort sein Glück zu machen.« Amoret spürte seine fragenden Blicke im Rücken, ohne sich umzusehen. »Das ist alles, was ich Euch sagen kann, Meister Ridgeway. Glaubt mir, es ist besser, wenn Ihr nicht mehr wisst.«

Alan stand nun ebenfalls von seinem Stuhl auf und trat hinter sie.

»Mylady, ich habe gesehen, wie sehr Breandán Euch liebt. Er kommt bestimmt zurück.«

Plötzlich verlor sie die Fassung.

»Wenn er mich tatsächlich liebt, weshalb hat er mir in all den Monaten nicht einen einzigen Brief geschrieben! Nein, ich kann nicht mehr daran glauben.«

Es tat ihm weh, sie so enttäuscht zu sehen. Er ertappte sich bei dem Wunsch, die Arme um sie zu legen und sie tröstend an sich zu ziehen.

»So etwas dürft Ihr nicht sagen, Mylady. Ihr kennt doch Breandán! Er ist kein Mann der Worte. Dass er Euch nicht schreibt, bedeutet nicht, dass er nicht an Euch denkt. Außerdem solltet Ihr nicht vergessen, dass die Umstände es ihm gar nicht erlauben, Euch Briefe zu schicken. Schließlich befinden wir uns im Krieg mit Frankreich. Es verkehrt schon seit Monaten kein Postboot mehr.«

»Ihr meint es gut, mein Freund«, seufzte Amoret. »Aber auch der Krieg könnte ihn nicht aufhalten, wenn er wirklich den Wunsch hätte, mich wiederzusehen. Nein, ich will nicht mehr an ihn denken!«

Alan suchte hilflos nach Worten, die sie aufmuntern könnten, fand jedoch keine. Stattdessen nahm er ihr das halb leere Weinglas aus der Hand, füllte es aus der Karaffe auf dem Tisch auf und reichte es ihr zurück.

»Trinkt noch einen Schluck. Dieser köstliche Tropfen wirkt Wunder.«

Mit einem dankbaren Lächeln nahm sie das Glas entgegen und nippte daran.

Alan konnte den Blick nicht von ihr wenden. Der Schlafrock lag locker um ihre Schultern und ließ den Ansatz ihrer Brüste sehen. Ihre Haut war hell, besaß jedoch eine südländische Tönung, die auch im Winter nicht verschwand. Alan musste an die Miniatur denken, auf der Amoret mit entblößter Brust dargestellt war, und das Atmen fiel ihm auf einmal schwer. Sich der Ungehörigkeit seiner Blicke bewusst werdend, wandte er das Gesicht ab.

»Es tut mir Leid, dass ich Euch nicht helfen kann, Mylady«, sagte er unbeholfen. »Ich würde Euch so gerne trösten.«

Der Taft des Schlafrocks raschelte, als sie sich ihm näherte. Ihre schwarzen Augen funkelten herausfordernd.

»Dann tut es doch!«, erwiderte sie leise.

Zuerst glaubte Alan, sie spräche im Scherz, doch ein Blick in ihr Gesicht belehrte ihn eines Besseren. Und mit einem Mal überkam ihn der Verdacht, dass diese unmissverständliche Einladung keine flüchtige Laune war, sondern dass sie schon am Abend zuvor, als sie ihn in ihr Haus mitgenommen hatte, die Absicht gehabt haben musste, ihn zu verführen. Weshalb sonst hätte sie ihn so nachlässig bekleidet in ihrem Schlafgemach empfangen sollen?

Ihr Blick ließ ihn nicht los, und er spürte, wie ihm heiß wurde. Ein Lächeln breitete sich über sein Gesicht.

»Stets zu Euren Diensten, Madam«, murmelte er.

Zaghaft, als fürchte er, sie könnte unversehens ihre Meinung ändern, nahm er sie in die Arme und neigte sich über sie. Sie legte den Kopf zurück und bot sich ihm dar. Als sein Mund den ihren berührte, teilten sich ihre Lippen, und ihre Zungen trafen sich. Ein Strom der Erregung durchlief Alans Körper. Natürlich hätte er es wissen müssen, doch die Erkenntnis, dass er es mit einer erfahrenen Frau zu tun hatte, überraschte ihn dennoch. Hier brauchte er sich nicht zu bemühen, die Scheu einer um ihre Keuschheit besorgten Magd zu überwinden. Amoret St. Clair wusste, was sie wollte. Und er nahm sich vor, alles zu tun, um sie nicht zu enttäuschen.

Sie küssten sich lange, wie um einander kennen zu lernen. Alan liebkoste ihren Hals, ihre Schultern.

»Warte«, flüsterte sie. Ihre Finger lösten geschickt die diamantbesetzten Spangen, die den Schlafrock vor ihrer Brust zusammenhielten, und ließ sie auf einen nahe stehenden Tisch fallen. Zögernd, fast andächtig, legte Alan seine Hände auf ihre Schultern und schob den dunkelblau schimmernden Stoff über ihre Arme hinab. Ihre Brüste kamen zum Vorschein, und Alan machte sich daran, sie mit den Fingern, dann mit den Lippen zu erkunden.

»Ihr seid die schönste Frau, die ich je gesehen habe«, presste er mühsam hervor. Das Sprechen fiel ihm schwer. Er hatte das Gefühl, zu träumen, und fürchtete, jeden Moment in die graue Wirklichkeit zurückgerissen zu werden.

Der Schlafrock und das feine Hemd fielen zu Boden, und dann stand sie nackt bis auf die Strümpfe, die von einem unterhalb des Knies geknüpften Band gehalten wurden, vor ihm. Amorets Körper fehlten die üppigen Polster, die die Männer so sehr an den Frauen schätzten. Doch Alan störte ihre Schlankheit nicht. Er fand ihre Formen vollkommen.

Seine Arme umfingen sie und pressten sie in einem leidenschaftlichen Kuss an sich. Ihre weiche Haut schmiegte sich an seine streichelnden Hände, während er sie über den geschwungenen Rücken, die Hüften, die festen Schenkel gleiten ließ. Seiner Größe wegen musste er sich tief zu ihr hinabbeugen, und um dem abzuhelfen, nahm er sie schließlich auf die Arme und trug sie zum Bett. Mit ein paar geübten Handgriffen entledigte sich Alan seiner eigenen Kleider und ließ sie achtlos auf den Boden fallen. Auf den Laken des Bettes ausgestreckt, empfing ihn Amoret in ihren Armen und biss ihm spielerisch in den Hals. Sie küssten sich, während Alans Hand zu ihren Schenkeln hinabwanderte und sich sanft zwischen sie schob. Sein Glied war steif, bereit, in sie einzudringen, doch seine eigene Kühnheit ließ ihn plötzlich zögern. Würde sie ihm diesen letzten Schritt gestatten? Sein Blick suchte fragend den ihren, doch er sah keine Abwehr in ihren Augen. Von seiner Begierde getrieben, wagte er den Versuch und rollte sich auf sie. Willig öffneten sich ihre Schenkel. Behutsam schob er sich in sie hinein und begann, sich rhythmisch in ihr zu bewegen. Er verlor jedoch nicht den Kopf. Als er sich dem Höhepunkt nahe fühlte, zog er sich aus ihr zurück, half mit der Hand nach und ergoss sich auf die Laken. Dann verwandte er all seine Kunst darauf, auch sie zu befriedigen.

Eng aneinander geschmiegt lagen sie eine Weile da, ohne zu sprechen. Alan barg sein Gesicht an ihrer Schulter. Die Augen geschlossen, ein Lächeln der Glückseligkeit auf den Lippen, genoss er die samtene Weichheit ihrer Haut, ihren weiblichen Duft, die Gewissheit ihrer Gegenwart. Mit einem wohligen Seufzen kuschelte er sich noch näher an sie.

»Ah, das ist das Paradies. Hier möchte ich bleiben, bis ich sterbe.«

Seine Worte gaben Amoret einen Stich ins Herz. »Sprecht nicht vom Sterben, mein Freund. Nicht einmal im Scherz. Als in der Stadt die Pest herrschte, habe ich gesehen, wie nah uns der Tod ist.«

»Wer wird denn an so etwas denken! Was könnte mir schon passieren? Ihr seid doch mein Schutzengel.«

Amoret setzte sich auf und sah ihn ernst an. »Aber vielleicht bin ich einmal nicht da.«

Sie streichelte zärtlich seine hohe Stirn.

»Es wird Zeit für mich, zu gehen«, sagte er betrübt. »Man fragt sich bestimmt schon, wo ich bleibe.«

»Habt Ihr nicht etwas vergessen, mein Lieber?« Ein neckisches Lächeln spielte um ihre Mundwinkel.

»Was denn, schöne Dame?«

»Hattet Ihr nicht versprochen, mich in meiner Einsamkeit zu trösten?«

Er lachte. »Aber ich würde mich doch nie meiner Pflichten entziehen, Unersättliche.«

Genießerisch ließ er seine Hände über die Rundungen ihrer Brüste gleiten. Dann zog er sie stürmisch in seine Arme und vergrub das Gesicht in ihrem Haar.

Einundzwanzigstes Kapitel

Die Maisonne stand strahlend über dem Palast von Colombes, der Residenz Henrietta Marias, Tochter des ehemaligen französischen Königs Henri IV., Witwe des englischen Königs Charles I. und Mutter von Charles II.

Gedankenverloren stand Breandán Mac Mathúna an einem der hohen Fenster des kleinen Empfangssaals und sah in den Garten hinaus, der mit seinen zu architektonischen Formen gestutzten Buchsbäumen und in symmetrischen Mustern angelegten Blumenparterres streng und künstlich wirkte. Beim Anblick dieser vom Menschen gebändigten und in Fesseln gelegten Natur verspürte er Heimweh nach Irland. Mehr als einmal hatte er mit dem Gedanken gespielt, in seine Heimat zurückzukehren, die er als Sechzehnjähriger verlassen hatte. Doch eine andere, stärkere Sehnsucht zog ihn unwiderstehlich nach England zu der Frau, die er liebte. Mit einem Gefühl der Sorge fragte er sich, ob Amoret wohl noch auf ihn wartete. Er wusste, dass es unverzeihlich gewesen war, ihr all die Monate nicht zu schreiben. Er hatte es auch versucht, es aber nach mehreren missglückten Entwürfen aufgegeben. Es war nicht seine Art, seine Gefühle in Worte zu fassen, schon gar nicht auf dem Papier. Bestimmt würde sie das verstehen!

Breandán wandte sich zu seinem Begleiter um, der auf einem der gepolsterten Stühle Platz genommen hatte, die an der Wand standen. Wer konnte es ihm verdenken? Schließlich war Walter Montagu, Abt von St. Martin bei Pontoise, bereits über sechzig

Jahre alt. Er blickte auf ein bewegtes Leben zurück, das er uneingeschränkt in die Dienste König Charles' I. und Königin Henrietta Marias gestellt hatte. Als geheimer Bote und Kundschafter war er durch ganz Europa gereist und kannte alle Kniffe, wie man sich unerkannt durch Feindesland bewegen konnte, wichtige Botschaften ver- und entschlüsselte oder Verhandlungen mit hochgestellten Persönlichkeiten führte. Zu seinen zahlreichen Erfahrungen gehörten auch unfreiwillige Aufenthalte sowohl in der Bastille in Paris als auch im Tower von London. Er versah das Amt des Almosenpflegers der Königinmutter Henrietta Maria und gehörte zu ihren engsten Vertrauten.

Auch auf die Gefahr hin, unhöflich zu erscheinen, ergriff Breandán das Wort: »Monsieur l'Abbé, verzeiht meine Ungeduld, aber wann werde ich nach England zurückkehren können?«

Montagu lächelte salbungsvoll. »Der Elan der Jugend! Zügelt Euren Eifer, Monsieur, es dauert nicht mehr lange. Zuvor möchte ich Eure Person Seiner Majestät dem König zur Kenntnis bringen. Aus diesem Grund sind wir heute hier. Fasst Euch also noch eine Weile in Geduld.«

Breandán wandte sich wieder dem Fenster zu. Er wollte nicht den Eindruck von Undankbarkeit erwecken, aber er wusste sehr wohl, dass er nur ein Spielball der Mächtigen war, als Mensch jedoch keinerlei Bedeutung besaß. Seit seiner Ankunft in Frankreich hatte er sich immer wieder gefragt, ob sich Amoret überhaupt bewusst war, was sie da so sorgfältig eingefädelt hatte. Freilich zweifelte er nicht daran, dass sie nur das Beste für ihn im Sinn gehabt hatte, als sie ihn mit einem ausführlichen Empfehlungsschreiben an den Abbé Montagu auf die Reise schickte. Zuvor hatte sie ihm noch ein Geheimnis anvertraut, von dem nicht einmal Pater Blackshaw wusste: Als Amoret St. Clair nach einem kurzen Aufenthalt am französischen Hof vor einigen Jahren von König Louis die Erlaubnis erhalten hatte, nach England zu gehen, war dies in dem geheimen Einverständnis zwischen ihr und dem Monarchen geschehen, dass sie am Hof Charles II. die Interessen Frankreichs vertreten sollte, denn der englische König galt allgemein als Wachs in den Händen seiner Mätressen. In der Folgezeit hatte Amoret Louis' Erwartungen jedoch weitgehend enttäuscht. Sie mochte Charles zu sehr, um ihn zu hintergehen. Außerdem hatte sie rasch herausgefunden, dass sich Charles bei wichtigen Staatsangelegenheiten in seinen Entscheidungen keineswegs von Frauen beeinflussen ließ, wie seine Kriegserklärung gegen die Holländer bewies. Der Versuch der französischen Gesandten, ihn durch die Vermittlung von Frances Stuart davon abzubringen, war jedenfalls kläglich gescheitert.

In ihrem Empfehlungsschreiben hatte Amoret gelobt, sich zu bessern, und dem Abbé die Dienste des jungen Iren anempfohlen, der bereits für Frankreich gegen die Spanier gekämpft habe. Sie hatte den richtigen Ton getroffen. Für die in ihrem eigenen Land von den Engländern unterdrückten katholischen Iren bot sich das ebenfalls katholische Frankreich als natürlicher Verbündeter an, besonders nach den grausamen Massakern, die Cromwell vor siebzehn Jahren in Irland angerichtet hatte. Montagu nahm sich die Zeit, Breandán Mac Mathúnas Gesinnung zu prüfen und sich außerdem ein Bild von seinen Talenten zu machen. Er kam zu dem Schluss, dass der von Lady St. Clair protegierte Ire wie geschaffen war, um geheime Botschaften zwischen England und Frankreich zu überbringen. Gute Leute waren so rar, dass man selbst vertrauliche Briefe oft mit der öffentlichen Post schicken musste, wo sie von neugierigen Beamten gelesen wurden und auch gelegentlich verschwanden.

In Walter Montagus Augen lohnte es sich, diesen jungen Burschen in die Kunst der Geheimhaltung einzuweihen, die der Abbé so hervorragend beherrschte, und ihn zudem noch andere nützliche Dinge zu lehren, wie etwa die Regeln der höfischen Etikette, damit er sich auch unter Höhergestellten angemessen zu bewegen vermochte. Montagu war zutiefst beeindruckt, wie schnell sein Schützling die Lektionen lernte, die sein Lehrmeister ihm aufgab. Bald trug Mac Mathúna die Kleidung eines Gentleman ebenso natürlich wie den Lederkoller des Soldaten. Zu guter Letzt beauftragte der Abbé einen befreundeten Fechtmeister, dem Iren, der den Degen bereits vorzüglich zu handhaben verstand, den letzten Schliff zu geben, denn ein Überbringer geheimer Nachrichten musste notfalls in der Lage sein, diese gegen Diebe zu verteidigen.

Mittlerweile hatte Montagu der Königinmutter von seiner Entdeckung berichtet. Die äußerst fromme Henrietta Maria fragte nur, ob der Ire ein guter Katholik sei, und als der Abbé dies bestätigte, gab sie ihm Anweisung, in seinen Bemühungen fortzufahren.

Da König Louis Henrietta Maria regelmäßig in Colombes aufsuchte, um die Möglichkeit zu diskutieren, einen Frieden zwischen England und Holland zu vermitteln, hatte sie schließlich den Wunsch geäußert, Lady St. Clairs Protegé im Beisein des Königs zu empfangen.

Breandán war sich der Wichtigkeit dieser Audienz bewusst, würde sie doch über sein künftiges Schicksal entscheiden. Sollte Amorets Plan aufgehen und der französische König für seine Dienste Verwendung finden, brauchte er sich in Zukunft um sein Auskommen keine Sorgen mehr zu machen.

Die Räder einer Kutsche knirschten auf dem Sand des Anfahrtswegs. Der Abbé erhob sich von seinem Stuhl und trat neben den Iren, um zu sehen, wer der Ankömmling war.

Eine junge Frau in höfischem Kleid entstieg der Kutsche und wurde von einem Lakaien zu einem Seiteneingang des Palastes geführt.

»Wer ist sie?«, fragte Breandán verwundert.

»Henriette Anne, Duchesse d'Orléans. Als Schwägerin des Königs trägt sie den Titel ›Madame‹. Aber sie ist auch die jüngere Schwester von König Charles II.«

Kurz darauf betrat die Prinzessin den Empfangssaal. Mit einem Lächeln begrüßte sie den Abbé Montagu, den sie seit ihrer Kindheit kannte. Breandán hielt sich im Hintergrund, doch im nächsten Moment richtete sich Henriette Annes Blick neugierig auf ihn.

»Mein lieber Abbé, wollt Ihr mir nicht Euren Begleiter vorstellen?«

»Monsieur Mac Mathúna ist vor einem Jahr aus England gekommen, Euer Hoheit«, erklärte Montagu.

Breandán trat vor, und die Prinzessin reichte ihm die Hand zum Kuss.

»Ihr kommt aus England, Monsieur? Wart Ihr am Hof? Habt Ihr meinen Bruder gesehen?«

Breandán zögerte. »Nur flüchtig, Euer Hoheit.«

»Ihr müsst mir unbedingt von ihm erzählen. Ich zwinge jeden dazu, der am englischen Hof war, müsst Ihr wissen«, sagte Henriette Anne scherzhaft. »Ihr seid später noch da, hoffe ich.«

Breandán verbeugte sich und versicherte: »Wie Euer Hoheit wünschen.«

Sie lächelte ein Jungmädchenlächeln, das zugleich unschuldig und kokett war. Ihr Blick blieb noch einen Moment bewundernd an ihm hängen, dann wandte sie sich ab und folgte dem Lakaien durch die Tür in das Kabinett nebenan, wo ihre Mutter sie erwartete.

»Sie besitzt den Charme der Stuarts«, bemerkte Montagu warm.

Nach einer Weile erklang erneut Hufschlag. Eine zweite Kutsche hielt vor dem Seiteneingang des Palastes.

»Der König!«, verkündete der Abbé.

Tatsächlich entstieg im nächsten Moment Louis XIV. der Kutsche und trat durch die von einem Lakaien geöffnete Tür. Man wollte so wenig Aufmerksamkeit wie möglich auf die geheimen Treffen lenken. Offiziell stattete der König seiner Tante nur einen Höflichkeitsbesuch ab.

Beim Eintreten Seiner Majestät verbeugten sich Breandán und der Abbé. Louis war in ein Wams aus einfachem dunkelbraunem Samt mit goldenen Stickereien gekleidet. Dazu trug er die Rhingrave, helle Seidenstrümpfe und Schuhe mit roten Absätzen. Die kastanienfarbenen Locken seiner Perücke umrahmten sein Gesicht wie eine Löwenmähne. Es war ein Gesicht mit schweren Zügen, einer kräftigen Nase, braunen Augen und vollen, sinnlichen Lippen. Es strahlte Willensstärke und unerschöpfliche Energie aus. Seine rechte Hand lag auf einem eleganten Gehstock mit goldenem Knauf.

Louis begrüßte den Abbé und warf dem jungen Mann an dessen Seite einen kurzen Blick zu. Dann betrat er das Kabinett und gab Montagu ein Zeichen, ihm zu folgen. Breandán musste draußen warten.

Henrietta Maria unterbrach das Gespräch mit ihrer Tochter und wandte sich ihrem Neffen zu. Außer den beiden Frauen war noch Henry Jermyn, Earl of St. Albans, anwesend. Er gehörte seit langem zu den engsten Vertrauten der Königinmutter. Man tauschte Höflichkeiten aus, doch dann kam Louis auf den Krieg zu sprechen.

»Nach dem langen Winter bereiten sich die englische und die holländische Flotte auf die erste Seeschlacht des Jahres vor. Die Holländer erwarten, dass ich meinen vertraglichen Verpflichtungen nachkomme und die französische Flotte zu ihrer Unterstützung schicke. Sosehr mir die Aussicht auf eine Schlacht mit den Engländern missfällt, es wird sich nicht vermeiden lassen, wenn es nicht gelingt, beide Parteien wieder an den Verhandlungstisch zurückzubringen.«

»Die Konferenz in St. Germain hat keine Einigung gebracht«, erinnerte Henrietta Maria den König. »Ich fürchte, mein Sohn wird erst zur Vernunft kommen, wenn die Holländer ihm eine Niederlage beigebracht haben, die seine Verhandlungsposition erheblich verschlechtern wird.«

Louis blieb beharrlich. »Dennoch sollte man weiterhin versuchen, ihn zu Friedensgesprächen zu bewegen. Es liegt nicht im Interesse Frankreichs, gegen England Krieg zu führen. Ein Bündnis wäre von weitaus größerem Vorteil.«

»Nun, wenn Euer Majestät erlauben«, schaltete sich der Abbé Montagu ein. »Da ist immer noch Lady St. Clair. Ihr Einfluss am englischen Hof wächst. Im letzten Jahr hat sie König Charles einen Sohn geschenkt. Zudem versicherte sie mir in einem Brief, dass sie ihm die Interessen Frankreichs zu Gehör bringen würde. Sie schlägt vor, den Iren, der mir den Brief überbrachte, in Zukunft als Boten einzusetzen, um schneller und diskreter Nachrichten auszutauschen. Ich halte dies für eine Empfehlung, die man in Betracht ziehen sollte.«

Der König ließ sich den Vorschlag durch den Kopf gehen.

»Haltet Ihr diesen Iren für vertrauenswürdig, Monsieur l'Abbé?«

»Nun, Euer Majestät, ich habe mir über Monate ein recht klares Bild von Monsieur Mac Mathúna gemacht. Er ist ein guter Katholik, der regelmäßig die Messe besucht und dem ich mehrmals die Beichte abgenommen habe. Vom Temperament her ist er zwar ein wenig reizbar, weiß aber einen kühlen Kopf zu bewahren, wenn es darauf ankommt. Er ist ein Einzelgänger und erscheint von Natur aus schweigsam. Er trinkt nicht wie viele seiner Landsleute, er spielt nicht und hat, soweit ich weiß, seit seiner Ankunft in Frankreich keine Weibergeschichten gehabt. Meinem Eindruck nach ist er Lady St. Clair treu ergeben.«

»Ein solcher Mann wäre allerdings sehr nützlich«, stimmte Louis zu. »Ich würde ihn mir gerne selbst einmal ansehen.«

»Er wartet vor der Tür, Euer Majestät. Ich werde ihn hereinbitten.«

Den Hut unter dem Arm, betrat Breandán das Kabinett und verneigte sich zuerst vor dem König, dann vor den anderen Anwesenden. Angesichts all dieser hochgestellten Persönlichkeiten spürte er sein Herz vor Aufregung schneller schlagen, ließ sich seine Nervosität jedoch nicht anmerken. In stolzer Haltung trat er vor den Monarchen, der ihn aufmerksam musterte.

»Mademoiselle St. Clair hat Uns Eure Dienste anempfohlen, Monsieur. Aber glaubt Ihr nicht, dass ein von Uns erteilter Auftrag Euch mit der Treue, die Ihr dem König von England schuldig seid, in Konflikt bringen könnte? Wie würdet Ihr in diesem Fall entscheiden?«

Breandán antwortete, ohne zu zögern.

»Sire, ich bin Ire. Seit Jahrhunderten wird mein Volk von den Engländern unterdrückt. Die Ausübung unserer Religion, die auch diejenige Eurer Majestät ist, ist uns bei Strafe verboten. Mein Vater wurde von den Engländern ermordet und meine Familie, wie so viele meiner Landsleute, von ihrem Land vertrieben. Der König von England mag sich als Souverän Irlands verstehen, doch ich erkenne ihn nicht als meinen König an und schulde ihm daher keine Treue.«

»Das sind kühne Worte, Monsieur«, antwortete Louis. »Aber Eure Aufrichtigkeit gefällt mir.«

Mit diesen Worten entließ der König Breandán. Die Besprechung zog sich noch eine Weile hin. Schließlich brach Louis als Erster auf. Wie stets erwarteten ihn noch andere wichtige Staatsgeschäfte.

Der Abbé kehrte zu Breandán zurück, und gemeinsam traten sie durch die Fenstertür des Empfangsraums auf die sonnenüberflutete Terrasse hinaus. Vor ihnen erstreckte sich der in allen Grüntönen leuchtende Park.

»Ihr habt Eindruck gemacht, Monsieur Mac Mathúna«, erklärte Montagu befriedigt. »Ich denke, Seine Majestät wird Euch schon bald einen Auftrag erteilen.«

»Wird er mich nach England zurückschicken?«, fragte Breandán hoffnungsvoll.

»Ich bin dessen sicher. Dort seid Ihr am nützlichsten.«

Sie schlenderten eine Weile schweigend zwischen den blühenden Parterres entlang. Irgendwo zupfte ein Musikant gedämpft die Saiten einer Gitarre. Breandán wandte den Kopf, um zu sehen, woher die Klänge kamen. Auf einer Marmorbank am Rande eines kleinen Boskett saß die Stuartprinzessin und lauschte dem melancholischen Gitarrenspiel eines Pagen. Als sie die beiden Männer sah, winkte sie sie heran.

»Kommt, Monsieur, gehen wir zu Ihrer Hoheit«, sagte Montagu zu seinem Begleiter.

Henriette Anne lächelte ihnen zu. An Breandán gewandt, bemerkte sie: »Monsieur, Ihr hattet mir doch versprochen, von Eurer Begegnung mit meinem Bruder zu erzählen.«

Breandán wurde verlegen. »Euer Hoheit, ich kann nicht behaupten, dass ich ihm begegnet bin. Tatsächlich habe ich ihn nur einmal flüchtig gesehen.«

»Nun, dann erzählt mir eben davon«, erklärte die Prinzessin diplomatisch.

Der Abbé verbeugte sich vor ihr. »Wenn Ihr mich bitte entschuldigen wollt, Euer Hoheit, aber ich habe noch etwas mit Eurer Mutter zu bereden.«

Sie nickte ihm zu. Als er gegangen war, deutete sie mit einer einladenden Geste neben sich.

»Wollt Ihr Euch nicht zu mir setzen, Monsieur Mac Mathúna.«

Breandán ließ sich in gebührendem Abstand auf die Marmorbank sinken. Die ganze Situation bereitete ihm Unbehagen. Er wusste nicht recht, was Henriette Anne von ihm erwartete. Sie war seit Jahren von ihrem Bruder, dem König von England, getrennt und brannte verständlicherweise auf jede Art von Neuigkeit, die ihn betraf. Doch Breandán war nie am Hof gewesen und wurde auch nur sehr ungern an die eine Gelegenheit erinnert, da er Charles leibhaftig gesehen hatte. Dies war in Amorets Schlafgemach gewesen, als der König seiner Mätresse einen unerwarteten Besuch abgestattet hatte und Breandán sich im anliegenden Kabinett hatte verbergen müssen, um nicht entdeckt zu werden. Die Angelegenheit war nicht nur peinlich gewesen, sie hatte auch zu einem vorübergehenden Bruch zwischen ihm und Amoret geführt, an den Breandán gerade jetzt nicht zurückdenken wollte.

Er war so sehr ins Grübeln versunken, dass er für einen Moment vergaß, wo er sich befand. Prinzessin Henriette, die es gewohnt war, von unzähligen Augen beobachtet zu werden, nutzte seine geistige Abwesenheit, um den jungen Mann an ihrer Seite in Ruhe zu studieren. Nur wenige Male hatte sie bei einem Menschen so wohlgeformte Züge gesehen. Der Blick seiner blauen Augen war ernst, fast ein wenig abweisend. Er trug keine Perücke. Sein seidig glänzendes, schwarzbraunes Haar fiel in natürlichen Locken bis auf die Schultern. Der leichte Wind spielte darin. Es war eine Freude, ihn zu betrachten.

Mit einem Mal wurde er sich bewusst, dass sie ihn ansah, und er spürte, wie ihm das Blut in die Wangen stieg.

»Es tut mir Leid, Euer Hoheit, aber ich bin kein Höfling, nur ein einfacher Bauer, der sich nicht auf die Kunst der Unterhaltung versteht.«

Sie lächelte. »Für einen Bauern meistert Ihr diese Kunst aber gar nicht schlecht.«

»Nun, Monsieur l'Abbé bemüht sich sehr, mir das Nötige beizubringen.«

Ihr Gesichtsausdruck wurde melancholisch. »Ich hoffe sehr, dass es ihm nicht gelingt, einen Höfling aus Euch zu machen. Bleibt so, wie Ihr seid, Monsieur: ein einfacher – aber aufrichtiger – Bauer.«

Breandán warf ihr einen verwunderten Blick zu. Er wusste nichts über sie und konnte nur vermuten, dass sie mit den Menschen am Hof schlechte Erfahrungen gemacht haben musste. Vielleicht war sie einmal das Opfer einer Intrige geworden. Sie erschien ihm nicht wie jemand, der sich gegen hinterhältige Ränkespiele zu verteidigen vermochte. Im Gegensatz zu ihrem hoch gewachsenen, sanguinischen Bruder war Henriette Anne klein und zierlich wie eine Elfe, ihre Haut hell und rosig wie zarte Blütenblätter. Ihre Augen leuchteten in einem klaren Saphirblau. Das kastanienbraune Haar war in spiralförmige Locken gelegt und zu beiden Seiten des Kopfes festgesteckt. Vom Äußeren her hätten Amoret und die Prinzessin kaum verschiedener sein können, und doch fand Breandán dieses junge Mädchen neben ihm ausgesprochen hübsch.

Ein leichtes Lächeln umspielte Henriettes rosige Lippen. »Ihr seid also Ire, Monsieur. Ich würde gerne etwas von Eurer Heimat erfahren. Erzählt mir davon.«

Wieder zögerte Breandán. Seine Erinnerungen an Irland waren schmerzhaft, und er vermied es nach Möglichkeit, sie sich ins Gedächtnis zu rufen. Trotz seiner Liebe zu Amoret hatte er ihr nur sehr wenige Einzelheiten über seine Vergangenheit anvertraut. Doch der Blick Henriette Annes war so voller Erwartung, dass Breandán auf einmal das Verlangen verspürte, sein Schweigen zu brechen. Die Prinzessin lauschte ihm aufmerksam, während er von seiner frühen Jugend erzählte, die fast ausschließlich von Krieg bestimmt gewesen war. Als er drei Jahre alt war, hatten sich die so lange unterdrückten Iren gegen die Engländer in ihrem Land erhoben. Erst acht Jahre später gelang es Cromwell nach erbitterten Kämpfen, die Rebellion niederzuschlagen. Breandán war Zeuge des Massakers von Wexford geworden, das die Parlamentstruppen dort unter Männern, Frauen und Kindern angerichtet hatten. Auch sein Vater war unter den Opfern gewesen. Seiner Mutter gelang es wie durch ein Wunder, ihn und seine Geschwister zu Verwandten in die Grafschaft Clare zu bringen, eine der wenigen Regionen, in denen man die katholischen Iren nicht enteignet hatte. Ein Großteil des Landes wurde von Cromwell als Bezahlung an seine Truppen vergeben, nachdem die rechtmäßigen Eigentümer vertrieben worden waren. Mit sechzehn Jahren hatte Breandán schließlich den Entschluss gefasst, seine verarmte Familie zu verlassen, um in den Armeen des Kontinents sein Glück zu suchen, zuerst im französischen und dann im spanischen Heer.

»Ich wusste jedoch, dass ich eines Tages auf dem Schlachtfeld den Tod finden würde, wenn ich bei der Armee bliebe«, endete Breandán seinen Bericht. »Deshalb ging ich nach England, um dort Arbeit zu suchen.«

Henriette Anne sah ihn voller Betroffenheit an.

»Ich bin froh, dass wir uns begegnet sind, Monsieur«, sagte sie leise. »Derselbe Schurke, der Euch den Vater raubte, nahm mir auch den meinen. Glaubt mir, ich fühle mit Euch.«

Breandán streifte sie mit einem dankbaren Blick. Seine Befangenheit ihr gegenüber schwand. Eine Weile saßen sie nur da und hörten dem Gitarrenspiel des Pagen zu, der nicht weit von ihnen mit gekreuzten Beinen im Gras saß.

»Man sagt, die Iren seien die geborenen Barden«, brach die Stuartprinzessin schließlich das Schweigen. »Entspricht dies der Wahrheit?«

»Nun ja, viele meiner Landsleute singen gerne«, räumte Breandán zögernd ein.

»Was ist mit Euch? Wollt Ihr mir nicht ein paar Lieder aus Eurer Heimat vorsingen?«

»Euer Hoheit, ich habe keine gute Stimme«, wehrte er verlegen ab. »Außerdem ist es viele Jahre her, dass ich das Bedürfnis hatte zu singen.«

Doch Henriette Anne blieb hartnäckig.

»Tut mir den Gefallen, Monsieur. Ich brenne darauf, einmal etwas anderes zu hören als die – versteht mich nicht falsch – zweifellos herrliche Musik von Monsieur Lully.«

Sie winkte dem Pagen, der in seinem Spiel innehielt.

»Bring deine Gitarre her und gib sie Monsieur Mac Mathúna.«

Breandán brachte es nicht über sich, die Prinzessin zu enttäuschen, deren Interesse an seinem Land ihm schmeichelte, und so nahm er die Gitarre entgegen und schlug probeweise ein paar Akkorde an.

Er konnte sich nicht erinnern, wann er das letzte Mal gespielt oder ein Lied aus seiner Kindheit gesungen hatte, aber er stellte mit Befriedigung fest, dass er es noch konnte. Die gälischen Worte kamen ihm wie von selbst über die Lippen, brachen bald unaufhaltsam aus seiner Brust hervor und rissen ihn mit sich. Dabei empfand er so etwas wie Erleichterung.

Henriette lauschte ihm fasziniert. Sie spürte, wie sich die feinen Härchen auf ihren unbedeckten Armen aufstellten, so ergreifend waren dieser fremdartige Gesang, die kehligen Laute, die melancholischen Melodien.

Als er sein Spiel beendet hatte, sagte sie bewegt: »Diese Lieder klingen alle so traurig – und doch habe ich nie etwas Schöneres gehört. Wovon erzählen sie?«

»Von der Sehnsucht nach dem Heimatland, der Hoffnung auf Freiheit oder auch einfach nur von der Liebe.«

In einiger Entfernung tauchte die Gestalt des Abbé Montagu auf der Terrasse auf. Die Prinzessin sah ihn zuerst.

»Die Begegnung mit Euch hat mir große Freude bereitet, Monsieur. Aber ich fürchte, der Augenblick des Abschieds ist gekommen«, sagte sie mit deutlichem Bedauern in der Stimme. Nach kurzem Zögern fuhr sie fort: »Es ist sehr wahrscheinlich, dass der König Euch bald nach England zurückschicken wird. Wenn es so weit ist, bitte versprecht mir, dass Ihr mich vor Eurer Abreise in St. Cloud aufsucht. Ich möchte Euch etwas mitgeben.«

Breandán erhob sich und küsste ihr die Hand. »Ich verspreche es, Euer Hoheit.«

Ende Mai erhielt Breandán die Aufforderung, sich nach St. Germain zu begeben, wo sich der Hof gerade aufhielt, und sich dort bei Jean-Baptiste Colbert zu melden, dem Minister für Handel und Finanzen und Oberintendanten der Flotte.

Breandán wurde in einen kleinen Vorraum geführt. Man hieß ihn zu warten. Es wunderte ihn, dass er allein war, denn gewöhnlich wartete eine ganze Reihe von Beamten darauf, zu dem viel beschäftigten Minister vorgelassen zu werden.

Nach einer Weile öffnete sich die Tür zu dem Kabinett, in dem Colbert arbeitete, einen Spalt, und einer seiner Schreiber steckte den Kopf heraus.

»Monsieur Mac Mathúna?«

»Ja.«

»Monsieur Colbert lässt ausrichten, dass es noch etwas dauert. Er befindet sich in einer wichtigen Besprechung. Ihr mögt Euch so lange gedulden.«

Die Tür wurde wieder zugezogen, fiel jedoch nicht ins Schloss. Breandán konnte die Stimmen mehrerer Männer vernehmen und überlegte schon, ob er die Tür schließen sollte. Doch er entschied sich dagegen. Er wollte nicht den Eindruck erwecken, er habe die Tür öffnen wollen, um zu lauschen.

»Die Holländer haben die Ausrüstung ihrer Flotte beendet und werden in Kürze in See stechen«, hörte Breandán einen der Männer sagen. »Sie sind den Engländern überlegen, was die Anzahl der Schiffe und die Menge an Schießpulver betrifft, über die sie verfügen. Außerdem wird die holländische Flotte von Admiral de Ruyter befehligt, dem weder Prinz Rupert noch der Herzog von Albemarle das Wasser reichen können. Die nächste Schlacht zwischen Holländern und Engländern dürfte also spannend werden.«

»Umso mehr, da die Engländer damit rechnen werden, dass wir ihren Feinden zu Hilfe kommen«, ließ sich der Minister Colbert vernehmen. »Man hat mir zuverlässige Nachrichten zugetragen, dass die Engländer unsere Flotte an der Zufahrt zum Ärmelkanal vermuten. Sie gehen davon aus, dass wir bei Ausbruch einer Schlacht unseren Verbündeten beistehen werden.«

»Seid Ihr sicher, dass die Engländer nichts davon ahnen, dass wir unsere Flotte von Toulon in den Tejo verlegt haben, Monsieur le Ministre?«, fragte der andere Mann.

»Ganz sicher. Seine Majestät hat dem Duc de Beaufort geheime Anweisung erteilt, unsere Flotte aus den Kämpfen herauszuhalten.«

»Solange die Engländer glauben, dass sie es sowohl mit der holländischen Flotte wie der unseren zu tun haben, sind sie entschieden im Nachteil. Das wird sie vermutlich in der nächsten Schlacht den Sieg kosten.«

»Sehr wahrscheinlich sogar«, bekräftigte Colbert. »Hoffen wir, dass eine Niederlage Seine Majestät den König von England endlich zur Vernunft bringt und er sich zu Friedensverhandlungen bereit erklärt.«

Breandán hielt den Atem an. Selbst gegen seinen Willen konnte er nicht anders, als dem Gespräch im Kabinett nebenan zu lauschen. Die Bedeutung dessen, was er da mit anhörte, war ihm sofort klar. Die Engländer richteten sich auf eine Seeschlacht gegen zwei mächtige Feinde ein, deren Flotten aus entgegengesetzten Richtungen in den Ärmelkanal segeln würden.

Um nicht in der Mitte zwischen ihnen eingekeilt zu werden, würden die Engländer ihre Flotte aller Wahrscheinlichkeit nach teilen, um beide Gegner getrennt anzugreifen. Colbert hatte Recht. Eine derartige Strategie hätte für sie mit Sicherheit eine Niederlage zur Folge. Wenn sie dagegen wüssten, dass die Franzosen keinerlei Absicht hatten, ihren holländischen Verbündeten zu Hilfe zu kommen, mochten sie die nächste Schlacht und damit vielleicht sogar den Krieg für sich entscheiden.

Der Gedanke, dass er, Breandán, ein armer Söldner und Tagelöhner, im Besitz eines geheimen Wissens war, das über Sieg oder Niederlage eines ganzen Landes entscheiden konnte, amüsierte ihn. Ein nie gekanntes, berauschendes Gefühl von Macht stieg in ihm auf. Hier ergab sich für ihn endlich die Gelegenheit, Rache an den arroganten Engländern zu nehmen, durch die er und seine Familie so viel Leid erfahren hatten. Wenn er schwieg, würden sie einen hohen Preis zahlen. Andererseits waren ihm die Holländer, die Anhänger Calvins, auch nicht besonders sympathisch, und es missfiel ihm, sie als Sieger sehen zu müssen. Das Verlangen nach Rache, das ihn erfüllt hatte, schwand allmählich und ließ einen bitteren Geschmack zurück. Mit einem Mal wusste er, dass eine Niederlage der Engländer ihm unter diesen Umständen keine Befriedigung bereiten würde. Was sollte er also tun? Lord Holles, den englischen Gesandten, aufsuchen und ihn davon in Kenntnis setzen, dass die französische Flotte sich auf keine Schlacht einlassen würde? Aber würde Seine Lordschaft, der nicht als besonders klug galt, ihm glauben?

Breandáns Blick kehrte wieder zu der angelehnten Tür zurück, hinter der noch immer gesprochen wurde. Und zum wiederholten Mal stellte er sich die Frage: Weshalb stand diese Tür offen? Hatte der Schreiber sie tatsächlich so nachlässig geschlossen, obwohl er gewusst haben musste, dass das Gespräch geheim bleiben sollte? Breandáns schlechte Erfahrungen hatten ihn zu einem misstrauischen Menschen gemacht. Er glaubte nicht an Zufälle. Irgendetwas war hier faul!

Während er noch über die seltsamen Umstände nachdachte, die ihm das kostbare Wissen beschert hatten, erschien erneut der Schreiber in der Tür und teilte ihm mit, dass Monsieur Colbert zu beschäftigt sei, um ihn zu empfangen. Man würde ihn an einem anderen Tag erneut rufen lassen. Breandáns Misstrauen verstärkte sich. Natürlich kam es vor, dass auch Besucher von größerer Bedeutung als er vergeblich darauf warteten, zu dem einflussreichen, aber auch überarbeiteten Minister vorgelassen zu werden. Und doch mochte er auch hier nicht so recht an einen Zufall glauben.

Breandán begab sich zu den Ställen, in denen er sein Reitpferd untergestellt hatte, sattelte es und führte es auf den Hof. Während er aufstieg, sah er sich unauffällig um. Tatsächlich entdeckte er einen Mann, der denselben Weg vom Schloss zu den Ställen nahm, wie er kurz zuvor, und sich von einem der Stallburschen ein gesatteltes Pferd geben ließ. Breandán schlug den Weg nach Paris ein und ließ sein Reittier in gemächlichem Schritt gehen. Der Mann folgte ihm. War er ein Bote, der eine Nachricht überbringen sollte, würde er die langsameren Reisenden überholen. Doch er tat es nicht. Da erhärtete sich Breandáns Verdacht, dass man den Mann hinter ihm hergeschickt hatte, um ihn zu beschatten und so festzustellen, was er mit seinem so überraschend gewonnenen Wissen anfangen würde. Breandán vermutete, dass entweder der König selbst oder sein schlauer Minister Colbert nach einem Weg gesucht hatte, um herauszufinden, ob er nicht doch vielleicht ein englischer Spion war, bevor man ihn mit einer bedeutenden Mission betraute. Breandán lächelte befriedigt. Er war ihnen also wichtig genug, dass sie sich die Mühe machten, ihn auf die Probe zu stellen.

Den Engländern eine Warnung zukommen zu lassen, war damit allerdings unmöglich geworden. Breandán zweifelte nicht daran, dass das, was er über die Strategie der französischen Flotte gehört hatte, der Wahrheit entsprach, doch er war sich ebenso sicher, dass man strenge Vorkehrungen getroffen hatte, um ihn daran zu hindern, sein Wissen weiterzugeben. Selbst wenn es ihm gelänge, unbeobachtet zu Lord Holles vorzudringen, würden die Franzosen Seiner Lordschaft sicherlich keine Gelegenheit geben, König Charles zu benachrichtigen. Breandán blieb nichts anderes übrig, als sein Wissen für sich zu behalten.

Flüchtig sah er sich zu seinem Bewacher um, der sichtlich Mühe hatte, sein Pferd daran zu hindern, das gemächlich dahintrottende Reittier des Verfolgten zu überholen. Mit einem abfälligen Lächeln nahm Breandán die Zügel auf und trieb sein Pferd zum Galopp, um den Mann hinter ihm ein wenig ins Schwitzen zu bringen.

Zweiundzwanzigstes Kapitel

Amoret sah sich mit kritischem Blick in Jeremys Dachkammer um und rümpfte die Nase.

»In etwa so geräumig wie ein Mauseloch. In meinem Haus hättet Ihr es bequemer gehabt, Pater.«

Der Jesuit lächelte nachsichtig.

»Daran zweifele ich nicht, Madam. Aber darf ich Euch daran erinnern, dass ich das Gelübde der Armut abgelegt habe? An einem bescheidenen Ort wie diesem fühle ich mich wohler.«

Amoret ließ sich auf die einfache Bettstatt sinken, die einer Gefängnispritsche glich.

»Ich sorge mich eben um Euch«, sagte sie sanft. »Als Ihr noch bei Meister Ridgeway gewohnt habt, konnte ich zumindest sicher sein, dass für Euer leibliches Wohl gesorgt war.«

»Glaubt mir, Madam, es geht mir gut hier«, bekräftigte er.

Amoret verzog zweifelnd ihr Gesicht, widersprach jedoch nicht. Nach einer kurzen Pause fragte sie: »Habt Ihr in der letzten Zeit mit Meister Ridgeway gesprochen?«

»Er war vor drei Tagen hier. Aber warum interessiert Euch das?«

Ohne auf seine Frage einzugehen, bemerkte sie: »Dann wisst Ihr es noch gar nicht.«

»Was denn?«

»Dass Ihr ihm Unrecht getan habt!«, antwortete Amoret kampflustig. »Nun, es sieht Alan ähnlich, Euch nichts davon zu sagen. Er würde Euch nie Vorwürfe machen. Ihr aber habt Euren besten Freund ohne zu zögern verurteilt, als man ihn beschuldigte, ein junges Mädchen geschwängert zu haben. Dabei war sie schon schwanger, als sie zu ihm ging und sich ihm schamlos anbot.«

Jeremy sah sie erstaunt an. »Anne war bereits schwanger? Woher wisst Ihr das?«

»Meister Ridgeway hat es mir erzählt. Anne Laxton hat ihn ermuntert, um ihn dann später zur Heirat zu nötigen.«

Jeremys Blick richtete sich ins Leere, die Züge seines Gesichts spannten sich, als er angestrengt nachdachte. »Deshalb also war sie so verzweifelt, als ihre Mutter ermordet wurde. Als Hebamme war sie die Einzige, die ihr hätte helfen können. Jetzt wird mir auch klar, was es mit dieser seltsamen Krankheit auf sich hatte, an der Anne einige Tage darauf litt. Es war nicht die Suppe, die ihr nicht bekommen war, noch war es ein Mordanschlag! Sie hat sich selbst mit einem der Rezepte ihrer Mutter vergiftet, in der Hoffnung, die ungewollte Frucht abzutreiben.«

Sichtlich erschüttert sprang der Jesuit von seinem Schemel auf und begann, in der Kammer auf und ab zu gehen.

»Ich muss blind gewesen sein! Ich habe das Mädchen untersucht. Da hätte ich doch etwas bemerken müssen! Wo hatte ich nur meine Augen?«

Amoret machte keinen Versuch, seinen Selbstanklagen zu widersprechen.

»Meister Ridgeway braucht Eure Freundschaft jetzt mehr denn je. Ihr solltet zu ihm gehen und Euch mit ihm aussprechen.«

Jeremy fühlte sich von ihr in die Enge getrieben. »Es ändert nichts an der Tatsache, dass Alan sich mit einem Mädchen eingelassen hat, von dem er annehmen musste, dass es noch Jungfrau war. Er hätte sich beherrschen müssen.«

»Pater, seid nicht so streng mit ihm«, sagte Amoret beschwörend. »Er ist kein Heiliger, das ist wahr. Aber dieses Mädchen hat sich alle Mühe gegeben, ihn zu verführen. Habt also ein wenig Nachsicht mit ihm!«

Jeremy musterte sie verwundert. »Ihr verteidigt ihn ja! Wieso seid Ihr auf einmal so an Meister Ridgeway interessiert?«

Sie antwortete nicht, sondern senkte den Blick.

»Ihr sagtet, er habe Euch alles erzählt. Hat er Euch etwa aufgesucht?«

»Nein. Als er vom Verrat seiner Frau erfuhr, betrank er sich. Ich habe mich bereit erklärt, ihn in meiner Kutsche nach Hause zu bringen, aber er wollte nicht. Da habe ich ihm eben meine Gastfreundschaft angeboten.«

»Das war zweifellos sehr freundlich von Euch, aber Ihr solltet die Neigung, die er Euch gegenüber hegt, nicht auch noch unterstützen«, tadelte Jeremy.

Wieder vermied sie es, seinem Blick zu begegnen. Misstrauisch trat er näher. Er wusste selbst nicht, weshalb ihn die Ahnung überkam, dass zwischen ihr und Alan etwas vorgefallen war.

»Mylady!«, sagte er streng. »Ihr habt doch nicht ...«

Amoret hob den Kopf und sah ihn mit funkelnden Augen an. »Ja, Pater, wir haben! Er brauchte Trost und ich ebenfalls. Ich hatte es satt, allein dazusitzen und auf einen Besuch des Königs zu warten ... und auf einen Mann, der mich vergessen hat! Ich habe Meister Ridgeway immer gern gehabt. Warum sollten wir also nicht für ein paar Stunden der Wirklichkeit entfliehen?«

»Mylady, Ihr habt einen Mann leichtfertig zum Ehebruch verleitet!«

»Ehebruch? Von welcher Ehe sprecht Ihr? Die Göre, die sich Alans Ehefrau nennt, hat ihm einen Bastard untergeschoben.«

»Es ist nicht an Euch, darüber zu urteilen.«

»Pater, nach katholischem Kirchenrecht sind die beiden ja nicht einmal verheiratet.«

Verärgert wandte sich Jeremy ab. Sie hatte einen Punkt angesprochen, den er nicht leugnen konnte und der ihm seit Alans Heirat im Magen lag. Wiederholt hatte er seinen Freund daran erinnert, dass er mit Anne in Sünde lebte, solange er sich nicht von einem katholischen Priester trauen ließ, doch Alan war starrsinnig geblieben.

Hilflos hob Jeremy die Hände zur Decke. »Warum bin ich nur von unverbesserlichen Sündern umgeben, oh Herr?«

Er wandte sich wieder Amoret zu. »Und was ist mit Breandán?«, fragte er vorwurfsvoll.

»Ihr seht doch, dass er nicht zurückkehren wird«, erwiderte Amoret verbittert. »Ihr selbst habt doch die Hoffnung ausgesprochen, dass er sein Glück an einem anderen Ort suchen wird. Anscheinend hat er dies getan!«

Jeremy ließ die Schultern sinken.

»Habt Ihr die Absicht, die Liebschaft mit Alan weiterzuführen, Mylady?«

»Ich weiß nicht. Aber wenn er zu mir kommen sollte, werde ich ihn nicht abweisen.«

»Wo soll das nur hinführen, meine Tochter?«

»Pater, Meister Ridgeway braucht vor allem einen Freund. Er hätte es gar nicht nötig, sich bei mir auszusprechen, wenn Ihr ihm geduldiger zuhören würdet.«

Er antwortete nicht, sondern starrte zum Fenster hinaus auf das gleichmäßig dahinströmende Wasser der Themse.

»Warum sucht Ihr ihn nicht auf?«, schlug Amoret vor. »Er würde sich bestimmt über Euren Besuch freuen.«

Sie erhob sich von der Bettstatt, legte ihren Umhang aus dunkelbraunem Taft um und nahm die Maske in die Hand, die verhindern sollte, dass man sie auf der Straße als Lady St. Clair erkannte.

»Ich werde jetzt gehen, damit Ihr in Ruhe nachdenken könnt.«

Jeremy wandte sich um und sah ihr nach. Vielleicht hatte sie

Recht. Wenn er Alan gegenüber mehr Verständnis gezeigt hätte, wären die beiden womöglich nie zusammengekommen. Kurz entschlossen steckte er ein paar Münzen ein und verließ die Kammer.

Alan war erfreut, den Priester zu sehen, trotz seines schlechten Gewissens wegen Amoret. Jeremy sprach die Angelegenheit nicht an, um Streit zu vermeiden. Stattdessen fragte er, wie es seinem Freund in den letzten Tagen ergangen sei.

»So weit gut«, versicherte Alan ausweichend und wechselte rasch das Thema. »Übrigens, gut, dass Ihr gekommen seid. Es ist etwas Merkwürdiges vorgefallen, das ich Euch erzählen wollte. Seit einigen Tagen lungert draußen vor dem Haus ein Bettelweib herum.«

Er berichtete von dem Wortwechsel, den er zwischen Anne und der Fremden mit angehört hatte.

»Leslie? Wer ist Leslie?«, wunderte sich Jeremy, als der Wundarzt geendet hatte.

»Das habe ich mich auch gefragt. Leider hatte ich bisher keine Gelegenheit, es herauszufinden.«

»Ist diese Frau jung oder alt?«

»Ziemlich jung, würde ich sagen.«

»Ist Euch sonst noch etwas an ihr aufgefallen?«

»Sie erschien mir etwas seltsam.«

»Seltsam? In welcher Hinsicht?«

»Na, Ihr wisst schon, seltsam eben. Sie hatte einen unsteten, fast entrückten Blick, wie man ihn bei den armen Teufeln im Bedlam sieht.«

»Ihr wollt sagen, sie schien verwirrt zu sein.«

»Mehr als das. Als ich mich ihr näherte, geriet sie in Panik, trotz meiner Versuche, sie zu beschwichtigen. Ich denke, sie ist verrückt.«

»Verstehe.«

Jeremy verfiel ins Grübeln. Dann hob er plötzlich den Blick zu seinem Freund und fragte: »Wann habt Ihr die Frau zuletzt gesehen?«

»Gestern.«

»Heute noch nicht?«

»Nun, ehrlich gesagt war ich zu beschäftigt, um nachzusehen.«

Energisch nahm Jeremy Alan beim Arm und zog ihn zum Fenster der Offizin.

»Schaut Euch genau um und sagt mir, ob Ihr sie irgendwo seht.«

Der Wundarzt ließ den Blick schweifen und hob schließlich die Hand. »Dort, auf der anderen Straßenseite. Das ist sie.«

»Dann lasst uns mit ihr sprechen!«, entschied der Jesuit und öffnete die Tür.

Alan folgte ihm. »Sie wird weglaufen, wenn sie Euch bemerkt«, prophezeite er.

»Ich denke, das kann ich verhindern.«

Die in Lumpen gekleidete Frau lehnte an einer Hauswand, den Blick starr auf das Haus des Chirurgen gerichtet. Als sie die beiden Männer auf die Straße heraustreten und auf sie zukommen sah, erschrak sie und schob sich Schritt für Schritt an der Wand in ihrem Rücken entlang. Offenbar zögerte sie, den Schutz, den sie bot, zu verlassen, und so gelang es Jeremy, recht nah an sie heranzukommen. Beschwichtigend breitete er die Arme aus und zeigte ihr seine leeren Handflächen.

»Ich tue Euch nichts«, sagte er sanft. »Ich möchte nur mit Euch sprechen.«

Die Bettlerin warf angstvoll den Kopf hin und her, ihr Blick suchte nach einem Fluchtweg.

»Kommt nicht näher!«, rief sie.

Gehorsam blieb Jeremy stehen.

»Ihr seid Mary, nicht wahr? Man nennt Euch die ›verrückte Mary‹.«

Ihre Augen wurden weit vor Erstaunen und richteten sich auf sein Gesicht. Sie nickte.

»Und Leslie ist Euer Kind?«

»Ja, mein Sohn«, antwortete sie.

»Was ist mit Leslie geschehen?«

Das Bettelweib begann zu zittern. Dann hob sie die Hand und deutete auf Alans Haus. »Sie hat ihn mir weggenommen! Sie und die andere!«

Jeremy und Alan wechselten verwunderte Blicke.

»Sie meint Anne und ihre Mutter«, konstatierte der Wundarzt.

»Wir möchten Euch helfen«, wandte sich Jeremy wieder an die Bettlerin. »Wollt Ihr nicht ins Haus kommen und uns alles in Ruhe erzählen?«

Die Frau schüttelte wild den Kopf. Sie wurde der Erregung, die sie übermannte, nicht mehr Herr. Als Jeremy vorsichtig einen Schritt in ihre Richtung machte, stöhnte sie auf und lief davon. Alan wollte ihr folgen, doch der Jesuit hielt ihn zurück.

»Nein, lasst sie. Das würde sie nur noch mehr erschrecken. Warten wir lieber, bis sie von selbst zurückkommt. Und das wird sie, da bin ich sicher.«

»Was hat das alles zu bedeuten?«

»Ich weiß es nicht genau. Aber ich denke, es ist Zeit, Eure Gattin zur Rede zu stellen.«

Während sie ins Haus zurückkehrten, fragte Alan neugierig: »Woher wusstet Ihr eigentlichen den Namen der Frau?«

»In Margaret Laxtons Rechnungsbuch ist von einer ›verrückten Mary‹ die Rede, bei der die Hebamme eine Entbindung vorgenommen hat. Leider war es mir bisher nicht gelungen, sie zu finden. Als Ihr sagtet, die Bettlerin sei verwirrt, habe ich mich gefragt, ob sie diese ›verrückte Mary‹ sein könnte. Und ich hatte Recht! Vielleicht weiß sie etwas über den Mord. Aber zuerst einmal müssen wir herausfinden, was mit ihrem Kind passiert ist.«

Anne war in der Küche damit beschäftigt, den Teig für eine Innereienpastete zuzubereiten, als die beiden Männer eintraten. Sie grüßte den Priester höflich, doch ihr Gesicht verriet nur allzu deutlich, was sie von seinem Besuch hielt.

»Ich würde Euch gerne ein paar Fragen über ein Bettelweib stellen, das sich seit einigen Tagen vor dem Haus herumtreibt, Madam«, bat Jeremy.

Anne hielt in ihrer Arbeit inne und sah ihn verständnislos an.

»Ich habe schon mehrmals versucht, sie fortzujagen. Ohne Erfolg!« Leicht gereizt wandte sie sich an Alan. »Ihr solltet endlich die Büttel rufen, damit sie sie ins Bridewell bringen, sonst tue ich es.«

Jeremy ließ ihre Bemerkung unbeachtet. »Ihr kennt diese Frau, Madam. Eure Mutter hat sie im Januar von einem Kind entbunden, umsonst übrigens, da sie offensichtlich zu arm war, um sie für ihre Mühe zu entschädigen.«

»Ich kann mich nicht an sie erinnern!«, erwiderte Anne abweisend.

»Leugnen ist zwecklos!«, sagte Jeremy hart. »Eure Mutter hat die Entbindung in ihrem Rechnungsbuch vermerkt.«

Anne presste die Lippen zusammen und wandte sich wieder ihrem Teig zu. »Na, wenn schon. Ihr könnt nicht erwarten, dass ich mich an jedes Bettelweib erinnere, zu dem man meine Mutter gerufen hat. Sie konnte sich ihre Kunden nicht immer aussuchen.«

»Was ist aus dem Kind geworden?«

»Was weiß ich! Wahrscheinlich ist es gestorben. Diese verrückte Person konnte sich doch gar nicht um ein Kind kümmern.«

»Ihr erinnert Euch also doch!«

Anne warf dem Jesuiten einen finsteren Blick zu. »Was wollt Ihr eigentlich von mir?«

»Diese arme Frau beschuldigt Eure Mutter, ihr das Kind weggenommen zu haben. Ich möchte wissen, ob das wahr ist.«

»Warum sollte sie das getan haben? Ich denke eher, dass Gott der Herr ihr den armen Wurm genommen hat. Schließlich war es Winter. Sie wird das Kind nicht warm gehalten haben. Und nun sucht sie einen Sündenbock.«

»Wisst Ihr wirklich nicht mehr?«, bohrte Jeremy weiter.

»Nein, das sagte ich doch schon. Und nun geht und lasst mich meine Arbeit tun, sonst bekommt Euer Freund kein Essen auf den Tisch.«

Jeremy sah ein, dass er sie nicht zum Reden zwingen konnte.

»Ihr habt mein tiefstes Mitgefühl, Alan«, brach es spontan aus ihm hervor, als sie in die Chirurgenstube zurückkehrten. »Also bleibt uns nichts anderes übrig, als die ›verrückte Mary‹ noch einmal zu befragen. Morgen ist der Tag des Herrn. Da werde ich keine Zeit finden, herzukommen. Aber am Montag kann ich es bestimmt einrichten.«

»Gut«, stimmte Alan zu.

Jeremy nahm ihn zur Seite. »Lady St. Clair hat mir erzählt, dass Anne bereits schwanger war, als sie Euch damals aufsuchte. Habt Ihr Euch mit Eurer Frau ausgesprochen?«

Alan schüttelte den Kopf. Er fürchtete sich, das Thema anzusprechen, weil ihn sein Zorn erneut übermannen und er den Drang, sie zu schlagen, womöglich nicht mehr beherrschen könnte. So hatte er eine Aussprache bisher vor sich hergeschoben.

Jeremy fixierte ihn mit strengem Blick. »Ihr werdet doch morgen zur Messe kommen und die Beichte ablegen.«

Alan begann nervös, von einem Fuß auf den anderen zu treten. »Ich weiß nicht, ob ich hier wegkomme.«

»Alan, ich weiß, was zwischen Euch und Lady St. Clair vorgefallen ist. Wir müssen darüber reden.«

Der Wundarzt seufzte ergeben. »Also gut, ich werde kommen.«

Der Montag ging vorüber, ohne dass sich die »verrückte Mary« vor Alans Haus sehen ließ, der Dienstag und der Mittwoch ebenso. Am Donnerstag beschloss Jeremy, sich auf die Suche nach ihr zu machen.

»Wo wollt Ihr denn anfangen zu suchen?«, fragte Alan.

»In der Nähe der Duck Lane, wo Margaret Laxton wohnte. Wer immer sie zu der Bettlerin rief, hat sicherlich nach der nächstbesten Hebamme gefragt.«

»Das leuchtet mir ein.«

»Beginnen wir auf dem Smithfield-Markt. Dort können Bettler noch am ehesten hoffen, etwas Essbares zu ergattern.«

Die beiden Freunde begaben sich zu Fuß nach Smithfield und trennten sich, als sie den Markt erreicht hatten. Es war noch früh am Morgen. Rinder- und Schafherden wurden vom Land durch die Straßen von London getrieben, um dann in Smithfield geschlachtet zu werden. Das Brüllen und Stampfen unzähliger Tiere und die Rufe der Treiber verursachten einen ohrenbetäubenden Lärm, der die Anwohner Tag für Tag belästigte. Immer wieder traf Jeremy auf einzelne Bettler, die mit hungrigen Blicken die Schlachter beobachteten, die sich mit über die Ellbogen hochgekrempelten Ärmeln daranmachten, die Tiere nacheinander vom Leben zum Tode zu befördern und sie danach auszunehmen. Bald floss das Blut über das Steinpflaster, das den Boden bedeckte, und begann die Abflüsse zu verstopfen, die man zu Anfang des Jahrhunderts angelegt hatte, um der gröbsten Verschmutzung abzuhelfen. Die Innereien der geschlachteten Rinder wurden von den Lehrlingen achtlos in die Abflussgräben geworfen. Sofort fanden sich die Bettler ein und wühlten mit den Händen in den blutigen Gedärmen auf der Suche nach verwertbaren Stücken.

Jeremy sah in die Gesichter der Armen, in der Hoffnung, dass Mary unter ihnen war. Doch der Vormittag verstrich, ohne dass er fündig wurde. Auch Alan war erfolglos geblieben.

»Es wird uns nichts anderes übrig bleiben, als Marys ›Zunftgenossen‹ nach ihr zu fragen«, entschied Jeremy.

Der Jesuit näherte sich einem in Lumpen gekleideten Burschen, dessen Beine verkrüppelt waren, und gab ihm einen Shilling.

»Wir suchen die ›verrückte Mary‹. Weißt du vielleicht, wo sie sich aufhalten könnte?«

Der junge Mann grinste spöttisch. »Sind wir nicht alle verrückt? Verrückt, zu glauben, dass auch wir in den Genuss der Gnade Gottes kommen werden!« Mit diesen Worten hinkte er davon.

»Das wird eine kostspielige Angelegenheit«, bemerkte Alan sarkastisch. »Diese Leute halten zusammen. Sie werden uns keine Auskunft geben.«

»Vielleicht nicht, aber wir müssen es trotzdem weiterhin versuchen«, beharrte Jeremy. »Ich fange an, mir Sorgen um Mary zu machen.«

Sie weiteten ihre Suche auf die umliegenden Gassen aus und sahen in jeden Hauseingang, in dem ein Bettler Unterschlupf finden konnte. Hin und wieder machte Jeremy den Versuch, einen von ihnen zum Sprechen zu bringen.

Eine weißhaarige alte Frau, die auf einer Holzkiste neben einem Misthaufen saß, blickte die beiden Männer misstrauisch an, als sie nach Mary fragten. »Was wollt Ihr von ihr?«

»Wir möchten nur mit ihr sprechen«, versicherte Alan.

»Ich hab sie seit 'ner Woche nicht mehr gesehen. Sie kam nicht mehr oft in die Gegend.«

»Sagte sie, warum?«

»Sie war auf der Suche nach ihrem Kind, irgendwo in der Nähe von St. Paul's.«

»Hat sie gesagt, was mit ihrem Kind passiert ist?«

»Jemand soll es ihr weggenommen haben. Vor ein paar Wochen sagte sie, sie hätte die Person gefunden, die das getan hat. Mary wollte sie so lange beobachten, bis sie sie zu ihrem Kind führen würde.«

Mehr wusste die Alte nicht. Jeremy gab ihr einen Shilling, und die Frau schenkte ihm dafür ein zahnloses Lächeln.

»Sie hat uns nichts erzählt, was wir nicht schon wussten«, kommentierte Alan.

»Nein. Aber es bestätigt, dass Mary nichts wichtiger war, als ihr Kind zu finden. Ich frage mich nur, weshalb sie es aufgegeben hat, vor Eurem Haus zu wachen und Anne immer wieder anzusprechen.«

»Vielleicht hat sie eingesehen, dass Anne nichts über ihr Kind weiß.«

»Aber wohin ist sie dann gegangen? Wir müssen noch einmal mit Eurer Gemahlin sprechen.«

Anne reagierte noch gereizter als beim ersten Mal, als der Jesuit sie erneut nach der Bettlerin fragte.

»Ich bin froh, dass sie endlich weg ist!«, rief sie.

»Habt Ihr womöglich Eure Drohung wahrgemacht und die Büttel gerufen, als ich nicht im Haus war?«, fragte Alan vorwurfsvoll.

»Nein. Das war zum Glück nicht mehr nötig. Am Sonntag lief sie meiner Tante und mir noch zur Kirche nach, aber dann habe ich sie nicht mehr gesehen.«

Alan wurde mit einem Mal nachdenklich. »Ich erinnere mich, dass Ihr noch nicht zurück wart, als ich nach Hause kam. Wohin seid Ihr und Eure Tante nach dem Gottesdienst gegangen?«

»Nirgendwohin!«, antwortete Anne gereizt. »Es war eine lange Predigt. Sie hätte Euch übrigens gut getan, denn es ging um die abscheuliche Sünde des Ehebruchs.«

Alan schnitt eine Grimasse und wandte sich ab. Jeremy folgte ihm.

»In dieser Hinsicht muss ich ihr Recht geben«, bemerkte der Jesuit spitz.

Alan bemühte sich, von dem leidigen Thema abzulenken. »Was nun? Wo wollt Ihr jetzt noch suchen?«

»Ich gehe noch einmal nach Smithfield zurück und schaue mich in den umliegenden Kirchhöfen um. Ihr könnt mich gerne begleiten, wenn Ihr wollt.«

Alan schluckte seinen Ärger hinunter und nickte.

Wieder erkundigten sie sich bei Marys »Zunftgenossen« nach der Vermissten, trafen bei den Armen jedoch nur auf eine Mauer des Schweigens. Man begegnete ihnen mit äußerstem Misstrauen. Jeremy bedauerte es, dass die »verrückte Mary« nicht in einer Gegend lebte, in der es Katholiken gab, die ihn kannten und ihm gerne bei der Suche geholfen hätten.

»Es hat keinen Sinn«, stellte Alan schließlich am dritten Tag ihrer ergebnislosen Suche fest. »Vielleicht taucht sie ja von selbst wieder auf.«

Jeremy schüttelte nachdenklich den Kopf.

»Sie hätte freiwillig nie aufgegeben, vor Eurem Haus zu wachen und Anne immer wieder nach ihrem Kind zu fragen. Entweder hat sie es gefunden oder ...«

»Ihr meint, es könnte ihr etwas passiert sein?«

»Ja, ich fürchte es ...«

Dreiundzwanzigstes Kapitel

Seufzend musterte Jeremy die grob zusammengezimmerten Hütten, die sich in einem unübersichtlichen Gewirr bis zum Fluss hinunterzogen. Die elenden Behausungen bestanden hauptsächlich aus verrottetem Lattenwerk, dessen Putz überall abbröckelte und den Wind hindurchpfeifen ließ. Ein Überzug aus Pech sollte das Holz gegen Regen und Schnee schützen. Düstere schmale Durchgänge verbanden die Bruchbuden miteinander. Hier lebten Dockarbeiter, Flussschiffer und andere Tagelöhner, denen die Themse ein karges Auskommen bot. Einige von ihnen waren Katholiken, die nun Jeremys Verantwortung unterstanden. Er hatte sich rasch ein Bild davon gemacht, wer seiner Hilfe am dringendsten bedurfte, und verteilte regelmäßig Almosen, um die größte Not zu lindern. Das nötige Geld stammte fast ausnahmslos von Lady St. Clair. Jeremy war bei den Armen jedoch nicht allein als Priester tätig, sondern oft auch als Arzt. Die Baracken wimmelten von Ungeziefer, und Krankheiten waren unter den meist unterernährten Bewohnern weit verbreitet. Jeremy versuchte zu helfen, wo er konnte, doch wie sehr er sich auch bemühte, seine Kräfte waren bei weitem nicht ausreichend.

Die Dämmerung hatte bereits eingesetzt, als sich der Jesuit von seinem Rundgang auf den Heimweg machte. Er war müde und betrübt von den Eindrücken des Tages, und so bemerkte er nicht gleich, was in der Gasse, die er entlangschritt, geschah. Vor ihm entstand ein Aufruhr. Eine energische Stimme schrie Befehle, Stiefel stampften auf den Boden, dann splitterte Holz, als eine Tür eingeschlagen wurde. Warnrufe erklangen, Frauen schrien, und wieder brüllte jemand Anweisungen: »Treibt sie zusammen! Und lasst keinen entwischen!«

Für einen Moment stand Jeremy starr vor Schreck da. Auch wenn die Prärogative des Königs die Katholiken schützte, war es jederzeit möglich, dass die Verfolgung wieder aufflammte, und so war sein erster Impuls, sich im Schatten eines Hauseingangs zu verbergen. Vorsichtig sah er sich um, um herauszufinden, wo der Aufruhr war. Ein schwacher Lichtschein in einem der oberen Fenster einer Schenke schräg gegenüber dem Haus, an dessen Wand er Schutz suchte, erregte schließlich seine Aufmerksamkeit. Jeremy wagte sich ein wenig vor, um besser sehen zu können. Vor der Tür der Schenke standen Soldaten und trieben eine Gruppe von Leuten zusammen, die in einfache dunkle Gewänder gekleidet waren. Jeremy erriet, dass es sich um Quäker handelte. Vor zwei Jahren war ein Gesetz erlassen worden, das allen Independenten, Anabaptisten und Quäkern verbot, sich zum Gottesdienst zusammenzufinden. Trafen sich mehr als vier Personen in einem Haus, galt dies als Versammlung, und die Schuldigen erwartete eine Geldstrafe. Bei wiederholter Zuwiderhandlung drohte ihnen der Kerker oder die Verbannung in die amerikanischen Kolonien.

Jeremy wagte nicht, sich zu rühren, aus Angst, die Aufmerksamkeit der Soldaten auf sich zu ziehen und gleichfalls verhaftet zu werden. Mit einem Mal sah er, wie das Fenster im Obergeschoss geöffnet wurde und eine Gestalt nach draußen aufs Dach kletterte. Der Mann versuchte, sich unauffällig zu Boden gleiten zu lassen und in der Dunkelheit zu verschwinden, doch einer der Soldaten bemerkte ihn, alarmierte seine Kameraden und nahm die Verfolgung auf. Der Fliehende wandte sich in die Gasse, in der sich Jeremy verbarg, doch er kam nicht weit. Der Jagdinstinkt der Soldaten verlieh ihnen Flügel, und gerade als der Quäker auf der Höhe von Jeremys Versteck war, holten sie ihn ein. Der vorderste Soldat gab dem Mann einen Stoß in den Rücken und brachte ihn zu Fall. Im nächsten Moment kniete er sich auf sein Opfer, um es am Boden zu halten, vergrub die Finger in seinem Haar und zog seinen Kopf nach hinten. Jeremy konnte dem Quäker geradewegs in das schmerzverzerrte Gesicht blicken. Er sah, wie dieser die Zähne aufeinander biss, um ein Stöhnen zu unterdrücken, und verspürte tiefes Mitgefühl für den Mann. Obwohl er bisher Glück gehabt und eine derartige Behandlung aufgrund seines Glaubens nie am eigenen Leib erfahren hatte, konnte er sich ohne Mühe in die bedauernswerte Lage des Quäkers hineinversetzen.

Die Soldaten zerrten ihren Gefangenen auf die Beine und banden ihm die Hände auf den Rücken.

»Ins Newgate mit ihnen!«, ordnete der befehlshabende Offizier an.

Jeremy beobachtete, wie die Soldaten etwa zwanzig gefangene Quäker zusammentrieben und durch die Gasse abführten. Er rührte sich nicht, in der Hoffnung, dass sie ihn im Schatten des Hauseingangs nicht bemerken würden, und er hatte Glück. Nur der Mann, der zu fliehen versucht hatte, wandte den Kopf in Jeremys Richtung, und für einen Moment trafen sich ihre Blicke.

Als sie verschwunden waren, legte der Jesuit erleichtert den Kopf in den Nacken und atmete tief ein. Ein leichter Schwindel überkam ihn, und er musste sich eine Weile an die Tür in seinem Rücken lehnen, bis er sich wieder kräftig genug fühlte, seinen Weg fortzusetzen.

Die nächsten Tage begab sich Jeremy mit einem deutlichen Gefühl des Unbehagens auf die Straße, so stark war der Eindruck, den die Verhaftung der Quäker in ihm hinterlassen hatte. Gott gebe, dass es uns nicht auch eines Tages wieder so ergeht!, dachte er inbrünstig.

Am 29. Mai feierte man den Geburtstag des Königs und seine vor sechs Jahren erfolgte Rückkehr auf den Thron. Die Londoner entzündeten Freudenfeuer auf den Straßen, doch Jeremy hatte das Gefühl, dass der Jubel über die Jahre deutlich nachgelassen hatte. Charles machte es seinen Untertanen auch nicht gerade leicht, ihn zu lieben, so verschwenderisch wie seine Hofhaltung war.

Das Pfingstfest stand vor der Tür, und Jeremy musste sich seinen Predigten für die Feiertage widmen. Die »verrückte Mary« war noch immer nicht wieder aufgetaucht. Mittlerweile war sich der Priester sicher, dass ihr etwas zugestoßen war.

Als er von einer Besorgung in Southwark zurückkehrte und in Gedanken verloren die Palisade entlangging, die den unbebauten Teil der Brücke säumte, erregte plötzlich etwas seine Aufmerksamkeit. Er blieb stehen und lauschte gespannt. Wortfetzen drangen an sein Ohr: »Zieh doch mal ... sie hängt fest ... ach, lass doch ... da ist sowieso nichts zu holen ...«

Die Leichenfledderer!, durchzuckte es ihn.

Von einer unheilvollen Ahnung getrieben, suchte er zwischen den zehn Fuß hohen Latten der Palisade nach einer Lücke. Schließlich gelang es ihm, ein loses Brett zur Seite zu schieben. Auf dem Pfeilerhaupt zu seiner Rechten, unmittelbar neben dem Wasserrad, bemühten sich zwei Männer, ein Bündel Lumpen aus dem Wasser zu ziehen, das offenbar dort hängen geblieben war. Als sie es endlich geschafft hatten, das Kleiderbündel auf den Eisbrecher zu zerren, begannen sie es sofort mit flinken Fingern zu durchsuchen.

»Da ist nichts«, schimpfte der eine. »Hab ich dir doch gleich gesagt, dass bei der nichts zu holen ist. Werfen wir sie zurück ins Wasser!«

»Nein!«, schrie Jeremy von oben.

Die Männer drehten überrascht die Köpfe.

»Ich gebe Euch einen Shilling, wenn Ihr sie an Land bringt«, versprach der Jesuit.

»Fünf!«, forderte der Leichenfledderer.

»Drei! Bringt sie zum ›Alten Schwan‹.«

Die Männer zuckten die Schultern, warfen das Bündel in ihr Boot und begannen zu rudern. Jeremy brauchte zu Fuß etwas länger zur Anlegestelle der Schenke als sie. Als er sie erreichte, hatten die Männer ihre Last bereits aus dem Boot befördert. Der Jesuit bezahlte sie und beugte sich dann über das tropfnasse, unförmige Lumpenbündel, das einmal ein Mensch gewesen war. Vorsichtig legte Jeremy das Gesicht frei. Obwohl es vom Wasser aufgedunsen war, hatte er keine Mühe, es zu erkennen. Zutiefst betroffen griff er sich an die Stirn. Auch wenn er gehofft hatte, dass die »verrückte Mary« noch am Leben sei, so war er doch nicht überrascht, sie nun tot vor sich liegen zu sehen. Jeremy machte sich heftige Vorwürfe, dass er nicht weiter nach ihr gesucht hatte. Vielleicht hätte er ihren Tod verhindern können. Bodenlose Erschöpfung überkam ihn.

Inzwischen hatten sich immer mehr Schaulustige genähert und begannen, ihn und die Tote neugierig zu umringen. Jeremy winkte einen etwa fünfzehnjährigen Jungen zu sich und fragte ihn: »Willst du dir einen Shilling verdienen?«

Der Knabe nickte eifrig.

»Hier sind sechs Pence. Nimm ein Boot zur Anlegestelle des Temple und lauf zur Chancery Lane. Dort fragst du nach dem Haus des Richters Sir Orlando Trelawney. Sag ihm, dass Dr. Fauconer dich mit der Nachricht schickt, dass es noch einen Mord gegeben hat und er zum ›Alten Schwan‹ kommen soll. Wenn du ihn in seinem Haus nicht antriffst, frag im Serjeants' Inn auf der Fleet Street nach. Seine Lordschaft wird deine Mühe großzügig belohnen.«

Als sich der Junge auf den Weg gemacht hatte, begann Jeremy, den Leichnam oberflächlich zu untersuchen. Das Erste, was ins Auge sprang, war die deutliche Strangfurche um den Hals der toten Frau. Der Jesuit drehte ihren Kopf hin und her, um sie genauer zu begutachten. Verwundert runzelte er die Stirn. Das war doch äußerst seltsam!

Als Nächstes wandte er sich den Händen zu, befreite sie aus den Lumpenfetzen und betrachtete sie eingehend. Um beide Handgelenke zogen sich Striemen. Die Entdeckung überraschte ihn nicht. Er hatte damit gerechnet.

Ungeduldig wartete Jeremy auf die Ankunft des Richters. Als er endlich dessen Kutsche vorfahren sah, erhob er sich von dem Bierfass, auf dem er gesessen hatte, und ging seinem Freund entgegen.

Die unerwartete Nachricht hatte Sir Orlando sichtlich in Erregung versetzt. »Es gibt noch eine Tote? Wer ist es?«

»Eine gewisse Mary. Ihr erinnert Euch doch, dass ich vor einiger Zeit die Namen in Margaret Laxtons Rechnungsbuch überprüft habe. Die einzige Frau, die ich damals nicht finden konnte, war eine Bettlerin, die man die ›verrückte Mary‹ nannte.«

»Ja, ich erinnere mich. Sie ist also tot!«

Jeremy machte eine Kopfbewegung in Richtung des Mitleid erregenden Bündels Lumpen.

»Ich bin sicher, dass sie demselben Mörder zum Opfer gefallen ist wie die Hebamme.«

»Und woher wollt Ihr das wissen?«, fragte der Richter erstaunt.

»Nun, ich muss mich entschuldigen, dass ich Euch nicht früher von ihrem Auftauchen unterrichtet habe, Mylord. Sie ist nämlich einige Zeit vor ihrem Tod zu Meister Ridgeways Haus gekommen und hat Margaret Laxtons Tochter beschuldigt, ihr das Kind weggenommen zu haben.«

Jeremy erzählte Trelawney in allen Einzelheiten von seinem Zusammentreffen mit Mary. Der Richter lauschte ihm gespannt, zuckte dann aber ratlos die Schultern.

»Glaubt Ihr denn diese Geschichte?«

»Ihr meint, weil die arme Frau verrückt war? Ich weiß nicht. Sie war so entschieden, dass etwas Wahres dran sein muss, auch wenn es sich vielleicht nicht so abgespielt hat, wie sie sagte.«

»Und in welchem Zusammenhang soll der Tod der Bettlerin mit dem Mord an der Hebamme stehen?«

»Das müssen wir eben herausfinden«, sagte Jeremy entschlossen. »Die Tatsache, dass sie ermordet wurde, beweist doch schon, dass es einen Zusammenhang gibt.«

»Vielleicht hat einer ihrer ›Zunftgenossen‹ sie getötet«, mutmaßte Trelawney.

Der fehlende Enthusiasmus des Richters stellte Jeremys Geduld auf eine harte Probe.

»Lasst mich die Leiche untersuchen, Mylord. Dann werde ich Euch beweisen, dass wir es mit demselben Mörder zu tun haben.«

»Also gut, wenn Ihr darauf besteht«, lenkte Sir Orlando ein.

Er gab seinen Bediensteten die Anweisung, die Leiche in die Schenke zu bringen, was diese mit angewiderten Mienen ausführten. Jeremy ließ sich eine Wasserschüssel und ein sauberes Tuch geben und begann, das Gesicht und die Hände der toten Frau zu waschen.

Sir Orlando trat zögernd näher. »Ihr wollt sie doch nicht etwa entkleiden«, meinte er verlegen.

»Wenn es zur Wahrheitsfindung nötig ist, ja«, antwortete der Jesuit ungerührt.

Er zerschnitt die Lumpen und suchte die Leiche nach Verletzungen ab.

»Es sind keinerlei Schuss- oder Stichwunden zu sehen. Die horizontal um den Hals verlaufende Strangfurche beweist, dass die Frau erdrosselt wurde. Und das hat mich anfangs stutzig gemacht.«

»So? Warum denn?«

Jeremy biss sich auf die Unterlippe. »Ich habe erlebt, wie scheu und ängstlich Mary war. Sie hätte niemanden nah genug an sich herangelassen, um sie zu berühren, geschweige denn, ihr einen Strick um den Hals zu legen. Und doch hat der Mörder sie nicht erschossen, wie er es bei Margaret Laxton tat.«

»Heißt das, sie hat ihn gekannt?«, überlegte Sir Orlando.

»Nicht unbedingt.«

Jeremy nahm die Hände der Leiche und zeigte dem Richter die Striemen. »Sie wurde gefesselt. An den Fußgelenken sind ähnliche Abschürfungen. Der Mörder hat sie nicht sofort getötet. Die Frage ist, warum!«

»Er könnte sie gefoltert haben, um sie zu zwingen, etwas preiszugeben, das nur sie wusste.«

Der Jesuit sah seinen Freund zweifelnd an. »Ich hatte nicht den Eindruck, dass sie etwas wusste. Es gibt jedoch noch eine andere Erklärung. Vielleicht befand sich der Mörder mit seinem Opfer an einem Ort, an dem er möglichst keine Spuren hinterlassen wollte. Wenn man einen Menschen mit einer Kugel oder einem Dolchstoß tötet, fließt sehr viel Blut, dasselbe ist der Fall, wenn man ihn erschlägt. Jemanden zu erwürgen oder mit einem Strick zu erdrosseln, ist dagegen eine vergleichsweise saubere Art zu töten. Außerdem macht es keinen Lärm.«

Prüfend beugte sich Jeremy noch einmal über die Leiche und besah sich den Bereich um den Mund. Ein leises Brummen verriet jedoch seine Enttäuschung.

»Leider ist das Fleisch schon zu sehr in Fäulnis übergegangen, sonst hätte man vielleicht feststellen können, ob sie geknebelt worden ist.«

»Das würde bedeuten, dass sie gefangen gehalten wurde«, kommentierte Trelawney.

»So ist es! Und wir können annehmen, dass sie im Haus des Mörders getötet worden ist.«

Der Priester wandte sich mit bedauernder Miene dem Leichnam zu. »Ein Jammer, dass er sie in den Fluss geworfen hat. Die Strömung hat alle Spuren weggespült.«

»Könnt Ihr sagen, wie lange sie im Wasser gelegen hat?«

Jeremy schüttelte den Kopf. »Bedauerlicherweise habe ich keine Erfahrung darin, wie man die entsprechenden Zeichen liest. Aber ich denke, dass es nicht lange dauert, bis ein Körper von einer der Anlegestellen der Stadt zur Brücke getrieben wird. Es hängt davon ab, ob gerade Ebbe oder Flut herrsche. Der Mörder hat sie sicherlich so lange gefangen gehalten, bis sich ihm eine Gelegenheit bot, sie unauffällig loszuwerden.«

»Aber wie ist sie überhaupt in sein Haus gelangt?«, warf Sir Orlando die alles entscheidende Frage in den Raum.

Jeremy konnte nur hilflos die Schultern zucken. »Ich weiß es nicht.« Er stieß einen ärgerlichen Seufzer aus. »Der Mörder hat diese arme Frau umgebracht, um zu verhindern, dass sie ihn verrät. Und es ist ihm gründlich gelungen. Wir befinden uns wieder in einer Sackgasse.«

»Was nun? Sollen wir warten, bis der Kerl erneut zuschlägt?«

Jeremy erbleichte. »Möge Gott der Allmächtige das verhindern! Ich kann es nicht.«

Eine Weile sahen sie einander schweigend an. Dann ließ sich der Priester ein grobes Leintuch geben und deckte den Leichnam damit zu.

»Die Leichenfledderer, die sie aus dem Wasser zogen, wollten sie in den Fluss zurückwerfen, als sie nichts von Wert bei ihr fanden«, sagte er leise. »Ich möchte, dass sie ein anständiges Begräbnis auf einem Kirchhof erhält. Auch wenn sie keine Katholikin war, fühle ich mich für sie verantwortlich.«

Sir Orlando nickte verständnisvoll. »Ich werde mich darum kümmern, darauf könnt Ihr Euch verlassen, mein Freund.«

Sie traten nach draußen in den warmen Sonnenschein, der die Oberfläche der Themse in ein gleißendes Schmuckband verwandelte. Sir Orlando beauftragte einen seiner Lakaien, sich zum Kirchenvorsteher des Sprengels zu begeben und das Begräbnis der armen Frau zu veranlassen.

»Nehmt es Euch nicht so zu Herzen«, sagte der Richter beschwichtigend. »Ihr hättet es nicht verhindern können. Der Bursche ist gerissen und äußerst gefährlich.« Er klopfte dem Priester tröstend auf die Schulter. »Etwas Ablenkung wird Euch gut tun. Ihr hattet mir versprochen, nach meiner Hochzeit eine Einladung zum Mittagsmahl anzunehmen, erinnert Ihr Euch?«

»Ja, natürlich, Mylord. Entschuldigt meine Unhöflichkeit, ich hätte fragen sollen, ob alles zu Eurer Zufriedenheit abgelaufen ist?«

»Nun, es gab einen ärgerlichen Zwischenfall mit James Draper. Er hat meine Gemahlin schwer beleidigt.« Trelawney berichtete dem Jesuiten die unerfreulichen Einzelheiten.

»Unser junger Mr. Draper scheint keinen Respekt vor Frauen zu haben«, bemerkte Jeremy missbilligend. »Seine zukünftige Gattin ist zu bedauern.«

»Wir wissen immer noch nicht, weshalb Margaret Laxton bei den Drapers war«, erinnerte ihn Sir Orlando.

»Es gibt in diesem Fall leider noch vieles, was wir nicht wissen. Überall stößt man auf Schweigen.«

»Wir können ja alles noch einmal in Ruhe durchsprechen, wenn Ihr zum Essen kommt«, schlug der Richter vor. »Wann wäre es Euch denn recht? Gleich nach Pfingsten, am Mittwoch vielleicht?«

»Ja, gerne, Mylord.«

»Ich lasse Euch abholen.«

Jeremy wollte noch etwas erwidern, als ein Donnern an seine Ohren drang und ihn verstummen ließ.

»Hört Ihr das auch, Sir?«

Sir Orlando lauschte angestrengt. »Gewitter?«

»Wohl kaum. Der Himmel ist wolkenlos«, widersprach der Priester stirnrunzelnd.

Sie bemerkten, dass auch andere Leute in ihrer Arbeit innehielten und die Ohren spitzten. Der Wind kam von Osten, vom Meer her und trug das Donnergrollen nach London.

Trelawney wurde mit einem Mal bleich.

»Kanonen! Das kann nur eins bedeuten. Unsere Flotte wurde in ein Gefecht verwickelt!«

Jeremy sah seinen Freund fragend an, denn er verstand dessen Besorgnis nicht. Der Richter begegnete seinem Blick und erklärte: »Ich habe heute Morgen noch mit Sir William Penn vom Marineamt gesprochen. Da man die französische Flotte in La Rochelle vermutet, hat man die unsrige geteilt. Prinz Rupert ist mit einem Geschwader von dreißig Schiffen nach Westen aufgebrochen, um die Franzosen anzugehen, während der Herzog von Albemarle mit der Hauptflotte in den Downs geblieben ist. Wenn er nun die Holländer gesichtet und sich auf ein Gefecht eingelassen hat, stehen die Chancen auf einen Sieg schlecht für uns. Ich denke, ich werde nach Greenwich fahren und sehen, ob es Neuigkeiten über den Stand der Dinge gibt. Wollt Ihr mich nicht begleiten?«

Jeremy stimmte zu, wollte sich aber zuvor den Leichengeruch von den Händen waschen und sich umziehen. Ein Boot brachte sie rasch nach Greenwich. An der Anlegestelle des Schlosses, das während des Commonwealth sehr gelitten hatte und abgerissen werden sollte, lag das Galaboot des Königs. Sir Orlando vermutete, dass sich Charles im Park aufhielt, wo man den Kanonendonner am besten hören konnte, und beschloss, Seiner Majestät seine Aufwartung zu machen.

Während sie eine schattige Allee aus spanischen Kastanienbäumen entlanggingen, sagte Trelawney sarkastisch zu seinem Begleiter: »Wisst Ihr, dass dieser Park von Le Nôtre entworfen wurde, König Louis' Hofgärtner? Welche Ironie!«

Vor dem Queen's House, von Inigo Jones für Henrietta Maria erbaut, sahen sie den König im Gespräch mit zwei Herren, die Jeremy nicht kannte.

»Rechts neben Seiner Majestät steht sein Bruder, der Herzog von York«, erklärte Trelawney. »Der andere ist Mr. Samuel Pepys, Schriftführer der Marine. Vermutlich erstattet er dem König gerade Bericht. Lasst uns zu ihnen gehen.«

Als sie sich näherten, wandten sich die drei Männer ihnen zu. Sir Orlando und Jeremy grüßten zuerst den König, dann seinen Bruder James und den Beamten vom Marineamt.

»Offenbar hat Euch ebenfalls die Neugier hergetrieben, Mylord«, stellte Charles fest. Sein Blick streifte den Jesuiten mit unübersehbarem Interesse. »Und Ihr, Dr. Fauconer, beratet Ihr Seine Lordschaft wieder einmal bei der Aufklärung eines Verbrechens?«

»Ich versuche, mich ein wenig nützlich zu machen, Euer Majestät«, antwortete Jeremy bescheiden.

»Wir haben gerade den Tod einer Frau untersucht, als wir den Kanonendonner hörten, Sire«, schaltete sich Sir Orlando ein. »Befindet sich unsere Flotte tatsächlich im Gefecht mit den Holländern?«

»Daran besteht wohl kein Zweifel«, bestätigte Charles. »Heute Morgen erhielt ich einen Brief von Seiner Gnaden, dem Herzog von Albemarle, dass sie in Sichtweite der holländischen Flotte seien und sich auf die Schlacht vorbereiteten.«

»Ist Prinz Rupert mit dem Rest der Flotte schon wieder zurückgekehrt?«, fragte der Richter hoffnungsvoll.

»Nein, leider noch nicht. Aber er wurde benachrichtigt. Inzwischen befindet er sich bereits auf dem Rückweg und wird sicher bald zur Flotte stoßen. Offenbar haben sich die Franzosen nicht blicken lassen. Mein Vetter Louis ist wohl doch nicht so erpicht darauf, an der Seite der Holländer zu kämpfen.«

»Gebe Gott, dass Seine Hoheit rechtzeitig zurückkehrt«, sagte Sir Orlando inbrünstig.

Der Schriftführer der Marine lauschte schweigend dem Gespräch, ohne sich einzumischen. Jeremy betrachtete ihn neugierig. Eine üppige Lockenperücke umrahmte Mr. Pepys' ovales Gesicht mit der kräftigen Nase und den fleischigen Lippen. Sein Blick war intelligent und aufmerksam. Auch ihm war deutlich anzusehen, dass er sich um den Ausgang der Schlacht sorgte. Sir Orlando und Jeremy verabschiedeten sich und schlenderten noch eine Weile durch den Park.

»Glaubt Ihr, dass diese Schlacht den Krieg entscheiden könnte?«, fragte der Jesuit.

»Schon möglich«, antwortete Sir Orlando nachdenklich. »Wir können nur beten, dass uns die Schande einer Niederlage erspart bleibt.«

Das Gefecht dauerte vier Tage. Am Nachmittag des dritten Tages hatte sich Prinz Ruperts Geschwader endlich wieder der Hauptflotte angeschlossen, doch die Engländer waren den Holländern in der Anzahl ihrer Schiffe weiterhin unterlegen. Am Ende waren beide Flotten zu geschwächt, um einen endgültigen Sieg zu erringen, und schließlich befahl der holländische Admiral de Ruyter den Rückzug. Zuerst flossen die Nachrichten vom Ausgang der Schlacht nur spärlich nach England. Man glaubte an einen Sieg, und die Menschen entzündeten Freudenfeuer in den Straßen und feuerten Musketensalven ab. Doch dann kam allmählich die Wahrheit ans Licht. Keine Seite hatte den Sieg davongetragen, doch die Verluste der Engländer waren ungleich schwerer gewesen als die der Holländer. Im ganzen Land sprach man mit großer Enttäuschung von einer Niederlage, die viele Menschen das Leben gekostet hatte.

Vierundzwanzigstes Kapitel

Am Mittwochvormittag kleidete sich Jeremy in sein bestes Wams und legte sich einen makellos sauberen Leinenkragen um. Er freute sich darauf, die Gemahlin seines Freundes wiederzusehen und sie vielleicht ein wenig besser kennen zu lernen, zumal er sich aufgrund des Einflusses, den er auf das Zustandekommen dieser Ehe gehabt hatte, nun gewissermaßen auch für ihr Gelingen verantwortlich fühlte.

Sir Orlandos Kutsche holte ihn auf der London Bridge ab, eine Aufmerksamkeit, auf die der Jesuit gerne verzichtet hätte. Doch diesbezüglich ließ der Richter nicht mit sich reden, er wollte, dass sein Gast mit Komfort reise.

Trelawney empfing seinen Freund im Salon und bot ihm Rheinwein an.

»Meine Frau sieht in der Küche nach dem Rechten«, erklärte der Richter entschuldigend. »Ihr wisst ja, wie gewissenhaft sie ist. Ich habe die Aufsicht über die Dienerschaft in den letzten Jahren etwas schleifen lassen, so dass sie jeden Einzelnen in seinen Pflichten unterweisen muss.«

»Sie hat sich also gut eingelebt, Mylord?«

»Warum sollte sie nicht?«

Jeremy horchte stets auf, wenn jemand eine Frage mit einer Gegenfrage beantwortete. Eine derartige Reaktion war oft ein Zeichen dafür, dass die Frage ungelegen kam. Allerdings konnte sich der Jesuit nicht so recht erklären, was an seiner Bemerkung nicht in Ordnung gewesen sein könnte.

Sir Orlando wechselte so abrupt das Thema, dass Jeremy sich ein erstauntes Stirnrunzeln nicht verkneifen konnte.

»In der ganzen Stadt ist von nichts anderem mehr die Rede als von unserer verheerenden Niederlage gegen die Holländer.«

»Es hätte schlimmer kommen können, Mylord«, antwortete Jeremy. »Soweit ich hörte, wird unsere Flotte sehr schnell wieder instand gesetzt. In einigen Wochen kann sie wieder in See stechen.«

»Die Holländer sind uns eindeutig überlegen.«

»Nun, dann wäre es wohl an der Zeit, an den Verhandlungstisch zurückzukehren.«

Auf Sir Orlandos Gesicht trat ein Ausdruck der Empörung. »Nach einer Niederlage? Welche Demütigung! Ihr versteht das nicht, Pater, Ihr seid ein Mann des Friedens.«

»Ihr habt Recht, Mylord, ich verstehe tatsächlich nicht, weshalb es so schwierig ist, Frieden zu schließen oder ihn zu bewahren.«

Zum Glück tauchte in diesem Moment Lady Jane in der Tür zum Salon auf und trat zögernd ein. Der Richter verbiss sich die spitze Bemerkung, die ihm auf der Zunge lag, und rang sich stattdessen ein Lächeln ab. Jeremys Verwunderung vertiefte sich. Weshalb war sein Freund so reizbar?

»Ich wünsche Euch alles Gute, Mylady«, sagte der Jesuit zu der jungen Frau, die ihn höflich begrüßte.

»Ich danke Euch, Sir.« Auch ihr Lächeln wirkte gezwungen.

Eigentlich hatte Jeremy ein Abbild strahlenden Glücks zu sehen erwartet und war nun sichtlich verwirrt, stattdessen eine gespannte Atmosphäre vorzufinden.

Man begab sich zu Tisch. Während des Essens beobachtete Jeremy aufmerksam die beiden Eheleute. Es bedurfte keiner besonderen Gabe, um zu bemerken, dass zwischen den beiden etwas nicht stimmte. Wann immer Sir Orlando das Wort an seine

Gemahlin richtete, tat er dies mit deutlicher Verlegenheit. Janes Gesicht erschien dem Priester blass und noch schmaler als bei ihrer ersten Begegnung. In ihren Zügen las er Enttäuschung und Verwirrung, fast Hilflosigkeit. Was mag nur zwischen ihnen vorgefallen sein, fragte sich Jeremy betroffen. Bevor er jedoch weiter darüber nachdenken konnte, lenkte Trelawney das Gespräch auf die Morde.

»Seid Ihr immer noch der Ansicht, dass Mistress Laxtons Tochter Licht in diese mysteriöse Angelegenheit bringen könnte?«

Jeremy nickte überzeugt. »Sie weiß etwas! Vielleicht ist ihr nicht ganz klar, wie alles zusammenhängt, aber sie hat ihre Mutter stets begleitet und dürfte einige Dinge mitbekommen haben, die zur Aufklärung der Verbrechen beitragen könnten.«

»Was ist mit diesem Martin Laxton, ihrem Bruder? Nach allem, was Ihr mir über ihn erzählt habt, ist er ein jähzorniger und gewalttätiger Zeitgenosse. Und er besaß eine Pistole. Er könnte seiner Mutter und seiner Schwester doch durchaus im Schneetreiben aufgelauert haben.«

»Dieser Meinung ist auch Meister Ridgeway, Mylord. Allerdings sehe ich keinen Grund, weshalb Martin Laxton ein so abscheuliches Verbrechen wie Muttermord begehen sollte.«

»Nun, es könnte einen Grund geben, von dem wir nichts wissen.«

Jeremy konnte nicht widersprechen. »In dieser Familie liegt einiges im Argen. Wenn die Tochter sich doch nur entschließen könnte, mit mir zu reden. Ich glaube, dann wäre es ganz einfach für mich, die Lösung zu finden.«

Der Jesuit nahm sich noch etwas von der Truthahnpastete, die einfach köstlich war.

»Was denkt Ihr über die seltsamen Vorgänge bei der Familie Forbes, Mylord?«, fuhr er fort.

»Der alte Puritaner ist wirklich vom Pech verfolgt.«

»Nun, der frühe Tod seiner Kinder mag auf einen unglücklichen Zufall zurückzuführen sein, aber was ist mit dem Kammerdiener, der aus dem Fenster zu Tode stürzte?«

Sir Orlando goss seinem Gast noch ein Glas Wein ein, bevor dieser ihn daran hindern konnte. »Ein Unfall? Oder vielleicht Selbstmord? Das ist doch so lange her! Wie wollt Ihr nach all den Jahren feststellen, was damals wirklich passiert ist?«

Jeremy unterließ es, ihm diesbezüglich zu widersprechen. »Was haltet Ihr dann von der Äußerung von Temperance Forbes, man wolle sie umbringen, Sir?«

Trelawney zuckte die Schultern. »Sie hatte Angst um ihr Kind. Vermutlich wusste sie gar nicht, was sie sagte. Später hat sie doch abgestritten, dass ihre Bemerkung irgendeine Bedeutung hatte.«

»Und die wiederholten Fehlgeburten von Samuel Forbes' erster Gemahlin?«, erinnerte Jeremy den Richter.

»Es ist nichts Ungewöhnliches, wenn eine Frau ein Kind verliert – oder mehrere«, erwiderte Trelawney bitter.

»Ich weiß, Mylord. Ihr habt ähnliche Erfahrungen gemacht. Aber ich halte es trotzdem für sinnvoll, einmal mit der Hebamme Isabella Craven zu reden, die Samuel Forbes' Gattin betreut hat. Sie könnte uns sagen, ob irgendetwas nicht mit rechten Dingen zugegangen ist.«

»Wenn Ihr meint, dass etwas dabei herauskommt, dann sucht die Hebamme doch auf, Doktor«, brummte Sir Orlando. »Ich halte es allerdings für reine Zeitverschwendung. Auch die beste Hebamme kann nicht immer verhindern, dass ein Kind bei der Geburt stirbt – oder die Mutter ...« Trelawney biss so heftig die Zähne aufeinander, dass ein deutliches Knirschen zu vernehmen war.

Jeremy sah ein, dass es keinen Sinn hatte, dieses schmerzliche Thema weiterzuverfolgen. Mit entschuldigender Miene wandte er sich an Lady Jane, die dem Gespräch stumm gelauscht hatte:

»Ich muss mich entschuldigen, Mylady, dass Ihr so unerfreuliche Dinge mit anhören müsst. Dies ist freilich nicht der rechte Ort, darüber zu diskutieren.«

Die junge Frau zwang sich zu einem Lächeln. »Ihr braucht wirklich keine Rücksicht auf mich zu nehmen, Sir. Ich finde das Gespräch sehr interessant. Auf diese Weise erfahre ich schließlich ein wenig über die Arbeit meines Gatten. Es hilft mir, ihn besser kennen zu lernen.«

Jeremy sah, dass Sir Orlando unangenehm berührt den Blick auf seinen silbernen Teller senkte. Noch immer zerbrach sich der Jesuit den Kopf, welches Problem zwischen den Eheleuten stehen mochte.

Als sie sich vom Tisch erhoben und Trelawney seinen Gast in den Salon bat, blieb Jane im Speisezimmer zurück, um den Bediensteten, die die Tafel abräumten, weitere Anweisungen zu geben. Jeremy nutzte die Gelegenheit, um den Richter auf seine Beobachtungen anzusprechen.

»Verzeiht meine Offenheit, Mylord, aber ich konnte nicht umhin zu bemerken, dass Eure Gattin nicht so glücklich wirkt, wie ich es erwartet hätte.«

Sir Orlando antwortete nicht sofort. Betreten suchte er nach Worten. »Nun, es dauert sicher noch eine Weile, bis sie sich eingelebt hat. Vermutlich vermisst sie ihr altes Leben bei den Drapers.«

Jeremy zog zweifelnd die Augenbrauen zusammen. »Gibt es vielleicht etwas, worüber Ihr mit mir sprechen möchtet, Sir?«

»Was sollte das wohl sein, Pater?«

»Mylord, es ist offensichtlich, dass auch Ihr in dieser Ehe nicht glücklich seid«, beharrte der Priester. »Und ich verstehe einfach nicht, weshalb. Ist zwischen Euch und Eurer Gemahlin etwas vorgefallen?«

Sir Orlando wandte das Gesicht ab. »Pater, nur weil Ihr mir zu dieser Ehe geraten habt, müsst Ihr Euch jetzt nicht für mein Glück verantwortlich fühlen.«

Jeremy biss sich auf die Unterlippe. Zweifellos hatte sein Freund Recht, doch er konnte einfach nicht anders.

»Was immer das Problem ist, es lässt sich vielleicht ganz einfach lösen«, wandte er ein.

»Ich versichere Euch, es gibt kein Problem«, bekräftigte Trelawney. »Und nun lasst uns über etwas anderes reden, mein Freund.«

Am nächsten Morgen machte sich Jeremy erneut auf den Weg zur Chancery Lane. Die Nacht über hatte er kaum Ruhe gefunden. Stundenlang hatte er darüber nachgedacht, was sich zwischen dem Richter und seiner jungen Frau ereignet haben mochte, ohne zu einem Ergebnis zu kommen. War es ein Fehler gewesen, dem Richter zu dieser Heirat zu raten? Vielleicht hätte er doch besser auf die warnende Stimme in seinem Innern hören und sich aus der Angelegenheit heraushalten sollen. Nun war es zu spät. Er hatte sich wider besseres Wissen eingemischt, und nun fühlte er sich verpflichtet, zwischen den beiden Ehegatten zu vermitteln.

Jeremy erreichte Trelawneys Haus zu einer Zeit, als der Richter – wie er wusste – in der Westminster Hall zu Gericht saß. Ein Lakai öffnete ihm und ließ ihn wortlos eintreten, denn mittlerweile war der Jesuit den meisten Bediensteten als willkommener Gast bekannt.

Jane, die zufällig gerade die Eingangshalle betrat, kam ihm entgegen. »Dr. Fauconer, wie schön, Euch so bald wiederzusehen. Mein Gatte ist leider schon zur Westminster Hall aufgebrochen.«

»Ich weiß, Mylady. Eigentlich bin ich gekommen, um nach Malory zu sehen. Nur um sicherzugehen, dass mit seinem Bein alles in Ordnung ist«, log Jeremy und gelobte gleichzeitig der Heiligen Jungfrau in Gedanken Buße.

»Natürlich, Doktor. Aber ich glaube nicht, dass es notwendig ist. Malory sagt, dass er keine Schmerzen mehr habe und wieder so flink sei wie früher.«

»Ich möchte ihn dennoch untersuchen«, beharrte der Jesuit. »Es wird nicht lange dauern.«

Die Hausherrin gab dem Lakaien, der die Tür geöffnet hatte, Anweisung, den Kammerdiener zu suchen. Als dieser kurz darauf erschien, ließ sie die beiden Männer allein.

»Dr. Fauconer, ich versichere Euch, dass mein Knie wiederhergestellt ist«, sagte Malory bescheiden. »Ihr hättet Euch nicht meinetwegen herbemühen müssen.«

Jeremy hob beschwichtigend die Hände. »Da ich nun schon einmal hier bin, würde ich mich gerne davon überzeugen, dass es dir wirklich gut geht, Malory. Am besten, wir gehen in deine Kammer hinauf.«

Folgsam setzte sich der Diener auf den Rand seines Bettes, streifte den linken Strumpf auf den Knöchel hinab und zog das Bein seiner Kniehose hoch.

Jeremy besah sich die vernarbte Wunde und bat Malory, das Gelenk zu bewegen.

»Bei meinem gestrigen Besuch ist mir aufgefallen, dass deine neue Herrin ein wenig müde aussieht. Weißt du, ob sie über Unwohlsein oder andere Beschwerden geklagt hat?«

»Nein, ich glaube nicht, Doktor«, erwiderte Malory mit einem Kopfschütteln.

»Trotzdem macht mir ihre Blässe Sorgen. Irgendetwas nagt an ihr. Hast du eine Ahnung, was das sein könnte?«

Der Diener presste die Lippen zusammen und senkte den Blick. Es war offensichtlich, dass er den Grund für die Spannungen zwischen dem Ehepaar kannte.

»Was stimmt nicht zwischen Seiner Lordschaft und seiner Gemahlin?«, bohrte Jeremy. »Hat es Streit zwischen ihnen gegeben?«

»Nein, Sir.«

»Was ist es dann? Malory, ich kann den beiden nur helfen, wenn ich weiß, was vorgefallen ist.«

Der Kammerdiener wand sich wie ein Fisch im Netz. »Ich habe Ihre Ladyschaft ein paarmal hinter verschlossener Tür weinen hören. Ich glaube, sie ist sehr unglücklich.«

»Weißt du, warum?«

»Es ist nicht an mir, über das Verhalten meines Herrn zu urteilen, Doktor.«

Jeremys Augenbrauen hoben sich erstaunt. »Heißt das, Seine Lordschaft behandelt seine Gemahlin … nun ja … nicht mit der gebotenen Höflichkeit?«

»Oh Sir, ich bitte Euch, fragt mich nicht. Ich würde nie ein schlechtes Wort über meinen Herrn sagen.«

Mit einem Seufzen lenkte Jeremy ein. »Also gut, Malory. Ich werde eben versuchen müssen, selbst hinter das Geheimnis zu kommen.«

Kurz entschlossen begab sich der Priester ins Erdgeschoss hinunter und fragte ein Stubenmädchen nach der Hausherrin. Er fand sie schließlich im Salon.

»Mylady, würdet Ihr mir ein kurzes Gespräch unter vier Augen gestatten«, bat Jeremy höflich.

Verunsichert begegnete Jane seinem Blick, der etwas Zwingendes hatte. Ergeben nickte sie und bat ihn, auf einem Armlehnstuhl Platz zu nehmen.

»Was kann ich für Euch tun, Doktor?«

»Ich stehe vor einem Rätsel, das so verwickelt scheint, dass ich es allein nicht lösen kann. Vielleicht wäret Ihr so freundlich, mir bei dieser schwierigen Aufgabe behilflich zu sein.«

Die junge Frau sah ihn verwundert an. »Wieso glaubt Ihr, dass ich Euch helfen könnte?«

»Ich versichere Euch, dass nur Ihr es könnt!«

»Worum geht es denn?«

»Um Euch. Sicher erinnert Ihr Euch an unser erstes Gespräch im Haus Eures Onkels. Ihr habt damals durchblicken lassen, dass Ihr Sir Orlando liebt und dass Ihr Euch nichts sehnlicher wünscht, als ihn zum Mann zu haben.«

»Ja«, sagte sie leise und senkte den Blick auf ihre Hände, die in ihrem Schoß lagen.

»Nun, Euer Wunsch hat sich erfüllt, und doch seid Ihr nicht glücklich. Warum?«

Ein Ausdruck der Qual wanderte über ihr Gesicht und ließ ihre Mundwinkel zittern. Ihre Augen begannen zu funkeln wie grüne Seen.

»Mylady, bitte vertraut mir«, sagte Jeremy sanft. »Erzählt mir, was los ist.«

»Wie könnte ich!«, rief sie schluchzend. Plötzlich verlor sie jegliche Fassung. »Ihr seid sein Freund.«

»Gerade weil ich sein Freund bin, muss ich wissen, was er getan hat! Auch er leidet doch darunter. Also bitte sagt mir, was hat er getan?«

Tränen liefen über ihre Wangen. »Nichts!«, presste sie mühsam hervor.

»Nichts?«

»Als er mich um meine Hand bat, glaubte ich, dass ich ihm gefalle und dass er mich gern hat ...«

»So ist es auch!«, bestätigte Jeremy.

Er verstand noch immer nicht, weshalb sie so unglücklich war.

Jane schüttelte den Kopf. »Nein, ich missfalle ihm. Vielleicht flöße ich ihm sogar Abscheu ein.«

Jeremys Verblüffung wurde immer größer. »Aber das ist nicht wahr, Mylady! Sir Orlando liebt Euch!«

»Warum hat er mich dann nie berührt?«, rief sie verzweifelt.

»Ihr meint, er hat die Ehe nie vollzogen?«

»Nein. Er kommt immer sehr spät zu Bett, weil er hofft, dass ich dann schon schlafe. Und er steht in aller Frühe auf, noch bevor ich wach bin. Den ganzen Tag verbringt er bei Gericht oder im Serjeants' Inn.« Jane vergrub das Gesicht in den Händen und ließ ihren so lange zurückgehaltenen Tränen freien Lauf. »Wenn er zu Hause ist, sieht er mich nicht an und spricht kaum noch mit mir. Was soll ich nur tun? Sagt mir doch, was ich tun soll.«

Jeremy wusste nicht, was er ihr antworten sollte. Das Verhalten seines Freundes war ihm unerklärlich.

»Mylady, ich werde versuchen, Euch zu helfen, auch wenn mir noch nicht klar ist, wie. Gebt die Hoffnung nicht auf! Ich finde schon heraus, warum sich Sir Orlando so seltsam benimmt.« Er erhob sich und wandte sich zur Tür. Bevor er ging, sagte er überzeugt: »Ich weiß, dass er Euch liebt. Daran müsst auch Ihr glauben!«

Fünfundzwanzigstes Kapitel

Jeremy hatte gerade einem seiner Schutzbefohlenen einen Besuch abgestattet und befand sich auf dem Rückweg zur London Bridge, als eine Kutsche ihn überholte und dann anhielt. Der Schlag wurde geöffnet und eine herrische Stimme rief seinen Namen: »Dr. Fauconer!«

Jeremy trat neugierig näher. »Ah, Mr. Forbes! Es freut mich, Euch wiederzusehen«, sagte er höflich.

»Spart Euch die Floskeln, Doktor. Steigt lieber ein. Ich will mit Euch reden.«

Mit einem unbehaglichen Seufzen gehorchte der Jesuit und setzte sich auf die vordere Sitzbank. Isaac Forbes hämmerte mit dem Knauf seines Gehstocks gegen das Dach, um den Kutscher anzuweisen, weiterzufahren.

»Was macht Ihr eigentlich in einer so üblen Gegend, Doktor? Hier treibt sich doch nur Geschmeiß herum.«

»Es sind Menschen, Sir, und ich versuche, ihre Krankheiten zu heilen«, erwiderte Jeremy in ruhigem, aber herausforderndem Ton.

»Pah!«, machte Forbes, verkniff sich jedoch eine weitere abfällige Bemerkung. Stattdessen sah er Jeremy mit lauerndem Blick an. »Ihr scheint es vorzuziehen, Kranke zu behandeln, die Euch nicht bezahlen können, Sir.«

Der Priester ahnte, worauf sein Gegenüber hinauswollte, schwieg aber.

»Ihr habt mir für die Behandlung meines Enkels nie etwas berechnet, Doktor«, fuhr der alte Patriarch fort. »Entweder seid Ihr ein Mensch, der keinen Wert auf Geld legt – oder Ihr habt etwas zu verbergen.« Der Blick des Alten bohrte sich tiefer in den Jeremys, doch der Jesuit verzog keine Miene. »Ich habe mich bei der Königlichen Ärztekammer nach Euch erkundigt. Ihr seid dort unbekannt. Folglich besitzt Ihr auch keine Lizenz, um als Arzt zu arbeiten.«

»Das ist wahr«, antwortete Jeremy gelassen. »Ich widme mich ganz und gar der Erforschung von Fieberkrankheiten, wie dies auch Thomas Sydenham aus Westminster tut. Ich habe keine zahlenden Patienten. Richter Trelawney hat Euren Sohn sicherlich davon in Kenntnis gesetzt, als er damals nach mir schickte, aber er bestand darauf, meinen Rat einzuholen.«

Isaac Forbes schien Jeremys Erklärung zu überdenken, dann brach er den Blickkontakt ab. Der Priester konnte nur hoffen, dass er den Puritaner überzeugt hatte.

»Ihr Forscher seid ein seltsames Völkchen«, sagte der Alte ein wenig von oben herab. »Aber auch ohne Lizenz der Ärztekammer seid Ihr ein guter Arzt, das muss ich zugeben. Ihr habt meinen Enkel geheilt. Darum möchte ich Euch bitten, ihn noch einmal zu untersuchen.«

»Er ist wieder krank?«, fragte Jeremy betroffen.

Forbes machte eine unwirsche Handbewegung. »Nein, jedenfalls nicht so wie beim letzten Mal. Dennoch wünsche ich, dass Ihr ihn Euch gründlich anseht.«

»Aber wenn er gar nicht krank ist …«

»Zum Donnerwetter, widersprecht nicht! Ich will, dass Ihr ihn untersucht, und ich werde Euch großzügig dafür bezahlen.«

»Wenn mit dem Kind irgendetwas passiert ist, sollte ich das wissen«, gab Jeremy zu bedenken. »Wurde es verletzt, oder hat die Amme es fallen lassen?«

Isaac Forbes sah sein Gegenüber mit unerbittlicher Miene an.

»Ihr sollt nur feststellen, ob die Hoffnung besteht, dass er sich zu einem gesunden, kräftigen Mann entwickeln wird. Dieses Kind ist mein einziger Erbe. Er muss in der Lage sein, große Verantwortung zu tragen!«

Jeremy hörte einen Ton von Besorgnis aus seiner Stimme heraus und lenkte schließlich ein.

»Also gut, ich werde morgen im Laufe des Tages kommen, wenn es Euch recht ist.«

Forbes nickte befriedigt. Inzwischen hatte die Kutsche angehalten.

»Wo sind wir?«, erkundigte sich Jeremy.

»In einer Seitenstraße der Thames Street. Hier stehen meine Lagerhäuser. Ich sehe lieber regelmäßig selbst nach dem Rechten. Der Wert der Waren, die hier lagern, ist kaum abzuschätzen. Ich handele mit allem, was Ihr Euch nur vorstellen könnt: Tuche, Pelze, Seidenstoffe, Tabak, Zucker, Honig, Wein, Brandy, Olivenöl. In den Lagerhäusern der anderen Kaufleute findet Ihr Kohle, Holz, Salpeter, Schießpulver, Pech und Wachs.«

»Ist es klug, dermaßen brennbare Stoffe auf so engem Raum zu lagern?«, fragte Jeremy unbehaglich.

Der Alte lächelte sarkastisch. »Natürlich nicht. Ein Funke an der falschen Stelle, und die ganze Stadt würde in Flammen aufgehen wie Zunder. Aber hier in London ist Platz nun einmal kostbar.«

Mit Hilfe eines Dieners stieg Isaac Forbes aus. »Mein Kutscher wird Euch zu der Stelle zurückbringen, an der ich Euch aufgenommen habe, Doktor. Ich sehe Euch morgen!«

Als sich Jeremy am Vormittag des nächsten Tages dem Haus der Forbes auf der Leadenhall Street näherte, sah er zufällig, wie eine kleine Seitentür geöffnet wurde und ein Diener vorsichtig durch den Spalt lugte. Jeremy blieb unwillkürlich stehen. Der Bedienstete blickte die Gasse hinauf und hinunter, als wolle er sich vergewissern, dass er unbeobachtet war. Neugierig zog sich der Jesuit um die Straßenecke zurück, die er gerade umrundet hatte. Dabei behielt er die Tür im Blick, die gerade geöffnet wurde. Nacheinander schlüpfte eine Reihe von Männern und Frauen in strenger Tracht auf die Straße hinaus und entfernte sich in verschiedene Richtungen. Jeremy zählte etwa zwanzig Personen. Der Jesuit lächelte in sich hinein. Es fiel ihm nicht schwer, zu erraten, was diese Leute im Haus des alten Puritaners getan hatten.

Jeremy wartete, bis die geheimen Besucher verschwunden waren, bevor er seine Deckung verließ und sich zum Haupteingang begab. Wie die Male zuvor wurde er von dem Lakai, der die Tür öffnete, misstrauisch beäugt, doch da der Priester nun das Geheimnis des Alten kannte, wunderte ihn die Vorsicht der Dienerschaft nicht mehr.

In der Eingangshalle kam ihm Samuel Forbes entgegen.

»Dr. Fauconer, mein Vater wird sich freuen, dass Ihr so prompt zur Stelle seid.«

»Ihr wisst, dass er mich hergebeten hat?«

»Ja, er hat es mir gesagt.«

»Vielleicht könnt Ihr mir erklären, weshalb Euer Vater so um das Wohl Eures Sohnes besorgt ist, Sir«, bat Jeremy. »Soweit ich weiß, ist das Kind nicht krank.«

Samuel Forbes nickte bestätigend. In diesem Moment erschien ein Mann auf dem oberen Treppenabsatz, zögerte aber, die restlichen Stufen herabzusteigen, als er den Fremden an Samuels Seite bemerkte. Jeremy erkannte den Mann sofort. Er hatte ihn bei seinem letzten Besuch mit Isaac Forbes sprechen sehen. Und nun wurde ihm auch klar, wer der Mann war, dem der Alte so offene Freundschaft entgegengebracht hatte.

So sitzen wir also im Grunde im selben Boot, dachte Jeremy. Als Priester, der nur im Geheimen die Messe lesen konnte, kannte er die verräterischen Zeichen nur zu gut. Der Mann auf der Treppe konnte nur ein puritanischer Prediger sein, der entgegen der Gesetze im Haus der Forbes einen Gottesdienst abgehalten hatte, wie er es vermutlich regelmäßig tat. Ein eingeweihter Diener hatte dafür Sorge getragen, dass die Teilnehmer am Gottesdienst unbemerkt das Haus betreten und verlassen konnten. Ein gefährliches Spiel! Sollte die Obrigkeit von den geheimen Versammlungen Wind bekommen, konnte sich die ganze Familie im Kerker wiederfinden. Doch es sah Isaac Forbes ähnlich, sich kühn über die geltenden Gesetze hinwegzusetzen. Der Patriarch kannte keine Angst – abgesehen von der um seinen Enkel!

Samuel Forbes erfasste das Dilemma des Predigers, der unschlüssig auf dem Treppenabsatz stand, und kam ihm zu Hilfe.

»Wenn Ihr meinen Vater sucht, er befindet sich in seinem Gemach.«

Der Prediger dankte hastig und zog sich zurück.

»Ein Freund der Familie, der ein paar Tage unsere Gastfreundschaft genießt«, erklärte Samuel, ohne jedoch den Namen des Besuchers zu erwähnen, wie Jeremy feststellte. »Lasst uns zu meinem Sohn gehen, dann werde ich Euch erklären, weshalb mein Vater Euch hergebeten hat.«

In der Kinderstube unterhielt sich Temperance Forbes mit der Amme, die das Kind im Arm hielt. Als sie Jeremy erkannte, lächelte die junge Mutter ihm verlegen zu.

Samuel schickte die Amme hinaus. Diese gehorchte schweigend, nachdem sie den Knaben seiner Mutter gereicht hatte.

»Vor ein paar Tagen erhielt ich Besuch von meinem Vetter David Draper«, begann Samuel. »Vater war außer Haus, doch natürlich blieb ihm nicht verborgen, dass David entgegen seiner ausdrücklichen Anordnung von mir ins Haus gelassen worden war. Ein Diener erzählte ihm, dass David auch die Kinderstube betreten hatte.«

Jeremy nickte. »Ich verstehe. Das Misstrauen Eures Vaters gegenüber seinen königstreuen Verwandten geht so weit, dass er ihnen sogar zutrauen würde, seinem Enkel Schaden zuzufügen.«

»So ist es, Doktor. Ich versichere Euch jedoch, dass die Sorge meines Vaters völlig unbegründet ist. David war hier im Haus keinen Moment unbeaufsichtigt. Er hat den Kleinen nicht einmal berührt. Er wollte ihn nur sehen. Ich sah keinen Grund, ihm diese Bitte abzuschlagen.«

»Weshalb suchte Euch Mr. Draper hier im Haus auf?«, fragte Jeremy. »Er musste doch wissen, dass sein Besuch Eurem Vater zu Ohren kommen würde.«

»David brauchte dringend ein Darlehen für ein sehr lohnendes Geschäft, das er abschließen wollte. Wir treffen uns zwar regelmäßig in einer Schenke auf ein paar Becher Ale, aber so lange konnte er nicht warten. Wahrscheinlich hatte er auch die Absicht, meinen Vater herauszufordern.«

»Wie hat Euer Vater reagiert, als er von Mr. Drapers Besuch erfuhr?«

»Er war sehr erbost«, seufzte Samuel. »Selbst ich hatte mir seine Reaktion nicht so schlimm vorgestellt. Es ist wirklich bedauerlich, dass unsere Familien ihren Streit nicht beilegen können.«

»Davon verstehst du nichts, mein Sohn!«, sagte eine eisige Stimme von der Tür her.

Samuel und Jeremy fuhren herum und sahen Isaac Forbes auf der Schwelle stehen, die Faust um den Knauf seines Gehstocks gekrallt. Sie hatten ihn nicht kommen hören.

»Wie kannst du es wagen, meine Entscheidungen in Frage zu stellen?«, zischte der Alte. »Dieses Land wird von einem papistischen Hurenbock regiert, der die Bürger der Städte ausnimmt und uns mit unsinnigen Kriegen ruiniert. Wir kämpfen gegen ein

Volk, mit dem wir durch die gemeinsame Religion verbunden sind! Der Handel liegt brach. Ich habe in den letzten drei Monaten zwei Schiffe an die Holländer verloren. Und du fragst dich, weshalb ich es ablehne, einen meiner royalistischen Verwandten in mein Haus zu lassen?«

Samuel setzte zu einer Antwort an, besann sich dann jedoch und verließ mit großen Schritten die Kinderstube. Jeremy sah, dass Temperance in sich zusammengesunken war, als wollte sie im Erdboden verschwinden. Das Kind auf ihrem Arm hatte angefangen zu weinen.

»Steht nicht untätig da und gafft, Doktor!«, bellte der Alte schließlich seinen Gast an. »Untersucht meinen Enkel. Ich will wissen, ob er gesund ist.«

Jeremy unterdrückte eine bissige Bemerkung und wandte sich dem Knaben zu. Er half Temperance, die Windeln zu entfernen, und setzte sich den kleinen Richard dann auf den Schoß. Zuerst bemühte er sich, das greinende Kind zu beruhigen und wieder zum Lächeln zu bringen, was ihm nach einer Weile auch gelang. Jeremy tastete den Körper des Säuglings, der wieder an Gewicht zugenommen hatte, sorgfältig ab, fand aber weder Verletzungen noch schmerzende Stellen. Die Gliedmaßen waren kräftig und gerade gewachsen.

»Euer Enkel ist absolut gesund, Sir«, bestätigte Jeremy schließlich.

»Seid Ihr sicher?«

»Ganz sicher!«

Der Jesuit las aus der zweifelnden Miene des Alten, dass dieser noch nicht beruhigt war. Er schien etwas sagen zu wollen, überlegte es sich dann jedoch anders.

»Also gut, Doktor. Ich will Euch glauben. Folgt mir in meine Studierstube. Ich werde Euch für Eure Mühe angemessen entlohnen.«

Sechsundzwanzigstes Kapitel

Nachdenklich wanderte Jeremy durch die verwinkelten Gänge des Whitehall-Palastes. Er hatte ein höchst unerfreuliches Gespräch mit Sir Orlando hinter sich – man konnte es fast schon einen Streit nennen. Die Weigerung seines Freundes, die Ehe mit seiner Gemahlin zu vollziehen, hatte dem Jesuiten keine Ruhe gelassen, und so hatte er Trelawney ganz unverblümt auf das Thema angesprochen. Daraufhin hatte er sich zuerst einmal eine erboste Tirade über die Schwatzhaftigkeit der Bediensteten anhören müssen, die kein Geheimnis ihrer Herrschaft für sich behalten konnten. Jeremys wiederholte Versuche, zum Kern der Sache vorzudringen, waren kläglich fehlgeschlagen. Schließlich hatte Sir Orlando die Geduld verloren und seinem Freund höflich, aber bestimmt mitgeteilt, dass ihn das Ganze nichts angehe und dass er sich gefälligst aus seiner Ehe heraushalten solle.

Enttäuscht hatte Jeremy klein beigeben müssen. Dann war ihm die Idee gekommen, Amoret aufzusuchen und sie um Rat zu fragen.

Lady St. Clair war gerade im Begriff gewesen, sich in ihrer Pflicht als Hofdame zur Königin zu begeben, als Jeremy in ihrem Gemach erschien. Erfreut über seinen unerwarteten Besuch bot sie ihm einen Platz an und schickte ihre Zofe Armande in die Palastküche, um Tee zuzubereiten.

»Mylady, ich habe ein Problem und weiß allein nicht mehr weiter«, gestand Jeremy. »Daher bin ich gekommen, um Euren Rat zu erbitten.«

Es war nicht das erste Mal, dass er sich an sie wandte, wenn er bei einem Problem nicht mehr weiterwusste. Oft brachte sie ihn mit ihrer weiblichen Sichtweise der Dinge der Lösung des Rätsels näher, besonders wenn es darum ging, die Gefühle eines Menschen zu ergründen.

»Ich werde gerne versuchen, Euch zu helfen«, erbot sich Amoret ohne Zögern. »Geht es um den Mord an der Bettlerin, von dem Ihr mir erzählt habt?«

Jeremy schüttelte den Kopf. »Nein, es ist eher eine Herzensangelegenheit.«

Amoret zog erstaunt die Augenbrauen hoch. »Erzählt, Pater«, bat sie gespannt.

»Ihr habt vielleicht gehört, dass Richter Trelawney geheiratet hat.« Jeremy berichtete ihr die ganze Geschichte und ließ auch die Rolle, die er beim Zustandekommen dieser Ehe gespielt hatte, nicht aus.

»Das Verhalten des Richters ist allerdings merkwürdig«, kommentierte Amoret, als der Priester geendet hatte. Sie trank einen Schluck von dem heißen Tee, den Armande aufgetragen hatte. Bekanntschaft mit dem exotischen Getränk, das in England noch kaum zu bekommen war, hatte sie durch Jeremy gemacht. Nur die Königin fand offenbar Genuss daran. Als Hofdame Ihrer Majestät begann sich Amoret jedoch allmählich an den Geschmack zu gewöhnen.

»Es könnte verschiedene Gründe geben, weshalb er die Ehe nicht vollzieht. Vielleicht will er keine Kinder.«

»Ich weiß mit Sicherheit, dass sich Sir Orlando nichts sehnlicher wünscht als Kinder«, widersprach Jeremy.

Amoret dachte nach. »Nun, in dem Fall könnte es sein, dass er an einem gewissen Gebrechen leidet ... na, Ihr wisst schon ...« Im Umgang mit einem Höfling hätte sie nicht gezögert, sich treffender auszudrücken, doch ihrem Beichtvater gegenüber suchte sie vergeblich nach dem richtigen Wort. »Es würde auch erklären, weshalb er so gereizt reagiert, wenn man ihn darauf anspricht.«

Jeremy neigte den Kopf zur Seite. »Daran habe ich natürlich auch schon gedacht, Mylady. Aber ich halte es nicht für wahrscheinlich, dass das Problem körperlicher Natur ist. Sir Orlando war fünfzehn Jahre verheiratet und hat während dieser Zeit mehrere Kinder gezeugt, auch wenn diese nicht überlebten. Nach dem Tod seiner Frau war er anderthalb Jahre Witwer. Das ist nicht sehr lang. Und wenn er seitdem einen Unfall gehabt oder eine Verletzung erlitten hätte, die ihn auf irgendeine Weise beeinträchtigt, so wüsste ich davon.«

»Seid Ihr sicher, dass er seiner Gemahlin zugetan ist?«, vergewisserte sich Amoret.

»Ja, ich bin davon überzeugt, dass er sie liebt ... zumindest war ich es bis jetzt.« Jeremy hob ratlos die Hände.

»Er muss schon einen guten Grund haben, wenn er der Frau, die er angeblich liebt, aus dem Weg geht und kaum noch das Wort an sie richtet. Irgendetwas scheint ihn zu quälen.« Amoret nagte nachdenklich an ihrer Unterlippe. »Ihr sagtet, Sir Orlando war bereits einmal verheiratet.«

»Ja.«

»Hat er seine erste Gemahlin geliebt?«

»Ich denke schon. Ich habe damals miterlebt, wie ihr Tod ihm den Lebensmut nahm.«

»Woran ist sie gestorben?«

»Nach einer Fehlgeburt ...«

Jeremy verstummte. Sein Blick traf den Amorets. Sie hatten beide denselben Gedanken.

»Natürlich ... das ist es!«, stieß der Jesuit hervor.

Er erhob sich von seinem Armlehnstuhl, nahm Amorets Hand und küsste sie.

»Was würde ich nur ohne Euch tun, Mylady?«

Am Whitehall-Landungssteg nahm Jeremy ein Boot flussabwärts und stieg an der Anlegestelle Blackfriars aus. Er hatte sich entschieden, so rasch wie möglich mit Sir Orlando zu sprechen und nicht erst zu warten, bis der Richter nach Hause kam. In dieser Woche tagte das Gericht im Sitzungshaus am Old Bailey. Die Mittagspause war gerade vorbei, und Jeremy gelang es, einen Sitzplatz auf den Zuschauerbänken zu ergattern, bevor die Richter an ihre Pulte zurückkehrten. Eifrig wie stets hatte es sich der neue Lord Chief Justice Sir John Kelyng auch an diesem Nachmittag nicht nehmen lassen, den Vorsitz zu führen. Unter seinen Beisitzern waren außer dem Lord Mayor und den Stadtrichtern auch Sir Orlando Trelawney und ein Richter vom Hauptzivilgerichtshof.

Die Sitzung würde bis zum Abend dauern, doch Jeremy bezähmte seine Ungeduld. Um sich die Wartezeit zu verkürzen, konzentrierte er sich auf die Gerichtsverfahren, die in kurzen Abständen abgehandelt wurden. Dieben und Räubern wurde ohne große Umstände der Prozess gemacht, anschließend wurden sie wieder ins Gefängnis zurückgeführt. Dann brachte man eine Gruppe von drei Männern in den Gerichtshof, die wie die anderen Gefangenen an Händen und Füßen Ketten trugen. Sie waren in einfache dunkle Tracht gekleidet und traten in würdevoller Haltung vor die Richter. Jeremy war nicht überrascht, in einem der drei Angeklagten den Quäker wiederzuerkennen, dessen Verhaftung er vor einiger Zeit miterlebt hatte. Er wurde als Erster aufgefordert, an die Schranke zu treten, die ihn und die anderen von den Richtern trennten. Sir John Kelyng richtete das Wort an ihn:

»Mr. George Grey, wir haben Euch Zeit gegeben, über die gestrigen Ermahnungen dieses Gerichts nachzudenken, in der Hoffnung, dass Ihr zur Vernunft kommt und Euch bereit erklärt, den Treueid zu schwören.«

Der Lord Chief Justice wandte sich an den Gerichtsschreiber und wies ihn an, den Wortlaut des Eides zu verlesen.

Jeremy kannte ihn auswendig. Wer den Eid ablegte, schwor, dass Charles II. der rechtmäßige Herrscher dieses Königreichs sei, dass der Papst kein Recht habe, einen Fürsten für abgesetzt zu erklären, und dass die Doktrin, die Untertanen eines exkommunizierten Fürsten seien von ihrer Treue entbunden, ketzerisch und verdammungswürdig sei.

»Nun, werdet Ihr den Treueid schwören?«, fragte Sir John Kelyng den Quäker.

»Du hast kein Recht, mir den Eid abzuverlangen, mein Freund«, antwortete George Grey gelassen.

Jeremy sah Kelyng zusammenzucken. Die Angewohnheit der Quäker, andere Menschen, egal, welchen Ranges, mit »du« anzusprechen, war den Richtern ein Dorn im Auge.

»Kerl, ich verbiete Euch, mich zu duzen!«, sagte der Lord Chief Justice scharf. »Erweist dem Gericht die Ehre, die ihm gebührt!«

Der Quäker blieb uneinsichtig. »Verzeih mir, wenn ich dich beleidigt habe. Aber vor Gottes Angesicht sind alle Menschen gleich. Es wäre nicht im Sinne Gottes, den einen mit ›du‹, den anderen mit ›Ihr‹ anzureden.«

»Ihr seid ein frecher, unverschämter Kerl!«, donnerte Kelyng. »Schwört den Eid, oder Ihr werdet in den Kerker zurückgebracht.«

»Dieser Eid wurde nach der Pulververschwörung eingeführt und ist gegen die Papisten gerichtet, nicht gegen unsereins. Und doch haben die Anhänger des Papstes die Freiheit, ihren Glauben ungehindert auszuüben – wir aber werden unterdrückt! Mein Gewissen erlaubt es nicht, einen Eid zu schwören, egal, welcher Art, denn Christus hat gesagt: ›Schwört nicht!‹ Und der Apostel Jacob sagte: ›Vor allen Dingen, Brüder, schwört nicht!‹«

»Henker, stopft diesem Aufrührer das Maul!«, befahl der Lord Chief Justice. Gehorsam trat der Scharfrichter Jack Ketch vor und stieß dem empörten Quäker einen schmutzigen Lappen zwischen die Zähne.

Daraufhin wandte sich Kelyng an die Geschworenen: »Gentlemen der Jury, dieser Mann vor Euch mit Namen George Grey ist der Verweigerung des Treueids angeklagt. Ihr selbst habt seine Worte vernommen. Es besteht kein Zweifel, dass er schuldig ist. Gebt also Euer Urteil ab.«

Die Geschworenen ließen sich nicht lange bitten. Sie befanden George Grey und die beiden anderen Quäker, die sich ebenfalls weigerten, den Eid zu schwören, für schuldig. Man hatte mit ihnen im wahrsten Sinne des Wortes kurzen Prozess gemacht. Die Gefängnisschließer führten sie in den Kerker des Newgate zurück, bis die Richter entschieden hatten, ob sie zu lebenslanger Haft oder zur Verbannung in die amerikanischen Kolonien verurteilt werden sollten.

Inzwischen war es Abend geworden. Sir John Kelyng vertagte die Gerichtssitzung auf den folgenden Morgen. Jeremy bemühte sich, durch die Menschenmenge, die den Ausgängen zustrebte, zu den Richtern zu gelangen. Sir Orlando sah den Jesuiten auf sich zukommen und ging ihm entgegen.

»Was führt Euch denn hierher, Doktor? Interessiert Ihr Euch etwa für diese unverschämten Quäker?«

»Eigentlich nicht«, erwiderte Jeremy. »Ich bin nur zufällig Zeuge gewesen, wie man George Grey verhaftete. Ist es denn wirklich nötig, sie so hart zu bestrafen? Diese Leute sind doch keine Verschwörer.«

Trelawney machte eine abfällige Handbewegung. »Ihr seid naiv, wenn Ihr glaubt, dass alle Quäker der Lehre der Gewaltlosigkeit ihres Anführers George Fox folgen. Auch unter ihnen gibt es Hitzköpfe, die nicht davor zurückschrecken würden, einen

Aufstand gegen den König anzuzetteln – und die es gerne sähen, wenn die Gesetze gegen die Katholiken wieder strenger durchgesetzt würden. Verschwendet Euer Mitleid also nicht an sie. Aber Ihr seid doch sicher nicht hergekommen, um mit mir über die Lage der Quäker zu diskutieren.«

»Nein, ich würde gerne unter vier Augen mit Euch reden, Mylord.«

Sir Orlando zögerte, weil er ahnte, worum es ging. Doch er konnte sich Jeremys Aufforderung nicht entziehen, und so bat er seinen Freund in ein kleines Gemach im ersten Stock des Sitzungshauses und schloss die Tür hinter ihnen.

»Also, worum geht es, Doktor?«, fragte Trelawney mit einem ergebenen Seufzen.

»Ich weiß, Ihr habt gesagt, ich soll mich aus Eurer Ehe heraushalten, Mylord«, begann Jeremy. »Aber es tut mir in der Seele weh, Euch und Eure Gemahlin so unglücklich zu sehen.«

Der Richter machte ein betroffenes Gesicht. »Glaubt Ihr wirklich, dass meine Frau unglücklich ist? Ich lasse ihr doch jede Freiheit, die sie sich nur wünschen kann.«

»Sie wünscht sich nur eins: Euch nahe zu sein, Sir! Sie glaubt, dass Ihr sie nicht liebt.«

Sir Orlandos Züge verfinsterten sich. »Ihr wisst, dass das nicht wahr ist!«

»Ja, Mylord, ich weiß, dass Ihr Eure Gemahlin liebt – so sehr, dass Ihr auf die Erfüllung Eures sehnlichsten Wunsches verzichtet, um sie zu beschützen.«

Der Richter ließ sich auf einen Stuhl sinken, als habe ihn plötzlich jegliche Kraft verlassen. »Man kann wohl nichts vor Euch verbergen. Ihr habt Recht. Ich habe Angst, erbärmliche Angst, Jane zu verlieren. Wenn mit ihr dasselbe passieren würde wie mit Beth, nur weil ich unbedingt Kinder haben will ... das würde ich mir nie verzeihen!«

»Es ist nicht gesagt, dass Jane während der Schwangerschaft etwas zustößt. Viele Frauen bringen ihre Kinder ohne größere Schwierigkeiten zur Welt«, wandte Jeremy ein.

»Ihr könnt es aber auch nicht ausschließen! Jane ist noch so jung. Sie hat doch noch gar nicht gelebt. Ich will ihr die Unannehmlichkeiten und Gefahren einer Schwangerschaft nicht zumuten.«

»Warum habt Ihr Eurer Gemahlin das nicht erklärt, anstatt sie wie eine Aussätzige zu behandeln?«

»Sie würde es nicht verstehen. Ihr wisst, wie pflichtbewusst sie ist.«

»Sie hat ein Recht, die Wahrheit zu erfahren, Mylord. Wollt Ihr sie weiterhin unter Eurem abweisenden Verhalten leiden lassen? Das hat sie nicht verdient.«

Sir Orlando sprang von seinem Stuhl auf und schritt gereizt in dem Gemach auf und ab. »Ich weiß! Und es tut mir auch Leid. Aber ich kann es kaum ertragen, in ihrer Nähe zu sein. Wenn ich sie ansehe, möchte ich sie in die Arme nehmen und ... Ich habe Angst, die Beherrschung zu verlieren, wenn ich mich nicht von ihr fern halte. Und dann ...« Er unterbrach sich.

»Mylord, am Tod Eurer ersten Frau trifft Euch keine Schuld!«

»Doch! Sie ist tot, weil ich Kinder haben wollte ... weil ich sie in meiner Selbstsucht immer wieder in Gefahr gebracht habe. Jane werde ich das nicht antun. Ich liebe sie zu sehr! Ich will sie nicht auch noch verlieren!«

Jeremy seufzte. Er verstand die Angst seines Freundes sehr gut.

»Sir, ich sage ja nicht, dass Ihr Unrecht habt. Aber Eure Gemahlin hat das Recht zu erfahren, warum Ihr so handelt. Lasst sie selbst entscheiden, ob sie sich der Gefahr aussetzen will, Kinder zu bekommen.«

»Jane ist jung. Sie hat keine Ahnung, wie gefährlich das ist.«

»Traut ihr ein wenig mehr Verstand zu, Mylord. Sie mag jung sein, aber sie ist nicht dumm. Sprecht mit ihr.«

»Nein.«

»Dann werde ich es tun!«, verkündete Jeremy entschlossen.

Sir Orlando sah den Priester ungläubig an. »Das meint Ihr nicht ernst!«

Jeremy wandte sich zur Tür. »Eure Gemahlin hat ein Recht, die Wahrheit zu erfahren.«

Er wartete Trelawneys Widerspruch nicht ab, sondern verließ das Gemach. Der Richter blieb verärgert zurück.

Siebenundzwanzigstes Kapitel

An einem heißen Tag im Juni verschwand Nick. Alan hatte den Gesellen um die Mittagszeit losgeschickt, einige Krankenbesuche zu erledigen. Als er gegen Abend noch immer nicht zurückgekehrt war, wollte sich der Wundarzt auf die Suche nach ihm machen, wurde jedoch vor seiner Tür von William abgefangen.

»An Eurer Stelle würde ich die nächsten Tage lieber zu Hause bleiben«, sagte Lady St. Clairs Diener warnend. »Habt Ihr nicht gehört, dass man die Holländer vor der französischen Küste gesichtet hat und dass sich daher unsere Flotte zum Auslaufen bereit macht?«

»Doch, aber was hat das mit mir zu tun?«, fragte Alan verständnislos.

»In der ganzen Stadt sind die Presspatrouillen unterwegs, um gewaltsam Seeleute anzuheuern. Diesmal ist es besonders schlimm. Der Lord Mayor hat kein Geld bekommen, um die armen Teufel zu versorgen, geschweige denn ihnen das Pressgeld zu zahlen. Man hat sie im Bridewell zusammengepfercht, damit sie nicht weglaufen.«

Alan hatte dem Diener beunruhigt zugehört. »Ich muss mich auf die Suche nach meinem Gesellen machen. Vielleicht ist er auch in den Dienst gepresst worden.«

»Das ist gut möglich. Aber wenn es so ist, so gibt es nichts, was Ihr für ihn tun könnt«, widersprach William. »Außer ihm auf einem Kriegsschiff Seiner Majestät Gesellschaft zu leisten! Und das werdet Ihr, wenn Ihr Euch jetzt auf die Straße hinauswagt.«

»Aber ... ich bin ein freier Bürger der Stadt London. Mich würden sie doch nicht gewaltsam in die Marine pressen!«

»Darauf würde ich mich nicht verlassen, Sir. Bevor Ihr überhaupt jemanden findet, der sich Eure Beschwerde anhört, seid Ihr längst unter Deck eines Schiffes auf dem Weg in die Schlacht. Begreift doch! Ihr seid Wundarzt! Die Marine braucht dringend Schiffschirurgen. Sie werden Euch nicht gehen lassen, wenn Ihr ihnen erst einmal in die Hände gefallen seid.«

Alan senkte den Kopf. »Verdammt! Was soll ich nur tun, William?«

»Macht es wie die anderen Familien. Schickt Eure Frau zum Marineamt. Dort soll sie Eure Beschwerde vorbringen.«

Der Wundarzt sah den Diener, der ihm inzwischen mehr ein Freund war, mit zweifelnder Miene an. »Könnte Lady St. Clair nicht etwas für Nick tun?«

»Sie würde sicherlich nicht zögern«, antwortete William. »Aber zurzeit befindet sie sich mit dem Hof in Windsor. Ich fürchte, wenn sie zurückkehrt, wird es zu spät sein.«

»Und Ihr? Ist es nicht auch gefährlich für Euch, unter diesen Umständen über mich zu wachen?«

»Jim und ich sind vorsichtig. Wenn wir eine Patrouille kommen sehen, machen wir uns sofort aus dem Staub. Aber Ihr habt schon Recht, Sir, es ist gefährlich. Vielleicht könnt Ihr ein paar Tage ohne uns auskommen, bis die Flotte in See gestochen ist. Dieser Laxton hat sich ja ziemlich lange nicht mehr blicken lassen.«

»Natürlich«, stimmte Alan zu. »Es wird mir schon nichts passieren.«

Alan musste Anne wiederholt bitten, für ihn zum Marineamt zu gehen, bis sie sich schließlich widerwillig dazu bereit erklärte. Doch es überraschte ihn nicht, dass sie erfolglos blieb. Daraufhin entschloss sich Alan, entgegen Williams Warnung, das Marineamt auf der Seething Lane nahe des Tower selbst aufzusuchen. Das Gebäude wurde von aufgebrachten Frauen, die die Entlassung ihrer Männer oder doch zumindest die Auszahlung der Heuer verlangten, regelrecht belagert. Mr. Samuel Pepys, der für die Verschiffung der zwangsverpflichteten Männer verantwortlich war, ließ sich verleugnen.

Alan ging zum Bridewell und erkundigte sich nach Nick, bekam aber keine Antwort. Drei Tage später musste er hilflos mit ansehen, wie die Zwangsrekrutierten, begleitet vom Wehklagen ihrer Frauen, auf Boote getrieben und zur Flotte gebracht wurden.

Als Lady St. Clairs Kutsche London erreichte, ging gerade ein Wolkenbruch auf die Stadt nieder. Melancholisch lauschte Amoret dem Geräusch der Regentropfen, die gegen das Glas des Kutschfensters schlugen. Der Hof hatte Windsor verlassen und kehrte nach Whitehall zurück. Die meisten Höflinge begaben sich ohne Umwege zum Palast, doch Amoret wollte zuvor in ihrem Haus nach dem Rechten sehen und hatte sich daher von den Equipagen der anderen getrennt.

Wegen des niederströmenden Regens ließ der Kutscher die Pferde vorsichtshalber im Schritt gehen. Als das Gefährt Hartford House erreichte, war der Spuk jedoch schon wieder vorbei. Die dunkle Wolkendecke begann überall aufzureißen und ließ den blauen Himmel sehen.

Amoret warf einen Blick aus dem Fenster der Kutsche und bemerkte zu ihrer Überraschung eine Gestalt, die auf den Stufen vor dem Eingangsportal saß. Bevor einer der Lakaien ihr zu Hilfe kommen konnte, hatte sie bereits den Schlag geöffnet.

»Meister Ridgeway! Ihr seid ja pitschnass. Warum habt Ihr nicht im Haus gewartet?«

Alan stand auf und kam ihr entgegen. »Ich wusste nicht, ob Ihr kommen würdet. Ich hatte nur plötzlich das Verlangen, Euch zu sehen.«

Sie lächelte und reichte ihm die Hand. »Kommt mit hinein. Ihr werdet Euch in den nassen Kleidern noch erkälten.«

Alan ergriff ihre Hand und folgte ihr durch die Eingangshalle in den ersten Stock hinauf zu ihren Gemächern. Dort gab Amoret einem Dienstmädchen die Anweisung, einen Schlafrock für ihren Gast zu bringen. Außerdem solle sie im Kamin Holz auflegen und ein Feuer entzünden. Bevor Amoret das Mädchen hinausschickte, gebot sie ihr noch, dafür Sorge zu tragen, dass niemand sie störe.

Als sie allein waren, sah Alan die Lady wehmütig an. »Warum wart Ihr nicht da, als ich Euch brauchte?«

Amoret trat betroffen zu ihm. »Was ist passiert?«

Er erzählte von Nicks Zwangsrekrutierung und seinem vergeblichen Bemühen, dem Gesellen den Dienst in der Flotte zu ersparen.

»Es ist meine Schuld«, schloss er zerknirscht. »Ich hätte ihn nicht allein losschicken dürfen. Ich hätte an seiner Stelle die Krankenbesuche machen müssen!«

»Sagt das nicht! Dann hätte man Euch vielleicht verschleppt.«

»Mag sein. Aber dann müsste ich mir jetzt keine Vorwürfe machen.«

Sanft nahm Amoret seine Hände und sagte tröstend: »Ich bin sicher, er wird wohlbehalten zurückkehren.«

»Aber es wird doch bestimmt wieder heftige Gefechte geben!«, wandte Alan ein.

»Ihr müsst einfach daran glauben, mein Freund«, sagte sie beschwörend. »Euer Geselle ist ein umsichtiger Bursche. Er wird sich aus dem Gröbsten heraushalten.«

Ihre tröstenden Worte erreichten ihn schließlich. Auch wenn

sie seine Sorge um Nick nicht vertreiben konnten, fühlte sich Alan mit seinen Schuldgefühlen nicht mehr allein gelassen.

Amoret drückte auffordernd seine Hände.

»Zieht Eure nassen Kleider aus und lasst sie am Feuer trocknen. Möchtet Ihr Wein?«

Mechanisch gehorchte er ihr, schlüpfte aus dem durchweichten Leinenhemd und zog Schuhe, Strümpfe und Beinkleider aus. Nachdem er die Kleidungsstücke vor dem Kamin über einen Stuhl gelegt hatte, warf er sich den Schlafrock über und trat zu Amoret, die ihm ein gefülltes Weinglas entgegenhielt.

Dankbar nahm er es entgegen und trank. Sein Blick begegnete dem ihren. Amoret las eine unausgesprochene Frage darin. Mit einem sanften Lächeln stellte sie ihr eigenes Glas ab und sagte leise: »Nun, da ich den Dienstboten Anweisung gegeben habe, uns nicht zu stören, werdet Ihr meine Zofe sein müssen, Alan. Ich kann Euch gar nicht sagen, wie sehr ich mich danach sehne, aus diesem Kleid herauszukommen.«

Sie nahm sein Gesicht zwischen ihre Hände und zog ihn zu sich herab. Da schlang er die Arme um sie und küsste sie mit einer Gier, die ihn selbst überraschte.

Sie verbrachten den Rest des Tages und die ganze Nacht miteinander. Immer wieder nahm Alan sie in die Arme und presste sie leidenschaftlich an sich. Er überschüttete sie mit Küssen, flüsterte ihr Zärtlichkeiten zu und verwöhnte sie mit einer Unermüdlichkeit, als sei diese Nacht seine letzte auf Erden.

Am Morgen fiel es Alan schwer, sich von Amoret zu trennen und nach Hause zu gehen. Er zögerte den Moment so lange hinaus, dass sie ihn einlud, mit ihr zu dinieren. Satt und glücklich gab der Wundarzt schließlich seinem mahnenden Gewissen nach und machte sich schweren Herzens auf den Weg in die Paternoster Row.

Der Empfang, der ihm in seinem Haus zuteil wurde, war frostig. Anne funkelte ihn vorwurfsvoll an, als er in der Tür erschien.

»Ihr habt also endlich nach Hause zurückgefunden! Wisst Ihr eigentlich, wie das ist, wenn eine Ehefrau gefragt wird, wo ihr Gatte ist, und sie keine Antwort geben kann?«

Alan versuchte, gelassen zu bleiben, spürte aber, wie leichte Wut in ihm aufzusteigen begann.

»Wer hat nach mir gefragt?«

»Eure Kunden, oder zumindest einige der Wenigen, die Euch noch geblieben sind, da Ihr es ja vorzieht, Euch den ganzen Tag in den Docks herumzutreiben, um einen nichtsnutzigen Gesellen zu suchen, der wahrscheinlich einfach nur abgehauen ist. Und dann verbringt Ihr die Nacht noch bei einer Hure!«

Die Wut in Alans Bauch verwandelte sich in siedenden Zorn. »Da irrt Ihr Euch, Madam«, gab er gereizt zurück. »Ich war bei keiner Hure.«

»Ich rieche sie doch an Euch! Und es ist nicht das erste Mal. Ihr gebt Euch mit schmutzigen Huren ab, bei denen Ihr Euch die Pocken holen werdet.«

Diesmal verlor Alan endgültig die Beherrschung. Er packte Anne bei den Schultern und schüttelte sie grob.

»Wagt es nie wieder, sie eine Hure zu nennen!«, schrie er. »Wie könnt Ihr es wagen! Besonders Ihr! Ihr seid die Hure, die sich von einem Kerl schwängern lässt und dann einem anderen ihren Bastard unterschiebt!«

»Lasst sie los, um Christi willen«, rief Elizabeth, die eben die Treppe herunterkam.

Voller Abscheu stieß Alan seine Frau von sich. Anne brach in Tränen aus und schob sich schluchzend an ihrer Tante vorbei.

»Könnt Ihr sie nicht in Ruhe lassen?«, sagte Elizabeth empört.

Alan wandte zornig den Kopf. »Ihr steckt doch bestimmt mit

ihr unter einer Decke, Madam. Oder wollt Ihr mir weismachen, dass Ihr nichts von Annes Schwangerschaft wusstet?«

Elizabeth stieg die letzten Stufen hinunter und trat auf den aufgebrachten Wundarzt zu.

»Doch, ich wusste davon. Aber Ihr müsst verstehen, dass Anne keine andere Wahl blieb. Ihr Vater, mein liebenswerter Schwager, hätte ihr das Leben zur Hölle gemacht, wenn sie bei ihm geblieben wäre.«

»Warum hat sie dann nicht den Vater ihres Kindes zur Heirat genötigt?«, fragte Alan abfällig.

»Weil es unmöglich war.«

»Warum? Offenbar brachte sie ihm doch tiefere Gefühle entgegen als mir.«

Elizabeths Gesicht verfinsterte sich, und ihre Stimme klang scharf: »Seid Ihr wirklich ein solcher Narr, dass Ihr die Wahrheit nicht seht? Anne wurde vergewaltigt!«

Alan sah sie sprachlos an. Auf einmal begriff er alles. Tiefes Mitleid regte sich in ihm und ließ seine Wut verrauchen.

»Aber wer? Wer war es?«, stammelte er betroffen.

»Das kann ich Euch nicht sagen. Fragt Anne.«

Er nickte. Dann trat er in den Garten hinaus, um eine Weile nachzudenken.

Erst am Abend, als sie in der ehelichen Kammer allein waren, hatte Alan Gelegenheit, mit Anne zu sprechen.

»Jetzt, da ich es weiß, verstehe ich Euer Dilemma. Ihr wart schwanger, und Eure Mutter, die Euch hätte helfen können, war tot. Aber warum habt Ihr Euch mir damals nicht anvertraut? Ich hätte Euch geholfen. Warum musstet Ihr mich täuschen?«

»Hättet Ihr Euch freiwillig bereit erklärt, mich zu heiraten und das Kind eines anderen großzuziehen?«, fragte Anne sarkastisch.

»Nein, aber ...«

»Seht Ihr! Ihr hättet Eure Freiheit nicht geopfert, um einem schwangeren Mädchen zu helfen, das Ihr kaum kanntet. Und anders hättet Ihr mir nicht helfen können.«

»Vielleicht habt Ihr Recht«, musste Alan gestehen. »Es tut mir Leid, dass Ihr so viel Schmerz durchmachen musstet. Wer ist der Mann, der Euch Gewalt angetan hat?«

»Glaubt mir, es ist besser, wenn Ihr das nicht wisst.«

Anne schlüpfte unter die Bettdecke und schloss die Augen. Alan akzeptierte ihr Schweigen. Doch es fiel ihm schwer, in dieser Nacht Schlaf zu finden.

Am Tag des heiligen Jacob trafen die verfeindeten Flotten erneut aufeinander. Diesmal behielten die Engländer die Oberhand. Die Holländer ergriffen die Flucht, nachdem sie zwanzig Schiffe und siebentausend Männer verloren hatten. Die Engländer hatten dagegen nur den Verlust eines Schiffs, der *Resolution*, und etwa fünfhundert Mann zu beklagen.

Alan nahm ein Boot nach Chatham, wohin man die Überlebenden der *Resolution* gebracht hatte, um zu sehen, ob Nick unter ihnen war. Die Verwundeten waren auf mehrere Bierschenken verteilt worden, da es kein Lazarett für sie gab. Alan suchte die Schenken nacheinander auf und ließ sich die Seeleute zeigen. Viele der Männer wiesen Brandwunden auf, einigen hatte man einen Arm oder ein Bein abgenommen. Obgleich er den Anblick schwerer Verletzungen gewöhnt war, sank Alans Stimmung mehr und mehr, als er das Elend sah, das der Krieg über die armen Männer gebracht hatte. Oft mussten sie noch dazu monatelang auf ihre Heuer warten, denn die Staatskasse war leer. Alan ging von Lager zu Lager und sah in die abgehärmten Gesichter, doch Nick war nicht unter ihnen.

Einer der Verwundeten klagte über große Schmerzen, als Alan an seinem Lager stehen blieb. Die Wunde an seinem Bein war nachlässig gereinigt worden. Der Chirurg zögerte nicht, sich vom Schankwirt Branntwein und ein sauberes Tuch geben zu lassen und die Verletzung zu versorgen. Alan war so in seine Arbeit vertieft, dass er nicht bemerkte, wie jemand hinter ihn trat.

»Seid Ihr Wundarzt, Sir?«

Alan wandte den Kopf und sah einen gut aussehenden Mann in den Vierzigern neben sich stehen. Schulterlanges dunkles Haar umrahmte ein schmales Gesicht mit braunen Augen und einer energisch vorspringenden Nase. Ein schmaler Schnurrbart, wie ihn der König trug, zierte seine Oberlippe. Alan erhob sich von der Bettstatt, auf dessen Rand er gesessen hatte.

»Ja, Sir, ich bin Wundarzt. Ich habe eine Chirurgenstube in London. Mein Geselle wurde in den Dienst der Marine gepresst, und nun bin ich auf der Suche nach ihm.«

»Verstehe«, sagte der Mann. »Mein Name ist John Evelyn. Ich gehöre der Kommission für die Versorgung der Verwundeten und Kriegsgefangenen an. Es tut mir Leid um Euren Gesellen. Habt Ihr ihn unter den Männern gefunden?«

Alan schüttelte entmutigt den Kopf. »Nein, sicher ist er auf einem der anderen Schiffe, die noch auf See sind. Wisst Ihr vielleicht, wann sie zurückkehren werden?«

»Nein, leider nicht. Das entscheiden die Flottenkommandeure.«

Alan ließ den Blick über die Verwundeten gleiten. »Nicht gerade die geeignetste Methode der Unterbringung.«

»Wem sagt Ihr das?«, seufzte Evelyn. »Die Chirurgen müssen bei ihren Krankenbesuchen weite Strecken zurücklegen und haben nicht die Zeit, die Wunden ordentlich zu versorgen, wie Ihr selbst gesehen habt. Außerdem geraten die Verwundeten in den Schenken zu leicht in Versuchung, sich der Trunksucht zu ergeben, was ihre Genesung gefährdet. Aus diesem Grund habe ich dem König vorgeschlagen, hier in Chatham ein Lazarett zu bauen. Ich habe bereits einen geeigneten Standort gefunden und genau die Kosten berechnet, die wirklich nicht hoch sind. Mr. Pepys hat die Pläne dem Marineamt vorgelegt, und sie wurden genehmigt, doch ohne Geld wird nie etwas daraus werden. Es ist zum Verzweifeln! Seine Majestät verschwendet Unsummen an seine Mätressen, aber für die Männer, die im Krieg ihr Leben für unser Land einsetzen, hat er keinen Shilling übrig.« John Evelyn sah sein Gegenüber entschuldigend an. »Verzeiht meinen Ausbruch, Sir. Aber es ist sehr bedrückend, wenn man seine Arbeit nicht tun kann, weil kein Geld da ist.«

»Ich kann es Euch nachfühlen, Sir«, erwiderte Alan verständnisvoll.

»Eigentlich hatte ich die Absicht, Euch zu fragen, ob Ihr nicht für die Kommission arbeiten wollt«, fuhr Evelyn fort. »Uns fehlen Chirurgen. Aber ich sollte wohl ehrlicherweise hinzufügen, dass Ihr aller Wahrscheinlichkeit nach vergeblich auf Eure Bezahlung warten müsstet. Vielleicht überlegt Ihr es Euch dennoch, Sir. In Kürze werde ich die transportfähigen Verwundeten ins St. Bartholomew Hospital in London verlegen lassen. Und da Ihr in London arbeitet ...«

»Ich werde es mir durch den Kopf gehen lassen«, versprach Alan und verabschiedete sich.

Sehr verlockend war das Angebot, für einen geringen Lohn oder im ungünstigen Fall gar umsonst zu arbeiten, allerdings nicht. Doch Alan verspürte Mitleid mit den vielen Verwundeten, die so schlecht versorgt wurden und schließlich an Krankheiten starben, die man hätte vermeiden können. Andererseits würde die Arbeit in einem Hospital ihm eine gute Gelegenheit bieten, aus dem Haus zu kommen. Auch nach ihrer Aussprache hatte sich das Verhältnis zwischen Alan und seiner Gemahlin nicht gebessert. Und so entschied der Chirurg, sich zumindest für einige Tage in der Woche im Hospital nützlich zu machen. Allerdings gab es da noch eine Sache, die ihm Sorgen machte.

Sobald es sich einrichten ließ, suchte Alan Sir Orlando auf und bat um eine Unterredung. Er erzählte dem Richter von seinem Gespräch mit John Evelyn.

»Ihr wollt tatsächlich im St. Bartholomew's arbeiten?«, fragte Trelawney skeptisch. »Ihr wisst doch, wie es um die Staatskasse bestellt ist.«

»Ja, aber ich habe auch gesehen, wie verzweifelt die Lage der armen Seeleute ist«, wandte Alan ein. »Ich würde gerne helfen. Allerdings befürchte ich, dass man mir die Eide abverlangen wird, wenn ich in einem öffentlichen Hospital arbeiten will.«

Sir Orlando nickte. »Das ist durchaus möglich. Zumal Mr. Evelyn kein Freund der Katholiken ist. Erst kürzlich hat er dem König eine Schrift überreicht mit dem Titel: ›Die verderblichen Auswirkungen der neuen Ketzerei der Jesuiten gegen König und Staat‹, eine Übersetzung aus dem Französischen. Ihr möchtet also, dass ich ein gutes Wort für Euch einlege.«

»Dafür wäre ich Euer Lordschaft sehr dankbar.«

Trelawney setzte sich an seinen Schreibtisch und holte Feder und Tinte hervor. »Ich werde Euch ein entsprechendes Empfehlungsschreiben aufsetzen.« Die Feder kratzte über das Papier. Als er fertig war, löschte der Richter das Schreiben mit Sand und versiegelte es.

Alan nahm das Schriftstück dankend entgegen und wollte sich entfernen, doch Sir Orlando hielt ihn noch einmal zurück.

»Was ich Euch schon seit einiger Zeit fragen wollte, Meister Ridgeway, habt Ihr eigentlich je wieder von dem irischen Burschen gehört, der eine Zeit lang bei Euch wohnte, diesem McMahon?«

»Ihr meint Breandán Mac Mathúna«, verbesserte Alan lächelnd. Der junge Ire hatte es gehasst, wenn man seinen Namen zu McMahon vereinfachte, wie es die Engländer gewöhnlich taten, weil sie die irischen Namen nicht aussprechen konnten.

Trelawney machte eine wegwerfende Handbewegung. »Wie auch immer! Wisst Ihr, wo er sich aufhält?«

»Nein, Mylord«, log Alan. Amorets Mitteilung, dass Breandán sich in Frankreich befand, war vertraulich gewesen. Er konnte nicht guten Gewissens darüber sprechen.

»Glaubt Ihr, dass er nach London zurückkehren wird?«

Alan meinte, einen leichten Ton von Besorgnis in Sir Orlandos Stimme zu vernehmen, und fragte sich, ob sich da wohl das schlechte Gewissen des Richters regte. Vor fast zwei Jahren hatte Trelawney den Iren vor Gericht zu Unrecht verurteilt, obgleich dieser seine Unschuld beteuert hatte. Denn Sir Orlando teilte das Vorurteil vieler Engländer, die die Iren für Diebesgesindel hielten. Breandán hatte ihm das nie verziehen und auch nie einen Hehl daraus gemacht.

»Ihr glaubt doch nicht, dass sich Mr. Mac Mathúna an Euch rächen könnte?«, fragte Alan zweifelnd.

Sir Orlando sah den Chirurgen ernst an. »Ich halte es durchaus für möglich.«

»Mylord, ich weiß, Mac Mathúna bringt Euch keine freundschaftlichen Gefühle entgegen, aber ich kann mir nicht vorstellen, dass er Euch noch immer nachträgt, was Ihr ihm angetan habt. Er ist ein vernünftiger Mann. Wenn er zurückkehrt, dann sicher nicht Euretwegen.«

»Euer Wort in Gottes Ohr!«, seufzte der Richter, der Alans Überzeugung nicht teilen mochte.

Achtundzwanzigstes Kapitel

»Anne, habt Ihr Molly gesehen? Ich brauche ein sauberes Hemd.«

Anne war damit beschäftigt, ein Huhn zu rupfen. Sie sah nicht einmal auf, als Alan in der Tür zur Küche erschien. Sie war jetzt im achten Monat ihrer Schwangerschaft, was sie nicht zugänglicher machte.

»Habt Ihr Molly eine Besorgung aufgetragen?«, versuchte es der Wundarzt noch einmal.

Ohne den Blick zu heben, antwortete Anne: »Sie ist fort.«

»Fort? Aber wieso? Und wohin?«

»Ich habe sie entlassen.«

Alan starrte sie verdutzt an. »Ihr habt sie fortgeschickt?«

»Ja«, zischte Anne. »Glaubt Ihr, ich wüsste nicht, was Ihr jeden Morgen mit ihr treibt, wenn sie Euch heißes Wasser bringt? Es ist widerlich! Ich habe die Schlampe aus dem Haus gewiesen.«

Verärgert biss Alan die Zähne aufeinander. Er war sich keiner Schuld bewusst. Molly war ein lebenslustiges Mädchen, das ihrem Brotherrn nie übel genommen hatte, wenn er ihr unter die Röcke griff oder ihr einen Kuss raubte. Alan hätte sich der Magd nicht gegen ihren Willen aufgedrängt, und das wusste Molly. Mit der Zeit war das harmlose, neckische Spiel am Morgen zu einem festen Ritual geworden, über das sich keiner von beiden Gedanken machte. Offenbar hatte Anne sie eines Tages dabei beobachtet. Doch Alan hätte nie damit gerechnet, dass sie ihren Ärger an Molly auslassen könnte.

»Ihr hattet kein Recht, das arme Mädchen auf die Straße zu setzen!«, sagte Alan vorwurfsvoll. »Ihr hättet zuerst mit mir reden müssen.«

Der Ärger, der in ihm brodelte, trieb ihn aus dem Haus. Inzwischen dachte er ernsthaft daran, seine Chirurgenstube aufzugeben und stattdessen im Hospital zu arbeiten, nur um Anne nicht mehr sehen zu müssen. In seine Grübeleien vertieft, hatte Alan nicht darauf geachtet, wohin er ging. Als das Ludgate vor ihm auftauchte, zögerte er, unschlüssig, was er tun sollte. Seine Füße trugen ihn schließlich ganz von selbst durch das Stadttor und die Fleet Street entlang zum Strand. Vielleicht hatte er Glück und traf Lady St. Clair zu Hause an. Er sehnte sich nach ihrer Gesellschaft, nach Verständnis und ein wenig Zärtlichkeit. Verlegen betätigte er den Türklopfer aus Messing am Hauptportal. Ein Lakai öffnete ihm.

»Ah, Meister Ridgeway, Ihr kommt wie gerufen«, sagte der Bursche erfreut. »Ihre Ladyschaft wollte schon nach Euch schicken. Einer der Diener hatte einen Unfall.«

»Was ist passiert?«

»Ein Pferd hat ihn getreten, Sir. Ich führe Euch zu ihm.«

Der Verletzte lag in seiner Kammer im Bett. Es war William. Amoret stand mit besorgter Miene an seinem Lager.

»Meister Ridgeway, Ihr seid schon da?«, fragte sie erstaunt.

»Ich wollte Euch gerade einen Besuch abstatten, als ich von dem Unglück hörte«, erklärte Alan. Der Wundarzt beugte sich über den Diener, der ihn mit schmerzverzerrtem Gesicht ansah. Nachdem er den verletzten Knöchel sorgfältig untersucht hatte, sagte er: »Es scheint nichts gebrochen zu sein, nur verstaucht. Ich werde eine Schiene anlegen. Ihr müsst das Bein eine Zeit lang völlig ruhig halten, William, dann könnt Ihr bald wieder ohne Schmerzen gehen.«

Der Diener lehnte sich erleichtert zurück. »Ich danke Euch, Meister Ridgeway. Ich hatte schon Schlimmeres befürchtet.«

Amoret sah neugierig zu, während Alan den Knöchel des Dieners versorgte, und fragte den Wundarzt dann, ob er die Absicht habe, noch eine Weile zu bleiben.

»Gerne, Mylady«, antwortete er mit einem breiten Lächeln und folgte ihr in ihre Gemächer.

Erst gegen Abend meldete sich Alans schlechtes Gewissen. Anne hatte schon Recht, wenn sie ihm vorwarf, dass er seine Arbeit vernachlässigte. Er musste bald eine Entscheidung treffen, wie es weitergehen sollte. Aus Sorge um seine Sicherheit bat Amoret ihn, nicht zu Fuß nach Hause zu gehen, sondern drängte ihn, eine Mietkutsche zu nehmen, zumal bereits die Dämmerung einsetzte. Der Hackney kam nur langsam voran, denn die Menschen feierten den kürzlich errungenen Sieg der Flotte über die Holländer. Ein Geschwader hatte die Inseln Vlieland und Terschelling überfallen, über hundertfünfzig feindliche Schiffe verbrannt und außerdem noch einige erbeutet. Die Londoner entzündeten Freudenfeuer in den Straßen und brannten Feuerschlangen ab. Einige gingen mit Musketen umher und feuerten Salven in die Luft.

Die Mietkutsche setzte Alan vor seinem Haus ab. Auch in der Paternoster Row wurde gefeiert. Vor dem Nachbarhaus war ein Pferd angebunden, das immer wieder erschrocken den Kopf hochwarf, wenn eine Feuerschlange aufleuchtete.

Alan sah, dass in der Offizin kein Licht mehr brannte, obwohl die Fensterläden noch nicht geschlossen worden waren. Er holte seinen Schlüssel hervor, um aufzuschließen, da er annahm, die Frauen und der Lehrjunge hätten sich bereits zurückgezogen. Doch dann bemerkte er, dass die Haustür nur angelehnt war. Verwundert drückte er sie auf und trat ein. Alan hatte gerade ein paar Schritte durch die im Halbdunkel liegende Chirurgenstube gemacht, als ein Schuss fiel und ihn zusammenfahren ließ. Eine

Frau schrie in Todesangst. Im nächsten Moment erschien Anne oben auf der Treppe, keuchend, schluchzend, wie von Furien gehetzt. Atemlos wandte sie sich um und erstarrte, als sie sah, wie nah ihr Verfolger ihr auf den Fersen war. Ein düsterer unheimlicher Schatten tauchte hinter ihr auf. Alan registrierte eine hoch gewachsene Gestalt in einem weiten Umhang, die einen breitkrempigen Filzhut trug. Der Eindringling holte die schwangere Frau ein, packte sie bei der Schulter und gab ihr einen brutalen Stoß, der sie von den Beinen riss. Alans Entsetzensschrei verband sich mit dem ihren. Sie stürzte die Stufen hinab und blieb stöhnend am Fuß der Treppe liegen. Der Fremde sprang ihr nach und zog dabei eine Pistole aus seinem Gürtel. Auf der letzten Stufe hielt er an, spannte den Hahn und richtete den Lauf auf Alan.

Der Wundarzt reagierte rein instinktiv. Im Nachhinein wusste er selbst nicht, wie es ihm gelungen war, sich so schnell zur Seite zu werfen und hinter dem massiven Operationstisch Schutz zu suchen. Die Kugel streifte nur leicht seinen rechten Oberarm und hinterließ ein kaum wahrnehmbares Brennen. Hastig rappelte sich Alan vom Boden auf und hielt nach dem Eindringling Ausschau. Sein Herz krampfte sich zusammen, als er hilflos mit ansehen musste, wie der Fremde seine abgefeuerte Pistole beim Lauf packte und den schweren Kolben mehrmals auf Annes Kopf schmetterte. Mit zitternden Händen wühlte Alan in seinen chirurgischen Instrumenten, auf der Suche nach einer Waffe, und zerschnitt sich dabei die Finger an den scharfen Klingen. Doch als er sich nach dem Angreifer umdrehte, verließ dieser bereits mit großen Schritten die Offizin. Alan nahm nur noch wahr, dass sein Gesicht mit einem Tuch maskiert war. Dann schloss sich die Tür hinter ihm.

Das Messer, mit dem sich der Wundarzt hatte verteidigen wollen, entglitt seinen blutenden Händen und fiel klirrend zu Boden.

»Anne! Anne!«, schrie er und eilte zu seiner Frau, die leblos auf dem Holzboden lag. Ihre eng anliegende Leinenhaube war mit Blut getränkt. Alan drehte sie vorsichtig um. Sie atmete noch. Ohne zu zögern hob er sie auf die Arme, trug sie zur ehelichen Kammer und legte sie aufs Bett.

»Elizabeth! Kit!«, rief er so laut er konnte. Doch es kam keine Antwort. »Verdammt!«, entfuhr es ihm. Wo waren die beiden nur? Er brauchte Hilfe, doch er konnte Anne nicht allein lassen.

Zuerst musste er die Kopfwunde versorgen. Alan lief hinunter in die Chirurgenstube, sammelte einige Instrumente und saubere Tücher zusammen, goss Branntwein in eine Schüssel und kehrte dann zu Anne zurück. Sie rührte sich noch immer nicht. Alan entfernte die blutige Leinenhaube und spülte die Kopfwunde aus. Um besser sehen zu können, rasierte er behutsam das Haar unmittelbar um die Wunde. Die Kopfschwarte war durch die brutalen Hiebe aufgeplatzt und blutete stark. Zwischen den klaffenden Rändern der Haut war die Schädeldecke zu sehen. Der Pistolenkolben hatte den Knochen zerschmettert und nach innen gedrückt. Es war eine sehr schwere, wahrscheinlich tödliche Verletzung. Auch wenn es Anne nicht mehr viel helfen mochte, entfernte Alan sorgfältig die losen Knochensplitter und säuberte noch einmal gründlich die Wunde.

Schließlich wandte er sich dem ungeborenen Kind zu. Hatte es den Sturz seiner Mutter überlebt? Mit einer großen Schere zerschnitt er Annes Kleider und ließ die Hände über ihren gewölbten Leib gleiten. Tatsächlich, es bewegte sich noch.

Alan zögerte. In dem Zustand, in dem sie sich befand, hatte Anne nicht mehr die Kraft, das Kind selbst zur Welt zu bringen. Wenn sie starb, würde auch ihr Kind sterben. Es gab nur eine Möglichkeit, es zu retten: Er musste eine cäsarische Entbindung durchführen. Dieses Verfahren war seit der Römerzeit bekannt – der Name ging auf die legendäre Entbindung Cäsars zurück –, aber sie wurde fast ausschließlich bei toten Frauen vorgenommen, denn für die Mutter endete ein Aufschneiden des Uterus so gut wie immer tödlich.

Unschlüssig legte Alan die Hand auf Annes Brust. Ihr Herzschlag war schwach und verlangsamt. Nach kurzer Überlegung stieg der Wundarzt in die Offizin hinab und tränkte einen Schwamm mit Essig. Er wollte noch einen Versuch machen, seine Frau zu Bewusstsein zu bringen. In die Kammer zurückgekehrt, hielt er ihr den Schwamm unter die Nase und ließ sie die scharfen Essigdämpfe einatmen. Als sie nicht reagierte, wusch er ihr Gesicht mit kaltem Wasser und bürstete ihre Hand- und Fußflächen. Schließlich musste er einsehen, dass all seine Bemühungen sinnlos waren. Die Bewusstlosigkeit, in der Anne lag, war zu tief! Auf einmal bemerkte Alan, dass Blut, vermischt mit einer wässrigen Flüssigkeit, aus ihrer Nase rann. Er wischte es fort, doch der Blutfluss hielt an. Auch aus ihren Ohren begann Blut zu sickern.

Seine Erfahrung als Wundarzt sagte ihm, dass sie im Sterben lag und dass er nichts mehr für sie tun konnte. Und doch zögerte er, dieses Sterben zu beschleunigen, indem er ihr den Bauch aufschnitt, um das Kind zu holen. Verzweifelt flehte er die Jungfrau Maria an, ihm bei der Entscheidung zu helfen. Er wünschte von ganzem Herzen, dass Jeremy bei ihm wäre, um ihm zu sagen, ob er das Richtige tat. Freilich stellte sich dem Priester die Frage erst gar nicht. Für ihn hatte die Rettung der Seele stets Vorrang. Wenn das Kind im Mutterleib starb, in dem es nicht getauft werden konnte, würde seine Seele in den Limbus infantum eingehen, die Vorhölle, wo sie Gott nicht schauen konnte, sich aber bis in alle Ewigkeit in schmerzhafter Sehnsucht nach seinem Anblick verzehren würde.

Alan schickte ein Gebet zur Jungfrau, dann begab er sich erneut in die Chirurgenstube, um die notwendigen Instrumente zu holen. Inzwischen war es Nacht geworden. Auf den Straßen war Ruhe eingekehrt. Wieder fragte sich Alan, weshalb Kit und Elizabeth nicht im Haus waren, hatte aber keine Muße, sich weitere Gedanken darüber zu machen. Als er die Instrumente neben dem Bett ablegte, bemerkte Alan, dass seine Hände zitterten. Es war nicht das erste Mal, dass er diese Operation durchführte, doch er hatte sie bisher noch nie bei einer lebenden Frau vorgenommen. Fluchend versuchte er, sich zusammenzureißen. Zuerst nahm er ein kleines Stück Holz, zog Annes Kiefer nach unten und klemmte es zwischen ihre Zähne, damit der Mund offen blieb und so die Gebärmutter genügend Luft erhielt. Auch wenn Anne noch am Leben war, atmete sie mittlerweile doch so schwach, dass das Kind ersticken könnte. Sodann zog Alan die Kissen weg, damit der Kopf der Schwangeren möglichst tief lag, und schob ein Kissen unter ihr Kreuz. Alan wusch seine Hände und die Stelle, an der er den Schnitt durchführen würde, mit Branntwein. Dann wählte er ein sehr scharfes Messer, setzte die Klinge auf der linken Seite – um die Leber, die rechts lag, nicht zu verletzen – in der Gegend des Schambeins an und schnitt das Bauchfell etwa eine Handbreit auf. Die Eingeweide kamen zum Vorschein. Alan schob sie vorsichtig zur Seite. Die Gebärmutter trat aus der Schnittwunde heraus und ließ sich nun leicht öffnen. Alan legte das Messer ab und drehte Annes leblosen Körper nach links. Auf diese Weise neigte sich das Kind ebenfalls auf diese Seite, und Alan brauchte nicht tief in die Gebärmutter hineinzugreifen, um es mit den Händen fassen und ins Freie ziehen zu können. Es war ein winziges Wesen mit verschrumpelter Haut. Alan unterband die Nabelschnur und durchtrennte sie. Besorgt stellte er fest, dass sich der Junge nicht bewegte. Mit dem kleinen Finger öffnete er die Lippen des Kindes und entfernte den Schleim. Als der Knabe immer noch nicht zu atmen anfing, beugte er sich über ihn und blies ihm in den Mund, wie es die Hebammen taten. Wieder und wieder versuchte er verzweifelt, dem Neugeborenen Leben einzuhauchen. Schließlich tastete er nach seinem Herzschlag, doch in der kleinen Brust regte sich nichts mehr. Das Kind war tot. Er hatte zu lange gewartet.

Eine Weile stand Alan nur da und starrte erschüttert auf den winzigen Leichnam hinab. Um ihn herum war Totenstille. Da begriff er, dass auch Anne zu atmen aufgehört hatte. Ohne nachzudenken, nahm er das Kind, legte es neben seine tote Mutter und deckte beide zu. Die Knie versagten Alan plötzlich den Dienst. Kraftlos ließ er sich an der Wand zu Boden sinken und vergrub das Gesicht in den blutbeschmierten Händen.

Er wusste nicht, wie viel Zeit vergangen war. In ihm regte sich nichts, kein Entsetzen, keine Trauer ... nichts. Alles war wie betäubt, verbrannt, tot. Seine Gedanken gingen ins Leere, entzogen sich ihm wie unwirkliche Wesen, die man nicht fassen kann.

Das Zwitschern eines Vogels drang an sein Ohr. Draußen vor dem Fenster der Kammer begrüßte ein Spatz fröhlich die Morgendämmerung. Ein leichter Schmerz an seinem rechten Oberarm drang in Alans Bewusstsein. Er wandte den Kopf und betrachtete verständnislos den blutverkrusteten Riss in seinem Ärmel. Allmählich kehrte die Erinnerung zurück. Eine Kugel hatte seine Haut gestreift. Hätte er nur einen Augenblick langsamer reagiert, wäre er jetzt tot. Warum?, fragte er sich verwirrt. Warum war der Mörder in sein Haus gekommen? Was hatte er hier gesucht?

Alan starrte auf seine blutbefleckten Hände, und auf einmal drehte sich ihm der Magen um. Dem Erbrechen nahe, raffte er sich auf und taumelte aus der Kammer. Unten in der Chirurgenstube übergab er sich in einen Eimer. Dann wankte er in die Küche, füllte eine Schüssel mit Wasser und begann mit fahrigen Bewegungen, das Blut von seinen Händen zu schrubben. Nach einer Weile gab er es auf und ließ sich auf einen Schemel sinken. Es war sinnlos! Nie würde es ihm gelingen, sich vom Blut seiner Frau und ihres Kindes reinzuwaschen. Er hatte sie beide umgebracht. Sie, weil er zu früh, und das Kind, weil er zu spät gehandelt hatte. Immer wieder fragte er sich, ob er mehr für sie getan hätte, wenn sie ihm wichtiger gewesen wäre. Hatte er sie zu früh aufgegeben? Hatte er nicht für einen kurzen Moment sogar den Wunsch verspürt, sie wäre tot und er wieder frei? Die Erkenntnis, dass er unvermutet Witwer geworden war, verursachte ihm schwere Schuldgefühle. Er traute sich selbst nicht mehr. Und wenn er sie nun doch umgebracht hatte? Vielleicht hätte sie sich wieder erholt und das Kind selbst zur Welt gebracht!

Was habe ich getan?, schrie es in ihm. Ich habe sie getötet! Ich habe sie auf dem Gewissen.

Ein Schluchzen schnürte ihm die Kehle zu und ließ ihn nach Luft ringen. Doch er weinte nicht um sie, die er nicht geliebt hatte, die ihm nur eine Last gewesen war, sondern um sich selbst. Fast grollte er ihr, dass sie ihm unter den Händen gestorben war und ihn mit diesen unerträglichen Schuldgefühlen zurückließ. Vielleicht wäre sie noch am Leben, wenn er zu Hause geblieben wäre, wie es seine Pflicht gewesen war. Stattdessen hatte er sich mit Amoret vergnügt. Nun schämte er sich für das Glück, das er in Lady St. Clairs Armen genossen hatte.

Als seine Tränen des Selbstmitleids versiegt waren, starrte er noch eine Weile vor sich hin und lauschte auf die Geräusche der erwachenden Stadt. Die Handwerker und Kaufleute öffneten bereits ihre Läden, Fuhrwerke und Reiter bewegten sich durch die Straßen, Pferde wieherten.

Erneut formte sich eine Frage in Alans Gedanken: Wo war Kit? Und wo war Annes Tante? Eine schreckliche Ahnung griff mit einem Mal nach seinem Herzen und presste es zusammen. Abrupt sprang er auf die Füße und stieg die Treppe in den ersten Stock hinauf. Vor der Tür der ehelichen Kammer blieb er stehen. Nie wieder würde er in der Lage sein, sie zu betreten, geschweige denn, in ihr zu schlafen. Er wandte sich der Tür der gegenüberliegenden Stube zu. Während seines Junggesellendaseins hatte er diesen Raum nie genutzt, viel lieber hatte er mit Jeremy und den anderen Mitgliedern seines Haushalts in der Küche gesessen, doch Elizabeth und Anne hatten die Stube für sich entdeckt und sich bevorzugt dort aufgehalten.

Die Tür war angelehnt. Zögernd hob Alan die Hand und drückte sie auf. Erschrocken fuhr er zurück, presste sich mit bebenden Gliedern an die Wand. Auf den Holzdielen ausgestreckt lag Elizabeth. Ihre Brust war blutüberströmt. Entsetzt wandte sich Alan ab und hastete die Stufen ins Erdgeschoss hinunter. Völlig kopflos riss er die Haustür auf und stolperte auf die Straße hinaus. Er hatte nicht mehr die Kraft, nach Kit zu suchen, der vielleicht auch tot in einem der Zimmer lag. Allmählich wurde Alan klar, dass er großes Glück gehabt hatte. Wäre er gestern Abend zu Hause gewesen, wäre er jetzt ebenfalls tot.

Einige Straßen weiter blieb Alan stehen und ließ sich gegen eine Häuserwand sinken. Die frische Luft brachte ihn nach und nach wieder zur Vernunft. Er musste die Verbrechen melden! Er musste dafür sorgen, dass der Schurke, der das getan hatte, gefasst und verurteilt wurde!

»Ist alles in Ordnung, Sir? Seid Ihr verletzt?«, fragte eine Stimme neben ihm.

Erschrocken hob Alan den Kopf und sah einen Mann in bürgerlicher Kleidung an seiner Seite stehen.

»Euer Hemd ist voller Blut«, fügte der Fremde misstrauisch hinzu.

»Ich ... meine Frau ist tot ... sie wurde ermordet ...«, stammelte Alan. Es fiel ihm schwer, seine Worte zu ordnen.

»Vielleicht ist es besser, wenn Ihr mit dem Konstabler redet,

Sir«, sagte der Mann in einem Ton, der keinen Widerspruch zuließ.

»Ja, Ihr habt Recht«, stimmte Alan zu.

Der Passant nahm ihn beim Arm und führte ihn die Gasse entlang. Alan folgte ihm willenlos. Vor einem Haus blieben sie stehen. Der Mann betätigte den Türklopfer. Als eine Magd öffnete, fragte er: »Ist Mr. Osborne zu sprechen? Ich möchte ein Verbrechen melden.«

Die Magd ließ sie ein und führte sie in eine holzgetäfelte Stube. Kurz darauf erschien Mr. Osborne, der Konstabler des Bezirks.

»Mr. Bensley, was bringt Euch zu so früher Stunde in mein Haus?«, begrüßte der Ordnungshüter den Mann, der Alan noch immer am Arm hielt, als fürchte er, dieser könne sich davonmachen.

»Ich bin diesem Mann auf der Straße begegnet. Er sagt, seine Frau sei ermordet worden.«

Osborne wandte sich Alan zu und musterte ihn mit prüfendem Blick. »Wie ist Euer Name, Sir?«

»Ridgeway, Alan Ridgeway. Ich bin Meister der Chirurgengilde.«

»Und wo wohnt Ihr?«

»In der Paternoster Row.«

»Wann ist das Verbrechen passiert?«

»Als ich gestern Abend nach Hause kam, wurde ich Zeuge, wie ein maskierter Mann meine Frau ermordete. Er hat auch ihre Tante getötet.«

»Und weshalb meldet Ihr das erst jetzt?«

»Meine Frau lebte noch. Ich habe versucht, sie und ihr ungeborenes Kind zu retten, aber es gelang mir nicht.«

»Also gut, Sir, sehen wir uns einmal in Eurem Haus um.«

Der Konstabler gab der Magd Anweisungen für seine Abwesenheit. Dann nahmen er und Mr. Bensley Alan in ihre Mitte, und sie machten sich gemeinsam zur Paternoster Row auf. Vor dem Unglückshaus angekommen, öffnete der Konstabler die Haustür, die der Wundarzt bei seinem überstürzten Aufbruch nicht abgeschlossen hatte, und trat ein. Alan und Bensley folgten ihm in die Chirurgenstube.

»Wo ist Eure Frau, Sir?«, fragte Osborne.

»Im ersten Stock in unserer Schlafkammer. Ihre Tante liegt in der Stube nebenan«, antwortete Alan mit gepresster Stimme.

»Wartet hier!« Der Konstabler stieg die Treppe hinauf. Es dauerte nicht lange, bevor er nach unten zurückkehrte. Sein Gesicht war bleich geworden.

»Ein schrecklicher Anblick«, bemerkte er sichtlich betroffen. »Ich habe noch nie etwas Ähnliches gesehen.« Er wischte sich mit dem Handrücken den Schweiß von der Stirn, obwohl die Sommerhitze der letzten Tage so früh am Morgen noch kaum spürbar war. »Ich muss dem Ratsherrn Meldung machen. Ein so scheußliches Verbrechen wird Sir Henry selbst untersuchen wollen.«

Sir Henry Crowder war als Ratsherr und Friedensrichter für die Aufklärung von Verbrechen zuständig und saß bei geringen Vergehen selbst als Magistrat zu Gericht. Außerdem lag es in seiner Verantwortung, bei schweren Verbrechen Verdächtige an ein höheres Gericht zu überstellen.

Alan begann allmählich seine körperliche Schwäche zu spüren. Er hatte die ganze Nacht nicht geschlafen und seit dem vergangenen Abend weder gegessen noch getrunken. Die Aussicht auf ein längeres Verhör zu den schrecklichen Ereignissen, die er durchlebt hatte, bereitete ihm tiefes Unbehagen.

Plötzlich wurde die Haustür von außen aufgestoßen, und Martin Laxton stürmte herein. Alan wich unwillkürlich ein paar Schritte zurück. Der Arm, den William Martin gebrochen hatte, war vollständig verheilt. Er musste ihn nicht einmal mehr in der Schlinge tragen.

»Was ist passiert?«, rief Laxton. »Meine Schwester ... wo ist sie?«

Der Konstabler trat dem aufgeregten jungen Mann mit strenger Miene entgegen. »Und wer seid Ihr, Sir?«

»Mein Name ist Martin Laxton. Meine Schwester hat diesen Kerl da geheiratet und es vom ersten Tag an bereut. Was hat er ihr angetan?«

»Es tut mir Leid, Sir, Eure Schwester ist tot. Ebenso ihre Tante«, klärte Osborne den Ankömmling auf.

Martins Gesicht verzerrte sich. Mit einem Satz stürzte er sich auf Alan, noch ehe Bensley oder der Konstabler reagieren konnten.

»Du Schwein!«, brüllte Laxton. »Du hast sie umgebracht.« In wildem Zorn packte er Alan am Hals und drückte mit aller Kraft zu, dass dem Wundarzt die Luft wegblieb. Osborne und Bensley kamen ihm zu Hilfe, hatten aber Mühe, den tobenden Laxton von ihm zu trennen.

»Sir, das reicht!«, befahl der Konstabler. »Wenn Ihr etwas gegen diesen Mann vorzubringen habt, so tut das vor dem Ratsherrn.«

»Das werde ich, verlasst Euch drauf.«

Alan rang mühsam nach Luft. Sein Hals schmerzte. Zum ersten Mal seit den grausigen Ereignissen der Nacht wurde ihm klar, dass er in der Klemme saß. Laxton würde jedem erzählen, dass er Anne gegen seinen Willen geheiratet hatte. Und es gab keine Zeugen, die seine Darstellung der Morde bestätigen konnten. Niemand außer ihm hatte den dunkel gekleideten Eindringling gesehen.

Ein weiteres Mal an diesem Morgen wurde die Haustür geöffnet. Eine Welle der Erleichterung überflutete Alan, als er Kit auf der Schwelle stehen sah. Zumindest der Junge hatte das Massaker überlebt.

Der Lehrknabe sah verständnislos in die Runde, bis der Konstabler ihn ansprach: »Was willst du, Junge?«

»Er ist mein Lehrling«, antwortete Alan, der sich noch immer den schmerzenden Hals rieb. »Kit, wo warst du nur?«

»Sie haben mich weggeschickt, Meister.«

»Wer?«

»Eure Gemahlin und Mistress Elizabeth, Meister. Sie haben mir einen Korb mit Brot und Wein und ein Huhn für meine Familie mitgegeben und haben gesagt, ich soll über Nacht dort bleiben.«

Der Konstabler wurde ungeduldig. Es war offensichtlich, dass er sich von der Brutalität der Verbrechen überfordert fühlte.

»Ihr werdet mich jetzt alle zu Ratsherrn Crowder begleiten, Sirs. Dort könnt Ihr berichten, was Ihr über die Sache wisst.«

Diesmal packte der Konstabler Alan beim Arm, um zu verhindern, dass er auf dem Weg zum Haus des Ratsherrn entfloh. Der Wundarzt machte Anstalten, einige Worte mit Kit zu wechseln, doch Osborne hielt ihn zurück. Der Ordnungshüter befürchtete, dass sie sich absprechen könnten.

»Du kommst mit, Junge«, befahl er. Bensley und Laxton schlossen sich ihnen ebenfalls an.

Sir Henry Crowder zeigte sich nicht besonders erfreut über den Aufmarsch in seinem Haus. Fluchend unterbrach er sein Morgenmahl und führte die Besucher in seine Amtsstube.

»Mr. Osborne, was hat das zu bedeuten?«, fragte der Ratsherr verärgert. »Ich habe gleich ein wichtiges Geschäft abzuwickeln. Fasst Euch also kurz.«

»Verzeiht, Master Ratsherr, aber das Verbrechen, das ich zu melden habe, ist so abscheulich, dass ich gleich hergekommen bin«, entschuldigte sich der Konstabler und berichtete von den

Morden an den beiden Frauen.«In Anbetracht des heißen Wetters wäre es nicht ratsam, die Leichen zu lange offen liegen zu lassen, Sir. Und ich wollte sie nicht auf eigene Verantwortung fortschaffen lassen.«

Der Ratsherr hatte dem Bericht aufmerksam gelauscht und nickte nun zustimmend. »Ich werde unverzüglich einen Boten zum Leichenbeschauer schicken. Und nun zu Euch, Gentlemen. Was habt Ihr mir zu berichten?«

Alan gab die Ereignisse der vergangenen Nacht so genau wie möglich wieder, und Bensley fügte hinzu, wie er den Wundarzt auf der Straße angesprochen hatte, als er das Blut auf dessen Hemd sah. Schließlich wandte sich Sir Henry an Martin Laxton.

»Ihr seid der Bruder der schwangeren Frau, Sir?«

»Ja, und ich kann Euch sagen, dass die Geschichte, die Meister Ridgeway zum Besten gegeben hat, erstunken und erlogen war. Er hat meine Schwester und ihre Tante umgebracht!«

Der Ratsherr zog erstaunt die Brauen hoch. »Das ist eine schwere Anschuldigung, Sir. Habt Ihr Beweise für Eure Behauptung?«

»Das Verhalten dieses Schufts spricht doch für sich selbst! Er hat meine Schwester vergewaltigt. Und als sich herausstellte, dass sie ein Kind bekommen würde, hat er alles versucht, um sich aus der Verantwortung zu ziehen. Fragt den Kirchenvorsteher von St. Faith, fragt den Zunftmeister der Barbiere und Chirurgen, sie werden Euch bestätigen, dass Ridgeway sich nur unter Zwang bereit erklärte, meiner Schwester die Ehre zu erweisen, die ihr gebührte. Wer hätte einen überzeugenderen Grund, Anne und ihre Tante zu ermorden, als er? Es war der einzige Weg für ihn, sie loszuwerden.«

»Wenn das wahr ist, was Ihr da behauptet, muss ich Euch zustimmen, Sir«, erklärte Sir Henry. »Seid Ihr bereit, Eure Anschuldigung vor einem Gericht zu beschwören?«

»Das bin ich!«, bestätigte Martin mit einem wölfischen Seitenblick auf seinen Schwager.

Der Ratsherr trat mit strenger Miene zu Alan, der sichtlich bleich geworden war.

»Sir, Ihr werdet eines schweren Verbrechens beschuldigt. Daher ist es meine Pflicht, Euch ins Gefängnis überführen zu lassen, in dem Ihr bis zur nächsten Gerichtssitzung am Old Bailey verbleiben werdet.«

»Ich habe meine Frau nicht getötet!«, protestierte Alan verzweifelt.

»Bei Eurem Prozess werdet Ihr Gelegenheit haben, Eure Unschuld zu beweisen«, sagte Sir Henry hart. »Mr. Osborne, führt ihn ins Newgate!«

Alan schluckte. Seine Kehle war schlagartig ausgetrocknet. Angst wallte in ihm auf, nackte, kalte Angst!

»Nein, nicht ins Newgate!«, stieß er hervor. »Das könnt Ihr nicht tun.«

Doch der Konstabler war bereits hinter ihn getreten und wollte ihn am Arm abführen. Alan wich in Panik vor ihm zurück. Vor zwei Jahren hatte er ein einziges Mal das schreckliche Gefängnis als Besucher betreten, und die Erinnerung daran sandte selbst jetzt noch kalte Schauer über seinen Körper. Die Zustände in den Kerkern waren so grässlich, dass nur ein Teil der Häftlinge überhaupt bis zum Prozess überlebte. Alan hatte nur ein paar Münzen in seinem Geldbeutel, kaum genug, um sich ein Stück Brot zu leisten, denn das Gefängnis war ein teures Pflaster.

Der Konstabler fürchtete, dass sein Gefangener ihm Schwierigkeiten machen könnte, und bat einen von Sir Henrys Lakaien um einen Strick. Dann zwang er Alan unsanft die Arme auf den Rücken und fesselte ihm die Hände.

»Seid friedlich, Sir! Ihr verschlimmert nur Eure Lage.«

Alan begegnete dem entsetzten Blick seines Lehrjungen, der das Geschehen stumm verfolgt hatte.

»Kit, lauf zu Lady St. Clair und sag ihr, was passiert ist!«, rief er dem Knaben zu, bevor er abgeführt wurde. »Ich brauche ihre Hilfe. Um Jesus willen, beeil dich!«

Neunundzwanzigstes Kapitel

Kit rannte die Fleet Street entlang. Seine Lungen brannten, als wollten sie bersten. Am Ende seiner Kräfte, blieb der Junge schließlich stehen und stützte sich mit der Hand an einer Hauswand ab, bis seine Atemzüge wieder langsamer gingen und seine Beine aufhörten zu zittern. Vor ihm lag der Strand. Als er sich etwas erholt hatte, setzte sich Kit erneut in Trab. Er kannte Lady St. Clairs Haus nicht und musste mehrmals nachfragen, bevor ihm ein Vorbeigehender den Weg wies. Als er das Fachwerkhaus endlich erreicht hatte, klopfte er mit aller Kraft an die Dienstbotentür. Ein uniformierter Lakai mit einem hochmütigen Gesichtsausdruck öffnete ihm.

»Was willst du, Junge?«, fragte er unfreundlich.

»Ich muss mit Mylady St. Clair sprechen«, stieß Kit keuchend hervor.

»Du musst? Bist wohl nicht ganz bei Trost? Die Lady empfängt keine Bittsteller. Mach, dass du fortkommst!«

»Aber ich habe eine wichtige Nachricht für sie. Bitte lasst mich zu ihr!«, flehte der Junge.

»Werd nicht frech, Rotznase. Mylady St. Clair ist nicht zu Hause. Also verzieh dich endlich.«

»Wann kommt sie zurück?«

Der Lakai warf Kit einen abfälligen Blick zu. »Kannst ja warten. Aber draußen.« Mit diesen Worten schlug der Laufbursche dem Jungen die Tür vor der Nase zu.

Den Tränen nahe, ließ sich Kit vor dem Haus auf den staubigen Boden nieder. So konnte er die Straße überblicken und würde eine ankommende Kutsche nicht übersehen. Er hatte nicht begriffen, was in der vergangenen Nacht im Haus seines Meisters vorgefallen war, er wusste nur, das er dankbar sein musste, dass er es nicht mit angesehen hatte. Es war ihm auch klar, dass Meister Ridgeway auf keinen Fall etwas mit den Verbrechen zu tun hatte, dass ihm aber Schlimmes drohte, wenn es ihm nicht gelang, seine Unschuld zu beweisen. Kit verehrte seinen Meister, der ihn so großzügig aufgenommen hatte und ihm mit sehr viel Geduld und Nachsicht sein Wissen vermittelte, ohne je einen Penny Lehrgeld erhalten zu haben. Und so nahm der Junge die Pflicht, Alan zu helfen, sehr ernst.

Die Zeit verstrich, aber Lady St. Clair kehrte nicht zurück. Kit klopfte erneut an die Tür, musste aber eine ganze Weile warten, bis sich der Lakai bequemte, die Tür zu öffnen.

»Du schon wieder. Du wirst lästig, Junge«, meinte der Bursche spöttisch. Er mochte nur wenige Jahre älter sein als Kit.

»Bitte sagt mir doch, wann Mylady St. Clair zurückkehrt«, bat der Knabe flehentlich.

Der Lakai lachte. »Eine Woche kann's schon dauern. Ich hoffe, du hast genug Sitzfleisch.« Und wieder flog die Tür zu.

Zähneknirschend wandte sich Kit ab. Was sollte er tun? Wo konnte sich Lady St. Clair aufhalten? Vermutlich am Hof in Whitehall! Ohne noch länger zu zögern, setzte sich der Junge wieder in Bewegung. Sein Magen knurrte, doch er ignorierte das Hungergefühl ebenso wie den Durst, der in seiner Kehle brannte. Die Augustsonne schien heiß vom Himmel. In Schweiß gebadet erreichte Kit den Whitehall-Palast. Er hatte die königliche Residenz noch nie zuvor aus der Nähe gesehen, geschweige denn betreten, und kannte sich nicht aus. Eine seltsame Stille lag über den ineinander verschachtelten Gebäuden, die unter verschiedenen Königen entstanden waren. Schließlich entschloss sich Kit, eine der Wachen anzusprechen, die gelangweilt herumstanden.

»Könnt Ihr mir wohl sagen, wo ich die Gemächer von Lady St. Clair finde, Sir?«

Der Soldat sah den Jungen verwundert an und begann dann dröhnend zu lachen. »Was willst du denn bei Mylady St. Clair, Bursche?«

»Ich habe eine wichtige Nachricht für sie. Es geht um Leben oder Tod!«

»Na, dann solltest du dich aber auf einen langen Fußmarsch einstellen, Kleiner. Hast du nicht bemerkt, wie still es hier ist? Der Hof befindet sich in Tunbridge Wells, um das Wasser der Heilquellen zu trinken.«

Kit sah den Soldaten so fassungslos an, dass dieser ihm mitleidig auf die Schulter klopfte. »In ein paar Tagen werden sie wieder zurück sein. Musst eben so lange Geduld haben.«

Der Junge schüttelte niedergeschlagen den Kopf. »Dann wird es zu spät sein!«

Zornig über seine Hilflosigkeit fuhr sich Kit über die Augen, um die Tränen fortzuwischen, die sich darin sammelten. Was nun? Lady St. Clair war unerreichbar. Selbst zu Pferd brauchte man über einen Tag nach Tunbridge Wells.

Mit einem Mal kam ihm ein Gedanke, und sein Körper straffte sich. Pater Blackshaw würde wissen, was zu tun war. Er hätte gleich zu dem Jesuiten gehen sollen, anstatt kostbare Zeit mit der Suche nach Lady St. Clair zu verschwenden. Allerdings befand sich Pater Blackshaw am anderen Ende der Stadt. Am schnellsten würde er mit einem Boot zur Brücke gelangen, doch Kit hatte nicht genug Geld bei sich, um den Fährmann zu bezahlen. Er entschloss sich, es trotzdem zu versuchen. An der Anlegestelle des Palastes lümmelte ein Flussschiffer in seinem Ruderboot herum. Er schien jedoch wenig geneigt, seine Mittagspause zu unterbrechen.

»Ich muss so schnell wie möglich zur Brücke, Sir«, erklärte Kit mit dringlicher Stimme.

»So schnell wie möglich?«, wiederholte der Fährmann spöttisch. »Hast du überhaupt Geld, Kleiner?«

»Zwei Pence.«

Der Flussschiffer lachte höhnisch. »Vergiss es!«

»Wie weit bringt Ihr mich dafür?«, beharrte Kit.

Der Mann schob seinen Hut aus der Stirn und setzte sich auf. »Also gut, steig ein. Wenn's wirklich so dringend ist. Ich bring dich bis zur Anlegestelle Whitefriars. Den Rest musst du zu Fuß gehen.«

Kit dankte dem Flussschiffer und sprang ins Boot. Als er endlich die Brücke erreichte, war es bereits Nachmittag. Kit war erschöpft und durstig und seine Haut von der Sonne verbrannt. Doch in der Werkstatt von Meister Hubbart erwartete ihn eine neue Enttäuschung.

»Dr. Fauconer ist nicht da, Kleiner«, klärte der Instrumentenmacher ihn auf. »Er macht Krankenbesuche.«

»Könnt Ihr mir sagen, wo?«

»Ein paar Namen kann ich dir nennen, aber ich bin mir nicht sicher, ob er da ist. Er sagt mir nicht immer, zu wem er geht.«

Stundenlang irrte Kit durch das Armenviertel bei den Docks, auf der Suche nach Pater Blackshaw, doch ohne Erfolg. Immer wieder verlief er sich in den unübersichtlichen verwinkelten Gässchen. Die Menschen, die dort wohnten, waren verschlossen und wollten ihm nicht sagen, ob der Priester bei ihnen gewesen war, aus Angst, er könne ein Spitzel sein.

Am Ende seiner Kräfte, schleppte sich Kit schließlich zur Brücke zurück und sank am Straßenrand in sich zusammen. Die Erschöpfung und wachsende Verzweiflung trieben ihm Tränen in die Augen. Meister Ridgeway hatte sich auf ihn verlassen, und er hatte jämmerlich versagt! Schluchzend barg der Junge das Gesicht in den Händen.

»Kit, was machst du denn hier? Ist etwas passiert?«, fragte eine vertraute Stimme an seiner Seite.

Erschrocken fuhr er hoch und sah den besorgten Blick Pater Blackshaws auf sich gerichtet.

»Der Jungfrau sei Dank! Ihr seid da! Es ist etwas Schreckliches geschehen.«

Die wenigen Einzelheiten, die Kit wusste, waren schnell erzählt. Jeremys Gesicht wurde grau vor Bestürzung.

»Meister Ridgeway befindet sich seit heute Morgen im Newgate? Weißt du, ob er Geld bei sich hat?«

Kit schüttelte den Kopf.

Jeremy presste die Lippen aufeinander, bis sie weiß wurden. »Ohne Geld ist man in den Kerkern des Newgate verloren. Heilige Mutter Gottes, steh ihm bei!«

Es ging bereits auf den Abend zu. So sehr er sich auch beeilen mochte, es würde ihm nicht gelingen, Geld zu beschaffen und das Newgate zu erreichen, bevor das Gefängnis für die Nacht seine Pforten schloss. Jeremy überlegte krampfhaft, wie viele Münzen er noch in seiner Truhe haben mochte. Es konnten nur ein paar Shillinge sein, zu wenig, um einem Gefangenen im Newgate auch nur eine anständige Bettstatt zu bezahlen.

»Warum bist du nicht gleich zu mir gekommen, Junge?«, fragte Jeremy ärgerlich.

»Aber Meister Ridgeway hat mich doch zu Lady St. Clair geschickt«, jammerte Kit verzweifelt.

»Dieser Narr! Warum hat er das getan? Weshalb hat er sich nicht zuerst an mich gewandt?« Zähneknirschend musste sich Jeremy eingestehen, dass er offenbar das Vertrauen seines

Freundes verloren hatte. Und Alan musste dafür nun einen hohen Preis bezahlen.

»Lady St. Clair ist mit dem Hof in Tunbridge Wells, sagst du?«, fragte Jeremy den Lehrling, der sich vor Erschöpfung kaum mehr aufrecht halten konnte. »Hat man dir mitgeteilt, wann sie zurückkehren wird?«

»In ein paar Tagen, vielleicht einer Woche«, antwortete der Junge bedrückt.

In dem Fall blieb Jeremy keine andere Wahl, als sich an seinen Freund, den Richter, zu wenden.

»Hör zu, Kit, ich muss mich sofort auf den Weg machen, um deinem Meister zu helfen. Geh in die Werkstatt von Meister Hubbart und lass dir etwas zu essen geben. Du kannst in meiner Kammer übernachten.«

Der Knabe nickte dankbar und trottete davon. Jeremy ging zum »Alten Schwan« hinunter und nahm ein Boot zur Anlegestelle des Temple. Er konnte nur hoffen, dass Trelawney zu Hause war, denn er wusste nicht, an wen er sich sonst wenden sollte. Er hatte Glück. Sir Orlando hatte gerade die Abendmahlzeit beendet, als der Jesuit an seine Tür klopfte.

»Ist etwas vorgefallen, Doktor?«, fragte der Richter betroffen, als er das gerötete Gesicht seines Besuchers sah. »Ihr seht schrecklich aus.«

Jeremy rang noch nach Luft, so eilig war er die Chancery Lane entlanggehastet. »Meister Ridgeway ist heute Morgen verhaftet worden. Seine Frau und ihre Tante wurden letzte Nacht ermordet.«

Trelawney blickte ihn fassungslos an. »Was? Das ist doch nicht möglich. Man glaubt doch wohl nicht, dass Meister Ridgeway das getan hat.«

»Offenbar doch. Leider weiß ich noch keine Einzelheiten. Alans Lehrknabe konnte mir nicht mehr sagen. Mylord, sie haben ihn ins Newgate gebracht. Ihr wisst, was das bedeutet. Man muss sich dort sogar das Privileg erkaufen, nicht von den Schließern zusammengeschlagen zu werden. Ich fürchte um ihn!«

Sir Orlando nickte düster. »Ja, ich weiß, das Newgate ist ein verdammtes Rattennest. Wenn Ihr Geld braucht, helfe ich Euch gerne aus.«

»Danke, Mylord.«

Der Richter übergab Jeremy einen gut gefüllten Geldbeutel, den er aus einem Kabinettschrank geholt hatte.

»Hier, nehmt. Macht es Eurem Freund so erträglich wie möglich. Ich werde mich erkundigen, wer den Haftbefehl unterschrieben hat und weshalb man ihn verdächtigt. Verliert nicht die Hoffnung, Pater. Es wird sich schon alles aufklären.«

»Gibt es keine Möglichkeit, ihn da herauszuholen? Gegen Zahlung einer Kaution vielleicht?«

Trelawney schüttelte bedauernd den Kopf »Leider nein. Eine Entlassung gegen Kaution wird nur bei leichteren Vergehen gestattet, nicht bei einem Schwerverbrechen wie Mord.«

»Ich begebe mich noch heute Abend in Meister Ridgeways Haus und sehe mich dort um«, sagte Jeremy entschlossen. »Vielleicht finden sich Hinweise, was sich wirklich dort abgespielt hat.«

»Dann lasst mich mitkommen, Pater«, schlug der Richter vor. »Um diese Zeit sind die Stadttore bereits verschlossen. In meiner Begleitung habt Ihr es leichter, in den Stadtkern zu gelangen.«

Jeremy war dem Richter für das freimütige Angebot von Herzen dankbar. Mit Unbehagen dachte er an Alan, als sie in Trelawneys Kutsche das Ludgate durchquerten, das ebenfalls als Gefängnis diente, aber bei weitem nicht so berüchtigt war wie sein Nachbar, das Newgate, in dem vor allem Schwerverbrecher einsaßen. Wie mochte es ihm in dem Schlangennest ergehen? Der

Priester betete inbrünstig zum heiligen Leonhard, dem Schutzheiligen der Gefangenen, er möge seinen Freund beschützen, damit dieser nicht zu sehr leiden musste, bis er ihm am Morgen endlich zu Hilfe kommen konnte.

Die Kutsche hielt vor der Chirurgenstube. Jeremy stieg als Erster aus und versuchte die Tür zu öffnen. Sie war verschlossen. Zum Glück besaß der Priester noch immer seinen Schlüssel. Alan hatte ihn gedrängt, ihn zu behalten, damit er jederzeit ins Haus konnte, auch wenn der Wundarzt nicht da war.

»Bleibt an der Tür stehen, bis ich Licht gemacht habe, Mylord«, riet Jeremy dem Richter, denn in der Offizin war es stockdunkel. Es bereitete dem Jesuiten keine Mühe, in einem der Schränke die Zunderbüchse zu finden, die immer dort lag, und den Docht einer kleinen Öllampe in Brand zu setzen. Sir Orlando trat neben Jeremy, während dieser noch eine weitere Lampe anzündete, damit sie besser sehen konnten.

»Vielleicht wäre es besser, morgen früh wiederzukommen, wenn es hell ist«, gab der Richter zu bedenken.

»Manchmal kann es nützlicher sein, sich im Schein einer Lampe jeweils nur auf einen Punkt konzentrieren zu können«, widersprach Jeremy.

Er nahm die Ölfunzel und bewegte sich langsam durch den Raum. In unmittelbarer Nähe des Operationstischs lagen einige chirurgische Instrumente in völliger Unordnung auf einem kleinen Schrank verstreut. Jeremy trat näher heran und sank in die Hocke. Auch auf dem Boden entdeckte er einige Lanzetten. An den Klingen klebte Blut.

»Ein schönes Durcheinander«, bemerkte Sir Orlando.

»Die Instrumente liegen gewöhnlich fein säuberlich aufgereiht auf diesem Schrank, damit sie immer griffbereit sind«, klärte Jeremy seinen Begleiter auf. »Jemand hat sie in großer Hast heruntergerissen.«

Trelawney hob seine Öllampe an und ließ den Blick kreisen.

»Was haltet Ihr davon, Pater?«

Jeremy folgte seinem ausgestreckten Finger, der auf eine Reihe bauchiger Salbentiegel deutete, die auf einem Bord standen. Einer von ihnen war zerbrochen. Vorsichtig hob der Jesuit die Scherben samt ihrem Inhalt auf und legte das Ganze auf den Operationstisch. Sir Orlando beobachtete überrascht, wie sein Freund die Finger wieder und wieder durch die Salbe gleiten ließ.

»Was sucht Ihr denn da?«

»Irgendetwas hat diesen Tiegel zerbrochen. Und ich möchte wissen, was! Ah, hier ist sie! Wie ich es mir dachte.«

Jeremy säuberte das Fundstück mit einem Tuch und hielt es dem Richter vor die Nase.

»Eine Bleikugel!«, entfuhr es Trelawney.

»So ist es! Jemand hat hier gestern Abend geschossen. Aber worauf oder auf wen?«

Der Jesuit trat vor das Bord, auf dem der zerbrochene Behälter gestanden hatte, und versuchte, die Schussbahn abzuschätzen, die die Kugel genommen haben könnte.

»Der Schuss kam wahrscheinlich von der Treppe her«, verkündete Jeremy. Im nächsten Moment fiel er auf die Knie und suchte mit der Lampe in der Hand den Fußboden ab. »Hier sind einige Blutspritzer. Die Kugel hat das Ziel also zumindest gestreift, als es sich nach links aus der Schussbahn warf.«

»Wieso nach links?«, fragte Sir Orlando verwundert.

»Der Operationstisch steht links. Ebenso der Schrank, auf dem die Instrumente liegen. Die Person, auf die geschossen wurde, griff nach einer Waffe, um sich zu verteidigen, und verstreute dabei die Lanzetten. Ich denke, dass es Meister Ridgeway war, aber das ist vorläufig nur eine Vermutung. Der Schütze stand vor oder auf der Treppe, als er den Schuss abgab. Er war also entweder auf dem Weg in eines der oberen Stockwerke oder er kam gerade herunter.«

Der Priester und der Richter untersuchten die Holzdielen am Fuß der Treppe.

»Hier ist ebenfalls Blut«, bemerkte Trelawney.

»Ja, aber es ist nicht sehr viel. Gehen wir in den ersten Stock und sehen wir uns dort um.«

Jeremy ging voraus. Im ersten Stock blieb er stehen und wandte sich nach kurzer Überlegung der Tür zur Stube zu.

»Mylord, seht hier!«

Sir Orlando folgte ihm in die Stube. Auf dem Boden vor dem Tisch war eine eingetrocknete große Blutlache zu sehen.

»Eines der Opfer ist hier gestorben«, erklärte der Jesuit. »Daran besteht wohl kein Zweifel. Leider hat man die Leichen bereits fortgeschafft. Es wäre eine große Hilfe, wenn Ihr den Leichenbeschauer ein wenig zur Todesursache aushorchen könntet, Sir.«

»Das werde ich gleich morgen tun, Pater.«

Sie verließen die Stube und betraten die gegenüberliegende Schlafkammer. Sir Orlando bedeckte unwillkürlich Mund und Nase mit der Hand und wich einen Schritt zurück.

»Bei Christi Blut! Ein entsetzlicher Blutgestank! Dabei bin ich wirklich nicht zimperlich.«

Auch Jeremy spürte, wie ihm übel wurde. Das flackernde Licht ihrer Funzeln hob das Bett aus der Dunkelheit. Die Laken waren mit Blut förmlich durchtränkt.

»Was mag hier nur passiert sein?«, murmelte Trelawney, der ein Taschentuch hervorgezogen hatte und es sich vor das Gesicht hielt.

Jeremy sah sich aufmerksam um. »Ich denke, hier ist Alans Frau gestorben. Seht Ihr die blutbefleckten Kissen, die neben dem Bett liegen? Es scheint, als habe Anne eine Kopfverletzung erlitten. Vermutlich hat Meister Ridgeway versucht, das Kind mittels einer cäsarischen Entbindung zu holen. Es hat aber offenbar nicht überlebt, denn der Lehrjunge erwähnte das Kind nicht.«

»Wie könnt Ihr wissen, dass Euer Freund eine cäsarische Entbindung durchgeführt hat?«, fragte Sir Orlando neugierig.

Jeremy deutete auf eine Truhe neben dem Bett. »Er hat die dafür nötigen chirurgischen Instrumente bereitgelegt. Auch das viele Blut deutet darauf hin.«

»Dann starb die Tante also drüben in der Stube.«

»Das denke ich auch.«

»Wir haben es folglich mit einem bewaffneten Unbekannten zu tun, der zumindest eine Kugel abgefeuert hat. Ihr habt Recht, es wäre interessant, zu wissen, ob die Frauen erschossen wurden. Vielleicht haben sie einen Räuber überrascht. Allerdings habe ich während meiner Laufbahn als Richter selten erlebt, dass ein Einbrecher die Bewohner eines Hauses kaltblütig abschlachtet, wie es hier geschehen ist, zumal er es allein mit wehrlosen Frauen zu tun hatte. Vielleicht erinnert Ihr Euch an Captain Turners Bande, die vor vier Jahren wegen Einbruchs gehängt wurde. Sie haben den Hausbesitzer lediglich ans Bett gefesselt, obwohl ihnen bewusst gewesen sein musste, dass er sie wiedererkennen und an den Galgen bringen konnte. Hier haben wir es mit einem verdammt gefährlichen Räuber zu tun.«

Jeremy sah den Richter mit düsterer Miene an. »Ich glaube nicht, dass ein Einbrecher für diese Morde verantwortlich ist.«

Sir Orlando erriet, was dem Jesuiten durch den Kopf ging. »Denkt Ihr, es handelt sich um den Mann, der die Hebamme ermordet hat?«

Jeremy nickte überzeugt. »Ich bin dessen sicher, Mylord. Dieser Teufel hat zu Ende gebracht, was ihm damals nicht gelungen war. Und Meister Ridgeway muss dafür büßen!«

Dreißigstes Kapitel

Alan betrat den Vorhof zur Hölle. So erschien es ihm zumindest, als der Konstabler ihn in die Pförtnerloge des Newgate führte und dem Schließer, der dort Dienst tat, ankündigte, dass er einen neuen Gast habe.

»Name?«, fragte der Schließer.

»Alan Ridgeway. Hier ist der Haftbefehl, unterschrieben von Sir Henry Crowder«, antwortete Osborne, während er Alans Handfesseln löste.

»Was hat er verbrochen?«

»Er hat seine schwangere Frau und deren Tante umgebracht. Passt also gut auf ihn auf!«

Der Schließer stieß einen beeindruckten Pfiff aus. »Träumt nicht jeder Mann davon, seinem zänkischen Eheweib das Maul zu stopfen? Hättet Euch nicht erwischen lassen dürfen, mein Freund.«

»Ich habe nichts getan!«, widersprach Alan energisch.

»Das sagen sie alle«, spöttelte der Schließer. Er machte eine Eintragung in ein Buch mit speckigen Seiten und gab dann einem Mann, der gelangweilt auf einem Schemel saß, einen Wink.

»Leg ihm Ketten an, Tom! Aber nicht zu knapp!«

Der Mann erhob sich mit einem Nicken und verließ die Pförtnerloge. Kurz darauf kehrte er mit einem Gewirr klirrender Eisenketten zurück und warf seine gewichtige Last vor einem Steinblock in der Mitte des Raumes krachend auf den Boden. Das Geräusch ließ Alan erschauern. Es fiel ihm schwer, zu glauben, dass dies kein Albtraum war, dass er sich tatsächlich in diesem schrecklichen Gefängnis befand. Wie oft hatte er die armen Häftlinge bedauert, wenn er das Torhaus durchquert hatte, doch nie hätte er gedacht, dass er eines Tages selbst einer dieser Verdammten sein könnte.

»Setzt Euch auf den Schemel hier und zieht Eure Schuhe aus!«, befahl der Mann, den der andere Tom genannt hatte.

Alan tat, wie geheißen.

»Euren rechten Fuß«, verlangte Tom. Er wählte einen der Eisenringe aus, an dem eine schwere Kette hing, und schob sie über Alans Fuß. Dann nahm er einen bereitliegenden Hammer, wog ihn kurz in der Hand und begann den Eisenring um Alans Knöchel mit wiederholten Schlägen in eine Form zu hämmern, die es dem Gefangenen nicht erlaubte, die Fußschelle abzustreifen.

Alan fuhr bei jedem Schlag zusammen und versuchte krampfhaft, seine Glieder ruhig zu halten, damit der Hammer nicht abrutschte und versehentlich seinen Knöchel zerschmetterte. Jedes Mal, wenn das schwere Werkzeug auf das Eisen der Fußschelle traf, spürte der Wundarzt die Erschütterung bis in die Knochen. Es war ihm, als schlage der Hammer gnadenlos auf sein Herz ein, das sich schmerzhaft in seiner Brust zusammenzog. Als der Ring fest genug saß, wiederholte Tom die Prozedur mit dem anderen Fuß. Beide Schellen waren durch eine lange, schwere Kette miteinander verbunden. Alan fragte sich unwillkürlich, wie er mit einem solchen Gewicht an den Beinen auch nur zehn Schritte tun sollte.

»Eure rechte Hand«, forderte Tom, nachdem er einen weiteren Eisenring aus dem Metallhaufen ausgewählt hatte.

Alan musste seine Hand hindurchstecken und sie dann auf den Steinblock legen. Wieder fiel der Hammer in schweren Schlägen auf das Eisen nieder und brachte es in die gewünschte

Form. Alan schloss die Augen und betete zur Jungfrau, sie möge seine Hände schonen, ohne die er seine Arbeit nicht mehr ausüben könnte.

Als Tom ihm beide Handschellen angelegt hatte, befahl er ihm aufzustehen. Die schwere Kette, die von den Ringen um Alans Handgelenke herabhing, machte es ihm fast unmöglich, seine Arme zu bewegen. Er wusste, es war eine Form der Erpressung, wie sie in den Gefängnissen üblich war, um die Häftlinge zur Zahlung einer Gebühr für leichtere Eisen zu bewegen. Der Erfindungsreichtum des Kerkermeisters, die Gefangenen bis auf den letzten Penny zu schröpfen, kannte keine Grenzen.

»Bring ihn in unseren ›Empfangssaal‹«, befahl der Schließer spöttisch.

Tom griff nach der Kette, die Alans Handschellen verband, und zog kräftig daran. Der unerwartete Ruck riss den Gefangenen beinahe von den Beinen.

»Ich hoffe, Ihr habt Geld, um Euch leichtere Ketten zu leisten, sonst kann der Aufenthalt hier sehr unangenehm für Euch werden«, sagte Tom lachend.

Alan biss die Zähne zusammen. Er vermied es, sich auszumalen, was mit ihm geschehen würde, wenn nicht bald Hilfe kam. In seinem Geldbeutel befanden sich nur ein paar Shillinge, die er gewöhnlich bei sich hatte, um einen Flussschiffer oder den Kutscher eines Hackney zu bezahlen.

Tom führte ihn in einen anliegenden kleinen Raum und öffnete einen Lukendeckel, der ein Loch im Boden verschloss.

»Los, steigt da runter!«

Alan warf einen unsicheren Blick in das finstere Loch, aus dem ihm ein muffiger Gestank entgegenschlug. Die oberste Sprosse einer Leiter war gerade noch zu erkennen. Zögernd tastete der Wundarzt mit dem Fuß nach Halt, doch das Gewicht der Ketten, die in die Tiefe rutschten und an seinen Gelenken zogen, ließ ihn beinahe ausgleiten. Mit aller Kraft klammerte er sich mit den Händen an die glitschigen Sprossen, um nicht abzustürzen. Die Bodenluke fiel mit einem Knall über ihm zu.

Der Raum, in dem sich Alan befand, lag im Halbdunkel. Er wurde nur durch eine schmale Schießscharte erhellt. Der Wundarzt konnte gerade noch eine hölzerne Bank ausmachen, die sich die Wand entlangzog. Drei Männer, ebenfalls in Ketten, starrten den Neuankömmling an, einer ängstlich, einer gleichgültig und der Dritte lauernd. Alan schleppte sich zu einem freien Platz auf der Bank. Der Lärm, den das Schleifen der eisernen Ketten über den Steinboden verursachte, dröhnte unangenehm in seinen Ohren.

Die Zeit schlich dahin. Keiner der Männer sprach ein Wort. Alan verspürte erneut Hunger und Durst. Wiederholt drehte er seinen Körper, in dem Bemühen, eine bequemere Stellung zu finden, denn das Gewicht der Ketten begann, seine Muskeln zu ermüden.

Zweimal wurde die Luke geöffnet und ein weiterer Gefangener in das Verlies gebracht. Man ließ sie absichtlich schmoren. Ein Aufenthalt in diesem unwirtlichen Kerker sollte die Wohlhabenderen unter ihnen dazu bewegen, ihre Taschen für eine bessere Unterkunft zu leeren.

Der Mann mit dem lauernden Blick rückte auf der Bank langsam näher an Alan heran. Zuerst bemerkte der Wundarzt aufgrund des Halbdunkels nicht, dass sich der Abstand zwischen ihnen verringerte, denn der andere verstand es sehr geschickt, das Klingen seiner Ketten zu verhindern. Doch dann hörte er den Atem des Mannes neben sich und fühlte im nächsten Moment die Berührung einer Hand an seiner Taille, an der seine Geldbörse hing. Jäh wich Alan zur Seite und stopfte den Lederbeutel zum Schutz in seinen Hosenbund. Dann suchte er sich einen Platz in einer Ecke des Raumes und ließ den Mann nicht mehr aus den Augen. Seine Stimmung verschlechterte sich noch mehr. Wie sollte sich ein Unschuldiger inmitten von Diebesgesindel die wenigen Münzen bewahren, die er besaß?

Die Luft in dem unterirdischen Verlies war heiß und stickig. Alan spürte, wie ihm am ganzen Körper der Schweiß ausbrach. Sein Durst wurde immer quälender, und sein Magen schmerzte. Ob Kit Amoret erreicht hatte? Wie lange würde es dauern, bis sie ihm Hilfe schickte? Er hatte das Gefühl, bereits Stunden in diesem Kerker zu verbringen.

Endlich wurde die Luke geöffnet, und ein Mann mit einer Öllampe in der Hand stieg zu ihnen herunter. Mit abfälliger Miene begutachtete er die Neuzugänge und schätzte mit sicherem Blick ihr Zahlungsvermögen ab. Er war etwa in den Vierzigern und machte in seiner bürgerlichen Kleidung einen recht gepflegten Eindruck.

»Erlaubt mir, mich vorzustellen, ich bin Euer Gastgeber, der Kerkermeister des Newgate. Willkommen in meinem Palast, Gentlemen!«, sagte er mit einem ironischen Lächeln. »Sicher seid Ihr nicht der Meinung, dass Eure neue Unterkunft diese Bezeichnung verdient. Das mag schon sein. Ihr werdet hier vielleicht nicht wie Könige leben, doch Ihr werdet wie ein Fürst zahlen müssen, wenn Ihr Eure Tage nicht in einem Verlies wie diesem verbringen wollt. Jeder von Euch hat die Möglichkeit, sofort auf die ›herrschaftliche Seite‹ zu wechseln, sei er nun Schuldner oder Verbrecher, sofern er mir hier und jetzt eine halbe Krone je Woche für ein Bett zahlt. Laken kosten zwei Shillinge zusätzlich. Nun, Gentlemen?«

Zwei Männer nahmen das Angebot an und wurden nach oben geschickt. Daraufhin trat der Kerkermeister zu Alan und fragte: »Was ist mit Euch, Sir? Ihr seid Wundarzt und habt eine Chirurgenstube in der Paternoster Row. Ich würde Euch raten, in Eurem Interesse, die Bänder Eurer Geldkatze aufzuschnüren und ein paar Münzen springen zu lassen! An diesem Ort kann Geiz üble Folgen haben.«

»Ich habe nur ein paar Shillinge bei mir«, erwiderte Alan zähneknirschend.

Der Kerkermeister streckte ihm auffordernd die Hand entgegen. »Lasst sehen!«

Alan leerte seinen Geldbeutel und übergab dem Mann den kläglichen Inhalt.

»Das ist wahrlich nicht viel«, spottete der Kerkermeister und steckte die Münzen ein. »Wer nicht bezahlen kann, kommt in das Steinverlies auf die ›Volksseite‹. Das heißt, kein Bett, keine Laken, keine Privilegien!«

»Aber ich habe Euch gerade bezahlt«, protestierte Alan.

»Das reicht eben für den Papierkram, den Ihr mir verursacht. An Eurer Stelle würde ich mich bemühen, an Geld zu kommen, Sir, wenn Ihr das Steinverlies gegen eine bequemere Unterkunft eintauschen wollt. Tom, kümmere dich um Mr. Ridgeway, der keinen Wert auf Annehmlichkeiten legt.«

Mit Müh und Not gelang es Alan, sich mit seinen Ketten die rutschige Leiter hinaufzuschleppen. Oben wurde er von Tom in Empfang genommen. Dieser machte sich einen Spaß daraus, den ahnungslosen Wundarzt erneut mit einem gemeinen Ruck an den Handschellen beinahe zu Fall zu bringen.

»Ihr seid also verstockt!«, höhnte Tom. »Ihr wollt nicht zahlen. Seht Ihr die Fackeln hier überall? Sie brennen den ganzen Tag über. Ohne sie wäre es in den Abteilungen düster wie in einem Mauseloch. Auch für die Fackeln müssen die Gefangenen bezahlen. Ohne Geld bekommt Ihr hier nicht einmal ein Stück verschimmeltes Brot oder einen Schluck fauliges Wasser. Wenn Ihr also irgendetwas von Wert bei Euch habt, rückt es raus, und ich werde sehen, was ich für Euch tun kann. Doch Ihr müsst Euch schnell entscheiden, bevor ich Euch den anderen Häftlingen überlasse. Die wollen nämlich auch ihren Anteil.«

Alan verstand nicht, worauf der Mann hinauswollte, und schüttelte den Kopf. Er besaß nicht einmal einen Ring oder eine Schuhschnalle, die etwas wert gewesen wäre.

»Wie Ihr wollt. Ich habe Euch gewarnt.«

Mit einem Schulterzucken stieß Tom den Wundarzt vor sich her. In einem düsteren Verlies, in das kein Sonnenstrahl drang, blieben sie stehen. Bei ihrem Auftauchen kam Bewegung in die abgerissenen Gestalten, die hier untergebracht waren. Alan bemerkte, dass es weder Betten noch Hängematten gab. Die Männer mussten auf dem bloßen Steinboden schlafen.

Die Gefangenen kamen neugierig auf Tom und den Neuankömmling zu und umringten sie. Ein kräftiger Kerl mit einem dunklen Bart und böse glitzernden Augen ergriff das Wort.

»Hat er Schmiergeld bezahlt?«

»Nein«, erwiderte Tom. »Keinen Penny.«

Alan blickte unruhig von einem zum anderen. Eine unheilvolle Ahnung überkam ihn.

»Er gehört euch«, sagte Tom und ging.

Noch ehe sich Alan versah, hatte der Bärtige ihn am Hemdkragen gepackt und stieß ihn gegen die Steinwand. Der Wundarzt unterdrückte ein Stöhnen. Er wusste, dass es sinnlos wäre, zu beteuern, dass er Freunde habe, die ihm bald Geld schicken würden. Im Newgate herrschte das Gesetz der Gewalt, nicht der Vernunft. Er konnte das geforderte Schmiergeld nicht bezahlen und musste nun dafür büßen.

Die heruntergekommenen Häftlinge, denen selbst der Hunger im Gesicht stand, nahmen ihn wie lauernde Wölfe in ihre Mitte und begannen, ihn durch den Kerker zu stoßen. Alan bemühte sich, auf den Beinen zu bleiben, doch seine Muskeln zitterten unter dem wachsenden Gewicht seiner Eisen. Plötzlich warf ihm einer der Gefangenen von hinten eine Kette über den Kopf und legte sie in Alans Nacken über Kreuz. Ein zweiter Häftling trat ihm gegen die Kniekehlen, so dass der Wundarzt das Gleichgewicht verlor und auf den Steinboden stürzte. Die Kette zog sich erbarmungslos um seinen Hals zusammen, drückte ihm mehr und mehr die Luft ab. Verzweifelt versuchte er, sie mit den Händen zu lockern. Dem Ersticken nahe, bemerkte er nicht einmal, wie ihm einige der Männer die Schuhe auszogen und an seinen Strümpfen zerrten, während andere sein Hemd in Fetzen rissen. Eine schwarze Wand stieg vor Alans Augen auf. Er glaubte, sterben zu müssen. Das Blut rauschte schmerzhaft in seinen Ohren. Bevor er das Bewusstsein verlor, hörte er einen der Gefangenen rufen: »Lass ihn los! Wenn du ihn umbringst, wird dich der Zorn Gottes treffen!«

Es dauerte eine Weile, bis das Brausen in Alans Kopf nachließ. Mühsam öffnete er die Augen. Ein Mann beugte sich über ihn.

»Bist du in Ordnung, Freund? Komm, steh auf.«

Alan sah den Fremden verständnislos an. Er versuchte, sich zu bewegen, hatte jedoch keine Gewalt über seine Glieder. Sein Herz wollte nicht aufhören, wie rasend zu schlagen, und sein Hals schmerzte unerträglich.

»Nimm meine Hand, Freund. Ich helfe dir auf«, sagte der Unbekannte. Die warme Stimme beruhigte Alan ein wenig. Es gelang ihm, die Hand des Mannes zu ergreifen und sich trotz des Zitterns, das seinen ganzen Körper erfasste, aufzurichten.

»Danke«, presste er hervor. Auch seine Zunge wollte ihm noch nicht wieder gehorchen.

»So ergeht es jedem, der den anderen Gefangenen kein Schmiergeld zahlen kann«, erklärte der Häftling. »Auch ich musste Prügel einstecken, als ich hierher kam.«

»Und trotzdem habt Ihr mir geholfen. Ich danke Euch dafür.«

»Ich konnte nicht tatenlos zusehen, wie sie dich umbringen.«

In diesem Moment erst wurde Alan bewusst, dass der Mann ihn duzte.

»Ihr seid ein Quäker.«

»Ein Mitglied der Gesellschaft der Freunde«, verbesserte sein Gegenüber nachsichtig. »Mein Name ist George Grey. Ich fürchte, sie haben dir nicht allzu viel von deinen Kleidern gelassen.«

Grey hatte Recht. Alan hatte Schuhe und Strümpfe sowie das blutbefleckte Hemd eingebüßt. Seine Kniehose war an mehreren Stellen zerrissen.

»Weshalb bist du hier, Freund?«, erkundigte sich der Quäker mitfühlend.

Alan erzählte ihm die traurige Geschichte. Es erleichterte ihn, mit einem freundlichen Menschen sprechen zu können.

»Ich würde dir gerne etwas zu essen anbieten, aber meine Glaubensgenossen und ich haben leider selbst nichts«, sagte George Grey bedauernd. »Wir sind arm. Deshalb hat man uns hier im tiefsten Verlies des Newgate eingesperrt.«

Doch Alan spürte sein Hungergefühl nicht mehr. Auch der Schmerz in der Magengegend hatte nachgelassen. Das Schlucken aber wurde ihm zur Qual. Eine seltsame Schwäche überkam ihn. Er hatte keine Kraft mehr, sich aufrecht zu halten. Ohne auf den Schmutz und das Ungeziefer zu achten, die den Boden bedeckten, legte er sich nieder und schloss die Augen.

Einunddreißigstes Kapitel

Der Tag verging, ohne dass Hilfe kam. Alan war der Verzweiflung nahe. Hatte Kit Lady St. Clair nicht erreicht? Auf einmal erinnerte er sich, dass sie einen Ausflug des Hofes nach Tunbridge Wells erwähnt hatte. Vielleicht war sie dorthin aufgebrochen, bevor Kit ihr die Nachricht überbringen konnte. In diesem Fall hatte er keine Erlösung zu erwarten.

Stundenlang lag Alan auf dem Steinboden und starrte ins Leere. In dem unterirdischen Kerker, in dem es keine Fenster gab, verlor er jegliches Gefühl für die Zeit. Irgendwann erschien George Grey an seiner Seite und reichte ihm einen Becher mit Wasser.

»Es ist nicht viel, und es riecht nicht besonders appetitlich, aber es wird dir helfen durchzuhalten, bis deine Freunde kommen.«

Alan dankte dem Quäker für seine Großzügigkeit. Er wusste, dass Grey und seine Glaubensgenossen selbst nicht viel besaßen, und fühlte sich tief in ihrer Schuld. Inzwischen konnte er gut verstehen, dass sich die Ärmsten der Häftlinge, von Hunger getrieben, sogar über tote Ratten und Mäuse hermachten und deren Fleisch aßen. Gestern noch hatte Alan in Amorets Armen gelegen und mit ihr das köstlichste Essen und den besten Wein genossen. Es erschien ihm, als sei seitdem eine Ewigkeit vergangen, als sei alles nur ein wundervoller Traum gewesen.

Mit einem Mal entstand Unruhe. Die Schließer begannen die Häftlinge, die sich tagsüber frei innerhalb des Gefängnisses bewegen konnten, in die einzelnen Abteilungen zurückzutreiben, wo sie bis zum nächsten Morgen eingeschlossen wurden. Mehr und mehr Männer strömten in das Steinverlies und suchten sich auf dem bloßen Steinboden einen Schlafplatz. Die Kräftigsten unter ihnen erkämpften sich das wenige faulende Stroh, das vermutlich bereits seit Wochen nicht erneuert worden war. Alan wurde von einer Welle schmutziger, schwitzender Leiber von seinem Platz verdrängt. Als er einem Gefangenen, der mit irrem Blick um sich starrte, nicht schnell genug aus dem Weg ging, musste er Fausthiebe und Fußtritte einstecken. Schließlich fand er sich an der Rückwand des Verlieses neben einem unbeschreiblich verdreckten Vagabunden wieder, dessen Lumpen vor Läusen nur so wimmelten. Er lag entlang der Mauer auf dem Rücken ausgestreckt. Sein Körper war zum Skelett abgemagert und von eiternden Geschwüren bedeckt, die einen Gestank verbreiteten, als sei sein Fleisch bereits in Fäulnis übergegangen. Alan beugte sich über ihn, um festzustellen, ob der erbarmungswürdigen Kreatur noch zu helfen war. Ohne ihn zu berühren, konnte der Wundarzt die Hitze spüren, die von dem Mann ausging. Er glühte förmlich vor Fieber und brabbelte unverständliche Worte vor sich hin. Sein Atem ging röchelnd.

Alan versuchte, Abstand zu dem Sterbenden zu wahren, doch der Steinboden des Kerkers war inzwischen von eng aneinander gedrängten Leibern so vollständig bedeckt, dass Alan keinen Platz mehr fand, um sich niederzulegen. Sich mit Gewalt gegenüber anderen durchzusetzen, lag nicht in seiner Natur, und so bemühte er sich, so weit wie möglich von dem Vagabunden entfernt wenigstens im Sitzen, die Knie angezogen, den Kopf auf die verschränkten Arme gebettet, etwas Ruhe zu finden. Doch es dauerte nicht lange, bevor Schwäche und Erschöpfung übermächtig wurden und er neben dem Fieberkranken auf dem schmutzigen Boden in bleiernen Schlaf sank.

Als Alan am Morgen erwachte, wusste er zuerst nicht, wo er sich befand. Um ihn herum erhoben sich die anderen Gefangenen von ihrem unbequemen Lager, während die Schließer die Tür des Kerkers öffneten. Fackeln wurden entzündet und hoben die ausgemergelten Gesichter der Insassen aus der Finsternis.

Die Luft war so schlecht, dass Alan zu würgen begann. Doch er hatte nichts im Magen, was er von sich hätte geben können, und so schmeckte er nur bittere Galle im Mund. Überall an seinem Körper verspürte er ein unangenehmes Jucken, und als er an sich herabsah, bemerkte er unzählige Läuse auf seiner Haut und auf den Fetzen seiner Kniehose. Von Ekel erfüllt versuchte er, sich von dem Ungeziefer zu befreien, doch die Plagegeister waren überall. Sie mussten während der Nacht von seinem völlig verlausten Schlafgenossen zu ihm herübergewandert sein. Als Alan in das Gesicht des Kranken sah, starrten ihm zwei tote Augen entgegen. Erschauernd wandte er sich ab.

Nachdem die Schließer die Gefangenen gezählt hatten, verkauften sie zum Frühstück Brot und Dünnbier an diejenigen, die es sich leisten konnten. Wer kein Geld hatte, ging leer aus. Auch Alan musste weiter hungern. George Grey steckte ihm einen Brotkanten und einen Becher Bier zu. Zutiefst beschämt nahm der Wundarzt das großzügige Geschenk an und schlang es hinunter.

»In einem der oberen Kerker gibt es ein Gitter zur Newgate Street, durch das man die Vorübergehenden um Almosen bitten kann«, sagte der Quäker mit einem mitfühlenden Blick in Alans graues Gesicht. »Wenn deine Freunde nicht kommen, geh dorthin und versuch dein Glück. Dann kannst du dir wenigstens einen Bissen Brot leisten.«

Alan nickte schwach. Wenn Lady St. Clair keine Hilfe schickte, würde ihm wohl nichts anderes übrig bleiben, wollte er in den nächsten Tagen nicht elendig verhungern. Er besaß nicht einmal die Mittel, eine Nachricht an Jeremy zu schicken. Sein Freund war nun seine letzte Hoffnung.

Das karge Stück Brot hatte Alans Magenschmerzen nicht beruhigt, sondern ihm den Hunger erst wieder quälend ins Bewusstsein gebracht. Mittlerweile fühlte er sich so schwach, dass es ihn große Anstrengung kostete, überhaupt auf die Beine zu kommen. Er hatte kein anderes Bedürfnis mehr, als dazuliegen und an nichts mehr zu denken. Doch auch das sollte ihm verwehrt bleiben. Als die Gefangenen ihr kärgliches Frühstück verzehrt hatten, verließen diejenigen, die noch kräftig genug waren, sich aufrecht zu halten, das Verlies und gingen betteln oder stehlen. Nur die Kranken und Hinfälligen blieben zurück. Auf einmal sah Alan den bärtigen Kerl, der ihn am Tag zuvor angegriffen hatte, auf sich zukommen. Sein Herz begann angestrengt in seiner Brust zu schlagen, während sich die Muskeln seines Körpers versteiften. Alan wollte vor dem anderen zurückweichen, fand jedoch nicht mehr die Kraft dazu.

»He, du Faulenzer! Steh auf!«, fuhr ihn der Bärtige an. »Die Neuen müssen die Eimer zur Jauchegrube schaffen. Also los, mach dich an die Arbeit.«

Alan begriff, dass die Forderung des Mannes keine Schikane war, um ihn zu demütigen, sondern auf einem festgeschriebenen Gesetz des Gefängnisses beruhte. Ihm blieb keine andere Wahl, als zu gehorchen, wenn er nicht erneut Prügel einstecken wollte. Die Angst vor dem drohend dastehenden Kerl verlieh ihm schließlich auch die nötige Kraft, die während der Nacht gefüllten, schmierigen Eimer, die als Abort dienten, zu der Grube in einem nahe gelegenen Verlies zu tragen und dort auszuleeren. Vielleicht hatte Gott diese Prüfung über ihn verhängt, weil er es in den letzten Monaten an Demut hatte fehlen lassen und sich so vieler Sünden schuldig gemacht hatte. Und doch konnte er die schöne Zeit mit Amoret nicht bereuen.

Nachdem er sich wiederholt zur Jauchegrube geschleppt hatte, ließ er sich nach Erledigung seiner widerwärtigen Pflicht zu Tode erschöpft auf den Boden des Kerkers sinken. Er wusste nicht, wie lange er unbeweglich dagelegen hatte, ohne auf den Schmutz und die Läuse zu achten, die über seinen Körper krochen, als sich eine Hand sanft auf seine Schulter legte.

»Alan! Alan, wacht auf!«

Der Wundarzt wandte den Kopf und sah in Jeremys Gesicht, in dem sich tiefe Betroffenheit abzeichnete, als er seinen Freund von Kopf bis Fuß musterte. Die Verwandlung, die Alan während nur eines Tages im Newgate durchgemacht hatte, war erschreckend. Sein halbnackter Körper war von einer schmierigen Schmutzschicht bedeckt, und seine Haare waren völlig verklebt. Sein Gesicht wirkte bleich und eingefallen, und seine Augen hatten jeglichen Glanz verloren.

»Jeremy«, murmelte Alan, und ein erlöstes Lächeln teilte seine blutleeren Lippen. »Ich bin so froh, dass Ihr da seid.« Ein trockenes Schluchzen schnitt ihm das Wort ab.

Jeremy legte die Arme um ihn und drückte ihn an sich, um ihn zu beruhigen, wiegte ihn ein paarmal wie ein Kind, bis sich der verkrampfte Körper seines Freundes ein wenig entspannte.

»Es tut mir Leid, dass ich nicht früher gekommen bin«, sagte der Jesuit leise. »Als Kit Lady St. Clair nicht erreichen konnte, kam er zu mir, doch bis er mich fand, war es bereits zu spät.«

Die Würgemale an Alans Hals zeigten deutlich, dass der Wundarzt Schreckliches durchgemacht hatte. Jeremy verspürte einen Stich ins Herz, als ihm klar wurde, dass sein Freund körperlich misshandelt worden war und die Nacht unter den grausigsten Umständen verbracht hatte.

»Ich wäre tot gewesen«, presste Alan hervor, »wenn dieser Quäker mir nicht geholfen hätte.« Er machte eine schwache

Kopfbewegung in Richtung der nicht weit von ihm entfernt zusammensitzenden »Freunde«. Einer der Quäker nickte ihnen zu.

»Ich kenne ihn«, erwiderte Jeremy. »Sein Name ist George Grey, nicht wahr?«

»Ja, woher wisst Ihr das?«

»Ich war Zeuge seines Prozesses.«

Der Priester öffnete die schwere Proviantasche, die er über der Schulter getragen hatte, und holte eine Flasche Dünnbier und ein Stück noch warmer Hackfleischpastete hervor.

»Hier, trinkt und esst ein wenig. Dann werdet Ihr Euch besser fühlen.«

Bevor Alan sich über Speise und Trank hermachte, bestand er darauf, mit den Quäkern zu teilen, die ihm selbstlos beigestanden hatten. In weiser Voraussicht hatte Jeremy genug Vorräte mitgebracht, von denen er nun einen Teil an George Grey übergab.

»Das können wir nicht annehmen«, widersprach dieser bescheiden.

»Ihr habt meinem Freund geholfen, obwohl Ihr selbst nichts habt. Wir möchten nur unsere Dankbarkeit bekunden«, sagte Jeremy bestimmt.

»Ich kenne dich. Du hast dich in einem Hauseingang verborgen, als die Soldaten uns verhafteten. Aber du bist keiner von uns.« George Grey blickte Jeremy prüfend an. »Wärst du Anglikaner, hättest du dich nicht versteckt. Ich nehme an, du bist ein Anhänger der römischen Bestie. Schade, du scheinst ein anständiger Mensch zu sein.«

»So wie Ihr, Freund«, erwiderte der Jesuit lächelnd und kehrte zu Alan zurück.

»Ich habe Euch frische Kleidung mitgebracht. Haben Euch die anderen Gefangenen so zugerichtet?«

Alan warf einen Blick auf die zerfetzte Kniehose, seine von Fingernägeln zerkratzten Waden und nackten Füße. »Ich dachte, sie bringen mich um.«

Jeremy hob mit erbitterter Miene Alans Ketten an. »Die Schließer haben sich wirklich Mühe gegeben, Euch das Leben zur Hölle zu machen. Sie wussten, dass bei Euch etwas zu holen sein würde, und haben Euch schlimmer behandelt als einen Vagabunden. Das ist gemeine Erpressung!«

Jeremy gab Tom einen Wink, der mit Werkzeug und Ketten in der Kerkertür erschienen war.

»Ich habe für Eure Verlegung in ein Zimmer auf die ›herrschaftliche Seite‹ bezahlt, Alan. Außerdem wird man Euch täglich eine warme Mahlzeit aus einer Garküche bringen.«

»Ihr sagtet doch, Ihr habet Lady St. Clair nicht erreicht. Woher habt Ihr das Geld?«

»Von Richter Trelawney. Er war ebenso entsetzt wie ich, dass man Euch verhaftet hat. Und er wird alles tun, was in seiner Macht steht, um Euch zu helfen.«

Alan sah den Jesuiten an. In seinem Blick lag ein Ausdruck der Verzweiflung und Hoffnungslosigkeit, der Jeremy beunruhigte. Eine Nacht an diesem schrecklichen Ort hatte genügt, seinem lebenslustigen Freund allen Mut zu nehmen. Entrüstung über die Grausamkeiten, die Alan hatte erdulden müssen, stieg in Jeremy auf und schnürte ihm die Kehle zu.

Tom kniete sich neben sie auf den Boden und begann, Alans Ketten abzuschlagen. Der Wundarzt hatte nicht einmal bemerkt, dass die Hand- und Fußschellen seine Gelenke blutig gescheuert hatten. Sein Körper schmerzte ohnehin überall. Jeremy behandelte die Wunden mit Salbe und bandagierte sie. Am liebsten hätte er seinen Freund in ein heißes Bad gesteckt und ihn gründlich abgeschrubbt, bevor er ihm ein frisches Hemd, Kniehosen, Strümpfe und Schuhe reichte, doch es gab kein Wasser zum Waschen. Jeremy konnte nur die Läuse entfernen und am Boden zertreten, aber die unzähligen Bisse, die bereits Alans Haut übersäten, machten ihm Sorgen.

Als sich der Wundarzt umgezogen hatte, legte Tom ihm mit einem niederträchtigen Grinsen leichtere Ketten an.

»Wusste doch, dass sie Euch kleinkriegen!« spottete er.

Alan hätte ihm am liebsten die Zähne eingeschlagen.

Als Tom gegangen war, fragte Jeremy in bemüht gleichmütigem Ton: »Sind alle Gefangenen verlaust?«

»Ja, aber der Vagabund, neben dem ich geschlafen habe, war mit Ungeziefer geradezu verseucht. Ich war so erschöpft, ich habe gar nicht gemerkt, dass er in der Nacht gestorben ist.«

Der Jesuit besah sich den Toten, ohne ihn jedoch zu berühren, und kehrte dann zu seinem Freund zurück.

»Die Schließer haben die Leiche gesehen, doch bisher hat sich noch keiner die Mühe gemacht, sie wegbringen zu lassen«, bemerkte Alan mit einem Schaudern. »Aber warum fragt Ihr danach? Stimmt etwas nicht?«

Jeremy schüttelte den Kopf. »Nein, es ist nicht so wichtig.« Er gab sich Mühe, sein Mienenspiel zu beherrschen, um Alan nicht zu beunruhigen. Sein Freund hatte im Augenblick schon genug Sorgen. Man musste abwarten und sehen, was geschehen würde. Vielleicht würde alles gut gehen. Jeremy betete von ganzem Herzen darum.

Als Alan aufzustehen versuchte, stellte er fest, dass seine Beine ihn nicht mehr trugen. Jeremy musste sich seinen Arm um die Schultern legen und ihn die schmale Steintreppe in den zweiten Stock des Torhauses hinauf stützen. In den Abteilungen auf der »herrschaftlichen Seite« gab es richtige Betten mit Wollmatratzen, einen Kamin, einige einfach gezimmerte Möbel und ein Fenster, durch das frische Luft hereinwehte.

Alan ließ sich auf den Rand der Bettstatt sinken und blickte seinen Freund Hilfe suchend an.

»Ich habe Angst, Jeremy. Furchtbare Angst! Wenn ich meine Unschuld nicht beweisen kann, werden sie mich hängen.«

Der Jesuit machte eine beschwichtigende Handbewegung. »Das wird nicht geschehen, das verspreche ich Euch.«

»Aber ich habe Anne umgebracht!«, rief Alan verzweifelt. »Ich habe sie getötet!«

Entsetzt über seine Worte, packte Jeremy ihn bei den Schultern. »Wie könnt Ihr so etwas sagen? Das ist nicht wahr.«

»Doch. Sie hat noch gelebt, als ich ihr den Bauch aufschnitt, um das Kind zu holen! Versteht Ihr, Jeremy! Sie hat noch gelebt. Ich habe sie getötet.«

»Ihr habt versucht, das Kind zu retten. Ihr hattet gar keine andere Wahl. Ihr dürft Euch nicht einreden, dass Ihr an Annes Tod schuld seid, nur weil Ihr Euch vielleicht gewünscht habt, sie möge nicht mehr da sein. Ich kenne Euch gut genug, um zu wissen, dass Ihr alles Menschenmögliche getan habt, um ihr Leben zu retten.«

»Habe ich das wirklich? Ich bin mir nicht mehr sicher. Vielleicht habe ich mich geirrt, und sie hätte sich doch von der Kopfwunde erholt. Vielleicht ...«

»Alan, hört auf, Euch zu quälen! Es sind Eure Schuldgefühle, die Euch zweifeln lassen, weil Ihr Anne nicht geliebt habt, weil Ihr sie nicht heiraten wolltet, und vielleicht auch, weil sie vergewaltigt wurde. Warum habt Ihr sie in Eurer Kammer aufs Bett gelegt und nicht auf den Operationstisch, wo Ihr sie viel bequemer hättet behandeln können? Weil Ihr wusstet, dass sie im Sterben lag, und Ihr wolltet, dass sie im Bett starb und nicht auf einem Tisch in der Offizin. Ihr seid ein erfahrener Wundarzt, Alan, der Beste, den ich kenne. Eure Erfahrung sagte Euch, dass sie sterben würde, und Ihr wolltet ihr das Ende so leicht wie möglich machen. Ihr wart in einer ausweglosen Situation, in der Ihr nicht gewinnen konntet. Es ist nicht

Eure Schuld, dass sie tot ist. Der Mann, der in Euer Haus kam, hat sie getötet.«

Alan hatte das Gesicht in den Händen vergraben. Bei den letzten Worten seines Freundes sah er verwundert auf.

»Woher wisst Ihr das?«

»Ich habe mich gestern Abend mit Sir Orlando in Eurem Haus umgesehen. Ich weiß viel mehr über das, was sich dort abgespielt hat, als Ihr glaubt, Alan.« Jeremy schob behutsam den rechten Ärmel des Wundarztes hoch und entblößte die Schusswunde. »Zum einen kann ich sagen, dass der Mann von der Treppe her auf Euch schoss und dass die Kugel Euren rechten Arm streifte.« Dann ergriff der Jesuit Alans Hände und drehte die Handflächen nach oben. »Die Schnittverletzungen habt Ihr Euch zugezogen, als Ihr zwischen Euren Instrumenten nach einer Waffe zur Verteidigung suchtet. Ich weiß auch, dass Elizabeth in der Stube getötet wurde und dass Anne eine Kopfverletzung erlitt. All diese Einzelheiten haben mir die Spuren in Eurem Haus verraten. Ihr müsst mir nur noch den Rest erzählen.«

Alan starrte den Priester sprachlos an, und plötzlich begann sich zum ersten Mal seit seiner Verhaftung ein wenig Hoffnung in ihm zu regen. Wenn jemand den wahren Mörder entlarven konnte, dann Jeremy Blackshaw. Darauf bedacht, nichts auszulassen, berichtete Alan von den Geschehnissen des Abends. Sein Freund unterbrach ihn nicht, doch als der Wundarzt geendet hatte, stellte er ihm noch einige Fragen.

»Ihr sagtet, vor dem Nachbarhaus habe ein Pferd gestanden. Könnt Ihr Euch an die Farbe erinnern?«

»Schwarz oder dunkelbraun. Ich bin nicht sicher.«

»Als Ihr die Offizin betreten habt, fiel ein Schuss. Warum hat keiner der Nachbarn darauf reagiert?«

»Die Leute feierten den Sieg über die Holländer. Der Lärm,

der in den Straßen herrschte, muss den Knall verschluckt haben.«

»Warum waren Molly und Kit an jenem Abend nicht im Haus?«

»Richtig, das hatte ich vergessen. Anne hatte Molly am Morgen entlassen, weil ...« Beschämt verstummte Alan.

»Schon gut. Ihr braucht mir nichts zu erklären. Was ist mit Kit?«

»Er sagte, die Frauen hätten ihm einen Proviantkorb für seine Familie mitgegeben und ihm erlaubt, über Nacht dort zu bleiben.«

»Findet Ihr das nicht merkwürdig? Anne und Elizabeth haben nie Almosen gegeben, und auf einmal machen sie Kit ein großzügiges Geschenk? Es sieht ganz so aus, als wollten sie ihn an diesem Abend aus dem Haus haben. Was hatten die beiden nur vor?«

»Ich weiß nicht. Aber es hat sie das Leben gekostet.«

»Der Mörder hat also zuerst Elizabeth in der Stube erschossen und folgte Anne, die zu fliehen versuchte, zur Treppe. Er stieß sie hinunter und zog eine zweite Pistole, um sie zu töten. Doch dann sah er Euch und schoss. Da er nun keine geladene Waffe mehr hatte, erschlug er Anne mit dem Pistolenkolben, während er Euch unbehelligt ließ. Das bedeutet also, er wollte beide Frauen zum Schweigen bringen und musste sichergehen, dass sie wirklich tot waren. Auf Euch schoss er nur, um ungehindert entkommen zu können.«

Alan nickte. »Das leuchtet mir ein. Aber weshalb wollte er Anne und Elizabeth mundtot machen? Was konnten sie über ihn wissen?«

»Das ist es, was ich herausfinden muss.« Jeremy fuhr sich nachdenklich mit der Hand durchs Haar. »Was ich nicht verstehe, ist, warum jetzt? Als der Mörder Margaret Laxton umbrachte, wollte er auch Anne töten. Richter Trelawneys Eingreifen vereitelte sein Vorhaben. Weshalb hat er so lange gewartet?

Warum hat er es nicht kurze Zeit später ein zweites Mal versucht? Und wie hat er herausgefunden, wo sie jetzt wohnte?«

»Es würde mich nicht wundern, wenn Martin Laxton etwas damit zu tun hätte«, warf Alan ein.

Jeremy warf ihm einen scharfen Blick zu. »Ihr habt gesagt, dass Laxton überraschend in Eurem Haus auftauchte. Wie spät war es da?«

»Es war noch früh. Die Kaufleute hatten gerade ihre Läden geöffnet.«

»Laxton wohnt außerhalb der Stadtmauer. Woher konnte er wissen, dass seiner Schwester etwas zugestoßen war?«

»Ihr habt Recht!«, stimmte Alan zu. »Selbst ein Gerücht hätte sich unmöglich so schnell bis nach Smithfield verbreiten können.«

»Woher also wusste er es?«

»Und wenn er selbst der Mörder ist?«

»Er hatte jede Möglichkeit, Anne zu töten, als sie noch zu Hause lebte. Warum sollte er warten, bis sie Euch heiratet und zu Euch zieht?«

»Vielleicht hat sie ihm erst jetzt einen Grund dazu gegeben«, überlegte Alan.

»Das wäre möglich. Ich werde mit ihm sprechen.«

»Seid vorsichtig, Jeremy. Laxton ist ein niederträchtiger Schuft. Er will mich an den Galgen bringen!«

»Das lasse ich nicht zu, mein Freund!«, sagte der Jesuit bestimmt. »Vertraut mir.«

Zweiunddreißigstes Kapitel

Die Dämmerung brach bereits herein, als sich Sir Orlando von seinem Besuch beim Leichenbeschauer auf den Heimweg machte. Über zwei Stunden hatten sie über den abscheulichen Mord an den zwei wehrlosen Frauen gesprochen. Die grausigen Einzelheiten begannen sich schon wie ein Lauffeuer in der ganzen Stadt zu verbreiten. Trelawney glaubte zwar nicht, dass der Bericht des Leichenbeschauers Hinweise auf den Mörder enthielt, doch sein Freund, der Jesuit, hatte ihn schon so oft in Erstaunen versetzt, wenn es darum ging, scheinbar unwichtige Einzelheiten zu deuten, dass sich der Richter vornahm, Fauconer gleich morgen früh einen Besuch abzustatten.

Das Haus des Leichenbeschauers lag nur ein paar Straßen von dem seinen entfernt, und so hatte Sir Orlando die Gelegenheit genutzt, ein wenig frische Luft zu schnappen, und war zu Fuß gegangen. Der Sommer war heiß, und das Innere der Häuser warm und stickig, so dass die Kleider von morgens bis abends an der Haut klebten und nachts das Schlafen schwer fiel.

Trelawney genoss den kurzen Spaziergang, auch wenn jedes Fuhrwerk auf den trockenen Straßen Wolken von Staub aufwirbelte und sich der Richter in regelmäßigen Abständen mit einem Taschentuch das Gesicht abwischen musste. Wenn man in der Stadt lebte, musste man diese Unannehmlichkeiten eben in Kauf nehmen.

Es war ruhig auf der Chancery Lane. Sir Orlando beschleunigte seine Schritte, denn er war nun fast zu Hause. In einiger

Entfernung hinter ihm schnaubte ein Pferd. Er wusste selbst nicht, weshalb er sich umdrehte und angestrengt in die Dunkelheit spähte, die ihn umgab und nur hier und dort durch eine Laterne vor einem der Bürgerhäuser durchbrochen wurde. Doch es war nichts zu sehen.

Trelawney runzelte verwundert die Stirn und ging weiter, nur um kurz darauf erneut innezuhalten. Er hörte ganz deutlich ein Pferd schnauben, nur erschien ihm das Geräusch nun weniger weit entfernt als zuvor. Auf einmal vernahm er auch Hufschlag. Alarmiert wandte sich Sir Orlando um und blickte die Chancery Lane entlang. Zuerst konnte er nichts Verdächtiges erkennen und zweifelte schon an seinem Verstand. Doch dann brach plötzlich ein Reiter auf einem dunklen Pferd aus einem Hofeingang hervor und näherte sich ihm in leichtem Trab. Verunsichert sah Trelawney dem Unbekannten entgegen, dessen Gesicht im Schatten eines breitkrempigen Filzhuts lag. Die rechte Hand des Richters wanderte unwillkürlich zum Griff seines Degens. Als der Reiter nur noch wenige Yards von ihm entfernt war, trieb er das Pferd mit einer geschmeidigen Bewegung seines Körpers in den Galopp.

Überrascht von dem unerwarteten Manöver überlegte Sir Orlando, was er tun sollte. Die Straße war breit genug, dass das Reittier bequem an ihm vorbeikommen konnte, doch der Fremde lenkte es direkt auf den Richter zu. Es bestand kein Zweifel daran, dass er die Absicht hatte, Trelawney niederzureiten. Sir Orlando wirbelte herum und nahm die Beine in die Hand. Hinter ihm näherte sich unaufhaltsam der donnernde Hufschlag des Pferdes. Wenn er es nur bis zu seinem Haus schaffen könnte, ehe der Angreifer ihn erreichte! Seine Diener würden ihm zu Hilfe kommen.

Doch im nächsten Moment spürte er den warmen Atem des Pferdes über seine Schulter wehen. Ein Fußtritt traf ihn im Rücken und brachte ihn zu Fall. Beim Aufprall auf das Straßenpflaster verlor er seinen Hut, und seine Perücke rutschte ihm über die Augen. Fluchend riss er sie herunter und rappelte sich hastig auf. Seine Hand fuhr an seine Seite und zog den Degen aus der Scheide. Ein spöttisches Lachen, gedämpft durch ein Tuch, das die Züge des Unbekannten verhüllte, war die Antwort.

Mit zusammengebissenen Zähnen stand Sir Orlando da und erwartete den nächsten Angriff. Der Reiter ließ sein Pferd in sicherem Abstand tänzeln. Das temperamentvolle Reittier stampfte den Boden wie ein kampfbereiter Stier vor dem Angriff. Trelawney verwünschte seine Angewohnheit, auf die Mitführung einer Pistole zu verzichten und sich allein auf seinen Degen zu verlassen. Er konnte nicht erkennen, ob der Fremde bewaffnet war, doch er befürchtete das Schlimmste. Der Mörder der Hebamme hatte zwei Pistolen dabeigehabt. Dem hätte Trelawney nichts entgegenzusetzen.

Wieder gruben sich die Fersen des Reiters in die Flanken seines Pferdes und trieben es zum Galopp. Und wieder blieb Sir Orlando nichts anderes übrig, als sein Heil in der Flucht zu suchen. Es war ein grausames Katz-und-Maus-Spiel, das zweifellos mit einer tödlichen Kugel enden würde.

Trelawney versuchte, die Richtung einzuschlagen, in der sein Haus lag, in der Hoffnung, dass einer der Diener den Aufruhr bemerken würde. Gleichzeitig hielt er Ausschau nach einer Deckung, hinter der er Schutz suchen konnte, und hielt schließlich auf einen Hauseingang zu. Sein Degen behinderte ihn beim Laufen, und so warf er ihn fort.

Das Donnern der Pferdehufe kam näher. Bevor Trelawney den Hauseingang erreichen konnte, holte ihn der Reiter ein und versetzte ihm im Vorbeistreichen einen weiteren kraftvollen Fußtritt. Sir Orlando stürzte und überschlug sich am Boden. Als er versuchte, auf die Beine zu kommen, schoss ein scharfer

Schmerz durch seinen rechten Knöchel. Mit einem Stöhnen fiel er auf die Knie.

Ganz nah neben ihm stampften die beschlagenen Hufe auf das Pflaster. Auf allen vieren kroch der Richter auf die Hauswand zu und lehnte sich mit dem Rücken dagegen. Er saß in der Falle.

In den umliegenden Häusern begannen sich die Bewohner zu regen. Fenster wurden geöffnet. Es konnte nicht mehr lange dauern, bis einer der Leute sich dazu durchringen würde, ihm zu Hilfe zu kommen. Das Spiel näherte sich seinem unvermeidlichen Ende.

Hilflos starrte Sir Orlando den Todesengel an und registrierte unwichtige Einzelheiten: die kleine weiße Blesse auf der Stirn des Pferdes, die schwarzen Federn am Hut des Reiters, das Tuch vor seinem Gesicht, das nur die Augen zeigte … stechende Augen, in denen Hass glühte …

Der Fremde griff unter seinen Umhang und holte eine Pistole hervor. Das Knacken des Hahns ließ Trelawney zusammenzucken. Ungläubig blickte er in den Mündungslauf der Waffe. Das hier konnte nicht wirklich passieren! Er wollte nicht sterben! Nicht jetzt, da er die Frau gefunden hatte, die er liebte. In diesem Moment bedauerte er es fast schmerzhaft, dass er sie nie in den Armen gehalten, dass er ihr so viel Kummer bereitet hatte.

»Verzeih mir, Jane!«, murmelte er lautlos. Abgrundtiefe Verzweiflung mischte sich mit Todesangst. Plötzlich vergaß er seinen Stolz und flehte um sein Leben: »Bitte nicht …«

In einiger Entfernung erklangen Stimmen. Seine Diener kamen ihm zu Hilfe. Hinter seinem Peiniger sah Sir Orlando eine Gestalt in einem Kleid auftauchen, mit hellem mondblondem Haar. Janes Schrei gellte zu ihnen herüber: »Nein! Nein!«

Die Hand, die die Pistole hielt, bewegte sich leicht. Dann sprühte ein Funke auf, als der Feuerstein die Batterie traf. Von einem gleißenden Lichtstrahl und einem lauten Knall begleitet, verließ die Kugel den Lauf.

Eine Handbreit neben Sir Orlandos Kopf explodierte das Holz eines Strebepfeilers des Hauses, an dem er Schutz gesucht hatte. Unzählige Splitter spritzten ihm ins Gesicht. Er riss den Arm hoch, um sich zu schützen.

Der Schütze steckte die Pistole ein, wendete sein Pferd und jagte davon, gerade noch rechtzeitig, bevor die Diener des Richters das Feuer eröffneten.

Jane fiel neben ihrem Gemahl auf die Knie und legte ihm sanft die Hand auf die Schulter. »Orlando! Seid Ihr verletzt?«

Er ließ den Arm sinken, mit dem er sich hatte schützen wollen, und sah sie an. In seinen Augen stand ein Ausdruck des Entsetzens und der Angst, der Jane in der Seele wehtat. Aus mehreren winzigen Rissen auf der linken Seite seines Gesichts rann Blut. Jane hätte ihn am liebsten in die Arme genommen und an sich gedrückt, doch schon waren die Diener an ihrer Seite und griffen dem Richter unter die Arme, um ihm aufzuhelfen.

Malory stützte seinen Herrn, der nur unter großen Schmerzen mit dem rechten Fuß auftreten konnte.

»Bringt ihn ins Schlafgemach und legt ihn aufs Bett!«, sagte Jane. »Dann holt Wein und ein sauberes Tuch.«

Als Malory den Richter auf dem Baldachinbett abgesetzt hatte, nahm die Hausherrin den Kammerdiener zur Seite und fragte: »Weißt du, wo Dr. Fauconer zu erreichen ist?«

»Ja, Mylady.«

»Dann hol ihn her.«

Sir Orlando protestierte: »Das ist nicht nötig. Mir fehlt nichts.«

»Tu, was ich sage, Malory«, befahl Jane. Ihr Gemahl mochte sie nicht lieben, doch sie liebte ihn und wollte sicher sein, dass seine Verletzungen bestmöglich versorgt wurden!

Sie setzte sich zu ihm aufs Bett und betrachtete sein blutendes

Gesicht. Unzählige Holzsplitter hatten sich unter seine Haut gebohrt. Sie mussten sorgfältig entfernt werden. Wortlos machte sie sich daran, das Blut mit einem in Wein getauchten Tuch abzutupfen. Sir Orlando ließ sie ohne Widerspruch gewähren. Der Schrecken, den er durchlebt hatte, wirkte noch nach und machte es ihm unmöglich, einen klaren Gedanken zu fassen. Auch wenn es ihm gelang, seine Glieder ruhig zu halten, so zitterte er innerlich wie Espenlaub.

Jane ließ sich von einem Stubenmädchen eine kleine silberne Zange bringen, die sie gewöhnlich zum Zupfen der Augenbrauen verwendete, und begann mit ruhiger Hand, einen Splitter nach dem anderen aus Sir Orlandos linker Wange, Schläfe und Kinn zu ziehen. Dann wusch sie sein Gesicht noch einmal mit Wein, um den Rest des Blutes zu entfernen.

Als Jeremy eintraf, blieb er zunächst an der Tür zum ehelichen Schlafgemach stehen und beobachtete die junge Frau für einen Moment. Die Zärtlichkeit, mit der sie die Wunden ihres Gatten versorgte, entlockte ihm ein Lächeln. Schließlich riss er sich von dem Anblick los und betrat das Gemach.

»Mylord, ich bin so schnell gekommen, wie ich konnte. Was ist passiert? Malory sagte, Ihr seid überfallen worden.«

Trelawney richtete sich im Bett auf. »Ja, bei Christi Blut. Um ein Haar wäre es um mich geschehen gewesen.«

»Erzählt mir alles«, forderte der Jesuit ihn auf. »Und bemüht Euch, nichts auszulassen.«

Sir Orlando berichtete ihm jede Einzelheit, an die er sich erinnerte, bis zur Stirnblesse des Pferdes.

»Er kam aus einer Toreinfahrt?«, wiederholte Jeremy. »Dann hat er Euch aufgelauert. Ihr solltet wirklich nachts nicht allein durch die Straßen spazieren, Mylord.«

»Ich habe mir nichts dabei gedacht. Schließlich war es nicht weit.«

»Ich frage mich nur, weshalb der Mörder Euch nicht gleich erschossen hat, wie er es bei der Hebamme tat. Warum dieses grausame Spiel?«

»Ich weiß es nicht. Er hatte wohl Spaß daran, mich zu demütigen. Er lachte mich aus! Und dieser Blick, mit dem er mich belauerte ... er war voller Hass!«

Jeremy runzelte verwundert die Stirn. »Hass? Ich hatte bisher den Eindruck, dass unser Mörder völlig gefühllos tötet. Warum sollte er Euch hassen, Mylord? Und weshalb hat er Euch angegriffen?«

»Vielleicht hat er erfahren, dass ich die Morde untersuche?«, vermutete Sir Orlando.

»Ihr meint, er wollte Euch nur einschüchtern?«

»Wäre doch möglich.«

»Dennoch habe ich das Gefühl, dass hier etwas nicht stimmt«, murmelte der Priester nachdenklich.

Während sie sich unterhielten, hatte Jeremy den verstauchten Knöchel des Richters versorgt und auch die Schürfwunden an Händen und Knien, die er sich beim Sturz auf das Straßenpflaster zugezogen hatte, mit Salbe behandelt.

»Macht regelmäßig kühlende Umschläge mit einem feuchten Leintuch, Mylady«, riet er Jane, die schweigend auf dem Bettrand saß. »Ich lasse Euch meine Salbe hier. Reibt den Knöchel Eures Gatten alle paar Stunden damit ein.«

Jeremy begutachtete die Wunden an Sir Orlandos Gesicht und sagte anerkennend: »Ihr habt prächtige Arbeit geleistet, Mylady.«

Jane senkte errötend den Kopf.

»Was habt Ihr vom Leichenbeschauer erfahren, Sir?«, wandte sich der Jesuit wieder an Trelawney.

»Nun, Ihr hattet mit Euren Vermutungen Recht, Doktor. Die Tante wurde erschossen. Die Kugel ging durchs Herz wie bei

Margaret Laxton. Anne Ridgeway hat eine schwere Kopfverletzung erlitten. Der Schädel war geborsten, und einige der Splitter waren ins Hirn gedrungen. Der Chirurg, der die Leiche untersuchte, sagte, die cäsarische Entbindung sei fachgerecht ausgeführt worden. Weder die Leber noch die Gedärme waren verletzt. Er ist der Meinung, dass die Frau an der Kopfverletzung gestorben ist. Meister Ridgeway braucht sich also keine Vorwürfe zu machen.«

»Was ist mit dem Kind?«

»Es hat keine äußeren Verletzungen. Vielleicht war es einfach zu schwach.«

»All diese Erkenntnisse werden uns aber nicht helfen, Meister Ridgeways Unschuld zu beweisen«, meinte Jeremy besorgt.

»Ich verstehe nicht, wie man ihn überhaupt verhaften konnte. Er hatte doch sicherlich gar keine Pistole im Haus.«

»Nein, aber dieser Bensley, der Alan zum Konstabler brachte, sagte aus, dass er ihn auf der Straße angesprochen habe, weil er das Blut auf seinem Hemd gesehen hat. Man könnte also argumentieren, dass Meister Ridgeway die Gelegenheit hatte, die Waffe aus dem Haus zu schaffen.«

»Das sieht allerdings nicht gut aus«, kommentierte Trelawney seufzend. »Was schlagt Ihr vor, Doktor?«

»Es gibt da noch etwas, das mir nicht aus dem Kopf geht, Mylord. Meister Ridgeway erzählte mir, dass seine Frau am Morgen des nämlichen Tages die Magd entließ und den Lehrjungen mit einem Proviantkorb zu dessen Familie schickte. Es sieht ganz so aus, als hätten die beiden Frauen sicherstellen wollen, dass sie an jenem Abend allein sein würden.«

»Ihr meint, sie haben den Besuch des Mörders erwartet?«

»Nicht nur erwartet, Sir. Ich denke, sie haben ihn eingeladen!«

»Warum sollten sie etwas so Törichtes tun?«

»Vielleicht wegen Geld. Alan hat immer wieder erzählt, dass

beide Frauen ihm Vorwürfe machten, weil er nicht genug verdiente. Sie dachten womöglich, dass sie einen Weg gefunden hätten, ohne sein Wissen an Geld zu kommen.«

»Sie müssen verrückt gewesen sein, einen Mörder zu erpressen!«

»Nicht verrückt, Mylord! Naiv und habgierig. Vermutlich rechneten sie nicht damit, dass der Mörder sie kaltblütig niederschießen würde. Zu zweit fühlten sie sich sicher genug.«

»Wirklich ein Jammer, dass sie sich niemandem anvertrauten«, bedauerte der Richter.

Jeremy schritt nachdenklich am Fuß des Baldachinbetts auf und ab. »Ich frage mich, ob der Mord an der Bettlerin und die Morde an Anne und ihrer Tante in unmittelbarem Zusammenhang stehen.«

»Wie meint Ihr das?«

»Nun, wenn wir davon ausgehen, dass die Hebamme und die drei anderen Frauen zum Schweigen gebracht werden sollten, dann bedeutet das doch, dass sie alle etwas über den Mörder wussten. Aber was hätte die ›verrückte Mary‹ schon wissen können? Sie war auf der Suche nach ihrem Kind. Ich glaube nicht, dass sie sich für irgendetwas anderes interessiert hätte. Warum also wurde sie getötet?«

»Vielleicht ist sie nur durch Zufall in die Sache hineingeraten«, überlegte Sir Orlando.

»Möglich. Bleibt noch die Frage, weshalb Anne und ihre Tante sich gerade jetzt dazu entschlossen haben, den Mörder zu erpressen. Ich denke, dass die Hebamme ursprünglich die Einzige war, die von dem Geheimnis Kenntnis hatte. Ihre Tochter hat sie zwar immer begleitet, war aber vermutlich nicht in alles eingeweiht, was ihre Mutter tat. Es ist gut möglich, dass Anne erst durch das Auftauchen der Bettlerin die Zusammenhänge begriff, die zum Tod ihrer Mutter geführt hatten.«

»Doktor, ich kann Euch nicht ganz folgen.«

»Ich habe eine Ahnung, um was es hier gehen könnte, Mylord. Gebt mir ein bisschen Zeit, meine Vermutung zu überprüfen, dann werde ich Euch an meinen Überlegungen teilhaben lassen.«

»Warum nicht jetzt gleich?«, wunderte sich der Richter.

»Weil ich auch auf dem Holzweg sein könnte.«

»Was wollt Ihr denn jetzt tun?«

»Die ›verrückte Mary‹ beschuldigte Margaret Laxton, ihr das Kind weggenommen zu haben. Ich muss herausfinden, ob das wahr ist.«

Sir Orlando zuckte verständnislos die Schultern. »Wer sollte sich für das Kind eines Bettelweibs interessieren?«

»Eine Frau, die selbst keine Kinder bekommen kann, aber unbedingt einen gesunden Erben braucht.«

»Ich verstehe noch immer nicht, worauf Ihr hinauswollt, Doktor.«

»Ein wenig Geduld. Ich habe da eine Idee, wie ich vielleicht jemanden aufspüre, der mir über Mary Auskunft geben kann.«

»Also gut, aber was immer Ihr vorhabt, passt auf Euch auf.«

Sir Orlando wandte sich an seine Gemahlin, die kühlende Umschläge um seinen Knöchel gelegt hatte. »Dr. Fauconer wird heute Nacht unser Gast sein, meine Liebe. Bitte lasst ihm ein Schlafgemach herrichten.«

»Aber, Mylord ...«, widersprach Jeremy.

»Es ist schon spät, Doktor. Ihr könnt morgen früh zur Brücke zurückkehren.«

Der Jesuit sah ein, dass Trelawney Recht hatte, und gab nach. Als Lady Jane das Gemach verlassen hatte, fragte Jeremy streng: »Mylord, habt Ihr Euch mit Eurer Gemahlin ausgesprochen?«

Sir Orlando wich seinem Blick aus. »Nein ... ich bin noch nicht dazu gekommen ...«

»Mylord, Ihr schiebt es so lange vor Euch her, bis es zu spät ist.«

Der Richter zog eine Grimasse. »Ich weiß, ich weiß, aber ...«

»Ihr lasst mir keine andere Wahl, Sir!«, sagte Jeremy entschieden und wünschte ihm eine geruhsame Nacht.

»Doktor, Ihr wollt doch nicht ... ich erlaube Euch nicht ...«, rief der Richter ihm nach, erhielt jedoch keine Antwort mehr.

Ergeben ließ er sich in die Kissen zurücksinken. Vielleicht war es besser so! Im Grunde hatte sein Freund Recht! Er hätte es selbst nie fertig gebracht, mit Jane zu reden und seine Angst einzugestehen.

Jeremy fand die Hausherrin in dem Schlafgemach, das sie für ihn herrichten ließ. Er bat sie, die Stubenmädchen hinauszuschicken und ihm eine Unterredung unter vier Augen zu gewähren.

Jane hatte das Gefühl, als habe man ihr eine schwere Last von den Schultern genommen. Sie schloss die Augen und ließ den Tränen der Erleichterung freien Lauf. Sie würde Dr. Fauconer ewig dankbar sein, dass er ihr auch gegen den Willen ihres Gatten die Wahrheit gesagt hatte. Um das Gehörte zu überdenken, hatte sie sich in den Salon zurückgezogen. Eigentlich hätte sie Orlando zürnen müssen, weil er so wenig Vertrauen zu ihr hatte, doch sie konnte es nicht. Seine selbstlose Rücksichtnahme auf ihr Wohl vertiefte nur noch ihre Liebe zu ihm. Es fiel ihr nicht einmal schwer, seine Beweggründe zu verstehen. Sie konnte sich sogar gut vorstellen, dass sie an seiner Stelle ebenso gehandelt hätte. Ein Schauer des Glücks überlief ihren Körper, und ihre Lungen weiteten sich in ihrer Brust. Sie fühlte sich auf einmal von unerschöpflicher Kraft erfüllt, bereit, jede Herausforderung des Lebens anzunehmen.

Rasch warf sie einen Blick in den Spiegel, der an der Wand des

Salons hing, und wischte die verräterischen Tränenspuren fort. Dann ging sie in die Halle und stieg zum ehelichen Schlafgemach hinauf. Sie musste sich mit ihrem Gemahl aussprechen! Als Jane über die Schwelle trat, begegneten sich ihre Blicke. Sir Orlando sah ihr schweigend entgegen. Sie setzte sich zu ihm auf den Bettrand und nahm zärtlich seine Hand zwischen die ihren.

»Warum habt Ihr mir nicht die Wahrheit gesagt?«, fragte sie ohne Groll.

»Es tut mir Leid, meine Liebste. Ich wollte Euch nicht mit meinen Sorgen belasten.«

»Ich bin Eure Frau, Orlando, und ich liebe Euch von ganzem Herzen. Ich möchte Eure Sorgen teilen.«

»Ihr seid noch so jung. Ich wollte Euch nicht jetzt schon die Last einer Schwangerschaft aufbürden. Lasst uns noch ein wenig warten.«

»Ich weiß doch, wie sehr Ihr Euch Kinder wünscht«, sagte Jane lächelnd. »Ebenso wie ich.«

Sir Orlando sah sie ernst an. »Es ist gefährlich!«

»Mag sein. Aber Ihr seid heute beinahe getötet worden. Das Leben ist so kurz. Bitte lasst es uns nicht verschwenden. Ich möchte lieber ein kurzes glückliches Leben in Eurer Nähe, als ein langes unglückliches Dasein fern von Euch.« Jane hob seine Hand und legte sie an ihre Wange. »Ihr bedeutet mir alles.«

Beschämt betrachtete er ihr schmales Gesicht, das mit einem Mal wieder Farbe bekommen hatte. Auch ihre Augen hatten ihre Leuchtkraft zurückgewonnen und blickten ihn nun liebevoll, aber auch fordernd an.

Seine Hände legten sich auf ihre Schultern und zogen sie an seine Brust. Ihr Kopf ruhte an seinem Herzen. Besitzergreifend schlang er die Arme um sie und drückte sie so fest an sich, dass sie kaum atmen konnte. Eine Weile blieben sie eng aneinander geschmiegt liegen, ohne ein Wort zu sprechen. Sir Orlando dankte dem Herrn, dass Er ihn vor dem Tod bewahrt hatte und dass er diesen Augenblick erleben durfte. Die schreckliche Erinnerung an den Überfall begann zu verblassen wie ein Albtraum, aus dem man erleichtert erwacht.

Jemand kratzte an der Tür. Jane löste sich aus Sir Orlandos Armen, und er rief: »Herein!«

Es war Malory, der seinem Herrn beim Auskleiden helfen wollte. Jane ging in die anliegende Kammer, in der ihre Kleidertruhen und ein Tisch mit einem aufgesetzten Spiegel standen. Die Kammerfrau Ruth half ihrer Herrin aus dem Kleid und reichte ihr ein frisches Leinennachthemd. Dann löste sie Janes Haar und bürstete es sorgfältig. Als sie die blonde Pracht jedoch wie gewöhnlich für die Nacht zu einem dicken Zopf flechten wollte, hielt Jane sie zurück.

»Nein danke, Ruth, das mache ich selbst. Du kannst dich zurückziehen.«

Die Zofe gehorchte. Jane betrachtete sich im Spiegel und schüttelte ihr glattes hellblondes Haar zurecht. Es fiel bis zu ihren Hüften hinab. Heute Nacht würde sie es offen tragen, entschied sie. Entschlossen lockerte sie die Bänder am Kragen des Nachthemds und weitete den Ausschnitt bis zum Ansatz ihrer Brüste. Bevor sie ins Schlafgemach zurückkehrte, kniff sich Jane kräftig in die Wangen und biss sich auf die Lippen, damit das Blut hineinströmte und die Haut rötete. Diesmal würde er sie nicht zurückweisen!

Sie atmete ein paarmal tief ein und blieb vor dem Baldachinbett stehen. Sir Orlando wandte ihr das Gesicht zu und starrte sie wie gebannt an. Sie war herzzerreißend schön mit ihren großen smaragdgrünen Augen in dem schmalen, so zerbrechlich wirkenden Gesicht und dem seidigen, mondblonden Haar – Feenhaar –, das sich wie ein Mantel um ihre Schultern legte. Das Licht der Kerze, die auf einem kleinen Tisch an Sir Orlandos Seite des Bettes stand, vergoldete Janes helle Haut und ließ ihre Lippen rosig schimmern. Schweigend schlüpfte sie zu ihm unter die Decke und rückte ganz nah neben ihn, so dass er die Wärme ihrer Haut durch sein Nachthemd hindurch spüren konnte. Ihr Blick hielt den seinen fest, während sich ihre Hand sanft auf die unversehrte Seite seines Gesichts legte. Die Zärtlichkeit der Berührung ließ Sir Orlando erschauern. In seinem Körper erwachten Gefühle, die er lange nicht mehr wahrgenommen hatte und die ihn stets verlegen machten, weil ihr Genuss sündhaft war. Sollte nicht der Verstand über die Begierden des Fleisches herrschen? Entschlossen verdrängte er den Gedanken. Es war eine noch größere Sünde, seine Frau, die ihn liebte und ihm vertraute, leiden zu lassen.

Ihr Gesicht war ihm jetzt ganz nah. In ihren Augen tanzte die Flamme der Kerze, ihre Wangen glühten, und zwischen ihren halb geöffneten Lippen schimmerte das Weiß ihrer Zähne. Sir Orlandos Atem ging schneller, und seine Kehle wurde trocken. Es gab kein Zurück mehr! Der Funke der Wollust war übergesprungen. Sie hatte ihn nach allen Regeln der Kunst verführt, diese kleine Jungfrau, die so unschuldig wirkte.

Lächelnd beugte er sich vor. Ihre Lippen trafen sich, verschmolzen miteinander, als wollten sie sich nie wieder trennen. Er schlang die Arme um sie und presste sie an sich, ließ die Hände über den dünnen Leinenstoff zu ihrer Taille gleiten, folgte der Wölbung ihrer Hüfte und verhielt auf der weichen Haut ihrer Schenkel. Die ungekannte Berührung jagte Schauer über Janes jungfräulichen Körper und erzeugte ein Flattern in ihrem Bauch, das sie kaum ertragen konnte. Erstaunt über ihre eigenen Empfindungen begegnete sie dem Blick seiner blauen Augen, der sich forschend auf ihr Gesicht richtete.

»Seid Ihr sicher, dass Ihr das wollt?«, fragte er leise. »Habt Ihr gar keine Angst?«

Sie schüttelte leicht den Kopf. »Ich habe keine Angst. Ich liebe Euch.«

Sir Orlando zögerte einen Moment, dann zog er sie erneut an sich und begann, sanft ihre Wange, ihre Schläfe, ihren Hals zu küssen. Seine Lippen verharrten kurz auf der Ader, die unter der dünnen Haut pochte, und wanderten schließlich über ihre Schulter zum Ausschnitt ihres Nachthemdes. Er nahm sich viel Zeit, sie zärtlich zu streicheln, um ihr jegliche Scheu zu nehmen. Erst als er meinte, dass sie bereit sei, schob er ihr Hemd bis zur Hüfte hoch, spreizte ihre Beine und legte sich behutsam über sie. So vorsichtig wie möglich drang er in sie ein, doch sie war eng, und der unerwartete Schmerz, als sich ihr Fleisch dehnte, ließ Jane zusammenzucken. Sofort hielt er inne und verharrte über ihr, streichelte sanft ihre Wange.

»Es wird ein bisschen wehtun. Das lässt sich leider nicht vermeiden. Aber das ist nur beim ersten Mal so.«

Sie nickte und lächelte, um ihm zu zeigen, dass sie ihm vertraute. Geduldig liebkoste er sie, bis er fühlte, dass sich ihr Körper wieder entspannte, bevor er sich tiefer in sie hineinschob. Sie biss die Zähne zusammen und unterdrückte ein Stöhnen. Ihre Finger klammerten sich an seine Schultern, während er sich rhythmisch in ihr bewegte und der Schmerz ein wenig nachließ. Sie sah, wie sich seine Augen schlossen und sich sein Gesicht vor Leidenschaft verzerrte. Dann ging ein Beben durch seinen Körper, und seine Bewegungen erlahmten. Gesättigt zog er sich aus ihr zurück und sank neben sie auf die Laken. Auch wenn sich ihr Leib wie auseinander gerissen anfühlte, wusste sie doch, dass sie ihm Erfüllung geschenkt hatte. Und dann spürte sie erneut seine streichelnden Hände auf ihrer Wange, in ihrem Haar, und seine Lippen auf den ihren. Ein köstliches Wohlgefühl überlief ihre Haut und ließ sie den Schmerz vergessen.

Sir Orlando betrachtete sie lächelnd. Erst jetzt wurde er sich bewusst, dass er vergessen hatte, die Kerze zu löschen, und dass sie sich entgegen aller Sittlichkeit schamlos bei Lichtschein geliebt hatten.

Dreiunddreißigstes Kapitel

Amoret fächelte sich Luft zu, in dem vergeblichen Bemühen, etwas Kühlung zu finden. Seit Wochen war das Wetter unerträglich heiß und trocken. Der Hof war erst am späten Abend aus Tunbridge Wells nach Whitehall zurückgekehrt. Amoret hatte schlecht geschlafen, da ihre Diener es versäumt hatten, in ihrer Abwesenheit ihre Gemächer zu lüften. Als sie endlich Ruhe fand, war es bereits wieder Zeit, aufzustehen und sich dem König in angemessener Hofkleidung zu präsentieren. Seine Majestät hatte sich ausgerechnet an diesem Morgen entschieden, einen Spaziergang durch den St. James's Park zu machen, und der Hof trottete, noch beeinträchtigt von der gestrigen Reise, verschlafen hinter ihm her.

Amoret hielt sich im Hintergrund, um ihr übermüdetes Gesicht zu verbergen, und sehnte sich bei jedem Schritt über die staubigen Wege, die die Rasenflächen des Parks durchschnitten, umso inbrünstiger nach ihrem Ruhebett.

Das Gras des Parks litt gleichfalls unter der Dürre. Die Halme hatten sich gelb gefärbt und lagen kraftlos am Boden. Auch die Bäume begannen, einen Teil ihrer vertrockneten Blätter frühzeitig abzuwerfen, und verliehen dem Park eine herbstliche Note.

Charles ging allen mit großen Schritten voraus, wie er es immer tat, um die Bittsteller abzuschütteln, die überall auf ihn lauerten. Sein Bruder, der Herzog von York, und einige andere Höflinge gaben sich die größte Mühe, mit ihm mitzuhalten.

In einiger Entfernung tauchte ein Mann auf, der sich zielstrebig näherte. Neugierig beschattete Amoret die Augen und versuchte, sein Gesicht zu erkennen, doch er war noch zu weit weg. Es gelang ihr nicht, den Blick von ihm zu wenden. Irgendetwas an ihm war ihr vertraut, seine Haltung, sein Gang ... Verwirrt starrte sie zu ihm hinüber, während er sich Schritt für Schritt näherte. Und dann erkannte sie ihn.

»Breandán ...«

Zweifellos, er war es! Und doch wirkte er verändert. Er trug die Kleidung eines Landadeligen, dazu Reitstiefel, einen Hut mit einer hellen Feder, in der der leichte Wind spielte, und einen Degen. Sein dunkles Haar war in der Zeit seiner Abwesenheit gewachsen und reichte ihm nun bis auf die Schultern. Auch das ließ ihn anders aussehen als in Amorets Erinnerung.

Was wollte er hier? Plötzlich überlief Amoret trotz der Hitze ein Frösteln, als ihr klar wurde, dass sich Breandán schnurstracks auf den König zubewegte. Was hatte er vor? Ihr schlechtes Gewissen regte sich. Breandán würde alles andere als erfreut sein, wenn er feststellte, dass sie an den Hof zurückgekehrt und wieder Charles' Mätresse geworden war. Er hatte allen Grund, eifersüchtig zu sein. Wollte er den König etwa zur Rede stellen? Zuzutrauen wäre ihm eine derartige Kühnheit. Das musste sie unbedingt verhindern!

Energisch schob sich Amoret an den anderen Höflingen vorbei nach vorn. Doch es war bereits zu spät. Breandán hatte den König erreicht, zog seinen Hut und verbeugte sich, wie die Etikette es verlangte. Charles verhielt im Schritt und sah den Ankömmling fragend an.

»Verzeiht die Störung, Euer Majestät, ich bin gerade aus Frankreich angekommen und soll Euch diesen Brief überbringen.«

Der König nahm das Schreiben entgegen und warf einen Blick

auf die Schrift des Absenders. Sofort erhellte ein freudiges Lächeln sein Gesicht. »Von Minette«, verkündete er.

Wohlwollend musterte er den Boten, der ihm dieses unerwartete Geschenk gemacht hatte: der erste Brief seiner geliebten Schwester Henriette Anne seit vier Monaten.

»Meldet Euch in meinem Kabinett, Sir. Ich möchte noch mit Euch sprechen«, sagte Charles und nahm seinen Spaziergang wieder auf.

Amoret traute ihren Augen nicht. Am liebsten wäre sie Breandán auf der Stelle um den Hals gefallen, so glücklich war sie, ihn wiederzusehen, doch die Höflinge, die dem König folgten, rissen sie mit. Zudem war sich Amoret zu sehr der neugierigen Blicke bewusst, die sie umgaben und vor denen sie sich in Acht nehmen musste. Sie war sich nicht einmal sicher, ob Breandán sie bemerkt hatte, denn er sah kein einziges Mal in ihre Richtung. Enttäuscht blickte sie ihm nach, als er sich dem Whitehall-Palast zuwandte und sich den Kanal entlang entfernte.

Breandán brauchte nicht lange zu warten, bis man ihn in das Kabinett des Königs vorließ. Charles hatte seinen Spaziergang abgekürzt, sehr zur Erleichterung der Höflinge, um sich in Ruhe der Lektüre von Minettes Brief widmen zu können.

Charles empfing den Boten allein in seinem Kabinett, was diesen erstaunte, obgleich sich der junge Mann bemühte, seine Verwunderung zu verbergen. Der König musterte ihn neugierig, während er ihm die Hand zum Kuss reichte. Der Ire zögerte einen winzigen Moment, bevor er die Huldigung gewährte, tat es dann aber auf eine Art, die seine Vertrautheit mit dem Hofzeremoniell verriet.

»Meine Schwester hat mir in ihrem Brief Eure Tugenden gepriesen, Mr. Mac Mathúna«, begann der König. »Sie empfiehlt mir Eure Dienste. Ich muss gestehen, dass Ihr Euch mit der Überbringung dieses Schreibens bereits meine Dankbarkeit verdient habt und dass ich durchaus Verwendung für Euch hätte. Würdet Ihr in den Dienst Eures Königs treten wollen, Mr. Mac Mathúna?«

Breandán neigte leicht den Kopf und antwortete: »Es wäre mir eine Ehre, Euer Majestät.«

»Gut, sprecht in den nächsten Tagen bei Mylord Arlington vor«, sagte der König befriedigt. »Seine Lordschaft wird Euch in Eure Aufgaben einweisen.«

Charles' sinnliche Lippen verzogen sich zu einem ironischen Lächeln. »Ihr dürft Euch entfernen, Sir. Da Ihr gerade erst nach England zurückgekehrt seid, gibt es sicher jemanden, den Ihr begrüßen möchtet.«

Breandán begegnete dem Blick des Königs und sah den halb amüsierten, halb herausfordernden Ausdruck in seinen dunkelbraunen Augen.

Er weiß es!, durchzuckte es ihn. Er weiß, wer ich bin! Man kann ihm nichts vormachen. Und doch hat er mich allein empfangen, um mir zu zeigen, dass er von mir nichts zu befürchten hat. Einen eindeutigeren Beweis, dass Amoret wieder seine Mätresse ist, hätte er mir nicht geben können!

Zugleich wunderte sich Breandán, dass der König offensichtlich die Absicht hatte, ihn dennoch in seine Dienste zu nehmen. Was versprach er sich davon? Wie konnte Charles von ihm Treue erwarten, solange die Frau, die er liebte, mit ihm das Lager teilte? Er würde sich vor dem Monarchen in Acht nehmen müssen, der vor keiner List zurückschreckte, um seine Macht zu bewahren.

Enttäuscht und niedergeschlagen entschied sich Amoret, in ihre Gemächer zurückzukehren. Über eine Stunde lang war sie auf der Suche nach Breandán durch die Korridore des Palastes geirrt. Doch sie hatte ihn nicht gefunden. Vielleicht hatte er erfahren, dass sie erneut Charles' Mätresse geworden war, und wollte sie nicht sehen.

Mit schmerzenden Füßen betrat Amoret ihre Gemächer und wurde sogleich von ihrer Zofe empfangen.

»Madame, Ihr habt Besuch«, sagte Armande auf Französisch.

Amoret sah sie fragend an, doch dann ging ihr ein Licht auf, und sie stürmte in ihr Schlafgemach. Breandán lehnte an der marmornen Kaminummantelung und wandte ihr das Gesicht zu. Da gab es für Amoret kein Halten mehr. Sie lief zu ihm und fiel ihm um den Hals. Der junge Mann war so überrascht, dass er nicht wusste, was er sagen sollte.

»Ich bin so glücklich, dass du da bist!«, stieß sie hervor. »Ich dachte, ich würde dich nie wiedersehen.«

Betroffen legte Breandán die Arme um sie und drückte sie an sich. Einen solch überschwänglichen Empfang hatte er nicht erwartet.

»Amoret ... meine süße Amoret«, flüsterte er, selbst überwältigt von der Freude, sie endlich wiederzusehen. Doch allmählich wich das Glück der schmerzlichen Enttäuschung über ihren Verrat. Er schob sie von sich und blickte sie vorwurfsvoll an.

»Du bist also an den Hof zurückgekehrt ... und ins Bett des Königs!«

Sie war den Tränen nahe. Ihre Schuldgefühle verbrannten sie innerlich und ließen sie nach einer Rechtfertigung suchen.

»Ich glaubte, ich hätte dich verloren. Du warst so lange fort. Ich habe auf dich gewartet, aber du kamst nicht zurück.«

»Wie lange hast du gewartet?«, rief Breandán erbost. »Einen Monat? Zwei? Offensichtlich konntest du es kaum erwarten, wieder zu ihm ins Bett zu steigen!«

»Das ist nicht wahr! Was sollte ich denn tun? Allein zu Hause sitzen und auf einen Mann warten, der nichts mehr von sich hören lässt? Ich konnte die Einsamkeit nicht mehr ertragen.«

»Ich habe dir vertraut! Nie hätte ich gedacht, dass es dir so leicht fallen würde, mich zu vergessen. Ich war dir die ganze Zeit über treu, aber es war wohl närrisch von mir, dasselbe von dir zu erwarten.«

»Wer hat hier wen vergessen?«, widersprach Amoret gereizt. »Wozu hat dir Pater Blackshaw Lesen und Schreiben beigebracht, wenn du mir in all den Monaten nicht einmal eine kurze Nachricht schicken konntest. Womit warst du so beschäftigt, dass du nicht die Zeit hattest, eine Feder zur Hand zu nehmen und ein paar Zeilen zu schreiben?«

Breandán wandte schuldbewusst das Gesicht ab.

»Ich gebe zu, es war falsch. Aber du weißt, wie schwer es mir fällt, die richtigen Worte zu finden. Ich wusste nicht, was ich dir schreiben sollte. Ich habe es versucht, aber alles erschien so banal.«

Amoret schluckte alle weiteren Vorwürfe, die ihr auf der Zunge lagen, hinunter. Sie hätte es wissen müssen, und wenn sie ehrlich war, hatte sie es auch gewusst. Sie war an den Hof zurückgegangen, um ihn zu bestrafen, weil er so lange fortgeblieben war und weil es ihm offenbar nichts ausmachte, ohne sie zu sein. Sich der eigenen Torheit bewusst, ließ sich Amoret auf einen Stuhl sinken.

»Dieser Brief, den du dem König übergeben hast, von wem war der?«, fragte sie, um das Gespräch auf ein anderes Thema zu lenken und so den Streit zu beenden.

»Von seiner Schwester, Prinzessin Henriette«, erwiderte Breandán bereitwillig.

Amorets Blick richtete sich forschend auf ihn. »Du hast sie kennen gelernt?«

»Ja, im Palast von Colombes, wo ich eine Audienz bei König Louis hatte.«

»Du musst Eindruck auf sie gemacht haben, dass sie dir so ohne weiteres einen geheimen Brief an ihren Bruder anvertraut.«

»Wir haben uns eine Weile unterhalten. Sie wollte unbedingt etwas über meine Heimat erfahren. Ich habe ihr erzählt, dass mein Vater von Cromwells Truppen ermordet worden war. Da sagte sie, dass wir ein gemeinsames Schicksal teilten.«

Amoret konnte nicht glauben, was sie da hörte. Zutiefst verletzt sah sie ihn an.

»Du hast der Prinzessin von deiner Familie erzählt? Wie oft habe ich dich danach gefragt, aber du hast mir gegenüber nie etwas preisgegeben. Und ihr offenbarst du dich so einfach?«

Breandán begriff nicht, weshalb sie auf einmal so wütend war.

»Ihre Hoheit hatte Interesse an Irland. Weshalb sollte ich ihr nicht davon erzählen? Es war nur eine kurze Unterhaltung. Dann wollte sie, dass ich ihr ein paar irische Lieder vorsinge.«

Entgeistert fuhr Amoret von ihrem Stuhl auf. »Du hast für sie gesungen? Ich wusste gar nicht, dass du singen kannst!«

»Ich behaupte auch nicht, dass ich es besonders gut kann.«

»Was hast du noch alles getan, um dieser … dieser …« Erregt suchte Amoret nach einer passenden Schmähung, fand jedoch keine.

»Worüber regst du dich auf?«, fragte Breandán hilflos. Er verstand nicht, was in sie gefahren war. Auf einmal sollte er der Schuldige sein, obwohl sie ihm untreu gewesen war? Die Frauen verstanden es wirklich, die Dinge so zu verdrehen, dass sie am Ende im Recht und die Männer im Unrecht waren.

Verärgert nahm Breandán seinen Hut, den er auf einem Stuhl abgelegt hatte, und sagte: »Vielleicht hätte ich nicht zurückkommen sollen!«

Er verließ das Gemach und schloss die Tür hinter sich.

Amoret brach in Tränen aus. Sie wusste, ihre Vorwürfe waren närrisch, doch es hatte sie zutiefst getroffen, dass er einer völlig Fremden Einzelheiten über sein Leben anvertraut hatte, die er ihr gegenüber nie offenbaren wollte. Nun war es an ihr, eifersüchtig zu sein, und das Herz tat ihr weh.

Eine Weile gab sie sich ihren Tränen hin. Als sie sich schließlich beruhigt hatte, entschloss sie sich, noch einmal mit Breandán zu reden. Nachdem sie ihr Gesicht frisch geschminkt hatte, verließ sie ihre Gemächer und machte sich auf die Suche nach ihm. Zu ihrem Ärger lief sie dabei Lady Castlemaine in die Arme.

»Meine Liebe, Eure Augen sind ja ganz verquollen. Habt Ihr geweint?«, fragte Barbara mit lauerndem Blick. Das Verhältnis zwischen den beiden königlichen Mätressen war in den letzten Monaten wieder merklich abgekühlt. Für Barbaras Geschmack suchte der König ihre Rivalin ein wenig zu häufig auf, auch wenn die beiden nicht immer der fleischlichen Lust frönen mochten.

»Ihr hattet doch nicht etwa Streit mit Charles?«, erkundigte sich Lady Castlemaine hoffnungsvoll.

»Nein«, antwortete Amoret kurz angebunden und wollte ihren Weg fortsetzen, doch Barbara hielt sie zurück.

»Habt Ihr schon von dem grausigen Verbrechen gehört, das sich in der Stadt abgespielt hat? Ein Mann hat seine schwangere Frau auf bestialische Weise umgebracht. Er soll ihr den Bauch aufgeschnitten und sie dann ausgeweidet haben.«

Amoret zuckte zusammen. »Das ist ja schrecklich!«

»Es war ein Chirurg aus der Paternoster Row, sagt man«, fügte Barbara genüsslich hinzu.

Amoret erbleichte. Ein Schwindel befiel sie, und sie musste sich an der Wand abstützen.

»Entschuldigt mich, ich muss gehen«, presste sie hervor und entfernte sich in Richtung der Ställe.

Ein Chirurg aus der Paternoster Row? Konnte das ein Zufall sein? Meister Ridgeway würde doch nie auch nur daran denken, einen anderen Menschen zu ermorden! Sie musste sich vergewissern, sonst würde sie keine Ruhe finden.

In den Ställen suchte Amoret fieberhaft nach ihrem Kutscher und befahl ihm, ihre Kutsche anspannen zu lassen. Kurz darauf rumpelte das Gefährt über den Strand in Richtung Stadtkern und hielt schließlich vor Alans Chirurgenstube. Die Fensterläden waren geschlossen, und als Amoret versuchte, die Tür zu öffnen, fand sie sie verriegelt. Sie klopfte, doch es kam keine Antwort. Ein Nachbar lehnte sich aus dem Fenster und klärte sie auf, dass Meister Ridgeway wegen Mordes verhaftet worden war.

»Wohin hat man ihn gebracht?«

»Ins Newgate.«

Amoret schlug vor Entsetzen die Hände vors Gesicht. »Nein, das kann nicht sein!«

Ohne nachzudenken, rief sie dem Kutscher zu, er solle zur Brücke fahren, und stieg wieder ein.

In Meister Hubbarts Werkstatt fragte sie nach Dr. Fauconer und wurde nach oben geschickt. Der Jesuit wandte sich überrascht um, als er Lady St. Clair plötzlich in seine Kammer stürmen sah.

»Wie konnte das passieren?«, rief sie ohne Gruß. »Ist es wahr, dass Meister Ridgeway ins Newgate gebracht wurde?«

Jeremy trat ihr entgegen und nötigte sie, sich auf einen Stuhl zu setzen. »Beruhigt Euch, Mylady!« Und er erzählte ihr die ganze Geschichte von Anfang an.

»Das ist furchtbar! Was kann ich tun, um zu helfen?«, fragte Amoret, als er geendet hatte. »Braucht Ihr Geld?«

»Richter Trelawney hat mir Geld gegeben, um für Alan eine bessere Unterbringung und Verpflegung zu bezahlen. Im Augenblick gibt es nichts, was Ihr für ihn tun könnt, fürchte ich. Aber ich lasse Euch sofort wissen, wenn sich das ändern sollte. Und nun fahrt zurück nach Whitehall, Mylady. Ich habe da eine Spur, die ich verfolgen muss und die mich hoffentlich zum wahren Mörder führen wird. Mit ein bisschen Glück wird Alan bald wieder frei sein. Betet für ihn, meine Liebe.«

Amoret nickte und wandte sich zum Gehen. »Viel Erfolg, Pater. Und bitte haltet mich auf dem Laufenden.«

In gedrückter Stimmung bestieg sie ihre Kutsche und ließ sich zum Whitehall-Palast zurückbringen. Als sie nachdenklich durch die Korridore ging, stand mit einem Mal Breandán vor ihr. Er hatte sie gesucht, um sich mit ihr auszusprechen.

»Was ist passiert?«, fragte er mit einem besorgten Blick in ihr bleiches Gesicht.

Sie sah ihn gequält an. »Meister Ridgeway wurde verhaftet. Man beschuldigt ihn, seine Frau ermordet zu haben.«

»Aber das ist doch absurd«, entfuhr es Breandán. »Meister Ridgeway könnte keiner Fliege etwas zuleide tun.«

»Sie haben ihn ins Newgate gebracht.«

Der junge Ire wusste sehr gut über die Zustände in den Kerkern des Gefängnisses Bescheid. Er hatte sie einst am eigenen Leib kennen gelernt.

»Es tut mir Leid«, sagte er mitfühlend. »Jetzt verstehe ich auch, weshalb Meister Ridgeways Haus verschlossen war.«

»Du warst dort?«

»Ja, ich wollte ihm und Pater Blackshaw einen Besuch abstatten.«

»Pater Blackshaw wohnt nicht mehr dort. Er ist in das Haus eines Herstellers chirurgischer Instrumente auf der Brücke gezogen.«

»Ich werde ihn morgen aufsuchen. Vielleicht kann ich etwas tun, um Meister Ridgeway zu helfen.«

Amoret wandte den Blick ab, als fürchte sie, Breandán könne ihr das schlechte Gewissen von den Augen ablesen. Er durfte nie erfahren, dass sie eine Liebschaft mit Alan eingegangen war.

In dem Verlangen, sie zu trösten, nahm Breandán sie in die Arme. Amoret lehnte ihren Kopf an seine Schulter, erleichtert, dass sie ihm nicht ins Gesicht sehen musste.

Vierunddreißigstes Kapitel

»Was wollt Ihr denn hier? Wie könnt Ihr es wagen, Euch hier sehen zu lassen?«, donnerte Meister Laxton, als Jeremy seine Chirurgenstube betrat.

»Ich muss mit Euch reden«, erklärte der Jesuit in höflichem Ton.

»Ich rede nicht mit den Freunden von Mördern!«

»Meister Ridgeway hat Eure Tochter nicht umgebracht, das schwöre ich Euch. Ein Einbrecher hat die beiden Frauen getötet.«

»Das soll ich Euch glauben?«, höhnte der Wundarzt. »Meister Ridgeway hätte doch alles getan, um Anne loszuwerden.«

»Er mag ein Schürzenjäger sein, aber er ist kein Mörder. Ich bitte Euch lediglich, mir ein paar Fragen zu beantworten«, beharrte Jeremy. »Wann habt Ihr von dem Verbrechen erfahren?«

»Martin erzählte es mir. Aber warum wollt Ihr das wissen?«

»Es hatte sich also noch nicht bis hierher herumgesprochen?«

»Nein, natürlich nicht.«

»Das heißt, Martin kann erst vor Meister Ridgeways Haus von den Morden erfahren haben?«

»Ich denke schon.«

»Wisst Ihr, weshalb sich Euer Sohn zu so früher Stunde zur Paternoster Row begab?«

»Elizabeth hatte ihn gebeten zu kommen. Sie war am Tag zuvor hier und sagte, er solle sie am nächsten Morgen aufsuchen.«

»Habt Ihr selbst mit Mistress Elizabeth gesprochen?«

»Nein, ich habe gerade einen Krankenbesuch gemacht. Sie hat mit Martin gesprochen.«

»Also haben wir nur das Wort Eures Sohnes, dass sie wirklich hier war.«

»Beschuldigt Ihr etwa Martin?«, brauste Meister Laxton auf.

»Noch beschuldige ich niemanden«, sagte Jeremy beschwichtigend. »Nur noch eine Frage, Sir. Wie war das Verhältnis zwischen Martin und seiner Mutter? Kamen die beiden gut miteinander aus?«

»Seine Mutter? Ihr meint Margaret? Sie war nicht seine Mutter. Martin ist der Sohn meiner ersten Frau.«

Überrascht zog Jeremy die Brauen hoch. »Anne war also Martins Halbschwester?«

»Ja, verdammt. Und nun verlasst meine Werkstatt. Ihr habt genug Fragen gestellt.«

Jeremy gehorchte ohne Widerspruch. Er hatte mehr erfahren, als er erwartet hatte. Bisher hatte er die Möglichkeit, dass Martin der Mörder sein könnte, bezweifelt, weil er ihm das abscheuliche Verbrechen des Muttermordes nicht zugetraut hatte. Die Tatsache, dass Margaret Laxton nicht seine Mutter gewesen war, ließ mit einem Mal ganz andere Spekulationen zu.

Doch Jeremy hatte noch eine andere Spur zu verfolgen. Am Morgen hatte er sich bei einem Kleiderhändler die Lumpen eines Bettlers besorgt, die er in einem Bündel mit sich führte. Mit seinem Schlüssel verschaffte er sich Einlass in Alans Haus, schlüpfte dort in die Lumpen und begab sich in dieser Verkleidung zum Smithfield-Markt. Dort mischte er sich unter Marys ehemalige »Zunftgenossen«, bettelte wie sie um Almosen und teilte schließlich seine Einnahmen mit den anderen, um ihr Vertrauen zu gewinnen. Er erzählte ihnen seine tragische Lebensgeschichte und erwähnte, dass er ein alter Freund der »verrückten

Mary« sei und sie suche. Es dauerte eine Weile, bis er jemanden fand, der ihm etwas über sie sagen konnte.

»Ich hab sie schon eine Zeit lang nicht mehr gesehen«, erklärte ein alter Mann, der im Bürgerkrieg ein Bein verloren hatte und sich auf Krücken fortbewegte. »Vielleicht kann dir Annie sagen, wo sie ist. Die beiden sind Busenfreundinnen.«

»Wo finde ich Annie?«

»Im Kirchhof von St. Bartholomew the Great.«

Jeremy verlor keine Zeit. Es bereitete ihm keine große Mühe, Annie aufzuspüren. Sie war etwa im selben Alter wie Mary, wirkte im Gegensatz zu ihr aber klug und aufmerksam. Der Jesuit erzählte ihr von seiner Bekanntschaft mit Mary und fragte sie, ob sie wüsste, wo sie sich aufhalte.

Annie sah ihn betroffen an und schüttelte den Kopf. »Sie ist verschwunden. Seit Wochen schon. Ich glaube, ihr ist etwas passiert.«

»Wie lange kennst du sie schon?«

»Seit zwei Jahren vielleicht.«

»Als ich sie das letzte Mal sah, war sie schwanger«, log Jeremy.

»Ja, sie bekam vor ein paar Monaten ein Kind«, bestätigte Annie.

»Knabe oder Mädchen?«

»Ein Junge. Ich war dabei, als er zur Welt kam. Sie hatte es nicht leicht, die Arme. Ich hatte Angst, dass sie es nicht schafft, und holte eine Hebamme, die ihr half, ohne eine Bezahlung zu verlangen.«

»Wie hieß die Hebamme?«

»Margaret Laxton.«

»Und was geschah mit dem Kind?«

»Es ist gestorben.«

Jeremy sah das Bettelweib eindringlich an. »Bist du sicher?«

»Ja, ein paar Tage nach der Geburt hörte es auf zu atmen. Eigentlich kein Wunder, denn Mary hatte keine Milch, so dürr, wie sie war. Aber sie wollte es nicht glauben. Tagelang lief sie mit dem toten Kind in den Armen herum. Ich sagte es der Hebamme, und sie nahm Mary den Leichnam mit Gewalt fort. Sie versprach, es auf einem Kirchhof beisetzen zu lassen. Das war sehr anständig von ihr, wo wir sie doch nicht bezahlen konnten.«

»Und du bist ganz sicher, dass das Kind tot war, als die Hebamme es fortnahm?«, hakte Jeremy nach.

»Ja, das Gesichtchen begann schon, sich zu verfärben. Es war grausig!«

Zutiefst enttäuscht lehnte sich Jeremy gegen die Mauer des Kirchhofs und schloss die Augen.

»Ihr seht nicht so aus, als wenn Ihr Erfolg gehabt hättet«, sagte Trelawney nach einem Blick in Jeremys bedrücktes Gesicht, als der Jesuit ihn am Abend zu Hause aufsuchte.

»Nein, mein Verdacht hat sich als falsch erwiesen. Ich bin keinen Schritt weiter«, seufzte der Priester.

»Habt Ihr die Güte, mir trotzdem zu erklären, um was es ging?«

Jeremy sah den Richter zweifelnd an, gab dann aber nach.

»Ich hatte die kühne Vermutung, dass Margaret Laxton das Kind der ›verrückten Mary‹ verkauft haben könnte.«

»An eine Frau, die selbst keine Kinder bekommen kann?«

»Ja.«

»Und an wen habt Ihr dabei gedacht?«

»An Temperance Forbes.«

Sir Orlando machte ein erstauntes Gesicht. »Aber das ist doch absurd.«

»Keineswegs. Mistress Forbes hatte schon mehrere Kinder verloren. Und ihr Gatte brauchte unbedingt einen Erben.«

»Aber wie kommt Ihr gerade auf die Forbes?«, fragte Trelawney. »Es gibt doch sicher eine ganze Reihe Frauen, die keine Kinder bekommen können.«

»Ich erinnerte mich an etwas, was die Magd Hannah sagte. Als Temperance' Sohn geboren wurde, war Margaret Laxton mit ihr allein. Das ist doch sehr ungewöhnlich.«

»Stimmt. Normalerweise sind Nachbarinnen und weibliche Verwandte bei der Geburt anwesend«, bestätigte der Richter.

»Und das hat auch einen guten Grund. Die Anwesenheit so vieler Zeugen soll verhindern, dass irgendjemand behaupten kann, dass bei der Geburt etwas nicht mit rechten Dingen zugegangen sei.«

»Und nur weil diese Frauen nicht eingeladen wurden, glaubt Ihr, Margaret Laxton habe das Kind der Bettlerin ins Haus geschmuggelt und an Temperance Forbes verkauft? Und was passierte mit ihrem eigenen Kind?«

»Es könnte bei der Geburt gestorben sein.«

»Nun, so einleuchtend Eure Vermutung ist, ich finde sie reichlich gewagt.«

»Mag sein. Trotzdem musste ich ihr nachgehen. Leider hat sich erwiesen, dass die ›verrückte Mary‹ uns unwillentlich in die Irre geführt hat. Margaret Laxton hat ihr tatsächlich das Kind weggenommen, aber zu diesem Zeitpunkt war es bereits tot.«

»Und was nun?«

»Ich muss eben weiterforschen!«

Als Jeremy in Meister Hubbarts Werkstatt zurückkehrte, erfuhr er, dass ein Besucher ihn in seiner Kammer erwartete. Neugierig stieg er die Treppe hinauf und blieb überrascht in der Tür stehen.

»Breandán! Breandán Mac Mathúna!«

Jeremy war selbst erstaunt, wie sehr er sich freute, den jungen Mann wiederzusehen. Mit einem breiten Lächeln auf dem Gesicht ging er ihm entgegen und legte ihm die Hände auf die Schultern.

»Ihr seid also doch zurückgekommen. Amoret wird überglücklich sein. Aber setzt Euch doch«, forderte der Jesuit den Besucher auf und deutete einladend auf einen Stuhl.

Gerührt durch den herzlichen Empfang, ließ sich Breandán darauf sinken. Da er wusste, wie Pater Blackshaw über seine Liebschaft mit Amoret dachte, hatte er mit so aufrichtiger Wiedersehensfreude nicht gerechnet. Doch Jeremy konnte nicht aus seiner Haut. So schwierig der junge Ire als Mensch sein mochte, er war dem Priester ans Herz gewachsen wie ein Sohn, dem man auch die schlimmsten Eskapaden vergibt.

»Ich habe Euch etwas mitgebracht, Pater«, sagte Breandán mit einer Geste in Richtung des Tisches an einer Seitenwand, auf dem ein Paket stand. »Ich dachte, es könnte Euch nützlich sein.«

Nun war es an Jeremy, gerührt zu sein. Er nahm das Paket in beide Hände und hob es an, um das Gewicht zu prüfen. Da sah er, dass daneben noch ein zweites, kleineres Päckchen lag.

»Ihr hättet Euch meinetwegen nicht so viele Umstände machen sollen, Breandán.«

»Immerhin habt Ihr mir damals das Leben gerettet, Pater.«

Jeremy öffnete zuerst das größere Paket und hielt überwältigt inne, als der Inhalt ans Licht kam. »Eine Teekanne aus China!«, rief er aus und hob das kostbare Stück aus der Verpackung. Es hatte die Form einer Birne und bestand aus unglasiertem rotem Steingut. Diese Teekannen wurden von den Holländern aus Yixing nach Europa eingeführt und waren in England eine Seltenheit.

»Sie ist nicht nur nützlich, sondern auch schön. Eigentlich kann ich sie gar nicht annehmen. Ihr führt mich in Versuchung, mein Freund«, scherzte Jeremy, bevor er sich dem anderen Päckchen zuwandte. Darin befand sich ein Futteral, das zwei kleine

Bürsten enthielt. Jede von ihnen war aus Horn, und von einem Ende des langen Stiels standen jeweils im rechten Winkel Borsten aus Pferdehaar ab.

»Ah, ich weiß, was das ist«, rief Jeremy lachend aus. »Ich habe diese Bürsten schon einmal in Paris gesehen. Man reinigt damit die Zähne.«

»Ich dachte mir, dass sie Euch interessieren würden.«

»Ich danke Euch, Breandán. Das war sehr aufmerksam von Euch.«

Jeremy nahm die Hand des jungen Mannes und drückte sie herzlich. Dabei fiel sein Blick auf dessen linke Handfläche. Einst hatte der Henker von London die Haut des Daumenmuskels mit einem Brandmal gezeichnet, als Breandán vor einigen Jahren wegen Totschlags verurteilt worden war. Nun befand sich an dieser Stelle eine gut verheilte Narbe.

»Ihr habt das Brandmal entfernen lassen. Also habt Ihr endgültig mit Eurer Vergangenheit abgeschlossen«, bemerkte Jeremy.

»Ja, ein Chirurg in Paris hat es herausgeschnitten.«

»Er hat gute Arbeit geleistet. Ihr wart also in Paris. Wollt Ihr mir nicht erzählen, was Ihr dort getan habt?«

»Ich habe fleißig gelernt, Pater«, antwortete Breandán ausweichend.

Jeremy begriff, dass er nicht mehr über seinen Aufenthalt in Frankreich preisgeben wollte, und gab sich zufrieden.

»Und nun, da Ihr wieder in England seid, was werdet Ihr tun?«, fragte er.

»Die Schwester des Königs, für die ich einen Brief überbrachte, hat Seiner Majestät meine Dienste empfohlen. Ich werde künftig für Mylord Arlington arbeiten.«

»Um Seine Lordschaft in seinem Kampf gegen die Dissenters zu unterstützen? Ich habe gehört, dass Arlington die Einflussreichsten unter ihnen unter Beobachtung hält, weil es Befürchtungen gibt, sie könnten sich mit den Holländern verschwören.«

»So hat er es mir erklärt«, bestätigte Breandán.

»Habt Ihr auch mit dem König gesprochen?«

»Ja, er hat mich in seinem Kabinett empfangen. Und ich bin sicher, dass er genau weiß, wer ich bin.«

»Und dennoch hat er Euch in seine Dienste genommen?«, fragte Jeremy verwundert. »Ich muss gestehen, es überrascht mich, dass Ihr zugesagt habt, Breandán. Ihr habt nie einen Hehl daraus gemacht, dass Ihr Euch unserem König gegenüber nicht zur Treue verpflichtet fühlt.«

»Es ist eine Arbeit wie jede andere. Solange man nichts von mir verlangt, was meinem Volk schaden könnte, werde ich meine Pflicht erfüllen. Außerdem sagen mir weder die Dissenters noch die Holländer zu. Im Vergleich zu ihnen sind die Stuarts für Irland das kleinere Übel.«

»Amoret war sicher überglücklich, Euch wiederzusehen«, bemerkte Jeremy lächelnd.

»Ja, obwohl wir uns erst einmal heftig gestritten haben«, erwiderte Breandán zähneknirschend. »Wie konntet Ihr nur zulassen, dass sie wieder an den Hof zurückkehrt, Pater?«

»Glaubt mir, ich habe alles versucht, um sie davon abzuhalten. Aber in manchen Dingen hört sie einfach nicht auf mich. Sie war sehr unglücklich, dass Ihr so lange nichts von Euch hören ließt.«

Breandán biss sich auf die Lippen. »Ich habe mittlerweile eingesehen, dass es wohl in erster Linie meine Schuld war. Ich hätte sie nicht so lange im Unklaren lassen dürfen.« Er stieß ein tiefes Seufzen aus. »Leider konnte ich mich noch nicht mit ihr aussprechen. Sie macht sich große Sorgen um Meister Ridgeway. Glaubt Ihr, man wird ihn tatsächlich des Mordes anklagen?«

»Es ist möglich. Deshalb muss ich unbedingt den wahren Mörder finden!«

»Lasst es mich wissen, wenn ich etwas tun kann, Pater«, bat Breandán und erhob sich von seinem Stuhl.

Jeremy nickte. »Ich bringe Euch vor die Tür. Wie seid Ihr eigentlich hergekommen? Mit einem Boot?«

»Nein, ich habe mir auf dem Smithfield-Markt ein Pferd gekauft.«

Jeremy trat an Breandáns Seite auf die Straße hinaus und erstarrte in der Bewegung, als sein Blick auf den schwarzen Hengst mit der kleinen weißen Stirnblesse fiel, der an einem Ring an der Hauswand festgebunden war.

»Ist das Euer Pferd?«, fragte er ungläubig.

»Ja«, bestätigte Breandán.

Über Jeremys Züge breiteten sich Wut und Empörung.

»Ihr wart es!«, stieß er hervor. »Ihr habt Richter Trelawney auf der Straße aufgelauert und auf ihn geschossen! Wie konntet Ihr nur? Ist Euer Hass auf ihn noch immer so stark, dass Ihr ihn kaltblütig umbringen wolltet?«

Breandán sah ihm ruhig in die Augen. »Wenn ich die Absicht gehabt hätte, ihn umzubringen, dann wäre er jetzt tot. Nein, ich wollte nur, dass es ihm so ergeht wie mir. Er sollte dem Tod ins Auge sehen, ohne Hoffnung auf Rettung, so wie ich unter dem Galgenbaum. Ich wollte ihn um sein Leben flehen hören! Er hat mich vom ersten Augenblick an für einen Verbrecher gehalten, nur weil ich Ire bin. Er hat mich auspeitschen lassen, weil er seinen verlogenen Standesgenossen mehr Glauben geschenkt hat als mir, obwohl sie keine Beweise für meine Schuld vorweisen konnten. Und als man mich des Mordes anklagte, hätte Euer ehrenwerter Richter mich ohne zu zögern hängen lassen, wenn Ihr meine Unschuld nicht bewiesen hättet. Für all das wollte ich Rache, ja, aber ich hatte nicht die Absicht, ihn ernstlich zu verletzen.«

»Heilige Mutter Gottes, Breandán, seid Ihr denn völlig verrückt geworden? Ihr habt auf ihn geschossen!«

»Ich versichere Euch, dass ich ihn nicht treffen wollte!«

»Ihr hättet ihn blenden können! Wenn ihm ein Holzsplitter ins Auge gedrungen wäre!«

Breandán schwieg.

»Zu meinem Bedauern muss ich feststellen, dass Ihr nichts dazugelernt habt«, sagte Jeremy vorwurfsvoll. »Ihr löst Eure Probleme immer noch mit Gewalt, statt Euren Kopf zu gebrauchen.«

»Werdet Ihr es dem Richter sagen?«

»Nein, ich will nicht, dass ihr euch gegenseitig an die Kehle geht. Ihr hattet Eure Rache, Breandán. Haltet Euch von nun an von Sir Orlando fern! Versprecht Ihr mir das?«

»Ja, ich verspreche es«, antwortete der junge Mann, schwang sich in den Sattel seines Rappen und ritt davon.

Jeremy sah ihm zutiefst beunruhigt nach. Breandán war ein unberechenbarer Mensch. Der Überfall auf Trelawney war schon schlimm genug. Aber was würde dieser Hitzkopf erst mit Alan machen, wenn er erfuhr, dass dieser während seiner Abwesenheit eine Liebschaft mit Amoret eingegangen war?

Fünfunddreißigstes Kapitel

Der Hund bleckte die Zähne und stieß ein gereiztes Knurren aus. Geistesgegenwärtig legte Alan die Handgelenke gegeneinander, um notfalls mit der herabhängenden Kette zuschlagen zu können. Auf dem Weg zur Schenke in einem der unteren Gewölbe des Gefängnisses war er dem Tier auf der unbeleuchteten Treppe zu nahe gekommen. Man begegnete auch einigen Schweinen, Hühnern und mageren Katzen in den Verliesen, die sich mit den Hunden um Ratten und Mäuse stritten. Der räudige Köter hatte wohl schon öfter Bekanntschaft mit der Schlagkraft der eisernen Ketten gemacht, denn als er das Klirren vernahm, zog er den Schwanz ein und glitt mit einem Winseln an Alan vorbei.

Der Wundarzt atmete auf und setzte seinen Weg mit weichen Knien fort. Am Eingang zur Schankstube entrichtete Alan die Tagesgebühr von einem Shilling und sechs Pence, ließ sich eine Weinflasche für zwei Shillinge geben und setzte sich auf eine der grob zusammengezimmerten Bänke. Neben ihm saßen zwei Männer und würfelten, an einem Tisch wurde Karten gespielt, auf dem Boden lag ein Bärtiger und schlief seinen Branntweinrausch aus, während ein Taschendieb ihn um seine letzten Münzen erleichterte. Alan hatte gelernt, seinen Geist gegen die Zustände im Gefängnis zu verschließen. Der Wein, den er jeden Tag von früh bis spät in sich hineinkippte, half ihm dabei. Nur im Vollrausch ließ sich der Aufenthalt im Newgate ertragen.

Eine Frau setzte sich neben Alan auf die Bank, doch er beachtete sie nicht. Die Schließer erlaubten Huren aus dem Viertel den Zugang zu den Kerkern, in denen es viele zahlende Kunden gab, doch der Wundarzt hatte seine Lektion gelernt und geriet gar nicht erst in Versuchung, sich mit ihnen einzulassen. Erst als die Frau näher rückte und ihren Schenkel an den seinen presste, wandte er den Kopf und sah sie an. Ihr Gesicht war schmutzig und ihr strähniges Haar von undefinierbarer Farbe. Sie lächelte ihm zu und zeigte dabei eine Reihe schadhafter und verfärbter Zähne. Die Ketten an ihren Handgelenken verrieten, dass sie aus einer der Frauenabteilungen gekommen war.

Im nächsten Moment glitt ihre Hand zur Innenseite von Alans Schenkel, legte sich auf sein Glied und begann, es durch den Stoff seiner Kniehose zu reiben.

»Wie gefällt dir das?«, sagte sie leise. »Komm mit mir, und du kannst tun, was du willst.«

Alan war zu verblüfft, um zu antworten. Als er nicht reagierte, fuhr die Frau mit drängender Stimme fort: »Na los, zier dich nicht so. Wann bekommst du es schon umsonst? Sie haben mich jetzt schon zum dritten Mal beim Stehlen erwischt. Diesmal werden sie mich bestimmt hängen, es sei denn, ich kann sagen, dass ich schwanger bin!«

Alan sah sie ungläubig an. Er spürte, wie sein Schoß heiß wurde, während sie sein Geschlecht ungeniert mit der Hand bearbeitete, ohne dass sich einer der Anwesenden darum kümmerte. Doch die Abscheu vor dem Weib erstickte Alans Erregung und ließ Übelkeit in ihm aufsteigen. Energisch schob er ihre Hand weg und erhob sich von der Bank.

Sofort schlug ihr verführerisches Gehabe in Wut um, und noch bevor er sich entfernen konnte, hatte sie ihm kräftig ins Gesicht geschlagen. »Bastard! Herzloses Schwein! Willst mich unbedingt hängen sehen, was!«

Fluchtartig verließ Alan die Schankstube. Nie würde er sich an diese Gestalten der Unterwelt gewöhnen, die eher gefährlichen Raubtieren glichen als Menschen.

Einige Tage später wurde Alan in der Halle von einer anderen Frau angesprochen: »Eine der Quäkerinnen sagte, dass Ihr Wundarzt seid. Wisst Ihr, wie man ein Kind zur Welt bringt?«
Alan zögerte, denn die Erinnerung an Annes Tod verfolgte ihn immer noch. Schließlich rang er sich ein Nicken ab.
»Dann folgt mir«, bat die Frau. »Oben in einer der Abteilungen liegt ein Mädchen in den Wehen, und es ist keine Hebamme da. Ich habe versucht, ihr zu helfen, aber es sind schon Stunden vergangen, und das Kind kommt nicht. Ich glaube, es ist eine Steißgeburt.«
Alan folgte der Frau in den dritten Stock des Gefängnisses. Bei dem Gedanken daran, Geburtshilfe leisten zu müssen, überrieselten ihn kalte Schauer. Doch er brachte es nicht übers Herz, seinen Beistand zu verweigern. An der Tür zur Frauenabteilung verlangte ein Schließer von Alan, ihm die üblichen sechs Pence zu zahlen, um eintreten zu dürfen. Mit angewiderter Miene legte der Chirurg ihm das Geld in die Hand. Tatsächlich war er nicht der einzige Mann, der sich den Einlass erkauft hatte. In einer Ecke des Verlieses vergnügte sich einer der Gefangenen mit einem Mädchen, dessen Wimmern alles andere als Lust ausdrückte.
Die Frau, die Alan um Hilfe gebeten hatte, zog ihn von der schrecklichen Szene weg.
»Kommt, Ihr könnt doch nichts tun. Die Schließer erlauben diese Dinge. Ihr würdet nur Prügel einstecken. Die Kleine wird's schon überleben. Das arme Mädchen da hinten hat Eure Hilfe nötiger.«
Auf einer Bettstatt lag die Gebärende. Ihr Gesicht war feucht von Schweiß und verzerrte sich immer wieder vor Schmerzen. Alan tastete sorgfältig ihren Bauch ab.

»Ihr habt Recht, es ist eine Steißgeburt«, bestätigte er.

Obwohl ihm das Verfahren vertraut war, wie man ein Kind in dieser Lage zur Welt brachte, graute ihm vor dem Eingriff. Immer wieder musste er an Anne und ihr Kind denken, die er nicht hatte retten können. Und hier hatte er weder sauberes Wasser zum Waschen noch sonstige Hilfsmittel zur Verfügung. Niedergeschlagen betrachtete er seine schmutzstarrenden Hände, sah aber ein, dass er unter diesen Umständen keine andere Wahl hatte. Er wusch sich notdürftig die Finger mit Wein, den die Frau ihm reichte, und machte sich an die Arbeit.

Letztendlich ging alles glatt, und Alan konnte nach einigen Stunden ein kleines schreiendes Wesen in die Arme der Mutter legen, die es instinktiv an sich drückte.

»Was wird aus dem Kind?«, fragte er die Frau, die ihn hergeholt hatte.

»Wenn es am Leben bleibt, kommt es ins Arbeitshaus und wird dort großgezogen. Aber ich glaube nicht, dass die Kleine Milch haben wird. Nun, da sie ihr Kind zur Welt gebracht hat, wird im Übrigen das Urteil vollstreckt, das man aufgrund ihrer Schwangerschaft ausgesetzt hat. Sie wird in die amerikanischen Kolonien verschifft werden.«

Bedrückt verließ Alan die Frauenabteilung und stieg in den zweiten Stock hinab. Um zu seiner eigenen Unterkunft zu gelangen, musste er an der Küche des Henkers vorbei. Die Tür stand offen, und im Vorbeigehen warf Alan einen flüchtigen Blick hinein. Spöttisches Gelächter war zu hören. Der Anblick, der sich ihm bot, war so entsetzlich, dass Alan wie gelähmt stehen blieb. Der kleine Raum wurde von einer mächtigen Feuerstelle beherrscht, in der ein Gehilfe des Scharfrichters eifrig die Flammen schürte. Auf dem Rost stand ein großer brodelnder Kessel, in den der Mann mehrere Hand voll Seesalz und Kümmel schüttete, um das Ganze dann kräftig umzurühren.

Doch Alans Blick war nicht auf die Vorbereitungen des Gehilfen gerichtet. Wie gebannt starrte er auf die menschlichen Körperteile, die vor der Feuerstelle auf dem Boden lagen. Es waren die traurigen Überreste zweier Männer, die am Tag zuvor geviertteilt worden waren, weil sie sich gegen den König verschworen hatten. Das Gelächter stammte von dem Henker Jack Ketch und einigen hartgesottenen Verbrechern, die derbe Späße mit den Köpfen der Unglücklichen trieben. Sie packten sie bei den Haaren, schleuderten sie in die Luft und traten sie mit den Füßen, um zu sehen, welcher von ihnen am weitesten rollte.

Von Ekel erfüllt, schleppte sich Alan zu einem der Aborte und erbrach sich. Sein ganzer Körper schmerzte, und ein starker Schwindel befiel ihn, so dass er sich auf den Boden setzen musste, um nicht umzufallen. Wenn er diese Hölle nicht bald verlassen konnte, würde er noch den Verstand verlieren.

Als das Schwächegefühl, das ihn ergriffen hatte, ein wenig nachließ, raffte sich Alan auf und begab sich zu seiner Unterkunft. Dort traf er auf Jeremy, der ihn bereits gesucht hatte.

»Ich werde hier sterben!«, murmelte Alan verzweifelt. »Ich weiß es ...«

»Das dürft Ihr nicht sagen, mein Freund«, widersprach der Jesuit energisch. »Ich tue alles, um Euch hier herauszuholen!«

Alan ließ sich auf die Bettstatt sinken und vergrub das Gesicht in den Händen.

»Habt Ihr Fortschritte gemacht?«, fragte er.

Jeremy zögerte, bevor er antwortete: »Ich habe mit Meister Laxton gesprochen. Martin behauptet, Elizabeth habe ihn so früh am Morgen in Euer Haus bestellt.«

»Und glaubt Ihr das?«

»Ich bin nicht sicher.«

Alan fuhr sich durchs Haar, das in schmierigen Strähnen auf seine Schultern fiel.

»Ich habe mir Gedanken um diesen Schuft gemacht, wisst Ihr! Und ich bin zu dem Schluss gekommen, dass nur er Anne vergewaltigt haben kann. Deshalb wollte sie fort. Es passt alles zusammen. Er hat sie als sein Eigentum betrachtet, und er konnte den Gedanken nicht ertragen, dass ich bei ihr gelegen habe. Er hat mich angegriffen, weil er eifersüchtig war. Ihr erinnert Euch doch, dass ich Euch erzählte, er sei einmal während meiner Abwesenheit in meinem Haus gewesen. Als ich Elizabeth fragte, was er gewollt habe, behauptete sie, er habe Geld verlangt. Aber das war gelogen. Er kam, um sich weiterhin an Anne zu vergehen, seiner eigenen Schwester. Er hat sie unter meinem Dach vergewaltigt, das Schwein!«

Jeremy nickte zustimmend. »Ich denke, Ihr habt Recht. Vielleicht hat Margaret Laxton davon gewusst und Martin gedroht, sie würde es seinem Vater sagen, wenn er Anne nicht in Ruhe ließe. Meister Laxton ist ein harter, aber anständiger Mensch. Er hätte seinen Sohn sicher bestraft, vielleicht hätte er ihn sogar aus dem Haus gewiesen. Und da Margaret Laxton nicht Martins Mutter war, halte ich es durchaus für möglich, dass er sie umgebracht hat, um sie zum Schweigen zu bringen.«

»Aber wie wollt Ihr das beweisen?«

»Das weiß ich noch nicht. Aber ich werde nicht ruhen, bevor ich Euch hier herausgeholt habe.«

Jeremy bemerkte, dass sich Alan zum wiederholten Male an die Stirn griff und die Augen schloss. Besorgt musterte er das gerötete Gesicht seines Freundes.

»Habt Ihr Schmerzen?«

Alan nickte schwach. »Mein Kopf! Ich habe das Gefühl, er zerspringt.«

Jeremy berührte seine Stirn und zuckte zurück. Für einen Moment gab sein Gesicht das Entsetzen preis, das ihn ergriff.

»Ihr habt Fieber«, sagte er gepresst. »Ihr habt Euch mit Kerkerfieber angesteckt!«

Ein mattes Lächeln huschte über Alans Lippen. »Ich weiß. Ich wusste es, seit Ihr mich nach den Läusen fragtet. Ich habe mich bei dem Vagabunden angesteckt, nicht wahr?«

»Ja. Aber Ihr werdet es überstehen!«

Alan schüttelte den Kopf. »Nein, ich komme hier nicht mehr lebend raus.«

Jeremy spürte, wie etwas schmerzhaft seine Brust einschnürte. Energisch packte er Alan an den Schultern und blickte ihm fest in die Augen.

»Ich werde Euch pflegen. Und Ihr werdet durchhalten, hört Ihr! Ich lasse nicht zu, dass Ihr sterbt! Weder hier noch in Tyburn! Versprecht mir, dass Ihr nicht aufgebt!«

Alan sah den Priester gerührt an. Er war dankbar für Jeremys Freundschaft, die trotz der Streitigkeiten der letzten Monate ungetrübt war.

»Ich werde mein Bestes tun«, versprach er.

Am folgenden Tag ging es Alan noch schlechter. Er hatte kaum geschlafen, obwohl er sehr erschöpft war. Die Schmerzen in Kopf und Gliedern waren stärker geworden, und wenn er versuchte, sich aufzurichten, drehte sich alles um ihn. Kalte Schauer ließen ihn am ganzen Körper zittern, während sein Kopf in Flammen zu stehen schien. Er verspürte unerträglichen Durst, den nichts stillen konnte, mochte aber nichts mehr essen, da er ständig würgen musste.

Bald lag Alan nur noch matt und lustlos auf seiner Bettstatt und versuchte, seine Kräfte zu schonen. Er nahm Schritte wahr, die sich seinem Lager näherten, doch er war zu müde, um die Augen zu öffnen. Er zuckte nicht einmal zusammen, als er plötzlich den Druck einer Hand um seinen Hals spürte.

»Jetzt bist du dran, Ridgeway!«

Martins drohende Stimme riss Alan aus seiner Trägheit. Er schlug die Augen auf und sah in das hasserfüllte Gesicht seines Erzfeindes. Doch er verspürte nicht einmal mehr Angst.

»Ihr kommt zu spät«, sagte er leise. »Ich habe Kerkerfieber. Und nun, da Ihr mich angerührt habt, werdet Ihr es auch bekommen.«

Hastig zog Martin seine Hand zurück und starrte ihn entsetzt an.

»Verdammter Bastard!«, knurrte er. »Fahr doch zur Hölle!«

Als er das abfällige Lächeln auf Alans aufgesprungenen Lippen sah, stürmte Martin in Panik davon. In seiner Eile stieß er beinahe mit George Grey zusammen, der ihm verwundert nachblickte. Mit besorgter Miene trat der Quäker an Alans Lager.

»Bist du in Ordnung, Freund?«

Alan nickte.

»Was wollte dieser Mann von dir?«

»Mich umbringen! Doch dabei ist er sich seiner eigenen Sterblichkeit bewusst geworden.«

Grey ließ sich neben der Bettstatt auf einen Schemel nieder. Jeremy hatte ihn gebeten, während seiner Abwesenheit nach Alan zu sehen. Dazu musste der Jesuit bei den Schließern eine Gebühr entrichten, die dem Quäker den Zutritt zu der »herrschaftlichen Seite« erlaubte.

»Dein Freund macht sich große Sorgen um dich«, sagte Grey. »Er ist ein gütiger Mann. Bedauerlich, dass er ein Katholik ist.«

Jeremy, der gerade eingetroffen war, hörte die letzten Worte mit an.

»Ist Eure Bemerkung nicht ein wenig engstirnig?«

Der Quäker lächelte entschuldigend. »Ich wollte dich nicht beleidigen.«

Während Jeremy Alan untersuchte, sagte Grey: »Ich erinnere

mich an dich. Als ich vor zwei Jahren schon einmal im Newgate war, hast du für die Gefangenen deines Glaubens die Messe gelesen. Aber eigentlich überrascht es mich nicht, dass du Priester bist.«

Jeremy warf dem Quäker einen unsicheren Blick zu, sagte aber nichts. Dieser hob abwehrend die Hände.

»Ich versichere dir, dass ich dein Geheimnis nicht verraten werde. Obgleich du im Grunde nichts zu befürchten hast. Der König schützt dich und deinesgleichen, während er uns zu Unrecht verfolgt.«

»Es heißt, dass sich unter den Dissenters, die sich mit den Holländern verschwören und eine Rebellion anzetteln wollen, auch ›Freunde‹ befinden«, gab Jeremy zurück.

»Das ist leider wahr. Aber diese wenigen sind Verirrte, die sich dem Teufel zugewandt haben. Das Licht Christi leuchtet in jedem Menschen, und das Leben eines jeden ist heilig. Deshalb glauben wir, dass jegliche Gewalt sündhaft ist.«

»Darin stimmen wir also überein.«

»Trotzdem könnte unser Glaube nicht verschiedener sein. Deine Religion legt zu viel Gewicht auf Götzendienst und Sakramente. Wir feiern weder das Abendmahl noch die Taufe, weil wir glauben, dass jeder Teil des Lebens heilig ist. Man kann es nicht in heilig und weltlich unterteilen. Wir bezeichnen den Sonntag nicht als Tag des Herrn, denn *jeder* Tag gehört dem Herrn. Wir feiern nicht die Geburt des Herrn zu Weihnachten, wie ihr und die Anglikaner es tun, weil Christus *jeden* Tag aufs Neue in unseren Herzen geboren wird. Und wie können wir das Letzte Abendmahl mit Ritualen feiern, wenn doch *jedes* Mahl, das wir mit unseren Brüdern und Schwestern einnehmen, daran erinnern soll?«

Jeremy hörte den Belehrungen des Quäkers interessiert zu. So sehr sich dessen Glaubenssätze auch von den seinen unterschieden und er sie nicht anders als ketzerisch nennen konnte, fand er sie doch nachvollziehbar. Sie mochten nicht ins Paradies führen, doch wer sie befolgte, fügte zumindest anderen kein Unrecht zu.

Alan legte seine Hand auf die seines Freundes, um seine Aufmerksamkeit auf sich zu lenken. Der Jesuit erschrak über die Hitze, die seine Haut ausstrahlte.

»Bitte nehmt mir die Beichte ab, Jeremy«, bat er.

»Alan, Ihr werdet es überstehen!«, widersprach der Priester.

»Bitte!«

Jeremy konnte sich dem Wunsch seines Freundes nicht widersetzen, und so gab er nach. George Grey ließ sie allein.

Breandán war nach einer kurzen Unterredung mit Lord Arlington auf dem Weg zu den Ställen, als ihm in einem der Korridore des Whitehall-Palastes eine Frau in den Weg trat. Der Ire blieb überrascht stehen. Es fiel ihm nicht schwer, sie zu erkennen, denn ihr Abbild war auch außerhalb des Hofes auf Stichen und Miniaturen zu finden.

»Mylady Castlemaine!«, grüßte er sie.

Barbara lächelte ihm zu, während sie ihn von Kopf bis Fuß musterte.

»Ich kann gut verstehen, dass Mylady St. Clair in Euch vernarrt ist«, sagte sie und spielte dabei mit ihrem zusammengeklappten Fächer. »Ihr seht außergewöhnlich gut aus, Mr. Mac Mathúna.«

Breandán verzog keine Miene. Es überraschte ihn nicht, dass sie wusste, wer er war. Am Hof schien tatsächlich jeder alles von jedem zu wissen.

»Offenbar seid Ihr kein eifersüchtiger Mann, Sir, dass Ihr Eure Geliebte ohne Widerspruch mit dem König teilt«, fuhr Lady Castlemaine ironisch fort.

Breandán sah sie misstrauisch an. Ihm war nicht klar, was sie von ihm wollte.

»Vielleicht ärgert es Euch nicht, den König als Rivalen zu haben, aber einen einfachen Wundarzt ...«, sagte Barbara nach einer kurzen Pause.

Breandán zuckte zusammen. »Wovon redet Ihr, Mylady?«

»Vermutlich ist es nur ein Missverständnis«, erklärte Lady Castlemaine sanft. »Dieser Wundarzt wurde ein paarmal vor Lady St. Clairs Haus gesehen. Es heißt, er blieb über Nacht ...«

Breandán stand da wie vom Donner gerührt. Seine Verwirrung schlug in Wut um. Er verbeugte sich steif vor ihr. »Entschuldigt mich, Mylady.«

Barbara sah ihm mit einem boshaften Lächeln nach.

Als Breandán die Ställe erreicht hatte, trat er zu seinem Pferd und ließ die Hände über dessen warmes schwarzes Fell gleiten, um sich zu beruhigen. Er wusste nicht, was er denken sollte. Ein Wundarzt hatte in Amorets Haus übernachtet? Meister Ridgeway? Aber woher konnte diese Frau das wissen? Oder hatte sie diese Geschichte nur erfunden, um ihn eifersüchtig zu machen? Weshalb sollte sie das tun? Vermutlich ging es ihr in erster Linie darum, Amoret zu treffen. Die beiden waren Rivalinnen um die Gunst des Königs. Und nun versuchte Lady Castlemaine, ihn als Waffe gegen Amoret einzusetzen! Es widerstrebte Breandán zutiefst, sich von dieser Frau benutzen zu lassen, doch eine Frage ließ ihm keine Ruhe: Woher wusste Lady Castlemaine von Meister Ridgeway, wenn er nicht tatsächlich in Amorets Haus gewesen war? Was aber sollte er dort getan haben? Breandán erinnerte sich, dass Amoret den Wundarzt immer gern gehabt hatte. Es war also durchaus möglich, dass sie sich während seiner Abwesenheit näher gekommen waren. Vielleicht hatten sie ... Er musste die Wahrheit erfahren!

Breandáns Hände begannen zu zittern, als er sich ausmalte,

wie Meister Ridgeway die Arme um Amoret legte und sie leidenschaftlich küsste. Der Hengst spürte seinen Ärger und wandte ihm verwundert seinen edlen Kopf mit dem weißen Stirnfleck zu. Besänftigend streichelte der Ire ihm die Nüstern.

»Schon gut, Leipreachán, es ist alles in Ordnung.«

Der Pferdehändler auf dem Markt von Smithfield hatte behauptet, der Rappe tauge nur als Zuchthengst, aber nicht als Reitpferd, da er ungebärdig und bösartig sei. Doch Breandán hatte schnell erkannt, dass das Pferd schlecht behandelt worden war und Menschen deshalb tiefes Misstrauen entgegenbrachte. Er hatte den Hengst für einen guten Preis gekauft und ihm den Namen eines irischen Kobolds gegeben. Es dauerte nicht lange, bis das Tier zu seinem neuen Herrn Vertrauen fasste. Und bald fraß es ihm ohne Scheu aus der Hand.

Eine Weile blieb Breandán noch unschlüssig neben seinem Pferd stehen und überlegte, was er tun sollte. Meister Ridgeway war in der Vergangenheit gut zu ihm gewesen. Er hatte ihn in sein Haus aufgenommen und ihn stets freundlich behandelt, er hatte Amoret und ihm gegen Pater Blackshaws Willen geholfen, sich heimlich zu treffen. Breandán konnte nicht leugnen, dass er dem Wundarzt viel verdankte. Und dennoch würde er Ridgeway ohne weiteres zutrauen, seine Abwesenheit genutzt zu haben, um Amoret näher zu kommen. Es gab nur einen Weg, dies herauszufinden. Er würde den Wundarzt zur Rede stellen!

Breandán sattelte Leipreachán und machte sich auf den Weg zum Newgate. Als das rauchgeschwärzte Torhaus vor ihm auftauchte, zügelte er den Hengst und stieg ab. In der Nähe befand sich ein öffentlicher Stall, in dem er sein Pferd unterstellte. Obwohl Breandán darauf brannte, Meister Ridgeway mit seinem Verdacht zu konfrontieren, zögerte er, das Gefängnis zu betreten. Die Erinnerungen, die sein Anblick wachrief, waren zu schrecklich. Vor einiger Zeit hatte der junge Ire das Newgate von seiner schlimmsten Seite kennen gelernt. Er war im tiefsten Kerker angekettet gewesen, weil er bei seiner Verhaftung kein Geld besessen und sich gegen die brutale Behandlung der Schließer gewehrt hatte. Vom Newgate aus hatte er zweimal den Weg zum Richtplatz von Tyburn angetreten, das erste Mal, um wie ein gemeiner Dieb ausgepeitscht zu werden, das zweite Mal als zu Unrecht verurteilter Mörder, den der Galgen erwartete. Pater Blackshaw hatte ihn damals vor der Hinrichtung bewahrt, und das würde er ihm nie vergessen. Auch Meister Ridgeway hatte sich zu jener Zeit für ihn eingesetzt, und so fühlte sich Breandán hin- und hergerissen zwischen der Dankbarkeit, die er dem Wundarzt schuldete, und seiner rasenden Eifersucht.

Für eine Gebühr beschrieb der Schließer in der Pförtnerloge dem Besucher, in welcher Abteilung Meister Ridgeway zu finden war. Da Breandán das Innere des Gefängnisses vertraut war, brauchte er nicht lange zu suchen. Er fand den Wundarzt auf seiner Bettstatt liegend vor. Er schien zu schlafen, denn seine Augen waren geschlossen. Sonst war niemand in der Zelle. Die anderen Betten waren leer. Vermutlich vergnügten sich die Gefangenen wie üblich in der Schenke. Breandán trat näher und sah auf den Schlafenden hinab.

Ich werde die Wahrheit schon herausbekommen, dachte er. Er wird es nicht wagen, mich zu belügen.

Entschlossen zog Breandán einen Dolch aus seinem Gürtel, beugte sich über Alan und legte ihm die Klinge an die Kehle. Er hatte nicht die Absicht, den Wundarzt zu verletzen, sondern wollte ihn lediglich einschüchtern. Der Anblick der Waffe würde ihn schneller zum Reden bringen.

»Ridgeway!«, zischte er drohend. »Wacht auf!«

Doch als sich der Angesprochene nicht rührte, stutzte

Breandán und lauschte. Was er hörte, waren nicht die Atemzüge eines Schlafenden, sondern eines Schwerkranken.

»Was immer er dir angetan hat, vergib ihm, Freund!«, sagte eine Stimme von der Tür her.

Breandán wandte den Kopf und sah den eindringlichen Blick eines Mannes auf sich gerichtet, der Ketten an Hand- und Fußgelenken trug. Der Ire steckte seinen Dolch in den Gürtel zurück und fühlte prüfend Alans Stirn. Sie war sehr heiß.

»Was ist mit ihm?«, fragte er den Ankömmling.

»Kerkerfieber«, antwortete George Grey und bemühte sich, die Aufmerksamkeit des bewaffneten Mannes von dem Kranken abzulenken. »Er kann dich nicht hören, Freund. Er schwankt zwischen Schlafen und Wachen, zwischen wüsten Albträumen und völliger Teilnahmslosigkeit. Vielleicht ist er morgen schon tot. Also vergib ihm! Du kannst ihm nichts mehr antun.«

In diesem Moment kam Jeremy dazu. Mit einem Blick erfasste er, was vorgefallen war. Breandán hatte es also erfahren! Und er war gekommen, um sich an Alan zu rächen.

Als Jeremy zu dem Iren und dem Quäker trat, verriet seine Miene jedoch nichts von dem, was er dachte.

»Ah, Breandán, wie günstig, dass Ihr hier seid«, sagte der Jesuit mit gespielter Gelassenheit. »Ihr könnt mir helfen.«

Mit einer Geste gab er George Grey zu verstehen, dass er sich entfernen sollte, was dieser aber nur zögernd tat.

»Setzt Euch her«, bat Jeremy den Iren. »Haltet seinen Kopf, damit ich ihm Wein einflößen kann.«

Der Blick des Priesters war so zwingend, dass Breandán sich ohne Widerspruch auf dem Rand der Bettstatt niederließ und Alans Oberkörper gegen seinen eigenen lehnte. Jeremy öffnete eine der Flaschen, die er mitgebracht hatte, füllte einen Becher und begann mit viel Geduld, Alan Schluck für Schluck von dem Wein einzuflößen.

»Wie steht es um ihn?«, fragte der Ire betroffen.

»Nicht gut. Er ist sehr krank. Es könnte von einem Tag auf den anderen mit ihm zu Ende gehen. Ich kann hier nicht viel für ihn tun. Zum Glück ist es Lady St. Clair gelungen, mir etwas Chinarinde zu besorgen. Das wird zumindest das Fieber ein wenig eindämmen. Ihr könnt ihn jetzt wieder hinlegen.«

Jeremy streifte Alans Leinenhemd nach oben, um den Ausschlag zu begutachten, der seinen ganzen Körper mit Ausnahme des Gesichts bedeckte. Es waren unregelmäßige schmutzig rote Flecken, die sich während der letzten Tage von Brust und Schultern zuerst über Arme und Beine und dann sogar über Handflächen, Fußsohlen und die Kopfhaut ausgebreitet hatten.

Ohne Breandán anzusehen, fragte Jeremy: »Weshalb seid Ihr hier?«

Der Ire zögerte, mit einem Mal beschämt, seine selbstsüchtigen Beweggründe einzugestehen.

»Ich wollte ihn fragen, ob zwischen ihm und Amoret etwas gewesen ist.«

»Wie kommt Ihr zu dieser Vermutung?«

»Jemand am Hof erzählte mir, dass Meister Ridgeway in ihrem Haus übernachtet habe.«

»Und daraus schließt Ihr, dass die beiden die Nacht miteinander verbracht haben. Und wenn es so wäre, so ist es jetzt nicht mehr von Bedeutung!«

»Also ist es wahr.«

»Ihr seid selbst nicht unschuldig an dem, was passiert ist. Die beiden wären nie zusammengekommen, wenn Ihr nicht so lange fortgeblieben wärt, ohne von Euch hören zu lassen.«

Breandán senkte zerknirscht den Kopf. Er sah ein, dass der Priester Recht hatte.

»Ich weiß«, sagte er. Dann erhob er sich, warf noch einen letzten Blick auf den Kranken und ging.

Jeremy riss sich schweren Herzens von Alans Lager los und machte sich in düsterer Stimmung auf den Weg zu Sir Orlando Trelawney.

Als er vor dem Haus des Richters eintraf, sah er James Draper aus der Tür treten. Der junge Mann grüßte ihn flüchtig und entfernte sich dann eilig. Nachdenklich blickte Jeremy ihm nach.

Malory führte den Jesuiten in Sir Orlandos Studierstube.

»Gibt es etwas Neues, Pater?«, fragte der Richter, als der Kammerdiener gegangen war. »Ihr habt Euch die letzten Tage rar gemacht.«

Jeremy ließ sich erschöpft auf einen Stuhl sinken. »Meister Ridgeway ist krank. Er hat Kerkerfieber, und es geht ihm zunehmend schlechter.«

»Bei Christi Blut! Das tut mir Leid, Pater.« Zutiefst betroffen sah Sir Orlando in das bleiche Gesicht seines Freundes. Er konnte dessen Sorge und Schmerz fast körperlich nachempfinden. »Braucht Ihr noch mehr Geld?«

Jeremy schüttelte den Kopf. »Das ist sehr großzügig von Euch, Mylord. Aber Geld kann Meister Ridgeway im Augenblick auch nicht mehr helfen. Wir müssen den wahren Mörder entlarven und Alan aus diesem Dreckloch herausholen! Ich kann ihm dort nicht die Pflege geben, die er braucht.«

»Ich fühle mit Euch, Pater, und ich wünschte, ich könnte Euch helfen. Es ist schon spät. Möchtet Ihr nicht hier übernachten?«

»Vielen Dank, Mylord, aber ich habe Eure Gastfreundschaft schon so oft in Anspruch genommen.«

»Aber Ihr werdet doch mit uns essen, Pater?«

Jeremy nahm dankend an, da er plötzlich Hunger verspürte.

Als sie sich zu Tisch setzten, bemerkte der Jesuit auf den ersten Blick die Veränderung, die mit Lady Jane vorgegangen war.

Die junge Frau strahlte so viel Glück und Zufriedenheit aus, dass sie von innen her zu glühen schien. Es gab keinen Zweifel daran, was geschehen war. Und mit einem Mal wurde sich Jeremy der Ironie des Schicksals bewusst. Breandán hatte sich mit dem gemeinen Überfall auf Trelawney für das Unrecht rächen wollen, das dieser ihm zugefügt hatte, doch gegen seinen Willen hatte er ihm damit zu seinem Glück verholfen.

»Bei meiner Ankunft habe ich Euren Vetter James gesehen, Mylady«, erinnerte sich Jeremy plötzlich.

»Ja, er hat mir einen kurzen Besuch abgestattet, um sich für sein Benehmen bei der Hochzeit zu entschuldigen«, erklärte Jane.

»Und im selben Atemzug hat er um Geld gebeten«, fügte Sir Orlando sarkastisch hinzu. »Wahrscheinlich hat er Spielschulden. Dieser nichtsnutzige Bursche ist unverbesserlich.«

»Hält sein Vater ihn denn kurz?«, erkundigte sich Jeremy zwischen zwei Bissen. »Oder ist George Draper selbst in Geldschwierigkeiten?«

»Beides ist möglich«, antwortete der Richter.

Jeremy geriet ins Grübeln. »Mylord, ich frage mich gerade, was wohl mit Isaac Forbes' Vermögen passieren würde, wenn sein Sohn Samuel kinderlos stürbe. Wer würde ihn beerben?«

Sir Orlando überlegte kurz. »George Draper oder dessen Söhne, zweifellos!«

»Seid Ihr sicher?«

»Ja, es gibt sonst keine näheren Verwandten, soviel ich weiß.«

»Das ist äußerst interessant, findet Ihr nicht auch?«

Trelawney nickte. »Ihr habt Recht. Vielleicht handelt es sich bei den seltsamen Vorkommnissen bei den Forbes' doch nicht um Zufälle. Die Drapers hätten ein eindeutiges Interesse daran, dass Samuel kinderlos bliebe. Aber glaubt Ihr tatsächlich, dass einer von ihnen diese Hebamme ... wie war doch gleich ihr Name?«

»Isabella Craven.«

»Richtig ... dass sie diese Craven bestochen haben könnten, damit sie bei der Geburt für den Tod der Kinder sorgte? Oder vielleicht sogar Samuel Forbes' erste Gemahlin umbrachte? Übrigens, habt Ihr Mistress Craven inzwischen befragt? Das hattet Ihr doch vor, Doktor.«

»Ja, Mylord. Aber ich habe sie bisher noch nicht aufspüren können«, gestand Jeremy enttäuscht ein.

»Ich habe diesen Namen schon einmal gehört«, ließ sich Jane plötzlich vernehmen.

Die beiden Männer sahen sie fragend an.

»Ja, ich kenne den Namen Isabella Craven«, fuhr die junge Frau fort. »Ich glaube, jemand sagte, sie sei tot.«

»Wer hat das gesagt, Mylady? Bitte versucht, Euch zu erinnern«, drängte Jeremy.

Jane überlegte angestrengt. »Ich glaube, es war James. Als jemand die Hebamme erwähnte, machte er eine Bemerkung, dass sie bei einem Unfall ums Leben gekommen sei. Sie fiel aus einem Fenster.«

Jeremys und Sir Orlandos Blicke trafen sich.

»Potztausend! Die ganze Sache wird immer verwickelter«, rief der Richter aus. »Wie soll man sich da noch durchfinden?«

Der Jesuit nickte nachdenklich. Dann fiel ihm mit einem Mal etwas ein, und er wandte sich wieder an Jane.

»Mylady, ich muss Euch etwas Wichtiges fragen. Die Hebamme Margaret Laxton hat in ihrem Rechnungsbuch eine Entbindung im Haus Eures Onkels notiert, für die sie auch bezahlt wurde. Wisst Ihr etwas darüber?«

Jane senkte verlegen den Kopf. »Ja, aber ich kann nicht darüber sprechen, Sir. Mein Onkel hat uns alle zu Stillschweigen verpflichtet.«

»Ich verstehe, dass Ihr das Vertrauen Eurer Familie nicht verraten wollt, Mylady. Aber es geht hier um das Leben eines unschuldigen Mannes, dem man ein Verbrechen vorwirft, das er nicht begangen hat. Was immer Ihr über die Entbindung wisst, es könnte helfen, sein Leben zu retten.«

Janes Blick richtete sich mit einem Ausdruck des Entsetzens auf ihn. »Es tut mir Leid, das wusste ich nicht! Unter diesen Umständen ändert sich natürlich alles. Was möchtet Ihr wissen, Sir?«

»Wer war die Mutter?«

»Eine Magd des Hauses. Ihr Name war Liz.«

»Sie war doch sicherlich nicht verheiratet!«

»Nein.«

»Wer hat sie geschwängert?«

Jane seufzte tief, bevor sie antwortete: »James.«

»Und Euer Onkel wusste davon?«

»Die ganze Familie wusste es.«

»Als das Kind geboren war, was passierte mit ihm und seiner Mutter?«

»Sie wurden heimlich aus dem Haus gebracht. Ich weiß nicht, wohin. Mein Onkel hat alles vertuscht, damit es keinen Skandal gibt.«

Sir Orlando ließ erregt seine Faust auf den Tisch knallen, dass die Gläser klirrten.

»Wir müssen unbedingt noch einmal mit James Draper reden!«

Jeremy stimmte ihm zu. Mit dem Gefühl, dass sie einen bedeutenden Schritt weitergekommen waren, machte er sich auf den Heimweg. In seiner Kammer in Meister Hubbarts Haus auf der London Bridge lag er noch lange wach und lauschte gedankenverloren auf den Ruf des Nachtwächters, der mit Laterne und Hellebarde durch die schlafenden Gassen wanderte: »Hört Ihr Leut', die Uhr hat elf geschlagen. Wacht über Euer Feuer und Licht, seid barmherzig zu den Armen und betet für die Toten.«

Es war der Abend des ersten Septembers im Jahr des Herrn 1666.

Sechsunddreißigstes Kapitel

Das Sturmgeläut der Glocken von St. Margaret auf dem Fish Street Hill riss Jeremy aus dem Schlaf. Müde rieb er sich die Augen. Er konnte nur wenige Stunden geschlafen haben. Im Nachthemd ging er zum Fenster seiner Kammer, öffnete es und sah hinaus. Zu seiner Rechten stieg Rauch über den Häusern auf. Und dann sah er auch den hellen Lichtschein in einer der Gassen, die von Eastcheap zur Themse herunterführten. Kein Zweifel, dort war ein Feuer ausgebrochen.

Obwohl Jeremy nicht daran zweifelte, dass die Anwohner bereits Maßnahmen ergriffen, den Brand zu bekämpfen, entschied er sich, nachzusehen, ob Hilfe gebraucht wurde. Er zog sich rasch an, steckte ein paar Münzen ein und begab sich nach unten ins Erdgeschoss. Kit, der sich seit Alans Verhaftung in Meister Hubbarts Werkstatt nützlich machte und dafür Kost und Logis erhielt, war ebenfalls von seinem Rollbett aufgestanden.

»Was ist passiert, Pater?«, fragte der Knabe beunruhigt. »Sind die Holländer eingefallen?«

»Nein, Junge. Ein Haus ist in Brand geraten. Leg dich wieder hin und schlaf weiter. Ich sehe mal nach, ob ich helfen kann.«

Jeremy verließ das Haus und ging zum Ende der Brücke, folgte dann dem Fish Street Hill und bog an der Kirche St. Magnus the Martyr in die Thames Street ein. Nach wenigen Schritten zweigte links die Pudding Lane ab, in der eines der Häuser brannte. Die gesamte Gasse war auf den Beinen, einige Anwohner trugen Möbel und Hausrat aus den Gebäuden, andere schleppten Leitern, Äxte und Ledereimer aus der nächstgelegenen Kirche herbei, wo diese den Gesetzen der Stadt zufolge bereitzustehen hatten. Doch oft verschwand das Werkzeug, und niemand kümmerte sich darum, es zu ersetzen.

Jeremy sah einen Mann in hilfloser Betäubung in der Gasse stehen und sich die Haare raufen. Sein Gesicht war rauchgeschwärzt, das Nachthemd, das er trug, teilweise zerrissen. Es war der königliche Bäcker Thomas Faryner, in dessen Backstube das Feuer offenbar ausgebrochen war.

»Ich habe doch die Glut erstickt«, jammerte er. »Der Backofen war aus. Ich schwöre es beim Allmächtigen!«

Einer seiner Nachbarn machte sich daran, mit einer Axt das Pflaster der Gasse aufzureißen, um die aus zusammengefügten Ulmenstämmen bestehende Wasserleitung freizulegen. Die Wasserräder unter den ersten beiden Bögen am Nordende der Brücke trieben bei Flut mehrere Pumpen an, die die Innenstadt mit Wasser versorgten. Ein weiterer Schlag mit der Axt brach ein Loch in den Holzstamm. Die Anwohner kamen herbei und tauchten Eimer und Krüge in das hervorquellende Nass.

»Bildet eine Kette!«, rief Jeremy. Er ergriff einen auf dem Boden liegenden Eimer, den ein Mann fallen lassen hatte, um seinen Hausrat zu retten, und stellte sich ans Ende. Nur zögernd folgten die Menschen seiner Anweisung, denn die Flammen, die das Haus des Bäckers verschlangen, stiegen immer höher in den schwarzen Nachthimmel auf. Und dann schienen sie mit einem Mal eigenes Leben zu gewinnen und sprangen, angetrieben vom Wind, wie Feuergeister vom Dach des brennenden Hauses auf die hervorkragenden Giebel der Nachbargebäude über.

In Panik flüchteten die Bewohner aus ihren Häusern, schwer beladen mit Gegenständen, die ihnen ans Herz gewachsen waren und die zu retten ihnen wichtiger schien, als den Brand zu bekämpfen. Das Feuer verwandelte die Dächer in leuchtende Fackeln. Überall regneten Dachziegel herunter, zersplitterten am Boden und zwangen die Männer immer wieder, die Eimerkette zu unterbrechen und auf Abstand zu der Feuersbrunst zu gehen. Die Hitze der Flammen ließ Funken aufsteigen, die vom Wind zu den umliegenden Gebäuden getragen wurden. Sie fielen auf das trockene Stroh in den Ställen des nahe gelegenen »Star Inn« nieder und setzten es in wenigen Augenblicken in Brand. Die Herberge brannte wie Zunder. Bald mischte sich das angsterfüllte Wiehern der in den Ställen eingeschlossenen Pferde unter die unablässig läutenden Glocken der umliegenden Kirchen und das Brausen der Flammen. Als das Haus des Bäckers ausgebrannt war, begannen sich die Wände zu neigen und brachen schließlich krachend in sich zusammen. Die Anwohner gaben die vergeblichen Löschversuche auf und flohen. Jeremy lief zu den Ställen des »Star Inn«, in denen noch immer einige Pferde in wilder Panik schrien, und versuchte, sie ins Freie zu treiben. Doch eines der Tiere weigerte sich instinktiv, den Ort zu verlassen, der für ihn stets Sicherheit bedeutet hatte, und stemmte störrisch die Hufe in den Boden, als Jeremy es am Halfter ergriff. Der Jesuit sah sich suchend nach einem Tuch um, das er dem erschrockenen Pferd über die Augen werfen konnte, und als er keines fand, zog er sein Wams aus und legte es dem Tier über den Kopf. Doch es folgte ihm erst, als er beruhigend auf es einsprach. So gelang es Jeremy schließlich, noch drei Pferde aus den Flammen zu retten. Er trieb sie in die Gracious Street, fort von dem Feuer, in der Hoffnung, dass jemand sie einfangen und in Sicherheit bringen würde.

Inzwischen hatten die Flammen die Kirche von St. Margaret erreicht, in der die Anwohner ihren Hausrat untergebracht hatten. Eine Weile verwehrten die steinernen Mauern dem Feuer den Zutritt, doch als die Hitze das Glas der Fenster gesprengt hatte, drangen die Flammen ins Innere und setzten die Möbel und Waren in Brand, die man dort sicher geglaubt hatte. Bald brannte der Kirchturm wie eine riesige Fackel, und der Dachstuhl fiel mit einem Donnergrollen in das Gotteshaus, von dem nur eine ausgebrannte Hülle stehen blieb.

Jeremy konnte nicht glauben, was er da sah. Innerhalb einer Stunde hatte sich das Feuer über mehrere Gassen ausgebreitet. Die Menschen standen nur hilflos da und wussten nicht, was sie tun sollten. Mit einem Mal sah Jeremy eine Kutsche, die sich von der Gracious Street näherte. An der Ecke zur Pudding Lane blieb sie stehen, und ein bürgerlich gekleideter Mann in sichtlich gereizter Stimmung stieg aus, um sich den Brand anzusehen. Es war der Lord Mayor Sir Thomas Bludworth, der von einem Diener aus seinem wohlverdienten Schlaf gerissen worden war. Mit verächtlicher Miene begutachtete er das Ausmaß des Feuers. Dann sagte er abfällig: »Dafür weckt man mich? Pah, ein Weib könnte das auspissen.« Mit diesen Worten machte er kehrt und ging zu seiner Kutsche zurück.

Jeremy traute seinen Augen und Ohren nicht. Die Arroganz und Dummheit dieses Mannes waren unfassbar!

Der Brand bewegte sich nach Westen in Richtung Thames Street. Mit Schrecken erinnerte sich der Priester an sein Gespräch mit Isaac Forbes über die brennbaren Waren, die dort gelagert wurden. Er musste seine Schutzbefohlenen warnen! Ohne zu zögern bog Jeremy in die Thames Street ein und folgte dem Labyrinth von Gassen zu den Behausungen der Katholiken, die ihm anvertraut waren. Die ärmlichen Bretterbuden würden augenblicklich in Flammen aufgehen, wenn die Funken sie erst erreicht hatten. Der Jesuit hämmerte mit der Faust an die Türen und klärte seine Leute über die Gefahr auf, in der sie schwebten. Natürlich wollten sie ihre Unterkunft nicht verlassen – so bescheiden sie war, es war alles, was sie hatten –, doch schließlich machte der Priester rücksichtslos von seiner Autorität Gebrauch und befahl ihnen, zu gehorchen, was er unter anderen Umständen nie getan hätte.

Die Zeit drängte. Schon hatte das Feuer die ersten Warenlager erreicht. Zuerst leckte es nur über die Dächer und verzehrte die Balken, die sie trugen, bis einer von ihnen nachgab und das gesamte Dach in sich zusammenstürzte. Die Flammen, die mit den brennenden Balken in die Warenhäuser niederregneten, umschlossen die Fässer mit Öl, Pech und Brandy und erhitzten den Inhalt, bis er in einer gewaltigen Explosion das Holz sprengte.

Die Menschen gerieten in Panik. Jeremy versuchte, sie in seinem Blickfeld zu behalten, und schrie ihnen zu, sie sollten sich zum Fluss begeben.

Der Brand raste wie eine unaufhaltsame Feuerwalze die Thames Street entlang und schnitt ihnen den Weg in den Norden der Stadt ab. Immer wieder erbebte der Boden, wenn Fässer mit Pech oder Schießpulver auseinander gerissen wurden oder Gebäude in sich zusammenstürzten.

Jeremy führte seine Schutzbefohlenen ans Ufer der Themse, deren Wasserspiegel infolge der langen Dürre so weit gesunken war, dass man erst durch einen breiten Schlammstreifen waten musste, um zum Fluss zu gelangen.

»Pater, seht doch!«, rief eine Irin, die ein weinendes Kind an ihre Brust drückte. »Die Brücke!«

Jeremy wandte den Kopf nach links und erstarrte vor Schreck. Das Feuer hatte bereits den Brückenkopf erreicht und raste über die Dächer des äußersten Häuserblocks, an dessen Ende sich Meister Hubbarts Werkstatt befand. Und nichts konnte es aufhalten!

»Heilige Mutter Gottes! Kit! Die Hubbarts!«

Die Kirche St. Magnus the Martyr war bereits ein Raub der Flammen geworden. Damit war der Zugang zur Brücke von Norden her abgeschnitten.

»Bestimmt haben sie sich in Sicherheit gebracht«, murmelte Jeremy hoffnungsvoll. »Aber meine Bücher, das Messgerät ...« Beschämt verstummte er, als er sich bewusst wurde, in welcher Reihenfolge er seine Verluste beklagt hatte. Er hatte seine medizinischen Bücher über die Utensilien seiner geistlichen Berufung gestellt. Aus diesem Grund und keinem anderen hatte Gott sie vernichtet, um ihn für seine Pflichtvergessenheit zu strafen!

Amoret nippte an einer Tasse Tee. Trotz der späten Stunde hatte sie keinen Schlaf gefunden. Die Sorge um Meister Ridgeway ließ ihre Gedanken nicht zur Ruhe kommen. Pater Blackshaw hatte ihr mitgeteilt, dass es dem Wundarzt schlecht ging und dass er das Schlimmste befürchtete. Nachdem sie mehrere Stunden wach gelegen hatte, war Amoret aufgestanden und hatte nach ihrer Zofe gerufen, um sie zu bitten, ihr Tee zuzubereiten. Armande gehorchte, ohne zu klagen, obwohl sie den Tag über hart gearbeitet hatte und sicher todmüde war.

Als sich die Zofe zurückgezogen hatte, kratzte jemand an der Tür zu Amorets Gemächern. Verwundert über den späten Besuch, öffnete sie die Tür. Es war William.

»Verzeiht die Störung, Mylady«, sagte er aufgeregt. »Aber ich habe etwas erfahren, von dem Ihr wissen solltet. Ein Fährmann hat einigen Dienern erzählt, dass in der Stadt ein Feuer ausgebrochen ist.«

»Ein Feuer? Aber das ist bei dieser Trockenheit doch nichts Ungewöhnliches«, erwiderte Amoret mit einem Schulterzucken.

»Es soll bereits mehrere Häuser vernichtet haben, Mylady. Und es bewegt sich auf die Brücke zu.«

»Heilige Jungfrau! Aber tut man denn nichts, um es zu löschen?«

»Es weht ein starker Wind, der das Feuer unaufhaltsam vorantreibt. Wenn Ihr wünscht, fahre ich zur Brücke und sehe nach Pater Blackshaw.«

Amoret nickte. »Ja, William, tu das. Und nimm Jim mit. Wirst du es mit deinem Knöchel schaffen?«

»Er tut kaum mehr weh, Mylady.«

Sie gab ihm einen Geldbeutel mit, so dass er im Notfall schnell handeln konnte. »Beeil dich! Und bring mir baldmöglichst Nachricht.«

An Schlaf war nun nicht mehr zu denken. Amoret ging zum Fenster ihres Schlafgemachs und öffnete es. Die Biegung der Themse verwehrte ihr den Blick zur London Bridge, doch sie meinte dennoch in der Ferne einen hellen Lichtschein am Horizont zu sehen, als sei die Dämmerung bereits hereingebrochen.

»Barmherzige Mutter Gottes, halte deine schützende Hand über Pater Blackshaw! Ich möchte ihn wohlbehalten wiedersehen.«

Als der Morgen anbrach, ließ sich Amoret von ihrer Zofe ankleiden und begab sich in die Gemächer des Königs, um sich bei den dort versammelten Höflingen zu erkundigen, ob es Neuigkeiten gab, doch niemand wusste etwas. Enttäuscht und beunruhigt wollte sich Amoret bereits wieder zurückziehen, als es hieß, der Schriftführer der Marine, Samuel Pepys, sei gekommen, um Seiner Majestät einen ausführlichen Bericht über das Ausmaß des Feuers zu geben. Eilig ging Amoret zum Kabinett des Königs, in dem Charles im Beisein seines Bruders, Lady Castlemaines und einiger anderer Höflinge Mr. Pepys empfing.

»Es ist schrecklich«, berichtete dieser. »Ich habe mir den Brand von einem der Türme des Tower angesehen. St. Magnus ist zerstört und noch einige andere Kirchen, ebenso der Fish

Street Hill und die Thames Street bis zum ›Alten Schwan‹. Inzwischen dürfte das Feuer den Stahlhof erreicht haben.«

»Was ist mit der Brücke?«, fragte der König.

»Die Häuser auf der Nordseite sind ausgebrannt. Man hat die Palisaden auf dem unbebauten Stück abgerissen, und das hat die Flammen aufgehalten. Ein Feuer in einem Stall in Southwark konnte gelöscht werden.«

»Und was tut der Lord Mayor, um das Feuer zu bekämpfen?«, erkundigte sich der Herzog von York.

»Man könnte das Feuer nur aufhalten, wenn man eine Reihe von Häusern abreißt und so eine Feuerbresche schlägt, die die Flammen nicht überspringen können. Doch die alten Gesetze der Stadt besagen, dass derjenige, der ein Haus zerstört, für dessen Wiederaufbau aufkommen muss. Deshalb wagt es der Lord Mayor nicht, Befehl dazu zu geben. Euer Majestät, nur Ihr könnt ihn von dieser Verpflichtung befreien. Es ist der einzige Weg, die Stadt vor der Vernichtung zu retten.«

»Ich verstehe, Mr. Pepys«, sagte Charles. »Geht zum Lord Mayor und überbringt ihm meinen Befehl, dass er kein Haus verschonen soll, egal, wem es gehört. Er soll unverzüglich mit dem Niederreißen beginnen lassen.«

Samuel Pepys verbeugte sich tief und machte sich auf den Weg zu Sir Thomas Bludworth.

Amoret hatte dem Bericht des Schriftführers der Marine mit Schrecken gelauscht. Das Haus, in dem Pater Blackshaw gewohnt hatte, war also zerstört. Doch Pepys hatte nicht erwähnt, ob es Tote gegeben hatte. Die meisten Leute waren vom Geläut der Kirchenglocken geweckt worden und aus ihren Häusern geflohen, bevor das Feuer sie erreichte. Sicher war auch der Jesuit unbeschadet davongekommen.

Allerdings waren Amorets Diener bisher nicht zurückgekehrt. Und so wuchs ihre Sorge um Pater Blackshaw.

Jeremy lehnte den Kopf an den Grabstein in seinem Rücken. Er fühlte sich müde und erschöpft. Die ganze Nacht war er mit seinen Schutzbefohlenen auf der Flucht vor dem Feuer gewesen. Nachdem er hilflos der Zerstörung von Meister Hubbarts Haus hatte zusehen müssen, konzentrierte er sich schließlich ganz darauf, seine Katholiken in Sicherheit zu bringen.

Die kleine Gruppe war auf den breiten Uferstreifen ausgewichen, während hinter ihnen die Flammen durch die Lagerhäuser an der Thames Street fauchten und Waren im Wert von mehreren tausend Pfund vernichteten. Der »Alte Schwan« war längst ausgebrannt, und das Feuer rückte unaufhaltsam entlang dem Themseufer nach Westen vor. Die Menschen flohen in Panik aus ihren Häusern, in denen sie oft bis zum letzten Moment ausgeharrt hatten, in der verzweifelten Hoffnung, das vernichtende Feuer möge gerade vor ihrer Behausung Halt machen und sie verschonen. Man versuchte zu retten, was zu retten war. Bald drängten sich die Vertriebenen mit ihrem Hausrat am Ufer des Flusses.

Die Fährleute, die ebenfalls von dem Sturmgeläut der Kirchenglocken aus dem Schlaf gerissen worden waren, erkannten schnell die einzigartige Gelegenheit, aus dem Unglück der Menschen Gewinn zu schlagen, und boten den vom Feuer Bedrängten ihre Dienste an, freilich nicht, ohne ihre üblichen Preise zu verdoppeln oder zu verdreifachen. Die Leute verfluchten die Habgier der Flussschiffer, hatten jedoch keine andere Wahl, als zu bezahlen, wenn sie wenigstens einen Teil ihres Hausrats retten wollten.

Jeremy hatte mit einem Fährmann verhandelt, der sich anbot, die Flüchtlinge auf die andere Seite des Flusses nach Southwark zu bringen, doch die Katholiken waren zu arm, um seine Wucherpreise zu bezahlen, und so bot er seine Dienste anderen Vertriebenen an. Jeremy hätte gerne seine wenigen Shillinge geopfert, um wenigstens die Kinder in Sicherheit bringen zu lassen, doch die Mütter fürchteten, die Kleinen später nicht mehr wiederzufinden. Und so blieb ihnen nichts anderes übrig, als sich den Uferstreifen entlang durch den stinkenden, schmierigen Schlamm von einer Anlegestelle zur nächsten zu kämpfen. Sie ließen den »Alten Schwan« hinter sich, passierten Coldharbour und den Stahlhof, in dem einst die Kaufleute der Hanse Handel getrieben hatten, bis Königin Elizabeth sie aus England verbannt hatte. Am Dowgate Dock schließlich gingen die Flüchtlinge an Land und drängten sich zwischen den Anwohnern hindurch, die ihren Besitz auf Karren oder auf ihren Schultern in Sicherheit zu bringen suchten.

Jeremy führte seine Schutzbefohlenen in den Kirchhof von St. Martin Vintry, damit sie sich ein wenig ausruhen konnten. Die kleine Kirche war bereits gefüllt mit Waren und Hausrat. Da sie im Gegensatz zu den Holzhäusern aus Stein gebaut war, erhofften sich die Menschen Schutz für ihren Besitz. Doch Jeremy hatte gesehen, wie die Flammen größere Gotteshäuser wie St. Magnus dem Erdboden gleichgemacht hatten. Wenn es nicht gelang, die Feuersbrunst aufzuhalten, würden sie erneut fliehen müssen.

Die Verwirrung und Ohnmacht der Menschen begann allmählich in blinde Wut umzuschlagen. Man suchte einen Sündenbock für das Unglück, das sie traf. Ein Reiter preschte durch die Gassen und brüllte: »Zu den Waffen! Die Holländer sind gelandet.« Ein anderer rief: »Die Franzosen sind gelandet!« Ein dritter schließlich schrie: »Es waren die Papisten! Die verdammten Papisten haben den Brand gelegt.«

Eine Frau, die neben Jeremy saß, hob die Hand, um sich zu bekreuzigen, doch der Jesuit hinderte sie daran. Leise sagte er zu seinen Schutzbefohlenen: »Gebt ihnen keinen Grund, ihre Wut und Verzweiflung an euch auszulassen. Sonst gibt es womöglich Mord und Totschlag. Schärft das auch den Kindern ein.

Dies ist der falsche Augenblick, um unseren Glauben zur Schau zu stellen.«

Doch die Kinder brauchten keine Ermahnungen. Sie hatten von klein auf gelernt, ihrer Religion im Geheimen nachzugehen. Die kleine Gruppe Katholiken rückte näher zusammen und betete um Erlösung für diese Stadt, die ihre Heimat war.

Als der Morgen anbrach, übergab Jeremy die Führung seiner Leute an einen Totengräber, der das Vertrauen der anderen besaß und auf den sie hören würden. Der Priester schärfte ihnen ein, den Kirchhof zu verlassen und weiterzuziehen, falls das Feuer näher kommen sollte. Er werde sie schon wiederfinden, wenn er zurückkehrte, versicherte Jeremy. Dann verließ er sie und machte sich auf den Weg zu Sir Orlando.

Der Richter war erleichtert, seinen Freund unversehrt wiederzusehen.

»Ich habe mir große Sorgen gemacht, als ich hörte, dass der Brand die Brücke erreicht hat, Pater.«

Jeremy hatte sich auf einen Stuhl sinken lassen. Der mangelnde Schlaf machte ihm schwer zu schaffen.

»Es ging so schnell, dass ich nichts retten konnte«, murmelte er. »Ich besitze nur noch die Kleider, die ich auf dem Leib trage.«

»Wollt Ihr Euch nicht ein wenig ausruhen? Ich lasse Euch ein Zimmer herrichten.«

»Nein danke, Mylord. Ich muss zu Meister Ridgeway ins Newgate. Er braucht Pflege.«

»Ich verstehe. Aber ich lasse Euch nicht gehen, bevor Ihr etwas gegessen habt. Braucht Ihr Geld? Oder Verpflegung für Euren Freund?«

Jeremy nickte dankbar. »Ein paar Flaschen Bier oder Wein. Und eine Hühner- oder Fleischbrühe. Leider ist mir auch der Mohnsaft ausgegangen.«

»Ich werde Euch welchen beim Apotheker holen lassen«, versprach Trelawney. Er rief einen Diener und gab ihm die nötigen Anweisungen.

»Ich danke Euch für Eure Mühe, Mylord. Ich möchte Euch noch bitten, einen Diener zum Hof zu schicken und Lady St. Clair auszurichten, dass es mir gut geht. Sie macht sich bestimmt schon Sorgen.«

»Natürlich, Pater.«

Der Richter gab Jeremy noch einige saubere Tücher, Laken und eine Decke mit. Der Jesuit verschnürte alles zu einem Bündel und machte sich auf den Weg zum Newgate.

George Grey hatte die Nacht über an Alans Lager gewacht, ihm immer wieder Dünnbier eingeflößt und seine Stirn mit einem feuchten Tuch gekühlt. Als Jeremy eintraf, übergab er dem Quäker Verpflegung für seine Glaubensgenossen. Grey dankte ihm und zog sich übermüdet zurück.

Alan lag mit halb geöffneten Augen da. Als der Jesuit ihn leise ansprach, wandte er den Kopf und versuchte, sich aufzurichten, fand jedoch nicht die Kraft. Seine Lippen formten den Namen seines Freundes, und er tastete suchend über den Rand der Bettstatt. Jeremy legte seine Hand um die seines Freundes und drückte sie. Beruhigt lehnte sich Alan in das Kissen zurück und murmelte etwas Unverständliches. Das Fieber war erträglich, dank der Chinarinde, die Jeremy ihm in gewissen Abständen verabreichte. Die Flecken auf Alans Haut begannen sich dunkler zu färben und ineinander zu fließen.

Nachdem der Jesuit seinem Freund die Hühnerbrühe eingeflößt hatte, die dieser gehorsam schluckte, tränkte Jeremy ein sauberes Tuch mit Wein und wusch damit Alans Körper, so sorgfältig es die Umstände erlaubten. Dann wechselte er die Laken und die Decke. Da der Wundarzt unruhig war, gab er ihm ein Kügelchen gekneteten Mohnsaft, damit er schlafen konnte.

Von Erschöpfung übermannt, legte sich Jeremy schließlich auf den Boden neben die Bettstatt seines Freundes und schloss die Augen.

Als der Priester einige Stunden später erwachte, lag Alan in tiefem Schlaf. Jeremy legte ihm feuchte Umschläge auf Stirn und Brust und trat dann an das vergitterte Fenster, das nach Osten hinausging. In der Ferne stiegen dicke schwarze Rauchwolken in den blauen Himmel auf und wurden vom Wind nach Westen getragen. Der starke Brandgeruch war selbst in einer Entfernung von einer halben Meile deutlich wahrzunehmen und verursachte ein Kratzen im Hals.

Jeremy beugte sich prüfend über den schlafenden Alan und entschied, dass er ihn gefahrlos für eine oder zwei Stunden allein lassen konnte.

Am Newgate herrschte nicht mehr Verkehr als sonst, doch je weiter er sich dem Brand näherte, umso mehr Menschen waren in den schmalen Gassen unterwegs. An der St. Paul's Kathedrale erwies sich das Durchkommen bereits als schwierig. Unzählige Kutschen und Karren, voll beladen mit Gütern und Möbeln, wälzten sich durch die Watling Street. Rauchschwaden zogen wie Nebel durch die Straßen, hüllten die Fliehenden in ein geisterhaftes Gespinst, das die Augen tränen ließ und ihnen den Atem raubte. Jeremy sah einen Karren, auf den man einen Kranken mitsamt seinem Bett geladen hatte. Erwachsene trugen Kinder auf ihren Schultern, damit sie nicht verloren gingen. Rinder und Schweine wurden rücksichtslos durch das Gewühl getrieben. Überall waren die Menschen dabei, ihre Häuser auszuräumen und mit Trägern oder Karrenbesitzern zu verhandeln, deren Wucherpreise ins Unermessliche kletterten.

Jeremy kämpfte sich zur Kirche St. Martin Vintry durch, wo er seine Schutzbefohlenen zurückgelassen hatte. Das Feuer hatte das Gotteshaus noch nicht erreicht, aber es war schon so nah, dass die Katholiken bereits weitergezogen waren. Auf der Suche nach ihnen ging der Jesuit von Kirchhof zu Kirchhof, fand sie jedoch nicht. Vielleicht waren sie klug genug gewesen, den Stadtkern zu verlassen und außerhalb der Mauern Zuflucht zu suchen.

Auf der Cannon Street sah Jeremy den Lord Mayor Sir Thomas Bludworth erregt mit einem Mann diskutieren, in dem der Priester den Schriftführer der Marine erkannte. Im Vorbeigehen hörte er, wie Pepys den Bürgermeister im Namen des Königs anwies, Häuser abreißen zu lassen. Bludworth, der als Schutz vor dem Rauch ein Halstuch vor das Gesicht gebunden hatte, stöhnte, dass er bereits damit begonnen habe, der Brand sich aber schneller ausbreite, als sie Feuerbreschen schlagen könnten.

Für Jeremy war es offensichtlich, weshalb das Niederreißen der Häuser keinen Erfolg hatte. Die Gebäude wurden lediglich mit langen Feuerhaken zum Einsturz gebracht, die Trümmer jedoch nicht beseitigt, so dass sie den Flammen weiterhin als Brücke zur nächsten Häuserzeile dienten. Zudem behinderte der Schutt, der die Gassen unpassierbar machte, die Löscharbeiten. Die schwerfälligen vierrädrigen Feuerspritzen waren in den schmalen Gassen ohnehin schon schwer zu manövrieren. Sie bestanden aus einem großen Messingtank, an dem zwei lange Hebel befestigt waren, die von jeweils zwei Männern bewegt werden konnten. Ein weiterer Mann stand gewöhnlich auf dem Tank und dirigierte das Messingrohr, aus dem das Wasser hervorströmte, in Richtung des Brandes. Die Trümmer der Häuser machten einen sinnvollen Einsatz dieser Feuerspritzen jedoch geradezu unmöglich. Die Flammen breiteten sich so rasend aus, dass die Leute die Fahrzeuge im Stich lassen mussten, um ihre eigene Haut zu retten. Überall hatte man die Straßen aufgerissen und die Wasserrohre angezapft, doch seit der Brand die Wasserräder am Nordende der Brücke zerstört hatte, sickerten nur noch kümmerliche Rinnsale aus den geborstenen Rohren hervor.

Jeremy begriff, dass er nichts tun konnte, um bei der Brandbekämpfung zu helfen, und kehrte ins Newgate zurück. Zumindest ging es Alan nicht schlechter.

Amoret hielt sich in der Nähe des Königs auf, damit sie es sogleich erfuhr, wenn es Neuigkeiten gab. Die Nachricht des Richters, dass es Jeremy gut gehe, hatte sie ein wenig beruhigt. Kurze Zeit später klärte ihre Zofe sie auf, dass William und Jim zurückgekehrt seien. Sie hatten Meister Ridgeways Lehrjungen verstört, aber unverletzt auf der Brücke angetroffen und ihn zum Hartford House gebracht. Die Hubbarts seien bei Freunden in Southwark untergekommen. Amoret nahm sich vor, Pater Blackshaw diese erfreuliche Nachricht so bald wie möglich zukommen zu lassen. Sicher hatte er sich schon Sorgen um den Knaben gemacht.

Als Amoret hörte, dass Charles und sein Bruder James beabsichtigten, sich das Feuer aus der Nähe anzusehen, schloss sie sich ihnen an. Gefolgt von einigen der anderen Höflinge bestiegen Seine Majestät und der Herzog von York das königliche Galaboot. Je weiter sie sich dem Brand näherten, desto dichter war der Fluss mit Leichtern und Ruderbooten bevölkert, die mit Menschen und ihren Gütern beladen waren. Auf den Kais des Südufers stapelten sich die aus den Häusern geretteten Waren höher und höher, so dass die Leute schon nicht mehr wussten, wohin mit ihren Besitztümern.

Das Galaboot des Königs landete bei den Drei Kränen, und die Brüder bestiegen den Kirchturm von St. Martin Vintry, um von dort die Ausbreitung des Feuers zu begutachten. Amoret folgte ihnen, trotz Charles' Protest.

»Da oben ist es doch viel zu windig, meine Liebe! Wartet im

Boot bei den anderen, bis wir zurück sind. Ich werde Euch alles genauestens berichten.«

Doch Amoret blieb hartnäckig. Mit einem ergebenen Seufzer nahm der König ihren Arm und half ihr die schmale, hölzerne Wendeltreppe hinauf auf die Plattform des Turms. Der Anblick, der sich ihnen bot, war erschreckend. Der Osten der Stadt, nahe dem Flussufer war ein einziges Flammenmeer. Die Brücke stand noch, einzig und allein der nördliche Häuserblock war eine geschwärzte Ruine. Der heftig blasende Ostwind trug dunklen Rauch zu den drei Beobachtern auf dem Kirchturm herüber und reizte sie zum Husten. Charles nahm erneut Amorets Arm und geleitete sie über die Wendeltreppe nach unten. Zurück im Galaboot, gab Seine Majestät erneut die Anweisung, Häuser einreißen zu lassen, um Feuerbreschen zu schlagen, auch gegen den Widerstand der Hausbesitzer.

»Was wird geschehen, wenn es nicht gelingt, den Brand einzudämmen?«, fragte Amoret besorgt. »Wenn sich das Feuer nun bis nach Whitehall ausbreitet?«

»Das ist undenkbar, meine Liebe«, widersprach der König. »So weit wird es nicht kommen!«, fügte er leise hinzu, wie um sich selbst zu beruhigen.

Als die Dämmerung hereinbrach, blieb die Stadt London erleuchtet wie am helllichten Tag. Der Himmel, der das Rot der Flammen widerspiegelte, glich einem riesigen Glutofen. Auch während der Nacht raste das Feuer unaufhaltsam weiter, verbrannte Hunderte von Häusern und zerstörte schließlich auch die Drei Kräne, in deren Nähe am Nachmittag noch das Galaboot des Königs gelegen hatte.

Siebenunddreißigstes Kapitel

Als der Morgen anbrach, verließ Breandán seine kleine gemietete Wohnung in Westminster und begab sich nach Whitehall. Nach einigem Zögern überwand er sich und suchte Amorets Gemächer auf. Armande öffnete ihm und führte ihn zu Amoret, die sich eben angekleidet hatte.

Ein Lächeln huschte über ihr Gesicht, als sie Breandán eintreten sah. Doch im nächsten Moment erkannte sie, dass etwas nicht stimmte. Seine Züge waren ernst und abweisend. Amoret spürte, wie sich ihr Herz zusammenzog. Er musste von Alan und ihr erfahren haben! Da ihr die Worte fehlten, blickte sie den jungen Iren nur stumm an und harrte dessen, was da kommen würde.

Ihr Schweigen brachte Breandán aus dem Konzept, der nun seinerseits nach Worten rang. Er war nicht gekommen, um ihr Vorwürfe zu machen oder mit ihr zu streiten, nicht in einer Zeit wie dieser! Verlegen räusperte er sich: »Ich wollte dich fragen, ob du weißt, was mit Pater Blackshaw ist. Ich hörte, dass das Feuer das Haus, in dem er wohnte, zerstört hat. Ist er in Ordnung?«

»Ja, es geht ihm gut«, erwiderte Amoret, erleichtert, dass er es vermied, über Meister Ridgeway zu sprechen. »Ich habe ihn nicht selbst gesehen, aber Richter Trelawney schickte mir Nachricht, dass er wohlauf sei.«

»Wo ist er jetzt?«

Amoret zögerte, bevor sie antwortete: »Im Newgate, bei Meister Ridgeway.«

Sie sah, wie sich beim Klang dieses Namens Breandáns Augenbrauen zusammenzogen.

»Wie geht es ihm?«, fragte er, ohne jedoch seine Gefühle preiszugeben.

»Er ist immer noch sehr krank.«

Breandán sah sie einen Moment scharf an, als erwarte er, dass sie noch etwas hinzufügen würde. Als sie stumm blieb, sagte er: »Ich gehe jetzt zu Mylord Arlington. Sicher kann er zurzeit jeden Mann gebrauchen.«

Amoret blickte ihm wehmütig nach.

Lord Arlingtons Diener ließ Breandán in die Gemächer seines Herrn eintreten und führte ihn in ein kleines Kabinett.

»Wartet hier, Sir. Seine Lordschaft befindet sich gerade im Gespräch mit Seiner Hoheit, dem Herzog von York«, bemerkte der Diener, bevor er sich leise zurückzog.

Nach einer Weile wurde die Tür zu einem anliegenden Gemach geöffnet, und der Bruder des Königs trat in Begleitung Lord Arlingtons heraus.

»Es war eine vernünftige Entscheidung von Seiner Majestät, diesem unfähigen Lord Mayor die Oberaufsicht über die Löscharbeiten und den Erhalt von Recht und Ordnung in der Stadt zu entziehen und Euch zu übertragen, Euer Hoheit«, sagte Arlington befriedigt. »Es muss dringend etwas geschehen, bevor sich dieser verheerende Brand noch weiter ausbreitet und womöglich noch Whitehall bedroht. Ich werde unverzüglich eine Liste strategischer Posten zur Bekämpfung des Feuers aufstellen, an denen sich die Konstabler der entsprechenden Sprengel mit jeweils einem Trupp von hundert Mann einfinden sollen.«

James nickte zustimmend. »Sorgt außerdem dafür, dass an jedem Posten zusätzlich noch dreißig Soldaten Aufstellung nehmen, die von einem erfahrenen Offizier befehligt werden. Lasst

Brot, Käse und Bier im Wert von, sagen wir fünf Pfund, an jeden Posten ausgeben. Und zwei Kompanien der Milizen sollen den Besitz derer, die vor dem Feuer auf die Felder von Lincoln's Inn, Gray's Inn und St. Giles geflohen sind, vor Plünderern schützen.«

Als der Herzog sich zum Gehen wandte, fiel sein Blick auf den wartenden Iren.

»Ihr habt doch kürzlich den Brief meiner Schwester überbracht, nicht wahr, Sir?«, fragte James prüfend.

Lord Arlington mischte sich pflichteifrig ein: »So ist es, Euer Hoheit. Mr. Mac Mathúna steht übrigens jetzt in meinen Diensten.«

»Ihr habt Minette persönlich kennen gelernt, wie ich annehme?«, erkundigte sich der Herzog interessiert.

»Ja, Euer Hoheit«, antwortete Breandán höflich.

»Ich hoffe, sie befindet sich bei guter Gesundheit.«

»Soweit ich weiß, ja.«

James begutachtete Breandán von Kopf bis Fuß. »Ihr seid Ire?«

»Ja, Euer Hoheit.«

»Katholik?«

Breandán nickte.

»Nun, Sir, wenn Ihr gut mit dem Degen umzugehen versteht und ein ausdauerndes Pferd besitzt, hätte ich Verwendung für Euch. Begleitet mich in die Stadt und helft mir, dort Recht und Ordnung zu erhalten. Mir ist zu Ohren gekommen, dass es bereits Übergriffe auf Fremde gegeben hat und dass Menschen, die zweifellos unschuldig waren, vom Pöbel übel zugerichtet oder gar getötet worden sind. Das Volk sucht einen Sündenbock für das Feuer, das der Zorn Gottes über uns gebracht hat.«

Breandán war nur zu bereit, sich dem Bruder des Königs anzuschließen. James wollte zunächst feststellen, wie weit das Feuer seit dem vergangenen Nachmittag nach Westen vorgedrungen war. Die Flammen leckten bereits an den Lagerhäusern des Queenhithe Dock, in denen große Kornvorräte untergebracht waren.

Der König war in seinem Galaboot ebenfalls zum Queenhithe Dock gekommen, um persönlich die Arbeiten an einer Feuerschneise zu beaufsichtigen, die den Brand aufhalten sollte. Der Wind blies jedoch so heftig, dass Funkengarben über Hunderte von Yards durch die Luft getragen wurden und Häuser in Brand setzten, die etliche Straßen entfernt waren. Für die verängstigten Menschen geschah dies wie durch Geisterhand, und die Rufe, die Ausländer und Papisten der Brandstiftung anklagten, wurden immer lauter.

Der Herzog von York ritt unermüdlich in der ganzen Stadt umher, um für Ordnung zu sorgen. Mehrmals musste er mit seiner Garde einen unglücklichen Holländer oder Franzosen vor dem Zorn des Pöbels bewahren und zu seiner eigenen Sicherheit ins Gefängnis schaffen lassen. In den Straßen von London übernahmen Gewalt und Chaos die Herrschaft.

Inzwischen bedrohte das Feuer bereits das Herz der Stadt: die Gracious Street, die Lombard Street und den Cornhill. Hier lebten die reichsten Familien Londons: Kaufleute und Goldschmiede. Wie den Armen vor ihnen, fiel es auch den Reichen schwer, ihre Häuser zu verlassen. Einigen von ihnen gelang es schließlich gerade noch, ihr Gold und ihre Papiere zu retten, bevor das Feuer sie erreichte. Die Gildehäuser der Flussschiffer, Färber, Fischhändler, Gastwirte, Kürschner und Lichtzieher waren bereits den Flammen zum Opfer gefallen. Oft war es nicht einmal mehr gelungen, die Urkunden und Dokumente oder das Gold- und Silbergeschirr der Zunft zu retten. Im Verlauf des Montags folgten die Gildehäuser der Seidenhändler, Holzhändler, Messerschmiede, Tischler und Weinhändler.

Nachdem die Flammen die Häuser des Cornhill in Schutt und Asche gelegt hatten, brausten sie nun auf die Königliche Börse zu. Bald war der Turm vom gleißenden Licht des Feuers umhüllt. Die Statuen der Könige stürzten aus ihren Nischen und zerschellten am Boden. In kürzester Zeit war der Palast der Kaufleute zerstört.

Der Herzog von York ritt mit seiner Garde bis zum Tower, um zu sehen, ob die Festung ebenfalls bedroht war. Der Brand tobte nur einige Straßen entfernt, doch da der starke Ostwind weiterhin blies, schien der Tower, zumindest im Augenblick, außer Gefahr.

Als der König vom Queenhithe Dock nach Whitehall zurückkehrte, war seine Miene düsterer denn je. Amoret, die an der Anlegestelle auf seine Rückkehr gewartet hatte, warf ihm einen besorgten Blick zu. Da rang sich Charles ein Lächeln ab.

»Leider habe ich keine guten Nachrichten, meine Liebe. Der Brand breitet sich unaufhaltsam aus. In der Stadt herrscht Chaos. So ungern ich es zugebe, wir sind machtlos gegen den Zorn Gottes.«

Er nahm sie beim Arm und sagte eindringlich: »Ich weiß, Euer Haus ist noch weit von den Flammen entfernt, Amoret, aber der Atem der Hölle treibt sie vorwärts. Ich würde Euch raten, Euren Besitz in Sicherheit zu bringen, bevor es zu spät ist. Ich werde übrigens dasselbe tun.«

Amoret sah ihn erschrocken an. Sie wollte nicht glauben, dass es so weit kommen würde.

»Bringt Euren Besitz nach Hampton Court. Ich werde dafür sorgen, dass Euch zu diesem Zweck einige Leichter zur Verfügung gestellt werden.«

Sie nickte nur, zu bedrückt, um zu sprechen. Ohne Verzögerung machte sie sich zum Hartford House auf und gab ihrem

Haushofmeister Anweisung, den Abtransport sämtlicher Möbel vorzubereiten.

»Alles, Mylady?«, fragte Rowland erstaunt.

»Ja, alles! Möbel, Bilder, Wandbehänge, Geschirr! Lasst alles sorgfältig einpacken.«

»Werdet Ihr Euch ebenfalls nach Hampton Court begeben, Mylady?«

»Nein, ich bleibe hier, solange es geht.«

Der Haushofmeister rang ratlos die Hände. »Aber wo wollt Ihr schlafen, Mylady? Und wovon wollt Ihr essen?«

»Nun, lasst einige der Rollbetten hier und ein paar Teller. Wenn es zum Schlimmsten kommt, müssen wir die Sachen eben zurücklassen. Ach, wartet«, entschied Amoret plötzlich. »Lasst das Bett im roten Gemach stehen. Vielleicht wird es noch gebraucht. Und nun schickt William zu mir. Ich habe einen Auftrag für ihn.«

Rowland verbeugte sich und machte sich an die Arbeit.

Kurz darauf erschien William.

»Wie weit ist das Feuer mittlerweile vorgedrungen?«, fragte Amoret.

»Man sagt, dass es bereits die Königliche Börse vernichtet hat, Mylady«, antwortete der Diener.

»Wie lange noch, bis es die Paternoster Row erreicht?«

Der Diener legte betroffen die Stirn in Falten. »Ich weiß es nicht, Mylady.«

»Der König hat mir geraten, meinen Besitz nach Hampton Court auszulagern. Ich möchte, dass du und Jim Meister Ridgeways Hausrat herbringt. Ich werde alles mit fortschaffen lassen.«

»Aber das Haus ist verschlossen.«

»Dann brecht es auf. Geh schon!«

Um sicherzustellen, dass nichts beschädigt wurde, überwachte Amoret selbst die Dienerschaft beim Zusammenpacken der Einrichtung. William und Jim waren noch nicht lange fort, als sie mit besorgten Mienen zurückkehrten.

»Mylady, es ist unmöglich, in der Stadt auch nur einen Handkarren aufzutreiben. Die Leute verlangen bis zu zwanzig Pfund für einen Wagen.«

»Diese verfluchten Halsabschneider! Aber wer kann es ihnen verdenken? Auf einmal haben sie die Gelegenheit, sich auf Kosten anderer zu bereichern. Nur vergessen sie dabei, dass sie sich eines Tages vor Gott für ihre Habgier und Herzlosigkeit verantworten müssen.«

Amoret fügte sich ins Unvermeidliche und übergab den Dienern eine Börse mit Goldmünzen.

Als sie schließlich mit Alans Hab und Gut zurückkehrten, schickte Amoret William mit einer Nachricht zu Sir Orlando Trelawney, in der sie ihm anbot, seinen Besitz ebenfalls nach Hampton Court schaffen zu lassen. Der Richter nahm dankend an, denn auch er hatte bereits seinen Hausrat zusammenpacken lassen, fand es jedoch schwierig, entsprechende Transportmittel aufzutreiben.

Am Nachmittag, als die Leichter an der Anlegestelle von Hartford House eintrafen, stand die erste Ladung zum Abtransport bereit. Amoret übertrug dem Haushofmeister die Aufsicht über ihren Besitz und einen Großteil der Dienerschaft. Auch ihren Sohn schickte Amoret mit seiner Amme nach Hampton Court in Sicherheit.

Jeremy hatte die Nacht im Newgate verbracht. Alans Zustand begann sich zu bessern, das Fieber hatte nachgelassen, und er schlief auch ohne Mohnsaft ruhiger. Doch sein Bewusstsein war noch immer getrübt. Er schien nicht zu wissen, wo er sich befand, und der Jesuit machte keinen Versuch, ihn aufzuklären. Alan brauchte nun vor allem Ruhe und ungestörten Schlaf.

Als George Grey Jeremy ablöste, machte sich der Priester erneut auf die Suche nach seinen Schutzbefohlenen. In den engen Gassen des Stadtkerns war inzwischen kein Durchkommen mehr. An den Toren staute sich der Verkehr. Diejenigen, die mit ihrem Hab und Gut in die Sicherheit der Felder außerhalb der Mauern flohen, trafen an den engen Bögen des Ludgate, Newgate, Aldersgate, Cripplegate und der anderen Tore im Osten auf die Bewohner der umliegenden Dörfer, die den bedrängten Londonern mit ihren Karren zu Hilfe eilten. Die fruchtlosen Löschversuche hatte man mittlerweile aufgegeben. London war der Vernichtung preisgegeben, sofern nicht ein Wunder geschah. Doch der Himmel leuchtete weiterhin in einem ungetrübten Azurblau. Keine Wolke war in Sicht.

Die Hitze, die dem Brand voraneilte, war so unerträglich geworden, dass es unmöglich war, sich den Flammen auch nur in großem Abstand zu nähern, ohne dass Funken Haut und Kleider versengten. Die dem Feuer zugewandten Fassaden der Häuser, die noch mehrere Straßen entfernt waren, begannen, Pech auszuschwitzen und zu rauchen, bevor sie, wie durch dämonische Kraft entzündet, in Flammen aufgingen. Unzählige Kirchen hatte der Feuersturm bereits vernichtet. Es war ein langsames Sterben, das denjenigen, die es mit ansehen mussten, das Herz zerriss. Denn die Steinmauern der Gotteshäuser hielten der Zerstörungswut der Flammen länger stand als das hölzerne Fachwerk. Doch der höllische Ansturm war unerbittlich. Zuerst begannen sich die bleigefassten Fenster zu verformen, bis die Hitze sie sprengte und das Glas in dem Glutofen verbrannte. Das Blei der Dächer schmolz und rann in glühenden Strömen die Mauern herab. Wenn das Dachgestühl Feuer fing, war das Ende nah. Genährt von den Gütern im Innern der Kirchen, entwickelte der Brand eine nicht eindämmbare Gewalt und ließ nur schwarze, rauchende Ruinen zurück.

Jeremy betrat auf der Suche nach seiner Gemeinde auch die St. Paul's Kathedrale, die die gebeutelte Stadt wie ein uneinnehmbares Bollwerk überragte. Auch hier stapelte sich der Hausrat, und Flüchtlinge drängten sich ängstlich zusammen. In den Gesichtern der Menschen stand Verzweiflung und Hilflosigkeit. Einige schrien händeringend und unter Tränen ihr Leid heraus, andere saßen in einem Zustand tiefer Betäubung da, unfähig, zu begreifen, dass sie alles verloren hatten. Jeremy fühlte sich ihnen mit ganzer Seele verbunden. Auch wenn er nicht in London geboren war, so war dies doch auch seine Stadt, seine Heimat! Ihre Zerstörung mit ansehen zu müssen, konnte er kaum ertragen.

Schließlich fand Jeremy seine Schutzbefohlenen außerhalb der Stadtmauern in Moorfields zwischen unzähligen anderen Flüchtlingen, die sich auf den Feldern unter freiem Himmel eingerichtet hatten. Einige hatten Zelte gebaut, um wenigstens ein bisschen Schutz zu finden, andere besaßen nicht einmal eine Decke, die sie auf dem Boden ausbreiten konnten. Es gab kein Wasser, denn überall in den Gassen hatte man die Leitungen aufgerissen und so die Brunnen zum Versiegen gebracht. Auch die Nahrungsmittel wurden knapp. Ein Großteil der Vorräte der Stadt war vom Feuer vernichtet worden.

Die Katholiken litten Hunger. Jeremy überlegte, was er tun sollte, um ihr Elend zu lindern, und entschied, dass ihm nichts anderes übrig blieb, als Lady St. Clair um Hilfe zu bitten. Seine Schutzbefohlenen wollten ihn nicht gehen lassen, doch er versicherte ihnen, dass er bald zu ihnen zurückkehren würde. Dann machte er sich auf den Weg zum Strand.

Im Hartford House herrschte reges Treiben. Diener trugen Möbel und Hausrat von einer Ecke in die andere, Gegenstände wurden in Kisten verpackt und abtransportiert, Wandbehänge abgenommen und zusammengerollt. Es dauerte eine Weile, bis Jeremy Amoret in dem Chaos gefunden hatte. Als sie ihn sah, breitete sich ein erleichtertes Lächeln über ihr Gesicht. Sie eilte ihm entgegen und umarmte ihn, ließ ihn jedoch gleich wieder los, bevor er sie zur Ordnung rufen konnte.

»Ich bin so froh, Euch zu sehen«, sagte sie strahlend. »Ich habe mir große Sorgen um Euch gemacht, als ich hörte, dass Meister Hubbarts Haus abgebrannt ist.«

»Aber Ihr habt doch hoffentlich Richter Trelawneys Nachricht erhalten, dass es mir gut geht?«

»Ja, aber ich überzeuge mich lieber mit eigenen Augen davon. Wie geht es Meister Ridgeway?«

»Ein wenig besser. Ich denke, er hat das Gröbste überstanden.«

»Dann wird er wieder gesund?«

»Ich habe zumindest die Hoffnung.«

»Glaubt Ihr, das Feuer könnte bis zum Newgate vordringen?«, fragte Amoret besorgt.

»Noch ist es weit genug entfernt. Aber sollte das Gefängnis tatsächlich in Gefahr geraten, wird der Kerkermeister die Gefangenen sicher rechtzeitig fortbringen lassen.«

Jeremy sah sich mit wehmütigem Blick in dem bereits größtenteils ausgeräumten Gemach um.

»Es ist sehr umsichtig von Euch, Euren Besitz in Sicherheit zu bringen, Mylady, auch wenn das Feuer noch weit entfernt ist. Ich habe alles verloren, was ich besaß, meine Bücher … das Messgerät, die liturgischen Gewänder …«

Zu seiner Überraschung sah er sie lächeln. Sanft nahm sie seinen Arm und sagte: »Kommt mit, Pater!«

Amoret führte ihn in ihr Schlafgemach, in dem außer einem einfachen Rollbett noch einige Kisten standen, in denen Gegenstände verpackt waren, die sie vorerst im Haus behalten würde. Sie schob den Deckel einer der Holzkisten zurück und hob das Leintuch hoch, das den Inhalt bedeckte.

»Euer Messgerät und Eure Gewänder, Pater«, erklärte sie. »Es ist alles da. Eure Bücher schicke ich mit meinen Möbeln nach Hampton Court. Dort sind sie sicher.«

Jeremy starrte sie verständnislos an. »Aber ... wie ist das möglich ...?«

Amoret sah den Ausdruck fast kindlicher Freude auf seinem Gesicht und konnte sich ein amüsiertes Lächeln nicht verkneifen.

»Als ich hörte, dass sich das Feuer auf die Brücke zu bewegte, habe ich meine Diener losgeschickt, um nach Euch zu sehen. Sie fanden Euch nicht, konnten jedoch Eure Truhe aus Meister Hubbarts Haus retten, bevor es in Flammen aufging. Sie brachten auch Kit hierher.«

»Ist der Junge unverletzt?«, fragte Jeremy hastig.

»Ja, es geht ihm gut. Er hilft beim Einpacken.«

»Der Heiligen Jungfrau sei Dank!«

»Ich habe Meister Ridgeways Hab und Gut ebenfalls herbringen lassen«, fügte Amoret hinzu.

»Ihr denkt wie immer an alles, Mylady.« Dankbar drückte er ihre Hand. »Es gibt da allerdings noch etwas, um das ich Euch bitten wollte. Meine Schutzbefohlenen haben alles verloren und lagern nun auf den Feldern von Moorfields. Sie haben kein Wasser und nichts zu essen.«

»Ich habe noch ein paar Vorräte, die ich Euch mitgeben kann, Pater. Jim soll Euch tragen helfen.«

Jeremy kehrte in Begleitung des Dieners nach Moorfields zurück. Nachdem er die Vorräte unter seinen Leuten verteilt hatte, verließ er sie wieder und begab sich zum Newgate, um nach Alan zu sehen. Der Jesuit hatte einen Teil der Nahrungsmittel für George Greys Quäker zurückbehalten. Im Newgate wurde die Verpflegung jetzt auch für die wohlhabenderen Häftlinge knapp, denn deren Freunde und Verwandte befanden sich nun selbst in

Bedrängnis und hatten alle Hände voll zu tun, ihre Habseligkeiten vor dem Feuer zu retten.

Jeremy flößte Alan Hühnerbrühe ein, die Amoret ihm mitgegeben hatte, und wusch seinen Körper mit Wein. Er blieb bis zum Abend bei ihm, dann überließ er die Aufsicht über den Kranken erneut George Grey und machte sich auf den Weg nach Moorfields. In der Hoffnung, außerhalb der Stadtmauern schneller voranzukommen als in den von Flüchtlingen verstopften Gassen des Stadtkerns, bog Jeremy in die Giltspur Street ein, ließ den Markt von Smithfield hinter sich, auf dem sich ebenfalls Menschen einrichteten, die ihr Obdach verloren hatten, und folgte der Long Lane. Auch hier waren die Hausbewohner dabei, ihr Hab und Gut zusammenzupacken und auf Karren zu stapeln. Der Anblick war inzwischen so vertraut, dass der Jesuit ihn in seiner zunehmenden Müdigkeit kaum mehr wahrnahm. Als er jedoch an einem Haus an der Ecke zur Aldersgate Street vorbeiging, ließ ihn eine innere Stimme im Schritt verhalten. Die Tür stand offen, ebenso eines der Fenster im ersten Stock. Ein Geräusch, das nach Möbelrücken klang, streifte Jeremys Ohr. Und doch sagte ihm sein Instinkt, dass hier etwas nicht stimmte. Auf einmal waren wüste Flüche zu hören. Glas klirrte, ein schwerer Gegenstand fiel krachend zu Boden.

Jeremy hob den Kopf zum ersten Stock und konnte gerade noch zur Seite springen, als eine Staffelei aus dem Fenster geworfen wurde und auf dem Pflaster aufschlug. Sie hatte ein halb fertiges Bild getragen, das eine Madonna mit Kind darstellte. Betroffen starrte der Jesuit auf das zerstörte Ölgemälde zu seinen Füßen.

Über ihm schwoll der Tumult weiter an. Ein angstvoller Schrei ertönte. Für einen Moment war Jeremy wie gelähmt. Plötzlich tauchte ein Mann in der offenen Haustür auf, der von mehreren wütenden Verfolgern gejagt wurde. Der Fliehende kam nicht weit. Wenige Augenblicke später hatten seine Jäger ihn eingeholt, rissen ihn zu Boden und schlugen mit den Fäusten auf den Wehrlosen ein.

»Brandstifter! Französischer Bastard! Dafür wirst du büßen! Schlagt ihn tot ... Dreht dem Schwein den Hals um ...«

Der wahnwitzige Zorn der Menschen entlud sich wie ein rasender Sturm. Sie waren in einem blinden, tierhaften Blutrausch, den nichts bremsen konnte. Jeremy drängte sich zwischen die Tobenden und versuchte, sie von ihrem Opfer zu trennen, das in sich zusammengesunken war und keinen Laut mehr von sich gab.

»Hört auf! Um der Liebe Gottes willen, lasst ihn los ...«, schrie der Jesuit. Es gelang ihm, einen der Männer von dem Gefallenen fortzuziehen, doch schon sprang ein anderer hinzu und prügelte wie besessen auf den leblosen Körper ein. Als die Rasenden endlich von ihm abließen, kniete sich Jeremy erschüttert neben den Franzosen und drehte ihn um. Sein Gesicht war blutüberströmt, die Nase gebrochen, mehrere Zähne ausgeschlagen. Ohne sich um den Pöbel zu kümmern, der sich nun wieder der Zerstörung des Hauses zuwandte, sprach der Priester leise auf den Verletzten ein: »Sir, könnt Ihr mich hören?«

Zuerst reagierte er nicht, doch dann richtete sich ein verzweifelter Blick auf Jeremy.

»Que Dieu ait pitié de moi!«, hauchte der Maler. »Je vous prie ... un prêtre ...«

Jeremy sah Blut aus seinen Mundwinkeln rinnen und begriff, dass er im Sterben lag. Ohne zu zögern antwortete er ebenfalls auf Französisch: »Ich bin Priester, mein Freund. Sagt mir, bereut Ihr Eure Sünden?«

Der Sterbende raffte alle Kräfte zusammen, die ihm noch blieben, und versuchte zu sprechen, brachte jedoch nur noch ein Gurgeln heraus. Er hustete, und Blut spritzte von seinen Lippen.

Jeremy gab ihm die Absolution. Die erlöschenden Augen streiften ihn noch mit einem dankbaren Blick, dann wurden sie starr, und das Röcheln des Verletzten erstarb. Der Jesuit bekreuzigte sich.

»Ein papistischer Priester! Der Kerl ist ein gottverdammter Priester!«, brüllte eine hasserfüllte Stimme.

Der Mann, der Jeremy am nächsten stand, hatte die verräterische Geste beobachtet und sofort begriffen, was sich da vor seinen Augen abspielte.

»He, kommt her, hier ist noch so ein Schwein!«, schrie er den anderen zu, die ihrer Wut im Haus des französischen Malers freien Lauf ließen. »Ein verfluchter Papist, der unsere Stadt in Brand gesteckt hat und uns und unsere Familien ermorden wird!«

Die anderen Männer, die vor kurzem noch brave Bürger und Handwerker gewesen und friedlich ihrem Tagewerk nachgegangen waren, stürmten mit erhobenen Fäusten heran und musterten den römischen Priester mit wilden Blicken. Jeremy hatte sich erhoben und trat ihnen in aufrechter Haltung entgegen.

»Hängt ihn auf!«, rief einer der Männer.

»Ja, lasst den Bastard baumeln!«

»Holt einen Strick!«

Zwei der Umstehenden nahmen den Jesuiten in ihre Mitte und zerrten ihn mit sich. Jeremy wehrte sich nicht. Ohne Vorwarnung schlug ihm einer der beiden die Faust ins Gesicht. Er taumelte, hielt sich aber aufrecht. Ein zweiter Hieb traf ihn in den Magen. Stöhnend krümmte sich Jeremy zusammen und sank auf die Knie. Seine Peiniger hatten erneut Blut gerochen. Ein Opfer, das sich ohne Gegenwehr quälen ließ, weckte den Teufel in ihnen. Beide Männer schlugen in sinnloser Wut auf den Priester ein, der für sie alles verkörperte, was ihnen als protestantische

Engländer verhasst war. Jeremy ging zu Boden. Er konnte nichts anderes tun, als zu versuchen, sein Gesicht und seinen Kopf vor schweren Schlägen zu schützen. Ein kraftvoller Fußtritt traf seinen Brustkorb. Jeremy hatte das Gefühl, als habe sich eine Messerklinge in sein Herz gebohrt, so furchtbar war der Schmerz, der durch seinen Körper raste.

»Hier ist der Strick!«, verkündete ein Jüngling und hielt triumphierend ein zusammengerolltes Seil in die Höhe.

Die anderen ließen von ihrem Opfer ab. Benommen blieb Jeremy am Boden liegen und rang nach Luft. Seine Brust schmerzte unerträglich, und sein Schädel dröhnte. Blut rann ihm von einer Stirnwunde in die Augen. Eine Faust packte ihn am Arm und zog ihn auf die Knie. Im nächsten Moment glitt ein raues Seil über sein Gesicht und kam auf seinen Schultern zu liegen. Mühsam hob der Jesuit den Blick zu seinen Peinigern. Einige von ihnen lachten.

»Gebt ihm noch Zeit für ein Gebet«, spottete einer.

»Ja, bete nur zu deinen Götzen, das wird dir auch nicht helfen!«, rief ein zweiter.

Jeremy legte die Handflächen gegeneinander und schloss die Augen. »O Herr, ich bin nicht würdig, den Märtyrertod zu sterben. Aber wenn Du entschieden hast, dass meine Zeit gekommen ist, so bitte ich Dich, vergiss Alan nicht. Lass ihn nicht in diesem schrecklichen Kerker in Einsamkeit sterben für ein Verbrechen, das er nicht begangen hat!«

Der Strick um seinen Hals zog sich zusammen. Instinktiv versuchte Jeremy, die Schlinge mit den Händen zu lockern. Seine Henker schleiften ihn an dem Seil über das Straßenpflaster bis zum Haus nebenan, das die Werkstatt eines Schuhmachers beherbergte. Über der Tür schwang ein Holzschild, an einem schmiedeeisernen Arm. Wieder griffen brutale Fäuste nach Jeremy und zerrten ihn auf die Beine. Einer der Männer warf das andere Ende des Seils über die eiserne Halterung. Zwei weitere fingen den Strick auf und begannen mit aller Kraft zu ziehen. Das Seil schnürte sich mit einem Ruck um Jeremys Hals zusammen und schnitt ihm augenblicklich die Luft ab. Im nächsten Moment verlor er den Boden unter den Füßen, als sein Körper in die Höhe gezogen wurde. Seine Beine schlugen wild um sich, auf der verzweifelten Suche nach Halt. Die Adern an seinen Schläfen begannen, unter grausamen Schmerzen anzuschwellen, und vor seinen Augen wechselten sich leuchtende Blitze und pechschwarze Finsternis ab. Ein knirschendes Geräusch erklang, wurde lauter, ohrenbetäubend …

Und dann hatte Jeremy auf einmal das Gefühl, in einen Abgrund zu fallen. Der Aufprall auf das Straßenpflaster raubte ihm für kurze Zeit das Bewusstsein.

Als Jeremy die Augen öffnete, begriff er nicht gleich, was passiert war. Neben ihm lag das Holzschild. Der Eisenträger war unter dem Gewicht seines Körpers gebrochen. Die Flüche seiner erfolglosen Henker gingen in klapperndem Hufschlag unter.

Mit letzter Kraft richtete sich der Jesuit halb auf und lockerte mit zitternden Händen den Strick um seinen Hals. Zweifellos würden die Männer nun nach einem neuen Galgen suchen, um ihn aufzuknüpfen. Doch zu seiner Verwunderung standen sie nur reglos da und kümmerten sich nicht mehr um ihn. Was war geschehen?

Da erst bemerkte Jeremy die schwarzen Pferdebeine zwischen seinen Peinigern. Er hob den Blick und sah Breandán auf seinem Hengst, die Spitze seines Degens auf die Brust des Mannes gerichtet, der dem Jesuiten am nächsten stand.

»Was geht hier vor?«, fragte eine herrische Stimme.

Jeremy wandte den Kopf und erkannte den Herzog von York mit seiner Garde.

»Was hat dieser Mann getan?«

»Er ist ein papistischer Priester!«, rief einer der Männer. »Er hat in der Stadt Feuer gelegt.«

»Niemand hat den Brand gelegt!«, donnerte James. »Es war der Zorn Gottes! Ihr habt kein Recht, Selbstjustiz zu üben. Also nehmt dem Mann den Strick ab!«

Knurrend wie geprügelte Hunde befolgten die Männer den Befehl. Breandán steckte seinen Degen in die Scheide zurück und lenkte Leipreachán neben Jeremy.

»Euer Hoheit, ich kenne diesen Mann. Er hat nichts Unrechtes getan.«

Der Bruder des Königs nickte. »Ja, ich kenne ihn auch.« Er hatte sich erinnert, dass er Jeremy in Sir Orlandos Begleitung in Greenwich gesehen hatte. »Bringt ihn zum Haus Richter Trelawneys, Mr. Mac Mathúna. Dort ist er sicher.«

Breandán neigte sich zu Jeremy hinab und reichte ihm die Hand, um ihn hinter sich aufs Pferd zu hieven. Der Jesuit hatte Mühe, sich zu dem Iren hinaufzuziehen. Der Schmerz in seiner Brust ließ ihn aufstöhnen.

»Seid Ihr verletzt, Pater?«, fragte Breandán besorgt.

»Ich glaube, eine Rippe ist gebrochen. Doch es könnte schlimmer sein.«

»Ihr braucht einen Arzt!«

»Nein, bringt mich zu Trelawney. Er wird mich verbinden.«

Der Ire trieb seinen Hengst an, und Jeremy legte die Hände um Breandáns Taille, um nicht herunterzufallen, doch der Schritt des Rappen war so ausgeglichen, dass diese Gefahr nicht bestand.

»Ihr habt mir das Leben gerettet, Breandán. Dafür danke ich Euch«, sagte der Priester.

Der Ire wandte den Kopf und warf seinem Begleiter einen verlegenen Blick zu. »Jederzeit«, antwortete er bescheiden.

Vor dem Haus des Richters auf der Chancery Lane zügelte Breandán sein Pferd und half Jeremy beim Absteigen.

»Seid Ihr sicher, dass Ihr zurechtkommt, Pater?«, fragte er eindringlich.

Der Jesuit drückte ihm zum Dank die Hand. »Ja, mein Junge. Macht Euch keine Sorgen.«

Doch Breandán sah, dass sich das Gesicht des Priesters vor Schmerz verzerrte und dass sein Körper hin und her schwankte. Besorgt blickte er ihm nach, als sich Jeremy zum Hauptportal begab. Der Ire wartete noch, bis sich die Tür öffnete, bevor er Leipreachán wendete und in die Stadt zurückritt.

Sir Orlando hatte den Hufschlag gehört und die Ankömmlinge von einem der oberen Fenster beobachtet. Als er den Priester erkannte, eilte er die Treppe zur Eingangshalle hinab und nahm ihn an der Tür in Empfang. Beim Anblick von Jeremys blutigem Gesicht wurde Trelawney bleich.

»Ihr seid ja verletzt. Kommt herein und nehmt meinen Arm! Was ist denn passiert?«

»Die Leute sind völlig kopflos ...«, stöhnte der Jesuit. »Sie schlagen unschuldige Menschen tot, nur weil sie einen Sündenbock suchen.«

»Und Ihr musstet Euch wie immer einmischen!«

Kopfschüttelnd legte sich der Richter den Arm seines Freundes um die Schultern und half ihm die Treppe hinauf. Auf halbem Weg kam ihnen Jane entgegen. Als sie das Blut sah, schlug sie stumm die Hand vor den Mund.

»Holt Wein und ein sauberes Tuch, meine Liebe«, bat Sir Orlando.

Jane nickte und lief in die Küche.

Im ehelichen Schlafgemach legte Trelawney den Priester auf dem Bett ab.

»Alle anderen Räume sind leer«, erklärte er. »Lady St. Clair war so freundlich, meine Möbel mit nach Hampton Court schaffen zu lassen. Jane und ich werden jedoch so lange wie möglich bleiben.«

Behutsam machte sich der Richter daran, Jeremys Wams zu öffnen. Erst jetzt bemerkte er die Strangfurche um den Hals seines Freundes und hob entsetzt den Blick.

»Sie wollten Euch hängen?«

»Ja, ich verdanke es einem morschen Ladenschild, dass ich noch am Leben bin.« Jeremy sah verlegen an sich herab. »Verzeiht den Zustand meiner Beinkleider … ich war mir nicht bewusst, dass …«

Sir Orlando brachte ihn mit einer Handbewegung zum Schweigen. »Ich werde dafür sorgen, dass Eure Kleider gewaschen werden. Aber sagt mir, wie Ihr dem Pöbel entkommen seid. Sie haben Euch doch sicher nicht freiwillig gehen lassen!«

»Nein, Seine Hoheit, der Herzog von York, kam mit seiner Garde hinzu und rief die Leute zur Ordnung.«

»Und wer hat Euch eben vor meiner Tür abgesetzt?«

Jeremy zögerte eine Moment, bevor er antwortete. »Mr. Mac Mathúna. Er war als Erster bei mir. Er hat mir das Leben gerettet!«, fügte er bekräftigend hinzu.

»Der Bursche ist also nach London zurückgekehrt«, bemerkte Trelawney unbehaglich. »Und er steht jetzt in den Diensten des Herzogs von York? Ich muss zugeben, ich bin beeindruckt.«

Als Jeremy mit Sir Orlandos Hilfe das zerrissene Wams auszog, rutschte sein Rosenkranz aus einer geheimen Tasche im Futter und fiel zu Boden. Jane, die gerade mit einer Schüssel, einer Flasche Wein, sauberen Tüchern und Leinenbinden das Schlafgemach betrat, sah die Perlenschnur auf der Binsenmatte vor dem Bett liegen und wollte sie aufheben, doch der Richter war ihrem Blick gefolgt und kam ihr zuvor.

»Geht jetzt lieber, Jane. Das ist kein Anblick für Euch!«, sagte er freundlich, aber bestimmt.

Verwirrt begegnete die junge Frau seinem Blick, stellte aber keine Fragen.

Jeremy sah seinen Freund unbehaglich an. Er wollte etwas sagen, doch Sir Orlando hob beschwichtigend die Hand.

»Nun sagt nicht wieder, dass es Euch Leid tut, Pater. Diese Dinge passieren eben. Ich werde mit ihr sprechen. Sie wird Euer Geheimnis ebenso wenig verraten wie ich.«

Trelawney half seinem Freund aus den restlichen Kleidungsstücken und gab sie Malory zum Waschen. Jeremys linke Brustseite war blutunterlaufen.

»Das sieht bös aus«, murmelte der Richter.

Der Jesuit tastete vorsichtig seine Rippen ab. »Zum Glück ist nur eine gebrochen.«

»Seid Ihr sicher?«

»Habt Ihr schon vergessen, dass ich Arzt bin, Mylord?«, spöttelte Jeremy, um sich selbst Mut zu machen. Er hatte auch Schläge in den Unterleib einstecken müssen, fand jedoch keine Anzeichen für eine Verletzung der Bauchorgane. Allerdings gab es etwas anderes, das ihm Sorgen bereitete: Sein Kopf schmerzte, und aus der Wunde an seiner rechten Stirnseite rann Blut. Er konnte sich nicht erinnern, ob es ein Schlag mit der Faust oder ein Fußtritt gewesen war, der seinen Schädel getroffen hatte, doch er befürchtete, dass ihn die Nachwirkungen zumindest für kurze Zeit außer Gefecht setzen würden.

Sir Orlando machte sich mit rührender Sorgfalt daran, die Wunden seines Freundes mit Wein zu waschen, und legte dann einen Verband um dessen Brustkorb.

»Ihr bleibt natürlich über Nacht hier!«, sagte Trelawney schließlich in einem Ton, der keinen Widerspruch duldete.

Jeremy nahm an, bestand jedoch darauf, auf einem der Rollbetten im Gemach nebenan zu schlafen. Er wollte die Jungvermählten nicht aus dem ehelichen Bett vertreiben. Kaum hatte Sir Orlando ihn auf seinem einfachen Lager zugedeckt, als der Priester in tiefen Schlaf fiel.

Achtunddreißigstes Kapitel

Als die Morgendämmerung anbrach, hatten die Londoner im ersten Moment den Eindruck, als habe sich eine gewaltige Wolkenbank am Himmel aufgetürmt. Doch es war nur ein Trugbild, das die Verzweiflung den Augen der Menschen vorgaukelte. Der Himmel war hinter einer schwarzen Rauchwolke verschwunden, die von der brennenden Stadt aufstieg und alles einhüllte.

Das Feuer hatte nun die Cheapside erreicht, die Prachtstraße der Gold- und Silberschmiede. Ihre Schätze wurden rechtzeitig im Tower in Sicherheit gebracht, bevor die Flammen die Häuser dem Erdboden gleichmachten. Am Themseufer entlang fraß sich das Feuer unaufhaltsam nach Westen, selbst die massiven Mauern von Baynard's Castle und des Zuchthauses von Bridewell konnten ihm nicht lange standhalten. Im Norden vernichteten die Flammen weitere Gildehäuser, Dutzende von Kirchen und schließlich auch das Rathaus der Stadt. Und der Ostwind blies weiter mit unveränderter Kraft.

Als Jeremy mit schweren Kopfschmerzen und einem Gefühl der Übelkeit erwachte, war es bereits später Vormittag. Auf sein Rufen hin erschien Malory und brachte ihm seine frisch gewaschenen Kleider.

»Warum hat Seine Lordschaft mich nicht geweckt?«, fragte der Jesuit ärgerlich, während er sich mit Hilfe des Kammerdieners ankleidete.

»Ich versichere Euch, Sir, er hat es versucht. Aber Ihr lagt in so tiefem Schlaf und habt Euch nicht gerührt, dass er es aufgeben musste«, erklärte Malory entschuldigend.

Als Sir Orlando hörte, dass sein Freund erwacht war, begab er sich sofort zu ihm.

»Ihr solltet nicht so bald wieder aufstehen!«, sagte der Richter tadelnd. »Ihr seid noch lange nicht wiederhergestellt.«

»Ich muss zu Meister Ridgeway«, widersprach Jeremy. »Es mag ihm besser gehen, aber er braucht weiterhin Pflege. Ich kann ihn nicht sich selbst überlassen.«

»Ihr habt am eigenen Leib erfahren, wie gefährlich es da draußen ist, Pater.«

»Ja, ich weiß, aber ich kann deswegen nicht meine Pflichten vergessen.«

Trelawney seufzte ergeben. Er hatte ohnehin nicht damit gerechnet, seinen Freund zur Vernunft bringen zu können. »Dann lasse ich Euch eben mit meiner Kutsche zum Newgate bringen.«

Jeremy willigte ein, denn er fühlte sich noch immer etwas schwach auf den Beinen. Er musste seine Kräfte wohl oder übel einteilen.

George Grey, der bei Alan gewacht hatte, war bereits unruhig geworden, als Jeremy am Morgen nicht wie versprochen aufgetaucht war. Als der Priester schließlich erschien, erhob sich der Quäker erleichtert von dem Schemel, auf dem er an Alans Lager gesessen hatte, und trat ihm entgegen. Sofort fiel sein Blick auf die verräterische Spur um Jeremys Hals und die Wunde an seiner Stirn. Betroffen kreuzte er den Blick des Jesuiten.

»Ich muss mich bei dir entschuldigen, Freund. Man erzählt sich, dass deine Glaubensgenossen auf den Straßen angegriffen und verletzt werden. Auch wenn ihr unter dem Schutz des Königs steht, seid ihr vor Verfolgungen ebenso wenig sicher wie wir. Es tut mir Leid, dass ich das nicht anerkennen wollte.«

Nachdem sich der Quäker zurückgezogen hatte, versorgte

der Jesuit seinen kranken Freund. Da der Wundarzt ruhig schlief, entschied sich Jeremy, ihn für kurze Zeit zu verlassen, um nach seinen Schutzbefohlenen zu sehen. Er nahm sich vor, so schnell wie möglich zum Newgate zurückzukehren, doch er kam in den Straßen nur langsam voran und fühlte sich zutiefst erschöpft, als er Moorfields endlich erreichte. Die Lage der Katholiken hatte sich weiter verschlechtert. Die Zahl der Flüchtlinge, die sich auf den Feldern einrichteten, wuchs, und es gab weder Wasser noch Nahrung.

Jeremy setzte sich zu seinen Leuten und sprach ihnen Mut zu. Doch es fiel ihm schwer, sich aufrecht zu halten. Müdigkeit lähmte seine Muskeln, er verspürte noch immer Übelkeit, und sein Kopf schmerzte so sehr, dass er es kaum ertragen konnte. Schließlich lehnte er sich an einen Baum und schloss die Augen, nur um für einen Moment auszuruhen.

Die menschlichen Stimmen um ihn herum vermischten sich zu einem unverständlichen Brausen, das seinen Kopf erfüllte. »... wir haben alles verloren, unser Haus, die Möbel, das Geschirr, das Weißzeug ...« – »Waren im Wert von über hundert Pfund, alles verbrannt ...« – »... meine Kinder, ich habe meine Kinder in dem Gewühl verloren ...« – »... das Gildehaus der Kaufleute ist vernichtet ... das Gold- und Silbergeschirr zerstört ...« – »... der Feuersturm hat die ganze Paternoster Row in Schutt und Asche gelegt ... St. Paul's ist nun an drei Seiten von Flammen umgeben. Bald wird die Kathedrale eingeschlossen sein ...« – »... das Ludgate brennt lichterloh ... nicht einmal die Stadtmauern können den Brand aufhalten ...« – »Christ Church ist ein Raub der Flammen ...« – »Es sind doch noch Menschen im Stadtkern ... sie sind verloren ... das Feuer hat das letzte Tor erreicht ...«

Jeremy riss die Augen auf. Es dauerte eine Weile, bevor es ihm gelang, die Müdigkeit abzuschütteln, die seinen Körper lähmte.

War er eingeschlafen? Prüfend wandte er den Blick zum Himmel, um anhand des Sonnenstands festzustellen, wie spät es war, doch das Tagesgestirn war hinter dem dichten Rauch verschwunden, der sich immer weiter ausbreitete. Verwirrt wandte sich der Jesuit an die Irin, die mit ihrem Kind neben ihm auf der Erde saß: »Wie spät ist es?«

Sie zuckte die Schultern und antwortete vage: »Ich weiß nicht genau. Später Nachmittag. Ihr habt lange geschlafen. Ich habe versucht, Euch zu wecken, aber ohne Erfolg.«

Jeremy setzte sich auf und rieb sich die Stirn. Seine Kopfschmerzen hatten nachgelassen, aber seine Brust tat ihm bei jeder Bewegung weh. Er versuchte, sich an die Satzfetzen zu erinnern, die er vor dem Erwachen mit angehört hatte. Die Paternoster Row war ausgebrannt? Dann war Alans Haus zerstört! Aber dies bedeutete auch, dass sich das Feuer dem Newgate näherte …

Plötzlich machte Jeremys Herz einen schmerzhaften Sprung. »Ich hörte, wie jemand sagte, der Brand habe das letzte Tor erreicht. Was bedeutet das?«, fragte er die Katholiken, die um ihn herumsaßen.

»Das Newgate!«, antwortete die Irin. »Die Neuankömmlinge sagen, dass das Feuer den Newgate-Markt zerstört hat und nun auf das Tor zurast.«

Ein schrecklicher Schmerz durchfuhr Jeremys Glieder. Hastig sprang er auf die Beine und geriet ins Wanken, als ihm schwarz vor Augen wurde. Doch er hielt sich aufrecht, machte ein paar tiefe Atemzüge und zwang seinen Körper, ihm zu gehorchen. Ohne ein Wort der Erklärung eilte er zwischen den Menschen hindurch in Richtung des Newgate, getrieben von der Angst um Alan, die wie eine Peitsche auf ihn einschlug.

Nach nur wenigen Stunden Schlaf während der Nacht hatte sich Breandán bei Anbruch der Morgendämmerung erneut dem Bruder des Königs mit seiner Garde angeschlossen. Man hatte Arbeiter mit ihren Werkzeugen aus den benachbarten Grafschaften kommen lassen, die helfen sollten, am Ufer des Fleet-Flusses eine Feuerschneise zu reißen. Der Herzog von York selbst überwachte die Arbeiten, feuerte die Leute an, machte ihnen Mut und packte immer wieder mit eigenen Händen an, was ihm mehr und mehr Bewunderung unter den Menschen einbrachte. Seeleute von der Flotte und Dockarbeiter brachten Fässer mit Schießpulver herbei und begannen auf Befehl des Königs, Häuser in die Luft zu sprengen. Doch noch immer blies der heftige Ostwind und trug die Funken über die Feuerschneisen hinweg zur nächsten Häuserzeile.

Breandán sprang vom Pferd und reihte sich bei den Soldaten, Seeleuten und Bürgern ein, die rasch eine Eimerkette bildeten, um den aufflackernden Brand zu löschen, bevor er sich ausbreiten konnte. Als er den Ledereimer aus der Hand seines Nachbarn zur Rechten entgegennahm, der in Samt und Spitzen gekleidet war, sah er zu seiner Verblüffung in das rußgeschwärzte Gesicht des Königs. Charles lächelte, als er Breandáns verwunderten Blick bemerkte.

»Ihr habt Eurem König wohl nicht zugetraut, dass er sich die Hände schmutzig machen würde!«, spöttelte der Monarch. »Aber zuweilen ist es unumgänglich, ein gutes Beispiel zu geben.«

Breandán war so beeindruckt, dass ihm die Worte fehlten. Bisher hatte er dem vergnügungssüchtigen Stuartkönig nur leise Verachtung entgegengebracht, doch in diesem Moment flößte Charles ihm aufrichtigen Respekt ein. Der Einsatz des Monarchen spornte ihn dazu an, seine letzten Kräfte zur Rettung dieser Stadt einzusetzen, die ihm im Grunde nichts bedeutete.

Als das Feuer an dieser Stelle gelöscht war, schwang sich Charles wieder auf sein Pferd und ritt zwischen den Männern hindurch, die an der Schneise arbeiteten, feuerte sie zu größerer Anstrengung an und verteilte Goldguineen, die er in einer großen Ledertasche über der Schulter trug. Breandán beobachtete ihn einen Moment voller Achtung, bevor er Leipreachán bestieg und sich erneut dem Herzog von York anschloss.

Die Arbeit an der Feuerschneise, die von der Themse bis zur Holborn-Brücke reichte, war beinahe abgeschlossen. Doch plötzlich ertönte der Ruf, dass einige Häuser nahe des Salisbury Court mehrere Straßen entfernt in Brand geraten seien. In kürzester Zeit waren der Bruder des Königs und seine Garde vom Feuer umgeben und mussten die Flucht ergreifen. Atemlos und in Schweiß gebadet, zügelten sie ihre vor Angst fast toll gewordenen Pferde auf der Fleet Street an der Ecke zur Fetter Lane.

»Das war knapp!«, stieß James keuchend hervor. »Dieser verfluchte Ostwind! Er treibt die Funken einfach über die Feuerbresche hinweg, egal, wie breit sie ist.«

Lord Craven kam ihnen von der Holborn-Brücke entgegen.

»Wie sieht die Lage im Norden der Stadt aus?«, fragte der Bruder des Königs.

»Der Brand breitet sich unaufhaltsam aus, Euer Hoheit«, antwortete Craven. »Die Flammen haben bereits das Newgate erreicht. Es wird nicht mehr lange dauern, bis sie an der Holborn-Brücke sind. Wenn das Feuer den Fleet überspringt, weiß ich nicht, wie wir es noch aufhalten sollen!«

»Dann sorgt dafür, dass es nicht so weit kommt, Mylord! Lasst Eure Leute bis zum Umfallen arbeiten. Wir müssen den Brand eindämmen, hört Ihr! Sonst ist Whitehall verloren!«

Lord Craven nickte und machte sich auf den Weg zu seinem Posten an der Holborn-Brücke.

»Was ist denn mit Euch, Sir? Ihr seid ja totenbleich!«, bemerkte der Herzog von York nach einem Blick in Breandáns Gesicht.

»Das Newgate ...«, stammelte der Ire. »Verzeiht mir, Euer Hoheit, aber ich muss fort!«

Ohne James' Antwort abzuwarten, riss Breandán seinen Hengst herum und trieb ihn zum Galopp. Je weiter er sich der Stadtmauer näherte, desto schwieriger war das Durchkommen. Karren, Pferde, Lastenträger und Flüchtlinge strömten ihm in den Gassen entgegen. Rücksichtslos lenkte der Ire Leipreachán durch die Menschenmassen und ließ den Rappen auch hin und wieder steigen, um sich Platz zu verschaffen. Als er das Ende des Snow Hill erreichte, riss der Strom der Fliehenden ab. Vor ihm erhob sich das Newgate, umgeben von einem Flammenmeer. Kupferrot brach das Feuer aus den Fenstern der oberen Stockwerke, illuminierte die Zinnen der beiden sechseckigen Türme und stieg gleißend in den von schwarzem Rauch bedeckten Himmel auf.

Für einen Moment war Breandán wie vom Donner gerührt. Er war zu spät gekommen! Sein Herz begann wie rasend zu schlagen. Er sprang vom Pferd und packte einen vorbeieilenden Jüngling am Arm.

»Was ist mit den Gefangenen?«, schrie er den Jungen an, der sich seinem Griff zu entwinden versuchte. »Hat man sie fortgeschafft?«

»Man hat versucht, die Häftlinge ins Clink zu treiben. Aber die meisten sind den Wächtern dabei abgehauen.«

»Und die Kranken und Schwachen, die nicht gehen können?«, fragte Breandán.

»Riecht Ihr nicht den Gestank von verbranntem Fleisch?«, erwiderte der Jüngling sarkastisch. »Die werden gerade bei lebendigem Leib geröstet!«

Breandán ließ den Jungen los, und dieser machte sich erleichtert davon. Der Ire starrte entsetzt auf das brennende Torhaus. Befand sich Meister Ridgeway noch im Inneren des Gefängnisses ... geschwächt vom Fieber ... hilflos dem Feuer ausgesetzt, das keine Spur von ihm zurücklassen würde? Die Hand fest am Zügel seines Pferdes, zwang Breandán es näher an das Tor heran. Die Tür zur Pförtnerloge stand offen. Vielleicht war das Feuer noch nicht bis in alle Abteilungen vorgedrungen, vielleicht blieb noch eine Chance, Meister Ridgeway herauszuholen. Doch die Hitze, die Breandán entgegenschlug, je weiter er sich dem brennenden Tor näherte, wurde unerträglich. Funken versengten sein Haar und seine Kleidung, röteten seine Haut. Das Atmen fiel ihm schwer. Leipreachán warf wild den Kopf auf und begann, sich wie toll gegen seinen Herrn zu wehren. Mit einem kraftvollen Ruck riss der Hengst Breandán beinahe von den Beinen und zerrte ihn vom Feuer weg. Da sah der Ire ein, dass es keinen Sinn hatte. Wer immer sich noch im Newgate befand, war längst erstickt oder verbrannt. Der Geruch nach verkohltem Fleisch lag nur zu deutlich in der raucherfüllten Luft. Plötzlich stieg Übelkeit in Breandán auf, und er musste sich übergeben.

Eine ganze Weile blieb er wie angewurzelt stehen und sah zu, wie die Flammen, die durch die Fenster des Torhauses drangen, immer höher schlugen. Er brachte es nicht übers Herz, den verhängnisvollen Ort zu verlassen. Breandán hatte Alan Ridgeway wilde Eifersucht entgegengebracht, fast sogar Hass, aber er hatte ihm nicht den Tod gewünscht.

Sein Magen krampfte sich zusammen, als der Gedanke an Amoret in sein Bewusstsein drang. Es würde ein schwerer Schlag für sie sein, wenn sie erfuhr, dass das Newgate ausgebrannt und Meister Ridgeway vermutlich in den Flammen umgekommen war. Es war besser, sie hörte es von ihm als von einem Dienstboten. Breandán schwang sich in Leipreacháns Sattel und nahm die Zügel auf. Der Hengst war froh, endlich der Hitze zu entkommen, und fiel bereitwillig in Galopp.

Um zum Hartford House zu kommen, musste der Ire einen Umweg einschlagen. Als er schließlich dort eintraf, nahm ein

Stallknecht den Rappen pflichteifrig in Empfang und brachte ihn in den Stall. Vor dem Portal zögerte Breandán. Es missfiel ihm, der Überbringer solch erschütternder Nachrichten zu sein. Doch er wusste, dass er keine andere Wahl hatte.

Er fand Amoret in ihrem Schlafgemach. Sie stand am Fenster und sah zum glutroten Horizont hinüber, von dem der Rauch in immer gewaltigeren schwarzen Wolken aufstieg.

»Amoret«, sagte Breandán leise.

Sie wandte sich um und lächelte, glücklich, ihn zu sehen. »Ich habe schon nicht mehr zu hoffen gewagt, dass du zu mir kommen würdest.« Schüchtern trat sie näher. »Ich wollte dich nicht verletzen. Bitte glaub mir, Breandán.«

Er legte die Handflächen auf ihre Arme und sah sie eine Weile stumm an. Ihr Blick glitt fragend über sein Gesicht, dessen düsterer Ausdruck Schlimmes verhieß.

»Was ist geschehen?«

Breandán holte tief Luft, bevor er antwortete: »Amoret, es tut mir so Leid ... das Newgate ... es ist zerstört.«

Ihre Augen weiteten sich entsetzt. »Zerstört? Aber ... man hat doch die Gefangenen gerettet, oder?«

Der Ire schüttelte leicht den Kopf. »Nur einige von denen, die kräftig genug waren zu gehen. Ich glaube nicht, dass Meister Ridgeway darunter war.«

»Nein ... das kann nicht sein ...«, hauchte sie. Mehr brachte sie nicht heraus. Ein Schluchzen schnürte ihr die Kehle zu.

Breandán beobachtete sie hilflos. Ihre Trauer um seinen Rivalen schmerzte ihn, aber er verspürte angesichts seines Todes keinerlei Triumph. Ohne Groll trat er zu Amoret und nahm sie in die Arme. Tränen rannen ihr über das Gesicht, und ihr Körper wurde von tiefen Schluchzern geschüttelt. Es dauerte lange, bis sie sich ein wenig beruhigt hatte. Als sich ihre Gedanken zu klären begannen, hob sie plötzlich den Kopf und suchte Breandáns Blick.

»Was ist mit Pater Blackshaw?«

Er runzelte fragend die Stirn.

»Pater Blackshaw war fast die ganze Zeit über bei Meister Ridgeway«, fuhr sie fort. »Er hätte doch nie zugelassen, dass ihm etwas zustößt. Er hat bestimmt einen Weg gefunden, ihn herauszuholen, bevor das Gefängnis in Brand geriet.«

»Ja, vielleicht«, antwortete Breandán zögernd. Er brachte es in diesem Moment nicht über sich, ihr zu sagen, was mit dem Jesuiten geschehen war.

»Aber wo sind sie jetzt?« Amoret löste sich von Breandán und sah ihn kampfbereit an. »Wir müssen sie suchen!« Sie wollte an ihm vorbeistürmen, doch er packte sie am Arm und hielt sie fest.

»Sieh doch hinaus! Die Dämmerung bricht schon herein. Bald ist es dunkel. Wie willst du sie da zwischen all den Flüchtlingen finden?«

»Seit Tagen gibt es in dieser Stadt keine Dunkelheit mehr, Breandán!«, erwiderte Amoret gereizt. »Das Feuer, das sie verzehrt, erleuchtet alles wie eine höllische Sonne!« Sie nahm beschwörend seine Hände. »Bitte hilf mir, Pater Blackshaw und Meister Ridgeway zu finden. Sie sind irgendwo da draußen. Ich weiß es!«

»Ich werde dir helfen. Morgen früh! Sei vernünftig. Heute Abend hat es keinen Sinn mehr.«

»Aber sie könnten verletzt sein. Sie brauchen unsere Hilfe!«

Doch er sprach so lange eindringlich auf sie ein, bis sie nachgab.

»Ruh dich ein bisschen aus«, beschwor er sie. »Ich wecke dich, sobald der Morgen dämmert.«

Als Jeremy völlig außer Atem das Newgate erreichte, züngelten die Flammen gerade die Außenmauern des Tores hinauf. Für einen Moment musste er sich an einer Hauswand abstützen, um Luft zu schöpfen.

Vor der Tür zur Pförtnerloge standen der Kerkermeister und einige Schließer und diskutierten.

Noch immer keuchend, näherte sich der Jesuit und wandte sich an einen der Wachleute: »Sind die Gefangenen noch da drin?«

Die Frage erübrigte sich. Aus den Kerkern war deutlich das Schreien und Heulen der Eingeschlossenen zu hören, das sogar das Sturmbrausen der Flammen übertönte.

»Ihr könnt sie doch nicht verbrennen lassen!«, rief Jeremy entsetzt.

»Wir haben einen Teil von ihnen ins Clink gebracht«, antwortete der Schließer ungerührt. »Dabei haben sich einige von den Bastarden aus dem Staub gemacht. Nun warten wir auf Verstärkung durch die Garde.«

Jeremy traute seinen Ohren nicht. »Das Feuer hat schon die Fenster erreicht! Ihr müsst die Unglücklichen jetzt sofort herauslassen, sonst ist es zu spät!«

Der Wächter zuckte nur die Schultern. Jeremy sah ein, dass er hier auf Granit stieß, und suchte unter den Umstehenden nach dem Kerkermeister. Einer der Männer trug feinere Kleidung als die anderen und spielte nervös mit einem dicken Schlüsselbund. Ohne zu zögern trat Jeremy auf ihn zu.

»Ihr seid der Kerkermeister?«

»Ja, was wollt Ihr?«

»Wenn Ihr die Gefangenen nicht auf der Stelle befreit, wird Euer Kerker zu einer Totengruft.«

»Wir warten auf die Garde.«

»Sie wird nicht mehr rechtzeitig kommen«, schrie Jeremy, der mit seiner Geduld am Ende war. »Ihr werdet diese Menschen auf dem Gewissen haben, wenn Ihr nicht augenblicklich diese Tür aufschließt.«

»Seid Ihr verrückt?«, empörte sich der Kerkermeister. »Es

sind Diebe und Mörder darunter. Wir haben keine Möglichkeit, sie in Schach zu halten.«

»Und wie viele von den armen Teufeln haben keine andere Sünde begangen, als sich zu verschulden? Wenn Ihr sie in den Flammen sterben lasst, seid Ihr ein Mörder, der beim Jüngsten Gericht seine gerechte Strafe erhalten wird!«

Verunsichert sah sich der Kerkermeister um, in der Hoffnung, dass die Garde, die er erwartete, doch noch auftauchen würde. Doch sie kam nicht.

»Also gut, aber ich lasse nur die Schuldner raus. Die Verbrecher müssen bleiben!«

Er trat zur Tür der Pförtnerloge und schloss auf. Jeremy nutzte die Gelegenheit, um sich gegen die Tür zu werfen, die mit einem Krachen gegen die Wand flog, und ins Innere zu schlüpfen.

Sofort strömte eine Flutwelle von Gefangenen heran und stürzte zur Tür. Der Kerkermeister und die Schließer wurden von den Fliehenden einfach zur Seite geschwemmt, und der ein oder andere von ihnen erhielt von einem Häftling, der sich für die schlechte Behandlung revanchieren wollte, im Vorbeieilen einen Fausthieb ins Gesicht oder einen Fußtritt.

Jeremy musste sich an die Wand pressen, um von den Menschen nicht mitgerissen zu werden. Mühsam kämpfte er sich zum Steinverlies vor, wo er auf die Quäker traf, die sich den anderen Gefangenen angeschlossen hatten und sich in Richtung des rettenden Ausgangs drängten. George Grey entdeckte Jeremy im Gewühl und ergriff seinen Arm.

»Ich wusste, dass du wiederkommen würdest, um deinen Freund zu holen!«

»Schnell, bringt Eure Brüder und Schwestern in Sicherheit!«, drängte Jeremy. »Niemand wird euch aufhalten. Ihr seid frei! Ich kümmere mich um Alan. Und danke für alles.«

»Ich danke dir! Ohne deine Großzügigkeit wären einige von uns längst verhungert.«

»Geht jetzt!«, rief Jeremy und schob sich zur Treppe vor.

Dort strömten die Gefangenen aus den Abteilungen der oberen Stockwerke herunter. Ihre Ketten, die sie hinter sich herschleiften, verursachten einen ohrenbetäubenden Lärm. Der Jesuit musste warten, bis der Strom der Flüchtenden abriss, bevor er überhaupt einen Fuß auf die Treppe setzen konnte. Schließlich drängte er sich rücksichtslos zwischen den Nachzüglern hindurch in den ersten Stock und stieg dann in den zweiten hinauf.

Alan lag halb aufgerichtet auf seinem Bett und blickte benommen um sich. Offenbar hatte ihn die Panik der anderen Häftlinge aufgestört, er schien jedoch nicht zu begreifen, was vor sich ging. Jeremy stürzte an seine Seite und half ihm, sich aufzusetzen.

»Alan, hört Ihr mich?«, fragte er beschwörend. »Wir müssen fort!«

Alans Blick begegnete kurz dem seinen, irrte aber sofort wieder ab. »Jeremy ...«, murmelte er schwerfällig.

»Versucht aufzustehen«, bat der Jesuit. Er legte sich Alans Arm um den Nacken und umfasste seine magere Taille. Als der Jesuit seinen Freund jedoch auf die Füße ziehen wollte, gaben Alans Beine nach und knickten kraftlos unter ihm ein. Er war zu schwach, um allein gehen zu können. Jeremy blieb nichts anderes übrig, als ihn zu tragen.

Der Feuersturm wurde zusehends lauter. Schon fauchten einzelne Flammen durch das vergitterte Fenster ins Innere. Herabfallende Funken entzündeten die Decke auf einem der Betten, von der sofort Rauch aufstieg.

Jeremy spürte die Hitze, die den Raum erfüllte, wie den Atem der Hölle auf der Haut. Um seinen Freund vor dem Funkenflug zu schützen, legte er eine Decke um Alans Körper. Dann nahm er alle Kraft zusammen, beugte sich über den Wundarzt und lud ihn sich auf die Schulter. Die Arme um Alans Beine geschlungen, um ihn zu halten, wandte sich Jeremy zur Treppe und begann, vorsichtig die Stufen hinabzusteigen.

Obgleich sein Freund während seiner Krankheit erheblich abgemagert war, wog sein Körper schwer auf der Schulter des Priesters und brachte ihn ein paarmal beinahe zu Fall. Das Gefängnis füllte sich allmählich mit beißendem Rauch. Jeremys gebrochene Rippe schmerzte bei jedem Atemzug, und seine Beine begannen unter der Anstrengung zu zittern.

Im ersten Stock angekommen, musste er innehalten und Alan auf den Stufen absetzen, weil ihm schwarz vor Augen wurde.

Ich schaffe es nicht, dachte er. Verzweiflung überkam ihn. Der Rauch reizte ihn zum Husten, und die Erschütterung schickte einen glühenden Schmerz durch seine Brust. Wieder stieg eine schwarze Wand vor Jeremys Augen auf. Mit aller Kraft kämpfte er gegen die Ohnmacht an.

»Alan, es tut mir Leid …«, keuchte er, nach Atem ringend.

Mit einem Mal sah Jeremy den Blick des Wundarztes auf sich gerichtet. Er hatte den Eindruck, als bitte Alan seinen Freund, ihn zurückzulassen und sich selbst zu retten. Doch Jeremy schüttelte störrisch den Kopf.

»Nein … lieber sterbe ich hier mit Euch …«

Die Zähne fest zusammengebissen, raffte sich der Priester auf und legte sich erneut den schlaffen Körper seines Freundes über die Schulter. Doch er schaffte nur ein Dutzend Stufen, bevor seine Muskeln ihm den Dienst versagten und er ein weiteres Mal anhalten musste.

Hilf mir, gnädiger Gott!, bat er flehentlich.

Plötzlich tauchte zwischen den Rauchschwaden eine undeutliche Gestalt auf. Erst als sie näher trat, erkannte Jeremy den Quäker George Grey.

»Ich war beunruhigt, als ich euch nicht herauskommen sah«,

erklärte er, während er sich zu Jeremy hinabbeugte. »Komm, ich helfe dir. Nimm seine Beine, ich nehme ihn unter den Armen.«

Der Jesuit bekam kein Wort mehr heraus und nickte nur. Gemeinsam wickelten sie Alan in die Decke und hoben ihn hoch. Der Weg über die Treppe nach unten war mühsam, und einige Male kam Jeremy ins Stolpern, doch er hielt sich eisern aufrecht. Bald hatten sie die große Halle erreicht, durchquerten sie und gelangten durch die Pförtnerloge ins Freie.

Das Feuer leckte bereits über die Stadtmauer. Nicht weit entfernt brannte das Sitzungshaus am Old Bailey lichterloh.

Der Jesuit und der Quäker trugen den Kranken die Giltspur Street entlang und am Pie Corner vorbei zum Marktplatz von Smithfield. Immer wieder mussten sie anhalten, weil Jeremy die Kräfte verließen, und seine Beine unter ihm nachgaben.

Auf dem offenen Gelände, wo gewöhnlich Vieh und Pferde in großer Anzahl verkauft wurden, hatten sich wie auf den anderen Feldern im Norden und Süden der Stadt Flüchtlinge mit ihrem Hab und Gut niedergelassen. Als sie nach einigem Suchen noch ein freies Plätzchen gefunden hatten, legten Jeremy und George Grey ihre Last behutsam auf die Erde. Der Jesuit schlang die Decke enger um Alans Füße und seine an den Rumpf gelegten Arme, damit niemand sah, dass er Ketten trug. Zu Tode erschöpft ließ sich Jeremy schließlich an der Seite seines Freundes zu Boden gleiten.

»Ich danke Euch für Eure Hilfe«, sagte er und reichte Grey die Hand. Der Quäker drückte sie herzlich.

»Es war mir eine Ehre. Vielleicht sehen wir uns einmal unter anderen, weniger ›schwierigen‹ Umständen wieder.«

Er hob zum Abschied die Hand und verschwand in der Menge.

Neununddreißigstes Kapitel

Voller Wehmut betrachtete Breandán die schlafende Amoret. Es hatte lange gedauert, bis sie endlich ein wenig Ruhe gefunden hatte. Die Sorge um ihre Freunde hatte sie die halbe Nacht wach gehalten, und selbst als der Schlaf sie schließlich übermannte, zuckten ihre Glieder unruhig, und sie wimmerte einige Male wie ein verängstigtes Kind.

Breandáns Eifersucht auf Alan verwandelte sich in Schmerz. Er wurde sich bewusst, wie sehr er Amoret liebte. Er wollte um sie kämpfen, sie zurückgewinnen! Aber wie maß man sich mit einem Toten, den man nicht mehr herausfordern konnte, der jedoch stets einen Platz in Amorets Erinnerung haben würde?

Breandán streckte die Hand aus und streichelte sanft die Wange der jungen Frau. Amoret zuckte zusammen und schlug die Augen auf. Für einen Moment sah sie ihn mit einem zärtlichen Ausdruck an, der jedoch rasch tiefer Betroffenheit wich, als sie sich der Geschehnisse des vergangenen Tages bewusst wurde.

»Die Dämmerung hat eingesetzt«, klärte Breandán sie auf.

Sie nickte, erhob sich von dem Rollbett, auf dem sie geschlafen hatte, und begann, sich anzuziehen, ohne nach ihrer Zofe zu rufen. Breandán half ihr, die Verschlüsse des schmucklosen Bürgerfrauenkleides zu schließen.

Am Abend zuvor hatte Amoret einen Laufburschen zu Sir Orlando Trelawney geschickt, um nachzufragen, ob sich Dr. Fauconer dort befand. Der Richter war entsetzt, als er von der Zerstörung des Newgate erfuhr, und bedauerte, dass er weder von Fauconer noch von dem Wundarzt gehört habe.

»Wir nehmen William und Jim mit«, entschied Amoret. »Die beiden kennen sowohl Pater Blackshaw als auch Meister Ridgeway.«

»Mit der Kutsche werden wir nicht durchkommen«, gab der Ire zu bedenken. »Wir sollten reiten.«

»Aber Meister Ridgeway ist krank! Er wird sich auf einem Pferd nicht halten können.« Sie dachte kurz nach. »Wir nehmen die Sänfte. Darin können wir ihn transportieren.«

Breandán wagte nicht, ihre Hoffnung zu trüben. Sie war so unerschütterlich davon überzeugt, dass sie ihre beiden Freunde lebend wiederfinden würden, dass sie die Möglichkeit, ihnen könnte etwas zugestoßen sein, gar nicht erst in Betracht zog.

Die Pferde waren schnell gesattelt. Zwei der Lakaien legten sich Trageriemen über die Schultern und befestigten diese an den weit vorstehenden Stangen der Sänfte. Breandán schwang sich auf Leipreacháns Rücken, und Amoret ließ sich im Damensitz auf eine Stute heben, die sie zuweilen im St. James's Park ritt.

»Wo sollen wir anfangen zu suchen?«, fragte sie unsicher.

»Nun, ich nehme an, Pater Blackshaw wird sich an einen Ort geflüchtet haben, an dem man vor dem Feuer sicher ist. Die meisten Leute haben sich auf den Feldern von St. Giles und Moorfields niedergelassen.«

»Das ist ziemlich weit entfernt vom Newgate.«

»Du hast Recht. Die dem Gefängnis am nächsten gelegene, freie Fläche ist Smithfield. Versuchen wir es zuerst da!«, schlug Breandán vor.

Auf dem Marktplatz drängten sich die Flüchtlinge so eng zusammen, dass Amoret und ihr Begleiter absteigen mussten. Sie ließen die Pferde bei den Lakaien zurück, die die Sänfte getragen hatten, und verteilten sich mit William und Jim auf dem Platz.

Amoret sah aufmerksam in jedes Gesicht, während sie langsam durch die Menschenmenge schritt. Es waren ihrer so viele, und jedes einzelne drückte ein ähnliches Leid aus: Trauer, Hunger, Verzweiflung ... Die Flüchtlinge waren wie gelähmt, unfähig, zu begreifen, weshalb dieses grausame Schicksal über sie gekommen war. Keiner von ihnen bat um Hilfe. Es war, als wenn sie jegliche Hoffnung verloren hätten, als wenn nichts sie zu retten vermochte.

Hin und wieder lag auch einmal ein Toter zwischen den Obdachlosen, ein armer Teufel, der die Panik vor dem Feuer oder die Anstrengung der Flucht nicht überlebt hatte. Mit zitternden Händen überwand sich Amoret, den Sack oder das Laken anzuheben, mit dem man die Leiche zugedeckt hatte, um in ihr Gesicht zu sehen. Es waren Junge und Alte darunter, zuweilen auch Kinder. Es war herzzerreißend!

Plötzlich fiel Amorets Blick auf zwei Männer, die eng nebeneinander lagen. Der eine hatte den Arm schützend über die Brust des anderen gelegt, als wolle er ihn selbst im Schlaf festhalten. Die junge Frau trat näher und sah auf sie hinab. Ihr Herz weitete sich vor Erleichterung, als sie Jeremy und Alan erkannte.

Erregt winkte sie den anderen zu und fiel dann an der Seite des Jesuiten auf die Knie. Da er sich nicht rührte, drückte sie energisch seine Schulter. Er fuhr zusammen und drehte den Kopf.

»Madam ... aber wie kommt Ihr hierher ...?«, stammelte er. Doch er wartete ihre Antwort nicht ab, sondern wandte sich voller Sorge Alan zu, der mit geschlossenen Augen dalag. Amoret sah, dass seine Hand zitterte, während er sie auf die Brust seines Freundes legte, um nach dem Herzschlag zu suchen.

Mit einem Seufzen verkündete Jeremy schließlich: »Der Jungfrau sei Dank. Er lebt!«

»Und Ihr?«, fragte Amoret mit einem betroffenen Blick in sein abgehärmtes Gesicht. Er schien ihr um Jahre gealtert. »Seid Ihr verletzt?«

Er lächelte schwach. »Das ist nicht der Rede wert, Madam.«

Breandán beugte sich zu dem Jesuiten hinab und half ihm beim Aufstehen. Jeremys Züge verzerrten sich vor Schmerzen.

»Ich stütze Euch lieber«, sagte der Ire bestimmt.

William und Jim hoben den besinnungslosen Alan hoch und trugen ihn zur Sänfte. Nachdem sie ihn hineingesetzt hatten, befestigten sie seinen Oberkörper mit einem Riemen an der Rücklehne, damit er nicht zusammensank.

Breandán half Jeremy in den Sattel seines Hengstes und führte Leipreachán am Zügel. Auf dem Weg zum Hartford House lenkte Amoret ihre Stute neben den Rappen und sah zu dem Priester hinüber, der sich nur mühsam auf dem Pferderücken hielt. Als sie den roten Striemen um seinen Hals bemerkte, zog sie scharf die Luft ein und fragte entsetzt: »Was hat man Euch angetan?«

Jeremy wandte den Kopf und ergriff beschwichtigend ihre Hand. »Hat Breandán es Euch nicht erzählt? Ein paar übereifrige Bürger wollten mich hängen, als sie bemerkten, dass ich katholischer Priester bin. Breandán hat mich gerettet.«

»Aber das ist nicht alles, oder?«, fragte Amoret erschüttert. »Ich sehe doch die Blutergüsse auf Eurem Gesicht. Man hat Euch geschlagen!«

»Ich werde es überleben, Mylady. Es ist nur eine kleine Beule und eine gebrochene Rippe.«

Im Innenhof von Hartford House angekommen, ließ sich der Jesuit vorsichtig vom Pferd gleiten. Breandán stützte ihn fürsorglich, während Amoret ihre Diener überwachte, die Alan aus der Sänfte hoben und zum Haus trugen.

»Bringt ihn in das rote Gemach!«, befahl sie.

William und Jim legten den Kranken auf das Baldachinbett, dessen Vorhänge man entfernt hatte, das aber nach wie vor mit sauberer Wäsche überzogen war. Es war das einzige Bett, das Amoret glücklicherweise nicht nach Hampton Court hatte schaffen lassen und das nun als Krankenlager dienen würde.

Jeremy setzte sich an Alans Seite auf den Bettrand und begann, seinen Freund zu untersuchen, während Amoret den Dienern die Anweisung gab, einen Waschzuber und warmes Wasser zu holen.

»Bringt saubere Laken und Tücher!« An ihre Zofe gewandt, sagte Amoret: »Geh in die Küche und bestell dem Koch, dass er eine Hühnerbrühe machen soll. Sieh nach, ob noch Milch da ist, wenn nicht, bring Dünnbier oder Wein her.«

Mit besorgter Miene trat Amoret neben den Priester und sah in das ausgemergelte Gesicht des Wundarztes, das von einem verfilzten Bart überwuchert war. Die Augen lagen tief in den Höhlen und waren von dunklen Schatten umgeben.

»Wie steht es um ihn? Er sieht so schrecklich mager aus«, fragte Amoret schmerzlich.

»Das sind die Folgen der Krankheit. Sie zehrt das Fleisch des Körpers auf. Aber das Fieber ist weiter gesunken. Ein gutes Zeichen!«

»So können wir ihn aber nicht baden. Jemand muss ihm die Ketten abnehmen.«

Amoret schickte William zu den Ställen, um Werkzeug zu holen. Als er kurz darauf mit dem Verlangten zurückkehrte, hoben er, Jim und Breandán den Wundarzt behutsam vom Bett und legten ihn auf den Boden. Ein flacher Stein sollte als Unterlage dienen. William platzierte Alans rechtes Handgelenk auf dem Stein, wählte unter dem Werkzeug einen mittelgroßen Hammer aus und wog ihn prüfend in der Hand. Schließlich hob er unsicher den Blick und sagte: »Ich habe Angst, ihn zu verletzen. Wenn ich nun danebenschlage!«

Nach kurzem Zögern trat Breandán vor und nahm dem Diener den Hammer aus der Hand. »Überlasst das mir. Ich weiß leider nur zu gut, wie man das macht. Ich habe es oft genug gesehen.«

Der Ire kniete sich neben Alan, hielt die Handschelle an ihren Platz und begann, sie mit sicheren Hammerschlägen zu bearbeiten. Als sie die richtige Form hatte, zog er sie über die Hand des Wundarztes und wandte sich dann der Linken zu. Eine Weile später hatte er Alan vollständig von den Ketten befreit.

»Bring sie weg!«, befahl Amoret dem Diener mit einem angewiderten Blick auf die Eisen. »Ich will diese Folterwerkzeuge nicht mehr sehen!«

Nachdem sie dem Kranken die Kleider ausgezogen hatten, hoben sie ihn mit vereinten Kräften in den Badezuber, der mit einem Laken ausgelegt worden war. Ohne sich Gedanken um Sitte und Anstand zu machen, begann Amoret mit Armandes Hilfe, Alan zu waschen, während William ihm den Bart abnahm. Erst jetzt, da er nackt war, wurde die Abgezehrtheit seines Körpers in ihrer ganzen erschreckenden Deutlichkeit offenbar. An Alans Brust spannte sich die Haut dünn über die Rippen, sein Bauch war eingefallen, das Fettpolster an Taille und Hüfte restlos aufgezehrt. Amoret war so erschüttert, dass sie unaufhörlich Tränen über ihr Gesicht rinnen spürte, während sie Alan wusch. Einmal begegnete sie Breandáns Blick, der sie mit einem Gemisch aus Zorn und Schmerz beobachtete. Doch im Augenblick war sie nicht fähig, auf seine Gefühle Rücksicht zu nehmen.

Nachdem der Kranke abgetrocknet worden war, legten William und Jim ihn ins Bett und deckten ihn zu. Amoret überließ es Armande, ihm warme Hühnerbrühe einzuflößen, und wandte sich Jeremy zu, der auf einem Stuhl sitzend der Versorgung seines Freundes zugesehen hatte.

»Auch Ihr braucht Pflege, Pater. Eure Verletzungen müssen verbunden werden«, sagte sie bestimmt. »Breandán, würdest du ihm aus seinen Kleidern helfen«, bat sie den Iren, in dem Wissen, dass Jeremy ihr dies nie gestatten würde.

Der Ire führte den Jesuiten in das anliegende Kabinett. Als er ihn entkleidet hatte, wechselte er den Verband um Jeremys Brustkorb und ließ ihn schließlich in ein Leinennachthemd schlüpfen.

»Ich muss nach meinen Schutzbefohlenen sehen«, protestierte der Priester schwach.

»Ihr müsst jetzt nur eines: Euch ausruhen, sonst werdet Ihr zusammenbrechen«, widersprach Breandán. »Ich kümmere mich um Eure Leute. Amoret hat sicher nichts dagegen, wenn ich sie herbringe.«

Jeremy gab nach. Er hatte tatsächlich nur noch einen Wunsch: die Augen zu schließen und zu schlafen!

Am Morgen des folgenden Tages, als Amoret an Alans Lager wachte, meldete William, dass Sir Orlandos Kutsche vorgefahren sei. Jeremy, der sich auf ihr Bitten hin noch geschont hatte, begann sich nun sofort anzukleiden.

»Er kommt sicher, um sich nach mir zu erkundigen«, sagte er und ging in die Eingangshalle hinunter.

Trelawney war gerade von einem Diener eingelassen worden. Als er den Jesuiten unversehrt auf der Treppe auftauchen sah, breitete sich ein Ausdruck der Erleichterung über sein Gesicht.

»Dem Himmel sei Dank! Ihr seid am Leben. Ich hatte schon das Schlimmste befürchtet!«

Jeremy bat den Richter in den anliegenden Salon.

»Ich bin noch einmal mit dem Leben davongekommen, nicht zuletzt dank der Hilfe eines Quäkers. Aber wie geht es Euch, Mylord? Ich hörte, dass das Feuer bis zur Fetter Lane vorgedrungen sei, nur einen Block von Eurem Haus entfernt.«

»Ja, aber glücklicherweise steht es noch. Nachdem sich gestern der Wind gedreht hat, konnte das Feuer nun endlich eingedämmt werden. Zwar war für einige Zeit der Tower in Gefahr, aber nachdem man eine Reihe von Häusern gesprengt hatte, breiteten sich die Flammen nicht weiter aus. Auch der Temple blieb zum Großteil verschont, dank des Herzogs von York, aber die St. Paul's Kathedrale liegt in Trümmern. London hat aufgehört zu existieren! Zumindest müssen die Flüchtlinge keinen Hunger leiden. Seine Majestät hat die Vorräte an Schiffsproviant aus den Lagerhallen der Flotte an die Menschen verteilen lassen und die Lord Lieutenants der umliegenden Grafschaften angewiesen, unverzüglich Nahrungsmittel in die Stadt zu schicken, damit eine Hungersnot verhindert wird.« Sir Orlando senkte bedrückt den Kopf, bevor er mitfühlend erklärte: »Es tut mir so Leid um Meister Ridgeway, Pater. Als ich hörte, dass das Feuer das Newgate erreicht hatte, war es schon zu spät. Ich hätte sonst alles getan, um ihn in Sicherheit bringen zu lassen.«

»Ich weiß, Mylord.«

»Es ist ein so ungerechtes Ende! Schließlich befand er sich unschuldig im Gefängnis. Ich versichere Euch, dass ich nicht ruhen werde, bis der wahre Mörder entlarvt und Meister Ridgeways Name reingewaschen ist.«

Jeremy wandte unbehaglich den Blick ab. In seinem Innern stritt der Wunsch, Alan zu schützen, mit der Aufrichtigkeit, die er dem Richter schuldete. Nach kurzem Zögern gestand er: »Er ist nicht tot, Mylord. Ich konnte ihn retten.«

Sir Orlando blieb eine Weile stumm, dann lächelte er: »Ich muss sagen, das überrascht mich nicht.«

Die Hände ineinander verschlungen, hob Jeremy den Blick und sah Trelawney bittend an.

»Mylord, ich habe Euch die Wahrheit gesagt, weil wir Freunde sind und ich Euch nicht belügen will. Aber ich kann Euch nur anflehen, Meister Ridgeway nicht ins Gefängnis zurückzuschicken! Er ist noch immer sehr krank. Er braucht ein Bett und Pflege!«

»Das ist mir durchaus bewusst, Pater«, antwortete Sir Orlando mit einer beschwichtigenden Geste. »Die Gefängnisse im Westen der Stadt, die das Feuer verschont hat, sind ohnehin bis zum Bersten überfüllt. In seinem Zustand besteht bei Meister Ridgeway keine Fluchtgefahr. Daher werde ich es vorläufig für mich behalten, dass er überlebt hat. Das gibt uns überdies Zeit, nach dem wahren Mörder zu suchen. Habt Ihr einen Plan, wie wir weiter vorgehen sollten?«

Jeremy nickte. »Bevor diese Katastrophe über uns hereinbrach, sprachen wir über James Draper, erinnert Ihr Euch?«

»Ja, es ging um die Entbindung, die Margaret Laxton im Haus der Drapers durchführte – das es übrigens seit Dienstag nicht mehr gibt. Die Throgmorton Street liegt in Schutt und Asche. Ich habe meinen Verwandten für einige Tage Gastfreundschaft angeboten, bis sie zu ihrem Landsitz in Essex aufbrechen. Wenn Ihr also mit James sprechen wollt, nehme ich Euch gerne mit.«

In der Eingangshalle trafen sie auf Amoret, die eben die Treppe herunterkam, um den Richter zu begrüßen. Als sie sah, dass sich Jeremy anschickte, das Haus zu verlassen, eilte sie beunruhigt zu ihnen.

»Ihr wollt fort?«

»Ja, Mylady, ich muss mit jemandem sprechen, der uns vielleicht helfen kann, Meister Ridgeways Unschuld zu beweisen«, erklärte Jeremy sanft.

»Aber Ihr werdet doch gleich wieder zurückkehren?«, beharrte Amoret. In ihrer Stimme lag ein deutlicher Ton der Sorge.

Der Jesuit lächelte ironisch. »Da Ihr meine Schutzbefohlenen in Euer Haus aufgenommen habt, bleibt mir ja gar nichts anderes übrig.«

Sir Orlando schaltete sich ein: »Ich lasse ihn in meiner Kutsche zurückbringen, Mylady, seid unbesorgt.«

Schweren Herzens ließ Amoret den Priester gehen. Nachdem er in so kurzer Zeit dem Tod mehr als einmal um Haaresbreite entronnen war, wurde sie der Angst um ihn kaum mehr Herr und hätte ihn am liebsten gar nicht mehr weggehen lassen.

Als sich Jeremy und Sir Orlando in der Kutsche des Richters gegenübersaßen, konnte sich Trelawney ein Lächeln nicht verkneifen.

»Sie liebt Euch! Es steht ihr deutlich ins Gesicht geschrieben. Ihr solltet wirklich auf sie hören und Euch schonen, bis Eure Gesundheit wiederhergestellt ist.«

Jeremy hob ergeben die Hände. »Ich weiß. Aber es fällt mir schwer, mich auszuruhen, wenn mir ein Problem unter den Nägeln brennt!«

Im Haus des Richters war es ruhig. Trelawney führte seinen Gast in die Studierstube und trug einem Diener auf, James Draper zu ihnen zu schicken. Der junge Mann wirkte weitaus weniger ausgelassen als früher. Die Zerstörung ihrer Londoner Residenz war für die Familie ein herber Verlust, auch wenn es sie nicht so hart traf wie die meisten Einwohner der Stadt, die sich dem völligen Ruin gegenübersahen.

»Was gibt es denn nun wieder?«, fragte James sarkastisch, als er Jeremy erkannte. »Untersucht Ihr immer noch den mysteriösen Mord an der Hebamme, der vermutlich nichts anderes war als ein Raubüberfall? Ich habe Euch alles gesagt, was ich über die Sache weiß.«

»Dennoch haben wir noch ein paar Fragen an Euch«, erwiderte Jeremy nachdrücklich.

»Werdet Ihr es nicht müde, rechtschaffene Leute mit Fragen zu quälen?«

»Keineswegs! Zumal wir bisher von Euch nur Lügen gehört haben.«

»Was soll das heißen?«

»Inzwischen wissen wir, dass Margaret Laxton tatsächlich eine Entbindung im Haus Eures Vaters durchführte. Eine Magd namens Liz brachte Euer Kind zur Welt. Leugnet Ihr immer noch?«

James starrte Jeremy und Sir Orlando empört an. »Woher wisst Ihr davon? Wer ... ah, ich verstehe! Jane hat alles ausgeplaudert. Das hätte ich mir denken können.«

»Ihr gebt es also zu?«, fragte Trelawney hart.

»Ja, was bleibt mir anderes übrig?«

»Was ist mit der Magd und dem Kind geschehen?«, erkundigte sich Jeremy.

»Mein Vater hat Liz eine Anstellung im Haushalt eines Freundes der Familie besorgt. Soweit ich weiß, geht es ihr gut.«

»Und das Kind?«

»Darum hat sich die Hebamme gekümmert.«

»Ihr wisst also nicht, was aus Eurem eigenen Fleisch und Blut geworden ist?«

James' Gesicht rötete sich vor mühsam beherrschter Wut. »Ein Bastard macht nur Schwierigkeiten. Das wisst Ihr besser als ich, Mylord. Besonders wenn die Mutter eine Magd ist!«

»Ihr seid ein herzloser Mensch!«, entrüstete sich Jeremy. »Wisst Ihr überhaupt, ob Ihr einen Sohn oder eine Tochter habt?«

Der junge Mann presste, ärgerlich über die Zurechtweisung, die Lippen aufeinander. »Es war ein Junge.«

»So Gott will, wird er der einzige Sohn sein, den Ihr je haben werdet«, grollte Jeremy.

»Glaubt Ihr, ich bin der Einzige, der je einen Bastard in die Welt gesetzt hat?«, rief James empört. »Nicht einmal der sittenstrenge Isaac Forbes ist frei von dieser Sünde!«

Jeremy und Sir Orlando sahen ihn mit dem gleichen überraschten Ausdruck an.

»Isaac Forbes? Was redet Ihr da?«, stieß Trelawney ungläubig hervor.

»Niemand weiß davon, aber es ist wahr! Isaac Forbes hatte einen unehelichen Sohn mit der Tochter eines Nachbarn. Sie starb bei der Geburt. Da ihre Familie die Schande nicht ertragen hatte, vertuschte sie alles und führte den Tod des Mädchens auf die Pocken zurück. Forbes nahm das Kind in sein Haus auf und ließ es von einer Magd großziehen.«

»Und weiter?«, fragte Jeremy gespannt.

»Der Junge arbeitete auf Forbes' Landsitz als Stallbursche. Als der Bürgerkrieg ausbrach, folgte er seinem Vater und Samuel in die Parlamentsarmee und fiel in der Schlacht von Naseby.«

»In derselben Schlacht, in der Samuel verwundet wurde?«

»Ja.«

»Wie war der Name des Jungen?«

»Aaron.«

»Woher wisst Ihr das alles? Offenbar hat sich der alte Forbes doch erhebliche Mühe gegeben, die Angelegenheit geheim zu halten«, bemerkte Sir Orlando skeptisch.

»Samuel hat das Geheimnis ausgeplaudert, als er vor einiger Zeit bei einem unserer Treffen ein wenig über den Durst getrunken hatte. Im Nachhinein tat es ihm Leid, und er bat David und mich, es niemandem zu verraten.«

»Ist das alles?«, fragte der Richter.

James nickte. Sir Orlando winkte ihn hinaus, ohne ihm noch einen Blick zu schenken.

»Was haltet Ihr von dieser Geschichte, Pater? Ich habe den

Eindruck, als wollte er damit nur von seinen eigenen Verfehlungen ablenken. James hat mit allen Mitteln versucht, die Existenz seines Kindes zu vertuschen. Vielleicht hat Margaret Laxton Geld verlangt, damit sie die Sache für sich behielt?«, spekulierte Trelawney.

Jeremy hatte sich auf einen Stuhl sinken lassen und verfiel in angestrengtes Nachdenken. Als der Richter bemerkte, dass sein Freund ihm nicht zuhörte, legte er ihm die Hand auf die Schulter.

»Pater, was ist mit Euch?«

Jeremy schrak zusammen und hob den Kopf. »Ich denke, ich werde das Haus der Forbes aufsuchen. Es ist doch vom Feuer verschont geblieben?«

»Ja, aber was wollt Ihr denn da?«

»Ich muss noch einmal mit der Magd Hannah sprechen.«

»Möchtet Ihr, dass ich Euch begleite?«

»Nein, lieber nicht. Als Royalist seid Ihr für den alten Forbes wie ein rotes Tuch. Mir vertraut er, seit ich seinen Enkel geheilt habe. Niemand wird etwas dabei finden, wenn ich mich als Arzt nach der Gesundheit des Kindes erkundige.«

»Dann lasst mich Euch in meiner Kutsche zur Leadenhall Street bringen. Ich werde draußen warten, während Ihr Euren Besuch macht.«

Jeremy willigte ein. Er sollte es nicht bereuen. Zwar war der Brand, der die Stadt zu einem Großteil vernichtet hatte, inzwischen gelöscht, doch London glich nun vom Temple-Bezirk im Westen über Holborn und Cripplegate im Norden bis zum Tower im Osten einer rauchenden Einöde. Die Holzhäuser aus den vergangenen Jahrhunderten waren im wahrsten Sinne des Wortes dem Erdboden gleichgemacht, und von den aus Stein gebauten Kirchen standen nur noch ausgebrannte Hüllen. Das erste Mal seit undenkbaren Zeiten war es möglich, von einer der Prachtstraßen des Stadtkerns wie der Cheapside oder des Cornhill die Themse im Süden zu sehen.

Die Kutsche des Richters fuhr einen großen Bogen um die in Trümmern liegende Stadt, durchquerte das Bishopsgate und bog schließlich in die Leadenhall Street ein, die aufgrund ihrer Lage östlich vom Brandherd fast vollständig vom Feuer verschont geblieben war.

Trelawney ließ den Jesuiten aussteigen und befahl seinem Kutscher zu warten. Jeremy klopfte an das Eingangsportal. Der Lakai, der ihm öffnete, erkannte ihn und ließ ihn ohne Zögern eintreten.

»Mein Herr ist leider nicht zu Hause, Doktor«, sagte der Diener bedauernd.

»Und sein Sohn?«

»Sie sind zusammen ausgefahren, um zu sehen, welche Verluste der Brand in den Lagerhäusern verursacht hat.«

»Nun, ich bin ohnehin gekommen, um mich nach Mr. Forbes' Enkel zu erkundigen«, log Jeremy. »Meldet mich Eurer Herrin.«

Der Lakai führte ihn in den Empfangsraum. Kurz darauf erschien Temperance Forbes und begrüßte den unerwarteten Gast herzlich.

»Ich bin gekommen, um nach Eurem Sohn zu sehen, Madam«, erklärte Jeremy höflich. »Es geht ihm doch gut?«

»Ja, Doktor. Er wächst und gedeiht, dem Herrn sei Dank«, versicherte Temperance.

Jeremy folgte der jungen Frau in die Kinderstube. Der Knabe schlief friedlich in seiner Wiege, beaufsichtigt von einer Amme.

»Kann ich Euch Wein anbieten, Doktor?«, fragte Temperance.

Jeremy nahm dankend an. Daraufhin rief die Hausherrin nach Hannah.

Unter den Augen der drei Frauen machte sich der Priester daran, den Knaben zu untersuchen, der nicht gerade glücklich über die Störung seines Schlafes war und aus Protest zu weinen anfing.

»Er ist kräftig und gesund«, verkündete Jeremy schließlich. »Die Ammenmilch bekommt ihm gut.«

Nachdem er noch einige Höflichkeitsfloskeln mit Temperance gewechselt hatte, gab diese der Magd die Anweisung, den Gast zur Tür zu geleiten. Sofort ergriff Jeremy die günstige Gelegenheit und fragte Hannah, ob sie sich an ihr damaliges Gespräch über die seltsamen Vorkommnisse auf dem Landsitz der Familie Forbes erinnern könne.

»Aber natürlich, Sir«, versicherte die Magd.

»Ihr sagtet, dass Mr. Forbes nach dem Tod des Kammerdieners die gesamte Dienerschaft entließ und neue Leute einstellte. Wisst Ihr, was aus den entlassenen Dienstboten wurde?«

»Mr. Forbes hat ihnen andere Anstellungen besorgt.«

»Wo?«

»Das weiß ich nicht, Sir. Man hat damals ein ziemliches Geheimnis daraus gemacht, hatte ich das Gefühl.«

»Wisst Ihr vielleicht einen Namen, irgendetwas, das mir helfen könnte, einen von ihnen zu finden?«

»Aber wozu denn?«, wunderte sich die Magd.

»Ich bin wie Ihr der Meinung, dass der Tod des Kammerdieners kein Unfall war«, erläuterte Jeremy mit ernster Miene. »Vielleicht gelingt es mir, seinen Tod aufzuklären, wenn ich mit einem ehemaligen Bediensteten sprechen könnte.«

Hannah überlegte. »Nun, Ihr habt womöglich Glück. Gestern war ein Mann hier, der damals auf dem Landsitz als Stallbursche gearbeitet hat.«

»Wie ist sein Name?«

»Henry Mitchell. Er hat seit Jahren im ›Star Inn‹ gearbeitet, doch als die Herberge abbrannte, sprach er bei Mr. Forbes vor und bat ihn um eine Anstellung.«

»Und?«

»Mr. Forbes gab ihm ein wenig Geld und schickte ihn fort. Der arme Mann war sehr enttäuscht.«

»Wisst Ihr, wohin er gegangen ist?«

»Nein, Sir, tut mir Leid.«

Jeremy biss sich ärgerlich auf die Lippen. Hannahs wohlmeinende Auskunft würde ihm nicht viel weiterhelfen. In gedrückter Stimmung verabschiedete er sich und kehrte zu Trelawneys Kutsche zurück.

»Nun? Habt Ihr erfahren, was Ihr wissen wolltet?«, erkundigte sich der Richter gespannt.

Jeremy erzählte ihm von dem Stallknecht. »Wir müssen ihn finden! Ich habe das Gefühl, dass er uns den Schlüssel zu dem Geheimnis liefern könnte.«

»Ich nehme an, dass Ihr Euch wieder einmal weigert, mich in Eure Überlegungen einzuweihen.«

»Ihr sagt es selbst, Mylord. Bisher sind es nur Überlegungen, und ohne die Bestätigung des Mannes sind sie überdies bedeutungslos.«

Sir Orlando seufzte ergeben. »Wie Ihr wollt. Ich werde jemanden zu der ausgebrannten Herberge schicken. Der Besitzer wird früher oder später dort auftauchen. Vielleicht kann er uns helfen, diesen Henry Mitchell ausfindig zu machen. Bis dahin müssen wir eben Geduld haben!«

Vierzigstes Kapitel

Als Alan die Augen aufschlug und Amoret an seinem Bett sitzen sah, lächelte er. Kurz darauf schlief er wieder ein, ohne ein Wort gesprochen zu haben, doch von jenem Moment an machte seine Genesung deutliche Fortschritte. Amoret wechselte sich mit Armande am Krankenlager ab, so dass sich Jeremy fast überflüssig fühlte. Und da er wusste, dass der Anblick einer schönen Frau für Alan immer noch die beste Medizin war, ließ er die beiden gewähren.

Als Alan das nächste Mal aus dem Schlaf erwachte und erneut Lady St. Clair an seiner Seite fand, sagte er mit leiser, gebrochener Stimme, die noch einiges an Sicherheit vermissen ließ: »Ich habe mir so sehr gewünscht, Euch zu sehen, wenn ich die Augen öffne.«

Amoret streichelte zärtlich seine Wange. »Ihr seid in meinem Haus in Sicherheit! Niemand kann Euch etwas zuleide tun. Wie fühlt Ihr Euch?«

»Unendlich schwach ... aber wie komme ich hierher ...?« Verwirrt runzelte Alan die Stirn, während er sich zu erinnern bemühte.

»Dafür ist später noch Zeit, mein Freund. Ihr solltet an nichts anderes denken, als an Eure Genesung. Schlaft! Ihr braucht Ruhe.«

Er schlief fast unablässig und erwachte nur, um zu essen. Als er seine knochigen Hände sah, war er bestürzt über die Magerkeit seines Körpers und die Schwäche seiner Glieder. Jeremy versicherte ihm jedoch, dass er auf dem Weg der Besserung sei und bald wieder ganz der Alte sein würde.

Nach einer Woche wich der tiefe Genesungsschlaf allmählich längeren Phasen, in denen Alan wach und aufmerksam war, auch wenn er sich noch immer schwach fühlte. Eines Tages kam ihm zu Ohren, dass Breandán zurückgekehrt war, und er sprach Amoret darauf an.

»Dann ist es wohl vorbei mit uns, meine süße Amoret. Aber ich kann nichts anderes sagen, als dass ich mich für euch beide freue. Ihr gehört zueinander!«

Amoret senkte bedrückt den Kopf. »Es steht leider nicht zum Besten zwischen Breandán und mir. Er weiß von unserer Liebschaft.«

»Das tut mir sehr Leid. Aber ich kann ihn verstehen. Lasst mich mit ihm reden!«

Amoret blickte ihn zweifelnd an. »Das halte ich nicht für ratsam!«

Doch Alan blieb beharrlich. »Schickt ihn zu mir. Und dann müsst Ihr Euch mit ihm aussprechen. Glaubt mir, er wird Euch vergeben.«

Obgleich Amoret nicht wohl dabei war, gab sie Alans Bitte bei einem von Breandáns seltener werdenden Besuchen weiter. Zuweilen kam er nur, um mit Jeremy zu sprechen, und grüßte sie mit kühler Höflichkeit. In ihrer Verzweiflung wusste sie schon nicht mehr, was sie tun sollte.

Breandán zögerte zunächst, seinen Rivalen am Krankenbett aufzusuchen, ging dann aber doch zu ihm. Alan lehnte in den Kissen, die Amoret in seinem Rücken aufgeschüttelt hatte. Sein Gesicht wirkte noch immer blass und eingefallen, doch in seinen bleigrauen Augen funkelte bereits wieder der Lebenswille. Breandán trat an das Bett und betrachtete ihn mit gemischten Gefühlen. Seine Eifersucht und sein Zorn auf diesen

Mann lösten sich beim Anblick von Alans Schwäche und Hinfälligkeit in Rauch auf und ließen den jungen Iren entwaffnet zurück.

Alan machte eine einladende Handbewegung in Richtung des Stuhls, der neben dem Bett stand. »Setzt Euch doch, Breandán!«

»Ich stehe lieber!«

»Wie Ihr möchtet. Allerdings wäre es bequemer für mich, wenn Ihr auf meiner Augenhöhe wärt.«

Verunsichert und ärgerlich zugleich ließ sich Breandán auf den Stuhl sinken.

»Weshalb wolltet Ihr mich sprechen?«, fragte er unfreundlich.

»Ich wollte Euch um Verzeihung bitten«, antwortete Alan sanft. »Ich habe mich dazu hinreißen lassen, mit Amoret das Lager zu teilen, obwohl ich wusste, dass sie Euch liebt – und obwohl ich sicher war, dass auch Ihr sie liebt und dass Ihr eines Tages zurückkehren würdet.«

Breandán blickte ihn verwirrt an. Er wusste nicht, worauf Alan hinauswollte.

»Amoret hat nie aufgehört, Euch zu lieben, Breandán. Aber sie hat sehr unter Eurer langen Abwesenheit gelitten – so sehr, dass sie sich verloren gefühlt hat. Sie ist an den Hof zurückgekehrt, um einen Halt zu finden, um die Leere auszufüllen, die Ihr hinterlassen hattet. Sie hat sich weder mit dem König noch mit mir leichtfertig eingelassen. Und sie liebt auch weder ihn noch mich – nur Euch!«

Breandán hatte ihm schweigend zugehört. Wie damals im Newgate fühlte er sich auch jetzt diesem Mann gegenüber machtlos. Und mit einem Mal wurde ihm bewusst, dass er ihn nicht mehr hasste. Alans Worte klangen aufrichtig. Es lag ihm daran, dass Breandán und Amoret wieder zueinander fanden.

»Geht zu ihr!«, sagte der Wundarzt eindringlich. »Sie wünscht sich nichts sehnlicher, als dass Ihr ihr verzeiht.«

Ohne ein Wort zu entgegnen, wandte sich Breandán ab und verließ das Gemach. Nach einigem Zögern begab er sich zur Tür von Amorets Schlafgemach und überwand sich schließlich, die Hand zu heben und leicht am Holz zu kratzen.

Armande öffnete ihm und ließ ihn eintreten. Es herrschte ein ziemliches Durcheinander. Die ausgelagerten Möbel waren inzwischen aus Hampton Court zurückgebracht worden, doch es würde noch eine Weile dauern, bis alles wieder an seinem Platz war.

Amoret blickte dem jungen Iren mit einem Gefühl der Beklommenheit entgegen.

»Armande, bitte sieh nach, ob Meister Ridgeway etwas braucht«, sagte sie leise. Die Zofe machte einen Knicks und zog sich lautlos zurück.

Breandán wartete, bis sich die Tür hinter ihr geschlossen hatte, und trat zu Amoret, die ihn ängstlich ansah.

»Du hast mit Alan gesprochen?«, fragte sie, weil sie sein Schweigen nicht mehr ertragen konnte.

»Eigentlich hat er mit mir gesprochen. Ich weiß nicht, wieso, aber ihm gegenüber bin ich immer sprachlos.« Ein flüchtiges Lächeln teilte Breandáns Lippen, bevor er fortfuhr: »Er hat mir erklärt, wie du dich während meiner Abwesenheit gefühlt hast, wie unglücklich du warst. Es hat mich beeindruckt, wie leicht es ihm fällt, andere zu verstehen. Er ist ein sehr einfühlsamer Mensch. Im ersten Moment haben seine Worte mich geärgert, weil ich glaubte, er wolle mir nur ein schlechtes Gewissen einreden, doch dann wurde mir klar, dass ihm wirklich etwas daran liegt, uns miteinander glücklich zu sehen. Auch wenn er das Gegenteil behauptet, so glaube ich doch, dass er dich nie angerührt hätte, wenn er von meiner Rückkehr überzeugt gewesen wäre. Es ist alles meine Schuld! Ich habe dich im Stich gelassen.« Er nahm ihre Hände und zog sie an sich. »Ich verspreche, dich nie wieder zu verlassen – sofern du mich bei dir haben willst.«

Amoret spürte, wie ihr Tränen in die Augen stiegen. »Ja, das will ich.« Sie schmiegte sich an ihn. »Halt mich fest«, bat sie.

Er legte die Arme um sie und streichelte ihr Haar. So blieben sie eng umschlungen stehen, bis Armande zurückkehrte, um die Ankunft Sir Orlando Trelawneys zu melden.

»Sag Pater Blackshaw Bescheid«, bat Amoret. »Vielleicht hat er Neuigkeiten über den Stallknecht.«

Breandán folgte Amoret in den Salon, in dem der Richter wartete. Beim Anblick des Iren fiel ein Schatten über Sir Orlandos Züge, doch er bemühte sich, seine Gelassenheit zurückzugewinnen und den jungen Mann bis auf einen höflichen, aber flüchtigen Gruß zu ignorieren. Er erinnerte sich noch gut an sein letztes Zusammentreffen mit dem Iren vor fast anderthalb Jahren. Breandán hatte am Richtplatz von Tyburn bereits den Strick um den Hals gehabt, als es Jeremy gelungen war, Trelawney von seiner Unschuld zu überzeugen. Seitdem ließ den Richter der Gedanke nicht los, dass der Ire sich an ihm rächen könnte, und er sah ihn nur höchst ungern in seiner Nähe.

»Habt Ihr etwas herausgefunden?«, fragte Amoret, die die Spannung zwischen den beiden Männern nicht bemerkte.

»Allerdings, Mylady. Aber wo ist Dr. Fauconer?«

Noch ehe Amoret antworten konnte, erschien Jeremy in der Tür. Die Betreuung seiner Schutzbefohlenen nahm neben Alans Pflege den Großteil seiner Zeit in Anspruch.

»Ah, da seid Ihr ja, Doktor. Ich bin gekommen, um Euch mitzuteilen, dass ich mit dem Besitzer des ›Star Inn‹ gesprochen habe. Er sagte, dass er Henry Mitchell nach dem Brand noch einmal gesehen habe. Auf die Frage, welche Pläne er habe, antwortete

Mitchell ihm, er wolle sich in den Herbergen Richtung Oxford nach Arbeit umsehen. Mehr wusste er nicht.«

»Dann müssen wir ihn suchen!«, forderte Jeremy.

»Das werden wir auch«, versprach der Richter. »Ich schicke einige Leute los, die sich nach ihm erkundigen sollen.«

»Ich mache mich ebenfalls auf die Suche«, ließ sich Breandán vernehmen. »Früher oder später werden wir den Mann auftreiben.«

Trelawney wandte sich an Amoret, während er unbehaglich an seinen Spitzenmanschetten zupfte. »Für den Fall, dass es uns nicht gelingen sollte, den Mörder zu entlarven und so Meister Ridgeways Unschuld zu beweisen ...« Er zögerte, bevor er weitersprach: »Nun, in dem Fall würde ich Euch raten, Euren Einfluss zu nutzen, Mylady, und ihn außer Reichweite der Gerichtsbarkeit bringen zu lassen, bevor man entdeckt, dass er noch lebt. Ich weiß, es widerspricht meinem Amtseid, aber ich würde es nicht vorschlagen, wenn ich nicht überzeugt wäre, dass Meister Ridgeway unschuldig ist.«

»Ich danke Euch für den Rat, Mylord«, erwiderte Amoret bedrückt. »Ich werde ihn mir zu Herzen nehmen.«

»Ich hoffe sehr, dass es nicht so weit kommt«, sagte Jeremy. »Meister Ridgeway müsste sich für den Rest seines Lebens vor der Gerichtsbarkeit verstecken, in der ständigen Angst, entdeckt zu werden. Das würde er nicht ertragen.«

Sir Orlando nickte verständnisvoll. »Ich stimme Euch zu. Aber vielleicht bleibt ihm keine andere Wahl!«

Einundvierzigstes Kapitel

»Pater, da sind zwei Männer, die Euch zu sprechen wünschen«, sagte Armande. »Einer von ihnen ist der Kammerdiener von Richter Trelawney.«

Jeremy, der an Alans Bett gesessen und sich mit seinem Freund unterhalten hatte, erhob sich.

»Danke, Armande, ich komme runter.«

Malory und ein Mann mittleren Alters, der eine geflickte Mütze zwischen den Fingern drehte, warteten in der Eingangshalle. Jeremy begrüßte sie und wandte sich fragend an den Kammerdiener.

»Wir kommen zu Euch, Dr. Fauconer, weil mein Herr nicht da ist und Mr. Mitchell nicht warten wollte, bis er zurückkehrt«, erklärte Malory.

Jeremy streifte den Fremden mit einem prüfenden Blick. »Ihr seid Henry Mitchell?«

»Ja, Sir. Mr. Thomas, der Besitzer des ›Star Inn‹, sagte mir, dass man mich suche.«

Jeremys Gesicht erstrahlte vor Freude. »So ist es! Aber bitte folgt mir.« Auffordernd trat er zur Tür des Salons und öffnete sie. Amoret würde sicher nichts dagegen haben, wenn er ausnahmsweise einen einfachen Stallknecht hereinbat. Immerhin ging es um Alans Leben!

»Setzt Euch, Mr. Mitchell! Ich möchte Euch bitten, mir ein paar Fragen zu beantworten. Es soll Euer Schaden nicht sein.«

Mitchell sah sich mit bewundernder Miene in dem prächtig

eingerichteten Salon um. Es gefiel ihm sichtlich, dass man so viel Aufhebens um seine Person machte. Jeremy hoffte, dass er ihm auf diesem Wege die Zunge lösen konnte. Malory war ihnen gefolgt, hielt sich aber im Hintergrund.

»Ihr habt früher einmal auf dem Landsitz von Mr. Isaac Forbes als Stallknecht gearbeitet?«, fragte Jeremy.

»Zweiundzwanzig Jahre ist es nun her, dass Mr. Forbes mich aus seinen Diensten entlassen hat«, antwortete Mitchell. »Dabei hatte ich ihm neun Jahre treu gedient.«

»Erinnert Ihr Euch an den Tod von Mr. Forbes' Kammerdiener?«

»Ich hörte davon!«

»Ihr wart nicht dort, als es passierte?«

»Nein, Mr. Forbes hatte alle Dienstboten weggeschickt. Alle außer Mr. Parker, den Kammerdiener.«

Jeremy sah den Stallknecht überrascht an. »Mr. Forbes hat das Gesinde entlassen, bevor der Kammerdiener zu Tode kam?«

»Ja, Sir!«

Verwirrt legte Jeremy die Stirn in Falten. »Sagt mir, erinnert Ihr Euch an einen Burschen namens Aaron?«

Ein flüchtiges, leicht abfälliges Lächeln huschte über Mitchells schmale Lippen. »Allerdings. Er war Mr. Forbes' unehelicher Sohn.«

»Ihr wusstet davon?«, fragte Jeremy verblüfft.

»Sicher! Natürlich hat es uns niemand gesagt. Aber wir wussten es trotzdem. Es war offensichtlich. Die Ähnlichkeit, wisst Ihr? Aaron war Forbes wie aus dem Gesicht geschnitten und sah auch Samuel sehr ähnlich. Irgendwie tat es mir Leid, dass er in der Schlacht von Naseby getötet wurde. Er war ein guter Junge.«

Jeremys Augen begannen zu glänzen. »Ich danke Euch, Mr. Mitchell. Ihr habt mir sehr geholfen. Wenn es Euch nichts ausmacht, möchte ich Euch noch um einen Gefallen bitten. Würdet Ihr mich auf einen kleinen Ausflug zum Haus der Forbes begleiten?«

Mitchell knetete unbehaglich seine speckige Mütze. »Lieber nicht, Sir!«

»Ihr werdet dafür großzügig entlohnt«, sagte Jeremy ermunternd. Als er sah, dass der Mann noch unschlüssig war, begab er sich in das rote Gemach, das er mit Alan bewohnte, und suchte in seiner Kleidertruhe nach der Geldbörse, die Amoret ihm für seine Schutzbefohlenen zugesteckt hatte.

»Hat sich etwas Neues ergeben?«, fragte Alan, während er seinen Freund interessiert beobachtete.

»Ja, ich denke, ich bin auf dem richtigen Weg. Ich muss nur noch eine Kleinigkeit überprüfen.«

»Wo wollt Ihr denn hin?«

»Zu den Forbes.«

»Wollt Ihr nicht warten, bis Amoret oder Breandán zurück sind?«

»Nein, bis dahin ist es Abend. Der Stallknecht, der mich begleiten soll, will nicht so lange warten. Aber macht Euch keine Sorgen, wir halten sicheren Abstand.«

»Bitte seid vorsichtig, Jeremy!«

Der Jesuit nickte und schenkte seinem Freund noch ein zuversichtliches Lächeln, bevor er mit einigen Münzen in der Hand das Gemach verließ und in den Salon zurückeilte.

»Ich zahle Euch zwei Silberkronen für Eure Auskunft. Und noch zwei, wenn Ihr mich zu den Forbes begleitet«, bot Jeremy dem Stallknecht an.

Angesichts des unerwarteten Geldsegens schluckte Mitchell seine Bedenken hinunter und willigte ein. Daraufhin wandte sich Jeremy an Malory: »Danke, dass du ihn zu mir gebracht hast. Wenn Seine Lordschaft zurückkehrt, sag ihm, dass ich etwas

Wichtiges erfahren habe und ihn heute Abend noch aufsuchen werde.«

Nachdem der Kammerdiener gegangen war, begaben sich Jeremy und Mitchell zur Anlegestelle von Hartford House und hielten Ausschau nach einem Flussschiffer. Als ein Boot in Sicht kam, rief der Priester: »Nach Osten!« Der Fährmann gab sein Einverständnis durch ein kurzes Nicken zu erkennen und legte an.

»Welches ist die nächste Anlegestelle für die Leadenhall Street?«, fragte Jeremy.

»Wenn Ihr nicht über die Trümmer am ›Alten Schwan‹ klettern wollt, steigt am Tower aus und nehmt den kleinen Umweg über den Tower Hill in Kauf«, schlug der Flussschiffer vor.

Jeremy folgte seinem Rat. So erreichten sie die Leadenhall Street von Westen her. Noch immer war die Luft von Rauch erfüllt, der zum Husten reizte. Als sie vor dem Haus der Forbes' ankamen, gebot der Jesuit dem Stallknecht zu warten, während er durch die Toreinfahrt in den Innenhof trat und einen der Burschen fragte, ob der Hausherr daheim sei.

»Nein, Sir, Mr. Forbes ist vor einiger Zeit ausgefahren.«

»Und sein Sohn?«

»Der ist auch nicht da. Er ist vor ein paar Stunden fortgeritten, sagte aber, dass er noch vor dem Abend zurück sein würde.«

Jeremy dankte dem Stallburschen, verließ den Hof und kehrte zu Mitchell zurück, der vor dem Haus nebenan ungeduldig von einem Fuß auf den anderen trat.

»Wir warten, bis Samuel Forbes zurück ist«, sagte der Jesuit bestimmt.

Es war bereits später Nachmittag. Nach etwa einer Stunde bog ein Reiter in die Toreinfahrt ein und ritt in den Hof. Jeremy winkte seinem Begleiter, ihm zu folgen. Als der Reiter sein Pferd zügelte und sich aus dem Sattel gleiten ließ, wies der Jesuit in seine Richtung und sagte: »Seht Euch diesen Mann genau an!«

Mitchell kniff die Augen zusammen und zog dann verblüfft die Brauen hoch. »Das ist doch nicht möglich! Wie kann das sein?«

»Erkennt Ihr ihn?«

»Aber ja, das ist er! Kein Zweifel! Das ist Aaron!«

Jeremy sah Mitchell scharf an. »Seid Ihr absolut sicher? Ihr sagtet, Aaron und Samuel sahen sich sehr ähnlich.«

»Schon, aber Aaron hat mit mir im Stall gearbeitet. Ich kannte ihn besser als Samuel, und ich sage Euch, der Mann dort ist Aaron!«

Der Reiter, der sein Pferd einem Stallburschen übergeben hatte, war auf die beiden Männer aufmerksam geworden und sah neugierig zu ihnen herüber. Jeremy bemerkte, wie das Gesicht des jungen Forbes mit einem Mal regelrecht versteinerte. Er hatte Henry Mitchell erkannt!

Nach einigem Zögern fasste er sich ein Herz und trat langsam auf den Jesuiten und den Stallknecht zu. Mitchell murmelte nervös: »Ich mach mich lieber davon!«, und zog sich zur Toreinfahrt zurück. Im nächsten Moment war er verschwunden.

Der junge Forbes blieb vor Jeremy stehen und sagte leise: »Nun wisst Ihr es also, Dr. Fauconer!« In seiner Stimme lag fast so etwas wie Erleichterung. »Ich hatte diese Komödie schon seit langem satt, dieses unablässige Versteckspiel, die Lügen ...«

»Und die Morde?«, fügte Jeremy kühn hinzu.

Das Gesicht seines Gegenübers wurde noch bleicher. In seinen Augen stand Verzweiflung. »Ich hätte nicht so lange schweigen dürfen! Aber auch ich hatte Angst! Wir alle haben Angst!«

»Ich weiß, dass nicht Ihr dieses Lügengebäude errichtet habt. Aber Ihr habt Euch in ein mörderisches Spiel hineinziehen lassen. Jetzt nutzt die Gelegenheit, Euch reinzuwaschen.«

Forbes nickte. »Ich werde Euch alles erklären. Aber nicht hier. Kommt mit ins Haus. Dort können wir ungestört reden. Mein Vater wird erst am späten Abend zurück sein, denke ich.«

Jeremy folgte ihm in ein Studierzimmer im ersten Stock. Nachdem Forbes die Tür geschlossen hatte, bot er seinem Besucher einen Sitzplatz an, doch Jeremy zog es vor, stehen zu bleiben. Der Blick des Jesuiten fiel auf Forbes' Taille, und er bemerkte, dass dieser einen Dolch im Gürtel trug. Am Griff der Waffe war deutlich die s-förmig gekrümmte Parierstange zu erkennen, die zu der Wunde des erstochenen Fackelträgers passte.

Forbes war Jeremys Blick gefolgt und zog den Dolch aus seinem Gürtel. »Man sagt, dass sich Bettler und Straßenräuber in den Trümmern herumtreiben. Da wollte ich auch bei Tageslicht nicht waffenlos aus dem Haus gehen.«

Jeremy beobachtete unbehaglich, wie der Kaufmann den Dolch auf eine Truhe nahe der Tür legte. Für einen Augenblick hatte der Jesuit einen Anflug von Angst verspürt, obwohl er den Mann vor ihm eigentlich nicht für einen Mörder hielt. Doch als sich Forbes ihm wieder zuwandte, verflog Jeremys Furcht.

»Gehört Euch dieser Dolch, Sir?«, fragte der Priester.

»Nein, meinem Vater. Ich habe die erstbeste Waffe eingesteckt, die zur Hand war, da ich es eilig hatte.«

Jeremy nickte leicht. Er hatte etwas Ähnliches vermutet. Mit diesem Dolch hatte der alte Forbes den Jungen umgebracht, nachdem dieser damals Anfang Februar Margaret Laxton und Anne für ihn in die Falle gelockt hatte.

»Ihr seid also Aaron, Isaac Forbes' unehelicher Sohn«, konstatierte Jeremy. »Es war Euer Halbbruder Samuel, der in der Schlacht von Naseby fiel, nicht Ihr.«

»Ja, so ist es. Ich wurde in derselben Schlacht verwundet. In dem Chaos, das folgte, verwechselten mich die Soldaten, die mich fanden, mit Samuel und brachten mich zu meinem Vater. Es war ein schwerer Schlag für ihn, dass sein legitimer Sohn gestorben war und sein Bastard überlebt hatte. In diesem Moment müssen ihm die Konsequenzen klar geworden sein, die Samuels Tod mit sich bringen würde. Alle seine legitimen Nachkommen waren tot. Wenn er starb, würde sein ganzer Besitz an seine verhassten royalistischen Verwandten fallen, da ich als unehelicher Sohn nicht erbberechtigt war. Also beschloss er, mich als meinen Halbbruder auszugeben. Immerhin bestand eine gewisse Ähnlichkeit zwischen uns, die ohne Zweifel diejenigen täuschen würde, die Samuel nicht näher kannten. Mein Vater ließ niemanden zu mir, besonders nicht Samuels Kameraden, und brachte mich so schnell wie möglich auf den Landsitz der Familie, wo er mich eigenhändig pflegte. Er schickte alle Dienstboten fort, damit der Tausch unbemerkt blieb, und ließ Bedienstete aus seinem Stadthaus kommen, die Samuel nur flüchtig kannten und von meiner Existenz nichts wussten.«

»Und warum entließ er den Kammerdiener nicht?«, fragte Jeremy.

»Parker hatte seit vielen Jahren in den Diensten meines Vaters gestanden. Er glaubte, sich auf seine Verschwiegenheit verlassen zu können. Ich weiß nicht, ob mein Vater sich ihm anvertraute oder ob Parker das Geheimnis selbst entdeckte, jedenfalls weigerte er sich, den Schwindel mitzumachen. Es sei ehrlos, meinte er. Ich glaube nicht, dass er damit drohte, den Tausch öffentlich zu machen, aber mein Vater verlor das Vertrauen zu ihm und lebte in der ständigen Angst, Parker könne einem Außenstehenden gegenüber etwas preisgeben. Deshalb stieß er ihn aus dem Fenster! Er wollte, dass es wie ein Unfall aussah.«

»Und er kam damit durch«, bemerkte Jeremy mit einem Seufzen. »Doch der Herr strafte ihn, indem er ihm den ersehnten Enkel vorenthielt!«

Aaron nickte. »Es war wie ein Fluch. Meine erste Gemahlin hatte drei Fehlgeburten. Die Wahrscheinlichkeit, dass sie jemals ein gesundes Kind zur Welt bringen würde, war äußerst gering.«

»Aber Eure Gattin starb.«

»Nach der dritten Fehlgeburt, ja! Sie hatte weder über Schmerzen noch über Unwohlsein geklagt. Doch eines Nachmittags fand ich sie tot im Bett. Ich bin fest davon überzeugt, dass mein Vater sie umgebracht hat. Ein halbes Jahr später arrangierte er die Ehe mit Temperance.«

»Aber auch sie konnte Euch keinen Erben schenken«, sagte Jeremy. »Jetzt verstehe ich auch, weshalb sie um ihr Leben fürchtete, als der kleine Richard erkrankte. Sie teilte Eure Meinung, dass Euer Vater Eure erste Gemahlin ermordet hatte.«

»Sie stand wahrlich Todesängste aus, dass dem Kind etwas passieren könnte. Sie glaubte, mein Vater würde sich dann nach einer dritten Gemahlin für mich umsehen.«

»Was war mit der Hebamme Isabella Craven?«, fragte Jeremy.

»Sie war eine tüchtige Frau und tat wirklich ihr Bestes, konnte aber keines meiner Kinder retten«, erwiderte Aaron bedauernd. »Mein Vater tobte. Der Gedanke, dass sein Vermögen letztendlich doch an die Drapers fallen könnte, brachte ihn im wahrsten Sinne des Wortes um den Verstand. Da ersann er den Plan, ein fremdes Kind als seinen Enkel auszugeben. Er machte Isabella Craven ein großzügiges Angebot, damit sie ihm einen gesunden, kräftigen Säugling besorgte, doch sie lehnte ab. Einige Tage später hörte ich, dass sie aus einem Fenster zu Tode gestürzt sei – wie Parker! Da wusste ich, dass mein Vater sie ermordet hatte, um zu verhindern, dass sie irgendjemandem von seinem Angebot erzählen konnte.«

Jeremy nickte nachdenklich. »Bei Margaret Laxton hatte er dagegen mehr Glück!«

»Ja, sie hatte keine Skrupel, ihm ein Kind zu verkaufen, das niemand wollte und das ohnehin im Armenhaus gestorben wäre«, bestätigte Aaron. »Als Temperance ihr drittes Kind vor der Zeit verlor, schaffte sie den Leichnam heimlich aus dem Haus und schmuggelte später ein lebendes Kind in die Wochenstube.«

»War ihr Lehrmädchen dabei?«

»Nur bei Margaret Laxtons erstem Besuch, als sie Temperance vor der Fehlgeburt untersuchte. Den Tausch hat die Hebamme allein durchgeführt. Mein Vater bestand darauf. Er ließ sie schwören, dass sie zu niemandem ein Wort über die Sache verlauten lassen würde.«

»Aber er glaubte nicht wirklich, dass sie schweigen würde, nicht wahr?«

»Nein. Er ging davon aus, dass die Hebamme es zumindest ihrem Lehrmädchen gegenüber erwähnte.«

»Er täuschte den Gichtanfall also nur vor, um sicher zu sein, dass niemand ihn verdächtigen würde«, folgerte Jeremy. »Deshalb wollte er sich auch nicht von mir untersuchen lassen! Es war sein Pech, dass Richter Trelawney seinen mörderischen Plan durchkreuzte, indem er zufällig am Ort des Verbrechens auftauchte und sein Diener dem Mädchen zu Hilfe kam. Die Tatsache, dass niemand ihn zur Rede stellte, bewies, dass das Mädchen nichts wusste. Daher machte er keinen weiteren Versuch, Anne zu töten. Und da die Mutter nichts mehr verraten konnte, fühlte er sich sicher.«

»Aber dann begann alles schief zu gehen«, fuhr Aaron fort. »Eines Tages tauchte ein verrücktes Weib vor dem Haus auf und rief, sie wolle ihr Kind zurückhaben. Mein Vater war nicht da, aber einer der Diener, der ihm sehr ergeben ist, ließ die Frau herein, und als sie noch immer nicht zu schreien aufhörte, fesselte und knebelte er sie und brachte sie in den Keller. Mein Vater war sehr beunruhigt, als er von dem Vorfall erfuhr. Er verhörte die Frau und sagte mir später, er habe sie weggeschickt. Aber ich glaubte ihm nicht. Er hat sie getötet, nicht wahr?«

»Ja«, bestätigte Jeremy. »Er hat sie erdrosselt und in die Themse geworfen. Ich kann nur vermuten, wie die arme Frau herausfand, dass Margaret Laxton Euch ein fremdes Kind besorgt hatte. Das Lehrmädchen wusste nichts von dem Tausch, aber sie hat sich die Sache zusammengereimt, als Mary – so hieß die Frau – auftauchte und die Hebamme beschuldigte, ihr das Kind gestohlen zu haben. Vielleicht kam Anne Laxton einige Zeit, bevor sie sich entschied, Euch zu erpressen, zu Eurem Haus, um sich über alles klar zu werden. Da Mary ihr eine Weile gefolgt war, nahm sie sicher an, dass ihr Kind sich hier befand. Aber was das Ganze noch tragischer macht, ist die Tatsache, dass diese arme, verwirrte Frau *nicht* die Mutter Eures Enkels war. Euer Vater glaubte es zweifellos, deshalb bat er mich, das Kind zu untersuchen. Er wollte wissen, ob es den Wahnsinn seiner Mutter geerbt hatte.«

»Sie war nicht seine Mutter?«, wiederholte Aaron betroffen.

»Nein. Aber ich glaube zu wissen, wer die Eltern des Knaben sind. Euer Vater hat furchtbare Verbrechen begangen, um sein Vermögen vor seinen ungeliebten Verwandten zu schützen. Was würde er wohl sagen, wenn er wüsste, dass das Kind, das ihn beerben soll, aller Wahrscheinlichkeit nach James Draper zum Vater hat?«

Aaron Forbes sah Jeremy bestürzt an. Es dauerte eine Weile, bis er das Gehörte verarbeitet hatte, doch dann brach er plötzlich in ein närrisches Lachen aus, als sei auch er dem Irrsinn verfallen. »Welch grausame Ironie!«, entfuhr es ihm, nachdem er wieder zu Atem gekommen war. In seinen Augen standen Tränen der Verzweiflung.

»Sir, Euer Vater hat noch zwei weitere Frauen ermordet, als sie versuchten, ihn zu erpressen«, sagte Jeremy. »Wisst Ihr etwas darüber?«

Der Kaufmann stützte sich mit der Hand auf die Tischplatte, als suche er Halt. »Ja, das Lehrmädchen von Margaret Laxton brachte eine Nachricht, in der sie ihr Wissen offenbarte und Schweigegeld forderte. Da mein Vater nicht im Haus war, wurde mir die Botschaft ausgehändigt. Ich zeigte sie meinem Vater, und er sagte, er werde sich darum kümmern.«

»Man wird einen unschuldigen Mann für dieses Verbrechen anklagen, Sir! Man wird ihn hängen, es sei denn, Ihr sagt für ihn aus. Ich bitte Euch, mich zu Richter Trelawney zu begleiten und ihm alles zu erzählen, was Ihr mir berichtet habt.«

Aaron sah sein Gegenüber mit einem verlorenen Ausdruck in den Augen an. Dann nickte er. Jeremy atmete auf und wollte ihm gerade zum Dank die Hand reichen, als sich das Gesicht des Kaufmanns in jähem Schrecken verzerrte. »Nein ... tu das nicht ...«, stammelte er. Jedes weitere Wort wurde von dem ohrenbetäubenden Knall eines Schusses übertönt. Aaron brach zusammen wie ein gefällter Baum. In seiner Brust, an der Stelle des Herzens, klaffte ein blutiges Loch.

Zweiundvierzigstes Kapitel

Fassungslos wandte Jeremy den Kopf zur Tür, die lautlos geöffnet worden war. Schon einmal hatte sich Isaac Forbes auf diese Weise an seinen Sohn und den Jesuiten herangeschlichen, um ihr Gespräch zu belauschen, doch damals war Jeremy nicht klar geworden, dass ein Mann, der am Stock ging, nicht unbemerkt in der Tür erscheinen konnte – es sei denn, er täuschte sein Hinken nur vor.

Als er den ersten Schrecken überwunden hatte, sank Jeremy neben Aaron in die Knie, um festzustellen, ob er tot war. Sein anfänglicher Eindruck bestätigte sich. Die Kugel war ins Herz gedrungen – wie bei Margaret Laxton!

»Ihr habt Euren Sohn getötet!«, sagte er bitter. »Euer eigen Fleisch und Blut!«

Isaac Forbes hatte die Tür zugeworfen und drehte den Schlüssel im Schloss. »Er wollte mich verraten!«, knurrte er abfällig.

Jeremy erhob sich und wich einen Schritt vor dem Alten zurück. »Eure Diener haben den Schuss sicher gehört. Was werdet Ihr ihnen sagen?«

»Dass Ihr meinen Sohn umgebracht habt, weil er drohte, Euch als den bloßzustellen, der Ihr seid: ein Handlanger des Satans, ein papistischer Priester und einer der Verbrecher, die unsere Stadt in Brand gesetzt haben, diese reiche Stadt, das Bollwerk des Protestantismus!« Forbes streifte Jeremy mit einem Blick abgrundtiefen Hasses. »Ihr fragt Euch, wie ich Euch durchschaut habe? Die Erklärung, die Ihr mir damals bezüglich Eurer Anwesenheit in dem Armenviertel gabt, hatte mich nicht befriedigt. Ich schickte einen meiner Diener hinter Euch her, der Euch beschatten sollte. Aber es hat lange gedauert, bis er die Wahrheit herausfand. Meine Hochachtung, Eure Leute wissen ein Geheimnis zu wahren!«

Jeremy spürte, wie ihm das Blut aus dem Gesicht wich. Er hatte sich törichterweise in Gefahr begeben. Nun musste er für seine Ungeduld büßen, die ihn daran gehindert hatte, auf Trelawney oder Breandán zu warten.

Während er sprach, hatte Isaac Forbes die Pulverflasche hervorgeholt, die er am Gürtel trug, und etwas Pulver in den Pistolenlauf geschüttet. Dann ließ er eine Kugel aus einem Lederbeutel hineingleiten, zog den Ladestock hervor und rammte ihn in den Lauf. Während Jeremy die Vorbereitungen für seinen Tod aus den Augenwinkeln verfolgte, jagten sich die Gedanken in seinem Kopf. Nur noch einen Moment, und die Waffe war geladen und schussbereit! Er musste fort! Aber wie? Der Alte stand vor der Tür. Flüchtig dachte Jeremy daran, sich auf Forbes zu stürzen und ihn zur Seite zu stoßen, doch der Patriarch schien seine Absicht zu erraten und trat näher an die Truhe heran, auf der der Linkhanddolch lag. Ihm würde keine Zeit bleiben, die wenigen Schritte, die sie voneinander trennten, rechtzeitig zurückzulegen, bevor Forbes den Dolch nehmen und gegen ihn wenden würde. Jeremy hatte keine Chance, den alten Haudegen zu überwältigen.

Isaac Forbes spannte den Hahn, gab eine Prise Zündpulver auf die Pfanne und legte an. Im selben Moment warf sich Jeremy herum, riss das Fenster auf, vor dem er gestanden hatte, und sprang hindurch. Der Schuss hallte in seinen Ohren wider, ein mörderischer Schlag traf seinen rechten Arm, warf ihn nach vorn auf das Vordach eines Seiteneingangs. Verzweifelt versuchte er, sich mit der Linken an die Ziegelverkleidung zu klammern, um nicht abzustürzen, doch seine Hand fand keinen Halt, und so rutschte er über die Dachrinne ab und prallte auf den Boden. Hastig rappelte sich Jeremy auf und sah sich nach einem Fluchtweg um. Er hatte das Gefühl, als habe ihm die Kugel den Arm abgerissen, so furchtbar war der Schmerz, der in seinem Fleisch tobte und glühende Funken vor seinen Augen tanzen ließ. Taumelnd bewegte er sich vorwärts, durch eine nicht verschlossene Pforte, die ihn in eine schmale Gasse entließ. Es war dunkel geworden, ein Umstand, für den Jeremy der Jungfrau aus tiefstem Herzen dankte. Aufmerksam wandte er sich zum Haus um und lauschte, um festzustellen, ob er verfolgt wurde. Noch konnte er nichts Verdächtiges ausmachen, aber er war sicher, dass Isaac Forbes ihn nicht so leicht davonkommen lassen würde.

So schnell es sein verwundeter Arm erlaubte, hastete Jeremy die Gasse entlang. Er wollte versuchen, zum Fluss zu gelangen und ein Boot zu finden, bevor man ihn entdeckte. Die Gasse traf auf die St. Mary Axe. Jeremy wandte sich nach rechts und rannte zur nächsten Straßenecke. Nun befand er sich wieder auf der Leadenhall Street. Das Haus der Forbes lag rechts von ihm. Vorsichtig sah er hinüber und konnte deutlich erkennen, dass sich dort etwas tat. Das Wiehern eines Pferdes drang an sein Ohr. Forbes hatte sich also die Zeit genommen, in den Stall zu eilen und sich ein Reittier satteln zu lassen. Sicher hatte er inzwischen seinen Dienern erzählt, dass sein Sohn von einem papistischen Priester ermordet worden sei und dass es in ihrer Pflicht lag, den Übeltäter zur Strecke zu bringen.

Jeremy legte den Kopf in den Nacken und holte tief Luft. Dann huschte er über die Leadenhall Street und bog in die Lime Street ein, die in Richtung Themse führte. Er war noch nicht weit gekommen, da hörte er bereits Hufschlag hinter sich. Die Jagd hatte begonnen!

Jeremy rannte um die nächste Straßenecke, in der Hoffnung,

dass sein Verfolger ihn noch nicht entdeckt hatte. Mit schmerzhaft klopfendem Herzen schlüpfte er in den erstbesten Hauseingang und presste sich gegen die im Dunkel liegende Tür. Er hatte Glück. Das Pferd folgte ihm nicht. Gespannt wartete er und lauschte in die Nacht. Da vernahm er auf einmal Stimmen.

»Der Bastard versucht sicher, zum Fluss zu kommen!«, rief der alte Forbes. »Folgt der Lime Street zum Tower und haltet nach ihm Ausschau. Ich werde noch einige Nachbarn zusammentrommeln, die bei der Suche helfen sollen!«

Forbes' Diener eilten los, und auch der Hufschlag des Pferdes entfernte sich.

Für einen Moment überlegte Jeremy, was er tun sollte. Zum Fluss kam er nun nicht mehr, also blieb ihm keine andere Wahl, als zu Fuß zu fliehen. Unschlüssig blickte er nach Westen. Vor ihm erstreckte sich eine Trümmerlandschaft, die er durchqueren musste, um zu Trelawneys Haus auf der Chancery Lane zu gelangen. Amorets Haus auf dem Strand war noch weiter entfernt.

Die linke Hand auf seinen verletzten Arm gelegt, um ihn ruhig zu halten, folgte Jeremy der schmalen Gasse, die an der Rückseite des Leadenhall-Markts entlangführte. Sein Ärmel war bereits feucht von Blut, das aus der Schusswunde sickerte. Wie lange würde er wohl durchhalten, bevor ihn die Kräfte verließen und er erschöpft zusammenbrach? Entschlossen biss Jeremy die Zähne zusammen und versuchte, nicht daran zu denken.

Der Leadenhall-Markt war gerade noch vor den Flammen gerettet worden. Unmittelbar hinter dem Gebäude begann eine Wüste aus Staub, verkohltem Holz und zerbröckelndem Gestein. Überall stiegen noch feine Rauchschwaden aus den Trümmern auf, genährt von der Glut in den Kellern der ehemaligen Häuser. Jeremy spürte die Hitze, die nach wie vor über der niedergebrannten Stadt lag. In kürzester Zeit war er in Schweiß gebadet.

Jeremy bog in die Gracious Street ein, die aufgrund ihrer

Breite trotz des herumliegenden Schutts noch verhältnismäßig leicht zu passieren war. Immer wieder sah er sich nach seinen Verfolgern um. Noch blieb alles ruhig, aber Jeremy rechnete nicht damit, lange unbehelligt zu bleiben. Sobald Forbes feststellte, dass das Wild, das er jagte, nicht den direkten Weg zum Fluss genommen hatte, würde er die Suche ausweiten. Er musste also wachsam bleiben. Wenn die Verfolger ihn erst einmal entdeckt hatten, gab es kein Entkommen mehr.

Jeremy erreichte die nächste Kreuzung und bog in die Lombard Street ein. Einige Zeit später erhob sich zu seiner Rechten die Ruine der Königlichen Börse am Cornhill, der parallel zur Lombard Street verlief. Das Herz der reichen Stadt London war nur noch eine ausgebrannte Hülle. Jeremy folgte den breiten Straßen, um schneller voranzukommen, und hatte eben das Ende der Poultry erreicht, kurz bevor sie in die Cheapside überging, als er Hufschlag und Stimmen hinter sich vernahm. Rasch duckte sich der Jesuit hinter die Trümmer eines zusammengestürzten Hauses, und hielt nach seinen Verfolgern Ausschau. Es waren mehrere Reiter, die sich in den Straßen verteilten, und einige Männer zu Fuß, vermutlich Diener. Jeder von ihnen trug eine Fackel. Der Priester schätzte, dass ihm mindestens ein Dutzend Männer auf den Fersen waren, vielleicht noch mehr.

Eine Welle von Angst und Verzweiflung überkam Jeremy. Stöhnend fuhr er sich mit der rußgeschwärzten linken Hand über das Gesicht. Wie sollte er dieser Übermacht entkommen? Sicher durchsuchten sie jeden Unterschlupf, in dem sich der Gejagte verkrochen haben könnte. Doch ihre Gründlichkeit hatte einen Vorteil: So kamen sie nur langsam voran! Wenn er seinen Vorsprung halten konnte, erreichte er Sir Orlandos Haus hoffentlich vor ihnen.

Beherzt suchte sich Jeremy einen Weg durch die Trümmer. Es blieb ihm nun nichts anderes übrig, als sich von den breiteren

Straßen fern zu halten. Vorsichtig kletterte er über schwarz verkohlte Balken und von der Hitze des Brandes pulverisierte Ziegel. Oft gab der Boden unter seinen Füßen nach, wenn ein morsches Brett unter seinem Gewicht splitterte, und er musste nach einem Halt greifen, um nicht zu stürzen. Die Asche reizte seine Lungen und brachte ihn zum Husten. Doch die dichten Staubschleier, die in der Luft hingen, gewährten dem Fliehenden auch einen gewissen Schutz vor Entdeckung, solange ihm seine Verfolger nicht zu nahe kamen.

Die Einöde, durch die er sich bewegte, war nun, zwei Wochen nach dem Brand, nicht mehr menschenleer. Einige der früheren Einwohner schlugen dort, wo einst ihre Häuser gestanden hatten, Zelte auf oder zimmerten einfache Hütten zusammen, die ihnen als Unterschlupf dienten, bis ihre Häuser wieder aufgebaut waren. Jeremy war dankbar für die Orientierung, die ihm die offenen Feuer der Leute boten, sonst hätte er sich im Dunkel der Nacht sicherlich hoffnungslos verirrt. Dennoch machte er sich keine Illusionen. Keiner von ihnen würde auch nur einen Finger rühren, um ihm zu helfen. Es war klüger, sich von den Menschen fern zu halten, denn es hieß nicht zu Unrecht, dass Vagabunden und Räuber unter ihnen waren, die einen unvorsichtigen Passanten für ein paar Münzen niederstachen.

Jeremy begann seine Erschöpfung zu spüren und kam nur noch langsam voran. Er versuchte, sich parallel zur Cheapside zu halten, die direkt nach Westen führte, und sah sich wiederholt nach seinen Verfolgern um.

Auf einmal tauchte ein Mann mit einer Fackel wie aus dem Nichts auf der Höhe der Kirche St. Peter Cheap auf, nur wenige Schritte von dem Jesuiten entfernt. Jeremy erschrak und suchte hastig nach einem Versteck. Einige Yards vor ihm gähnte der finstere Eingang zu einem Kellergewölbe. Eilig lief er dorthin und tauchte in die Dunkelheit ein, die so undurchdringlich war, dass er nicht einmal die Hand vor Augen sehen konnte. Sein Fuß stieß gegen ein Hindernis, er stolperte und stürzte zu Boden. Nur mit Mühe unterdrückte Jeremy einen Schmerzensschrei, als er mit seinem verletzten Arm auf das Geröll prallte. Mühsam versuchte er, wieder auf die Beine zu kommen, und berührte dabei mit der tastenden Hand das Hindernis, über das er gestolpert war. Er fühlte die glatte Haut eines menschlichen Körpers. Jeremy strich über den nackten Rumpf, auf der Suche nach einem Lebenszeichen, denn der Körper war noch warm, und streifte die weiche runde Brust einer Frau. Erschrocken fuhr er zurück. In diesem Moment vernahm er ein Geräusch vom Eingang her. Überstürzt raffte er sich auf und schob sich Schritt für Schritt durch die Finsternis, bis er den Widerstand einer Mauer fühlte. Mit der Hand tastete er sich weiter vor und hielt erst an, als er eine Ecke erreicht hatte, in die er sich ducken konnte.

Draußen fragte die Stimme eines Mannes: »Braucht Ihr Licht, Sir?«

Ein anderer Mann, vermutlich der Diener, den Jeremy gesehen hatte, antwortete unfreundlich: »Bist du blind, Bursche? Ich habe meine eigene Fackel –« Seine Stimme brach plötzlich ab und ging in ein Röcheln über. Dann fiel auf einmal Licht in den Keller, als zwei Männer den Diener in das Gewölbe schleiften.

Jeremy drückte sich noch enger an die Mauer in seinem Rücken und bemühte sich, flach zu atmen. Der Lichtschein der Fackeln reichte nicht bis in die Ecke, in der er stand, doch er hob den auf dem Boden liegenden Körper der Frau aus dem Dunkel. Jeremy sah nun, dass sie tot war. Man hatte ihr die Kehle durchgeschnitten und ihr die Kleider geraubt. Vor den Augen des Priesters ereilte den Diener nun dasselbe Schicksal. Einer der Meuchelmörder zog ihm die Klinge seines Messers über die Kehle. Gemeinsam machten sich die Männer daran, die Taschen des Toten zu durchwühlen und ihm dann die Livree auszuziehen.

Jeremy war vor Entsetzen wie gelähmt, unfähig, die Augen abzuwenden. Verzweifelt kämpfte er um seine Beherrschung, während Übelkeit in ihm aufstieg. Doch es gelang ihm, sich ruhig zu verhalten, bis die Raubmörder, zufrieden mit ihrer Beute, von ihrem Opfer abließen und ins Freie kletterten. In dem Gewölbe breitete sich erneut Finsternis aus. Es dauerte eine Weile, bis Jeremy fähig war, den Schrecken abzuschütteln und einen Fuß vor den anderen zu setzen. Am ganzen Körper zitternd, näherte er sich dem Ausgang und spähte vorsichtig hinaus. Alles schien ruhig. Die Räuber waren fort.

Jeremy taumelte vorwärts, ohne zu wissen, wohin. Er wollte nur weg von dem furchtbaren Ort. Erst allmählich klärten sich seine Gedanken, und er wurde sich erneut bewusst, in welcher Gefahr er schwebte. Seine Schritte wurden sicherer und zielstrebiger, als die Betäubung von ihm abfiel und der Überlebenswille zurückkehrte. Für einen Moment blieb er stehen und sah sich aufmerksam um. In einiger Entfernung nach Westen hin erkannte Jeremy den Anfang der Paternoster Row. Erleichtert, einen vertrauten Punkt in der Trümmerlandschaft zu entdecken, hielt er darauf zu und folgte der Straße, die er in der Vergangenheit unzählige Male entlanggegangen war. In regelmäßigen Abständen sah er sich nach seinen Verfolgern um, deren Fackeln in der Ferne deutlich zu erkennen waren.

Bald erreichte Jeremy Alans Haus oder zumindest die Trümmer, die von ihm übrig waren. Damals, als er ausgezogen war, hatte er geahnt, dass er nicht zurückkehren würde. Doch er hätte nie gedacht, dass dies nun gleichfalls für Tausende von Londonern gelten sollte. Mit Tränen in den Augen eilte er weiter und bog schließlich in die Paul's Alley ein, die auf das ausgebrannte Skelett der Kathedrale zuführte. Als er auf den Kirchhof trat, bemerkte Jeremy plötzlich einen Reiter, der suchend den Blick schweifen ließ. Sein Herz setzte aus, als er Isaac Forbes erkannte.

Doch der erste Schreck währte nur kurz. Da der Alte ihm gerade den Rücken zuwandte, spurtete der Jesuit los, erkletterte in wilder Hast einen Geröllhaufen vor der Außenwand der Kathedrale und schlüpfte durch eines der scheibenlosen Rundbogenfenster ins Innere. Die Sohlen seiner Schuhe glitten auf den geschmolzenen Glasstücken aus, und er verhinderte nur mit Mühe einen Sturz. Der Hufschlag des Pferdes näherte sich. Mit rasendem Herzen suchte Jeremy nach einem Versteck, doch das Gotteshaus war so zerstört, dass es nicht einmal mehr den Bettlern Schutz bot, die sich in seinen Trümmern eingenistet hatten. Das Blei des Daches war in der Hitze des Brandes geschmolzen und zu Boden getropft, wo es dicke Klumpen gebildet hatte. Ganze Säulen waren zusammengestürzt, ihre Kapitelle regelrecht am Boden zerschellt. Das Feuer hatte den massiven Stein mit unvorstellbarer Macht gesprengt, so dass die Stücke wie Kanonenkugeln durch die Luft geflogen waren.

Als Jeremy sich durch das Hauptschiff bewegte, hörte er über sich ein verdächtiges Knirschen, und Staub rieselte vor seinen Füßen nieder. Hastig lief er weiter, gerade noch rechtzeitig, bevor ein faustgroßer Steinbrocken aus einem Pfeiler brach und am Boden zerbarst. Die einstige Kathedrale war ein gefährlicher Ort geworden.

Noch immer den Hufschlag von Isaac Forbes' Pferd im Ohr, wandte sich Jeremy der Krypta zu, die teilweise eingestürzt war. Der Zugang war jedoch noch begehbar. Vorsichtig stieg der Jesuit die Stufen hinab. Hinter ihm klapperten die Eisen des Reittiers auf dem Steinboden der Kirche. Forbes war ihm also gefolgt. Hatte er den Fliehenden entdeckt oder wollte er nur sichergehen, dass er kein mögliches Versteck auslief? Panik flutete in Jeremy hoch, und Erschöpfung und körperlicher Schmerz begannen an seinen Nerven zu zerren.

Das Innere der Gruft war von schwachem Lichtschein erhellt.

Bettler in zerrissenen Lumpen hatten zwischen den Grabmälern Unterschlupf gefunden und sahen den Ankömmling mit stumpfen Blicken an. Ein seltsamer Geruch nach Asche, Schweiß und verbranntem Fleisch lag in der stickigen Luft.

»Ich werde verfolgt! Bitte helft mir!«, flüsterte Jeremy am Ende seiner Kraft. Hinter ihm knirschte der Schutt unter den Sohlen des sich nähernden Forbes.

Die Bettler kümmerten sich nicht um den Jesuiten, sondern wandten gleichgültig das Gesicht ab. Jeremy verlor schon den Mut, als eine weißhaarige Frau ihn zu sich winkte. Hoffnungsvoll folgte er ihrer Aufforderung. Sie deutete stumm hinter sich auf den halb zerstörten Sarkophag, an dem sie lehnte. Die Steinplatte, die ihn bedeckte, war in mehrere Stücke zerbrochen und gab den Blick auf ein mumifiziertes Skelett frei, das darin lag, offenbar der Leichnam eines vor langer Zeit verstorbenen Bischofs. Jeremy verstand. Ohne zu zögern schob er ein zerbröckelndes Stück der Steinplatte zur Seite, hob die steife, wie mit Leder überzogene Leiche an, kletterte in den Sarkophag und kroch unter sie. Die alte Frau nahm eine Handvoll Staub und schüttete ihn über den Leichnam, um zu verbergen, dass er gestört worden war.

Durch einen Riss im Stein des Sarkophags sah Jeremy den Lichtschein von Isaac Forbes' Fackel aufleuchten, als der Kaufmann die Gruft betrat. Deutlich hörte er seine knirschenden Schritte, als er sich wortlos durch das Gewölbe bewegte und die Fackel vor die Gesichter der abgerissenen Gestalten hielt, die ihm keinerlei Beachtung schenkten. Doch er hielt sich nicht lange auf. Überzeugt, dass der Gejagte sich nicht dort befand, wandte er sich verächtlich ab und stieg die Stufen wieder hinauf ins Freie. Kurz darauf verriet der Hufschlag seines Pferdes, dass er weiterritt.

Mit einem tiefen Gefühl der Erleichterung dankte Jeremy dem

Herrn und stieg schwerfällig aus seinem Versteck. Er drückte der Alten herzlich die Hand und ließ sich erschöpft neben sie auf den Boden sinken. Lange würde er nicht mehr durchhalten. Die Muskeln seines Körpers zitterten, und sein Herz schlug schwer in seiner Brust. Erst jetzt bemerkte er, dass die Gluthitze, die dem Boden noch immer innewohnte, die Sohlen seiner Schuhe versengt hatte und dass seine Füße schmerzten. Wie sollte er den Rest des Weges hinter sich bringen, nun, da seine Verfolger überall zu lauern schienen? Er hatte nicht die Kraft, ihnen durch Schnelligkeit zu entkommen, aber vielleicht gelang es ihm, sie zu überlisten!

»Ich danke dir für deine Hilfe«, sagte er zu der alten Frau, die ihn neugierig musterte, und gab ihr einen Shilling, den er aus seiner Hosentasche hervorholte. »Ich möchte dich noch um etwas bitten. Verkauf mir deinen Umhang.«

Die Alte schüttelte entrüstet den Kopf.

Jeremy holte die restlichen Münzen hervor, die er noch bei sich hatte, und drückte sie der Frau in die Hand. »Bitte, nimm das für deinen Umhang!«

Wieder schüttelte sie energisch den Kopf.

»Ich bringe ihn dir zurück. Ich schwöre es!«

Da gab die Alte nach, nahm das Geld und zog ihren zerrissenen, speckigen Umhang aus, an dem sie offenbar trotzdem von ganzem Herzen hing, und reichte ihn Jeremy.

»Ich bringe ihn dir morgen zurück!«, versprach der Jesuit.

Er warf sich das zerlumpte Kleidungsstück über die Schultern und zog sich die Kapuze tief ins Gesicht. Von neuer Zuversicht erfüllt, verließ er die Krypta und machte sich auf den Weg zum Ludgate. Das aus massivem Stein gebaute Torhaus war ausgebrannt, stand aber noch. Die Flammen hatten die eisenbeschlagenen Torflügel bis auf einige schwarz verkohlte Holzstücke verzehrt, so dass Jeremy den Stadtkern ungehindert verlassen konnte. Auf der Fleet-Brücke stand einer von Forbes' Dienern und hielt nach dem Flüchtenden Ausschau, so dass der Priester einen Umweg zur Fleet Lane machen musste, an deren Ende ebenfalls eine schmale Brücke über den Fleet führte. Auch hier stand ein Diener Wache, doch Jeremy wagte es, in seiner Verkleidung an ihm vorbeizugehen, denn er war sicher, dass dieser Lakai sein Gesicht nicht kannte, zumindest konnte sich der Jesuit nicht daran erinnern, ihm in Forbes' Haus begegnet zu sein. Jeremy hatte Glück. Der Lakai ließ ihn naserümpfend passieren, überzeugt, einen verlausten Bettler vor sich zu haben. Und so fasste der Priester erneut frischen Mut und setzte seine Flucht fort. Auch jenseits des Fleet-Flusses lag noch alles voller Trümmer und machte das Vorwärtskommen beschwerlich. Jeremy war bald am Ende seiner Kräfte. Als er endlich die Fetter Lane und damit das Ende des verbrannten Stadtgebietes erreichte, musste sich der Jesuit mit eisernem Willen zu jedem weiteren Schritt zwingen. Nur noch ein paar Straßen, und er hatte Sir Orlandos Haus erreicht!

Jeremy atmete auf, als die Gasse, die er entlangging, endlich auf die Chancery Lane traf. Er blieb stehen, um sich zu orientieren. Sein Ziel lag mehrere Häuser zu seiner Linken auf der gegenüberliegenden Seite. Schon wollte der Priester die Straße überqueren, als er in einiger Entfernung ein sich bewegendes Licht entdeckte. Rasch wich er zurück und drückte sich gegen die Hauswand in seinem Rücken. Schließlich wagte er sich wieder ein wenig vor und spähte vorsichtig nach dem verdächtigen Fackelschein. Offenbar wurde er bereits erwartet.

Jeremys Herz sank. Er hätte damit rechnen müssen! Isaac Forbes wusste, dass er mit dem Richter befreundet war und sich möglicherweise zu ihm flüchten mochte. Was sollte er jetzt tun? Irgendwie musste er an dem Wachposten vorbeikommen. Aber wie?

Eine Weile stand Jeremy nur da und beobachtete den Mann

aufmerksam. Auch er schien ein Diener zu sein. Der Jesuit wollte sich jedoch nicht darauf verlassen, dass der Lakai ihn nicht kannte. Er bemerkte, dass der Mann unruhig hin und her wanderte. Geduldiges Warten lag ihm wohl nicht. Als Jeremy sah, dass der Diener einige Schritte in die entgegengesetzte Richtung machte, um sich die Beine zu vertreten, nahm er all seinen Mut zusammen und huschte so leise wie möglich die Straße entlang. Es gelang ihm, sich Trelawneys Haus bis auf etwa hundert Yards zu nähern, bevor sich der Diener umwandte und ihn entdeckte. Sofort änderte Jeremy sein Verhalten. Einen Betrunkenen mimend, torkelte er von Haus zu Haus, verhielt auch einmal an einer Ecke, als müsse er sich übergeben, und taumelte dann weiter. Der Lakai beobachtete ihn misstrauisch, rührte sich jedoch nicht, bis Jeremy das Haus des Richters beinahe erreicht hatte.

»He du, komm mal her!«, rief der Diener schließlich und trat dem vermeintlichen Bettler mit schnellen Schritten entgegen.

Jeremy nahm die Beine in die Hand und rannte, so schnell er konnte, auf die Gesindetür zu. Dort bestand eher die Chance, dass ihm schnell geöffnet wurde, als am Hauptportal, in dessen Nähe sich nicht immer ein Dienstbote aufhielt. Mit rasselndem Atem erreichte Jeremy die Tür und schlug verzweifelt mit der Faust dagegen.

»Öffnet! Um der Liebe Gottes willen, öffnet!«

Hinter ihm sprintete der Diener heran und packte Jeremy an den Schultern, um ihn zurückzuzerren, als die Tür von einer Magd aufgezogen wurde. Mit aller Kraft, die ihm noch blieb, warf sich der Jesuit nach vorn und riss sich so aus dem Griff des Lakaien los, verlor dabei aber das Gleichgewicht und stürzte zu Boden. Unter den entsetzten Blicken der Magd stürmte der Angreifer Jeremy nach und fasste ihn am Arm, um ihn mit sich zur Tür hinauszuschleifen. Doch inzwischen waren zwei von Trelawneys Dienern eingetroffen und trennten den Lakaien von seinem Opfer.

Kurz darauf erschien der Richter. »Was, zum Teufel, geht hier vor?«

Jeremy war nicht mehr fähig, sich vom Boden zu erheben. Er stand kurz vor einer Ohnmacht. Sir Orlando musste zweimal hinsehen, bevor er seinen Freund erkannte.

»Potztausend, Ihr seht ja aus wie ein Schornsteinfeger! Was ist passiert?«

Als der Jesuit ihm nicht antwortete, beugte sich Sir Orlando über ihn, streifte den schmutzigen Umhang von seinen Schultern und ergriff seinen Arm, um ihm aufzuhelfen. Jeremy stieß einen Schmerzensschrei aus. Da sah der Richter, dass der Ärmel des Hemds blutdurchtränkt war.

»Ihr seid ja verwundet!« Sein Blick wanderte verwirrt zwischen dem Priester und dem Lakaien hin und her, der noch immer von seinen Dienern festgehalten wurde.

»Doktor, sagt mir doch, was geschehen ist«, bat er, während er Jeremy behutsam auf die Beine zog.

»Forbes ... Isaac Forbes ... er hat seinen Sohn getötet«, stammelte der Jesuit, der nur langsam wieder zu Atem kam. »Und dann hat er auf mich geschossen.«

»Der alte Forbes hat Samuel getötet?«, fragte Trelawney ungläubig.

Jeremy schüttelte den Kopf. »Es war nicht Samuel. Es war Aaron! Samuel ist im Bürgerkrieg gefallen, und Aaron hat seine Stelle eingenommen ... Forbes wollte verhindern, dass die Drapers sein Vermögen erben. Deshalb hat er die Dienerschaft entlassen und den Kammerdiener ermordet, damit er den Tausch nicht verraten konnte ... Und als der ersehnte Enkel ausblieb, hat Forbes Margaret Laxton dafür bezahlt, ihm ein Kind zu besorgen ... Er hat sie getötet, damit das Geheimnis gewahrt blieb.«

Die Erklärungen, die Jeremy schwer atmend von sich gab, waren ein wenig wirr, doch Sir Orlando verstand, was er meinte.

»Wie konntet Ihr ihm nur allein entgegentreten!«, sagte der Richter vorwurfsvoll. »Warum habt Ihr nicht auf mich gewartet?«

»Mylord, was sollen wir mit dem Burschen machen?«, meldete sich einer von Trelawneys Dienern zu Wort, die den Lakaien in ihrer Mitte hielten.

»Wer ist der Kerl?«

»Er arbeitet für Forbes«, klärte Jeremy den Richter auf. »Der Alte hat mich durch die ganze Stadt jagen lassen.«

»Ein Wunder, dass Ihr ihm entkommen seid!«

Sir Orlando befahl seinen Dienern, den Lakaien zu fesseln, einzusperren und zu bewachen. Dann half er Jeremy in das eheliche Schlafgemach im ersten Stock.

»Bei jedem Eurer Besuche seid Ihr in einem erbärmlicheren Zustand«, meinte Trelawney sarkastisch, während er seinen Freund auf dem Bett absetzte und ihm aus dem blutigen Wams half.

Jane brachte Wein und Leinenbinden, als sie von den Geschehnissen erfuhr, und Sir Orlando machte sich vorsichtig daran, Jeremys Schulter zu waschen.

»Die Kugel steckt im Oberarmmuskel. Zum Glück blutet die Wunde nicht allzu stark.«

»Es genügt, wenn Ihr mich verbindet«, sagte Jeremy. »Meister Ridgeway wird die Kugel herausholen.«

»Wie Ihr wollt.«

Malory brachte einen Krug Dünnbier und einen Becher, damit der Jesuit seinen Durst löschen konnte.

»Also habt Ihr wieder einmal das Rätsel gelöst«, meinte der Richter anerkennend. »Ich kenne den alten Forbes als harten und unerbittlichen Mann, aber dass er so weit gehen würde, hätte ich nicht gedacht.«

»Ich mag ihn als Mörder entlarvt haben, Mylord, doch ich kann noch immer nicht beweisen, dass er Meister Ridgeways Frau getötet hat. Und der Einzige, der gegen ihn aussagen konnte, ist tot!«

»Ja, die Angelegenheit ist nicht einfacher geworden. Aber wir werden schon einen Weg finden, Isaac Forbes zur Rechenschaft zu ziehen, Pater. Jetzt solltet Ihr Euch ausruhen! Ihr habt Schlimmes durchgemacht.«

In diesem Moment erschien Lady Jane mit blassem Gesicht in der Tür. »Mein Gemahl, bitte kommt schnell!«

Sir Orlandos Blick kreuzte beunruhigt den Jeremys. »Ich bin gleich zurück.«

An Jane gewandt fragte er: »Was ist denn los?«

»Draußen vor dem Haus finden sich mehr und mehr Männer mit Fackeln zusammen. Ich fürchte, sie haben üble Absichten.«

Trelawney ahnte Böses. Er betrat den Salon, ging zu einem der Fenster, die auf die Chancery Lane hinausführten, und öffnete es. Vor dem Haus rottete sich ein Mob zusammen: Diener in der roten Livree der Forbes, aber auch anderer Familien, ein paar Bürgersleute zu Pferd, vermutlich Nachbarn der Forbes, und eine Anzahl von Londonern, die bei dem Brand ihre Häuser und ihr Hab und Gut verloren hatten und nun für ihr Unglück Rache wollten. Inmitten dieser aufgepeitschten Menschenmenge saß Isaac Forbes wie ein Feldherr auf seinem Pferd. Er trug zwei Pistolen im Gürtel. Noch verhielten sich die Leute ruhig, offenbar gezügelt von der Autorität ihres Anführers, der sich nun an den Richter wandte: »Mylord, verzeiht den Aufmarsch und die späte Störung. Ich habe Grund zu der Annahme, dass sich ein Verbrecher ohne Euer Wissen Zugang zu Eurem Haus verschafft hat. Gestattet mir und meinen Leuten, nach ihm zu suchen und ihn festzunehmen.«

»Ihr verlangt, dass ich diesem bis an die Zähne bewaffneten

Haufen den Zutritt zu meinem Haus gewähre? Ihr müsst verrückt sein!«

»Mylord, der Verbrecher, um den es geht, hat vor meinen Augen meinen Sohn erschossen und ist dann geflohen. Ich habe ihn mit meinen Leuten bis zu Eurem Haus verfolgt. Ich bin sicher, dass er hier ist. Lasst mich ein, bevor er noch jemanden verletzt.«

»Nein!«

»Überdenkt Eure Entscheidung, Mylord. Dieser Mann ist nicht nur ein kaltblütiger Mörder, sondern auch ein papistischer Priester, der für die Zerstörung unserer Stadt verantwortlich ist!«

Sir Orlando knirschte mit den Zähnen. Die Tatsache, dass Forbes Dr. Fauconers Geheimnis kannte, verschlimmerte die Lage.

»Es sieht nicht gut aus, nicht wahr?«, fragte Jeremy, der seinem Freund in den Salon gefolgt war.

Trelawney wandte sich zu ihm um und befahl energisch: »Bleibt vom Fenster weg!«

»Nun, wie lautet Eure Entscheidung, Mylord?«, rief Forbes ungeduldig. »Liefert den Schurken aus oder lasst mich ein, damit ich ihn festnehmen kann.«

»Es obliegt Euch nicht, Verdächtige zu verhaften, Sir«, antwortete Sir Orlando unbeirrt. »Verschwindet mit dem Pöbel, der Euch folgt, von meiner Tür, sonst bin ich gezwungen, Seine Majestät von Eurem aufrührerischen Verhalten in Kenntnis zu setzen!«

Der Richter sah ein zynisches Lächeln über Forbes' Gesicht gleiten. »Euer König ist fern, Mylord. Wenn Ihr versuchen solltet, einen Eurer Diener nach Whitehall zu schicken, werdet Ihr es schnell bereuen!«

»Er hat Recht«, bemerkte Jeremy bedrückt. »Sie werden niemanden durchlassen!«

»Ich sagte doch, dass Ihr vom Fenster wegbleiben sollt!«, zischte Trelawney, als sein Freund Anstalten machte, sich ihm zu nähern.

Jeremy gehorchte, blieb aber in der Mitte des Raumes stehen, um zu hören, was gesprochen wurde.

Der Richter winkte Jane zu sich. »Gib der Dienerschaft Anweisung, alle Türen und Fenster im Erdgeschoss zu verriegeln!«

Sie nickte stumm und eilte davon.

»Mylord, Ihr glaubt doch nicht, dass Sie sich mit Gewalt Zugang verschaffen könnten!«, rief Jeremy entsetzt.

Sir Orlando sah ihn düster an. »Doch, das glaube ich!«

»Aber das ist doch verrückt!«

»Dieser Mann ist wahnsinnig, Pater, seht Ihr das nicht? Er wird nicht ruhen, bis er Euch zum Schweigen gebracht hat. Die Konsequenzen seines Tuns sind ihm nicht bewusst.«

Wieder war Isaac Forbes' Stimme von der Straße her zu hören. Ihr scharfer Ton verriet deutlich seine zunehmende Gereiztheit.

»Mylord, meine Geduld hat Grenzen! Liefert den Priester aus! Sonst muss ich annehmen, dass Ihr selbst ein Anhänger der römischen Bestie und damit ein Verräter unseres Volkes seid!«

»Ich sagte Euch schon, dass es nicht Eure Sache ist, einen Verdächtigen zu verhaften«, antwortete Sir Orlando unnachgiebig. »Wenn ich ihn an Euch ausliefere, werdet Ihr ihn ermorden lassen. Das kann ich nicht verantworten.«

Wieder lächelte Forbes eisig. »Ich schwöre Euch, Mylord, dass ich nichts anderes will als Gerechtigkeit. Dem Mann wird kein Haar gekrümmt. Wir werden ihn bei einem Friedensrichter abliefern, der ihn ins Gefängnis schaffen wird.«

Trelawney wich vom Fenster zurück und trat zu Jeremy.

»Er lügt! Daran besteht wohl kein Zweifel. Sobald er Euch in die Hände bekäme, wärt Ihr ein toter Mann.«

Jeremy seufzte tief. »Ich hätte nicht herkommen dürfen. Damit habe ich Euch nur unnötig in Gefahr gebracht.«

»Redet keinen Unsinn! Ich war es, der Euch in Gefahr brachte, als ich Euch bat, mir bei der Aufklärung des Mordes an der Hebamme zu helfen. Das wird mir für die Zukunft eine Lehre sein.«

Der Richter rief nach Malory. Als der Kammerdiener erschien, befahl Trelawney: »Geh in den Stall und lass zwei der Kutschpferde satteln. Nimm eine geladene Pistole mit. Du wirst Dr. Fauconer zum Hartford House geleiten.«

Jeremy sah ihn fragend an.

»Wenn dieser aufgehetzte Haufen mein Haus stürmt, kann ich Euch nicht mehr schützen«, erklärte Sir Orlando. »Bei Lady St. Clair seid Ihr sicherer. Sie hat mehr Diener zur Verfügung als ich. Sollte es zum Schlimmsten kommen, kann sie Euch besser verteidigen! Wisst Ihr, ob der Ire bei ihr ist?«

»Ja, ich denke schon.«

»Gut! Er war Soldat und wird wissen, was zu tun ist.«

»Mylord, ich will doch keinen Krieg!«, rief Jeremy bestürzt.

»Hoffen wir, dass es nicht so weit kommt. Der alte Puritaner wird es sich zweimal überlegen, bevor er das Haus einer Mätresse des Königs angreift.«

»Aber wie soll ich ungesehen hinauskommen?«

»Von den Ställen führt ein schmaler Weg zu den Feldern des Lincoln's Inn. Man kann gerade ein Pferd hindurchführen. Und nun geht, bevor die da draußen Verdacht schöpfen. Ich versuche, sie so lange wie möglich hinzuhalten.«

Jeremy warf dem Richter noch einen letzten Blick zu, dann folgte er Malory zu den Ställen hinter dem Haus. Die Pferde waren bereits gesattelt. Der Kammerdiener ging mit seinem Reittier voraus. Sie passierten eine niedrige Pforte und bewegten sich einen schmalen Weg entlang, der sie aufs freie Feld entließ. Während der vernichtende Brand in der Stadt gewütet hatte, waren viele Londoner zum Lincoln's Inn geflohen und hatten dort ihr Lager aufgeschlagen. Doch inzwischen waren die Felder wieder verlassen. Die Menschen waren zu ihren zerstörten Häusern zurückgekehrt und hatten mit den ersten Aufräumarbeiten begonnen. Einige hatten London verlassen und waren zu Verwandten oder Freunden in andere Städte gezogen.

Malory half Jeremy in den Sattel und bestieg dann sein eigenes Pferd. Von ihren Reitern angetrieben, fielen die Tiere gehorsam in Galopp. Der Jesuit betete inbrünstig, dass keines von ihnen in ein Kaninchenloch treten möge, denn das Dunkel der Nacht wurde nur vom Halbmond und den Sternen erleuchtet. Sie hatten den Rand des offenen Geländes gerade erreicht, als sie hinter sich Stimmen hörten. Besorgt wandte sich Jeremy um. In der Ferne war Fackelschein zu erkennen. Seine Flucht war entdeckt worden.

Dreiundvierzigstes Kapitel

Sir Orlando trat wieder an das geöffnete Fenster und sah auf die Menschen hinab. Er musste sie beschäftigen, bis der Jesuit in Sicherheit war! Vielleicht hatte er Glück, und einer seiner Nachbarn war geistesgegenwärtig genug, einen Bediensteten nach Whitehall zu schicken, um die Garde zu alarmieren. Andererseits war es möglich, dass die Aufständischen den ein oder anderen auf ihre Seite ziehen mochten, denn der Hass auf die Katholiken war durch den Brand ins Unermessliche gewachsen. Ein papistischer Priester, der einen protestantischen Kaufmann ermordet hatte, war ein gefundenes Fressen für jeden, der das Bedürfnis hatte, seine Wut an einem Sündenbock auszulassen.

Zu seiner Beunruhigung sah der Richter, wie sich Isaac Forbes mit seinen Begleitern beriet. Kurz darauf zogen sich einige von ihnen zurück. Um die Aufmerksamkeit des Alten auf sich zu lenken, rief Sir Orlando: »Welche Sicherheiten bietet Ihr mir dafür, dass dem Gefangenen durch Euch kein Unrecht geschieht?«

»Keine!«, erwiderte Forbes hart. »Ihr müsst mir schon vertrauen. Zweifelt Ihr etwa an meiner Ehre, Mylord? Wollt Ihr mich beleidigen?«

»Gebt mir noch etwas Bedenkzeit, Sir. Ich muss erst die rechtliche Lage prüfen ...«

»Ihr hattet genug Zeit, Mylord!«, brüllte Forbes, den nun endgültig die Geduld verließ. »Liefert den Mörder aus, oder ich lasse Euer Haus stürmen!«

In diesem Moment kehrte einer der Reiter, die sich eine Weile zuvor entfernt hatten, in gestrecktem Galopp zurück.

»Er flieht! Das Schwein flieht!« Der Mann zügelte sein Pferd und deutete nach Südwesten. »Er versucht, über die Felder des Lincoln's Inn zu entkommen.«

Ein wütendes Grollen ging durch die Menge. Isaac Forbes schüttelte aufgebracht die Faust gegen den Richter. »Ihr habt mich hereingelegt. Aber das wird Euch nichts nützen. Ich kriege den Bastard! Und ich werde ihn hängen lassen!«

Der Hass und der Zorn, die Trelawney aus den Gesichtern des Pöbels entgegenschlugen, erschreckten ihn. Ein Schuss fiel. Instinktiv wich der Richter zur Seite, gerade noch rechtzeitig, um der Kugel auszuweichen, die gefährlich nah an seinem Kopf vorbeiflog. Blitzschnell ließ er sich auf den Boden fallen und kroch vom Fenster weg. In diesem Augenblick sah er Jane mit bestürzter Miene in der Tür zum Salon auftauchen. »Orlando, seid Ihr verletzt?«

»Runter auf den Boden!«, rief er gebieterisch.

Sie gehorchte und sah ihn ängstlich an, während er sich ihr auf allen vieren näherte. Als er sie erreicht hatte, packte er sie am Arm und schob sie aus dem Raum. Hinter ihnen zersplitterte das Glas der Fenster unter einem Hagel von Steinen und Bleikugeln. Sir Orlando zog die Tür zu und half seiner Frau auf die Beine.

»Was ist nur in die Menschen gefahren?«, fragte Jane erschüttert. Sie zitterte so erbärmlich, dass Trelawney die Arme um sie legte und sie fest an sich drückte.

Jeremy und der Kammerdiener trieben ihre Pferde rücksichtslos durch die Gassen oberhalb des Strand. Als sie die breite Straße endlich erreicht hatten, galoppierten sie am Arundel House und am Somerset House vorbei und zügelten ihre schäumenden Reittiere vor der Einfahrt zum Hartford House. Das Tor war zu so später Stunde – es war kurz vor Mitternacht – bereits geschlossen. Malory ließ sich aus dem Sattel gleiten und hämmerte mit der Faust gegen das Holz, doch es schien eine Ewigkeit zu dauern, bis einer der Stallburschen aus dem Bett fand und ihnen öffnete.

Malory führte sein Pferd am Zügel in den Hof, gefolgt von Jeremy, der halb bewusstlos im Sattel hin und her schwankte. Seine Wunde hatte wieder angefangen zu bluten und verursachte ihm unerträgliche Schmerzen.

»Schließ das Tor!«, rief Malory schwer atmend. »Und lass niemanden herein!«

Der Kammerdiener wandte sich Jeremy zu und wollte ihm gerade vom Pferd helfen, als Breandán auf den Hof trat.

»Was ist los?«, fragte er. Im nächsten Moment streckte er die Arme aus, um den Priester aufzufangen, der ohnmächtig aus dem Sattel glitt.

»Er ist verwundet«, erklärte Malory. »Und wir werden verfolgt. Ihr müsst unbedingt alle Türen und Fenster verrammeln lassen.«

Breandán stellte keine weiteren Fragen. Gemeinsam mit dem Diener trug er den besinnungslosen Jeremy ins Haus. In der Halle kam ihnen Amoret entgegen.

»Heilige Jungfrau, was ist mit ihm?«, rief sie entsetzt.

»Sein Arm blutet«, erwiderte Breandán. »Wir bringen ihn zu Meister Ridgeway.«

Alan lag im Bett und plauderte mit Armande, als der Ire und der Kammerdiener den Verwundeten über die Schwelle trugen.

»Er hat eine Kugel im Arm«, unterrichtete Malory den Wundarzt, der erbleichte.

Armande machte sich auf, Alans chirurgische Instrumente, eine Schüssel mit Branntwein und Leinenbinden zu besorgen, während Amoret und der Wundarzt dem Jesuiten vorsichtig das Hemd auszogen und den mit Blut durchtränkten Verband entfernten.

Breandán nahm derweil Malory zur Seite. »Ihr sagtet, ihr werdet verfolgt?«

»Ja, der Kaufmann Isaac Forbes hat Dr. Fauconer angeschossen, als dieser herausfand, dass Forbes der Mörder der Hebamme ist. Er hat ihn bis zum Haus Seiner Lordschaft verfolgt und seine Herausgabe gefordert. Mr. Forbes hat eine beachtliche Gefolgschaft, die gut bewaffnet ist. Ich fürchte, sie werden bald hier sein!«

»Isaac Forbes, sagt Ihr? Er hat ein Haus auf der Leadenhall Street, nicht wahr?«, fragte der Ire nachdenklich.

»Ja, Sir.«

Breandán überlegte nicht lange, was zu tun war. Er gab dem Haushofmeister Rowland die Anweisung, nachzusehen, ob die Fensterläden im Erdgeschoss verschlossen waren, und sämtliche Türen zu verriegeln und zu verbarrikadieren.

»Gibt es Waffen im Haus?«, fragte der Ire.

Rowland dachte kurz nach. »Ein paar Musketen, einige Pistolen, Degen und alte Schwerter.«

»Gut, lasst alles in den ersten Stock bringen. Und vergesst die Munition nicht!«

Breandán kehrte in Meister Ridgeways Gemach zurück und trat zu Amoret, die neben dem Bett stand und mit besorgter Miene beobachtete, wie der Wundarzt mit einer Zange die Kugel aus Jeremys Oberarm holte.

»Amoret, wir müssen uns auf eine Belagerung gefasst machen«, sagte der Ire. »Malory hat erzählt, dass eine aufgebrachte Menge hinter Pater Blackshaw her ist. Sie haben gedroht, Richter Trelawneys Haus zu stürmen, und könnten dir dasselbe in Aussicht stellen.«

Amoret blickte ihn ungläubig an. »Denkst du das wirklich? Das würden sie nicht wagen!«

»Ich hoffe nicht, aber wir müssen trotzdem Vorkehrungen treffen! Ich habe alle Fenster und Türen verriegeln lassen ...«

»Mylady, sie sind da!«, rief Rowland von der Tür her.

Amoret warf noch einen besorgten Blick auf den ohnmächtigen Priester, dann sagte sie mit fester Stimme: »Ich komme!«

Breandán begleitete sie in den Speisesaal, der zum Strand hinausging. Eine steigende Anzahl von Männern mit Fackeln fanden sich in der Auffahrt vor dem Haus zusammen, einige von ihnen zu Pferd.

»Sie sind tatsächlich gut bewaffnet«, bemerkte Breandán düster. »Der grauhaarige Mann auf dem Braunen da vorn ist Isaac Forbes!«

Amoret wandte sich dem Iren überrascht zu. »Du kennst ihn?«

»Lord Arlington verdächtigt ihn, mit den Holländern in Kontakt zu stehen.«

Forbes hob den Kopf und sah zu dem Fenster herauf, an dem sie standen.

»Mylady St. Clair! Ich muss mit Euch reden!«

Amoret öffnete das Fenster und blickte mit eisiger Miene zu ihm hinab. »Sprecht!«

»Ich weiß, dass Richter Trelawney einen Mann zu Euch geschickt hat, damit Ihr ihn vor seiner gerechten Strafe schützt. Dieser Mann ist ein Mörder. Er hat meinen Sohn umgebracht. Ich verlange, dass Ihr ihn mir übergebt.«

»Ihr irrt Euch, Sir. Ich beherberge keinen Verbrecher in meinem Haus. Und nun geht!«

»Leugnen ist zwecklos, Mylady! Einer meiner Diener hat gesehen, wie der Gesuchte in den Hof Eures Hauses geritten ist. Warum schützt Ihr den Schurken?«

»Ich sagte Euch schon, Sir, es befinden sich keine Fremden in meinem Haus. Verschwindet von meinem Grundstück, oder der König wird von Eurem unverschämten Auftreten hören!«

»Ich weiß, dass dieser Mann ein papistischer Priester ist, Mylady. Ihr mögt Euch verpflichtet fühlen, ihn zu schützen, weil Ihr Katholikin seid. Doch ich schwöre Euch, Ihr werdet es bereuen!«

Amoret schlug das Fenster zu und trat zu Breandán.

»Was kann er schon tun?«, bemerkte sie mit einem abfälligen Schulterzucken.

»Im schlimmsten Fall könnte er dein Haus in Brand setzen!«, antwortete der Ire sarkastisch. »Du musst sofort den König von den Vorgängen in Kenntnis setzen. Er soll die Garde schicken.«

»Und wenn Forbes die Anschuldigungen gegen Pater Blackshaw vor Charles wiederholt? Ich könnte es nicht ertragen, wenn man ihn auch noch des Mordes anklagt.«

»Glaub mir, du hast keine andere Wahl! Dieser Mann ist ein fanatischer Katholikenhasser. Er wird alles tun, um Pater Blackshaw in die Hand zu bekommen. Du musst eine Botschaft an den König schicken!«

Seine eindringlichen Worte brachten Amorets Sicherheit ins Wanken. Schließlich nickte sie ergeben.

»Also gut. Rowland, bring mir Papier, Feder und Tinte. Und dann schick William und Jim zu mir.«

Als Amoret die kurze Nachricht verfasst hatte, übergab sie sie William. »Zieht euch unauffällige Kleider über und steckt Pistolen ein. Geht hinten durch den Garten und nehmt eines der Ruderboote, die an der Anlegestelle festgemacht sind. Übergebt diese Botschaft dem König oder dem Herzog von York. Los, beeilt euch!«

Die beiden Diener machten sich pflichteifrig auf den Weg.

»Ich überprüfe mal, ob tatsächlich alle Fenster und Türen verschlossen sind«, sagte Breandán, dessen Miene besorgt blieb.

Amoret begab sich ins rote Gemach, um nach Jeremy zu sehen, der inzwischen wieder zu Bewusstsein gekommen war. Alan hatte die Schusswunde gesäubert und verbunden. Nun machte er sich daran, behutsam die versengten Schuhe von den Füßen des Priesters zu schneiden. Jeremys Fußsohlen waren mit nässenden Brandblasen übersät. Alan tupfte sie sorgfältig mit einem sauberen Tuch ab, rieb sie dann mit Johanniskrautöl ein und legte einen Verband an.

»Wie sieht es aus?«, fragte Jeremy mit schwacher Stimme.

Amoret bemühte sich, zuversichtlich zu klingen. »Isaac Forbes ist mit seinen Gefolgsleuten vor dem Haus. Ich habe bereits eine Nachricht an den König geschickt. Bald wird die Garde da sein!«

»Forbes hat geschworen, mich hängen zu sehen.«

»Das wird nicht passieren!«, sagte Amoret bestimmt. »Alan, kümmert Euch um ihn!«

Sie hatte das Gemach gerade verlassen, als von draußen ein Schuss an ihr Ohr drang. Alarmiert blieb sie stehen und lauschte, um festzustellen, aus welcher Richtung der Knall gekommen war. Kurz darauf folgte ein zweiter Schuss. Diesmal war sich Amoret sicher, dass er vom Fluss her kam. Beunruhigt lief sie in ein kleines Kabinett, dessen Fenster nach hinten hinausgingen, und sah durch die Scheiben. Doch sie konnte nichts erkennen, der Garten lag im Dunkel. Lediglich auf dem Fluss waren ein paar beleuchtete Boote zu sehen. Amoret überkam ein ungutes Gefühl.

Voller Sorge eilte sie zum Speisesaal zurück, wo sie auf Breandán traf, der das Fenster geöffnet hatte und auf die Belagerer hinaussah.

»Was ist geschehen?«, rief sie, als sie den Schatten auf Breandáns Zügen bemerkte.

Der Ire streckte die Hand aus, um sie vom Fenster fern zu halten. »Sieh nicht hin!«

Doch sie schob sich energisch an ihm vorbei. Vom Strand her

näherte sich ein Mann der Zufahrt zum Haus. Er führte ein Pferd am Zügel, das einen leblosen Körper auf dem Rücken trug. Zwei der Belagerer zogen auf Forbes' Wink hin den Leichnam vom Sattel des Tieres herunter und schleiften ihn an den Armen in die Mitte der Auffahrt, so dass er vom Fenster aus zu sehen war. Es war Jim.

Amoret schlug entsetzt die Hand vor den Mund. »Diese verdammten Bastarde ...« Mit Tränen in den Augen sah sie sich um. »Wo ist William?«

Breandán deutete in die Richtung, aus der der Mann mit dem Pferd gekommen war. Ein Zweiter war nun aus einer Seitengasse aufgetaucht. Er führte sein Reittier am Zügel und dirigierte William mit gezückter Pistole vor sich her.

»Sie haben geahnt, dass wir jemanden nach Whitehall schicken würden«, sagte Breandán zähneknirschend. »Wahrscheinlich haben sie in einem Boot auf die Diener gewartet.«

»Mylady!«, rief Isaac Forbes zu ihnen herauf. In seiner Stimme mischten sich Triumph und eine unmissverständliche Drohung. »Wie Ihr seht, ist Euer Vorhaben, den König zu Hilfe zu rufen, fehlgeschlagen. Einer Eurer Diener ist tot. Der andere wird ihm folgen, wenn Ihr nicht tut, was ich verlange!«

»Ich gehe raus!«, sagte Jeremy.

Amoret und Breandán fuhren gleichzeitig zu ihm herum. Der Jesuit trug den rechten Arm in der Schlinge. Er sah schrecklich elend aus, mit bleichem Gesicht und dunklen Schatten unter den Augen, aber in seinem Blick lag eine Entschlossenheit, die nichts ins Wanken bringen konnte.

Amoret schüttelte abwehrend den Kopf. »Das lasse ich nicht zu!«

»Seid vernünftig, Mylady. Sie haben Jim umgebracht, und sie werden nicht zögern, auch William zu erschießen. Das kann ich nicht verantworten.«

»Sie werden Euch töten!«, prophezeite Breandán.

»Mr. Forbes hat versprochen, mich lediglich einem Friedensrichter zu übergeben. Und ich glaube ihm«, log Jeremy.

Breandán trat zu ihm und sagte beschwörend: »Forbes ist ein Puritaner! Ich habe gesehen, was diese Männer damals unter Cromwell in Irland getan haben, Pater. Sie haben unsere Priester gejagt wie Wild, das zum Abschuss freigegeben ist, und wenn sie einen von ihnen aufgespürt hatten, haben sie ihn kaltblütig abgeschlachtet. Wenn Ihr da rausgeht, seid Ihr tot!«

»Nun, wie entscheidet Ihr Euch, Mylady?«, rief Forbes ungeduldig. »Da Ihr Euch nicht zu einer Antwort durchringen könnt, werde ich wohl nachhelfen müssen!«

»Er meint es ernst, Mylady«, sagte Jeremy. »Lasst mich gehen!«

»Nein!«, entfuhr es Amoret. »Niemals!«

Ein lauter Knall ließ sie alle gleichzeitig zusammenfahren. Entsetzt stürzte Amoret zum Fenster und sah hinaus. William wälzte sich mit schmerzverzerrtem Gesicht am Boden, beide Hände um seinen blutenden Schenkel gekrampft. Forbes hatte ihn ins Bein geschossen.

Jeremy trat an Amorets Seite und rief: »Ich komme raus! Lasst den Diener gehen!«

Eine Welle vernichtender Angst überschwemmte Amoret. Verzweifelt klammerte sie sich an Jeremys linken Arm. »Ich lasse nicht zu, dass Ihr Euch opfert!«, schrie sie. »Ich werde Euch bis zum letzten Blutstropfen verteidigen!«

»Ich weiß, dass Ihr das tun würdet, Mylady. Aber könnt Ihr auch für alle anderen in diesem Haus sprechen? Ich will nicht, dass meinetwegen noch jemand verletzt oder getötet wird. Damit könnte ich nicht leben!«

Amoret brach in Tränen aus. »Ich kann Euch nicht gehen lassen ...«

Da trat Breandán zu ihnen und löste sanft ihre verkrampften Hände aus Jeremys Hemdsärmel. »Lass ihn gehen. Ich werde ihn begleiten.«

»Nein«, schluchzte sie. »Ich will euch nicht beide verlieren!«

Breandán legte die Hände auf ihre Schultern und schob sie von dem Jesuiten weg. »Vertrau mir! Ich werde mich um ihn kümmern«, sagte er und blickte sie eindringlich an. Da gab sie ihren Widerstand auf.

Breandán wandte sich an Jeremy. »Kommt, Pater.«

»Nein, mein Freund, ich muss allein gehen«, widersprach der Priester.

»Nun gut, wie Ihr wollt. Aber ich bringe Euch zur Tür, damit ich William in Empfang nehmen kann!«

Ohne Jeremys Antwort abzuwarten, ging der Ire voraus. Als sie den Speisesaal verlassen hatten, blieb er nach ein paar Schritten stehen und wandte sich zu dem Jesuiten um. Als Jeremy auf gleicher Höhe mit ihm war, riss Breandán die Tür zu seiner Linken auf, packte den Priester am Arm und stieß ihn kurzerhand ins Innere des kleinen Kabinetts. Ehe Jeremy reagieren konnte, hatte der Ire den Schlüssel, der von innen steckte, abgezogen, die Tür zugeschlagen und abgeschlossen.

»Nein!«, rief der Jesuit. »Tut das nicht! Lasst mich raus! Breandán, ich bitte Euch!«

Doch er stieß auf taube Ohren. Verzweifelt rüttelte er am Türknauf, aber das Schloss hielt stand. Schließlich gab er auf. Der Raum lag im Dunkeln. Jeremy tastete auf dem Tisch, der der Tür am nächsten stand, nach Kerze und Zunderbüchse und schlug Feuer. Aufmerksam sah er sich in dem Kabinett um. Er musste hier heraus, sonst würde ein Unschuldiger seinetwegen sterben!

Jeremy atmete auf, als er in einer Ecke des Raumes eine kleine Dienstbotentür entdeckte. Sie war nicht verschlossen. Der Jesuit öffnete sie leise und durchquerte mit der Kerze in der Hand den anliegenden Raum. Durch eine zweite Tür gelangte er zu einer schmalen Treppe, die zur Küche im Erdgeschoss führte. Er stieg die Stufen hinab und erreichte den Anrichteraum. Irgendwo musste es eine Tür geben, die nach draußen führte. Entschlossen hastete Jeremy weiter. Als er um die nächste Ecke bog, lief er in eine vorschnellende Faust.

Es fiel Alan schwer, im Bett zu bleiben und geduldig zu warten, während draußen vor dem Haus der Pöbel die Auslieferung seines besten Freundes forderte. Seine Beine waren noch nicht kräftig genug, um seinen Körper zu tragen, und so blieb ihm nichts anderes übrig, als untätig dazusitzen und zu beten.

Als die Tür zu seinem Gemach aufgerissen wurde, schrak Alan zusammen. Entsetzt sah er, wie Breandán mit einem leblosen Körper über der Schulter auf der Schwelle auftauchte. Es war Jeremy!

»Heilige Jungfrau, was ist mit ihm? Ist er ohnmächtig geworden?«, fragte Alan besorgt.

Breandán ließ den Priester behutsam aufs Bett gleiten. »Nein. Ich musste ihn niederschlagen. Er wollte sich hinausschleichen.«

»Warum sollte er so etwas Verrücktes tun?«

»Er ist fest entschlossen, sich zu opfern, damit niemand seinetwegen zu Schaden kommt. Aber das lasse ich nicht zu!«

Mit gemischten Gefühlen beobachtete Alan, wie Breandán einige Leinenbinden entrollte, dem Priester damit zuerst die Hände auf den Rücken fesselte und ihm dann die Knöchel zusammenband.

»Ist das wirklich nötig?«, protestierte er halbherzig. »Seine Wunde wird wieder aufbrechen!«

»Es geht mir darum, sein Leben zu retten!« widersprach Breandán gereizt. »Ich beschwöre Euch, Alan, wenn Euch etwas an ihm liegt, lasst Euch nicht dazu überreden, seine Fesseln zu lösen, egal, wie sehr er Euch auch anflehen mag!«

»Das werde ich nicht! Verlasst Euch darauf!«, versprach Alan. »Aber wie wollt Ihr verhindern, dass die da draußen ihn sich mit Gewalt holen?«

»Überlasst das nur mir!«

Breandán hatte eine Idee. Rasch kehrte er in den Speisesaal zurück. Amoret sah ihm ängstlich entgegen. »Wo ist Pater Blackshaw?«

»Ich habe ihn eingesperrt«, antwortete der Ire ohne weitere Erklärungen.

Amoret beobachtete verwundert, wie er eine Schreibfeder zur Hand nahm, die Spitze in ein bereitstehendes Tintenfass tunkte und ein paar kurze Zeilen auf ein Blatt Papier kritzelte.

»Was hast du vor?«, fragte sie.

»Das erkläre ich dir später.« Breandán nahm eine Orange aus einer Schüssel mit Früchten, zog eine Nadel aus Amorets Kleid und steckte das Papier an der Orangenschale fest.

Draußen erhob sich erneut Isaac Forbes' drohende Stimme: »Meine Geduld ist erschöpft, Mylady. Da Euch so wenig am Leben Eures Dieners liegt ...«

»Wartet!«, schrie Breandán und trat an das geöffnete Fenster.

Isaac Forbes hielt den Lauf seiner Pistole auf Williams Kopf gerichtet, bereit, abzudrücken. Ungeduldig richtete sich der Blick des Alten auf Breandán.

»Lest das, Mr. Forbes!« Mit diesen Worten warf der Ire die Orange hinaus.

Einer der Umstehenden fing sie auf und reichte sie Forbes. Dieser steckte seine Pistole in den Gürtel, entfaltete das Papier und las. Im nächsten Moment verzerrte sich sein Gesicht vor Zorn. Er zerknüllte das Papier, warf es jedoch nicht weg, sondern steckte es ein. Dann nahm er die Zügel seines Pferdes auf und ritt unter den verständnislosen Blicken der Umstehenden in eiligem Tempo davon.

»Schnell, Rowland, eine Muskete!«, befahl Breandán.

Der Haushofmeister reichte ihm die Waffe, und der Ire legte an. Unten vor dem Haus waren die Belagerer in heillose Verwirrung geraten. Keiner von ihnen verstand, weshalb ihr Anführer so plötzlich ohne Erklärung das Feld geräumt hatte. Man war sich nicht im Klaren, ob man ihm folgen oder weiterhin auf die Herausgabe des Priesters pochen sollte. Den meisten wurde mit einem Mal bewusst, dass sie Gefahr liefen, als Aufrührer hingerichtet zu werden, wenn sie von der Garde des Königs aufgegriffen werden sollten. Es war vernünftiger, sich klammheimlich aus dem Staub zu machen und so zu tun, als sei nichts gewesen. Was ging sie der Rachefeldzug von Isaac Forbes überhaupt an?

Mehr und mehr Männer verschwanden im Dunkel der Gassen und machten sich auf den Heimweg. Nur ein paar Hartgesottene blieben unschlüssig vor dem Haus der königlichen Mätresse stehen. William befand sich noch immer mitten unter ihnen. Seine Schenkelwunde erlaubte es ihm nicht, auf die Beine zu kommen und sich in Sicherheit zu bringen. Als sich einer der verbliebenen Aufrührer dem Diener mit der Waffe in der Hand näherte, rief Breandán drohend: »Der Erste, der auf ihn schießt, ist ein toter Mann!«

Der Angesprochene zog sich zurück. Doch der Ire nahm aus dem Augenwinkel wahr, dass ein anderer trotzig seine Pistole hob und auf den am Boden liegenden William anlegte. Breandán drückte ab. Die Kugel riss dem Schützen die Waffe aus der Hand. Schreiend presste er seinen Arm gegen den Rumpf. Der Ire streckte Rowland die abgeschossene Waffe hin und erhielt dafür eine geladene Muskete. Innerhalb eines Augenblicks hatte Breandán den Hahn gespannt und erneut angelegt. Doch es gab keinen weiteren Versuch, dem verwundeten Diener den Todesschuss zu geben.

Breandán wandte sich an den Haushofmeister: »Könnt Ihr schießen?«

»Ja, Sir.«

»Dann nehmt die Muskete und gebt mir Feuerschutz, während ich William hole!«

Einer der Lakaien, der mit William befreundet war, erklärte sich ohne Aufforderung bereit, den Iren zu begleiten. Mit zwei Pistolen im Anschlag schob sich Breandán, gefolgt von dem Lakaien, durch die Dienstbotentür vorsichtig ins Freie.

Die Belagerung war mehr und mehr in Auflösung begriffen. Es gelang den beiden Männern, sich dem Verwundeten unbehelligt zu nähern.

»Zieh ihn ins Haus!«, wies der Ire den Lakaien an. Dieser legte die Hände unter Williams Achseln und schleifte seinen Freund unter dem Schutz von Breandáns Pistolen zur Tür. Hinter ihnen erklang auf einmal der Hufschlag galoppierender Pferde, und kurz darauf traf ein Trupp der königlichen Garde vor dem Haus ein. Die Degen gezogen, ritten die Soldaten zwischen die letzten Reste der Aufrührer und trieben die Männer auseinander. Keines der Großmäuler hatte das Herz zu kämpfen. Sie suchten ihr Heil in kopfloser Flucht. Bald erinnerte nur noch der Leichnam des ermordeten Dieners in der Auffahrt an den Albtraum, der sich dort abgespielt hatte.

Breandán hatte sich Williams Arm um den Nacken gelegt und stützte ihn die Treppe hinauf in den ersten Stock, wo sie auf Amoret trafen.

»Wie schlimm ist es?«, fragte sie. Angesichts des vielen Bluts wurde sie kreidebleich. »Meister Ridgeway soll sich um ihn kümmern.«

Amoret ging ihnen voraus ins rote Gemach. Mittlerweile war

Jeremy aus seiner Betäubung erwacht und redete auf Alan ein, der sich jedoch standhaft weigerte, ihn loszubinden. Als der Jesuit sah, dass William in Sicherheit war, verstummte er und suchte verblüfft den Blick des Iren.

Während Breandán den Diener auf dem Bett absetzte, löste Amoret Jeremys Fesseln. Im nächsten Moment fiel sie ihm mit feuchten Augen um den Hals und drückte ihn überglücklich an sich.

»Ich hätte Euch niemals gehen lassen!«, sagte sie mit bebender Stimme. »Ich wusste, dass es Breandán gelingen würde, Euch von dieser Torheit abzuhalten.«

Gerührt befreite sich Jeremy aus ihrer Umarmung. »Mylady, lasst mich Alan helfen. Für alles andere ist später noch Zeit.«

Der Wundarzt hatte den blutüberströmten Schenkel des Dieners mit einer Leinenbinde abgebunden und schnitt ihm nun die Beinkleider auf, um die Wunde freizulegen. Pflichteifrig brachte Armande ihm Branntwein und frische Tücher.

Jeremy fuhr sich mit der Linken über das schmerzende Kinn und lächelte sarkastisch. »Breandán, Ihr habt eine Faust wie ein Schmiedehammer! Ich habe Euch nicht einmal zuschlagen sehen.«

»Verzeiht, Pater, aber Ihr habt mir keine andere Wahl gelassen«, antwortete der Ire. »Es war dumm von mir, zu vergessen, dass es in dem Kabinett eine zweite Tür gab, doch als mir mein Fehler bewusst wurde, lief ich schnell ins Erdgeschoss, um Euch abzufangen.«

»Aber wie ist es Euch gelungen, William zu retten?«

»Ich erzählte Euch doch von Lord Arlingtons Verdacht, dass sich einige Kaufleute mit den Holländern verschwören und Aufstände gegen den König anzetteln könnten. Deshalb ließ er sie von seinen Leuten beschatten. Mir gab er den Auftrag, Isaac Forbes zu beobachten. Ich fand heraus, dass dieser tatsächlich

Besuch von holländischen Mittelsmännern empfing. Und ich entdeckte auch, dass er einen puritanischen Prediger beherbergte, der heimlich Gottesdienste abhielt. Dank Euch kannte ich die verräterischen Zeichen! Ich teilte Forbes also mit, dass Lord Arlington beabsichtigte, den Prediger im Morgengrauen verhaften zu lassen. Da begriff der Alte, dass er keine Zeit verlieren durfte, wenn er den Geistlichen noch rechtzeitig in Sicherheit bringen wollte.«

Jeremy blickte den Iren anerkennend an. »Wie ich sehe, steckt in Euch doch mehr als nur eine kräftige Faust. Ihr habt mir nun zum zweiten Mal das Leben gerettet. Ich kann Euch gar nicht genug danken!«

Breandán errötete und wandte sich verlegen ab. »Entschuldigt mich. Ich reite besser sofort zu Mylord Arlington und unterrichte ihn von den Geschehnissen. Er muss Isaac Forbes festnehmen lassen, bevor er sich aus dem Staub macht.«

Der Ire hatte gerade das Haus verlassen, als Rowland die Ankunft von Sir Orlando Trelawney meldete. Sobald die Belagerer vor seiner Tür in Richtung Hartford House verschwunden waren, hatte der Richter in aller Eile seine Kutsche anspannen lassen und war in halsbrecherischem Tempo nach Whitehall gefahren, um den König von dem Aufruhr in Kenntnis zu setzen. Dieser hatte daraufhin unverzüglich die Garde zu Lady St. Clairs Haus geschickt.

Als Sir Orlando sah, dass Jeremy wohlauf war, zeigte er sich sichtlich erleichtert. Der Jesuit berichtete ihm, was vorgefallen war.

»Wir müssen warten, bis Mr. Mac Mathúna Nachricht von Lord Arlington bringt.«

Der Richter stimmte ihm zu. »Auch wenn ich den Burschen nicht mag, muss ich doch zugeben, dass seine List brillant war. Er hat Euch gerettet! Wie ich es gehofft hatte.«

Sir Orlando verabschiedete sich mit der Entschuldigung, dass er seine Gemahlin nicht so lange allein lassen wolle, und bat, ihm sofort Nachricht zu schicken, wenn es etwas Neues gab. Dann bestieg er, gefolgt von Malory, seine Kutsche und fuhr davon.

Vierundvierzigstes Kapitel

Breandán kehrte erst am nächsten Vormittag zurück. Seine Miene verhieß nichts Gutes.

»Isaac Forbes ist tot«, berichtete er. »Er hat sich der Verhaftung widersetzt und ist von einem der Gardisten, die Mylord Arlington zu seinem Haus geschickt hatte, erschossen worden.«

»Das überrascht mich nicht«, bemerkte Jeremy. »Der alte Forbes wusste, dass im Fall einer Verurteilung sein gesamter Besitz an den König gefallen wäre. Diesen Gedanken konnte er nicht ertragen!«

»Aber was wird nun aus Meister Ridgeway?«, gab Amoret zu bedenken. »Ohne einen Beweis, dass Forbes seine Frau umgebracht hat, kann er noch immer angeklagt werden.«

»Das stimmt. Ich werde mich mit Seiner Lordschaft beraten«, entschied Jeremy.

Sofort riefen Amoret und Breandán wie aus einem Munde: »Ich begleite Euch!«

Beide waren fest entschlossen, den Priester nicht mehr aus den Augen zu lassen, bis sie sicher waren, dass keine Gefahr mehr für ihn bestand.

Sie fuhren in Amorets Kutsche zur Chancery Lane. Sir Orlando empfing seine Besucher mit gemischten Gefühlen, als er Breandán unter ihnen sah. Auch wenn er dem Iren dankbar war, dass er Dr. Fauconer so entschlossen verteidigt hatte, wäre es dem Richter doch lieber gewesen, ihn nicht in seinem Haus zu haben. Beschämt wurde sich Trelawney klar, dass er sich vor diesem jungen Burschen fürchtete.

Als sie sich alle im Salon zusammensetzten, war auch Lady Jane anwesend. Während der vergangenen Wochen war sie immer wieder Zeuge der Beratungen zwischen ihrem Gatten und Dr. Fauconer geworden, so dass sie nun wie alle anderen ein aufrichtiges Interesse daran hatte, die Morde aufgeklärt zu sehen.

»Isaac Forbes ist also tot«, sagte Sir Orlando enttäuscht, als Jeremy ihm von den Ereignissen des Morgens berichtet hatte. »Ein Jammer! Er war der Einzige, der Meister Ridgeway entlasten konnte. Dieser Mitchell könnte natürlich bezeugen, dass der Mann, der sich als Samuel Forbes ausgab, in Wirklichkeit Forbes' unehelicher Sohn Aaron war, aber das beweist nicht, dass der Alte Anne Ridgeway und deren Tante getötet hat. Wir sind also wieder am Anfang.«

Bedrücktes Schweigen trat ein. Jane betrachtete aufmerksam die Gesichter der Anwesenden. Es beeindruckte sie zutiefst, welche Einigkeit zwischen diesen so unterschiedlichen Menschen herrschte. Die Entdeckung, dass Ihren Gatten, den pflichtbewussten anglikanischen Richter, eine enge Freundschaft mit einem römischen Priester verband, hatte sie überrascht, aber auch gerührt, ebenso wie die Tatsache, dass die beiden Männer die größten Mühen auf sich nahmen, um einen Unschuldigen vor der Hinrichtung zu bewahren. Nun sah Jane zu ihrer Verwunderung, dass sich sogar die Mätresse des Königs für den Wundarzt einsetzte, und Jane beneidete diesen Mann um die loyalen Freunde, die ihn unterstützten. Sie verspürte den starken Wunsch, dazuzugehören und etwas Hilfreiches zu seiner Rettung beizutragen, obwohl sie ihn nicht persönlich kannte.

Ein Gedanke formte sich in ihrem Kopf, den sie mit einem steigenden Gefühl der Erregung weiterverfolgte. Schließlich fasste sie sich ein Herz und sagte: »Vielleicht weiß Temperance etwas über die Verbrechen ihres Schwiegervaters. Ich könnte mit ihr reden.«

Die Anwesenden sahen Jane verblüfft an.

»Ich kenne sie recht gut«, fuhr sie eifrig fort. »Wir sind uns einige Male beim Einkaufen in der Königlichen Börse begegnet und haben uns lange unterhalten.«

Jeremy sah zu Sir Orlando hinüber. »Warum nicht? Es wäre einen Versuch wert. Natürlich nur mit Eurer Zustimmung, Mylord.«

Der Richter nickte. »Gut, ich bin einverstanden.«

Amoret erhob sich. »Dann lasst uns keine Zeit verlieren. Ich werde Euch in meiner Kutsche zum Haus der Forbes bringen, Mylady.«

Sir Orlando protestierte. Er wollte seine Gemahlin begleiten, doch Jane gab zu bedenken, dass Temperance vermutlich zugänglicher sei, wenn sie allein von Frau zu Frau mit ihr sprach. Widerwillig gab der Richter nach. Jane und Lady St. Clair bestiegen die Kutsche, und das Gefährt setzte sich in Bewegung.

Unterwegs warf Jane der königlichen Mätresse scheue Blicke zu. Sie hatte Lady St. Clair noch nie zuvor aus der Nähe gesehen und fand sie außergewöhnlich schön. Nach einer Weile überwand sie sich und fragte: »Ich möchte nicht neugierig erscheinen, Mylady, aber weshalb setzt Ihr Euch so sehr für diesen Meister Ridgeway ein?«

Amoret lächelte. »Ihr findet es überraschend, dass die Tochter eines Earls Interesse am Wohl eines einfachen Wundarztes hat? Meister Ridgeway ist ein warmherziger und aufrichtiger Mensch. Wir sind Freunde. Ich würde alles tun, um ihm aus der Not zu helfen.«

»Ich wünschte, ich hätte solche Freunde«, seufzte Jane. Verlegen senkte sie den Kopf.

»Aber habt Ihr nicht einen treuen Freund in Eurem Gatten, Mylady?«, meinte Amoret warm. »Er ist ein guter Mensch.«

»Ja, das ist er.« Jane errötete leicht. »Er wünscht sich nichts sehnlicher, als Kinder zu haben.«

»Ich weiß.«

»Ich bin mir noch nicht völlig sicher, aber ich glaube, dass ich ihm diesen Wunsch bald erfüllen werde.«

Amoret sah sie lächelnd an. »Das wird ihn sehr glücklich machen. Habt Ihr es ihm schon gesagt?«

»Nein, ich möchte noch ein wenig abwarten, ob ich mich auch nicht täusche. Es ist das erste Mal für mich.«

Amoret sah das Strahlen in Janes Augen, das sie bei werdenden Müttern schon oft gesehen hatte, und war fest davon überzeugt, dass die junge Frau mit ihrer Vermutung Recht behalten würde.

Vor dem Haus auf der Leadenhall Street ließ Amoret ihre Begleiterin aussteigen. Sie brauchte nur etwa eine Stunde auf ihre Rückkehr zu warten. Als sich das Eingangsportal wieder öffnete, traten vier Frauen ins Freie: Lady Jane, eine Mutter mit ihrem Kind auf dem Arm, eine weitere junge Frau und eine Magd.

»Mylady, ich habe Mistress Forbes angeboten, eine Weile unser Gast zu sein. Mein Gemahl wird nichts dagegen haben, sie aufzunehmen«, erklärte Jane. »Da ein Großteil der Dienerschaft ihrem verstorbenen Schwiegervater sehr ergeben war, fühlt sie sich im Haus nicht mehr sicher.«

Amoret half Temperance Forbes in die Kutsche. Jane und die Amme folgten ihr, und die Magd Hannah stieg zu dem Kutscher hinauf.

Auf dem Weg zurück zum Haus des Richters sagte Jane: »Temperance hat sich bereit erklärt, auszusagen, was sie über den Tod von Anne Ridgeway und ihrer Tante weiß.«

»Wie viel wisst Ihr, Madam?«, fragte Amoret gespannt.

Temperance wiegte den kleinen Richard, der friedlich in ihren Armen schlief. »Ich habe die Tochter der ermordeten Hebamme am Tag ihres Todes gesehen«, berichtete sie. »Anne Ridgeway kam an unsere Tür und übergab dem Diener, der ihr öffnete, eine Nachricht für meinen Schwiegervater. Ich ging gerade durch die Eingangshalle und habe sie gleich erkannt. Der Diener übergab die Botschaft meinem Gatten, da mein Schwiegervater nicht da war. Als ich Aaron –«

Amoret unterbrach sie: »Ihr wusstet, dass Euer Gemahl nicht Samuel Forbes war?«

»Ja, Aaron hat es mir gestanden. Er war sehr unglücklich, dass er für den Rest seines Lebens seine wahre Persönlichkeit verleugnen und stattdessen ein anderer sein musste. Er brauchte jemanden, dem er sich anvertrauen und mit dem er offen sprechen konnte. Ich habe ihn sehr bedauert, und ich vermisse ihn mehr, als ich sagen kann. Er war ein anständiger Mann, den das Schicksal und die Forderungen eines tyrannischen Vaters hart gemacht hatten.«

»Euer Gemahl erzählte Euch, was in der Botschaft stand?«, lenkte Amoret das Gespräch wieder auf den Tag der Morde zurück.

»Ja. Er sagte, die Tochter der Hebamme habe herausgefunden, dass ich mein eigenes Kind verloren und dass ihre Mutter mir ein anderes besorgt hatte. Sie verlangte Geld für ihr Schweigen. Es war nicht viel, aber Aaron war dennoch beunruhigt. Er glaubte nicht, dass sie das Geheimnis auf Dauer für sich behalten würde. Obgleich ihm nicht wohl dabei war, gab er die Nachricht an seinen Vater weiter. Gegen Abend verließ Isaac Forbes das Haus und ritt allein weg. Ich sah ihn vom Fenster aus. Später hörte ich dann von den Morden. Zuerst war mir nicht klar, dass es sich um ebenjenes Mädchen handelte, doch Aaron klärte mich schließlich auf. Keiner von uns wagte es, meinen Schwiegervater darauf anzusprechen, aus Angst, wir könnten die Nächsten sein. Ich bin froh, dass es nun endlich vorbei ist!«

»Seid Ihr bereit, diese Aussage vor einem Friedensrichter zu wiederholen, Madam?«, fragte Amoret.

»Ja, Mylady, das bin ich. So schwer es mir fällt, darüber zu reden, möchte ich doch nicht, dass noch ein Unschuldiger unter den Verbrechen meines Schwiegervaters leiden muss!«

Amoret hätte die Frau am liebsten umarmt. Ihre Aussage würde genügen, um Alan von jedem Verdacht reinzuwaschen. Wenn er erst wieder bei Kräften war, konnte er sich ein neues Leben aufbauen, ohne sich vor den Gesetzeshütern verstecken zu müssen.

Als die Kutsche vor dem Haus des Richters hielt, eilte Amoret den anderen Frauen voraus, um den Wartenden die glückliche Nachricht zu verkünden.

Fünfundvierzigstes Kapitel

An einem regnerischen Montag Ende Oktober, einen Tag nach Simon und Judas, fuhr Sir Orlandos Kutsche vor Lady St. Clairs Haus vor. Der Richter bat den Lakaien, der ihm öffnete, ihn Dr. Fauconer zu melden. Daraufhin führte ihn der Laufbursche in den Salon.

Jeremy hatte mit Amoret zusammengesessen, und erhob sich, als er Trelawney in der Tür auftauchen sah. Die Miene des Richters wirkte bedrückt.

»Mylord, kommt Ihr vom Richtplatz?«, fragte der Jesuit, während er Sir Orlando mit einer Handbewegung einen Sitzplatz anbot.

»Ja, es war schrecklich!«, bestätigte Trelawney, nachdem er sich in einen Armlehnstuhl hatte fallen lassen. »Der Pöbel war so aufgepeitscht, dass er den Leichnam des Gehängten in Stücke riss, kaum dass der Henker ihn abgenommen hatte.«

Amoret schaltete sich neugierig ein: »Geht es um Robert Hubert, diesen französischen Uhrmacher?«

»Ja, Mylady. Er wurde heute Morgen gehängt«, erklärte Sir Orlando. »Es ist mir unbegreiflich, weshalb er gestanden hat, den Brand im Haus des Bäckers Thomas Faryner gelegt zu haben. Seine Geschichte war so voller Widersprüche, dass niemand sie ihm glauben wollte.«

»Aber er wurde doch vor Gericht für schuldig befunden, Mylord«, warf Amoret ein.

»Das war nicht verwunderlich. Sir John Kelyng führte bei dem

Prozess den Vorsitz. Hubert war geständig und gab damit einen vollendeten Sündenbock ab. Und natürlich war es nicht überraschend, dass der Bäckermeister die Gelegenheit ergriff, ihn als den Schuldigen hinzustellen, um sich selbst reinzuwaschen. Aber ich glaube nicht, dass der Uhrmacher den Brand gelegt hat. Es war offensichtlich, dass er verwirrt war. Außerdem war er ein Krüppel, der kaum gehen konnte.«

»Vielleicht hat diese bedauernswerte Kreatur die Brandstiftung gestanden, um einmal in seinem Leben Aufmerksamkeit zu erhalten«, vermutete Amoret.

»Wir werden es nie erfahren!«, sagte Jeremy abschließend.

Sie schwiegen eine Weile. Schließlich erhellte sich das Gesicht des Richters, und er verkündete lächelnd: »Jane hat mir gestern gesagt, dass sie ein Kind bekommt.«

Jeremy sprang beglückt auf und reichte seinem Freund zur Gratulation die Hand, während Amoret wissend in sich hineinlächelte.

»Das freut mich sehr!«, sagte Jeremy überschwänglich. »Zur Abwechslung einmal eine gute Nachricht!«

Der Richter errötete leicht und räusperte sich verlegen. »Wie geht es eigentlich Meister Ridgeway? Hat er die Absicht, eine neue Chirurgenstube zu eröffnen, nun, da er wieder auf den Beinen ist? Nachdem die Aussage von Temperance Forbes seinen guten Namen wiederhergestellt hat, steht dem doch nichts mehr im Wege.«

Jeremy nickte. »Er sucht noch nach einem geeigneten Haus. Nach dem Brand sind die Mieten um das Dreifache gestiegen. Vielleicht entscheidet er sich auch, eine Weile im St. Bart's zu arbeiten. Seit die Flotte zurückgekehrt ist, geht er jeden Tag hin und sucht unter den Verwundeten nach Nick. Mr. Evelyn hat ihn bereits wegen einer Anstellung angesprochen.«

»Ich hoffe, er weiß, worauf er sich einlässt«, gab Trelawney zu bedenken. »Es ist nicht einmal genug Geld da, um die Matrosen zu bezahlen, geschweige denn, um die Flotte so weit herzurichten, dass sie vor dem Winter noch einmal auslaufen könnte. Auf diese Weise wird es uns nie gelingen, die Holländer zu besiegen!«

Ein Lakai erschien auf der Schwelle und meldete Meister Ridgeways Rückkehr. Kurz darauf erschien Alan in Begleitung eines jungen Mannes, der sich mit Hilfe zweier Krücken fortbewegte, denn sein linkes Bein endete unterhalb des Knies in einem Stumpf.

Jeremy trat ihnen entgegen und klopfte Nick herzlich auf die Schulter.

»Schön, dass du wieder bei uns bist, Junge!«

»Ich habe ihm angeboten, dass er weiterhin als Geselle für mich arbeiten kann, sobald ich wieder eine Chirurgenstube habe«, berichtete Alan. »Es hat mich einiges an Überredung gekostet, denn zuerst wollte er nicht einsehen, dass man als Wundarzt vor allem geschickte Hände braucht und dass die Beine nicht so wichtig sind.«

Mit bittendem Blick wandte sich Alan an Amoret: »Hättet Ihr etwas dagegen, wenn er hier im Haus bleibt, Mylady? Er weiß sonst nicht, wohin er gehen soll.«

»Natürlich kann er bleiben, Alan«, stimmte Amoret zu. »So wie Ihr auch! Bleibt, so lange Ihr wollt. Ich habe Euch und Pater Blackshaw gerne im Haus, das wisst Ihr doch!«

Sie winkte einen Lakaien zu sich. »Nimm unseren Gast mit in die Küche und sorg dafür, dass er etwas zu essen bekommt. Dann sag Rowland, er soll ihm eine Kammer anweisen.«

Als der Lakai mit Nick verschwunden war, fragte Alan: »Ist Breandán da?«

»Er ist im Stall bei seinem Pferd«, antwortete Amoret. »Warum fragt Ihr?«

»Ich wollte mich noch einmal bei ihm bedanken. Als ich heute Morgen zum St. Bartholomew's aufbrach, trafen wir uns vor dem Haus. Er wollte seinen Hengst bewegen. Wir hatten uns gerade getrennt, als Martin Laxton sich mir in den Weg stellte!«

Amoret sah ihn bestürzt an. »Ist dieser Kerl immer noch hinter Euch her? Wie hat er Euch aufgespürt?«

»Ich nehme an, er hat mich in der Nähe des Hospitals gesehen. Das Haus seines Vaters ist schließlich nicht weit entfernt. Wahrscheinlich ist er mir hierher gefolgt und hat mir heute Morgen aufgelauert.« Alan lächelte bitter. »Ich war völlig überrascht, als er so plötzlich vor mir stand. Er stieß mich in eine Einfahrt und ging mir an die Kehle, als Breandán heranritt. Er muss den Überfall beobachtet haben und zögerte nicht, mir zu Hilfe zu kommen. Einen Moment später hatte Laxton eine Degenspitze an seinem Hals. Breandán blickte ihn nur an und sagte: ›Das nächste Mal bist du tot!‹ Laxton wurde kalkweiß. Er begriff, dass es keine leere Drohung war. Als Breandán den Degen sinken ließ, nahm Laxton die Beine in die Hand und rannte, als sei der Teufel hinter ihm her. Ich glaube, den sehe ich nie wieder!«

Amoret zog eine Grimasse. »Dieser Bastard kommt noch viel zu gut weg. Ein Jammer, dass man ihn nicht wegen der Vergewaltigung seiner Schwester vor Gericht bringen kann.«

»Ja, es ist eine Schande!«, stimmte Alan zähneknirschend zu. »Aber da Anne tot ist, kommt er davon.«

Der Wundarzt wollte sich entfernen, doch Amoret hielt ihn noch einmal zurück. »Alan, Ihr wisst, wie viel mir an Euch liegt. Deshalb möchte ich, dass Ihr mir etwas versprecht.«

Er lächelte breit. »Ich schwöre Euch, dass ich mich nie wieder mit einer Jungfrau einlassen werde! In Zukunft beschränke ich mich auf verheiratete Frauen.«

Empört kniff sie ihn in den Arm. »Ihr seid unverbesserlich!«

Mit einem schelmischen Grinsen machte er sich auf den Weg

zu den Ställen, um Breandán zu suchen. Amoret sah ihm mit gemischten Gefühlen nach. Er war wieder ganz der Alte, lebenslustig und vergnügungssüchtig, aber auch gefährlich unbesonnen. Sie würde ein Auge auf ihn haben müssen. Ihr Blick wanderte zu Pater Blackshaw, der sich noch immer mit Sir Orlando unterhielt. In gewissem Sinne waren sich der Jesuit und der Wundarzt ähnlich. Beide hatten Schreckliches durchgemacht, aber nie den Mut verloren. Wenn die Londoner nur halb so viel Zuversicht und Zähigkeit an den Tag legten wie sie, würde die zerstörte Stadt in nur wenigen Jahren wie der Phönix aus der Asche auferstehen und in neuem Glanz erstrahlen.

Nachwort der Autorin

Neben der Großen Pest von 1665 war der Große Brand von London die verheerendste Katastrophe, die im 17. Jahrhundert über die Stadt hereinbrach. Das mittelalterliche London wurde innerhalb von vier Tagen ausgelöscht. Etwa 13 200 Häuser, 87 Kirchen, 52 Gildehäuser, das Rathaus, das Gerichtsgebäude, ein Großteil der Gefängnisse und die wichtigsten Lebensmittelmärkte wurden zerstört. Wie viele Menschen bei dem Brand ums Leben kamen, ist nicht bekannt, da aufgrund der Zerstörung die wöchentlichen Totenlisten nicht erhoben werden konnten (Gustav Milne, *The Great Fire of London*, New Barnet 1986, S. 77). Es dauerte Jahrzehnte, bis London wieder aufgebaut war. Die neue St. Paul's Kathedrale, wie wir sie heute kennen, entworfen von Sir Christopher Wren, wurde erst 1711 fertig gestellt. Kaum eine der Personen des Romans hätte ihre Einweihung noch erlebt. Eine Anzahl von Augenzeugenberichten haben die Ereignisse des großen Brandes in detailreichen Beschreibungen festgehalten. Die berühmtesten sind zweifellos die Tagebuchaufzeichnungen von Samuel Pepys (sprich: Pieps) und John Evelyn, die beide kurze Auftritte im Roman haben. Besonders das geheime Tagebuch von Samuel Pepys liefert bis heute wertvolle Einzelheiten über das Leben der Menschen im 17. Jahrhundert. Es gibt kaum einen Historiker, von dem er nicht zitiert wird.

Während und nach dem Brand legte der vergnügungssüchtige König Charles II. außergewöhnliche Führungsqualitäten an den Tag, wie er es leider nie wieder tun sollte. Er begab sich nicht nur – wie auch sein Bruder, der Herzog von York – lediglich mit einer kleinen Eskorte unter die Leute und half mit eigenen Händen bei der Brandbekämpfung, er sorgte auch dafür, dass die Flüchtlinge innerhalb kürzester Zeit Verpflegung und Schutz für ihre Besitztümer zur Verfügung hatten.

Obgleich der Kronrat kurz nach dem Brand in einer Untersuchung zu dem Schluss kam, dass die Zerstörung Londons auf den Zorn Gottes (mit anderen Worten auf einen Unfall) zurückzuführen war und dass es keine Verschwörung gegeben hatte, machten viele die Katholiken verantwortlich. Als der Antikatholizismus schließlich im Jahre 1679 den Höhepunkt erreichte, ließ der Lord Mayor auf der Basis des Monuments, einer Säule, die zum Gedenken an den Brand errichtet worden war (und noch heute zu besichtigen ist), eine Inschrift anbringen, die besagte, dass die »Papisten« die Stadt niedergebrannt hätten, um die protestantische Religion zu vernichten. Nach der Thronbesteigung des katholischen James II. wurde die Inschrift entfernt, drei Jahre später, als der calvinistische William III. die Herrschaft übernahm, jedoch wieder angebracht. Erst 1831 im Zuge der katholischen Emanzipation wurden die Worte endgültig gelöscht.

Die Geschichte der Katholiken in England gehört zu den vernachlässigten, dabei aber überaus spannenden Kapiteln der Geschichte. Die Verfolgung Andersgläubiger durch die Inquisition in Ländern wie Spanien oder Frankreich ist den meisten ein Begriff. Der deutsche Leser, der mit der englischen Geschichte vielleicht nicht ganz so vertraut ist, wird wahrscheinlich überrascht sein, zu erfahren, dass es auch in England religiöse Unterdrückung gab. Die Leidtragenden waren hier extreme Protestanten wie Puritaner oder Quäker und Katholiken. Seit der Regierungszeit Elizabeths I. wurden nach und nach immer strengere Gesetze erlassen, die den Katholizismus oder »Papismus«, wie man sagte, im Land ausrotten sollten. Aufgrund ihrer Gehorsamspflicht gegenüber dem Papst, den man als Potentaten eines fernen Landes sah, galten die Katholiken als potenzielle Verräter. Dabei hatten Wortführer der katholischen Sache immer wieder beteuert, dass sich ihre Treue gegenüber dem Papst allein auf Glaubensangelegenheiten beschränkte und dass man ihn im Namen des englischen Königs bekämpfen würde, sofern er als weltlicher Fürst eine Invasion Englands plante. Die Angst, die kleine protestantische Insel könnte von den katholischen Mächten des Kontinents (Spanien und später Frankreich unter Ludwig XIV.) überrannt werden, war jedoch zu groß und ließ keinen Platz für religiöse Toleranz. Antikatholizismus entwickelte sich in England aus politischen Motiven zur Tradition. Jegliche Ausübung des katholischen Glaubens stand unter Strafe, der Besuch der Messe ebenso wie der Besitz von religiösen Objekten wie Rosenkränzen oder Kruzifixen. Die gesetzlich verhängten Strafen beinhalteten meist Gefängnis, jedoch in erster Linie hohe Geldstrafen und die Konfiszierung von Gütern. Bald war das Ziel der Verfolgung nicht mehr die Auslöschung des Katholizismus, sondern die finanzielle Ausbeutung einer Minderheit, der nichtsdestoweniger eine Reihe von wohlhabenden Adelsfamilien angehörten. Viele Katholiken hatten, ruiniert von den drückenden Geldstrafen, ihrem Glauben abgeschworen, andere lebten das heimliche Dasein der »Kirchenpapisten«, die sich äußerlich anpassten und taten, was man von ihnen verlangte, im Geiste jedoch ihrem Glauben treu blieben. Ein kleiner Rest schließlich ließ sich durch all die Maßnahmen der Unterdrückung nicht einschüchtern. Ohne die Missionare, die in speziellen Seminaren auf dem Kontinent ausgebildet und dann heimlich ins Land geschmuggelt wurden, hätte der Katholizismus in England jedoch nicht weiterbestehen können. Aus diesem Grund ging der englische Staat mit besonderer Härte gegen die Priester vor. Dem Gesetz nach konnte jeder Engländer, der sich auf dem Kontinent zum Priester weihen ließ und danach auf englischem Boden aufgegriffen wurde, als Hochverräter hingerichtet werden, ohne sich eines Vergehens schuldig gemacht zu haben. So besagten es die Gesetze – in der Theorie. In der Praxis jedoch war das Rechtswesen der damaligen Zeit nicht so starr wie heute, und die Gesetze wurden nicht erlassen, um buchstabengetreu befolgt zu werden. Sie waren biegsame Werkzeuge der Abschreckung, auf die der Staat zurückgreifen konnte, wenn die politischen Umstände es erforderten. Man hütete sich jedoch davor, sie allzu streng durchzusetzen. Die englische Regierung wollte von den anderen Ländern Europas nicht geächtet werden, weil sie Menschen um ihres Glaubens willen hinrichten ließ, wofür man die Inquisition in den katholischen Ländern so gerne anprangerte.

Seit der Thronbesteigung Charles' II. schließlich wurden die Strafgesetze gegen die Katholiken eine Zeit lang überhaupt nicht mehr angewendet, obgleich sie weiterhin in Kraft blieben. Charles hatte während des Bürgerkriegs die Erfahrung gemacht, dass Katholiken sehr wohl treue Untertanen sein konnten, auch wenn sie in spirituellen Fragen die Autorität des Papstes über die des Königs stellten. Es waren Katholiken, die Charles nach der verlorenen Schlacht von Worcester – ungeachtet der damit verbundenen Gefahren – bei sich aufnahmen und ihn vor Cromwells Soldaten versteckten, als so mancher anglikanische Edelmann aus Angst um seinen Besitz dem verfolgten König den Rücken kehrte. Charles hatte diese Loyalität nie vergessen und hätte sie gerne durch eine Abschaffung der Strafgesetze belohnt. Doch er war kein allmächtiger König und konnte sich seinem Parlament gegenüber, das Glaubensfreiheit ablehnte, nicht durchsetzen, ohne seinen Thron in Gefahr zu bringen. Und so konnten sich die katholischen Priester, die zu der Zeit, in der dieser Roman spielt, in England lebten, zwar für den Moment in Sicherheit wiegen, mussten aber jederzeit damit rechnen, dass eine Staatskrise, die die Macht des Königs schwächte, schlagartig alles ändern konnte, wie dies auch einige Jahre später geschah.

Unter den Priestern nahmen die Jesuiten einen besonderen Platz ein. Selbst in katholischen Ländern genossen sie einen schlechten Ruf, galten als machthungrig und verschlagen. Man neidete ihnen den Einfluss, den sie an den Höfen der Fürsten besaßen, und dichtete ihnen die furchtbarsten Verbrechen und geradezu übermenschliche Kräfte an. In England wurden sie so zu einem gefürchteten Schreckgespenst. Sie kamen jedoch nur als Seelsorger nach England. Es war ihnen ebenso wie den Seminaristen untersagt, sich in die Politik einzumischen. Die moderne Forschung ist sich darüber einig, dass sich die Priester bis auf wenige Ausnahmen auch an diese Regel hielten.

Die europäische (akademische) Medizin war im 17. Jahrhundert auf dem absoluten Tiefpunkt. Die schlimmsten Folgen hatten die mangelhafte Hygiene von Wundärzten und Hebammen, die oft zu tödlichen Infektionen führte, und die Rosskuren, denen man Gesunde wie Kranke unterzog. Die damalige Medizin stützte sich jahrhundertelang auf das antike Konzept der Viersäftelehre oder Humoralpathologie, das auf Hippokrates und Galen zurückging. Nach dieser Theorie entstand Krankheit durch ein Ungleichgewicht (Dyskrasie) der vier Kardinalsäfte des Körpers: Blut, Schleim, gelbe und schwarze Galle, die wiederum ihre Entsprechung in den vier Elementen Feuer, Wasser, Erde, Luft fanden. Um das Gleichgewicht und damit die Gesundheit wiederherzustellen, musste der überschüssige bzw. durch Gifte verdorbene Saft aus dem Körper abgeleitet werden. Dies geschah durch Aderlass, Abführmittel, Schwitzkuren, Brechmittel oder sogar durch Niesen. Das System entbehrte nicht einer gewissen Logik, weshalb es sich wohl bis ins 19. Jahrhundert hielt. Zum Beispiel glaubte man, dass Schleim im Gehirn gebildet wird und während eines Schnupfens von dort abfließt.

Die Medizin außereuropäischer Länder, vor allem des arabischen und asiatischen Raums, galt als fortschrittlicher, obwohl auch dort seit dem Mittelalter ein Niedergang stattgefunden hatte. Allerdings wurde auf Hygiene größerer Wert gelegt.

In der frühen Neuzeit waren auch junge Frauen erstaunlich unfruchtbar. Aus den Quellen der Zeit geht hervor, dass viele Paare oft Jahre warten mussten, bis sich eine Schwangerschaft einstellte. Fehl- oder Totgeburten führten zu einer Schädigung der Gebärmutter und damit zu Unfruchtbarkeit. Andere Gründe waren mangelhafte Ernährung oder auch längeres Stillen eines Kindes (Lawrence Stone, *The Family, Sex and Marriage in England 1500–1800*, Harmondsworth 1982, S. 52, 85). In Kombination mit einer hohen Kindersterblichkeit kam es nicht selten zum Erlöschen einer Familie nach nur wenigen Generationen. Das berühmteste Beispiel ist wohl Anne, zweite Tochter von James, Herzog von York, und Königin von England 1702–1714. Sie brachte siebzehn Kinder zur Welt, die alle noch im Kindesalter starben.

In den Gefängnissen der damaligen Zeit forderte das Fleckfieber (Kerkerfieber) unzählige Opfer. Die Krankheit wird in erster Linie durch das Einkratzen von Kot infizierter Läuse unter die Haut übertragen und tritt vornehmlich dort auf, wo viele Menschen unter unhygienischen Bedingungen auf beschränktem Raum zusammenleben, wie in Gefängnissen, in Feldlagern und in den Armenvierteln (deshalb auch Hungertyphus oder Lazarettfieber genannt). Einmaliges Überstehen der Krankheit führt zu einer lang anhaltenden Immunität. Die Zustände in den Gefängnissen blieben bis in das 18. Jahrhundert hinein so katastrophal, dass sich in regelmäßigen Abständen Richter, Geschworene und

Amtsträger in den Gerichtssälen mit Fleckfieber infizierten und reihenweise daran starben.

Bis 1750 war die London Bridge die einzige Brücke der Stadt, die über die Themse führte. Schon die Römer hatten im ersten Jahrhundert n. Chr. die erste Holzbrücke erbaut. Die erste Steinbrücke wurde 1176 begonnen, 1201 wurde in den Quellen das erste Mal erwähnt, dass Häuser auf der Brücke errichtet worden waren. Mehrmals wurde die Brücke von Bränden oder Sturmfluten teilweise zerstört und wieder aufgebaut. Zur Verbesserung des Verkehrsflusses wurden Mitte des 18. Jahrhunderts die Häuser abgerissen. In den zwanziger Jahren des 19. Jahrhunderts baute man eine neue Steinbrücke. Diese wurde schließlich im Jahre 1967 an die McCulloch Oil Corporation veräußert (es heißt, die Amerikaner glaubten, die Tower Bridge gekauft zu haben) und in Lake Havasu City, Arizona, wieder errichtet. Die heutige London Bridge wurde 1973 von Königin Elizabeth eingeweiht (Ben Weinreb; Christoper Hibbert, *The London Encyclopedia*, London 1983, S. 481 ff.).

Der Stuartkönig Charles II., sein Bruder James, ihre Mutter Henrietta Maria und ihre Schwester Henriette Anne, die Königin Katharina, der Abbé Montagu, Lord Arlington, der Lord Chief Justice Sir John Kelyng sowie der Lord Mayor Sir Thomas Bludworth – dessen abfällige Bemerkung über das Feuer: »Eine Frau könnte das auspissen!«, in die Geschichte einging – sind historische Personen.

Charles II. war für seine vielen Mätressen berüchtigt. Barbara Palmer, Lady Castlemaine und Frances Stewart sind authentisch. Ich habe ihm mit Amoret St. Clair eine weitere Mätresse an die Seite gegeben, was er mir aber sicher nicht übel nehmen wird.

Barbara Palmer hat sich lange als Erste Mätresse des Königs am Hof behauptet und erlangte in ihrem Leben eine Unabhängigkeit, wie sie für eine Frau ihrer Zeit selten war. Neben Charles hatte sie noch eine ganze Reihe Liebhaber, darunter einen Theaterschauspieler und einen Seiltänzer. Es gelang ihr, den König dazu zu bringen, ihre ersten fünf Kinder als die seinen anzuerkennen. In einem Fall drohte sie ihm, dem Kind vor seinen Augen den Schädel an der Wand einzuschlagen, wenn er sich weigerte (Graham Hopkins, *Constant Delights. Rakes, Rogues and Scandal in Restoration England*, London 2002, S. 87). Sie wurde schließlich von Louise de Kéroualle, die 1670 von Frankreich an den englischen Hof kam, entthront.

Weitere historische Personen sind der Schriftführer der Marine Samuel Pepys, John Evelyn, Thomas Calveley, der Zunftmeister der Barbier-Chirurgen, und der Henker Jack Ketch. Die Familien Draper und Forbes, die Laxtons sowie die Hubbarts und der Quäker George Grey sind fiktiv.

Aussprache der irischen Namen:
Breandán Mac Mathúna: *Brendan Mac Mahuna;*
Leipreachán: *Leprechon.*

Glossar

Abaelard: Peter Abaelard, scholastischer Philosoph (1079 bis 1142). Er verliebte sich in seine Schülerin Héloïse, die Nichte des Kanonikers Fulbert, und heiratete sie heimlich. Aus Rache wurde er dafür von Fulberts Leuten entmannt.

Aretino: Pietro Aretino, italienischer Schriftsteller (1492–1556), Verfasser pornographischer Sonette, die mit Darstellungen verschiedener sexueller Positionen illustriert sind.

Aufgebot (engl. banns): Zwischen Verlöbnis und Hochzeit wurde vom Pfarrer das Aufgebot an drei aufeinander folgenden Sonntagen ausgerufen, d. h., die geplante Hochzeit wurde der Gemeinde angekündigt, um sicherzustellen, dass kein Ehehindernis bestand (z. B. eine bereits bestehende Ehe mit einem noch lebenden Partner).

Bedlam (eigentlich: Hospital of St. Mary Bethlehem): Hospital für Geisteskranke, das seit dem Mittelalter besteht und im 17. Jahrhundert außerhalb der Stadtmauern in der Nähe des Bishopsgate lag. Das heutige Bethlehem Royal Hospital befindet sich in Beckenham in der Grafschaft Kent.

Boskett: Lustwäldchen. Beschnittene Büsche oder Bäume auf geometrisch gestalteten Grundrissen, meist symmetrisch angeordnet.

Dissenters: Protestanten, die sich weigerten, die Glaubenssätze der anglikanischen Kirche anzuerkennen, z. B. Baptisten, Presbyterianer und Quäker.

Finanzgericht (engl. Court of Exchequer): Gerichtshof des gemeinen Rechts, der ursprünglich nur mit der Rechtsprechung betreffend der Kroneinkünfte betraut war, später aber auch zivilrechtliche Fälle übernahm. Die Richter führten den Titel Baron.

Friedensrichter (engl. Justice of the Peace): ehrenamtlich arbeitende, vom Lord Chancellor nominierte Laienrichter ohne juristische Ausbildung, die polizeiliche Befugnisse besaßen und in Quartalsgerichten (quarter sessions) kleinere Vergehen verhandelten. In London hatten die Ratsherren dieses Amt inne.

Gesellschaft der Freunde (engl. Society of Friends): eine von George Fox (1624–1691) gegründete protestantische Sekte, deren Mitglieder auch Quäker genannt werden. Sie vertreten Toleranz und Gewaltlosigkeit und setzen sich bis heute für den Frieden ein.

Hauptzivilgerichtshof (engl. Court of Common Pleas): Gerichtshof des gemeinen Rechts, der sich vorwiegend mit bürgerlichen Streitfällen, also Zivilrecht, befasste.

Kavaliere (engl. cavaliers): während des Bürgerkriegs von den Parlamentariern gebrauchte abfällige Bezeichnung für die Anhänger Charles' I. (vermutlich abgeleitet von dem spanischen Wort caballero).

Kirchenvorsteher (engl. churchwarden): ein Gemeindebeamter, der für die Verwaltung der Finanzen zuständig war und Vergehen anzeigte, die in die Zuständigkeit der Kirchengerichte fielen.

Königlicher Gerichtshof (engl. Court of King's Bench bzw. Queen's Bench, wenn eine Königin auf dem Thron saß): höchster englischer Gerichtshof des gemeinen Rechts, der ursprünglich für Kronfälle und hohe Kriminaljustiz zuständig war, später aber auch Fälle von niederen Gerichten übernahm. Er tagte zusammen mit dem Hauptzivilgerichtshof und dem Finanzgericht bis 1882 in der Westminster Hall, dem einzigen erhaltenen Teil des mittelalterlichen Westminster-Palastes, in dem das Parlament zusammentrat.

Konstabler (engl. constable): unbezahlter Ordnungshüter. Jeder Bürger hatte die Pflicht, in dem Bezirk, in dem er wohnte, ein Jahr lang als Konstabler die öffentliche Ordnung aufrechtzuerhalten. Als Zeichen seines Amtes trug er einen langen Stab bei sich.

Korporale (von lat. corpus = Leib): ein in der heiligen Messe als Unterlage auf dem Altar für Hostie, Kelch und Patene gebrauchtes quadratisches Leintuch.

Leichter: offenes Boot zum Transport der Ladung von oder zu größeren Seeschiffen.

Linkhanddolch: eine den Degen ergänzende Waffe, die zum Parieren des gegnerischen Degens dient.

Lord Chief Justice: Titel des Vorsitzenden des Königlichen Gerichtshofs sowie des Hauptzivilgerichtshofs.

Lord Mayor: Oberbürgermeister der Stadt London seit 1189. Er besaß formal das Recht, im Old Bailey den Vorsitz zu führen. Auch wenn der Lord Mayor dieses Privileg nicht mehr wahrnimmt, bleibt doch bis heute sein Sitz unter dem Schwert der Stadt im Gerichtssaal 1 des Old Bailey frei. Der vorsitzende Richter nimmt den Platz zu seiner Rechten ein.

Offizin (lat. officina): die Werkstatt eines Chirurgen oder eines Apothekers.

Old Bailey: Im Jahre 1539 wurde das erste Sitzungshaus am Old Bailey gebaut (bailey = Außenmauer einer Festung). Dies war der Name einer Gasse, die an der ehemaligen Stadtmauer entlangführte. Die Bezeichnung ging bald auf das Gerichtsgebäude über. Der heutige Old Bailey (eigentlich Central Criminal Court) stammt aus dem Jahr 1907 und steht an der Stelle des Newgate-Gefängnisses.

Patene: kleiner Teller für die Hostie bei der Eucharistie.

Pocken: Der Begriff wurde für zwei verschiedene Krankheiten verwendet: zum einen für die Pocken oder Blattern (Variola, engl. smallpox), eine gefährliche virale Infektionskrankheit, zum anderen für die Syphilis oder Franzosenkrankheit (engl. great pox).

Podagra: Fußgicht, auch als Zipperlein oder Reißen bezeichnet.

Pulververschwörung (engl. Gunpowder Plot): Verschwörung einer Gruppe von Katholiken im Jahre 1605 mit dem Ziel, den protestantischen König James I. mitsamt dem Parlament in die Luft zu sprengen. Der Plan wurde vorzeitig verraten, die Verschwörer wurden hingerichtet, darunter auch der Superior der englischen Jesuiten Pater Henry Garnett, der von dem Komplott unter dem Siegel des Beichtgeheimnisses erfuhr und die Regierung deshalb nicht informieren konnte. Einige Historiker sind der Ansicht, dass die Verschwörer von dem Staatsmann Sir Robert Cecil in eine Falle gelockt worden waren. Die Verschwörung sollte demonstrieren, dass die Katholiken eine Gefahr für das Land darstellten, und diente im Folgenden als Rechtfertigung für eine Verschärfung der Strafgesetze gegen sie.

Puritaner: Ab 1564 bezeichnete dieser Begriff diejenigen Mitglieder der anglikanischen Kirche, die calvinistisch gesinnt waren und die Kirche von jeglichen römisch-katholischen Ritualen befreien wollten. Viele von ihnen zogen sich aus der anglikanischen Kirche zurück, da ihnen die Reform nicht weit genug ging, und bildeten separate Glaubensgemeinschaften. In der zweiten Hälfte des 17. Jahrhunderts bezeichnete man sie als Dissenters.

Quäker: s. Gesellschaft der Freunde.

Rekusant (engl. recusant): Die Bezeichnung Rekusanten bezog sich ursprünglich auf alle diejenigen, die dem anglikanischen Gottesdienst fern blieben, auch auf Protestanten. Später beschränkte sich der Begriff auf Katholiken.

Skiff: schmales, leichtes Ruderboot, das von einem Ruderer bedient wird.

Tarquinius: Tarquinius Superbus, Lucius, nach der Sage der siebte und letzte König von Rom vor der Gründung der Republik. Er soll von 533 bis 509 v. Chr. als Tyrann geherrscht haben. Nach der Abschaffung der Monarchie in England bezeichneten die Anhänger der Republik den Thronfolger Charles II. in den Staatsverordnungen als »jungen Tarquinius«.

Uniformitätserlass (engl. Act of Uniformity): Gesetz von 1559, das die anglikanische Kirche zur Staatskirche erklärte und ihre Doktrin festlegte. Die Abwesenheit vom Gottesdienst zog eine Geldstrafe nach sich.

Versammlung der Assistenten (engl. Court of Assistants): Versammlung von vierundzwanzig gewählten Mitgliedern der Zunft der Barbiere und Chirurgen, die monatlich abgehalten wurde und sich hauptsächlich mit Beschwerden von Lehrlingen gegen ihre Meister oder umgekehrt befasste.

Weißzeug: gebleichte, ungefärbte und unbedruckte Leib-, Tisch- und Bettwäschestoffe aus Leinen, Halbleinen und Baumwolle.

Wittum: die Gabe des Mannes an die Braut bei der Eheschließung zur Versorgung im Witwenstand.

Yard: Ein Yard besteht aus 3 Fuß und entspricht 0,9144 m.

Zimbel (von lat. cymbalum): ein altes trapezförmiges Saiteninstrument, das mit zwei Hämmerchen geschlagen wurde, Vorläufer des Klaviers.

Literatur

Baker, J. H., *An Introduction to English Legal History*, London 1971

Barthel, M., *Die Jesuiten. Legende und Wahrheit der Gesellschaft Jesu. Gestern – Heute – Morgen*, Düsseldorf/Wien 1982

Brooke, I., *English Costume of the Seventeenth Century*, 2. Auflage, London 1950

Dobson, J.; Milnes Walker, R., *Barbers and Barber-Surgeons of London. A History of the Barbers' and Barber-Surgeons' Companies*, Oxford 1979

Evelyn, J., *The diary of John Evelyn*, Band 3, Kalendarium 1650–1672, Oxford 1955

Fraser, A., *King Charles II*, London 1979

Gerard, J., *Meine geheime Mission als Jesuit*, Luzern 1954

Griffith, A., *The Chronicles of Newgate*, London 1884

Gubalke, W., *Die Hebamme im Wandel der Zeiten*, Hannover 1964

Haan, H.; Niedhart, G., *Geschichte Englands vom 16. bis zum 18. Jahrhundert*, München 1993

Hanson, N., *The Dreadful Judgement. The True Story of the Great Fire of London 1666*, London 2001

Herber, M., *Legal London. A Pictorial History*, Chichester 1999

Hopkins, G., *Constant Delights. Rakes, Rogues and Scandal in Restoration England*, London 2002

Jütte, R., *Ärzte, Heiler und Patienten. Medizinischer Alltag in der frühen Neuzeit*, München 1991

Mertz, D.P., *Geschichte der Gicht. Kultur- und medizinhistorische Betrachtungen*, Stuttgart 1990

Miller, J., *Popery and Politics in England 1660–1688*, Cambridge 1973

Milne, G., *The Great Fire of London*, New Barnet 1986

Mörgeli, C., *Die Werkstatt des Chirurgen. Zur Geschichte des Operationssaals*, Basel 1999

Neal, D., *The History of the Puritans or Protestant Nonconformists from the Reformation in 1517 to the Revolution in 1688*, Band IV, London 1822

Ogg, D., *England in the Reign of Charles II*, 2 Bände, Oxford 1934

Pepys, S., *Tagebuch*, hg. v. H. Winter, Stuttgart 1980

Pierce, P., *Old London Bridge*, London 2001

Rüster, D., *Der Chirurg. Ein Beruf zwischen Ruhm und Vergessen*, Leipzig 1993

Stone, L., *The Family, Sex and Marriage in England 1500–1800*, Harmondsworth 1982

Weinreb, B.; Hibbert, C., *The London Encyclopedia*, London 1983

Widmann, M.; Mörgeli, C., *Bader und Wundarzt. Medizinisches Handwerk in vergangenen Tagen*, Zürich 1998

Wilson, D., *All the King's Women. Love, Sex and Politics in the Life of Charles II*, London 2003

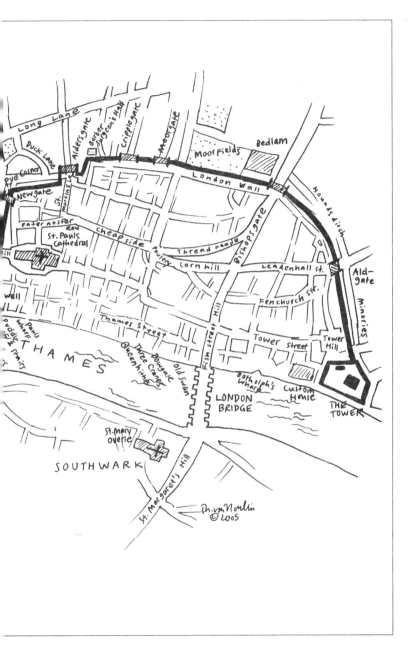

Sandra Lessmann
Die Richter des Königs

London im Jahre 1665, nach dem Bürgerkrieg. Jeremy Blackshaw darf aufgrund der politischen Lage seiner Berufung als katholischer Priester nicht folgen. Früher einmal war er Arzt und wird deshalb zur Behandlung des schwer erkrankten Richters Sir Orlando herangezogen, dessen Vertrauen er genießt. Unversehens wird er in die Untersuchung des Giftmordes verwickelt, in dem der Richter gerade ermittelt und der nicht der einzige bleiben soll. Offenbar hat es jemand auf die Gerichtsbarkeit Londons abgesehen. Bald fällt der Verdacht auf den jungen Iren Breandán, einen rechten Hitzkopf, der sich schnell Feinde schafft. Doch Jeremy kann nicht glauben, dass Breandán wirklich der Schuldige ist ...

»Eine gelungene Mischung aus Sherlock Holmes und ›Medicus‹, und hundertprozentig eines von den Büchern, in die man mit Haut und Haar versinkt.«

WDR 4

Knaur Taschenbuch Verlag